O HOMEM DA PATAGÔNIA

PAULO STUCCHI

O HOMEM DA PATAGÔNIA

JANGADA

Copyright © 2021 Paulo Eduardo Stucchi de Carvalho.

Copyright da edição brasileira © 2023 Editora Pensamento-Cultrix Ltda.

1ª edição 2023.
1ª reimpressão 2023.

Todos os direitos reservados. Nenhuma parte desta obra pode ser reproduzida ou usada de qualquer forma ou por qualquer meio, eletrônico ou mecânico, inclusive fotocópias, gravações ou sistema de armazenamento em banco de dados, sem permissão por escrito, exceto nos casos de trechos curtos citados em resenhas críticas ou artigos de revistas.

A Editora Jangada não se responsabiliza por eventuais mudanças ocorridas nos endereços convencionais ou eletrônicos citados neste livro.

Esta é uma obra de ficção. Todos os personagens, organizações e acontecimentos retratados neste romance são produtos da imaginação do autor e usados de modo fictício.

Editor: Adilson Silva Ramachandra
Gerente editorial: Roseli de S. Ferraz
Preparação de originais: Suzana Dereti
Gerente de produção editorial: Indiara Faria Kayo
Editoração eletrônica: Join Bureau
Revisão: Vivian Miwa Matsushita

Dados Internacionais de Catalogação na Publicação (CIP)
(Câmara Brasileira do Livro, SP, Brasil)

Stucchi, Paulo
 O homem da Patagônia / Paulo Stucchi. – 1. ed. – São Paulo: Editora Jangada, 2023.

 ISBN 978-65-5622-049-9

 1. Ficção brasileira I. Título.

22-135852 CDD-B869.3

Índices para catálogo sistemático:
1. Ficção: Literatura brasileira B869.3
Inajara Pires de Souza – Bibliotecária – CRB PR-001652/O

Jangada é um selo editorial da Pensamento-Cultrix Ltda.
Direitos de publicação para a língua portuguesa adquiridos com exclusividade pela
EDITORA PENSAMENTO-CULTRIX LTDA., que se reserva a
propriedade literária desta obra.
Rua Dr. Mário Vicente, 368 – 04270-000 — São Paulo, SP – Fone: (11) 2066-9000
http://www.editorajangada.com.br
E-mail: atendimento@editorajangada.com.br
Foi feito o depósito legal.

Prólogo 1

Oranienburg, 1º de novembro de 1938

Sobressaltado, o garoto sentiu como se despertasse de um sonho. Mas não era um sonho plácido ou cálido, tingido com as cores de verão que normalmente formavam a paisagem da pequena propriedade de seus avós no interior. Pelo contrário, sua atenção fora dragada pelo ruidoso impacto da pesada mala de sua mãe contra o calçamento de pedra.

Haviam viajado várias horas de trem; horas em que fingira dormir recostado no ombro de sua *babcia*[1] e, vez ou outra, observara o ressonar de sua irmã mais nova, Sasha, acomodada no colo da *mama*. Não sabia onde estavam *dziadek* e *tata*; tinham sido separados na estação, e os soldados negavam-se a dizer uma só palavra sobre seu destino, e por que a família tinha sido separada.

Os passos das pessoas sendo organizadas em fila deram calafrios no menino. De repente, tudo aquilo lhe pareceu funesto; a paisagem incolor, o frio, as peles pálidas, a grade e o portão pelo qual pessoas conhecidas – e outras tantas que nunca vira – eram conduzidas como gado.

Um soldado bastante jovem, talvez da idade de seu tio, entregou-lhe uma muda de roupa dobrada com perfeição. O tecido, grosso e pesado, mesclava vários tons de azul. A manga, parcialmente dobrada na parte

---

[1] "Avó", em polonês.

superior, estampava dois triângulos amarelos sobrepostos que formavam a conhecida imagem da *Magen David*. Ao centro, bordado de modo rústico, ele leu a palavra *jude*. "Marcado", como gado, como porcos.

Mama lhe explicara rapidamente que, dali em diante, as coisas seriam diferentes; diferentes e difíceis. E que ele teria que ter muita fé e força para que tudo desse certo, e que logo reencontraria *babcia* e *mama*.

Sobre o pesado e imponente portão negro, sustentava-se a frase, talhada em ferro e linhas curvas: *Arbeit macht frei*[2]. Parado debaixo da estranha forma, como se fosse o porteiro de uma escola qualquer, um homem de queixo quadrado e compleição física de um touro sorria de modo descontraído. Então, começou a falar, dirigindo-se àquela multidão enfileirada; ele sorria, e o garoto compreendeu que se tratava de um discurso de boas-vindas.

– *Willkommen in Sachsenhausen, Juden* – o homem bradou, com voz forte.

Voltou os olhos para cima, acompanhando alguns flocos de neve tímidos que caíam. Pousou o olhar na roupa em seus braços e sobre o símbolo amarelo. *Jude*.

Era novembro de 1938 e, a partir daquele ano e ao longo de muitos outros que o fariam perder a conta, ele seria conhecido apenas assim: sem nome, sem sobrenome, sozinho. Apenas *Jude*.

---

[2] "O trabalho liberta".

Prólogo 2

Berlim, 30 de abril de 1945, 14h40

O homem de semblante tenso olhou para a cadeira de madeira, sobre a qual havia colocado a calça de seu uniforme meticulosamente dobrada. Estufou o peito e girou os olhos para o alto. Levando as mãos ao rosto, esfregou a testa e, sem demora, deu uma olhadela para seu corpo.

Estava seminu. Usava apenas uma regata branca, ceroula e meias. Definitivamente, era seu corpo; mas não conseguia reconhecer os traços de seu rosto. Nos meses que haviam se passado, dividido entre hospitais e quartos bem-guardados, fora privado de espelhos. Então, temia pelo que poderia de fato ver.

Sentiu frio. Estaria o aquecimento desligado?

Varreu esses pensamentos e o frio desapareceu. Estava prestes a viver o momento mais importante de sua vida e não tinha tempo de pensar no frio. Então, lembrou-se das filhas; se estariam bem em Potsdam; se realmente *estavam* bem e se *ficariam* bem quando todo aquele castelo de cartas enfim desabasse no colo de Stalin e de seus malditos camaradas. Haviam prometido a ele que a segurança de sua família seria prioridade; mas o que era realmente prioridade em uma guerra prestes a assistir ao seu ato final?

Escutara certa vez que não existia animal mais persistente do que as baratas. Mas que, quando o navio começava a afundar, elas eram as primeiras a escapulir; justo elas, as resistentes baratas. Então, por que esperar que um homem cumprisse sua palavra, quando não havia mais o que ser prometido ou cumprido?

Suspirou, resignado. Era tarde para voltar atrás.

Passos duros ecoaram pelo corredor. Em segundos, a pesada porta foi aberta, e a figura imponente de Martin Bormann se materializou diante dele. Ter o *Vice-Führer* dirigindo-lhe a palavra era uma honra com a qual jamais havia sonhado.

Estendeu o braço, repetindo a saudação que havia feito tantas outras vezes –, porém, em outras feitas, quem sabe com mais orgulho.

Bormann retribuiu, de jeito sereno. No entanto, quando os olhos do alto oficial, por anos o braço-direito do *Führer*, cruzaram com os dele, brilharam como fagulhas. Aquele homem o encarava com um misto de incredulidade e horror.

Aquela era a primeira vez que se viam pessoalmente, apesar de ter conhecimento de que *Herr* Bormann o vigiava com rigor, mesmo a distância.

Ainda demonstrando comoção, Bormann ordenou que descansasse. Então, estendeu-lhe a sacola de pano que trazia.

Rapidamente, ele conferiu o conteúdo. O tempo congelou entre os dois homens, que se entreolhavam. Um aguardava instruções; o outro parecia refletir sobre o real significado de tudo o que estava prestes a acontecer.

Por fim, Martin Bormann quebrou o silêncio, falando sem qualquer formalidade:

– Você sabe o que está prestes a acontecer, não sabe?

Ele assentiu.

– Digo, você tem real ciência do que nosso *Führer* está prestes a fazer, e como o mundo será outro daqui a poucas horas?

Novamente, ele assentiu. Fazia meses que refletia sobre aquilo e, chegada a hora, não havia mais sobre o que pensar. Sentia como se sua capacidade de refletir tivesse se esgotado.

– É um sacrifício grande demais – Bormann prosseguiu, abatido. – Grande demais até mesmo para a nossa Alemanha... e para o *Führer*.

Mas há coisas que precisam ser feitas. E, ainda que por meros segundos, você foi o escolhido para estar no vórtice de um evento que mudará o cenário desta guerra.

– É uma honra, senhor – ele disse, resignado.

Bormann meneou a cabeça e bufou.

– Quer um cigarro?

– Gostaria muito, obrigado.

O *Vice-Führer* estendeu-lhe um cigarro longo e, em seguida, ofereceu-lhe o isqueiro. Depois, colocou um cigarro entre os lábios e acendeu.

– Muito obrigado – agradeceu mais uma vez.

Bormann observou o homem tragar e conferiu o horário. Duas e cinquenta da tarde.

– Você tem filhas, não é mesmo? – perguntou, de modo despretensioso.

– Sim, duas garotas – ele respondeu, sentindo o coração apertar.

– Como se chamam?

– Sophia, que é a mais velha, tem 10 anos. E Lauren...

Ia dizer algo, mas deteve-se. O que diria? Que estava havia tanto tempo longe de casa que apenas vira a filha caçula uma vez, quando esta tinha apenas três meses? Como Lauren estaria agora?

– Ela faz aniversário no fim do ano. Em novembro.

Ao dizer aquilo, pensou que era quase nula a probabilidade de estar presente no aniversário da filha mais nova, uma vez que as chances de tornarem a se ver beiravam a zero a cada segundo que passava.

Sentiu a aflição crescer. De repente, sua preocupação começou a ficar maior do que a missão que tinha sobre os ombros.

– Filhos são nossa continuidade, não é? Acho que, por isso, tive onze. Cinco garotos, seis garotas, incluindo as gêmeas. Eles garantirão que o mundo se lembre de Martin Bormann; mais do que isso, sabe? Que se lembrem do que fizemos aqui, do que tentamos construir e quase conseguimos.

Notou o olhar de Bormann tornar-se distante, estranhamente dócil, quase humano. Algo que durou poucos segundos, no entanto. Recomposto, o *Vice-Führer* readquiriu a altivez.

– Fume e se vista – Bormann disse em tom impositivo. – E tome isto.

Bormann retirou do coldre sua própria pistola e, segurando-a pelo cabo, estendeu a Walther 38 em sua direção.

– Está carregada – informou. Tragou pela última vez, jogou a bituca no chão e esmagou-a com a bota. – Você tem dez minutos. Esteja pronto quando vierem buscá-lo.

Mais uma vez, ele assentiu.

Quando o *Vice-Führer* fechou a porta, ele foi tomado pela solidão. Algo doloroso, cruel, como nunca havia sentido.

Prólogo 3

Maio de 1945

A rádio de Hamburgo confirma a morte de Adolf Hitler, que teria tombado combatendo a expansão bolchevique. Antes de morrer, o Führer designou o almirante Karl Doenitz como seu sucessor direto.

O presidente norte-americano Harry Truman comunica oficialmente a morte de Adolf Hitler em 30 de abril de 1945, em seu bunker em Berlim. Questionado, o presidente afirmou desconhecer as circunstâncias em que o líder alemão morreu.

Especula-se que Hitler teria sido vítima de uma concussão cerebral, e que o ataque soviético ao seu bunker o teria matado.

O jornal soviético Izvestia, sediado em São Petersburgo, denuncia a possibilidade de Adolf Hitler e outros líderes alemães terem passado por cirurgias plásticas que possibilitaram suas fugas de Berlim, com o objetivo de prosseguir à frente do projeto nazista de poder.

Aliados exigem que, após a rendição da Alemanha, o corpo de Adolf Hitler seja mostrado, como prova de que realmente tombou em 30 de abril de 1945.

Fim de maio de 1945

Exército britânico intercepta comunicação entre norte-americanos e um submarino alemão nas Ilhas Canárias. A embarcação estaria se dirigindo para o Atlântico Sul.

PARTE 1

O paciente alemão

1

Ela encarou sua imagem no espelho uma vez mais. Deixou a dúvida de lado e, finalmente, optou por fechar o segundo botão do terninho. Encheu os pulmões e, em seguida, soltou o ar com toda a força que pôde.

Semicerrou os olhos, fixando-se na figura que via sobre seus ombros, alguns passos atrás. Um homem que aparentava ser bem mais velho do que realmente era, sentado com a coluna curvada, como se o peso do mundo todo lhe caísse sobre as costas. Reparou nos sulcos no rosto dele, nos cabelos brancos e ralos, cortados bem rente ao couro cabeludo, fazendo parecer que sua cabeça estava constantemente coberta por uma fina camada de gelo.

"Não se preocupe, *Papa*", pensou.

Girou sobre os calcanhares, equilibrando-se no sapato de salto agulha, e caminhou em direção ao homem. Agachou-se diante dele, procurando seus olhos. Aquele olhar vivo tornara-se não mais do que dois pontinhos miúdos mergulhados num vazio escuro e sinistro.

Esticou o braço e tocou de leve a cicatriz sobre o lábio direito; um risco ousado e irregular que se estendia do lábio superior até o nariz.

– *Mach dir keine Sorgen, Papa* – disse, com ternura. Em seguida, repetiu de modo mais incisivo, no idioma de seus pais: – Não se preocupe,

Papa. – E completou: – Hoje, finalmente, me encontrarei com o homem que vai ajudá-lo a melhorar. O senhor ficará bom. Está me entendendo?

O homem não reagiu. Manteve o olhar mortiço, fixo em um ponto qualquer do espaçoso quarto de hotel. Então, ela escorregou a mão até a face dele e acariciou-o.

– Jörgen está do lado de fora, cuidando para que o senhor fique bem. Prometo que não demoro, certo?

Novamente, não houve qualquer reação.

Observou pela janela do tradicional hotel; as pessoas transitavam de modo indiferente, indo e vindo, vivendo suas vidas medíocres. Percorreu o olhar pelos prédios e casas, uma realidade bastante diferente do ambiente isolado em que vivera boa parte dos anos na Patagônia.

Sabia que havia sido uma decisão arriscada trazer *Papa* para Buenos Aires, mas não tinha escolha; se ele não melhorasse, se não se curasse, se não voltasse a ser o homem austero que sempre fora, o líder de que todos precisavam, toda a *causa* estaria perdida.

Obviamente ela havia cuidado de tudo para que a viagem transcorresse em segurança; além do fiel Jörgen, dois homens de confiança haviam se instalado em hospedarias próximas ao Plaza, prontos para agir se fosse necessário. Sombras cuja única função era proteger *Papa*.

Ela conferiu a hora no pequeno relógio de pulso. Suspirou. Tinha sido uma longa viagem e não poderia falhar. Muitos confiavam nela; *Papa* precisava dela, acima de tudo. Não havia margem para erro.

Ergueu-se e atravessou o quarto, determinada.

Abriu a porta e cruzou a soleira. Um homem loiro e alto, com compleição física de aço, a esperava do lado de fora.

– Fique de olho nele, Jörgen. Qualquer problema, estarei no saguão do hotel – disse.

– Vá tranquila, *Fräulein* – o homem chamado Jörgen meneou a cabeça, submisso. – Cuidarei de tudo na ausência da senhorita.

Ela assentiu. Confiava em Jörgen; haviam sido criados como irmãos, assim como muitos outros jovens que conhecia e que frequentavam a

Großes Haus. E, entre todos, o rapaz Jörgen, de 26 anos – apenas um ano a mais do que ela –, era de longe o mais dedicado e confiável.

Seguiu pelo corredor em direção ao elevador. Estacou diante da engenhoca e apertou o botão do andar térreo.

Buenos Aires, 7 de novembro de 1958

O dr. Sebastián Lindner cortou a ponta de seu Montecristo no exato instante em que um jovem psiquiatra, sentado na penúltima fileira e parcialmente encoberto pela penumbra, ergueu o braço para fazer uma pergunta derradeira.

O gesto foi seguido de alguns ruídos por parte do público presente na sala de conferências no piso térreo do Plaza Hotel, formado, em sua imensa maioria, por psicólogos, médicos e psiquiatras de todos os cantos da Argentina.

O assistente, um jovem miúdo e de físico atarracado, cutucou discretamente o ombro do dr. Pichon Rivière, absorto em organizar e guardar as dezenas de folhas e anotações dispostas ao lado de uma garrafa d'água sobre a mesa. Por quase duas horas, o renomado psicólogo suíço-argentino explanara sobre a atividade encabeçada por ele e coordenada por algumas dezenas de jovens médicos em Rosário. A experiência, a que Pichon Rivière chamou de *Experimento de Rosário*, havia reunido em um fim de semana de julho mais de 300 pessoas de diferentes áreas para testes e observação comportamental da atividade grupal, campo a que o médico vinha dedicando seus estudos nos últimos anos.

Aquela era a primeira vez que as observações preliminares da atividade eram expostas livremente à comunidade médica e psiquiátrica de Buenos Aires.

– Vejo que ainda temos uma última pergunta – observou o dr. Rivière, alisando o fino bigode escuro, que contrastava com os cabelos, cujos fios negros brigavam por palmos de espaço com os grisalhos, quase em maioria.

Sebastián consultou o relógio de pulso e suspirou. Passava das nove, o que representava exatos trinta minutos de tempo extrapolado. E, como era de seu conhecimento, cada minuto extra tinha peso em ouro no Plaza Hotel; uma das meninas dos olhos dos endinheirados portenhos e dos abastados que escolhiam a capital para passar uma temporada regada a vinhos, empanadas e carne.

O dr. Pichon Rivière havia tentado, por três vezes consecutivas, encerrar sua explanação, mas sempre era persuadido a esticar o tempo graças a uma *perguntinha a mais*. Obviamente, Sebastián sabia do orgulho que enchia seu amigo e mentor quando se tratava de discorrer sobre seu trabalho e método terapêutico, mas, naquele momento, a impaciência da plateia e os olhares felinos dos funcionários do Plaza faziam com que a atmosfera da sala adquirisse algumas toneladas a mais.

– Não sei o que me incomoda mais – Ariel Giustozzi, que ocupava a cadeira ao lado de Sebastián, e figurava entre seus amigos mais próximos, inclinou-se e cochichou em seu ouvido. – A paciência do doutor ou as tentativas frustradas desses médicos do interior de derrubá-lo do pedestal.

– Sem dúvida... Usando uma expressão de nosso colega Sigmund, uma sala pequena para tanto ego – observou Sebastián, acendendo o charuto.

– Conheço o sujeito da pergunta – prosseguiu Ariel. – É um cretino de Jujuy, que dirige uma clínica para doentes mentais. Javier Saavedra. Para mim, poderia perfeitamente deixar a psiquiatria e se alistar nas fileiras da SS.

Sebastián riu, assentindo, mesmo sem conhecer o sujeito de Jujuy. Convivia com Ariel Giustozzi desde a faculdade de Medicina e sabia que o amigo tinha um humor ácido, mas raramente errava um julgamento de caráter.

– Conheço seu trabalho na clínica San Salvador, dr. Saavedra. De fato, sua família tem feito muito pela psiquiatria nas províncias do norte

— observou o dr. Pichon Rivière, de modo polido. — Levarei em conta esse histórico para conceder-lhe uma última pergunta, antes de encerrarmos esta noite.

Javier Saavedra limpou a garganta e, então, perguntou, com educação dissimulada:

— Temos um veterano de guerra em nossa clínica — começou o homem. — Um catalão que lutou na Itália e, depois, foi mandado para a Alemanha já na etapa final do conflito. Sua tropa participou das operações na Baviera. Bem... — O médico limpou novamente a garganta; parecia incomodado com o pigarro persistente. — A ética me impede de entrar em detalhes sobre o prontuário clínico do paciente, dr. Rivière, mas o que posso afirmar, sem sombra de dúvida, é que aquilo que esse sujeito viu em Dachau literalmente fritou sua sanidade. Seu estado não chega à catatonia plena, mas se aproxima bastante da psicose. Para fins éticos, chamarei o paciente de Catalão, simplesmente. Posso?

O dr. Pichon Rivière assentiu, meneando a cabeça.

— Estou com vontade de vomitar — cochichou Ariel de novo, e Sebastián limitou-se a rir discretamente.

— Pois bem — o psiquiatra de Jujuy retomou sua fala —, o Catalão permanece em seu próprio mundo na maior parte do tempo, replicando o comportamento infantil. Praticamente, um homem feito de 45 anos com atitudes de uma criança de 10. Os medicamentos e os métodos terapêuticos...

— Eletrochoques? — Ariel comentou, recostando-se na cadeira.

— Acho que sim — concordou Sebastián.

— ... oferecem resultados esporádicos, de modo que é raro conseguirmos conectá-lo à realidade. E, quando isso ocorre, o sujeito rompe em estado de histeria profunda e pânico. Em outras palavras, ele enxerga com total clareza pilhas e pilhas de corpos, milhares de cadáveres que, como o próprio descreve... têm unicamente a pele presa aos ossos, bastando apenas um toque para que ela se solte e fique pendurada em sua mão.

O murmurinho indicava o mal-estar gerado pelo comentário.

As notícias sobre as atrocidades nazistas nos chamados campos de concentração espocavam nas manchetes de jornais em todo o mundo. Quanto mais vítimas desses locais de horror decidiam falar e contar suas histórias, mais as atrocidades ganhavam contornos que poucas vezes poderiam ser imaginados por pessoas com uma mente sadia.

– Honestamente, não sabemos mais onde se encontra a realidade do paciente, doutor – disse Javier Saavedra –, já que seu contato com o mundo real também se dá por viés psicótico. Em outras palavras, ele vê nitidamente e revive as imagens que encontrou em Dachau. Porém, algo muito claro e real ele repete após as crises de pânico e horror: que em Dachau viviam monstros que se alimentavam de crianças; sugavam sua energia e seus órgãos, deixando apenas pele e ossos. E que Munique era a cidade escolhida como morada por esses monstros demoníacos. Segundo ele, o mundo quer esconder essa verdade, por isso muitos de seus companheiros de exército estão mortos... ou, como ele, amarrados a camas ou presos em camisas de força.

Limpou a garganta pela terceira vez. Então, disse:

– Bem, aqui vai minha pergunta, para que não me alongue, doutor. Acredito que estamos todos entre homens de mente sadia, e que não restam dúvidas das atrocidades cometidas nesses... locais de extermínio alemães. Tais atos tiveram o salvo-conduto de milhares de cidadãos, cujas famílias, e eles próprios, tinham vidas pacatas até Hitler e seus seguidores erguerem a bandeira do ódio antissemita. Ainda que Goebbels tenha realmente sido o gênio do discurso e da propaganda, não posso deixar de notar, após ouvir sua explanação e sua teoria, que a sociedade alemã do pós-guerra e aqueles que sentiram na pele seus efeitos ingressaram em uma corrente avassaladora que colocou a pique diversos conceitos de humanismo, religião e moral. Pelo menos, da moral cristã, já que não me refiro à moral nazista. A pergunta é: o pensamento massificado antissemita e que sustentou o nazismo se encaixa na teoria da espiral dialética[1]?

---

[1] Espiral dialética é um conceito usado pelo psicólogo Enrique Pichon Rivière para descrever a dinâmica social pelo desejo inevitável e inconsciente de mudança coletiva, e a resistência a esse movimento, causada pelo medo e ansiedade do "novo".

O dr. Pichon Rivière ouviu a tudo com extremada atenção. Demorou alguns segundos para falar após o colega de Jujuy terminar seu discurso e, inclinando levemente o corpo em direção à primeira fileira da sala de conferências, disse, quase que de modo reverencial:

– A aplicação da espiral dialética nos discursos de ódio é justamente a área de estudo do meu colega aqui, o dr. Lindner, que também esteve comigo em Rosário.

O comentário de seu mentor apanhou Sebastián de surpresa.

– Além de compartilhar com Freud o gosto pelos charutos – prosseguiu Pichon Rivière, afável –, o dr. Lindner é um excelente psiquiatra e psicólogo, assim como nosso mestre austríaco. Ah, aliás, sua família é de ascendência austríaca também, não é, dr. Lindner?

Sem reação, Sebastián levantou-se e acenou para o homem no fundo do auditório. Depois, virou-se para Pichon Rivière e, sorrindo, assentiu:

– Meus pais vieram de Linz, dr. Rivière.

– Bela cidade às margens do Danúbio – o dr. Pichon Rivière abriu discretamente os braços e falou: – Meu amigo, acredito que o dr. Lindner aqui seria a pessoa apropriada para tirar suas dúvidas. Ele esteve comigo desde os preparativos para a ida a Rosário e, afirmo, foi fundamental para as experiências em grupo. O doutor sabe sobre minhas teorias tão bem quanto eu... ou, talvez, melhor.

Sebastián sentiu o rosto enrubescer enquanto o dr. Pichon Rivière lhe dava tapinhas nos ombros.

– Há um excelente bar no saguão do hotel. O restaurante também é maravilhoso. Acredito que, os que quiserem, podem se juntar a mim e ao dr. Lindner e conversar sobre assuntos pendentes enquanto dividimos o prazer da comida e bebida.

Esse processo causaria idas e vindas na formação de um pensamento coletivo que, de alguma forma, passa a dar crivo a essa mudança.

Como se esperasse a deixa, um grande grupo de pessoas se levantou. O ruído das cadeiras sendo arrastadas e de passos no linóleo tomou conta do ambiente.

– Tenho pena de você, Sebá – disse Ariel. – Nosso amigo doutor colocou você em maus lençóis.

Sebastián tragou o charuto e deixou a fumaça escapar pelas narinas e cantos da boca.

– Nem nos meus piores pesadelos esperava por isso, meu amigo – bufou, acenando para um grupo de psicólogos que se despedia. – Vamos, eu pago um bourbon enquanto ainda gozo de minhas faculdades mentais.

– Nunca recuso um bourbon. Mesmo de um amigo no corredor da morte – Ariel troçou.

Os colegas afastaram-se do dr. Pichon Rivière e do assistente, que o ajudava a compilar as folhas de anotações. Sebastián rapidamente misturou-se aos demais conferencistas, mantendo os olhos fixos em Javier Saavedra que, ainda no fundo do auditório, interpelava outros colegas.

Assim que encostou no balcão do bar que funcionava próximo à recepção do Plaza Hotel, Sebastián pediu dois bourbons e um cinzeiro ao jovem garçom.

– A Rosário – Ariel sugeriu, suspendendo o copo.

– Ao futuro do tratamento da mente – disse Sebastián, bebericando o destilado.

Deu um longo e profundo trago em seu Montecristo. Já se sentia mais relaxado.

Havia muito tempo, o dr. Rivière vinha insistindo para que Sebastián divulgasse os resultados de seus estudos e pesquisas com veteranos de guerra, sobretudo, de origem germânica. Porém, ele sabia que a sua linha de pesquisa, que o levava a *tratar porcos nazistas*, não gozava de muita simpatia entre os colegas, ainda que seus pacientes não fossem propriamente nazistas, e sim imigrantes alemães que, para ele, eram tão vítimas das loucuras de Hitler quanto os demais.

Além disso, desde a queda de Perón, assumidamente simpático à causa fascista, os recursos para suas pesquisas vinham minguando. O foco do governo de Arturo Frondizi era investir rios de dinheiro na infraestrutura do país, e a opção da Casa Rosada era bastante óbvia quando se tratava da escolha entre abrir estradas ou aplicar recursos em pesquisas sobre a mente. Aliás, as verbas diminuíam na mesma proporção que crescia a aversão por palavras como nazismo e antissemitismo, com estímulo do próprio governo e como forma de fazer clara oposição a Perón e sua escancarada simpatia pelo Terceiro Reich.

Sebastián notou um casal afastar-se dos demais grupos e caminhar na direção do bar. Prestava especial atenção na mulher morena de cabelos negros e olhos ligeiramente puxados, que lhe conferiam uma beleza exótica. Trajava um vestido preto agarrado ao corpo e luvas longas escuras. Mexia-se como uma serpente, animal com que, Sebastián sabia, a mulher tinha grandes afinidades.

— Pelo jeito, amigo Sebá, você escapou de uma encrenca para cair em outra maior — disse Ariel, tentando ser discreto. — A Dama de Preto se aproxima, o que significa perigo.

Sebastián bebericou o bourbon e limitou-se a menear a cabeça.

— Gostaria de saber quando a senhora Perdomo deixará o luto de lado. Ela ainda é sua paciente? — perguntou Ariel.

— Ainda paga pelas consultas semanais religiosamente — disse Sebastián, entornando todo o conteúdo do copo.

— E você ainda está apaixonado por ela? — questionou Ariel, de jeito astuto.

— Segredos entre médico e paciente, meu amigo Giustozzi. Terá que se limitar à sua imaginação.

Ariel deu de ombros e observou o casal se aproximar. Agostina Perdomo, nome de casada de Agostina Rivera, primeiro estendeu a mão a Sebastián, depois a seu amigo indiscreto. Em seguida, Manuel Perdomo, seu cunhado, cumprimentou ambos de modo polido.

— Sabia que encontraria você aqui, dr. Lindner — disse Agostina, sorrindo de modo discreto. — Aliás, acho que a nata da comunidade de psicólogos da Argentina está neste hotel hoje.

— Tem muita gente importante aqui, sim – Sebastián respondeu, repousando o charuto no cinzeiro. — Não me diga que assistiram à palestra do dr. Pichon? Creio que seria mais produtivo rever o Desastre da Suécia[2].

— Não! Futebol também não me atrai. Prefiro ficar presa aos encantos de conhecer a Psicologia e a Psicanálise do ponto de vista do paciente – respondeu Agostina Perdomo. — A verdade é que eu e Manuel viemos para conversar com uma conhecida, que está hospedada aqui no Plaza com o pai. Ela chegou há pouco da Patagônia e oferecemo-nos para ajudá-la. Eles têm uma estância por lá.

— Nossas famílias se conhecem devido a relações comerciais com estâncias na região dos Andes. Por isso pediram nossa ajuda – explicou Manuel Perdomo, um sujeito magérrimo e bastante alto, de olhos fundos e mortiços. A julgar pela sua aparência, não era possível compreender como assumira os negócios da família após a trágica morte do irmão Francisco. Contudo, comentava-se que o esmilinguido Manuel estava se saindo melhor do que a encomenda, e que dirigia com mãos de ferro os inúmeros negócios em que os Perdomo estavam metidos, desde a criação de gado nas planícies até a exploração de madeira, exportação de carnes e especulações imobiliárias em Bariloche e San Juan.

— Bom, tenho certeza de que acompanhar a amiga do sul pelos cafés e teatros de nossa capital será uma excelente terapia para a senhora Perdomo – falou Sebastián, indicando ao garçom que lhe enchesse o copo.

— Sempre preocupado com meu bem-estar, dr. Lindner! – O tom sarcástico de Agostina Perdomo era tão evidente que gerou um leve mal-estar no grupo. — Mas, infelizmente, a colega de quem falei está em Buenos Aires para arrumar um tratamento psicológico adequado para seu pobre pai. Deixaram a propriedade deles na Patagônia e viajaram sozinhos a Buenos Aires com essa esperança, doutor. E é justamente nesse sentido que oferecemos ajuda.

---

[2] Referência à Copa do Mundo de Futebol na Suécia, em que a Argentina sofreu sua pior goleada em mundiais, perdendo por 6 a 1 para a então Tchecoslováquia. A partida aconteceu no dia 15 de junho de 1958, em Helsingborg.

O garçom completou a dose de bourbon e, depois de erguer o copo, como se propusesse um brinde, Sebastián experimentou a bebida.

– Agostina insistiu que indicássemos o senhor para tratar o pai da amiga, dr. Lindner – disse Manuel, sem rodeios.

– Como é? – Sebastián largou o copo sobre o balcão, fazendo com que gotas do uísque se espalhassem sobre o tampo.

– O senhor tem conseguido maravilhas comigo – Agostina Perdomo justificou-se. – Além disso, o senhor preenche alguns requisitos que essa colega está procurando. Eles são de origem alemã, e bastante criteriosos com algumas coisas; e confiar nas pessoas é uma dessas *coisas*. O senhor entende?

Sebastián tirou o lenço do bolso do paletó e passou sobre os lábios.

– Sendo assim, acho que devo ficar grato pelo reconhecimento – disse. – Quando for prudente, pode pedir para que ela me procure em meu consultório.

– Para ser franca, doutor – Agostina virou-se para trás e acenou para alguém que, como um fantasma, e cuja presença até o momento fora imperceptível, estava em pé junto a uma das colunas –, ela está aqui conosco. Aproxime-se, Aurora.

Uma mulher jovem, de cabelos loiro-claros curtos, juntou-se aos Perdomo. Usava um conjunto bastante discreto na cor creme, composto de saia, terninho e uma blusa perolada. Seus olhos eram de um azul profundo e, ao contrário do misterioso e dissimulado olhar de Agostina, o da jovem possuía um tipo de transparência que permitia terem por ela uma simpatia quase que imediata.

– Doutor Lindner, esta é Aurora. Aurora Leipzig.

– Muito prazer, senhorita – Sebastián estendeu a mão à jovem. Ao tocá-la, notou a palidez fria de sua pele. Uma mulher de gelo vinda dos rincões da Patagônia, pensou.

– O prazer é todo meu – o "erre" carregado ao final das palavras denunciava um discreto sotaque. – Agostina e Dom Manuel falaram-me muito bem do senhor. Não é qualquer um que faz com que eu e meu pai nos desloquemos do sul até aqui. É uma viagem cansativa, e ele está bastante debilitado.

– Fico lisonjeado com o privilégio. – Sebastián meneou a cabeça, quase de modo reverencial. – Mas confesso que tudo isso me pegou de surpresa.

– Não quero que fique aturdido, doutor. É uma sexta-feira, prefiro que aprecie seu bourbon e a companhia do seu amigo – falou a jovem.

Sebastián espantou-se com seu timbre, que lembrava um misto de autoridade e serenidade. Algo naquela moça carecia de vida, de pulsão, de energia.

– Mas ficaria muito grata se pudesse me receber amanhã, mesmo sendo um sábado – prosseguiu Aurora.

– Bem, não costumo clinicar aos sábados, senão em casos de urgência.

– Compreendo. Então, pelo menos me permita uma exceção. Irei sozinha, claro, para explicar o caso de meu pai e fornecer ao senhor mais informações sobre sua saúde. Por volta das cinco da tarde, antes de o sol se pôr.

Sebastián percebeu que ficara sem resposta. Então, Agostina falou por ele:

– Dr. Lindner, sei que sua agenda é extremamente ocupada, mas peço que abra essa exceção. Por mim e pela consideração que tenho pela sua habilidade como terapeuta. Aurora e o pai vieram de muito longe e não dispõem de todo o tempo do mundo para ficar aqui em Buenos Aires.

– Vocês estão hospedados aqui na cidade? – perguntou Ariel, que, até o momento, mantivera-se alheio à conversa.

– Estamos neste hotel – respondeu Aurora, de imediato.

O Plaza Hotel era um dos mais caros de Buenos Aires, o que indicava que aquela jovem e seu pai adoentado eram de família abastada. Fazendeiros da Patagônia, provavelmente.

– Está bem, senhorita Leipzig. Amanhã, às cinco – disse Sebastián, entornando o bourbon na garganta. O álcool o deixava relaxado; o curto-circuito de seu cérebro desaparecera e seus pensamentos voltavam a seguir uma linearidade. – A senhora Perdomo pode lhe passar meu endereço.

– Na realidade, já passei – disse Agostina. – Perdoe-me pela ousadia, dr. Lindner, mas algo em mim dizia que o senhor não recusaria ajudar a pobrezinha.

– Somos gratos, dr. Lindner – cumprimentou Manuel, estendendo novamente a mão em direção a Sebastián.

Aurora repetiu o gesto com incrível formalidade e, desejando boa-noite, anunciou que se retiraria para seu quarto.

– Bem, acho que vamos indo também. Nossa missão está cumprida por hoje, não é Manuel? – Agostina fez essa observação de modo quase despretensioso. Entrelaçando o braço no do cunhado, acenou em despedida para Sebastián e Ariel. – E, dr. Lindner, ainda continuo sendo sua paciente favorita, não? Aurora é, sem dúvida, uma moça adorável, mas não abro mão do privilégio de meu horário de quarta-feira, às seis.

Sebastián assentiu. O torpor causado pelo bourbon o descontraíra, e ele teve que segurar o ímpeto de avançar sobre Agostina na frente de todos.

– Mais um – pediu ao garçom, enquanto observava Dom Manuel Perdomo e Agostina se afastarem na direção da saída do hotel.

– Você gosta de viver perigosamente, Sebá – disse Ariel, batendo no ombro do amigo.

– Sem riscos, a vida não teria graça. – Sebastián riu. – Um brinde aos riscos da vida.

A bebida desceu-lhe queimando a garganta. Bateu o copo sobre o tampo do balcão e limpou a boca com as costas da mão.

Mais adiante, o dr. Pichon Rivière e um grupo de seis homens caminhavam para o restaurante. Entre eles, Sebastián reconheceu Javier Saavedra.

– Puxa-saco de merda – murmurou, pronto para pedir outra dose.

2

Sebastián Lindner sabia que devia ficar longe do álcool, sobretudo dos destilados, que lhe davam uma terrível ressaca. Também sabia que devia manter distância da senhora Agostina Perdomo, mulher perigosa e dissimulada, primeira suspeita da misteriosa morte do marido, Dom Francisco Perdomo Alcalá, herdeiro de um império, empresário e investidor com negócios que se estendiam de Buenos Aires a Comodoro Rivadávia. E, principalmente, íntimo do ex-presidente Juan Domingo Perón. Contatos sempre foram tudo no jogo político-econômico argentino, e ser íntimo do presidente e de sua esposa, Evita, sem dúvida era um jeito eficaz de abrir portas e obter determinadas facilidades.

Infelizmente, ao despertar com as têmporas latejando, Sebastián constatou que não obtivera sucesso nem numa coisa, nem noutra. Perdera a conta de quantas doses de bourbon havia tomado no bar do Plaza Hotel e, mesmo desnorteado pelo efeito do álcool, sentia que seu corpo todo ainda desejava Agostina.

Era evidente que o amigo Ariel estava coberto de razões ao alertá-lo e recomendar que ficasse longe da senhora Perdomo. Em primeiro lugar, porque, em suma, Agostina era sua paciente havia dois anos. Ela o procurara assim que deixara provisoriamente a prisão; tanto a polícia quanto o desprezível inspetor Quintana não haviam encontrado provas consistentes para mantê-la presa. O resto do trabalho tinha sido feito – e muito bem-feito – pela trupe de advogados caríssimos que o cunhado, Dom Manuel, colocara à disposição para defendê-la.

Se envolver-se com uma paciente de alta estirpe já não fosse o suficiente para jogar por terra qualquer conduta ética, estava apaixonado por aquela mulher perigosa.

Após massagear as têmporas e aguardar a dor aguda amenizar, Sebastián afastou o lençol e sentou-se na cama. Tocou os pés no piso frio e esfregou o rosto. Então, observou as mãos, que tremiam.

Abstinência, pensou.

Lutar contra o álcool era, para ele, tão difícil quanto resistir a Agostina. Foram inúmeras as vezes que conseguira permanecer alguns meses longe da bebida, mas acabava por sucumbir. As desculpas, que se acumulavam como poeira sob o tapete, eram várias: cansaço, pressão para concluir suas pesquisas, seus pensamentos depressivos, e, principalmente, Agostina. Sempre *ela*.

A senhora Perdomo era seu veneno, o qual consumia em doses cada vez maiores; e, assim como ocorre com venenos, Sebastián sabia que, um dia, encontraria sua ruína.

Com esforço, levantou-se da cama e observou a bagunça do quarto. Não se lembrava de como havia chegado ali, mas a hipótese mais provável era a de que Ariel o levara de táxi.

Ariel Giustozzi, seu fiel escudeiro, amigo e confidente.

Ouviu ruídos e vozes abafadas vindas do andar de baixo. Reconheceu a voz de Magda, mulher a quem pagava para cuidar de sua mãe. A maior parte de sua vida fora assim: somente ele e a mãe, dividindo o mesmo teto, vivendo da renda e dos imóveis alugados que seu pai havia deixado.

Obviamente, na atualidade era um psicólogo bem-sucedido e tinha um bom rendimento. Mas, ainda assim, pouca coisa mudara: continuava morando no mesmo sobrado com a mãe, uma construção cravada no movimento do bairro de Belgrano, a exatas três quadras da sala que usava como clínica, instalada sobre a conhecida loja de livros de segunda mão Hidalgo & González.

Aquilo que Ariel chamava de comodismo – ele era um homem de 48 anos, bem-sucedido e apto a manter uma vida independente – Sebastián preferia enxergar como comodidade. A casa dos pais não possuía luxo, mas era aconchegante. Localizava-se num bairro bom e ficava próximo de seu trabalho. Como filho único, era o herdeiro do imóvel e, assim sendo, era natural que desejasse cuidar de seu patrimônio.

Havia, ainda, o pretexto principal: a mãe doente, havia seis anos confinada numa cadeira de rodas e que necessitava da atenção em tempo integral de uma cuidadora, Magda, mulher robusta, de ascendência guarani que morava com eles havia três anos (ou seriam quatro?).

Apanhou uma muda de roupas leves e, deixando o quarto, caminhou pelo corredor até o banheiro. Afastou as cortinas de plástico e, com cuidado, entrou pé ante pé na banheira. Girou a torneira e ouviu o encanamento grunhir de modo semelhante a um porco. Em jatos, a água morna desceu pelo chuveiro, batendo impiedosamente sobre sua pele nua. Esfregou a cabeça e o corpo.

Sob seus pés, a água escorria pelo ralo já enferrujado da banheira.

Era evidente que a casa precisava de manutenção, mas ele poderia cuidar daquilo depois. Havia os pacientes, a pesquisa, o dr. Pichon Rivière e Agostina. Coisas demais para um homem sozinho lidar. Bem, ele preferia pensar dessa maneira.

Esconder-se atrás de seus afazeres era a forma de penetrar em sua zona de conforto e sentir-se bem.

Ao ter a sensação de que o excesso de álcool lhe havia escorrido pelos poros e sido levado pela água ralo adentro, desligou o chuveiro e secou-se. Desceu as escadas e conferiu o horário ao passar pelo rebuscado relógio de pêndulo estrategicamente localizado no pé da escadaria: oito e quinze da manhã.

Magda já havia se incumbido de apanhar as correspondências: cartas de colegas psicólogos, uma revista especializada em Psiquiatria e a edição do *El Clarín*. Tudo estava empilhado sobre a mesa de centro da sala aconchegante, que cheirava a lavanda.

Após conferir os remetentes das correspondências e descartar alguma urgência, Sebastián caminhou até a cozinha ampla, onde Magda e sua mãe estavam.

– Bom dia para minhas duas princesas – disse, inclinando-se para beijar a testa da mãe. – Como a senhora está hoje?

Dona Ada Lindner balbuciou algumas palavras inaudíveis. Sebastián encarou-a com carinho e assentiu, meneando a cabeça como se compreendesse. O quadro de senilidade levava sua mãe aos pouquinhos. Primeiro, prejudicara suas pernas, tirando-lhe a liberdade; depois, as funções cognitivas, sobretudo a fala.

– Hoje ela pediu pão – informou Magda. – Comeu tudo o que preparei; inclusive, tomou o suco de pêssego.

Sebastián serviu-se de café e limitou-se a mover a cabeça, indicando ter escutado o que a cuidadora dissera.

– Deixei as correspondências sobre a mesa de centro da sala – continuou Magda.

– Eu vi. Obrigado, Magda – Sebastián bicou o café quente e imediatamente sentiu náuseas.

– O senhor está bem? – Magda perguntou enquanto se encarregava de empurrar a cadeira de Dona Ada em direção à porta que dava para o jardim dos fundos da casa. Sebastián fez que sim, e, então, a cuidadora disse: – Está um belo dia, vou levar Dona Ada para tomar um pouco de sol.

– Sim, faça isso. Preciso sair. Vou resolver algumas coisas na rua e depois passar no consultório para atender um paciente em caso de emergência. Se precisar de algo, informe o Getúlio da Hidalgo & González.

– Pode deixar, sr. Lindner – Magda assentiu. – Aquele senhor sempre é muito simpático comigo.

Sebastián beijou mais uma vez a mãe – agora, no rosto – e despediu-se. Apanhou o quepe sobre o console do corredor e observou-se um instante no espelho. Emagrecera, estava mais abatido. Ou era apenas impressão? Alisou o bigode e passou a mão pelos cabelos escuros na região das têmporas.

Com a edição do *El Clarín* sob o braço, ganhou a rua. O ar fresco da manhã ensolarada pareceu fazer-lhe bem. Porém, suas mãos ainda tremiam.

Ponderou sobre a possibilidade de andar até Núñez, onde morava o amigo Ariel. Suspirou, optando por caminhar e gozar da manhã quente e do sol; e que as pernas o conduzissem até onde desejasse.

Meia hora depois, estava parado diante do balcão do Salvatore, cujas portas pareciam estar sempre abertas e cujo ambiente era apreciado pela intelectualidade portenha daquelas bandas, principalmente jornalistas, escritores, poetas e outros que optaram, por dom ou falta de alternativas, pelas profissões marginais e mal pagas.

Salvatore não estava; apenas vestígios de sua presença constavam no local, como as flâmulas do Boca Juniors espalhadas pelas paredes. O proprietário brincava que aficionados do River Plate pagavam o dobro pela dose – algo que Sebastián nunca comprovara. Para ele, tanto fazia, já que não possuía preferência futebolística.

O velho Salvatore também era peronista ferrenho, e sua paixão por Perón era comprovada pelo grande quadro do ex-presidente preso à parede revestida de azulejos azuis e brancos, bem atrás do caixa. Enfim, um mosaico que mesclava as cores da Argentina, do Boca Juniors e uma pitada da velha política, ponderou Sebastián, varrendo o ambiente com os olhos.

Foi Julio, jovem que havia pouco arranjara emprego no bar, quem tomou seu pedido e o serviu de uma dose de uísque; depois, de outra.

Quando se sentiu mais leve e constatou que suas mãos não tremiam mais, pediu um café forte e quente, no lugar de uma terceira dose.

Ensimesmado sobre sua xícara de café, não notou o homem pequeno e cheirando a colônia que havia entrado no bar, bradando, logo na porta, seu desejo por um café. Somente percebeu a presença do sujeito miúdo e rosto alongado, que lhe conferia uma aparência equina, quando este acomodou-se na banqueta ao seu lado.

Não era à toa que chamavam aquele homem de César "Caballo" Quintana, o inspetor encarregado da investigação da morte de Dom Francisco Perdomo.

– Bom dia, dr. Lindner. – Quintana sorriu, deixando à mostra seus dentes amarelados pela nicotina. – Lembro-me de que o senhor é apreciador de charutos cubanos, mas, ainda assim, me sinto na obrigação de perguntar se posso fumar ao seu lado.

– Fique à vontade – respondeu Sebastián, bebericando novamente o café.

– Obrigado. – Quintana prendeu o cigarro entre os lábios, riscou o fósforo e acendeu. Abanou a mão e deixou o palito sobre o balcão no mesmo instante que Julio lhe servia o café quente.

– Não sabia que o senhor frequentava o Salvatore, inspetor – comentou Sebastián, tirando um charuto do bolso da calça de sarja e cortando a ponta.

– Adoro ambientes pitorescos como este, doutor. Transpira o espírito portenho, sabe? E, também, sou torcedor do Boca – respondeu, apontando para as flâmulas.

– Bom saber – Sebastián deu de ombros. – Se não fosse isso, pensaria que o senhor estava me seguindo, e que sua presença aqui não é coincidência.

– De forma alguma! – "Caballo" Quintana bebeu um pouco do café e, enfiando o dedo no colarinho, afrouxou a gravata. – Deus do céu, que calor! Sorte do senhor que hoje está à paisana, doutor.

Sebastián encarou o homenzinho mirrado ao seu lado, mas não respondeu ao comentário.

– Voltando ao assunto das coincidências – o policial tragou e depois repousou o cigarro aceso no pires –, o que estamos tendo aqui é exatamente isso. Uma coincidência; mas uma *feliz* coincidência, digamos assim, dr. Lindner. Permite-me pagar mais um café para o senhor? Por conta da Polícia Metropolitana.

– Obrigado, já chega de café para mim – disse Sebastián, em tom polido, mas firme. Observou a mão pousada sobre o balcão e notou que tremia levemente. Na realidade, desejava mais uma dose.

– Pois eu quero mais um! – "Caballo" Quintana acenou para Julio e, em seguida, voltou-se para Sebastián. – Sabe, café me relaxa, doutor. Sei que deveria ser o contrário, mas comigo as coisas funcionam invertidas. Estranho, né? Acho que, um dia, eu deveria experimentar os métodos que usa com seus pacientes. Como vocês chamam mesmo? – O inspetor girou o dedo indicador no ar. – Ah, sim, psicoterapia. Algo assim. – E tornou a exibir o sorriso amarelo. Encarou Sebastián, como se estudasse sua alma. – O senhor pegou o charuto, cortou, mas não acendeu. Precisa de fogo? Tenho fósforo.

Sebastián havia se esquecido completamente do charuto. Não se sentia bem; o homem ao seu lado representava um metro e sessenta de pura energia ruim e lembranças dolorosas da pior fase de Agostina. E, ao que parecia, após um período de ausência, "Caballo" não havia desistido de importuná-los.

– Bom, quando quiser acender, é só pedir. – "Caballo" Quintana deu de ombros e provou o café. – O que eu dizia? Ah, sim, é mesmo! Sobre eu e o senhor estarmos aqui, no Salvatore, numa bela manhã ensolarada. E como isso tudo é feliz coincidência. Claro, não uso o termo feliz para me referir às circunstâncias pelas quais nos conhecemos, doutor. Afinal, isso seria macular a memória de Dom Francisco, ainda mais se levarmos em consideração as condições nas quais o homem morreu; sete punhaladas, das quais, segundo meu perito, cinco teriam sido fatais. Sabe o que isso significa? Que, dessas cinco, uma teria sido o bastante para mandar o homem para o além. Mas não foi uma, nem cinco; foram sete punhaladas.

– Eu sei os detalhes da morte de Dom Francisco Perdomo, inspetor – Sebastián disse. – Aliás, mais da metade deste país sabe, já que os jornais foram bem detalhistas.

– Foram mesmo. – "Caballo" Quintana terminou o café e acendeu outro cigarro. – Essas coisas acontecem quando a vítima é famosa ou poderosa; Dom Francisco era os dois. Tinha poder e adorava frequentar as páginas sociais, exibindo-se ao lado da bela esposa. Tem certeza de que não quer acender seu charuto?

Sebastián fitou o policial e ergueu o cenho.

– Perdão pela insistência, mas é bastante estranho ver o senhor sentado aí, segurando esse... *negócio*. Enfim, não é problema meu, não é?

– Desta vez o senhor tem razão, inspetor. Não é problema do senhor. – Sebastián sobrepôs as mãos, na tentativa de controlar o tremor. Sentia os lábios úmidos sob o bigode.

– Eu sei... – o policial observava Sebastián em meio à fumaça que subia do balcão. – É que sou um tanto insistente, o senhor sabe? Outro assunto sobre o qual eu precisaria falar em terapia. – Então, deu de ombros. – Enfim, cada um tem seus problemas, não? E eu tenho este: ser insistente. É uma merda, se o senhor entende. A coisa fica aqui, martelando a cabeça da gente... Acredito que homens como o senhor, doutores da mente, têm uma explicação razoável para esse tipo de obsessão, não é?

– Sobre o que o senhor tem pensado tanto? – Sebastián girou o assento da banqueta de modo a encarar "Caballo" Quintana nos olhos.

– É verdade... sobre *o que* tenho pensado... Lembra-se de nossa última conversa, dr. Lindner?

Obviamente, Sebastián se lembrava.

Na última vez em que haviam se falado, ele e o inspetor quase chegaram às vias de fato. O homenzinho nojento insistia em obter uma ordem judicial para ter acesso aos registros de Agostina Perdomo.

"Caballo" Quintana aparecera em seu consultório em um horário totalmente impróprio e inesperado e quase o flagrara com Agostina. Certamente, estava na tocaia.

Ines, sua secretária, já havia ido embora e, como de costume, deixara o portão de acesso à rua destrancado – algo que Sebastián gostava de fazer para que estivesse acessível a algum paciente com casos emergenciais, já que não havia campainha para a sobreloja dos Hidalgo & González.

O homem pode ter um jeito repugnante, mas é inteligente; estava claro que compreendia o que estava havendo e aumentou a pressão. Exigiu ver os arquivos, ameaçou expor Sebastián e denunciá-lo por falta de ética. Se isso ocorresse, nunca mais clinicaria em Buenos Aires e, quem sabe, em canto algum da Argentina. Foi quando recomeçou a beber, após quase um ano de abstinência.

– O senhor ainda insiste em acusar a senhora Perdomo de ter matado Dom Francisco, inspetor? – perguntou Sebastián, finalmente decidindo acender seu charuto. Sacou o Zippo e sugou até que a ponta do Montecristo ficasse em brasa.

– Não acuso ninguém de coisa alguma, doutor. Só posso acusar se tiver provas. Sem elas, tenho apenas suspeitas. Mas, já que tocou no nome da senhora Perdomo, gostaria de saber como ela está. Ainda se *consulta* com o senhor?

Sebastián não gostou do tom usado pelo inspetor para pronunciar a palavra *consulta*. Tampouco acreditava que aquele homenzinho já não soubesse a resposta.

– Sim, a senhora Perdomo ainda é minha *paciente*, inspetor.

– Bom, bom... – "Caballo" Quintana meneou a cabeça, pensativo.– E ela está bem? Digo, fez alguma evolução?

– Ela está melhor, mas ainda não foi possível acessar as lembranças da noite em que Dom Francisco morreu, se é isso o que quer ouvir de mim – Sebastián disse. – Além do que digo ao senhor, inspetor, não posso falar mais nada. Como ficou sabendo desde o nosso último embate, meus pacientes e seus históricos, assim como tudo o que ouço deles, está protegido pelo sigilo e ética clínica.

– Eu sei! Já aprendi sobre isso! – O policial espalmou as mãos na direção de Sebastián e sorriu. – A questão é: se o senhor soubesse... ou, melhor... se o senhor ouvisse a senhora Perdomo confessar que matou o marido... o senhor me contaria, doutor?

– Prefiro pensar nisso – Sebastián tragou, deixou a fumaça invadir sua boca e, em seguida, soltou-a para o ar – quando, ou *se*, um dia, a senhora Perdomo se lembrar e me disser algo. Usarei meu discernimento para ponderar sobre o que devo fazer, tendo em vista a forma como agiria um cidadão de bem. E, respondendo à sua pergunta, inspetor, se julgasse que a senhora Agostina Perdomo é uma ameaça à nossa sociedade ilibada, informaria à polícia.

"Caballo" Quintana, que ouvira a tudo com atenção, sorriu. Amassou o cigarro no pires e arrumou o paletó sobre os ombros estreitos.

— O senhor é um bom homem, dr. Lindner. Estaria fazendo a coisa certa se agisse assim. E é justamente a coisa certa que esperamos que o senhor faça.

O inspetor colocou duas notas amassadas sobre o balcão e despediu-se de Julio. — Um ótimo dia para o senhor, dr. Lindner.

Sebastián limitou-se a acenar enquanto observava aquele inseto sumir pela porta. Novamente sozinho, debruçou-se sobre o balcão e respirou fundo. Tinha que readquirir o controle.

— Mais alguma coisa, Dom Sebastián? – perguntou Julio, recolhendo as xícaras.

— Sim – assentiu. – Mais uma dose de uísque. O mais forte, por favor.

Mais tarde, o inspetor da Polícia Metropolitana de Buenos Aires, César "Caballo" Quintana sentou-se atrás de sua mesa e recostou-se na cadeira, que rangeu. Vasculhou o bolso do paletó surrado atrás do último cigarro amassado. Prendeu-o entre os lábios, acendeu e tragou. Cruzou as mãos atrás da cabeça e permaneceu alguns segundos olhando para as manchas de mofo do teto de sua sala.

Sabia quando mentiam para ele; pior, sabia quando tentavam fazê-lo de otário. Não era por ser um policial experiente, com quinze anos de polícia; havia colegas mais velhos, ou com o mesmo tempo de corporação, que não tinham o *faro*. Mas ele possuía esse dom. Se havia algo que diferenciava aquele homem pequeno, magro e com deficiência facial de nascença, era seu talento para descobrir filhos da puta assim que olhava para um.

O doutor está perdendo o controle, pensou, tirando o cigarro da boca e soltando a fumaça. Tinha percebido a mão do psicólogo tremer, sinal evidente de abstinência. Sorriu ao imaginar toda aquela contradição; o conceituado dr. Sebastián Lindner, um dos psicólogos mais requisitados de Buenos Aires, o queridinho das famílias abastadas, que lhe entregavam os cuidados de seus filhos, filhas e irmãos, era viciado em álcool. Sim, um alcoólatra.

– E está trepando com a senhora Perdomo também – murmurou entre dentes, rindo discretamente de sua convicção.

Arrumou-se sobre a cadeira e largou o cigarro no cinzeiro de plástico que trazia o brasão do Boca Juniors, já meio desbotado, ao fundo. Tirou o molho de chaves do bolso e enfiou uma delas na pequena fechadura da segunda gaveta. Girou e puxou, fazendo os trilhos chiarem.

Vasculhou e ergueu uma pasta estufada. Colocou-a sobre a mesa e fechou a gaveta. Cuidou para trancá-la novamente e guardou a chave no bolso. Soltou os elásticos e abriu a pasta. Com dedos ágeis, percorreu os documentos até encontrar o que procurava: uma outra pasta de papel, mais fina, cujo conteúdo estava preso por um clipe.

Removeu o clipe e abriu. Puxou uma folha – uma cópia mimeografada do depoimento da sra. Agostina Perdomo. Passou os olhos pelas letras datilografadas e borradas de roxo; o papel ainda cheirava a álcool, mesmo depois daquele tempo todo. Fixou-se nos dados da senhora Perdomo.

"Vinte e sete anos, nascida em El Calafate, uma minúscula cidade na fronteira com a Patagônia Chilena. Casou-se com Francisco Perdomo Alcalá em 1954. Comunhão universal de bens. Casamento suntuoso na Catedral Metropolitana de Buenos Aires. Herdeira de uma fortuna."

Pegou o cigarro, tragou e soltou a fumaça. Prosseguiu com a leitura.

"Em 6 de março de 1955, encontrou o marido morto na casa da família Perdomo em Bariloche. Sete ferimentos ao todo, provocados por objeto cortante, muito provavelmente uma faca pequena e afiada ou uma tesoura. Destes ferimentos, cinco fatais."

O inspetor ergueu a folha e retirou da pasta duas fotos unidas por um clipe. Soltou-as e as colocou sobre a mesa. Estava encarando os rostos, estampados em preto e branco num pedaço de cromo, de Dom Francisco Perdomo, homem de fisionomia forte, queixo largo, quase quadrado, cabelos negros meticulosamente penteados para trás, assassinado aos 41 anos; e de uma jovem de cabelos escuros e olhos exóticos, que o encarava com petulância.

– Sei o que está aprontando, senhora Perdomo – disse, finalizando o cigarro e esmagando-o bem ao centro do brasão de seu amado Boca Juniors. – E vou provar.

3

O dr. Sebastián Lindner estava totalmente mergulhado em si enquanto seu corpo relaxava em sua poltrona favorita, localizada num canto privilegiado de seu consultório decorado com extrema sobriedade – madeira escura, carpete vinho, uma mesa pesada de mogno, mesmo material da enorme estante repleta de livros técnicos em diversos idiomas. Já sobre a cristaleira, uma bandeja acomodava duas garrafas de uísque puro malte caríssimas, com as quais fora presenteado por um amigo inglês, e uma garrafa pela metade de seu bourbon favorito, fabricado no Kentucky.

Do lado oposto da sala, um divã confortável de couro preto, coberto por uma manta bege e adornado por duas almofadas de cetim vermelho, de uso exclusivo dos pacientes, impunha-se, convidativo. Junto ao divã, uma cadeira de braços servia de opção para aqueles que preferiam sentar-se diante do analista e assumir uma postura mais formal.

Em uma das mãos, apoiada no braço rebuscado da cadeira, estava preso um copo de bourbon. A superfície do líquido dourado dormia, imóvel e sem gelo; havia sido bebericado apenas duas vezes. Na outra mão, entre os dedos, estava um charuto consumido pela metade. A fumaça subia, fazendo malabarismos no vazio.

Sobre a mesinha ao lado da cadeira, um abajur desligado e um cinzeiro de pedra, já lotado de cinzas.

Os pensamentos de Sebastián estavam no inspetor "Caballo" Quintana, aquele homenzinho repugnante e insistente. E também estavam em Agostina.

Eles se conheciam havia pouco mais de dois anos. Dois anos e três meses, para ser exato. Sebastián tinha fixação por datas, sobretudo as marcantes, de modo que dificilmente se esquecia de uma data importante.

Em 6 de março de 1955, Agostina havia encontrado o marido morto no chalé da família Perdomo em Bariloche. Sete estocadas no peito, muito sangue. Ela voltava de suas aulas de esqui, um dos muitos mimos que o marido lhe proporcionava. E, quase sempre, conforme Sebastián descobrira mais tarde, esses mimos vinham após longas surras ou relações sexuais forçadas. Uma forma doentia de compensação.

A viagem em março para Bariloche tinha sido um caso típico. O marido queria se desculpar pelo espancamento ocorrido duas semanas antes, que custara a Agostina um olho roxo e uma série infindável de desculpas esfarrapadas desferidas durante o evento beneficente de que a família havia participado ao lado dos Perón.

Caí da escada.

Bati na penteadeira.

Tropecei na quadra de tênis.

A própria Agostina identificara que Dom Francisco já estava morto, não havia o que fazer.

A polícia fora avisada por Manuel, irmão mais novo, que, por sua vez, fora comunicado por Agostina. A partir de então, a família Perdomo fechou-se em si, tentando, o máximo que pôde, evitar que a notícia se alastrasse como rastro de pólvora entre os empregados e, consequentemente, chegasse à imprensa. Claro, seria inevitável que os jornalistas tivessem acesso ao caso, mas precisavam ganhar tempo.

O relações-públicas da família foi convocado às pressas e chegou ao sul com o grupo de advogados. O responsável pela força policial de Bariloche informou de imediato a Buenos Aires, e o caso mereceu prioridade e tratamento totalmente sigiloso, conforme instruções do próprio presidente Perón.

Agostina estava em choque. Não havia derramado uma lágrima, mas seu íntimo se quebrara com a imagem do marido estendido na sala do enorme chalé, com o peito coberto de sangue e uma poça escura e rançosa debaixo de si, tingindo o tapete persa.

Não havia sinais evidentes de luta. Quem fizera aquilo com Dom Francisco tinha chegado bem próximo, pegara-o de surpresa, ou era alguém conhecido.

As suspeitas caíram sobre Rufino Ibañez, empregado que havia uma década trabalhava para os Perdomo, cuja família morava em um chalé menor, adjacente à construção principal, e que fora sumariamente demitido por Dom Francisco em fevereiro daquele ano, após uma discussão cuja causa era desconhecida.

Manuel Perdomo confirmara a desavença. O próprio irmão o informara de que Ibañez não era mais o responsável por cuidar do chalé de Bariloche, mas tampouco entrara em detalhes. Contudo, outros empregados confirmaram que Rufino Ibañez deixara a propriedade revoltado e que tinha jurado acertar as contas com *o filho da puta almofadinha do Perdomo*. Palavras literais que havia usado, segundo as testemunhas.

Rufino fora encontrado junto da esposa e dos três filhos numa hospedaria. A polícia agira em tempo recorde, como era de se esperar, já que o crime envolvia gente de alta estirpe.

Negara tudo, afirmando nunca mais ter pisado na propriedade dos Perdomo. Porém, confirmara ter bradado contra o ex-patrão, jurando que acertaria as contas com ele.

Questionado sobre o motivo da briga, recusara-se a dizer, ensimesmando-se.

Para as autoridades, a resistência do homem era prova suficiente de culpa. Todos acreditavam nisso, menos o investigador responsável pelo caso, cujo nome havia sido indicado pelo presidente Juan Domingo Perón; um sujeito miúdo com defeito congênito na face, que lhe conferia feições semelhantes às de um cavalo. Um homem que fumava de modo inveterado e tinha o dom da inconveniência.

Ao tentar agilizar o caso e fazer justiça ao amigo Francisco Perdomo, Perón dera um tiro pela culatra e criara um monstro; um monstro que assombrava Agostina e a ele, Sebastián; uma criatura obscura e que parecia onipresente, chamada inspetor César Quintana, ou, como era conhecido, "Caballo" Quintana.

O estrilar da campainha fez Sebastián despertar. Ergueu os olhos até o relógio cuco preso à parede e conferiu a hora: cinco em ponto.

Abriu a porta que dava acesso à pequena sacada e espiou a rua. Parada na calçada, junto a um táxi, estava a senhorita Aurora Leipzig. Usava um vestido leve e florido, adequado para o verão de Buenos Aires, que não costumava economizar no calor.

Sua maquiagem era discreta, senão pelo batom escarlate, que contrastava com os cabelos bastante loiros, quase brancos.

Pontualidade germânica, pensou Sebastián. Ele estava habituado com a pragmática relação que os germânicos tinham com os ponteiros do relógio, uma vez que seus pais eram de origem austríaca.

Acenou discretamente para a senhorita Aurora, que retribuiu.

Esvaziou o conteúdo do copo no minúsculo lavabo; não queria que Aurora Leipzig o visse bebendo em plena tarde de sábado. Também apagou o charuto, colocando-o sobre o cinzeiro.

Deixou o consultório e cruzou a passos largos a pequena sala de espera, onde também ficava a mesa de Ines, sua secretária de muitos anos. Escancarou a porta que dava acesso ao lance de escadas e, por fim, abrindo a porta de entrada, colocou-se diante da jovem.

– Bem-vinda, senhorita – disse.

– Agradeço mais uma vez por me receber em um sábado, dr. Lindner. Deixo claro que nunca pediria isso a um profissional tão famoso e requisitado como o senhor se não fosse, realmente, importante.

– Compreendo. Já passamos da fase das desculpas. Por favor, entre.

Sebastián acompanhou Aurora até seu consultório. A jovem subira as escadas e passara pela recepção sem esboçar qualquer hesitação, surpresa ou algo que denotasse estranhamento.

Indicou a cadeira ao lado do divã e sentou-se em sua poltrona.

– Primeira vez em Buenos Aires, senhorita Leipzig?

– Não. – Aurora balançou a cabeça. – Já estive aqui outras vezes, a estudo ou trabalho.

– Jura? A senhorita trabalha com o quê?

– Atualmente, dedico-me a cuidar do bem-estar do meu pai. É o que importa ser dito, já que não estamos aqui para falar de mim, não é mesmo, dr. Lindner?

Sebastián ergueu as sobrancelhas. Aquela jovem mulher era fria e cortante como o gelo. Por fim, assentiu.

– Evidentemente. Desculpe – falou. – Então, a que devo a honra?

Sebastián recostou-se na poltrona e reacendeu o charuto. A fumaça pareceu não incomodar Aurora, que não mexeu um músculo sequer. Ela estava sentada em postura ereta, pernas cruzadas como uma legítima dama. Suas mãos delicadas dormiam sobre os braços da cadeira. Sob a pele, as veias azuladas e aparentemente frágeis ramificavam-se como deltas de um rio.

De fato, uma mulher de gelo, era o que Sebastián conseguia pensar.

– Como o senhor deve ter notado, tive uma criação germânica, apesar de ter nascido aqui – Aurora começou a falar. Sua voz era delicada e suave e, ao mesmo tempo, deixava transparecer uma austeridade sinistra, como se cada palavra tivesse sido meticulosamente pensada e memorizada, ainda que seu comportamento exibisse total naturalidade. – Passei a infância na parte alemã da Suíça, em especial em Rheinau, às margens do Reno.

– Isso explica o leve sotaque que notei, senhorita – Sebastián não fez uma pergunta; simplesmente foi uma observação dita em voz alta.

– É possível. Fui educada lá e alfabetizada em alemão. Minhas raízes, e de minha família, estão na Alemanha, dr. Lindner. Portanto, ainda que tenha nascido na Argentina, me considero alemã.

– Perfeitamente – Sebastián assentiu.

– Mas é óbvio que não é minha intenção falar sobre mim. Na verdade, não importa. O senhor já entenderá por que estou lhe passando essas informações e, também, por que sua ajuda é imprescindível neste momento. – Aurora deu um leve suspiro, como se desejasse recuperar o fôlego. – Antes, porém, preciso que o senhor me confirme, sob o juramento de sigilo que a clínica entre terapeuta e paciente exige, que nada, absolutamente *nada* do que for dito aqui, ou durante as consultas com meu pai, sairá deste consultório, dr. Lindner.

Sebastián encarou a jovem com curiosidade. Sentiu um calafrio estranho percorrer-lhe a espinha.

– Se é essencial que eu prometa, senhorita, claro que prometo. Mas não vejo necessidade de levantar tal necessidade, uma vez que a senhorita mesma me escolheu para atender o senhor seu pai. Ou seja, deve estar ciente de meu comportamento ético.

– Ah, sim. Claro que estou. – Aurora esboçou um sorriso. – Confesso que pesquisei muito, muito mesmo, sobre o senhor e seu trabalho. A indicação de Agostina foi, como dizem, apenas a cereja do bolo.

– Meu trabalho? – Sebastián levou o charuto à boca.

– Sim, o trabalho do senhor. Principalmente a aplicação da teoria sobre dialética do dr. Enrique Pichon Rivière para a compreensão do sucesso da propaganda nazista. É um assunto que também me fascina, doutor. Fiquei sabendo que dedicou muitos meses a entrevistar e analisar imigrantes alemães e de outras regiões da Europa Central a respeito do dia a dia sob o governo de Hitler.

Aurora disse aquilo sem hesitar ou corar. Após a queda do Reich, falar em voz alta sobre nazismo e toda a ideologia por trás do genocídio promovido pelos homens de Hitler convertera-se em um tipo de heresia. Ainda que a simpatia de Perón pelo Eixo não fosse qualquer segredo, e que a Argentina tivesse se mantido neutra até praticamente o fim da guerra, havia um senso comum, um acordo velado e mudo, de execrar qualquer tipo de menção ao Partido Nazista, suas ações, ideologias e mentores.

– Confesso que me surpreende esse interesse. A senhorita assistiu à apresentação do dr. Pichon Rivière ontem, no Plaza?

– A maior parte. Fiquei decepcionada quando o senhor se esquivou e não respondeu àquele médico no fim do evento.

Sebastián meneou a cabeça, aturdido.

– O que mais sabe sobre mim, senhorita?

– Para ser honesta, quase tudo o que seria preciso saber antes de estar aqui, em seu consultório, e de entregar meu pai aos seus cuidados, dr. Lindner.

– E o que seria esse *tudo*? – Sebastián mordeu a ponta do charuto e sentiu o gosto do tabaco preencher sua boca.

– Ah, sim! – Aurora voltou a exibir seu sorriso discreto. – Por exemplo, que o senhor, com 48 anos, goza de enorme prestígio na Comunidade Psicanalítica de Buenos Aires, ainda que sua linha de pesquisa não seja bem-vista por muitos devido ao fato de envolver... *nazistas*. Também que é um estudioso inveterado e braço direito do dr. Rivière, tendo, inclusive, participado de modo ativo dos experimentos de campo realizados em Rosário. É filho de austríacos provenientes de Linz, que chegaram a Buenos Aires em 1902; seu pai morreu quando o senhor tinha dez anos, e ainda mora com sua mãe, que, infelizmente, sofre de senilidade. Sua família possui uma casa confortável a poucos metros daqui, neste mesmo bairro. Adora charutos, sobretudo os cubanos, e mais especificamente, o Montecristo. Nunca sai sem um ou dois no bolso do paletó. Mais do que charuto, aprecia bourbon americano. Teve um sério envolvimento com álcool, o que quase arruinou sua carreira como psicólogo; aliás, é algo que ainda lhe traz problemas, já que não conseguiu se libertar totalmente desse vício. Há três anos, pediu de modo voluntário que o internassem com o objetivo de livrar-se da bebida. Uma vez mais, o dr. Pichon Rivière serviu-lhe como um anjo da guarda ao facilitar os trâmites para que fosse acolhido sob o pseudônimo de Guillermo Haus na *clínica* De Las Mercedes, em Rosário. Ou, devo dizer, *Hospício de Las Mercedes*, dr. Lindner?

Sebastián estava atônito. Fitou aquela jovem mulher sentada à sua frente com assombro. Quem era ela? Com quem estivera conversando?

Agostina sabia que ele bebia e que às vezes passava da conta, mas quase ninguém tinha ciência de seu vício, tampouco do período em que passara internado em Las Mercedes.

O sorriso da jovem tornou-se um pouco mais largo. Um traço vermelho e curvo que fez o pavor cair sobre Sebastián.

– E, sobretudo, sei que não é judeu, doutor. Se fosse, não estaria aqui em pleno sábado.

Sebastián deixou o charuto de lado e limpou a garganta. Cruzou as mãos sobre o colo, sobrepondo-as. Sentiu o tremor percorrer seus dedos, tornando-se quase incontrolável. Precisava beber algo para se acalmar.

– Como sabe dessas coisas, senhorita?

– A questão não é *como*, dr. Lindner. Mas *por quê* – Aurora disse, de modo frio e direto. – E a resposta é simples: precisávamos saber tudo sobre o senhor para garantir a segurança e o bem-estar do meu pai.

Em outras palavras, deduziu Sebastián, ele estava nas mãos de Aurora e desse pai, fosse ele quem fosse. Sim, ele compreendera; se falasse algo, hesitasse, ou pensasse em negar qualquer tipo de ajuda, seu passado seria exposto sem piedade ou remorso.

Outra pergunta lhe veio à mente: será que aquela jovem sabia sobre Agostina? Claro que sabia! E, estava certo, não pensaria duas vezes antes de expô-la a um escândalo se fosse necessário.

Por fim, suspirou, resignado.

– Vejo que está entendendo a importância de ter meu pai como paciente, doutor – Aurora prosseguiu, no mesmo tom. – Mas, por favor, não pense que as coisas que eu disse sobre o senhor colocam em xeque a confiança na qualidade de seu trabalho. Pelo contrário; apenas mostram que o senhor é um ser humano e, como tal, comete erros. Erros são essenciais para o nosso crescimento, não é, dr. Lindner? Afinal, sem eles, não aprenderíamos, e a humanidade não teria evoluído. Observe, por exemplo, sua corrente de pesquisa sobre o discurso nazista; é evidente que erros foram cometidos, atos extremos, mortes desnecessárias. Muita gente sofreu, inclusive o povo alemão. Agora, pense o senhor: será que os próprios nazistas não aprenderam com seus erros?

Sebastián ficou em dúvida sobre o que responder. Por fim, arriscou:

– Infelizmente, para Hitler e seus seguidores, é tarde demais – disse. – Nuremberg se encarregou de dar o golpe de misericórdia na ideologia do Terceiro Reich, senhorita.

– Pode ser. Ou não. – Aurora encolheu os ombros. – O fato é que, diante de outros tipos de regime, o Nazismo é relativamente jovem, e seria natural que erros fossem cometidos. O que quero dizer é que mesmo um regime que as pessoas aprenderam a odiar poderia evoluir, melhorar, aprendendo com seus próprios erros.

O silêncio pesou entre os dois por alguns segundos.

– Deve estar achando estranho uma jovem como eu conversar sobre esse tipo de assunto, não, dr. Lindner?

– De fato, não é comum – Sebastián admitiu, constrangido.

– É aí que chegamos ao real motivo que me traz aqui: meu pai. Ele é o responsável por eu conversar sobre esse tipo de *coisas*, com gente como o *senhor*.

Instintivamente, Sebastián esticou o braço e pegou o charuto que estava sobre o cinzeiro. Precisava de um apoio. Porém, antes de levar o charuto à boca, notou que os tremores haviam aumentado.

Decidiu, então, abandonar o Montecristo e concentrar-se em Aurora.

– Meu pai, dr. Lindner, foi um alto oficial do exército alemão. Como deve saber, já que é um homem inteligente, não posso dizer isso abertamente a qualquer um. Contou com um bocado de sorte para escapar de Berlim no fim da guerra, pouco antes de a cidade cair nas mãos dos soviéticos e de Stalin. Ele sofreu muito.

Aurora encarou Sebastián. Seus olhos grandes e de um azul profundo, penetrante, fizeram-no sentir-se diante de um demônio. Sim, apesar de possuir uma beleza quase angelical, Aurora tinha algo sinistro, demoníaco em si.

Seria capaz de me matar aqui, a sangue-frio, caso me negue a atendê-la?

Percorreu o cômodo com os olhos. Sobre sua mesa, havia um abridor de cartas. Não era uma faca, não possuía fio, mas era pontiagudo o bastante para matar uma pessoa. Poderia, perfeitamente, ser usado como arma branca.

De repente, ao olhar para Aurora, viu-se diante da morte. Imaginou-se sendo atacado, coberto por sangue. E, então, lembrou-se de Dom Francisco Perdomo, e da descrição de Agostina sobre como encontrara o marido.

Ele estava pálido… um pedaço de carne, sem vida, empapado de sangue pegajoso. Ficou petrificado. A figura de Aurora misturara-se com a de Agostina, formando um tipo de quimera.

– Está tudo bem, dr. Lindner? – perguntou Aurora.

– Sim, está sim. – Sebastián respirou fundo. – Preciso de um pouco d'água. Posso servir um copo para a senhora?

– Não, obrigada. Estou bem – respondeu Aurora, num timbre educado, porém, desprovido de emoção.

Sebastián serviu-se de água. Abriu a garrafa que estava na cristaleira, encheu o copo e bebeu. Repetiu o gesto, voltando a encher um segundo copo e a esvaziá-lo.

Sentou-se de volta na poltrona, mais aliviado.

– Como ia dizendo, meu pai sofreu muito. – O olhar de Aurora tornou-se distante. – Pode parecer estranho eu dizer que um alto oficial nazista tenha sofrido, já que as pessoas atualmente aprenderam a enxergá-los como monstros desalmados. Mas afirmo que se trata de uma visão maniqueísta e manipuladora. Muitos dos amigos do meu pai tinham família, amavam suas esposas e filhos. Ele já me contou isso; falou que mesmo os oficiais mais vaidosos brincavam com os filhos nos fins de semana, conversavam, ouviam música, riam enquanto jogavam brinquedos para os cachorros apanharem. E, obviamente, choraram com todas as forças ao assistirem a seu país ser destruído.

Sebastián nada disse, apenas remexeu-se na cadeira.

– Sobre isso, o senhor pode dizer: "Mas os alemães também levaram sofrimento para outros países!". De fato, é uma verdade incontestável. A Alemanha foi a responsável pela guerra e, como tal, tem que arcar com o ônus de ter puxado o gatilho e dado o primeiro tiro. Mas não se nota a mesma celeuma contra as atrocidades que os soviéticos cometeram e cometem! Pergunte a um polonês ou ucraniano, dr. Lindner, se eles não voltariam atrás e bateriam palmas aos alemães, se pudessem escolher entre Hitler e Stalin.

Sebastián permaneceu observando, calado. O raciocínio daquela jovem era limpo, claro. Seu discurso era articulado e convincente, ainda que fundamentado em argumentos que pareciam justificar o injustificável. Era o discurso que explicava e legitimava o ódio, revestido de uma camada dourada, que podia ser facilmente deglutido por cabeças menos esclarecidas ou que pendessem, com algum grau de simpatia, para ideologias nazi-fascistas.

De certo modo, Agostina utilizara-se do mesmo padrão de discurso fundamentado, ainda que torpe, em sua primeira catarse, ao se referir ao marido morto.

"Não matei aquele desgraçado, dr. Lindner. Mas tinha todos os motivos para matá-lo, sim. Sabe por que não o matei? Porque, se o tivesse feito, teria dado um número maior de facadas naquele filho da puta. Uma facada para cada surra, para cada marca, para cada vez que ele deitou sobre mim e me rasgou como se eu fosse uma puta."

– Enfim, meu pai sofreu muito para escapar, deixando para trás seus sonhos e projetos. Foi uma época difícil. Dias se escondendo dos soviéticos e, depois, dos britânicos e americanos. Por fim, conseguiu fugir da Alemanha e veio para a Argentina. Refez sua vida em Villa La Angostura, conseguiu terras e criou a Estância San Ramón; o senhor já deve ter ouvido falar.

Sebastián assentiu ao escutar sobre o local na província de Neuquén, na região da Patagônia argentina. Não era segredo para ninguém que um grande número de alemães morava na área, muitos deles, fugidos da Segunda Guerra. Na metade dos anos 1940, a Argentina tornara-se um tipo de Meca para alemães expatriados, assim como os Estados Unidos. E, obviamente, muitos desses alemães eram nazistas que conseguiram escapulir da vigilância dos Aliados e cruzar o Atlântico rumo à América do Sul.

Porém, nunca ouvira especificidades sobre a Estância San Ramón.

– Moramos em uma casa confortável, porém, isolada – continuou Aurora. – Meu pai recomeçou e teve sucesso, doutor.

Sebastián semicerrou os olhos e encarou Aurora.

– Não faço julgamentos, senhorita. Caso fizesse, não teria condições de atender a qualquer ser humano. Por isso não me cabe julgar seu pai ou atribuir valor a seus atos. Contudo, há uma coisa que não confere. A senhorita deve ter algo em torno dos 20 anos, se não estou enganado.

– Vinte e três, doutor.

– Vinte e três – Sebastián repetiu, retomando seu raciocínio. – Você afirmou ter nascido na Argentina e ter sido educada na Suíça, na parte alemã, correto? Porém, as datas não conferem, nem os fatos. Se nasceu na Argentina, como pode ter, como pai, um oficial alemão que fugiu de Berlim em 1945? E, se tem 23 anos, e mudou-se criança para a Suíça, presumo que tenha nascido em 1935 e estudado em Rheinau por volta dos anos 1940. Ou seja, no ápice da guerra.

Aurora não esboçou qualquer contrariedade, apenas assentiu.

– Bom notar que sua mente é aguçada, dr. Lindner. De fato, suas observações estão corretas. Eu ia lhe contar sobre isso quando entrasse em mais detalhes sobre meu pai, mas, já que adiantou os acontecimentos, não preciso me esquivar. Acontece que sou filha adotiva, doutor. Meu pai me adotou em 1945, quando eu tinha 9 anos e ainda morava na Suíça. Meus pais biológicos se mudaram para a Suíça em 1939 e morreram na guerra. Quando tudo começou a ruir em Berlim... – Sebastián notou um pontinho brilhante se formar em meio ao azul cristalino dos olhos de Aurora.

– Mas, mesmo ele sendo pai adotivo, a senhorita refere-se a ele com grande ternura. Se não comentasse, seria impossível perceber que é adotiva – disse Sebastián.

– Amo meu pai. Ele me salvou, me deu uma segunda chance. É um homem bom, que, agora, está precisando de ajuda. Da *sua* ajuda, dr. Lindner.

Finalmente, Sebastián começava a notar algum traço de humanidade naquela garota.

– E qual seria o problema do seu pai, senhorita? Como eu poderia ajudá-lo?

– Como expliquei, meu pai refez a vida na Argentina. Ali, onde moramos, formamos uma comunidade muito unida; vários alemães, que apenas desejam uma vida nova e dar prosseguimento aos seus sonhos, às coisas que um dia sonharam e idealizaram, mas que lhes foram roubadas. De algum modo, as pessoas que conhecemos em Villa La Angostura gravitam em torno de nossa família e de San Ramón. Nossa casa recebe muita gente, e eles sempre adoraram ouvir meu pai falar. Acho que reconhecem a liderança inata de *Papa*, já que, por muitos anos, ele teve incontáveis homens sob seu comando, que obedeciam fielmente às suas ordens como se fossem dadas pelo próprio Hitler.

Aurora Leipzig fez uma pausa antes de continuar.

– Até 1955, tudo prosperava muitíssimo bem. Recebíamos muito apoio do governo, tanto do presidente Perón, como dos governantes da província de Neuquén. Entretanto, principalmente depois que o presidente Perón foi deposto do poder, as coisas se reverteram e se tornaram terríveis. Há perseguição a alemães por todos os lados, doutor. As pessoas nos olham como assassinos carniceiros. Já não nos sentimos mais seguros em Villa La Angostura, nem em qualquer outro lugar da Argentina. Muitos conhecidos estão se mudando para o Paraguai, onde Stroessner tem recebido de bom grado os alemães, talvez por ele próprio possuir linhagem germânica. Mas meu pai se nega a deixar seu sonho para trás mais uma vez e partir de San Ramón. Seria um golpe duro demais para ele. Então, há cerca de um mês, 40 dias no máximo, ele adoeceu.

Sebastián franziu o cenho.

– Certamente, o senhor conhece sobre o estado catatônico, dr. Lindner – Aurora afirmou. – Tive que ler muito a respeito e pesquisar sobre a doença dele. Meu pai passa os dias mudo, não faz qualquer esforço para comer ou beber água. Seus olhos perderam a vida, e até para trocar de roupa ele precisa de ajuda de um empregado. É desesperador para mim, e para todos naquela casa, vê-lo desse jeito.

— Mais pessoas moram com a senhorita e seus pais? – Sebastián perguntou, alisando o bigode.

— Não tenho *pais*. Somos apenas *Papa* e eu – ela respondeu, de modo taxativo. – *Papa* tinha uma companheira, uma mulher que sempre estava com ele, mas que não era sua esposa. Sempre achei que ela era uma secretária ou algo do tipo. Ela morreu no ano retrasado. *Frau* Evelyn Brunner.

Silêncio.

— Além disso, há os empregados, que moram em suas residências nas imediações da propriedade. A casa é grande, assim como a estância. Amigos nossos também vêm visitar meu pai com frequência, mas ele tem se mostrado bastante hostil.

— Compreendo. A morte dessa companheira, a sra. Brunner, pode ter afetado seu pai para que ele ficasse nesse estado?

— Duvido muito. – Aurora encolheu os ombros. – *Papa* sentiu a morte de *Frau* Brunner, como era esperado. Todos sentimos. Mas se recompôs rapidamente. Desse modo, não creio que haja uma ligação.

Sebastián meneou a cabeça.

Indiferente ao tema sobre o qual conversavam, Aurora prosseguiu:

— Custou-nos muito esforço vir a Buenos Aires. Como expliquei, nossa estância é bastante isolada e só pode ser acessada de barco pelo Lago Nahuel Huapi. Então, tirá-lo de Villa La Angostura no estado em que se encontra, e cruzar o lago até que pudéssemos ter acesso, via terrestre, à rota para Buenos Aires, foi terrível. Mas estou certa de que todo o esforço valerá a pena, e que o senhor vai ajudá-lo. É o único que pode.

— Não trabalho com promessa de resultados, senhorita Leipzig – Sebastián falou. – Aliás, nenhum companheiro de profissão o faz. Deve ter isso em mente, ficou claro? Compreendi a expectativa que deposita em mim, mas o sucesso no processo terapêutico depende do paciente.

— Também sei disso. Por isso, fui tão criteriosa ao escolher o senhor. Pensei em tudo, dr. Lindner – Aurora foi incisiva. – O fato de ser austríaco fará com que ganhe a simpatia do meu pai; de ter estudos centrados no nazismo, também. Ainda que ele esteja catatônico, estou certa de que ouve e compreende tudo. Simplesmente, optou por fugir da realidade. O que preciso, doutor, é que o traga de volta usando sua mente científica e suas técnicas psicanalíticas, sem qualquer prejulgamento pela posição política que, outrora, meu pai teve.

Aurora Leipzig abriu a pequena bolsa preta que, até aquele momento, repousava sobre seu colo. Tirou de dentro um envelope e estendeu a Sebastián, que apanhou o objeto lançando à jovem um olhar interrogativo.

– O dinheiro está em libras esterlinas, dr. Lindner. Pode conferir o valor quando quiser.

Sebastián espiou o conteúdo do envelope. Não precisava ser muito sagaz para compreender que ali havia uma pequena fortuna.

– Considere um depósito de confiança. Quando terminar o tratamento, receberá mais. E, como o senhor mesmo alertou, se não obtiver sucesso, ganhará da mesma forma. Só peço que mantenha seu profissionalismo e nosso acordo. Sem comentários, extremo sigilo sobre tudo o que meu pai disser, e sobre o que lhe contei, também. Como pode já ter previsto, nos asseguramos de garantir que, caso o senhor falte com a ética, as devidas ações sejam tomadas. E, claro, não será bom para ninguém.

Novamente, Sebastián sentiu um calafrio subir-lhe pelo corpo. Algo estava errado, muito errado.

Quem era aquela mulher? E quem era seu pai? Com que tipo de gente estava prestes a lidar?

Em seu íntimo, sabia quem eram.

Nazistas. Nazistas fugidos do trágico destino de Berlim e do Terceiro Reich, que, como tantos outros de sua laia, haviam escolhido a Argentina para refazerem suas vidas.

Era nisso que pensava quando, subitamente, Aurora colocou-se em pé e estendeu a mão:

– Uma coisa importante: para essa quantia em dinheiro, estão programadas sessões diárias com meu pai pelo período equivalente a quinze dias. É o tempo de que dispomos, dr. Lindner. Eu me encarregarei de trazê-lo pessoalmente todos os dias, às sete da noite.

Sebastián levantou-se da poltrona, mas não estendeu a mão.

– Preciso verificar minha agenda, senhorita Leipzig. Tenho outros pacientes cujos tratamentos são importantes, e, ainda que compreenda a urgência do caso de seu pai, eu...

– Não pode ser de outro jeito, dr. Lindner. Todos os dias, às sete da noite. Em ponto. Sessões de uma hora, ao longo de quinze dias. Se o senhor não puder aceitar, o que espero que não ocorra, darei nosso acordo por encerrado. Sairei daqui e não o importunarei mais. Contudo, não posso permitir que o que lhe disse saia desta sala e, assim sendo, serei obrigada a agir para que as medidas mais adequadas sejam tomadas. Acredite, dr. Lindner: meu pai é um homem muito importante, tanto para seu povo, na Alemanha, como para outras pessoas ao redor do mundo.

O coração de Sebastián acelerou e o tremor tornou-se incontrolável. Sua mão, suspensa no ar, mexia-se de modo autônomo. Aurora, porém, parecia indiferente àquilo e mantinha o olhar gelado fixo em seus olhos.

– Eu compreendi – Sebastián murmurou. – Conversarei com Ines, minha secretária, e arrumaremos um espaço na agenda. Todos os dias, às sete horas. Correto?

– Isso mesmo. – Sorriu, satisfeita. Estendeu sua mão até a de Sebastián e suspendeu-a em direção à boca do psicólogo. Ele tocou os lábios na pele fria de Aurora e, em seguida, soltou sua pequena mão. – Segunda-feira, às sete, estarei aqui com meu pai. Tenho certeza de que ele adorará o senhor.

Sebastián balançou a cabeça. Calado, acompanhou Aurora até a saída. Na rua, o táxi a aguardava, e ele ficou imaginando a pequena fortuna que aquela corrida custaria à jovem.

Dinheiro não deve ser problema para essa gente, pensou, assistindo ao carro partir.

Tão logo viu-se sozinho, encostou-se na parede, junto à vitrine repleta de títulos de segunda mão da Hidalgo & González. Sentia vertigem e suava frio.

Fosse o que fosse, pressentia que estava diante de algo grande e perigoso. Algo que, temia, colocaria sua vida em risco, como se não fosse arriscado o bastante envolver-se com uma paciente, ainda mais sendo ela esposa do falecido Dom Francisco e suspeita de matar o próprio marido.

Pior de tudo: tinha que guardar aquilo para si, a sete chaves.

Trôpego, subiu as escadas e trancou-se no consultório. Serviu-se de uma dose tripla de bourbon e mandou tudo garganta abaixo.

Paulatinamente, o tremor foi cessando. Jogou-se na poltrona e deixou o corpo afundar. De repente, sentiu como se flutuasse.

Ele observou o táxi afastar-se com a mulher loira. Era uma moça bastante atraente e de modos refinados. Contudo, conhecia aquele tipo; era a espécie de gente que ele odiava.

Também notou o homem de bigode e traje despojado desabar contra a parede, abatido. Não compreendia, ainda, qual era o papel daquele sujeito naquela história toda, mas descobriria. No dia seguinte, ou no mais tardar na segunda-feira, já teria em mãos as informações de que precisava: a identidade do homem de bigode, o que fazia e por que estava conversando com aquela mulher.

Girou sobre os calcanhares e afastou-se do sobrado tão logo o homem sumiu pela porta. Caminhou de modo discreto – sim, ele sabia ser discreto como ninguém – e dobrou a esquina. Queria apenas chegar à hospedaria em que se instalara havia três dias, tomar um banho e beber alguma coisa.

Enfiou a mão no bolso da jaqueta e conferiu o conteúdo. O metal, frio e rijo, estava ali. Ele envolveu o cabo com os dedos e sentiu a arma. Chegaria a hora em que teria que usá-la; era o que fazia de melhor. Matar *gente*; porém, não qualquer tipo de *gente*. Só gente que, como ele, também matava; mas, diferente dele, gente que matava por ódio e prazer.

Era esse tipo de *gente* que ele queria eliminar do mundo.

Sim, pensou, sentindo-se invadido por uma onda de prazer. Mais do que qualquer outra coisa, ele adorava matar nazistas.

4

Carmen Delgado crescera em uma *villa*[1] em La Plata e, assim como todas as crianças que conhecera, vivera uma vida de privações. Contudo, havia algo que amenizava a crueza diária de sua rotina de ajudar a mãe a lavar roupas para gente rica dos bairros mais abastados: o sonho de ser dançarina.

Era através desse sonho que deixava sua casa miserável, a qual dividia com a mãe e mais cinco irmãos, e viajava a Buenos Aires, para os teatros da Avenida Corrientes e para os espetáculos sobre os quais ouvia no rádio.

Um dia, dançaria sobre um palco, repetia a si mesma, com vigor.

Os pensamentos de Carmem tocaram o chão no mesmo instante que seu tamanco bateu contra o tablado do palco mirrado do La Noche con Música, um obscuro cabaré na área portuária de Puerto Madero. O som da *chacarera* cessara, dando lugar aos aplausos da plateia formada por homens bêbados sentados junto de mesinhas forradas de garrafas.

Pé ante pé, desceu o breve lance de escadas, deixando o palco. Passou pelas mesas, deleitando-se com os olhares quase canibais a ela desferidos por homens que, certamente, pagariam o que tinham e até o

---

[1] *Villa* é o termo argentino que equivale a favela no Brasil.

que não possuíam para tocar suas curvas envelopadas em um vestido justo e negro.

Ela sabia que não era um traje apropriado para performance de um show de dança folclórica, mas não ligava. Bastavam os aplausos e o que vinha a seguir, quando o show acabava. Carmen sempre terminava a noite na cama de algum bêbado, que lhe pagava cinco vezes mais do que ganhava no La Noche con Música.

Ainda agradecia os aplausos quando notou o sujeito taciturno, ensimesmado atrás de uma mesa no fundo do estabelecimento. Tinha cara de gringo, de estrangeiro daqueles países de gente loira. Sempre preferira os bugres e rústicos, mas não podia negar que aquele gringo tinha seu charme, sobretudo, devido ao olhar triste. Porém, o que mais chamou a atenção de Carmem não tinha nada a ver com a aparência do homem taciturno; ela reparou que ele fora o único a não a aplaudir.

Findada a dança, ele permaneceu sentado, indiferente, tragando um cigarro e olhando para o vazio.

Ele ficou daquele jeito, indiferente, como se imerso em outro mundo, até mesmo quando ela puxou uma cadeira e sentou-se ao seu lado. Desviou o olhar para a taça de vinho intocada sobre a mesa.

– Reparei em você – Carmem disse, aproximando do ouvido do homem a boca coberta de vermelho carmim. Os músicos haviam voltado a tocar e ela não queria correr o risco de não ser ouvida, e ser ignorada. – Está sozinho?

Ele esmagou o cigarro no pequeno cinzeiro de metal sobre a mesa e somente então fitou-a com desinteresse.

– Se estiver com algum problema, entenderei, senhor – Carmem continuou. – Mas não pude deixar de notar que foi o único neste salão que não me aplaudiu minutos atrás. Por acaso não gostou do meu espetáculo? Ou de mim?

– Pelo contrário – o homem disse pausadamente, carregando nos *erres*. – Gostei muito. A senhorita dança muito bem.

Carmem reparou melhor no sujeito. Tinha os cabelos castanhos bem claros, quase loiros. Cabeça com crânio perfeitamente redondo, testa um pouco alta. Os fios, ralos, começavam a rarear no topo. Julgou que teria entre 30 e 35 anos. Os olhos acinzentados, quase sem cor, lhe conferiam um charme especial.

– Agora me sinto melhor – Carmem afastou-se e, pegando para si a taça sobre a mesa, bebericou um gole do vinho barato. – Escute, me parece que o senhor não mora aqui, mora?

– Sim. Estou morando na cidade. – O homem pegou a taça das mãos de Carmem e recolocou-a sobre a mesa.

– Entendi. Mas, digo, o senhor não é *daqui*... deste país. – Ela sorriu, investindo de modo mais ousado, e colocando sua mão sobre a dele. – De onde o senhor é?

– Do mundo. – Ele finalizou o vinho, esvaziando a taça.

– Um homem viajado. Gosto disso. E então... – num gesto rápido, ela moveu a mão que estava sobre a do homem e colocou-a entre as pernas dele, segurando seu pênis. Sentiu o membro enrijecer e, triunfante, completou: – ... não gostaria de me conhecer melhor? Posso fazer um espetáculo privativo para o senhor, e o quarto que alugo não fica muito distante daqui. Prometo que não cobro caro.

Sem dizer nada, ele simplesmente assentiu.

Sexo sempre o relaxava. Mas fazia muito tempo que não ficava com uma mulher. Receava que, ao dividir seu foco com outras coisas de menor importância, seu trabalho fosse prejudicado.

Mas, naquela noite, percebeu o quanto sentia falta do sexo. Gozou rápido da primeira vez; e da segunda, também. A mulher com quem estava naquele quartinho fétido parecia não se importar; ela detinha sua atenção no corpo musculoso do companheiro e nas costas cobertas de marcas, possivelmente cicatrizes.

O que diabos teria provocado aquilo?, ela pensou. Depois, concluiu: *Não é da minha conta.*

Então, fixou-se na tatuagem que ele trazia no ombro direito.

– O que representa essa estrela em seu braço, senhor? – ela perguntou, ainda um pouco ofegante. Estava deitada de bruços, as costas e nádegas nuas viradas para cima, à disposição de seu toque.

Ele havia acabado de acender um cigarro e refletia sobre as vantagens que o sexo lhe proporcionava. Sentara-se na beirada da cama estreita e seus pensamentos vagavam.

– É uma estrela. Estrela de Davi – ele respondeu, sem olhar para ela. Aliás, tinha estado dentro daquela mulher duas vezes, mas em nenhum momento a olhara diretamente nos olhos. Afinal, não passava de uma puta vulgar, uma dançarina de cabaré que lhe servira unicamente para descarregar a tensão sexual.

– Posso fumar um cigarro seu?

Ele inclinou o corpo e pegou a calça do chão. Tirou do bolso o maço e, dele, um cigarro amassado. Colocou nos lábios, acendeu, e entregou a Carmem.

– E por que a estrela é amarela? É sua cor preferida? Gosta de amarelo, senhor?

Carmem sentou-se ao seu lado. Ele notou seus seios grandes e caídos, como duas tetas de um animal. Sentiu-se enojado.

– O amarelo tem um significado especial. Somente isso – respondeu, tragando o cigarro.

Ela o encarou como se admirasse um espécime raro. Soltou a fumaça e sorriu.

– O senhor não é muito de conversar, certo? Pode pelo menos me falar o seu nome? Quer dizer, estamos dividindo bons momentos neste quarto, não estamos? Acho que seria de bom-tom que lhe chamasse pelo nome. Eu já disse o meu: Carmem. E o seu, como é?

Ele suspirou. Jogou o cigarro no chão e pisou sobre ele, com os pés nus.

– *Jude* – disse, acentuando o sotaque. – Chame-me de *Jude*, se quiser.

— Desculpe, mas como foi que disse? *Iude*? É esse o seu nome?

— Pode me chamar assim — ele disse, virando-se rapidamente para ela e laçando seu pescoço com a mão.

Viu o pavor surgir no rosto daquela mulher vulgar enquanto apertava-lhe o pescoço com força. Por fim, afrouxou os dedos e, então, jogou-a na cama.

— É melhor que me chame assim. *Jude*. Porque, se eu disser meu verdadeiro nome, terei que matar você. E penso que você quer viver, não é?

Carmem fez que sim. Seu corpo tremia enquanto o homem enfiava a mão entre suas pernas.

Ele notou o medo e gostou daquilo. Sorriu e, em seguida, lançou-se sobre ela.

Sebastián reparou como ela mexia os quadris enquanto mantinha seu corpo encaixado no dele. Mordia os lábios com força e girava os olhos, como que em transe. Ao término, acelerou os movimentos, fazendo seu corpo se mexer sobre ele como se estivesse tomado por uma corrente elétrica.

Soltou um grito desavergonhado e, então, tombou-se sobre o peito dele, ofegante.

Ele também sentira prazer, mas não gozara. Acariciou os cabelos dela e suspirou. Com delicadeza, acomodou-a ao seu lado, ambos espremidos, sobre o divã que em geral era ocupado por seus pacientes.

O cheiro de suor e sexo começou a invadir o consultório fechado. Sabia que o que faziam era um tipo de profanação imperdoável, mas ele já havia violado quase todos os princípios que o ligavam à ética da profissão que escolhera: estava apaixonado e tendo relações sexuais com uma paciente, ocultara fatos da polícia escondendo-se atrás do sigilo profissional, e sucumbira novamente ao vício da bebida. Então, o que representava, em sua queda, macular o divã sobre o qual seus pacientes se deitavam e relatavam minutos a fio seus problemas?

– Você parece distante hoje, Sebá. – Agostina tocou de leve o bigode dele e acariciou os pelos macios. – Só conseguimos nos ver aos domingos e às quartas, e você prefere gastar o tempo ensimesmado com algum tipo de bobagem.

– Não é isso – ele contestou, sem muita convicção. Levantou-se e vestiu a ceroula. Abriu a caixa que estava sobre sua mesa e pegou um Montecristo. Cortou a ponta, colocou entre os lábios e acendeu. Naquele momento, o ambiente não cheirava apenas a sexo, mas também a tabaco cubano.

Agostina enrolou-se na manta que protegia o divã e encarou Sebastián, pensativa.

– Talvez, se mudarmos de posição, você chegue ao ápice mais rápido.

– Já disse que não é nada sobre sexo, Agostina. Não se preocupe.

Ele se soltou sobre a poltrona, exausto.

– Então, conte-me! O que está passando por essa cabeça? – Agostina sentou-se no divã e sorriu. – Vamos inverter os papéis. Agora, eu analiso você, dr. Lindner. Fale-me sobre o que perturba o senhor.

Sebastián manteve o charuto preso à boca por alguns segundos e, depois, soltou a fumaça.

– Foi algo com Aurora? Ela veio conversar com você sobre o pai?

Ele limpou a garganta e, simplesmente, confirmou, meneando a cabeça positivamente.

Não podia, em hipótese alguma, contar a Agostina sobre a conversa que tivera com Aurora Leipzig, aquela mulher fria e de olhar diabólico, tampouco sobre o medo que sentia, como se estivesse prestes a pular de um penhasco. Muito menos, abrir o jogo e falar que a jovem, e aparentemente inocente senhorita Leipzig, havia lhe pedido para tratar de seu pai, um ex-oficial nazista de alto escalão, quase tão influente quanto o próprio Hitler.

Pior do que isso: como algo misterioso, que não fora de modo algum verbalizado, fazia-o lembrar de Agostina quando olhava para a senhorita Leipzig. Não conseguira, por mais que tivesse pensado horas a fio, identificar qual padrão sua mente havia usado para ligar as duas mulheres que, a princípio, diferiam em tudo.

Agostina era morena, tinha feições exóticas conferidas por olhos ligeiramente puxados, transbordava sensualidade ao menor gesto, era imponente, altiva, sexualmente liberal e proativa. Por outro lado, analisara a senhorita Leipzig como uma jovem pálida e desprovida de oscilações emocionais; uma personalidade fria, contida, sexualmente reprimida, com uma paixão clara pelo pai adotivo.

Optou, então, por contar a Agostina a versão menos dolorosa:

— Ontem aquele inspetor da polícia veio me importunar — ele disse, recolocando o charuto na boca.

Agostina franziu o cenho. Já não achava mais graça na situação.

— Quintana?

— Exato. "Caballo" Quintana em pessoa — Sebastián assentiu. — Ele topou comigo no Salvatore ontem de manhã. Para variar, tratou-me com aquele jeito invasivo e olhar inquisitivo, como se eu estivesse escondendo algo.

Agostina levou o dedão à boca e mordiscou a ponta da unha. Permaneceu pensativa e, então, disse:

— Ele não tem mais motivos para importunar nem você, nem a mim, Sebá. Não matei Francisco, e você não tem obrigação de contar o conteúdo de nossas sessões àquele verme. Está respaldado pela lei.

— Eu sei disso. Mas, ainda assim, ele me incomoda bastante. — Sebastián tragou, inundando-se com o aroma de seu Montecristo. Ao seu redor, uma nuvem de fumaça se formara.

— Posso perguntar uma coisa a você, Sebá? — Agostina encarou-o de um jeito sombrio. — Algo em você ainda duvida de que eu não matei Francisco?

A primeira reação de Sebastián foi cuspir palavras mecanicamente, repetindo o que sempre afirmara: *Não, meu anjo, você tinha motivos, mas não seria capaz nem ao menos de feri-lo; você é uma mulher livre, Agostina, nunca conseguiria conviver presa à culpa ou, ainda, à prisão, caso tivesse matado Dom Francisco; a mulher capaz de me fazer sentir tanto amor não poderia, nunca, tirar a vida de alguém.*

Contudo, as palavras não saíram. Ficaram presas, formando um bolo doloroso em sua garganta. O que isso significava? Estava duvidando de Agostina? Haveria margem para que aquele inspetor de merda tivesse razão?

Agostina Perdomo era uma mulher forte, como poucas que conhecera. Possuía um tipo de força diferente de sua mãe, que o havia criado praticamente sozinha. Não era uma força tipicamente feminina, matriarcal, da mulher tomada pelo espírito da fêmea que move o mundo para proteger aqueles que lhe são caros.

Não, Agostina era, sem dúvida, uma mulher alfa, alguém que não precisaria de um homem ao lado, senão pela necessidade de usá-lo. Óbvio que ela nunca verbalizara isso, tampouco se descrevera de tal maneira.

Ao falar de si, Agostina sempre fazia alusão a uma menina que tivera que aprender a ser forte para suportar a vida na pequena cidade limítrofe e fria; os castigos da tia e do tio, que a criaram depois de sua mãe ter ido embora com um comerciante de Santiago e seu pai ter se entregado à bebida até morrer.

Em seu íntimo, Sebastián riu. Ria de si. Afinal, como um psicólogo experiente, sabia, tão bem quanto qualquer outro em sua área, que pacientes mentem. E Agostina podia, muito bem, mentir para ele. Não havia nada de diabólico nas mentiras; as pessoas mentem para se proteger. Anna Freud, filha de Freud, abrira novos horizontes ao universo da Psicanálise ao chamar tais artimanhas de mecanismos de defesa, cascas que criamos com a finalidade de nos protegermos do mundo; crostas que se formam em redor de nossa psique e nela se fixam, criando uma simbiose inconsciente em que ambos ganham: a mente fica livre das dores, e nós poupamo-nos de encarar a verdade.

Portanto, seria até natural que Agostina mentisse para ele, ainda que devesse, como paciente, entregar-se e despir-se totalmente, expondo suas dores. Somente assim seria possível curar uma psique doentia.

Mas Agostina não parecia uma mulher doente. Sim, chegara até ele totalmente perturbada, após dois dias em prisão preventiva por conta daquele inspetor repugnante. Contudo, levara três ou quatro sessões para que ela apresentasse um quadro de melhora, principalmente após a confirmação da prisão do antigo caseiro do chalé da família, que se desentendera tempos antes com Dom Francisco, chegando a ameaçá-lo.

Sebastián notou que estava de olhos fechados ao ouvir Agostina chamar-lhe pelo nome. Abriu os olhos e encarou a mulher seminua diante de si, a mulher com quem fizera sexo minutos antes e por quem sentia uma atração incontrolável, que o fazia duvidar de sua capacidade de resistir a seus impulsos.

– Sebastián, está me ouvindo?

Ele assentiu. Depois, sorriu.

– Claro que não duvido de você – falou. – Você se tornou uma vítima dessa situação toda, tanto quanto seu marido. A questão é que, se for me levar apenas pelo meu julgamento moral, Francisco teve o que mereceu. No entanto, ele ainda se saiu melhor na morte do que você em vida, meu anjo.

Agostina parecia mais relaxada, e ele continuou:

– Ele encontrou na morte a fuga para o que fez com você, enquanto você tem que suportar reviver tudo o que houve. Penso que é punição o bastante para alguém que teve que aguentar os maus-tratos daquele monstro.

A senhora Perdomo levantou-se do divã e, quase num salto, sentou-se sobre Sebastián, deixando a manta escorregar por suas costas.

– Não suportaria se duvidasse de mim, Sebá – disse.

– Eu não duvido.

– Melhor assim. – Ela mordeu os lábios dele, arrancando um pouco de sangue.

– O que está fazendo? Isso dói!

– É só para mostrar a você – disse, sorrindo como uma menina – que não deve se enganar comigo, dr. Lindner. Sou capaz de matar, sim. Não está vendo? Arranquei sangue de você e posso devorá-lo inteiro.

Sebastián sentiu seu corpo ser consumido pelo desejo novamente. Já não pensava em Quintana, nem em Aurora.

Suspendeu Agostina, segurando-a em seus braços, deixou que ambos os corpos entrelaçados caíssem no chão.

– Eu amo você, Agostina – murmurou em seu ouvido.

5

Ines Bustamante trabalhava como secretária de Sebastián pelo mesmo tempo que ele se dedicava à clínica, ou seja, ao longo de toda a sua vida profissional.

Era uma mulher esguia, 50 anos, cabelos escuros – Sebastián tinha certeza de que Ines usava algum produto para tingi-los –, sempre bem-arrumados, presos em coque no topo da cabeça, e usava terninhos de cores escuras.

Todavia, a sobriedade e os traços finos não conferiam a Ines um semblante sisudo, que poderia causar algum tipo de distanciamento dos pacientes; pelo contrário, ela recebia cada um desmanchando-se em sorrisos, em "bons-dias, "boas-tardes", "boa consulta", e "tenha um ótimo dia". Além disso, tinha uma memória invejável. Guardava, de cabeça, datas e horários das consultas de todos os pacientes, bem como consultas desmarcadas ou avisos de imprevistos. Fazia lá suas anotações, mas apenas por precaução; Sebastián nunca a vira consultar a agenda.

Os pacientes simplesmente adoravam Ines e lhe traziam mimos, como chocolates ou empanadas. Porém, Ines não levava qualquer um desses agrados para casa, argumentando que Gerardo, seu marido, com quem vivia havia trinta e três anos, morria de ciúmes dela e nunca entenderia que tudo não passava de um gesto de carinho.

Aliás, esse era o único defeito que Sebastián enxergava em Ines. A eficiente e circunspecta secretária amava, mais do que qualquer coisa, falar mal do marido. Qualquer motivo era uma faísca para que o nome de Gerardo fosse citado e, na sequência, uma série de adjetivos pouco nobres fosse derramada em seu ouvido.

Naquela manhã de segunda-feira, ela subiu as escadas, esbaforida. Assim que notou a presença de Sebastián, em pé na soleira da porta do consultório, desandou a reclamar, não sem antes dar um longo suspiro:

– Dr. Lindner, bom dia! O senhor não acredita – falou, cerrando os dentes. – Aquele porco do Gerardo... não acredita no que ele fez!

Sebastián arrumou o nó da gravata e encostou-se no batente. Com o charuto na boca, deu um longo trago, esperando o restante da história.

– Ele praticamente quebrou a sala toda, doutor! O senhor acredita?! Quebrou inclusive o vaso que ganhamos de minha irmã Celeste no casamento! E sabe por que aquele ordinário fez isso? Porque o maldito Racing perdeu! Só por isso! Porque um maldito time de futebol perdeu um jogo!

Esbaforida, Ines puxou sua cadeira e sentou-se. Somente então encarou Sebastián, com curiosidade.

– Aliás, o que o senhor está fazendo aqui tão cedo? – perguntou, franzindo o cenho. – O primeiro paciente, o sr. Ortigoza, chega apenas às sete. São seis e meia, e o doutor nunca chega antes das seis e cinquenta – observou, com a propriedade de sempre.

– Preciso de sua ajuda para resolver um pequeno problema, Ines – disse Sebastián, de modo contido. – Por isso resolvi chegar cedo.

Rapidamente, ele contou à secretária sobre o novo e misterioso paciente, cuja filha exigira o atendimento diário no horário das sete da noite durante quinze dias.

Ines ouviu tudo, remexendo os lábios, represando as palavras. Conhecia seu chefe e sabia que, quando tomava uma decisão, nada fazia com que voltasse atrás.

– Mas o horário das sete na segunda é do sr. Vazquez; na terça, da sra. Mercedes. Na quarta...

– Eu sei, Ines – suspirou Sebastián.

– Além disso, às sete eu já terei ido embora, dr. Lindner. Não estarei aqui para fazer uma recepção adequada ao novo paciente. Eu até ficaria, mas o senhor sabe... Gerardo quer chegar e encontrar sua refeição pronta, na mesa. Aquele porco inútil...

– Eu sei, Ines, e nunca pediria que ficasse – disse Sebastián, com calma. De fato, a ausência de Ines era um trunfo, já que, temia, Aurora Leipzig não aprovaria outra pessoa naquele consultório, senão ele próprio.

– Então, como resolveremos esse problema, doutor?

– Quero que avise a todos os pacientes que não terei o horário das sete disponível por quinze dias.

– Mas... o que digo?! Como justifico?

– Não sei, Ines. Não sei! – Sebastián bufou, exaurido. – Diga que estou dando um curso. Aulas! Ou que tive imprevistos pessoais! Invente algo, está bem? Por favor!

Ines recostou-se na cadeira, ainda contrariada.

Sebastián parou na soleira da porta e refletiu por alguns segundos. Sentia-se cansado, nervoso. Passara a noite pensando em Agostina, no inspetor com cara equina e na palidez mórbida de Aurora Leipzig, nas exigências que fizera e o que, exatamente, estaria em jogo naquela história toda.

– Desculpe-me, Ines – ele disse, virando-se para a secretária. – Perdão, está bem? Estou um pouco cansado e preocupado. Mas, por favor, faça o que lhe pedi.

Ela assentiu. Sebastián sabia que podia confiar naquela mulher.

Dentro da sala, fechou a porta atrás de si. Logo, seu primeiro paciente chegaria.

Alívio. Foi o que o inspetor César "Caballo" Quintana sentiu quando, finalmente, terminou de urinar. Havia alguns meses, após consultar-se devido às constantes dores de cabeça, seu médico lhe informara que sua pressão estava alta. Além de recomendações bem incisivas de que parasse de fumar e maneirasse no café, o bom doutor também lhe prescrevera um medicamento para pressão, algo que fazia com que sentisse com frequência vontade de esvaziar a bexiga.

Subiu o zíper e parou diante da pia. Girou a torneira, mas teve que saltar rapidamente para trás devido ao jato d'água, que espirrou para cima, molhando o espelho, o chão e, também, sua camisa. Desviando-se do jato, fechou a torneira, fazendo com que a água cessasse. Secou as mãos no paletó amarrotado e, em seguida, serviu-se de um cigarro.

O barulho da água caindo impediu que ouvisse a porta do banheiro se abrir e fechar. Somente notou a presença de outra pessoa quando o vulto de chapéu parou atrás dele.

Virou a cabeça e enxergou o jovem inspetor Hector Herrera, que tinha entrado para a Polícia Metropolitana havia dois anos e, desde então, mostrara-se um jovem bastante esforçado. Mais do que isso, parecia enxergar em "Caballo" Quintana um tipo de mentor.

– Vi você entrar e vim logo em seguida. Acho que é mais privativo conversarmos no banheiro em vez de na frente dos outros – disse Herrera, tirando o chapéu e exibindo uma vasta cabeleira ruiva, a qual lhe valera entre os inspetores o apelido de *Hoguera*, Fogueira, e um trocadilho com seu sobrenome, *Herrera*.

– Você se preocupa demais, *Hoguera*. – O experiente inspetor lhe deu tapinhas no ombro. – Conseguiu o que lhe pedi?

– Sim, consegui. Foi um pouco difícil, burocrático, mas descobri o que você pediu.

– E então? – "Caballo" Quintana encostou-se na pia. Notou que, se sentasse na plataforma de pedra que acomodava as cubas, seus pés ficariam bem longe do chão.

– Parece que o prisioneiro de quem você pediu informação já está bem. Voltou para a cela, mas está sendo mantido isolado.

O inspetor assentiu.

– Posso perguntar por que você mesmo, tendo mais experiência e nome na polícia do que eu, não foi atrás dessa informação? – Herrera questionou.

– Porque a pessoa que poderia dar essa informação, jovem *Hoguera*, não falaria comigo devido a ordens do chefe da Polícia Metropolitana, dos ministros da Corte Suprema, do novo Papa João XXIII[1], que Deus o ilumine, e da puta que pariu!

Herrera pareceu assustado. Ergueu o cenho e coçou o nariz.

– Mas você pretende o que com esse prisioneiro?

– Como assim, *o quê?* – "Caballo" Quintana tragou e lançou o cigarro no piso molhado. – Falar com ele, ora! Somos velhos conhecidos.

– Mas você disse que está impedido de vê-lo!

– Para um investigador, você precisa treinar melhor esses ouvidos, *Hoguera* – brincou o inspetor. – O que eu disse era que não me deixariam perguntar sobre ele. Quanto a vê-lo, tenho um amigo que ocupa um cargo bem interessante na Penitenciária Nacional. Agora que sei que o prisioneiro está bem, posso pedir para encontrá-lo.

"Caballo" Quintana apertou a mão de Herrera, e passando pelo jovem inspetor, abriu a porta, cruzando com outro colega, que parecia ter bastante urgência de usar o mictório.

– Cuidado – ele disse, tocando no ombro do policial em apuros. – A torneira da esquerda está quebrada.

Jörgen observou Aurora conduzir o homem de boina e aspecto combalido porta afora do Plaza Hotel e, depois, seguiu-os. A noite caíra, amansando o calor e tornando o clima mais ameno.

– É este o carro que conseguiu? – perguntou Aurora, diante de um Kaiser Carabela vermelho estacionado junto ao meio-fio.

---

[1] Após conclave de três dias, Ângelo Roncalli, então com 77 anos, assumiu o posto de papa em 9 de outubro de 1958. Como papa, usou o nome de João XXIII.

– Aluguel por quinze dias, *Fräulein* – disse Jörgen, em tom respeitoso. – Estudei as ruas centrais e os acessos principais da cidade, então, não deve haver problemas em guiá-los.

Aurora assentiu. Jörgen sempre fora extremamente prestativo. Um verdadeiro lorde; educado, fluente em quatro idiomas – alemão, inglês, francês e espanhol –, atlético e, quando necessário, bastante eficiente para se livrar de possíveis empecilhos.

– Só não quero chamar a atenção, Jörgen. A prioridade, aqui, é o tratamento do *Papa*. Mas acho que, com um carro, teremos mais conforto e liberdade do que se passarmos a depender desses taxistas portenhos.

Jörgen reclinou-se, concordando.

– Vamos, ajude-me a colocar *Papa* dentro do carro.

O homem não ofereceu qualquer resistência ao ser conduzido para o banco de trás. Seu olhar morteiro poderia estar direcionado a qualquer lugar, ou a qualquer um. Aurora o encarava, aflita. Em seu íntimo, desejava ardentemente vê-lo altivo outra vez, falando sobre o passado e, acima de tudo, sobre o futuro.

Se o dr. Lindner não conseguir salvar Papa, *ninguém conseguirá*, pensou, entrando no Kaiser Carabela. *E, se isso acontecer, se o dr. Lindner falhar, tudo estará arruinado. Tudo! Incluindo o sonho de* Papa *e de muitos outros.*

Suspirou e fechou os olhos. Não queria pensar no pior.

Acomodou-se ao lado do homem de boina. Observou Jörgen assumir o volante e segurou a mão pequena daquele a quem chamava carinhosamente de *Papa*.

– Hoje, começaremos seu tratamento, *Papa* – disse, em tom alegre. – O senhor ficará bom. Entendeu? Vai melhorar e voltar a ser como antes. Por isso estamos aqui. O dr. Lindner é o melhor, já lhe disse isso. Ele vai ajudá-lo.

Nenhuma reação; nenhum gemido, resmungo, ou um olhar.

Jörgen ligou o motor. Naquele momento, as esperanças de ambos estavam nas mãos do dr. Sebastián Lindner.

6

Novamente, a senhorita Leipzig foi pontual. Faltando dois minutos para as sete – Sebastián teve a pretensão de conferir –, a campainha soou.

Aurora, que se vestia do mesmo modo sóbrio, com um conjunto de saia e *tailleur* marrom, um tanto inadequados para a estação, desceu do banco de trás de um Kaiser Carabela vermelho. Estava acompanhada de um senhor de boina vestido com uma camisa branca simples e calça de sarja cáqui.

Sebastián não reconheceu o motorista, um homem loiro de feições nórdicas. O sujeito apenas lançou-lhe um olhar desconfiado e meneou a cabeça. Ele retribuiu o gesto e ocupou-se de cumprimentar a senhorita Leipzig.

– Presumo que esse senhor deva ser seu pai, senhorita? – perguntou Sebastián, com dissimulada simpatia. Entrem, por favor.

Aurora agradeceu e, indo na frente, conduziu o homem a quem chamava de pai escadas acima. Sebastián seguiu logo atrás, após fechar a porta.

O trinco que sela meu destino, pensou, ao girar a chave. *Estou abrigando nazistas em meu consultório.*

Tal pensamento parecia um tanto trágico até mesmo a ele; contudo, era inegável que sua intuição latejava, emitindo constantes e perturbadores sinais de SOS.

Ofereceu água a ambos e, diante da recusa de Aurora, pediu que a jovem aguardasse no sofá dedicado aos pacientes em espera.

– Antes, preciso lhe entregar isto, doutor – disse ela, tirando um papel dobrado da bolsa a tiracolo e estendendo a Sebastián.

Hesitante, ele segurou o papel. Sua insegurança deve ter sido nada discreta, uma vez que Aurora percebeu e, imediatamente, sorriu e disse:

– Não se preocupe, dr. Lindner. São apenas dados de *Papa*. Listei algumas informações importantes que, acredito, serão úteis para o tratamento.

– Eu agradeço – disse Sebastián, em tom formal. – E então, sr. Leipzig? Vamos entrar?

O homem de boina não esboçou qualquer reação. Aurora aproximou-se dele e, colocando o braço sobre seus ombros caídos, disse com uma ternura que surpreendeu Sebastián:

– *Papa*, pode ir com o dr. Lindner. Ele é um excelente médico; um médico de mentes. Talvez o senhor não queira falar comigo, nem com Jörgen, mas pode falar tudo para o dr. Lindner.

Ela beijou o rosto do pai, cujos olhos permaneciam fixos no chão, como os de uma criança que aprontara e recebera um castigo.

– Eu amo o senhor, *Papa*. Agora, vá com o dr. Lindner. Eu ficarei aqui, esperando.

Sebastián notou um leve tremor no lábio inferior daquele sujeito ensimesmado. Também percebeu uma cicatriz, que ia do lábio ao nariz.

Mecanicamente, o sr. Leipzig caminhou para dentro do consultório. Sebastián pediu licença a Aurora e, assim que o seu novo paciente colocou os pés no interior do cômodo, fechou a porta atrás de si.

– Sr. Leipzig, sua filha Aurora tem grande apreço pelo senhor. É um homem de sorte – disse Sebastián, caminhando em direção à sua poltrona. Pegou o caderno de notas e a caneta tinteiro que estavam sobre a mesinha e colocou-os no colo. Optara por ressaltar, de antemão, um aspecto positivo e importante da rotina do paciente, no caso, o afeto de sua filha.

Pacientes com catatonia imergem numa concha onde buscam isolamento contra uma realidade externa que lhes parece muito pior do que mergulhar em si e afastar-se do mundo. É uma reação a um sofrimento insuportável, mais ou menos como ocorre quando um paciente clama aos céus pela amputação de um membro, que o confinará numa cadeira de rodas ou numa cama, por não suportar a dor.

Usar como isca algum elemento positivo com associação direta ao mundo real era uma tática para, ao menos, criar uma fissura na concha em que o sr. Leipzig havia entrado.

– Sente-se, por favor, sr. Leipzig – disse Sebastián, indicando a cadeira colocada diante de si.

Como uma criança obediente, o homem ocupou o assento, mas manteve os olhos baixos, fora do campo de visão do terapeuta.

Sebastián, então, desdobrou a folha de papel que Aurora lhe entregara e conferiu o conteúdo. Havia ali dados do paciente que seriam essenciais numa anamnese, escritos numa caligrafia perfeita:

> Nome: Albert Leipzig
> Idade: 69 anos
> Viúvo
> Nasceu na Áustria, mudou-se para Munique aos 17 anos para entrar para o exército Bávaro
> Fez carreira militar em Berlim.
> Ocupou posto de secretário direto e homem de confiança de Martin Bormann, segundo homem em comando na Alemanha durante a Segunda Guerra
> Vive na Argentina desde maio de 1945
> Residência: Estância San Ramón, Villa La Angostura, Patagônia

Observou aquele homem de aspecto combalido que estava sentado à sua frente, totalmente alheio ao entorno, e imaginou quantas pessoas não haviam morrido por suas ordens ou vítimas de sua própria arma; se sentiria algum remorso ou culpa; se faria algo diferente.

Albert Leipzig, de 69 anos, não passava de um boneco sem vida sobre aquela cadeira. Talvez, doente ou não, estivesse tendo o que merecia. Ou estivesse sendo consumido pela culpa que, subitamente, o tomara de assalto, devorando suas entranhas. Mas havia uma história por trás daquele corpo envelhecido. Uma história de um alto oficial nazista, quem sabe muito próximo a Adolf Hitler – uma proximidade que ia além do nome.

Sebastián entrevistara dezenas de pessoas, a maioria alemães, austríacos, tchecos e húngaros imigrados para a Argentina. Foram horas a fio e centenas de páginas com anotações acerca de detalhes meticulosos sobre a ascensão de Hitler e seus asseclas ao poder, e a forma como os caminhos para a construção de uma nova Alemanha eram transmitidos ao povo empobrecido e humilhado após o Tratado de Versalhes. Não restavam dúvidas, após seus estudos e pesquisas, de que Versalhes havia gestado o Partido Nazista, e de que Adolf Hitler era cria direta de tal acordo. Mexer com o orgulho alemão havia sido o primeiro passo para o degrau seguinte: encontrar um bode expiatório para as agruras da população. Não fora difícil a construção de um discurso de ódio contra os judeus; o difícil era convencer o povo de que se devia colaborar ativamente para seu extermínio. Então, a solução era mentir; deportação em massa, era o que diziam as autoridades. Era mais fácil acreditar em uma mentira improvável do que numa realidade sangrenta.

O discurso oficial conduzia as massas, adubando seu orgulho, reconstruindo a força da cultura germânica. O lastro necessário para o que estava por vir: a disseminação da raça ariana como superior, predestinada a dominar outros povos e liquidar com raças inferiores, como asiáticos, negros e mestiços – e, obviamente, judeus.

Dachau, Auschwitz, Sobibor, Plaszow; locais de horrores, palco de milhões de mortes. Os números não paravam de crescer, mesmo treze anos após o término da guerra, conforme os horrores nazistas, das torturas, câmaras de gás, dos experimentos e das execuções, eram expostos ao mundo.

Ainda assim, muitos expatriados, inclusive ex-soldados, afirmavam categoricamente desconhecer as atrocidades de tais lugares. Para eles, bastava a consciência tranquila de que o lixo judeu – muitas vezes, seu vizinho ou amigo – estava sendo deportado para algum outro país da Europa que aceitasse receber *schlacke*, a escória.

Alguns entrevistados, poucos, desmanchavam-se em lágrimas e sucumbiam ao peso da culpa ao contar sobre o desaparecimento de algum conhecido ou amigo.

Pairava uma espécie de senso comum, mesmo entre os que haviam mantido as mãos limpas de sangue, de que o que ocorrera na Alemanha era necessário para que o país se reerguesse. Claro, as mortes não eram aceitáveis, mas, em relação a elas, havia a desculpa velada do desconhecido. Ou, ainda, de que o *Führer* não tinha conhecimento de tudo o que ocorria nos Campos de Trabalhos.

Sebastián mantivera-se neutro diante dos relatos, muitos dos quais, recheados de argumentos racionais, fertilizados pela propaganda de Goebbels, ministro da Propaganda do Terceiro Reich. Tinha que preservar sua objetividade e o olhar científico. Esse era o papel de um pesquisador; manter-se distante, um mero observador e tomador de dados.

Passara intocado por três anos de pesquisas. Em autoanálise, mantivera-se capaz de estudar e falar sobre o nazismo ou sobre o holocausto sem frenesi; detinha-se aos fatos e à capacidade infinita das pessoas de fazer o bem e o mal, em igual proporção.

Sendo assim, não fora à revelia que Aurora Leipzig o escolhera para tratar de seu pai, o homem de olhar vazio sentado à sua frente. Era de sua objetividade ao tratar de um tema tão ácido que ela precisava; sem ser objetivo, e sem ter o conhecimento científico do assunto, não seria possível tratar um ex-oficial nazista, ainda que, no presente, ele aparentasse ser um simpático vovô sexagenário. Qualquer pessoa chamaria a polícia, era fato. Isso, além da total discrição profissional.

Suspirou e voltou a analisar o sr. Albert Leipzig. Sua primeira impressão foi a de um homem contorcido pela culpa – a mesma que fazia alguns de seus entrevistados ruírem e se entregarem ao desespero.

Era incrivelmente doloroso o que a culpa e o remorso podiam fazer a alguém. Certa vez, atendeu um homem que perdera o irmão mais jovem quando ambos tinham 11 e 8 anos, respectivamente. O irmão morrera afogado e o tal homem não conseguira salvá-lo por não saber nadar. Passados quase trinta anos, ele ainda ouvia os gritos do irmão pedindo ajuda, enquanto era levado pela correnteza. Eram gritos fortes e reais, que o acompanhavam dia e noite.

Seria esse o caso do sr. Leipzig? Os gritos de horror de suas vítimas o perseguiam, de modo que era preferível isolar-se em si mesmo?

Aprendera que devia olhar para os pacientes como alguém que sofre e, dessa maneira, precisa de ajuda. Para ele, o homem era o mesmo em sua essência, e procurava, com diferentes ferramentas, as mesmas coisas: realizar-se e evitar o sofrimento, ainda que, para isso, tivesse que praticar as maiores atrocidades.

Portanto, por que se incomodava tanto com seu atual paciente? Talvez porque guardar para si mais uma história de crime fosse demais. Primeiro, Agostina; agora, aquela mulher diabólica e seu pai.

Entre as cortinas parcialmente fechadas, um fio de luz entrava na sala, proveniente dos postes da rua.

Não, não era isso. Não podia ser. Agostina não era uma criminosa, ele sabia disso; enquanto o homem sentado naquela sala, com a aparência de um pobre coitado moribundo, sem dúvida havia sido, direta ou indiretamente, responsável pela morte de incontáveis pessoas.

Ainda assim, não cabia a ele julgar. Havia sido colocado no meio daquele joguete e, naquele momento, tudo o que precisava fazer era se concentrar no seu trabalho, naquilo que sabia fazer melhor: tratar a mente das pessoas.

Voltou a dobrar o papel e deixou-o sobre a mesinha ao seu lado.

– Então, sr. Leipzig, pelas informações que a sua filha me passou, o senhor nasceu na Áustria e mudou-se jovem para a Alemanha, onde seguiu carreira militar. Também, segundo ela, vocês moram há treze anos na Argentina; sendo mais específico, na Patagônia. – Sebastián abriu a caderneta e segurou a caneta, porém, não tomou nota. Apenas manteve o olhar fixo no paciente, que ainda não demonstrava qualquer reação às suas palavras. – Fui apenas uma vez para lá. Acho o sul muito frio, e, particularmente, prefiro a primavera de Buenos Aires. Reparou nas flores das praças, sr. Leipzig? Teve oportunidade de caminhar? O hotel em que estão hospedados fica a poucos metros da Praça San Martín, que fica linda nesta época do ano.

Novamente, não houve qualquer tipo de reação. O homem diante dele parecia dormir, porém, de olhos abertos.

– O senhor sabe que há uma coincidência interessante aqui, sr. Leipzig – prosseguiu Sebastián. – Eu nasci, em Buenos Aires, mas meus pais são austríacos, assim como o senhor. Não conheço a Áustria, mas lembro-me de minha mãe contar que Viena é muito bonita. A família dela era de Linz, assim como a do meu pai. E aí, entra outra coisa bastante curiosa: apesar de serem da mesma cidade, eles não se conheciam. Acabaram se encontrando no navio que atracou em Buenos Aires em 1902 e, depois disso, começaram a namorar. Eu nasci dezesseis anos depois. Aparentemente, minha mãe tinha dificuldade para engravidar, então, acho que eu estar aqui, hoje, é outro fator que chamo de... *algo curioso*. – Sebastián suspirou antes de seguir com o monólogo. – Como acho que coincidências é o nome que damos aos fios que se interligam formando nosso destino, posso afirmar que, de algum modo, estarmos aqui não é algo puramente factual, e sim o resultado do curso das coisas, como numa correnteza. A água vai desembocar em algum lugar, queiramos ou não. E, sobre isso, não temos controle.

Albert Leipzig não reagiu, nem mesmo quando uma mosca persistente pousou em sua perna e, de lá, voou até o seu ombro direito, esfregando as patinhas como quem está prestes a saborear um prato apetitoso.

– Posso perguntar se o senhor está feliz em estar aqui, sr. Leipzig? Ou, de alguma forma, sente-se contrariado?

A mosca levantou voo, rodopiando pelo ar, soberana, como se a ela pertencesse todo o espaço daquele consultório.

– Confia em mim, sr. Leipzig?

Novamente, o silêncio.

– Sr. Leipzig – continuou Sebastián –, sua filha me disse que foi adotada pelo senhor no fim da Segunda Guerra, quando morava com os pais na Suíça. Bom, o senhor deve ser um homem de um coração muito generoso e, como tal, sensível. Não é qualquer homem que se propõe a adotar uma criança órfã, ainda mais enquanto tem que se preocupar com sua própria sobrevivência em um contexto de guerra e fuga. O senhor se lembra daquela época? Digo, de quando adotou Aurora?

A mosca voltara a rondar Albert Leipzig. Pousou sobre sua mão esquerda, que dormia, inerte, sobre o braço da cadeira.

– Aurora se tornou uma jovem muito bonita e educada. E o senhor e sua esposa... – Sebastián deteve-se. Fingiu consultar a folha que Aurora lhe entregara, antes de retomar. – Nas informações que sua filha me passou, consta que o senhor é viúvo. Sua esposa ainda estava viva quando adotou Aurora? Vocês vieram juntos para a Argentina?

Nada. Informações e questionamentos de ordem pessoal e de laço afetivo pareciam não surtir efeito sobre aquele homem.

Mas, como ocorria com os pacientes catatônicos, paciência e o *modus* investigativo eram a chave para se conseguir acessar a dor primária, ou seja, o motivo que levara ao isolamento psíquico.

– Toma algum medicamento, sr. Leipzig?

Silêncio.

– O senhor já teve alguma doença grave, ou sofreu algum trauma ou ferimento no campo de batalha?

De novo, o silêncio completo.

– Aurora, sua filha, descreveu o senhor como uma pessoa bastante altiva. Tive a impressão, ouvindo as palavras da senhorita Leipzig – Sebastián levou a ponta da caneta à boca –, de que o senhor tinha, e ainda tem, obviamente, um talento nato para liderança. Deixe-me lembrar das palavras exatas que ela usou: disse que as pessoas em Villa La Angostura gostam de visitá-lo para ouvir o senhor falar; e que desempenha uma espécie de papel de liderança para eles. Fico me questionando por que um homem assim decidiu parar de falar, de procurar comida ou água. O que houve, de fato, sr. Leipzig?

A mosca deixou a mão de Albert Leipzig e, após divertir-se dando algumas piruetas no ar, pousou em seu rosto. Caminhou pela testa, sumindo sob a aba da boina. Depois, reapareceu sobre a sobrancelha direita e, por fim, estacionou perto do olho.

– Há algo sobre o senhor que gostaria de contar? Qualquer coisa. Infância, tempos do exército, a época em que adotou Aurora ou deixou Berlim? Quem sabe, podemos começar nossa conversa a partir de algo que o senhor julgue importante falar – sugeriu Sebastián.

O pequeno inseto mexeu-se alguns milímetros, chegando até a pálpebra do homem, que semicerrou o olho e inclinou ligeiramente a cabeça.

– Me permite, sr. Leipzig? – Sebastián levantou-se e, abanando a mão próximo ao rosto do paciente inerte, fez com que a mosca voasse.

O inseto persistente deu meia-volta e pousou sobre o joelho esquerdo do sr. Lepzig.

– Oras! – exclamou Sebastián, movimentando os braços com o objetivo de espantar a mosca mais uma vez. Mas não teve tempo de acertar o inseto, recuando rapidamente alguns passos.

De modo inesperado, Albert Leipzig pegou sua boina e, usando-a como arma, desferiu um golpe sobre o joelho.

O inseto, um pontinho preto e imóvel, subiu alguns poucos milímetros no ar e caiu sobre o tapete, junto a seus pés.

Sebastián permaneceu algum tempo encarando aquele homem com espanto. Após matar a mosca, ele deixou a boina sobre o colo e voltou a adotar o olhar vazio, inexpressivo. Contudo, por alguns segundos, o analista tinha notado algo totalmente diferente: um olhar de ódio, fúria; uma fagulha que se acendera e, logo, findara.

Sem dúvida, o olhar de alguém que mataria sem pestanejar.

Sebastián afastou-se de Albert Leipzig e reassumiu seu lugar. Recostou-se na poltrona e fitou aquele homem apático. Observou sua cabeça coberta com uma fina camada de cabelos cortados muito rente ao couro cabeludo.

Sem a boina, também pôde conferir integralmente, e de modo claro, o rosto do homem que se tornara seu paciente: marcas profundas que seguiam das laterais do nariz até a boca, bolsas sob os olhos, boca pequena, rugas que pareciam sulcos esculpidos com algum instrumento rombudo. Um rosto que, como todo o corpo daquele homem de estatura mediana, parecia ter sido esmagado pela vida.

Tirou do bolso interno do paletó um Montecristo. Com gestos lentos, cortou a ponta do charuto e acendeu. Tragou, enquanto continuava a olhar para Albert Leipzig. Seria pouco provável que conseguisse outra reação como aquela. Pelo menos, naquela sessão; mas, de algum modo, estava certo de que o desejo de contatar o mundo exterior pulsava naquele velho nazista.

Terminou o charuto quando o relógio marcava dez minutos para as oito. Sentia-se exausto. O ambiente estava tomado pela fumaça e pelo cheiro de tabaco.

Esperou que se passassem mais cinco minutos e, enfim, abandonou o Montecristo sobre o cinzeiro e disse:

– Acho que terminamos por hoje, sr. Leipzig. Aurora está esperando o senhor lá fora.

Em pé, estendeu o braço em direção à porta, indicando educadamente o caminho para o paciente.

O homem colocou a boina sobre a cabeça e, apoiando-se nos braços da cadeira, levantou-se. Começou a caminhar em direção à porta e segurou a maçaneta. Porém, antes de girá-la, virou-se um pouco para Sebastián. Piscou uma, duas vezes. Sebastián notou os lábios tremerem discretamente e, por fim, se abrirem. Então, ouviu uma voz rouca, mas forte, com acentuado sotaque alemão:

– Não devia fumar perto de mim, doutor. Faz mal para os pulmões.

A porta se abriu e o consultório foi invadido pelo frescor do ar da sala de espera.

Albert Leipzig caminhou em direção a Aurora que, assim que notou o pai, levantou-se e tomou-o pela mão.

– *Papa*, espero que tenha corrido tudo bem – ela disse, e então, foi em direção a Sebastián, parado alguns passos atrás. – Dr. Lindner, foi tudo bem?

Ele se esforçou para sorrir. Passou os dedos pelo bigode e respirou fundo.

– Tudo bem, sim, senhorita. Dentro do esperado – respondeu, por fim. – Acredito que tenhamos mais novidades nas próximas sessões.

Ela assentiu.

Desceram as escadas em silêncio. Do lado de fora, o sujeito loiro esperava atrás do volante do Kaiser Carabela vermelho.

Aurora acomodou o pai no banco traseiro e, antes de entrar, dirigiu-se a Sebastián, perguntando:

– Há algo em especial que desejaria compartilhar comigo, doutor? Meu pai disse algo?

– Não, não disse, senhorita – Sebastián mentiu. – Mas tenho algo a perguntar à senhora, se me permite.

– Claro! Qualquer coisa que possa ajudar *Papa*!

– Seu pai fuma ou fumava?

Aurora franziu o cenho.

– Na verdade, desde que o conheço, ele tem horror a cigarro, dr. Lindner. Não suporta o cheiro da fumaça. Por que pergunta?

Sebastián meneou a cabeça e sorriu.

– Por nada. Obrigado, senhorita. Agora, deixe seu pai descansar. E, se puderem, aproveitem para caminhar pela Praça San Martín. Fará bem a ele.

Aurora agradeceu e entrou no carro.

O Kaiser Carabela afastou-se até sumir do campo de visão de Sebastián.

– Intrigante – disse, em voz alta. Depois, sentiu-se um completo idiota pela sensação de vitória, ainda que tivesse sido um começo tímido.

Sua cabeça funcionava rápido, seu cérebro operava a todo vapor. Voltara a pensar como o cientista que era, um homem que estudava a mente humana.

Por instantes, esqueceu que Albert Leipzig era um ex-oficial nazista e, muito provavelmente, um assassino. Desvendar aquela mente e acessá-la tornara-se, de repente, mais importante para ele.

Sr. Leipzig, pensou. *Acho que sei como quebrar a casca em que o senhor se enfiou.*

Suas mãos tremiam. Precisava beber algo. Mais do que isso; *merecia*.

Assim que o Kaiser Carabela se afastou, ele deu alguns passos para trás, mergulhando no breu da noite. Havia visto o suficiente.

Recebera a missão de observar aquela gente; de ficar de olho neles. Sabia que eram nazistas e que, em breve, teria autorização para eliminá-los.

Mas as identidades permaneciam um mistério.

Gente importante. Talvez sejam os alvos mais importantes que você já caçou, dissera sua fonte.

Suspirou. Acendeu um cigarro e começou a caminhar. A rua estava movimentada; sem dúvida, as pessoas haviam sido atraídas para fora de suas casas devido ao clima agradável. Mas ele precisava voltar para seu canto e esperar mais informações. Era assim que vivia; na escuridão.

O mundo sem luz e sem pessoas era o *seu* mundo. E nele permanecia até que recebesse uma nova ordem para fazer aquilo que amava.

Calmamente, ele se misturou ao fluxo de pessoas até desaparecer por completo.

7

O homem corpulento com uma calvície acentuada, que lhe deixava o topo da cabeça totalmente nu, estendeu a mão rechonchuda e vermelha a César "Caballo" Quintana, que aguardava havia quase uma hora em uma salinha minúscula e claustrofóbica.

– Perdão, meu amigo – disse o homem, que, após chacoalhar a mão do franzino inspetor, puxou-o para junto de si e lhe deu um abraço caloroso. – Venha cá! Há quanto tempo não nos falamos? Quase dois anos, acredito!

– Três anos e oito meses, para ser exato, Bernardo – disse "Caballo" Quintana, um tanto desconfortável. – E, decerto, precisamos rever isso! Se cada vez que ficarmos anos sem nos falarmos você me der uma canseira e me mantiver dentro de um cubículo claustrofóbico quando procuro por você, é melhor nos vermos semanalmente para evitar desconfortos.

– Desculpe! – Bernardo sorriu, sem graça. Limpou a testa com um lenço, dobrou-o e guardou no bolso interno do paletó justo. – Tivemos sucessivos cortes de pessoal, Quintana. Isto aqui está uma loucura! Nunca pensei que diria isso. – Ele se aproximou do inspetor e falou, próximo de seu ouvido: – Sinto falta do velho Perón, amigo. As coisas aqui tinham melhorado, mas, agora, está tudo uma merda.

– Ouvi dizer que o governo tinha transformado a Penitenciária Nacional num tipo distorcido de hotel duas estrelas, e que nem os presos temiam mais ficar trancafiados aqui – disse "Caballo" Quintana, acendendo outro cigarro. O oitavo, pelas contas.

– Acho que o sistema se tornou mais justo, se é o que quer saber, Quintana. Estamos do mesmo lado da lei, mas enxergamos as coisas de modo diferente.

– Eu sei. – "Caballo" Quintana tragou e soltou a fumaça. – Eu transfiro as pessoas pra cá, e você cuida para que elas não saiam.

– Ou se *recuperem*, o que é importante. Um dia, essas pessoas sairão daqui e voltarão para as ruas. Precisamos pensar em longo prazo. – Bernardo suspirou. – Perdão, César, mas não tenho muito tempo. Mexi meus pauzinhos e consegui para você quinze minutos com o prisioneiro, a sós.

– São mais do que suficientes para mim, Bernardo. Obrigado.

O homem corpulento conduziu "Caballo" Quintana para fora da salinha e, dali, percorreram um corredor até deixarem a ala e ingressarem na galeria de entrada do complexo onde ficavam os condenados. O inspetor nunca havia deixado de admirar a imponente construção que datava de 1876 e, ainda que antiga e de manutenção custosa, mantinha sua austera petulância com a qual observava, soberba, o bairro de Palermo. Suas inúmeras alas, que irradiavam em edifícios retangulares, davam ao local a forma de um semicírculo dentro do qual era facilmente possível se perder – e quase impossível escapar.

– Seu nome não consta, e não deve constar, em qualquer livro de visitas – comentou Bernardo. – Se souberem que você respirou perto do prisioneiro, terei sérios problemas, César. E falo sérios problemas, *mesmo*.

– Pode deixar, não quero prejudicá-lo de modo algum – assentiu "Caballo" Quintana. – Como está o estado de saúde dele?

– Foi um corte e tanto. Poucos escapam de um talho tão grande na jugular, mas o sujeito deu sorte. Ou não. – Bernardo encolheu os ombros. – De qualquer modo, ele está bem, tendo-se em vista a quantidade de sangue que perdeu. Apenas vai ficar com uma cicatriz horrorosa no pescoço, que será perfeitamente visível assim que ele tirar as ataduras.

– Ele foi reconduzido para as celas comuns?

– Não, negativo. Está na ala médica. Mas pedi para o conduzirem a uma sala privativa para que possam conversar com mais discrição.

Bernardo parou diante de uma imponente grade de ferro e disse:

– Tenha cuidado, César. Não é só o seu pescoço que está em jogo aqui. O meu, também. – Bufou antes de prosseguir: – Apague o cigarro. Nesta ala, não é permitido fumar.

"Caballo" Quintana esmagou o cigarro com o sapato e encarou o amigo.

– Não se preocupe. Nada acontecerá com você. – E, sorrindo, finalizou: – Estou pronto.

Ines observou seu patrão despedir-se do sr. Álvaro Schiavo, um homem baixo e de barriga bastante saliente, cuja vestimenta sempre envolvia o uso de suspensórios. Sr. Schiavo tinha um sorriso simpático e falava com um leve sotaque italiano, o que lhe conferia algum charme, apesar da compleição física e dos vários quilos extras.

Ela se perguntava se o mesmo ocorria com outras secretárias, que trabalhavam para os milhares de psicólogos e profissionais da mente espalhados pela cidade; se, assim como ela, suas companheiras de profissão também nutriam mais ou menos simpatia por alguns pacientes.

Por exemplo, ela gostava de conversar com o sr. Schiavo, paciente das terças-feiras às dez; o sujeito sempre chegava dez minutos antes do horário da consulta, acomodava seu traseiro gordo no sofá e dedicava-se a conversar com ela de modo desinibido, até mesmo íntimo. Também adorava trocar alguns dedos de prosa com Giulia Bogado, a paciente de quinta-feira às três; era uma jovem adorável que, contara, estava tendo enormes dificuldades para superar a morte do pai, que havia ocupado a vida toda um alto cargo numa instituição financeira, mas que, ao adoecer, consumira praticamente todo o patrimônio da família no tratamento.

Por outro lado, detestava a sra. Rosália Cabrera, a paciente das sextas-feiras às sete da manhã; era uma *socialite* que a olhava de modo empertigado e caminhava como se andasse nas nuvens – ou, como Ines imaginava, como se estivesse pisando as cabeças dos pobres mortais, que, aos seus olhos, estavam abaixo dela no estrato social. A mesma antipatia ela nutria pela sra. Agostina Perdomo, outra mulher de alta classe. Mantinha consultas regulares às quartas-feiras às cinco, e sempre entrava no consultório cheirando a perfume de mulher de zona.

Ines fungou ao se lembrar daquele odor adocicado preenchendo o ambiente e infestando suas narinas. A sra. Perdomo era uma mulher lindíssima, disso não havia dúvidas; porém, havia algo naquelas curvas e naquela tez morena e exótica que lhe causava repulsa. Algo que soava falso e, até mesmo, perigoso.

Nunca comentava sobre os pacientes com o dr. Lindner, pois sabia que ele mantinha tudo o que acontecia dentro de seu consultório sob sigilo absoluto; mas, certo dia, não resistiu e fez um comentário nada despretensioso sobre a sra. Perdomo ao bom doutor. Na ocasião, ela disse achar estranho uma mulher, que só se vestia de preto, tal qual uma enlutada, perambular por aí esbanjando sua sensualidade perfumada, atraindo olhares dos homens que a observavam como uma cadela no cio.

Obviamente, o comentário foi um pouco pesado demais; lembrava-se de ter tido uma briga feia com Gerardo naquele dia e chegou para trabalhar com um péssimo humor.

Ao escutar aquele comentário, o dr. Lindner caminhou até a mesa dela e, com calma, pronunciando bem cada sílaba, falou, em alto e bom som, que, se ela, Ines, gostava de trabalhar com ele, nunca mais fizesse qualquer comentário acerca da sra. Perdomo.

Diante do assombro de Ines, o dr. Lindner ainda acrescentou, visivelmente envergonhado, que isso valia para qualquer outro paciente também, o que não convenceu Ines nem um pouquinho. Estava óbvio que aquela mulher mexia de algum modo com seu patrão; mas, conforme ele a advertira, nunca mais abriria o bico – o que, claro, não a impossibilitava de ruminar a antipatia por Agostina Perdomo em silêncio, em seu íntimo e nas suas entranhas.

Matou o marido e, agora, tem o pobre doutor em suas mãos de madame, pensava, com asco.

O sr. Álvaro Schiavo passou por sua mesa, sorriu e desejou-lhe uma boa semana. Ela retribuiu e voltou os olhos ao dr. Lindner, que permanecia em pé junto à porta do consultório. Parecia abatido; tinha olheiras profundas e, logo que chegara, pedira que fizesse chá, o que, como ela bem sabia, era sintomático de que algo não ia bem.

– O senhor deseja mais um chá? – perguntou Ines, quebrando o silêncio. E acrescentou, sem consultar a agenda: – O próximo paciente é o sr. Valenzuela, e ele sempre se atrasa; chega esbaforido, culpando o trem. Dá tempo de eu preparar um chazinho para o senhor.

– Sim, por favor – Sebastián assentiu. – Traga-me no consultório, por gentileza.

Então, Sebastián caminhou para dentro do cômodo e fechou a porta. Afundou-se na poltrona e massageou as têmporas, que latejavam. Havia exagerado no bourbon na noite anterior, quando resolvera passar para ver Ariel e trocar alguns dedos de prosa com o amigo.

Como resultado, após quase três horas de bebida e charutos, fora colocado dentro de um táxi quase desacordado e conduzido até sua cama pelos braços de Ariel que, havia muito tempo, possuía uma cópia da chave da casa, de modo a poder socorrer Sebastián em suas bebedeiras sem acordar dona Ada.

Quando finalmente conseguiu dormir, sonhou com Agostina; e com Aurora Leipzig. O sonho parecia trazer momentos de lucidez ao torpor do álcool; nele, ele beijava Agostina com avidez enquanto a despia. Pressionava os dedos contra sua pele, fazendo com que gemesse, misturando sons de dor e prazer.

Após terminar de despi-la, deitou-a sobre uma cama com lençol bastante alvo; o ambiente cheirava a lavanda. Ele já estava nu. Encaixou-se entre suas pernas e ela soltou um gemido mais alto. Conforme ele se mexia, ela pressionava as unhas em suas costas, causando-lhe dor.

Mas, ao contrário de sentir desconforto, a dor aumentava-lhe o prazer. Sustentando-se pelos braços esticados, observou-a do alto; seus lábios carnudos, seus olhos semicerrados, torpes. Estava chegando ao ápice de seu prazer.

Soltando um urro animalesco, ele sentiu gozar; caiu sobre ela, que suava. Apalpou os lençóis, que estavam úmidos; não, molhados. Ensopados.

O ambiente fora dominado por um odor acre e, ao observar a mão, notou que havia sangue. Todo o colchão estava empapado de sangue.

Rapidamente, tentou desvencilhar-se do corpo de Agostina, mas ela o deteve. Estarrecido, encarou seus olhos, que não eram mais negros como a noite, mas de um azul profundo e diabólico.

Seu corpo tremeu em espasmos ao notar que estava entrelaçado com Aurora, cujo corpo quase albino tomara o lugar de Agostina. Quanto mais se esforçava para se livrar, mais a sra. Leipzig o prendia entre seus braços e pernas assustadoramente fortes para sua compleição física.

Notou que Aurora erguia o tronco, contorcendo-se como uma serpente. Sentiu o pavor dominar-lhe. Não conseguia se soltar.

O cheiro de sangue invadiu suas narinas, queria vomitar. A cabeça latejava.

Seu corpo foi subjugado por uma dor atroz quando Aurora, esticando-se, cravou os dentes em seu pescoço; viu o sangue borrifar as paredes brancas, o teto. Estava zonzo, ia desmaiar.

Então acordou, encharcado com o próprio vômito.

Estava em seu quarto, mas não se lembrava de como chegara ali. As imagens de Agostina e Aurora haviam sumido, dando lugar às paredes nuas e à decoração clássica do cômodo que ocupava na casa que pertencia aos pais.

Encarou o teto assim que abriu os olhos. Ines estava parada à porta do consultório, com uma xícara de chá nas mãos. Ele reclinou-se na poltrona e acenou para que a secretária entrasse.

– Tem certeza de que está bem, dr. Lindner? – ela perguntou, com honesta preocupação.

– Estou sim. Minha cabeça dói; poderia me providenciar um analgésico?

– Posso sim, claro. Mas o sr. Valenzuela já chegou. – Ines colocou o pires com a xícara de chá fumegante sobre a mesinha ao lado de Sebastián. – Atrasado dez minutos, como sempre. Mas acho que o senhor nem ouviu a campainha. Parecia tão distraído, sentado aí.

– Peça que me dê cinco minutos e então mande que entre, Ines. Por favor. Quando a consulta terminar, você me entrega o analgésico.

Ela assentiu e se retirou.

Sebastián escondeu o rosto entre as mãos, resignado. Estava sucumbindo à bebida de novo. Lembrava-se do que Ariel lhe dissera na noite anterior enquanto bebiam.

Sebá, é sempre um prazer dividir um bom bourbon contigo. Mas está exagerando, perdendo o controle. Precisa de ajuda, meu amigo. Ajuda profissional. Por que não fala com o dr. Pichon Rivière novamente?

Não, ele não poderia recorrer ao dr. Pichon Rivière de novo.

Oras, Sebá, Rivière adora você! Vive elogiando você aos quatro ventos! Sou psicanalista, mas também sou seu amigo; não posso tratá-lo. Mas deveria pensar em pedir ajuda, Sebá.

Suspirou. Bebericou o chá, que lhe queimou o lábio superior.

– Com licença, doutor – disse o sr. Valenzuela, colocando a cabeça pela fresta da porta. – Posso entrar?

O homem sentado atrás de uma velha mesa de madeira não esboçou qualquer reação à pergunta do inspetor Quintana quando este lhe indagou se poderia entrar.

O inspetor puxou a cadeira e acomodou-se diante dele. Mediu-o com curiosidade, constatando que havia envelhecido desde a última vez que o vira, no tribunal. O homem corpulento, de cabelos pretos e grossos, sobrancelhas fartas e semblante austero, dera lugar a um arremedo de ser humano. Alguém com a pele macilenta dos doentes, cabelos brancos rentes ao couro cabeludo, sulcos nas laterais do rosto. O pescoço, outrora grosso como um tronco, havia afinado bastante e estava encoberto por camadas de curativo.

Os olhos morteiros escondidos atrás da espessa sobrancelha pareciam fugir de "Caballo" Quintana, refugiando-se num canto qualquer daquele quartinho iluminado somente por uma luminária presa ao teto baixo por um fio.

Não restavam dúvidas de que a prisão estava consumindo Rufino Ibañez. Aquele homem, sentado diante dele, não era o mesmo que assumira ter atacado Dom Francisco Perdomo com sete golpes de tesoura no chalé da família em Bariloche. Tudo por causa de uma discussão, em que Dom Francisco teria agredido verbalmente Ibañez; descontrolado diante da demissão, o então caseiro da propriedade dos Perdomo no sul pegara o ex-patrão de surpresa, cravando-lhe a tesoura sete repetidas vezes. Pronto, consumado.

Um monte de merda, isso sim, pensou "Caballo" Quintana, sacando o maço de cigarros do bolso. Colocou um entre os lábios e acendeu. Depois, jogou o maço sobre a mesa e, com os dedos, empurrou-o na direção de Rufino Ibañez.

– Acho que seus médicos proibiram o senhor de fumar, sr. Ibañez. Esses médicos são sempre assim; o meu médico, o bom dr. Aceval, também me manda parar de fumar. Diz que meus pulmões ficarão como duas pedras. Mas acho que a situação merece algumas tragadas – disse, soltando a fumaça e recostando-se na cadeira. – Pois bem; se o senhor não contar que fumou, eu também não contarei.

Rufino Ibañez abaixou os olhos na direção do maço, hesitante.

Por fim, cedeu, e apanhando um cigarro, prendeu-o entre os lábios. "Caballo" Quintana inclinou-se sobre a mesa, riscando o fósforo e acendendo a ponta do cigarro de Ibañez, que tragou, aparentemente mais relaxado.

– É como sempre digo. Bebidas, cigarro e mulheres; os vícios que unem os homens, não é? – O inspetor voltou a acomodar-se na cadeira. – Sente-se melhor, sr. Ibañez?

Ele fez que sim, tragando com avidez.

"Caballo" Quintana sorriu. Aquele homem, que no passado mostrava-se firme e resignado como rocha, estava sucumbindo. Isso acontece com todos, cedo ou tarde. O sofrimento amolece primeiro o corpo e, depois, esfarela a alma. Quando isso ocorre, todos se tornam crianças, ávidas por se acomodarem novamente no seio materno.

– Sabe por que estou aqui, sr. Ibañez? – perguntou o inspetor.

O homem se retraiu. Abaixou o olhar, pareceu encolher-se na cadeira. Um animalzinho assustado.

– Sendo honesto, eu acho que uma grande injustiça foi cometida nesta história toda, sabia? E, se depender de mim, gostaria de consertar as coisas. O que o senhor me diz? Seria bom, não seria? Porém – "Caballo" Quintana soltou a fumaça para o alto –, para que eu conserte as coisas, preciso da ajuda de alguém.

Então, apontou na direção de Ibañez, que permanecia encolhido.

– Do senhor, sr. Ibañez – disse. – Preciso que me ajude. Que conte a verdade sobre o dia em que Dom Francisco Perdomo morreu. Porque, a não ser que eu esteja perdendo o talento para essas coisas, tenho uma convicção: você não matou Perdomo, mas, ainda assim, insiste em assumir a maldita culpa e passar um tempo preso neste inferno. Eu, no seu lugar, já teria ficado louco. Mas o senhor parece ser um homem forte. Até sobreviveu a um corte e tanto na jugular. Meus parabéns.

"Caballo" Quintana jogou o cigarro no chão e pisou sobre a bituca.

– O que eu quero saber, sr. Ibañez, é se, depois desse tempo preso, e de quase ter dado fim à própria vida, finalmente está decidido a me ajudar e contar a verdade. Temos apenas quinze minutos. Ou, melhor, onze – disse, consultando o relógio de pulso – Nosso tempo está passando.

Pela primeira vez, os lábios do homem se abriram. A voz saiu rouca, fraca, mas perfeitamente audível. Rufino Ibañez começou a falar.

Sebastián Lindner sentia-se totalmente frustrado. Naquele início de noite, quando a escuridão já caía sobre Buenos Aires, recebeu o sr.

Albert Leipzig para sua segunda consulta. Como da primeira vez, ele chegou acompanhado da filha adotiva, Aurora Leipzig.

O dr. Lindner sentiu certo incômodo ao olhar para Aurora; lembrou-se do sonho, de seu corpo nu, do sangue. Tentou afastar os pensamentos, convidando-a a se sentar no sofá enquanto aguardava a consulta.

Aurora Leipzig aceitou educadamente e, acomodando-se no sofá, tirou um livro da bolsa e mergulhou na leitura. Sebastián observou que o título estava em alemão, mas não teve tempo de lê-lo. Suas atenções voltavam-se para o sr. Leipzig e para sua estratégia de tirá-lo da catatonia, devolvendo-o à realidade.

De propósito, fumara um charuto dentro do consultório, deixando que o tabaco infestasse o ambiente.

Lembrou-se da reação do sr. Leipzig ao matar a mosca e ao reclamar do charuto; indicava um homem metódico, acostumado a estar no topo da cadeia alimentar; a mandar, e não a curvar-se a qualquer um, tal qual um militar de alta patente. E, na dinâmica do consultório, ele, dr. Sebastián Lindner, não passava de *qualquer um* para aquele velho nazista.

Talvez, pensou, esse fosse o gatilho para acessar as reações do sr. Leipzig. Contrariá-lo, tirá-lo da sensação de controle. Inverter o jogo, obrigando-o a deixar a zona de conforto e confrontá-lo. E, para que esse confronto ocorresse, seriam necessárias energia e reação por parte do sr. Leipzig, ou seja, o retorno do contato com o mundo externo.

Vamos, reaja!, desejou, diante das sucessivas e frustradas tentativas. O forte odor de tabaco pareceu não incomodar o velho nazista; tampouco a fumaça que pairava no ar.

– Sr. Leipzig, como o senhor se sente hoje? Sr. Leipzig, por que o senhor não me conta como era sua vida na Alemanha? Sr. Leipzig, sobre o que o senhor gostaria de conversar? Há algo que o senhor queira me falar? Algo que esteja incomodando o senhor?

Nada, nenhum esboço sequer de reação.

Albert Leipzig era apenas um fantoche de 69 anos, um corpo envelhecido, sem alma. Uma casca, uma carcaça imóvel sentada diante dele naquela maldita cadeira.

Conferiu a hora; faltavam quinze minutos para o encerramento da sessão.

As perguntas findaram.

– Sr. Leipzig, por que o senhor não me conta sobre sua viagem até a Argentina? Sua filha Aurora disse que o senhor passou por muitos contratempos.

Silêncio.

– A cicatriz sob o nariz, sr. Leipzig... é um ferimento de batalha? O senhor lutou no *front*?

Silêncio.

– Sr. Leipzig, Aurora, sua filha, procurou-me para ajudá-lo. Está muito preocupada com o senhor. Pelo que ela me disse, outros amigos seus também estão. O senhor me parece muito querido. Então, por que escolhe ficar preso em si?

Sem resposta.

– Ontem o senhor me disse que eu não devia fumar perto do senhor. Lembra-se disso? O senhor não gosta de charutos, sr. Leipzig?

Sebastián recostou-se na poltrona e cruzou as pernas. Nos minutos seguintes, dedicou-se apenas a observar o paciente.

O tempo do tratamento é o tempo do paciente, não do analista.

Suspirou.

Deve haver uma forma de acessá-lo.

Completado o tempo da consulta, Sebastián se levantou e, estendendo o braço ao sr. Leipzig, convidou-o a acompanhá-lo até a porta.

Mecanicamente, o homem se levantou e seguiu Sebastián até a saída.

Aurora esperava por ambos na recepção. Tomou a mão do pai e beijou-lhe a testa. Não perguntou nada a Sebastián, apenas sorriu e agradeceu. Ele acompanhou-os até a rua e se despediu. Viu quando entraram no Kaiser Carabela, pilotado por aquele jovem loiro, e esperou até que fossem embora.

Subiu os degraus, pensativo.

Trancou-se em seu consultório e serviu-se de bourbon.

Sentou-se atrás de sua mesa e acendeu um charuto. Depois, pegou um livro que tinha separado antes e abriu. Bebericou o bourbon e sentiu náuseas.

Dedicou-se à leitura, uma compilação de estudos de casos sobre pacientes catatônicos. Obviamente, uma obra importada.

A literatura confirmava suas primeiras impressões sobre Albert Leipzig, sendo o estado catatônico classificado pela imobilidade e disfunção motora-muscular, uma espécie de regressão a um estado primal de total impossibilidade de se defender. Apatia. Os sintomas em geral variavam, bem como os graus de severidade da doença; alguns pacientes simplesmente mergulhavam no vazio; outros, apresentavam crises e oscilavam entre o estado normal e o catatônico. Outros, ainda, mostravam-se agitados, com movimentos aleatórios e incontrolados.

De fato, o sr. Leipzig se mostrava totalmente alheio ao entorno, de modo que parecia ser possível queimá-lo com a ponta de um cigarro sem conseguir qualquer reação. Caso típico de *estupor catatônico*, cujos sintomas eram imobilidade e ausência de fala, sem, no entanto, a perda da consciência.

Porém, havia o episódio da mosca; e o do charuto.

Seria o sr. Albert Leipzig um charlatão? Estaria fingindo alienar-se do mundo?

Sebastián duvidava. Os olhos daquele velho nazista não possuíam vida. Entretanto, algo havia mudado a partir do momento que ele acertara a mosca com a boina; havia fogo, fúria. Isto é, vida.

Era inegável, pelo menos para ele, que o sr. Albert Leipzig encontrara no silêncio uma defesa; que seu cérebro, por algum motivo, respondia melhor à alienação ao meio do que à interação. Se o objetivo maior da mente é defender-nos do que nos faz sofrer, o mundo devia ser um lugar de muito sofrimento para o sr. Leipzig.

A questão era: sofrimento causado pelo quê?

Sebastián notou sua mão tremer sobre a página do livro. Fechou os olhos e empurrou o copo de bebida para longe. Precisava ficar sóbrio para desvendar o sr. Albert Leipzig.

Observou duas moscas caminharem sobre a mesa. Uma delas pousou na boca do copo de bourbon, andou ao redor, esfregou as patinhas. Agitou-se e, em seguida, levantou voo. A outra optou pela página aberta do livro. Locomoveu-se entre as letras, depois voou à altura dos olhos de Sebastián, que agitou a mão para espantá-la.

As moscas, assim como tantos outros seres, reagiam à temperatura e ao clima, ele sabia. Pela janela que dava para a pequena sacada, notou o céu em breu, com total ausência de estrelas. Novembro era um mês dominado pelas chuvas, que, naquele ano, insistiam em não chegar com a frequência de sempre. Contudo, o nublado céu noturno indicava que o clima estava para mudar. A umidade havia aumentado bastante e, cedo ou tarde, choveria.

A mosca leitora sobrevoou sua cabeça e pousou sobre sua mão esquerda. Não se mostrava interessada em procurar a companheira, que optara pelo bourbon; a ela, parecia mais apetitoso fazer amizade com Sebastián.

O inseto caminhou alguns milímetros pelas costas de sua mão, como se esperasse alguma reação. Entediado, girou pelo ar e sumiu do campo de visão de Sebastián, que se dedicou a coçar as costas da mão com os dedos.

Seres tão pequenos, e tão incômodos. Parecem inofensivos, mas são transmissores de doenças e capazes de tirar qualquer um da concentração da leitura e do estudo.

Sebastián ia levar o copo à boca quando se lembrou de que a mosca havia pousado ali. Deteve-se, dominado por outra ideia.

O incômodo, a sensação de ser arrancado do estado de paz; aquilo que perturba a tranquilidade, que quebra a rotina, brinca com o improviso.

Recolocou o copo sobre a mesa.

O homem teme o desconhecido. Perder o controle gera uma infinidade de possibilidades.

Era isso!

O *medo* era a chave; a mosca representara uma ameaça à tranquilidade do sr. Leipzig, assim como o tabaco, à sua saúde. Então, houvera reação, como tentativa de reassumir o controle sobre a realidade, sobre seu entorno. Para um ex-militar, ter o controle sobre seus homens era tudo. Nazistas dominavam pela autoridade e medo. Não somente eles; o medo, em geral, era a forma que a humanidade encontrara para chegar a seus objetivos quando a argumentação se mostrava ineficaz ou tediosa. O exemplo do pai de família era típico; conquistar o respeito pelo medo e força era mais rápido e eficaz do que cultivar o afeto ou o diálogo.

Quantas vezes sentira medo do pai, quando este ainda era vivo? Ele, menino, totalmente indefeso diante daquele homem forte como uma rocha, que, com frequência, gostava de lembrar a ele e à sua mãe quem mandava na casa confortável em que viviam em Belgrano.

A lembrança do pai trouxe desconforto. Não podia se preocupar com o passado naquele momento.

Vamos, volte ao sr. Leipzig. Ao medo.

Quem vive pelo medo, teme o quê?

Perder esse controle.

Isso! E, findado o descontrole, passado o medo, a apatia de Albert Leipzig retornara.

Subitamente, Sebastián foi dominado por uma agitação. Ergueu-se da cadeira, fechou o livro e despejou o bourbon na lixeira ao lado da mesa. Depois, empurrou-a com o pé para debaixo do móvel.

Antes de colocar a roda para girar, precisava conversar com uma pessoa.

8

O inspetor "Caballo" Quintana engoliu o analgésico e entornou um copo d'água. Apagou a luz da sala e sentou-se atrás de sua mesa. Acendeu a luminária e direcionou o foco exclusivamente para a pasta de arquivo que estava diante de si. Abriu a capa de papel e encarou a foto de Dom Francisco Perdomo.

O departamento estava praticamente vazio; só restavam os plantonistas. Em seu metro quadrado de espaço, ele era o único que havia restado.

Releu o relatório do caso e suspirou.

A Polícia Metropolitana e alguns membros mais históricos do governo, incluindo o círculo pessoal do ex-presidente Perón, haviam se movimentado rapidamente, cuidando para achar culpados e dar um desfecho ao assassinato do preeminente multiempresário.

Abriu a pasta e remexeu algumas fotos. A maioria não passava de recortes fotográficos extraídos de colunas sociais, mostrando Dom Francisco desfilando seu ar de superioridade. Havia duas fotos em que ele aparecia ao lado do ex-presidente Perón e de sua esposa Evita, falecida seis anos antes; as fotos haviam sido tiradas durante uma recepção a um empresário alemão chamado Herbert von Kraus, que anunciara uma soma considerável de investimentos na região da Patagônia.

Quintana reconheceu ainda a figura obscura de Otto Skorzeny, parcialmente encoberto na foto. O austríaco grandalhão de rosto deformado era guarda-costas oficial da primeira-dama. Suas lembranças de Skorzeny não eram muito agradáveis – ele havia se atracado com o sujeito em uma de suas visitas à mansão dos Perdomo, quando pretendia conversar com a sra. Agostina. Isso quase lhe custara um olho roxo e vários hematomas.

– Diga-me com quem andas e eu te respondo se andas com o diabo – Quintana murmurou. Era inegável que o ex-presidente e a família Perdomo faziam parte de um círculo de amizade bastante próximo.

Em outra sessão de fotos, havia cópias das imagens da autópsia. A opulência de Dom Francisco dava lugar a um corpo mutilado sobre uma mesa de aço. Os cortes de diferentes tamanhos nos locais das facadas eram visíveis traços negros.

Ao pó voltarás, pensou, guardando as fotos.

Tinha certeza de que tudo havia sido um grande conluio, que se apressara a arranjar um bode expiatório. Encontraram um culpado, um pobre idiota em quem a carapuça servira: Rufino Ibañez. Sim, porque o experiente inspetor estava certo de que o homem trancafiado na Penitenciária Nacional, e com quem tentara conversar por quinze minutos a fio, era inocente.

Mas quem se ergueria para defender um empregado, entre tantos que serviam a família Perdomo? O responsável por zelar pelo chalé em Bariloche, demitido por Dom Francisco após uma discussão, cujos motivos ainda eram nebulosos – e também pareciam pouco importar.

Quintana, o veredicto já está dado. Por que você tem que polemizar tudo?

"Caballo", não meta o dedo nisso. Já está resolvido.

Pelos céus, Quintana, por que não deixa a pobre viúva Perdomo em paz? Não quero ouvir de novo que você a importunou com suas perguntas.

Quintana, você está proibido de encostar mais uma vez em algo que se refira ao caso de Dom Francisco Perdomo. Entendeu? E não são ordens minhas. São de cima! De cima, entendeu? Sabe onde fica a Casa Rosada, seu idiota?!

Lembrar a voz de seu chefe ralhando com ele sobre o caso fez com que a dor de cabeça aumentasse. Tomou um segundo analgésico e acendeu um cigarro. Sentia-se contrariado; mais do que isso, frustrado.

Subvertera várias normas para estar cara a cara com Rufino Ibañez naquela manhã. Colocara seu amigo Bernardo em risco, bem como a sua própria carreira. Não haveria segunda chance se o Departamento descobrisse que ele andava xeretando o caso Perdomo por aí novamente.

Quando soube extraoficialmente que o suposto (para ele, sempre *suposto*) assassino de Dom Francisco tentara suicídio com o cabo de aço de um garfo, transformado em um instrumento perfurocortante que lhe rasgara a jugular, rezou para que o homem não morresse. E foi preciso mesmo muita oração; Ibañez ficou entre a vida e a morte por várias semanas, mas era forte. Ou, talvez, não pudesse morrer antes de cuspir o que tinha a dizer, ou seja, a *verdade* que "Caballo" Quintana queria ouvir.

Esmagou o cigarro no cinzeiro e acendeu outro. Sentia a dor de cabeça ceder; pensar lhe fazia bem.

O Rufino Ibañez que sobrevivera à tentativa frustrada de suicídio era apenas a sombra de um homem. Esquálido, estava preso à vida por um fiapo. Sim, ele tinha certeza de que Ibañez abriria o bico e contaria a verdade: por que não dissera quem matou Dom Francisco? Quintana suspeitava que o caseiro sabia quem havia sido. Por que se calara e aceitara cumprir pena? A quem protegia?

Quando finalmente o homem decidiu abrir a boca, limitou-se, com uma voz rouca, quase inaudível, a perguntar sobre a esposa e os cinco filhos.

Mas que bela merda!

"Caballo" Quintana resolveu, então, ser mais incisivo. Disse que Ibanez não sobreviveria muito tempo naquela prisão, e que, se ele se preocupava realmente com a mulher e sua prole, tinha que dizer a verdade. Chegou até a negociar – algo arriscado, já que não sabia se poderia cumprir patavina do que prometera; ainda assim, afirmou categoricamente que, se Ibañez contasse o que sabia, ele em pessoa – o inspetor César Quintana, uma lenda viva e uma relíquia da Polícia Metropolitana de Buenos Aires – cuidaria de zelar por sua família.

O infeliz caseiro, no entanto, recuou, como um animal ferido e assustado. Em pânico, chamou pelo guarda, e a conversa acabou ali.

Merda!

O inspetor recostou-se na cadeira, tragando e soltando a fumaça vagarosamente. Se Rufino Ibañez morresse na Penitenciária Nacional, a justiça estaria feita para muitos, mas ele ficaria de mãos vazias e não poderia provar o contrário.

– Quer café, Quintana? – perguntou o jovem detetive Hector *Hoguera* Herrera, com sua cabeleira ruiva, que passava por sua mesa segurando um copo de café fumegante.

– Apelando à cafeína, *Hoguera*? – perguntou Quintana, fechando rapidamente a pasta.

– Estou de plantão hoje – respondeu o jovem detetive. – Mas e você? Está com uma cara péssima. Deveria ir para casa.

– Tenho umas coisas para terminar.

– Bom, se for embora – Herrera bebericou o café escaldante –, melhor se apressar, porque está relampejando bastante. Vem chuva forte.

– Obrigado pelo aviso, garoto. – "Caballo" Quintana deixou o cigarro sobre o cinzeiro e encarou o parceiro. – *Hoguera*, você me faria outro favor *daqueles*?

O detetive franziu o cenho. Fora avisado de que andar com César "Caballo" Quintana era sinônimo de encrenca e de um punhado de advertências. Ainda assim, sentia-se fascinado por aquele velho inspetor por quem muitos sentiam repulsa.

– Do que precisa? – Sentou-se sobre a mesa de "Caballo" Quintana, observando se ninguém os via. – Não é nada que vá me prejudicar, é?

– Claro que não! Nada que vá colocar nem um pedrisco em sua brilhante carreira policial, meu amigo de cabelos ruivos – disse Quintana, arrumando-se sobre a cadeira. – É só um favor inofensivo; algo que não posso fazer devido às minhas restrições quanto ao caso Perdomo.

– Caso Perdomo de novo? – Herrera meneou a cabeça. – Devia deixar isso de lado, inspetor.

– Não antes de provar a mim mesmo que estou certo. Aliás, sempre estive. Rufino Ibañez, o homem que está apodrecendo atrás das grades, é inocente. E mais: está protegendo alguém.

O jovem Herrera terminou seu café.

– O que preciso fazer? – perguntou.

– É simples. Quero que descubra onde mora a família de Ibañez. Sei que eles se mudaram de Bariloche e, depois, sumiram do mapa. – "Caballo" Quintana voltou a colocar o cigarro na boca e tragou. Depois, soltou a fumaça no ar. – Quero que descubra onde estão. Só isso. O resto, você deixa comigo.

– Não está exagerando, Quintana? Depois do que houve – Herrera mediu as palavras –, é mais do que natural que aquela gente procure privacidade e, como você disse, suma do mapa.

– Pode ser. Pode ser – o inspetor refletiu. – Mas acho que *não é*.

Herrera encarou-o, contrariado.

– Pode dizer, meu jovem. Diga! Me acha um burro teimoso, não é? – Quintana apagou o cigarro e se levantou. – Mas te falo: meu instinto nunca esteve errado. Nunca! Tenho quinze anos neste maldito departamento e nunca errei ao optar por seguir uma linha de investigação. E, mais do que isso: se eu estiver certo, poderei salvar a vida daquele pobre diabo, que não durará muito na Penitenciária Nacional.

O jovem detetive baixou o olhar. Sim, ele sabia que "Caballo" Quintana era um dos melhores policiais da Polícia Metropolitana; talvez, *o* melhor.

– Vou ajudá-lo – disse, por fim.

– Ótimo, *Hoguera*! Sabia que seu bom senso falaria mais alto do que seu medo de borrar as fraldas. – "Caballo" Quintana sorriu, exultante. – Agora, aceito aquele seu café.

A chuva castigava a cidade sem piedade. Sebastián Lindner teve sorte ao optar por tomar um táxi até o Plaza Hotel, já que havia saído de casa sem qualquer proteção – capa ou guarda-chuva. Todavia, não pôde evitar ficar encharcado ao descer do carro e correr até a porta do hotel. Ao pisar no *hall* de entrada, topou com um jovem funcionário, que corria em sua direção com um guarda-chuva preto enorme já aberto, pronto para ser usado.

– Senhor, eu ia pegá-lo no carro – disse o garoto, que ainda tinha espinhas no rosto.

– Não se preocupe – falou Sebastián, tirando o paletó molhado. Todos se calaram quando um forte trovão ecoou do lado de fora; parecia que o céu estava desabando. – Preciso falar com uma jovem que está hospedada neste hotel. O nome dela é Aurora Leipzig. Consegue me ajudar?

O jovem fechou o guarda-chuva. Parecia confuso e esbaforido. Sem dúvida, era inexperiente no cargo.

– O senhor terá que verificar na recepção. Eles têm acesso a todos os quartos.

– Não sei em que quarto ela está, mas certamente eles podem localizar – Sebastián falou, sorrindo para o jovem, na tentativa de acalmá-lo.

– Certo. Acompanhe-me, por favor, senhor.

Após conversar com uma moça bastante simpática, que atendia na recepção naquele horário, Sebastián instalou-se no restaurante para aguardar Aurora Leipzig. O garçom aproximou-se e perguntou se queria pedir algo; ele refletiu e pensou em beber algo forte. Não queria comer nada, não tinha fome. Por fim, optou por uma taça de vinho nacional e uma garrafa d'água.

Havia consumido dois terços da taça quando observou o jovem ariano, motorista de Aurora, entrar no restaurante e caminhar até sua mesa. Apesar do calor, o rapaz vestia-se de modo sóbrio: calça social, camisa polo preta, sapatos. Os cabelos, meticulosamente penteados para trás e presos com gomalina, formavam um discreto topete acima da testa.

Sebastián olhou para o jovem que, apesar de notá-lo, não se aproximou. Deteve-se na metade do caminho, entre a entrada do restaurante e a mesa ocupada por ele. Sustentava um olhar austero e frio, como se estivesse pronto para agir – Sebastián só não sabia, ao certo, *contra o quê* exatamente o moço loiro agiria.

Poucos segundos depois, Aurora Leipzig entrou no recinto. Passou pelo jovem, meneando a cabeça. O rapaz pareceu então relaxar, mas não abandonou seu posto.

Sebastián observou a senhorita Leipzig: usava uma blusa leve e uma calça folgada, e caminhava com desenvoltura sobre os saltos da sandália branca. O cinturão de couro em volta de sua cintura fina ajudava a destacar os quadris, que não eram largos, mas bem-feitos, e combinavam perfeitamente com seu biótipo esguio.

De todas as vezes em que a vira, aquela era a primeira em que a misteriosa mulher se mostrava mais jovial. Sua pele extremamente branca, quase albina, era lisa e tentadora.

Aurora puxou a cadeira e sentou-se junto à mesa, sem ao menos cumprimentar Sebastián. Encarou-o com os olhos de azul infinito, demoníaco, como o inverno deveria ser no inferno: eterno e cortante. Ele sentia-se perdido; Aurora Leipzig, a seu modo, era uma mulher muitíssimo atraente.

Ela falou, exibindo o leve sotaque germânico:

– Na verdade, estou surpresa, dr. Lindner. Não achei que fosse parte do tratamento, ou de praxe da psicoterapia, a atitude íntima de visitar o paciente ou sua família em sua própria casa.

Sebastián franziu o cenho.

– Digo, é certo que isto é um hotel. Mas, durante os quinze dias de tratamento do meu pai, também é nossa *casa*. O que faz aqui?

Sebastián limpou a garganta. Curta, grossa, certeira. Aurora o desconcertava, mas ele não podia recuar.

– Desculpe, senhorita Leipzig – disse. Não foi minha intenção invadir a privacidade de sua família, tampouco violar qualquer valor da psicanálise no que se refere à relação entre médico e paciente.

Aurora sorriu de modo relaxado.

– Pelo que sei, violar valores da sua profissão não é um grande problema, dr. Lindner. É?

Ela perguntara aquilo sem esboçar qualquer tipo de alteração. Sebastián esfregou os olhos; sabia que a senhorita Leipzig se referira a ele e a Agostina. Ela sabia que tinham um caso e, conforme já suspeitara, não hesitaria em usar isso contra ele, se fosse necessário.

– Como disse – ele falou –, a questão não é essa, senhorita. Asseguro que não a teria importunado se não fosse importante para o tratamento de seu pai.

Aurora arregalou os olhos azuis. Esboçou uma risada debochada, que não saiu. Limitou-se a fitar Sebastián com curiosidade.

– E sobre o que deseja conversar comigo, doutor? – perguntou, tirando do bolso uma cigarreira dourada. Colocou-a sobre a mesa, abriu e retirou um cigarro longo. Prendeu o cigarro entre os lábios tingidos de vermelho e, com um isqueiro pequeno, acendeu. Tragou com elegância, preenchendo o ambiente com um leve odor de tabaco e nicotina. – Não se incomoda que eu fume, não é, dr. Lindner? Sei que gosta de fumar charutos Montecristo, mas, assim como muitos machistas deste país, o senhor pode ser um daqueles que acha deselegante uma mulher jovem fumar.

– Não me incomodo, em absoluto. – Sebastián terminou o vinho e chamou o garçom. Pediu outra taça e ofereceu uma a Aurora, que recusou. Prontamente, o homem lhe trouxe mais vinho nacional tinto e um cinzeiro de vidro.

– Meu pai não gosta que eu fume. Aliás, não permite que ninguém fume dentro de nossa propriedade, nem os empregados ou amigos. Também detesta bebedeira; diz que o álcool estraga o que o homem tem de humano e o aproxima de um animal qualquer. *A falência da humanidade são os vícios*, ele diz. Confesso que *Papa* pode ser radical em seus pensamentos às vezes, mas ouvi-lo falar sobre isso é um deleite – disse Aurora, batendo as cinzas. – Mas, diante de sua proibição, tenho que agir como uma adolescente e fumar escondido.

– Eu compreendo. – Sebastián vasculhou o bolso do paletó à procura de um charuto. Para seu azar, constatou que seu único exemplar de Montecristo estava molhado e, portanto, perdido.

– Então, sobre o que quer falar? – perguntou Aurora, novamente de modo direto.

Sebastián limpou a garganta:

– Senhorita Leipzig, afirmo que não a teria incomodado à noite, ainda mais com uma tempestade dessas lá fora, se não achasse importante.

Aurora assentiu. Estava disposta a escutar. De modo velado, uma relação de poder havia se estabelecido; era fascinante a forma com que ela, apesar de jovem, se impunha quase de modo tirânico, diminuindo qualquer tentativa de altivez que um profissional com o currículo de Sebastián poderia ter. Um dom, sem dúvida, o qual não passara despercebido pelo analista. Porém, era preciso entrar no jogo, se quisesse ter acesso às informações de que necessitava, e mais: ele tinha que tatear em terreno perigoso, sem se deixar atingir ou ser, de algum modo, contaminado em sua objetividade.

– A senhorita me pagou para tratar de seu pai. Aliás, afirmou que fui escolhido meticulosamente, se é que podemos nos expressar dessa maneira – prosseguiu Sebastián. – Desse modo, estou tentando fazer meu trabalho da melhor maneira. Não tivemos tempo de conversar, senão na primeira vez que a senhorita me procurou, e nas duas vezes que levou seu pai ao meu consultório. Nesse meio-tempo, após dois contatos com o sr. Leipzig, algumas perguntas me ocorreram, e preciso da senhorita para esclarecer certos pontos.

Aurora cruzou os braços.

– Acho que já disse ao senhor tudo o que precisava saber para iniciar o tratamento do meu pai, dr. Lindner.

– Efetivamente, a senhorita disse o básico sobre o sr. Leipzig. Observei algumas coisas interessantes em seu pai, mesmo ele tendo insistido em se manter fechado e não conversar comigo. Por exemplo, notei que ele tem o perfil de um homem austero e autoritário. Obviamente, isso condiz com sua formação militar. No entanto, penso que pode ser o que chamamos de *gatilho* para acessar o sr. Leipzig outra vez e trazê-lo para a realidade.

Aurora limitou-se a confirmar, acenando com a cabeça. Seu cigarro queimava, preso entre os dedos finos e longos, formando uma coluna de cinzas.

– Acredito, senhorita Leipzig, que seu pai sofra de um tipo de estupor catatônico, que ocorre quando a perda da mobilidade e da interação com o mundo externo é parcial, ou seja, a mente do paciente se desconecta do real, mas, seu corpo, não. Esse estado pode ter se iniciado com um trauma muito forte, como a morte de alguém querido, ou uma mudança muito repentina.

– O trauma mais forte pelo qual meu pai passou, dr. Lindner, foi ter sido obrigado a fugir de seu país e ver seus sonhos na ruína – disse Aurora, rindo. – Portanto, não acredito que, para alguém como ele, que teve que se reerguer e reiniciar a vida como um fazendeiro neste país, qualquer banalidade seja suficiente para deixá-lo, como o senhor disse, em estupor catatônico.

– Entendo o que a senhorita diz, mas minha experiência indica que, mesmo as pessoas mais fortes e imponentes podem possuir pontos bastante frágeis em sua psique. Ninguém é invulnerável, senhorita. E seu pai, certamente, também não o é.

– O que está querendo...?

Sebastián não deixou Aurora terminar a frase. Pisava em terreno movediço, mas tinha que avançar.

– Por exemplo, a senhorita me entregou alguns dados pessoais do seu pai escritos num papel. Óbvio, o ideal seria conseguir esses dados através da boca dele, mas, no momento, não seria possível. Entre as informações, a senhorita cita que seu pai é viúvo, mas não acrescenta nada mais.

Aurora agitou as pernas, impaciente. Tragou e bateu as cinzas.

– Não incluí mais informação porque não é relevante, dr. Lindner. Meu pai foi casado na Alemanha; ele e sua esposa, Evelyn, que não era minha mãe biológica, como o senhor deve ter suposto, vieram para a Argentina arriscando suas vidas. Ela morreu há três anos, vitimada por um derrame que a deixou confinada na cama por quase cinco anos. A pobrezinha tinha que usar fraldas de pano, o senhor pode imaginar?

Sebastián assentiu.

– E quer saber como meu pai reagiu? Não derramou uma lágrima sequer. Colocou todos os empregados à disposição da esposa para que a atendessem no que fosse necessário, mas manteve-se forte, participando das reuniões com amigos em San Ramón e cuidando dos negócios da estância, que demandam muita atenção. *Papa* é um homem forjado a ferro, dr. Lindner. Teve que ser assim, para suportar a guerra e o projeto do Reich. Quando a esposa morreu...

Aurora suspirou e deteve-se alguns segundos. Seus olhos azuis haviam se tornado enérgicos e estavam cravados em Sebastián.

— Quando a esposa do meu pai morreu, ele a enterrou com honras em nossa propriedade, seguindo o rito dos oficiais de alta patente nazista. Inclusive, uma bandeira vermelha com a suástica foi baixada junto com seu caixão. *Papa* despediu-se da companheira como um soldado se despede de um companheiro que tombou em batalha, doutor. Nunca estive no *front*, mas sei como é.

— Como pai, o sr. Leipzig mantinha a mesma dureza de caráter, senhorita? — perguntou Sebastián, bebendo um gole de vinho.

Aurora estranhou a pergunta e encolheu os ombros. Porém, não hesitou em responder:

— Ele é um pai como deve ser. Não me lembro muito bem de meus pais biológicos, mas sei que *Papa* foi, e é, para mim, um porto seguro. Ele tem a rigidez necessária para que a gente se sinta confiante. Não só eu penso assim, mas também os amigos que nos cercam e nossos empregados. Meu pai, dr. Lindner, é o equilíbrio perfeito entre o afeto em dose necessária e a rigidez útil na criação de um filho. E eu o amo muito.

— Não tenho dúvidas de que o ama, senhorita — Sebastián assentiu. — Mas eu preciso encontrar a *brecha*; o real motivo que levou o sr. Leipzig a desejar isolar-se do mundo, fechando-se em si. Tenho algumas suposições.

— Tem? E quais são? — perguntou Aurora, levando o cigarro à boca.

— O sr. Leipzig tem um perfil dominador. Como um bom soldado, e bom militar, aprendeu a obedecer e, principalmente, a mandar. Sendo assim, não aceita de modo fácil ser contrariado. Algo ocorrido, antes do estado catatônico pode sugerir que o sr. Leipzig tenha passado por uma contrariedade ou quebra desse padrão, senhorita.

– O senhor quer saber se meu pai se fechou em si mesmo porque foi contrariado, é isso? – Aurora riu; não foi um riso discreto, mas um deboche. – Dr. Lindner, *ninguém* contraria meu pai! As pessoas debatem com ele e, na totalidade das vezes, são persuadidas a fazer as coisas do jeito dele. Ou, se não o são, são *obrigadas* a fazer.

Sebastián saboreou o vinho, da mesma maneira que saboreava o fato de estar no caminho certo. Poder e controle eram os padrões em que modulava o paciente; o medo de perdê-los era a chave que procurava. Diante da insegurança de perder sua identidade, o sr. Leipzig possivelmente havia se refugiado no único recinto seguro que encontrara: o de sua mente.

Mas precisava de mais informações e, acima de tudo, pôr sua teoria à prova.

– Tenho apenas mais uma pergunta. Se a senhorita puder ajudar, agradeço – disse Sebastián, colocando a taça vazia sobre a mesa. – A senhorita já comentou mais de uma vez que foi adotada pelo sr. Leipzig quando morava em Rheinau, após seus pais morrerem. Como aconteceu sua adoção?

Por um instante, Sebastián notou um incômodo incomum em Aurora. Algo em seu verniz, que a mantinha altiva e no controle, rachara; sim, podia bem ser uma mera fissura naquela carapaça altiva, mas era inegável que a jovem tinha ficado desconcertada.

– Achei que o paciente era meu pai – Aurora apagou o cigarro, esmagando-o com força no cinzeiro.

– E, de fato, é.

– Então, por que pergunta sobre mim? Minha adoção ou a morte de meus pais biológicos nada têm a ver com o estado de meu pai, dr. Lindner.

– Qualquer coisa, mesmo que aparentemente insignificante, pode ajudar. – Sebastián recostou-se na cadeira e cruzou as pernas. O vinho o deixara relaxado, e ele tinha que tomar cuidado redobrado para não ser leviano ou cometer deslizes. – Nossa mente, senhorita, registra tudo o que acontece conosco. Muitas dessas coisas, sobretudo as dolorosas, são colocadas debaixo do tapete, num lugar bem protegido e escondido.

– Sei a que se refere. O inconsciente de Freud – disse Aurora, novamente, segura. – Sabe o que os alemães da época do meu pai diziam? Pelo menos, aqueles que se dedicavam a estudar a mente, como o senhor? Que era incrível que teorias tão importantes sobre a mente humana tivessem vindo de um judeu. Mente sã e corpo igualmente sadio são as fortalezas do homem e da mulher, cada qual em seu papel. Freud tem seu valor inegável no estudo da mente, mas, por sorte, essa ciência também nos deu Jung.

– Está certa, senhorita Leipzig. O inconsciente – assentiu Sebastián, desconsiderando os demais comentários pejorativos em relação à origem de Sigmund Freud. – Uma sementinha ali plantada pode germinar décadas depois. Só precisa ser regada e alimentada com adubo certo.

– E quer saber se esse é o caso do meu pai? Se algo em seu inconsciente germinou para deixá-lo tão mal?

Sebastián encolheu os ombros.

– Tudo o que puder ajudar, senhorita, seria útil – disse. – Acredito que o processo de sua adoção tenha algum significado bastante simbólico e importante para o sr. Leipzig. Daí minha pergunta.

– Fui adotada aos 6 anos, após meus pais terem morrido. Meus avós paternos emigraram para a Argentina com meu pai no colo, mas também eram de origem suíço-germânica de Rheinau. Meu avô era de Rheinau mesmo, e minha avó de Stuttgart. Quando Hitler assumiu o poder e a nova Alemanha começou a se desenhar, minha família voltou para a Suíça a fim de unir-se à causa. Não me lembro muito; minhas principais lembranças são da casa de veraneio já na Alemanha, com os empregados ao meu lado, Evelyn, e, às vezes, quando o governo não precisava dele, *Papa*. Isso é tudo o que posso e quero lhe dizer, dr. Lindner. Como já cansei de falar, tudo isto não é sobre mim, mas sobre meu pai.

– Mas a senhorita se lembra de algo especial? Algo de seu pai, do modo como ele agia quando a senhorita era criança?

Aurora suspirou e, bruscamente, levantou-se.

Não, ele não podia deixá-la ir. Precisava encontrar o elo, o traço de personalidade naquele homem combalido que criara o gatilho para que optasse por se isolar. Sebastián sabia que as respostas (ou grande parte delas) estavam com Aurora Leipzig, que, por algum motivo, insistia em ser vaga e leviana, mesmo que afirmasse repetidamente que priorizava o bem-estar do pai. De algum modo, tinha que detê-la, conseguir mais um tempo, tirar algo daquela mulher de gelo.

– Senhorita Leipzig, peço que confie em mim. Que, como analista do seu pai, acredite nas minhas intenções de ajudá-lo. Essas informações são importantes para que eu consiga montar o quadro de...

Mas Aurora Leipzig fez um gesto para que ele parasse de falar, cessasse com a tagarelice sobre a prática da psicanálise. Seus olhos azuis arregalados fixavam-se nele como duas adagas de gelo. Porém, não havia frieza neles, e sim um ódio capaz de queimar – assim como o gelo também poderia.

Sebastián notou que o jovem loiro, até o momento em pé, a alguns passos da mesa, caminhou em direção à senhorita Leipzig.

Os dois jovens trocaram olhares; ele parecia esperar por uma ordem, e ela, que antes tinha ódio no olhar, encarava o rapaz com ternura, como se desejasse tranquilizá-lo. Em seguida, voltou-se para Sebastián, sorrindo de modo dissimuladamente descontraído, como se nada tivesse ocorrido:

– Acho que já chega, dr. Lindner. Estou cansada e meu pai está sozinho no quarto. Nos últimos tempos, ele só tem dormido sob efeito do sonífero que nosso médico receitou, mas nunca se sabe. Se ele acordar e não me vir, ficará em pânico.

Aurora afastou-se da mesa, ainda sustentando o sorriso:

– Amanhã, às sete da noite, em seu consultório. Como combinado, doutor – falou, estendendo a mão em direção a Sebastián, que, colocando-se de pé, retribuiu o gesto. A mão de Aurora era pequena e fria.

– Agradeço a ajuda, senhorita – ele disse.

– Não sei se ajudei. Para mim, o senhor fez perguntas bastante estranhas. De qualquer modo, espero que faça jus à sua fama e ao nosso investimento, e cure *Papa*.

Dando as costas para Sebastián, o casal caminhou em direção à saída do restaurante.

O garçom perguntou se ele desejava mais vinho, e ele aceitou.

O que fora aquilo? O que aquela jovem tinha a esconder? E, mais do que isso: por que algo em Aurora Leipzig o atraía perigosamente?

Pisava à beira do abismo, onde nada, senão poucos centímetros, o afastavam da danação. Bebericou o vinho. O garçom trocara o fornecedor; o conteúdo daquela dose não era do mesmo produtor das duas primeiras, mas ainda assim era bom.

Do lado de fora, a chuva não dava sinais de trégua.

Tomou um gole maior e entregou-se aos pensamentos que começavam a atormentá-lo. E continuou pensando em Aurora Leipzig o restante da noite.

Bombas? Latidos? Ele quase podia sentir o calor e o mau cheiro do hálito dos cães dos soldados açoitarem seu rosto, invadirem suas narinas. Barulho e cheiro de morte.

Sentou-se na cama, suado e ofegante. Notou que, por instinto, estava com sua arma na mão direita, engatilhada, pronta para uso. Olhou ao redor, estava sozinho no quarto; mas, possuído pelo pavor, sabia que atiraria sem hesitar em qualquer vivalma que entrasse pela porta do pequeno cômodo que alugara naquela espelunca frequentada por homens que, como ele, estavam apenas de passagem pela capital.

Controlou a respiração. Tinha que recobrar o autocontrole, acalmar-se.

A guerra havia acabado. Os nazistas filhos da puta estavam mortos. Ou, pelo menos, a maioria deles estava. Alguns haviam escapulido contando com a ajuda da Igreja, infiltrados entre os prisioneiros, com o auxílio dos Aliados – ele não compreendia por que alguém deixaria os demônios fugirem de seu inferno – e, ainda, contando com a própria sorte, arrastando-se pela fronteira e reiniciando vida nova no Mediterrâneo ou na Península Ibérica.

Vários, por sua vez, haviam cruzado o Atlântico rumo aos Estados Unidos e à América do Sul; por isso Buenos Aires passara a cheirar mal, cheirar a merda e a carne podre. Nazistas. Havia muitos deles ali, e em outras cidades da Argentina, passando-se por fazendeiros ou homens de negócios, senhores aposentados vitimados pela guerra, simpáticos velhinhos que davam bombons às crianças.

Mas mesmo os demônios que conseguiram escapulir e se infiltrar entre as pessoas de bem não sairiam impunes. *Eles* estavam lá para assegurar que pagassem pelo que tinham feito. Ele era apenas um *deles*. Havia outros, cujos anos de treinamento árduo tiveram um único objetivo: matar nazistas.

Desengatilhou a arma e voltou a colocá-la sob o travesseiro. Não eram bombas, mas raios e trovões; o céu estava caindo do lado de fora e a água castigava a janela com violência. Não estava em Sachsenhausen e não precisava procurar seus pais e avós, tampouco sua pequena irmã. Não precisava chorar por eles, nem ranger os dentes e urinar na calça do uniforme listrado somente diante da ideia de que algo ruim tivesse acontecido àqueles a quem amava.

Mesmo porque a mão do mal já os tinha apanhado. Estavam mortos; portanto, era inútil chamar ou chorar por eles.

Quanto aos latidos, eles vinham da parte de baixo da construção de dois andares em que funcionava a hospedaria.

Sua garganta estava seca, precisava de água. Vestiu a calça e saiu do quarto.

O corredor estava imerso em breu. A única lâmpada pendia, apagada, do teto, presa apenas por um fio.

Desceu as escadas, que rangiam. Passou pela recepção, pela minúscula sala onde alguns hóspedes gastavam horas jogando baralho e bebendo, e entrou na cozinha.

Os latidos se tornaram mais fortes. A porta que dava para a área externa tremia com as pancadas de Paco, o vira-lata da dona daquela espelunca. O cão parecia horrorizado com os raios. Diziam que esses animais tinham ouvido sensível; de certo modo, ele até entendia o pobre Paco, pois também tinha medo de trovões e raios. Porém, mais do que isso, tinha pavor de latido de cachorros.

Pegou um copo de vidro do armário, abriu a geladeira e serviu-se de água.

Um trovão ainda mais forte fez o chão tremer. Os latidos de Paco tornaram-se insanos, fazendo com que sua cabeça doesse.

Maldito cão dos infernos.

– Ah, é o senhor?! – A dona da hospedaria, uma mulher idosa e que exalava um incômodo mau cheiro, chamada Amália, estava parada junto à porta da cozinha. Usava um camisolão que outrora fora branco. – Perdão se o assustei, mas ouvi barulho e vim verificar. Paco está muito inquieto esta noite, ele detesta raios.

Ele assentiu. Também detestava, assim como detestava aqueles latidos.

– Perdão se Paco o acordou – disse a velha, após um longo bocejo. – Vou voltar a dormir. Boa noite.

Ele murmurou algo, mas não foi o desejo de que Amália tivesse bons sonhos. A velha sumiu na escuridão e ele voltou para seu quarto, levando o copo de vidro.

Fechou a porta, cuidando para trancá-la. Sempre precavido, foi assim que fora treinado.

Colocou o copo no chão e, em seguida, pôs seu travesseiro sobre ele. Ergueu a perna e estendeu-a com toda a força, pisando a superfície fofa. Sentiu o copo quebrar parcialmente. Então, repetiu o gesto, uma, duas vezes, até sobrarem cacos.

Retirou a fronha, pegou alguns cacos (os menores) e os envolveu com o tecido. Depois, deixou o pequeno embrulho sobre a mesinha do lado da cama.

Paco ainda latia, e ele não conseguiria dormir.

Resignado, estendeu-se no chão e iniciou uma série de cinquenta flexões. Ao terminar, mais cinquenta; e assim, sucessivamente.

Quando por fim parou e sentou-se no chão junto à cama, seu corpo estava coberto de suor. Seus músculos queimavam, enquanto a endorfina caía em sua corrente sanguínea.

Limpou o suor que escorria pela testa e observou a janela, por cujas frestas os raios do sol penetravam, iluminando o cômodo. Amanhecera.

9

Aurora Leipzig tragou vagarosamente o cigarro, soltando a fumaça para o ar em seguida. O que *Papa* diria se a visse fumar? Não, ela não queria pensar na repreensão que com certeza receberia se ele a visse com um cigarro entre os dedos, sorvendo a fumaça e soltando-a no ar como uma puta de cabaré.

Mas, no estado em que o pobrezinho se encontrava, nada poderia fazer contra ela. Suspirou enquanto batia as cinzas no cinzeiro de metal, suspenso por uma haste dourada. Do pequeno, mas aconchegante, *lounge* em que estava, podia observar as pessoas entrando e saindo do restaurante, servindo-se do café da manhã. Não tinha apetite; dormira mal, *Papa* havia sonhado a noite toda e tivera um sono intermitente, cheio de sobressaltos e resmungos inteligíveis em alemão. Esbravejava como se falasse com subalternos, cruzava os braços pelo ar como se quisesse acertar algo e, de um instante para outro, acalmava-se e resmungava em tom ameno, quase doce.

Contudo, tampouco conseguira compreender o que ele dizia. Uma palavra ou outra, solta e sem conexão. *Bunker, Geburtstagsfeier, Nicht...* (*bunker*, festa de aniversário, não).

Ela conhecia aquelas palavras desconexas, porque surgiam com frequência nos pesadelos. E, quando *Papa* tinha noites assim, não conseguia pregar os olhos. Desde que sua esposa morrera, coubera a ela cuidar de

Papa. E, cuidar, significava zelar para que suas roupas estivessem muito bem passadas, que suas atividades diárias estivessem organizadas para ocorrerem a contento, que nada o deixasse desgostoso nas infindáveis reuniões e encontros com amigos e conhecidos em San Ramón.

Porém, desde que *Papa* adoecera, ela havia passado a dividir o quarto com ele. Era assim no casarão na Patagônia e, também, naquele hotel em Buenos Aires. Ela cuidava de tudo: barbeá-lo, providenciar roupas limpas, alimentá-lo. Somente os banhos ficavam a cargo de Jörgen. Não que, naquele estado, *Papa* fosse se importar que ela o lavasse. Mas, ainda assim, preferia evitar aborrecê-lo ou fazê-lo passar vergonha.

Portanto, aproveitara que Jörgen estava no banho com *Papa* para escapulir e fumar às escondidas, como uma menina.

Sentiu um aperto horroroso no peito. O tempo deles estava acabando. O dela, o de Jörgen e, sobretudo, o de *Papa*. Tinha sido dela a ideia de trazê-lo a Buenos Aires, cruzando o lago Nahuel Huapi até o norte. Recebera excelentes recomendações do dr. Sebastián Lindner por parte de Agostina e se convencera de que aquele médico de mentes poderia ter sucesso, onde, aparentemente, não havia mais nada a ser feito.

Era certo que, apesar de nutrir uma parcela de simpatia pela viúva Perdomo, não a considerava alguém de total confiança, tampouco com caráter firme o bastante para julgamentos assertivos. Leviana, frívola, uma alpinista social; era assim que aqueles, em seu meio, taxavam Agostina, mesmo antes de Dom Francisco morrer. E, claro, pesava em suas suspeitas o fato de a senhora Perdomo e o bom doutor estarem tendo um caso; fora fácil como roubar doces de uma criança descobrir o enlace amoroso dos dois.

Pode ser útil, pensou.

O que um homem como Francisco Perdomo vira em Agostina? Ele era um homem inteligente, a quem Aurora admirava demais; seria tão idiota também, a ponto de realmente amar aquela desmiolada?

Suspirou. Tinha que ordenar seus pensamentos por prioridades, e curar *Papa* estava no topo delas. Os demais eram apenas pequenos contratempos, obstáculos que poderiam ser removidos acionando as pessoas certas. E, ela sabia, tinha poder o suficiente nas mãos para isso. Afinal, era a filha predileta *dele*.

Conferiu o horário. Meia hora havia se passado desde que deixara *Papa* com Jörgen. Apagou o cigarro e levantou-se. Sentiu o hálito e, em seguida, tirou um frasco de pastilhas de menta da bolsa e serviu-se de uma.

Tomou o elevador e desceu no andar de seu quarto. Cruzou o corredor, observando as portas entreabertas dos cômodos que estavam sendo higienizados pelas camareiras.

Abriu a porta do quarto e entrou. *Papa* estava sentado na beirada da cama, olhando em direção à janela. Jörgen escancarara as cortinas, desnudando uma bela vista de Buenos Aires e do horizonte azul.

– Como ele está? – perguntou Aurora, deixando a bolsa sobre a cômoda.

Jörgen, que se ocupava com as toalhas do banheiro, espichou o pescoço para encarar Aurora e, dando de ombros, respondeu, em alemão:

– Não disse uma única palavra sequer.

– Ele dormiu muito mal esta noite – disse Aurora, também em alemão, aproximando-se do jovem.

– Pesadelos de novo?

Ela assentiu.

– Estou preocupada. Algo naquela terapia está mexendo com *Papa*.

– Mas não era esse o objetivo, *Fräulein*? – Jörgen franziu o cenho. – Que ele voltasse a *falar*?

– Que ele voltasse a falar, sim. O problema é *o que* ele pode dizer, tendo em vista o estado em que se encontra.

– Está arrependida de ter procurado aquele doutor?

Aurora refletiu antes de responder. Estava arrependida? O que de fato mexera com ela? A conversa com dr. Lindner na noite anterior ou os pesadelos de *Papa*?

– De qualquer modo – ela suspirou –, Lindner não falará nada. Está preso à ética profissional e é totalmente indiferente a ideologias políticas.

– Até mesmo as *nossas*? – Jörgen colocou a toalha dobrada sobre a pia e encarou Aurora com dureza.

— Até mesmo as nossas — ela respondeu. — o dr. Lindner sabe da importância do papel que *Papa* teve para o governo alemão, ainda que não tenha entrado em detalhes. Mas tenho cartas na manga, e jogarei se for necessário. Não se preocupe.

— Você disse que ele sonhou bastante. Sabe com o quê?

Aurora virou-se para o homem inerte, sentado à cama.

— Pesadelos. Mas não consegui compreender o que dizia. Coisas sem nexo, acho. Lembranças ruins.

— Tenha cuidado, *Fräulein*. Muita coisa está em jogo e a senhorita colocou seu pescoço a prêmio ao bater o pé para trazê-lo a Buenos Aires. Sabe o quanto isso é arriscado. Poderíamos ter ido ao Paraguai, como os demais. O governo de lá...

— Eu sei — Aurora respondeu, de modo ríspido. — Mas não é o que *Papa* desejava. Se há alguém que deve decidir sobre o nosso futuro, Jörgen, é aquele que possui em suas mãos o poder suficiente para isso. E você sabe muito bem *quem* ele é.

Aurora caminhou em direção ao homem e sentou-se ao seu lado. Passou a mão por suas costas encurvadas e, em seguida, por sua cabeça. Sentiu os dedos rasparem nos fios duros de cabelo, cortados bem rente.

Seus olhos vidrados refletiam a paisagem urbana que passava pela janela. Era como se uma parte de Buenos Aires coubesse naquela retina, outrora vívida.

Virando-se para Jörgen, que continuava em pé junto à porta do banheiro, Aurora disse, em tom autoritário:

— Nunca se esqueça disso, Jörgen. *Nie!*

Ele abriu sobre a cama o pequeno pacote de carne de segunda que comprara em uma mercearia imunda a algumas quadras da hospedaria. Cuidando para não se cortar, virou os cacos de vidro moído sobre o pedaço de carne triturada e mexeu com as mãos, misturando tudo. Em seguida, voltou a envolver o conteúdo no papel.

Limpou as mãos na água corrente, que caía da torneira da pia, localizada num canto do quartinho que cheirava a suor. Desceu para a cozinha, sentindo o cheiro de café fresco encher-lhe as narinas. Conforme se aproximava do térreo, os ganidos e latidos estridentes de Paco tornavam-se mais fortes.

Passava das dez da manhã e a pessoa a quem esperava não tardaria a chegar. Serviu-se de uma caneca de café e retirou do bolso da calça o pequeno embrulho de carne. O vira-lata passou a latir mais forte, apoiando-se na grade que isolava o acesso à cozinha.

Ele estendeu o bolo de carne a Paco que, desconfiado, conferiu a guloseima com o focinho antes de refestelar-se, abocanhando a bolota de uma só vez e correndo quintal afora.

O cachorro sumiu de seu campo de visão e ele permaneceu em pé junto à porta sem sentir qualquer remorso. Muito em breve, os latidos cessariam.

– Ah, o senhor está aí?! Ia mesmo chamá-lo. – Dona Amália, a dona da espelunca, arrastou os pés até a porta da cozinha e fitou-o com curiosidade. – Tem um homem querendo vê-lo. Disse que o senhor está esperando.

Ele assentiu e agradeceu com um "obrigado" quase inaudível.

Passou pela velha gorda rumo à recepção, onde um sujeito alto e de barba bem escura, com cabelos cheios de gomalina, o aguardava. Trajava um paletó puído, apesar do calor. Trocaram olhares discretos e o homem lhe estendeu um cigarro. Ele negou, balançando a cabeça e, então, fez sinal para que o outro o acompanhasse.

Subiram os degraus e cruzaram o corredor em silêncio. Ele abriu a porta do quarto e deu espaço para que Levy entrasse. Sim, esse era o nome do sujeito que se tornara seu contato em Buenos Aires – pelo menos, fora assim que o homem se apresentara, e ele também não fez qualquer questão de saber mais. Em sua atividade, quanto menos soubesse, melhor.

Aquela era a primeira vez que Levy vinha à hospedaria e, também, a primeira em que alguém entrava em seu quartinho abafado.

– Está quente aqui – observou o homem chamado Levy.

Ele assentiu.

– Tenho novidades para você – disse o sujeito, enfiando a mão no bolso interno do paletó e retirando um envelope pardo. – Veja.

Levy acendeu um cigarro enquanto ele conferia o conteúdo do envelope. Quatro fotos perfeitamente nítidas dos alvos que vinha vigiando nos últimos dias.

– Tivemos a confirmação dos alvos – prosseguiu Levy, soltando a fumaça. – O que sabemos, com certeza, faria o mundo vir abaixo. Você entende, não é? Quer dizer, o que se entende por história oficial... tudo o que foi contado ao mundo depois que a guerra terminou passaria a ser lorota. Somente um monte de merda.

Levy tragou com avidez e soltou a fumaça no ar. Naquele momento, o quarto estava cheirando a tabaco, além de suor.

– Essas fotos – Levy continuou, apontando para o envelope – são de nosso pessoal na Patagônia. Estávamos vigiando os alemães do sul do país havia algum tempo. Se conferir, verá que são os mesmos. A semelhança é incrível! De acordo com nossa *inteligência* em Londres, não há dúvidas; tem havido bastante movimentação de alemães na região nos últimos anos. Estão tramando a reestruturação de um Quarto Reich aqui na Argentina, bem debaixo dos narizes da ONU e da Otan. Porém, eles são espertos. Não deixam rastros, nem suspeitas. Pelo jeito, todos trabalham e investem em atividades legais; fazendeiros, donos de pousadas, madeireiros. Eles possuem autorização para ficar no país, são praticamente legítimos cidadãos argentinos, com a bênção de Perón. E geram empregos para os sulistas.

– Mas o senhor da foto... é *ele mesmo*? – Ele ergueu os olhos na direção de Levy.

– Como disse, não há dúvidas. A semelhança é incrível.

– E o que fazem aqui em Buenos Aires?

– Não temos certeza – Levy bufou. – Tudo indica que *ele* tenha vindo tratar de um problema de saúde. Mas não passa de hipótese não confirmada. E a menina e o rapaz com ele também são *nazis*. Gente do círculo próximo, bem informada e instruída. Uma nova geração do puro sangue ariano.

– Descobriu qual é o papel do psicólogo nisto tudo? Ele está envolvido? – perguntou.

– Temos a ficha dele. Dr. Sebastián Lindner. Aparentemente, tem ascendência austríaca, mas nenhum envolvimento com *eles*.

– Tenho vigiado de perto. Se ele foi escolhido – ele sentou-se na cama, ainda segurando o envelope –, é porque há um motivo.

– Trabalhamos com essa hipótese também.

– Quando agirei? – perguntou, erguendo os olhos na direção de Levy.

– Em breve.

– Em breve, quando?

– Essa sua impaciência não é comum. – Levy riu, mas imediatamente voltou a exibir um semblante sério ao notar que a fisionomia de seu interlocutor se tornara sinistra. – O que está havendo?

– Nada.

Ele guardou as fotos no envelope pardo enquanto Levy andava pelo quarto. Parou diante da janela e observou Paco, o cão, caminhar pelo quintal.

– Seu histórico é impecável. Por isso designamos essa missão a você. Sua escolha não foi apenas uma decisão nossa, aqui da Argentina, mas também de gente acima de nós, nos Estados Unidos e na Europa. Entende isso?

Ele assentiu.

– Tudo o que *não* preciso é que você ponha tudo a perder.

– É pessoal.

Levy tragou. Pensou um instante antes de responder:

– Quando se trata de nazistas, *tudo* é pessoal para nós – disse, apagando o cigarro sobre a louça da pia. – Apenas espere. Não demorará muito. Depois, poderá sumir do mapa.

Ele não respondeu. Levy acenou, despedindo-se, e ele retribuiu o gesto.

– Não precisa me acompanhar – disse, abrindo a porta.

– Sou eu que vou matá-lo, Levy – ele falou, entre dentes. – É só isso o que peço. Quero agir sozinho e do meu jeito. Não é o dinheiro que importa; estou me cagando para isso.

– Sim, eu sei. Terá sua oportunidade quando chegar a hora – Levy respondeu, fechando a porta atrás de si.

Quem é Albert Leipzig?

Sebastián Lindner rabiscou a pergunta na folha de um bloco de papel. Estava sentado atrás de sua mesa, com um Montecristo pela metade, preso entre os dedos.

Suspendeu o olhar quando ouviu batidas na porta. O relógio cuco preso à parede indicava meio-dia e dez.

– Podemos ir almoçar, Sebá? – Ariel já havia colocado meio corpo para dentro de sua sala antes mesmo que ele pudesse responder "entre".

– Sim, podemos. – Sebastián arrancou a folha do bloco, amassou e jogou-a no lixo. – Preciso de uma caminhada para arejar as ideias.

– Está com um aspecto cansado, meu amigo – observou Ariel. – O que houve?

– Um caso de um paciente um tanto complicado – respondeu Sebastián, coçando o bigode. Pegou o paletó, que dormia no encosto da cadeira, e vestiu.

– O velho alemão? Ou a doce e bela senhora Perdomo? – brincou Ariel, dando espaço para que o amigo passasse pela porta.

– Pare de fazer troça, Ariel! E você sabe muito bem que não compartilho informações de pacientes, nem mesmo contigo.

– Por mim, tudo bem que seja assim, Sebá – o amigo encolheu os ombros. – Acho que não gostaria de saber dos detalhes.

Passaram pela mesa de Ines, que acenou em despedida.

– Não vai almoçar, Ines? Ou Sebá a mantém ainda em regime de semiescravidão?

— Trago minha comida de casa, Dom Ariel. É mais seguro — disse Ines, tirando da gaveta da mesa uma pequena vasilha envolta em um guardanapo de pano. — É mais seguro do que arriscar comer qualquer porcaria por aí.

— Nesse caso, é bom preparar um chá digestivo para seu patrão, minha cara — brincou Ariel, despedindo-se da secretária com um aperto de mão formal.

— Pode deixar — ela assentiu. — Dr. Lindner, apenas para lembrá-lo, o próximo paciente chega às duas. Senhora...

— Dona Agnes. Eu já conferi a agenda, Ines, obrigado — disse Sebastián, acenando para que Ariel se apressasse.

Ines despediu-se com um aceno e suspirou.

Humor azedo como sempre, pensou, pegando os talheres que havia trazido embrulhados em guardanapos de papel.

— E então? Qual *porcaria* vamos comer hoje? — perguntou Sebastián, fechando o portão que dava acesso à rua e arrumando o paletó.

— Pensei em irmos ao Augusto. *Pollo e papas*. Nada mal. E um tinto de San Juan.

— Passo o tinto por hoje. Mas concordo com o *pollo e papas* — respondeu Sebastián, levando o charuto à boca.

Caminharam pela calçada até sumirem na esquina, ignorando por completo o homem que os observava sob o toldo de um sebo do outro lado da rua, em cuja vitrine se lia, em letras pintadas de branco e já descascadas: *Panzani – Herramienta y mantenimiento*.

Ele atravessou a rua e parou diante do estreito portão que dava acesso ao consultório sobre a loja de livros Hidalgo & González. Desviou-se de uma senhora esbaforida, que deixara a livraria com três encadernados nos braços. Felizmente, a mulher estava mais preocupada com seus livros do que em fitar o rosto dele precariamente escondido sob a aba de uma boina de feltro, apesar do calor.

Antes de se afastar, a dona estabanada murmurou algum tipo de lamento, mas ele não ligou. Ainda observava o portão. Leu a placa: *Dr. Sebastián Lindner – Psiquiatra e Psicólogo*. Então, tocou a campainha.

10

O inspetor César "Caballo" Quintana esvaziou a bexiga e soltou um longo suspiro. Fechou a calça e subiu o zíper e, em seguida, puxou a corda da descarga, fazendo a água amarelada rodopiar no interior da louça branca abaulada.

Saiu da cabine e lavou as mãos. Depois, pegou o maço de cigarros. Junto à porta, visivelmente impaciente, o jovem Hector Herrera esperava, segurando algumas anotações.

– Precisamos parar de nos encontrar no banheiro, *Hoguera*. As pessoas pensarão besteira – disse "Caballo" Quintana, puxando um cigarro do maço e acendendo. – E então, o que tem para mim?

– Bem... – o jovem detetive limpou a garganta antes de falar: – Encontrei a informação que pediu. Tive que contatar a Central de Polícia de Rio Negro e inventar uma história mirabolante para conseguir isto.

Ele estendeu uma folha de caderno com anotações na direção de Quintana.

– Qual lorota você contou? – perguntou o experiente inspetor, com o cigarro entre os dentes e conferindo o conteúdo do papel.

– Disse que estávamos investigando algumas evidências novas do assassinato de Dom Francisco Perdomo e que eu precisava confirmar o endereço da família do principal suspeito do caso, para eventual necessidade de contato. – Herrera deu de ombros. – Mas não foi fácil nem rápido conseguir essa informação. Os sujeitos de lá não se mostraram solícitos e tiveram dificuldade para levantar alguma informação.

– Encurte o assunto, *Hoguera*. Estou ficando sem saco – advertiu "Caballo" Quintana.

– Fui insistente. Espero não ter levantado suspeitas – ele bufou. – Enfim, consegui algo interessante. Um velho detetive se lembra de uma matéria publicada no *Diario de Río Negro* acerca de a família de Rufino Ibañez ter se mudado para Bariloche. Mais especificamente, a esposa e seus filhos, dois meninos e uma garotinha. Pelo que me contou, o texto não foi mais do que uma nota e, no fim, tudo morreu no esquecimento.

– Não para mim, *Hoguera*. Preciso dar uma olhada nos registros do *Diario de Río Negro* e ver quem escreveu essa matéria e *quando*.

– Se observar as anotações deste papel, verá que já cuidei disso. Liguei para o jornal – disse Herrera, exibindo o orgulho de sua eficiência – e solicitei a informação. Me retornaram há uma hora mais ou menos com a data e o autor da matéria. Está aí.

Quintana conferiu novamente o garrancho de Herrera.

12 de abril de 1955. Federico Albertozzi.

– Esplêndido, *Hoguera*! – disse Quintana, encarando o jovem detetive. Depois, continuou a ler o restante da anotação. *Casa de Fomento ao Emprego Rural*. E um endereço. – Do que se trata essa informação?

– Tive sorte – anunciou Hector Herrera. – Parece que, em 1955, esse tal Albertozzi era correspondente em San Carlos de Bariloche. Porém, já retornou a Viedma há mais de um ano. Falei com ele, foi bastante solícito. Disse que seu editor na época não quis dar muita atenção ao assunto. O assassinato de Dom Francisco gerou muita comoção, inclusive na alta sociedade de Buenos Aires e de Río Negro, onde ele tinha negócios com madeira. A notícia saiu como uma pequena nota e, depois, nada mais. Mas ele se recorda do que ocorreu. Pesquisou bastante porque havia sido o designado local para cobrir a investigação do assassinato de Dom Francisco e, graças a um conhecido, que trabalha, ou trabalhava, nessa Casa de Fomento ao Emprego Rural, descobriu que a família Ibañez havia se mudado para Bariloche e que estava provisoriamente instalada numa pequena hospedaria nos limites da cidade.

— E então? — Quintana perguntou, curioso.

— Ficou nisso, ao que parece, inspetor — disse Herrera, decepcionado. — Essa Casa de Fomento ao Emprego Rural funciona como uma espécie de agência em que os proprietários de toda a região se inscrevem para solicitar mão de obra. Como a maior parte das estâncias fica em localidades remotas, centralizar tudo nessa agência torna as coisas mais fáceis. Inteligente e lucrativo, penso eu.

— Mas o jornalista não descobriu para onde a família Ibañez foi?

— Não, infelizmente. Recebeu ordens expressas para parar de se meter onde não devia, segundo ele — respondeu Herrera, agitando a mão para afastar a fumaça do cigarro de Quintana, que insistia em rodopiar pelo ar e ir em sua direção. — Também achou que não faria diferença; que aquela pobre gente merecia paz, depois de tudo o que Rufino Ibañez havia feito. Pelas últimas informações que tive, Albertozzi trabalha hoje em um jornaleco local chamado *El Vocero del Sur*.

— *Felix culpa*[1] — murmurou "Caballo" Quintana, jogando no piso úmido o cigarro, ainda com a brasa acesa.

— O que disse, inspetor? — perguntou Herrera, erguendo o cenho.

— Nada, *Hoguera*. É *latim*. — E, depois, segurou a mão do jovem, apertando-a com força. — Bom trabalho. Muito obrigado.

Passou por Herrera como um raio e sumiu pela porta do banheiro, deixando o jovem detetive sozinho e cheio de perguntas.

Sebastián Lindner terminou seu Montecristo. Estava sentado em seu lugar favorito na varanda do Augusto, restaurante especializado em carnes e culinária típica dos pampas. Optara, assim como Ariel, por algo

---

[1] Expressão latina que, literalmente, significa "culpa feliz". Na verdade, refere-se a algo bom, que acontece em decorrência de alguma tragédia ou fato ruim.

mais leve: frango e batatas, acompanhados por água mineral. Dispensara o vinho, pois precisava dos neurônios afiados e do físico em forma.

Sua próxima paciente, Dona Agnes, chegaria em vinte minutos. Mas não era com ela e com seus problemas com as traições do marido que ele ocupava a cabeça. Em poucas horas, Agostina chegaria; e, às sete, teria nova consulta com o sr. Albert Leipzig, o *nazista*.

Terceira consulta de um total de quinze, lembrou-se. Não sabia se funcionaria, mas pretendia prosseguir com a ideia de explorar o sentimento de culpa e frustração como forma de acessar o ego daquele homem. Certo, havia o risco de um rompante; ele poderia até mesmo reagir com um pouco de violência. Mas era um risco calculado e necessário para que colocasse pelo menos um dos pés no inconsciente do sr. Leipzig.

Suspirou. Bebeu o restante da água (apenas um filete transparente no fundo do copo) e deixou o charuto sobre o cinzeiro de vidro.

Eram apenas dez minutos de caminhada do Augusto até seu consultório, de modo que o tempo ainda lhe oferecia uma elasticidade confortável.

A conversa com Ariel fora leve e trivial. Um pouco de política, outro tanto sobre um novo artigo publicado por Pichon Rivière, mestre de ambos, numa revista especializada.

Após pagarem a conta – uma pequena fortuna pelo que tinha sido consumido –, despediram-se sob o toldo verde-escuro do estabelecimento.

Fazia calor. Erguendo os olhos, Sebastián notou nuvens escuras se formando. Era provável que o céu viesse abaixo de novo, como mais um prenúncio do quente verão portenho.

Atravessou a rua e, após alguns passos, virou a esquina.

Passou em frente à vitrine da Hidalgo & González, rapidamente percorrendo os olhos pelos títulos expostos; coisas sobre Direito, Medicina e uma edição original e de segunda mão de *The Catcher in the Rye*[2], a qual lhe chamou a atenção.

---

[2] *O Apanhador no Campo de Centeio*, de J. D. Salinger, lançado nos EUA em 1951.

Através do vidro, acenou para Dom Getúlio Hidalgo, que estava atrás da máquina registradora. Empurrou o portão e subiu o lance de escadas.

Abriu a porta, mas estacionou na soleira. Sentiu o coração quase saltar-lhe pela boca e as entranhas se retorcerem, como serpentes agitadas diante do perigo. Recostou-se no batente e tentou controlar a respiração. A vista escureceu, e sentiu que estava prestes a perder os sentidos.

Cambaleando, caminhou trôpego até um canto da sala que servia como recepção e local de espera dos pacientes e jogou-se no sofá.

Esfregou os olhos, tentando recompor-se. Não, não era isso. Queria certificar-se de que não estava em um pesadelo. Então, conferiu mais uma vez a cena diante de si, crente de que seus olhos não lhe pregavam uma peça.

Caída aos pés da mesa, com o pescoço encharcado de sangue, Ines jazia imóvel.

Tombando o corpo sobre o braço do sofá, vomitou parte não digerida do almoço. Fechou os olhos, evitando assim olhar tamanha nojeira. Ofegante, contou até dez. Endireitou-se e, abrindo os olhos, voltou a observar a cena diante de si.

Notou marcas de sangue em forma de uma mão espalmada, no linóleo e no tampo da mesa. A porta de seu consultório estava fechada e havia marcas vermelhas na fechadura e no batente. Também, caída junto à mesa, estava a vasilha de vidro de Ines, cuspindo para fora, sobre o piso, restos de carne e arroz.

Havia gotas grandes de sangue próximo à porta, sobre as quais ele inadvertidamente havia pisado. Girou a cabeça, tentando captar o máximo de informação possível. Perto do interruptor, manchas de sangue; pareciam dedos.

Respirou fundo, reunindo a força que conseguiu. Então, lançou-se pela porta escada abaixo, gritando por socorro. No caminho, quase derrubou Dona Agnes, a paciente, que acabara de pisar no penúltimo degrau. Quando chegou à rua, pôde ouvir o grito de horror de sua paciente vindo do interior do prédio.

Vadia filha da puta, pensou, soltando o corpo sobre a cama. Livrara-se da camisa, que estava amontoada no piso, manchada de sangue.

Segurou o frasco de álcool que pegara no banheiro do consultório do dr. Sebastián Lindner e, levando-o em direção à boca, prendeu a tampa com os dentes e girou. Em seguida, despejou o líquido sobre a ferida à altura do ombro, exatamente sobre o local em que a Estrela de Davi estava tatuada.

Apesar da ardência, ele não esboçou qualquer reação. Manteve a fisionomia inalterada, mesmo quando, após ter embebido a agulha no álcool e preparado a linha, furou a própria pele, suturando o rasgo que, pelo que calculara, devia ter quase cinco centímetros.

Com o dente, cortou a linha e conferiu seu trabalho. Aquela não era a primeira vez que precisava improvisar primeiros socorros, ou se costurar. Olhou para a agulha ensanguentada e limpou-a com a manga da camisa. Dona Amália, a proprietária da hospedaria, fora gentil em lhe emprestar linha de costura e agulha. Ele pedira, argumentando que precisava arrumar uma camisa, e ela não hesitou em ceder. Escondera o corte no ombro com a capa de chuva que pegara da inconveniente secretária do doutor.

Como não escutou latidos, perguntou à mulher gorda sobre Paco, o cão. Com olhar triste, ela contou que o animal havia começado a passar mal pela manhã, a vomitar sangue. Perto do horário do almoço, estava em um estado lastimável e foi preciso sacrificá-lo. Um colega poupara o bichinho do sofrimento, matando-o com um tiro certeiro na cabeça.

Uma verdadeira tragédia, senhor, disse, com lágrimas nos olhos. *Paco estava tão bem! Uma tragédia! Provavelmente, algum desalmado envenenou o pobrezinho. Que tragédia!*

Ele quase sentiu remorso. Agradeceu a linha e a agulha e foi para seu quarto.

Colocou um pouco mais de álcool sobre o ferimento e mordeu os lábios ao sentir a pele arder. Suspendendo a barra da calça, desatou as amarras de couro nas quais prendia seu canivete de lâmina retrátil – uma precaução da qual nunca abria mão.

Deixou a arma sobre a pequena mesa de cabeceira e estirou-se na cama.

Co za bałagan!, pensou, em sua língua-mãe, o polonês. *Que bagunça!*

O que estava havendo com ele, afinal? Nunca agira daquela forma. Desde o início, sabia que o trabalho que o levara a Buenos Aires era grande, especial. Seu alvo era um peixe graúdo, um filho da puta nazista de alto escalão. Mas quando foi confirmado que seu alvo era *ele*, as coisas mudaram de perspectiva.

Nunca se esquecera de sua família e do destino de todos em Sachsenhausen. *Mama, babcia, tata, dziadek*[3]. E, claro, *mały*[4] Sasha. Contudo, apesar de trazer todos vivos na memória, sempre separara as coisas. Sim, de fato, as lembranças dos bons tempos, da época em que tinha um nome, em que não era simplesmente *Jude*, serviam-lhe como combustível para fazer o que aprendera a fazer de melhor: matar porcos nazistas.

Então, por que havia perdido o controle? Talvez porque o alvo era *ele*? O maior peixe que já estivera prestes a fisgar?

Foi culpa dele. Tudo o que aconteceu com Mama, Sasha, babcia, tata e dziadek, foi culpa daquele homem.

Ali estava o motivo de ter perdido o controle. O peixe que estava prestes a fisgar era grande demais. Tinha que estar mais bem preparado; não cometeria o mesmo erro outra vez.

A princípio, sua ideia era apenas roubar o prontuário do homem que se tornara seu alvo. Queria saber mais a respeito dele e sobre o que havia se tornado após o fim de guerra. Ler e reler a respeito de seu estado atual, da doença que o deixara apático, um morto-vivo. Queria saborear a

---

[3] Mamãe, vovó, papai, vovô.
[4] "Pequena", em menção carinhosa.

velhice e a senilidade de seu inimigo antes de dar cabo dele. Mais: queria saber como o desgraçado tinha escapado com vida da Alemanha e vindo parar na Argentina.

No início, foi fácil. Tocou a campainha e apresentou-se à secretária como um agente da Polícia, que queria saber sobre o trabalho do dr. Sebastián Lindner e seu envolvimento com o paciente alemão, que o doutor atendia pontualmente às sete, todos os dias.

A mulher, com jeito enxerido, começou a lhe fazer perguntas, como de onde era, o que o doutor tinha a ver com aquilo tudo. Sua mesa e toda a recepção cheiravam a refogado de legumes, o que o deixou enjoado. Sobre o tampo da mesa, ao lado da mulher, havia uma vasilha de vidro com restos de comida. Observou os talheres sujos, os grãos de arroz caídos. *Lavagem de porco.*

Recomposto, ele se saiu bem, respondendo que o dr. Lindner não tinha com o que se preocupar, mas que ele precisava de mais informações sobre o paciente alemão chamado Albert Leipzig. Então, a mulher respondeu que os prontuários dos pacientes ficavam na sala do dr. Lindner, a qual, no momento, estava trancada, e somente o doutor possuía a chave.

Orgulhosa, desandou a falar sobre o quanto o dr. Lindner era zeloso com seus pacientes e com o sigilo profissional, e que mantinha um sigilo ainda maior em relação ao caso do sr. Leipzig.

O senhor está servido de arroz e cozido de carne? O doutor não está com problemas, está? Particularmente, não gosto daqueles alemães. Não conheci esse sr. Leipzig, porque, quando ele chega para a consulta, eu já saí. Mas conheci a moça que o acompanha, acho que é filha dele. Eu estava aqui no dia em que ela veio falar com o dr. Lindner pela primeira vez. Aquela albina azeda. Antipática como ela só! Não consigo esquecer aquele rosto, aquela pele branca, jeito de princesa. Esse é o preço de ter uma memória prodigiosa. O senhor sabia que eu poderia ser policial? É, acho que sim. Tenho facilidade para guardar as coisas. Informações, rostos... Mesmo tendo agenda, nunca consulto. Sei os horários e nomes dos pacientes do dr. Lindner de cabeça. É um talento útil para a polícia, não é?

Por fim, ela recomendou com educação que esperasse o dr. Lindner voltar do almoço, ignorando totalmente o que estava prestes a acontecer.

Foi aí que ele decidiu revelar seu real intento. Diante de toda aquela conversa mole, quase meia hora havia se passado. Ele *precisava* daquela informação. Com um gesto rápido, segurou a mulher pelo pescoço, suspendendo-a da cadeira. Ordenou que abrisse a sala, mas ela insistiu em responder que não tinha a chave.

Tinha maquinado tudo; tentativa de assalto, objetos levados à revelia, colocando a polícia numa trilha falsa de investigação. Ainda não havia decidido o que fazer com a secretária, obviamente, mas optara por escolher seu destino conforme as oportunidades fossem aparecendo.

Tenho facilidade para guardar as coisas. Informações, rostos… Mesmo tendo agenda, nunca consulto, ela havia dito. Azar o dela.

Ainda que a boina escondesse em parte seu rosto, não podia se dar ao luxo de ser reconhecido. Tinha um serviço importante a fazer; com a polícia no seu encalço, não poderia mais se deslocar livremente ou vigiar o dr. Lindner. Ou seja, a mulher tinha que morrer.

No entanto, o que ele não esperava era que a desgraçada tivesse apanhado a faca serrilhada com a qual fazia sua refeição asquerosa e, num gesto de coragem, a cravasse em seu ombro. Deslizando a faca em sua pele, fez um corte profundo. Ele tapou a ferida com a mão e apoiou-se na porta fechada do consultório do doutor, deixando marcas de sangue.

Por alguns segundos, a mulher se viu livre; tentou correr em direção às escadas, mas ele foi mais veloz. Segurou-a pelos braços, arrastando-a para junto de si. Inclinou-se e esticou o braço, resistindo à dor. Fora treinado para aquilo.

Alcançou o canivete e, de modo cirúrgico, passou a lâmina pelo pescoço de sua refém.

O sangue salpicou a mesa e o chão. Logo, uma poça vermelha se formou sob o corpo tombado sobre o linóleo.

Estava arriscando demais. Perdera muito tempo. Alguém bateu palmas junto ao portão. Correio. *Gówno! Merda!*

Foi até o pequeno lavabo, lavou a ferida, que sangrava bastante. Vasculhou o armarinho, onde encontrou o frasco de álcool. Jogou um pouco sobre a ferida e, depois, decidiu levar o recipiente com ele. Abriu a bolsa a tiracolo da mulher, suspensa na cadeira, e pegou a carteira. Também tirou o relógio de seu braço inerte e enfiou no bolso. Simular um assalto era a melhor das opções.

Ainda tinha um problema: a ferida no braço. Não podia chegar à hospedaria ou caminhar pela rua com o ombro rasgado. A capa de chuva pendurada no cabideiro teria que servir. Pegou-a e jogou sobre os ombros.

Esperou o entregador ir embora e, então, desceu, pé ante pé, as escadas. Abriu o portão e, enterrando a boina na cabeça, ganhou a rua.

Abriu os olhos. Tinha certeza de que ninguém o havia visto. Estava seguro. Nem mesmo Levy precisava saber daquela merda toda.

Olhou para a ferida costurada em seu ombro. Iria infeccionar. Mas esse era o menor de seus problemas.

– O que está aprontando, Quintana? – Atrás de sua mesa abarrotada de papéis e pastas, o comissário Almada coçou a testa alta. Tinha uma cicatriz grande e visível sobre o supercílio esquerdo, fruto de uma cabeçada ocorrida numa disputa de bola durante uma partida de futebol de fim de semana.

– Nada. – "Caballo" Quintana deu de ombros. – Estou com férias vencidas. O senhor sabe que mergulhei de cabeça no caso de Dom Francisco e que esse assunto me tira o sossego há anos. O senhor mesmo, comissário, já havia recomendado que eu tirasse uns dias. Como disse mesmo? *Tire uns dias, saia de férias e suma com essa sua cara feia da minha frente!* Sim, acho que foi isso que o senhor me falou várias vezes.

– Sim, eu me lembro. – Almada pegou o maço amarrotado de cigarros, colocou um na boca e acendeu. Ofereceu a "Caballo" Quintana, que aceitou de imediato. – O que não entendo é por que *agora*?

– Porque estou ficando velho, senhor. Ultrapassado. O senhor me tirou do caso de Dom Francisco, que está oficialmente encerrado, e nos últimos tempos só tenho cuidado de pequenos casos e de marginais de merda. Vivo de ação, gosto disso. E, se não posso ter o que preciso, prefiro tirar os dias a que tenho direito.

– É justo. – O comissário bateu as cinzas no cinzeiro lotado de bitucas. – Fale com o departamento responsável e tire suas férias. Se puder, pode começar amanhã. Se tiver algum caso em andamento, passe para Ramiro ou Herrera.

– Ah, sim, pode deixar. O garoto *Hoguera* será um grande policial algum dia. – Quintana sorriu, prendendo o cigarro entre os dentes amarelados. – Obrigado, senhor.

Estava prestes a sair quando o comissário, recostando-se na cadeira, disse:

– Aproveite para viajar. Prefiro te ver longe de Buenos Aires, Quintana.

– Pode deixar, senhor. – O inspetor abriu a porta. – Estou mesmo pensando em ir para o sul esquiar.

Mal conseguira pisar fora da sala e Hector Herrera trombou com ele, esbaforido.

– O que foi, *Hoguera*? Viu um fantasma? – perguntou "Caballo" Quintana, franzindo o cenho.

– Achei que você gostaria de saber – ele disse, ainda ofegante. – Ramiro e Fuentes já foram para lá... Eles...

– Foram para onde, garoto? Desembucha! – Quintana tragou o cigarro e soltou a fumaça.

– Parece que tentaram roubar o consultório do dr. Lindner. Aquele psicólogo que você vive pegando no pé. Está tudo uma bagunça, ouvi dizer que mataram a secretária dele.

"Caballo" Quintana cruzou a sala em direção à sua mesa. Apanhou o paletó que estava no encosto da cadeira e o vestiu. Depois, apagou o cigarro e virou-se para Herrera:

– Obrigado, garoto. Devo mais esta para você.

– Você vai para lá? Contei porque achei que você iria querer saber. Mas, ao que tudo indica, foi um caso de roubo, seguido de morte. Latrocínio. Além disso, Ramiro e Fuentes...

– Eu sei. Eles estão incumbidos do caso – disse Quintana, piscando para o jovem policial. – Estou oficialmente de férias, *Hoguera*, então, só estarei presente como espectador.

11

Aurora Leipzig olhou-se no espelho do banheiro. Viu-se mais abatida, com semblante preocupado.

Retocou a maquiagem e arrumou o cabelo loiro, quase branco, em um coque no topo da cabeça. Suspirou e ensaiou um sorriso, pensando em *Papa*. Sempre procurava sorrir para ele; quando estava bem, *Papa* costumava elogiar seu sorriso. Em breve, voltaria a fazê-lo, tinha certeza.

Caminhou até a porta e segurou a maçaneta. Ia girá-la, mas deteve-se, pensando no homem que estava do outro lado. Havia deixado *Papa* sentado na poltrona, num canto do quarto. Virara-o para a janela para que pudesse ver a cidade. De repente, sentiu medo. Medo de falhar e, mais do que isso, medo de perder quem mais amava. Se *Papa* não se recuperasse, a esperança de muitos acabaria; muitos que, como ela, nutriam-se com a esperança de renascimento de ideais aparentemente perdidos, solapados após o fim da guerra.

Fechou os olhos e abriu a porta. Encarou *Papa*, sentado, imóvel, na poltrona de feltro. Viu seu perfil, seu corpo encurvado, combalido.

– Nesta noite o senhor falou, *Papa*. Disse coisas. Sei que ainda está vivo e bem em algum lugar dentro desse corpo – disse baixinho.

Depois, caminhou até Albert Leipzig e, ajoelhando-se ao seu lado, abraçou-o.

– Preciso do senhor, *Papa*. Todos precisamos.

Com o rosto enterrado no peito do sr. Leipzig, Aurora não notou quando uma pequena lágrima se formou no canto do olho direito do velho.

O profissional da perícia técnica finalmente concluira seu trabalho, e Sebastián Lindner pôde destrancar a porta de seu consultório e sentar-se em sua poltrona, a mesma que usava para atender seus pacientes. Sentia-se exausto e impotente. Antes, serviu-se de uma dose dupla de bourbon.

O corpo de Ines fora levado escada abaixo, deixando apenas a grande mancha de sangue no linóleo.

Junto dele, Ariel e Agostina conversavam entre si. Quando finalmente conseguira falar, Sebastián pedira a Dom Hidalgo, da livraria, que fosse avisar Ariel sobre o ocorrido; também havia pedido que comunicasse Agostina.

Foi um transtorno imenso informar aos pacientes o cancelamento das consultas; não havia mais Ines para tal tarefa. Dona Agnes, paciente das duas da tarde, teve uma crise de hipertensão e foi socorrida pelos paramédicos. O paciente das três, um jovem que sofria de um caso grave de fobia social, e que sempre vinha às consultas acompanhado pela mãe, teve que ser contido por dois guardas ao deparar-se com o piso ensanguentado.

– Sebá, pedirei a Ignácia, minha secretária, que ajude você nestes dias. Sugiro que cancele suas consultas, e ela poderá ajudá-lo a comunicar aos pacientes antecipadamente, ou avisá-los que você está afastado e que não atenderá por uma ou duas semanas – sugeriu Ariel. – Além disso, Ignácia tem uma irmã mais velha que chegou há pouco de Quilmes e precisa de emprego. Posso pedir que fale com você.

Sebastián limitou-se a balançar a cabeça, enquanto bebericava o líquido dourado do copo.

– Sebastián, por favor, escute o Ariel – disse Agostina. – Tire uns dias, afaste-se de tudo por aqui.

Ele entornou um gole maior, que queimou sua garganta enquanto descia.

– Posso pensar nisso tudo em outra hora, tudo bem? Por enquanto, preciso apenas respirar – falou, soltando um longo suspiro.

Agostina acenou para que Ariel saísse, deixando-os sozinhos. Ele consentiu e, acendendo um cigarro, retirou-se da sala.

– Sebastián – Agostina começou a falar, sentando-se na poltrona à sua frente –, se precisar de alguma coisa... dinheiro ou apoio... quero que saiba que estou do seu lado.

Ele fez que sim com a cabeça. Seus pensamentos estavam longe.

– Quem poderia ter feito isso a Ines, Agostina? Matá-la desse modo?

– O inspetor não disse que foi uma tentativa de assalto? A carteira dela e o relógio foram levados, não foram? O local está uma bagunça; o sujeito provavelmente revirou tudo à procura de coisas de valor. Além disso, Ines deve ter reagido. A polícia também acha isso; as marcas de sangue na sua porta, as manchas no linóleo. Ela deve ter lutado com o assaltante, Sebastián. Sabemos que isso é imprudência.

Sebastián ergueu os olhos e a encarou.

– Mas por que aqui? Um consultório? Por que não a livraria ou outro estabelecimento que tivesse, por exemplo, uma caixa registradora? Dinheiro vivo?

– Não sei. – Agostina encolheu os ombros. – Talvez o sujeito tenha achado mais fácil por ser um consultório e ter apenas uma mulher no local. Não sabemos o que se passa na cabeça de um ladrão, Sebastián. Tudo o que eles veem é oportunidade de dinheiro fácil. Provavelmente, foi como o inspetor disse: ele viu você e Ariel saírem e se aproveitou. Devia estar rondando as imediações há algum tempo.

– Pode ser... – Sebastián murmurou, bebendo mais um gole do bourbon. – Obrigado por estar aqui. – Instintivamente, ele se inclinou e segurou a mão de Agostina.

– Eu viria de qualquer jeito, querido – ela sorriu. – É meu dia de consulta, lembra?

– Perdemos a oportunidade de ficar juntos – ele disse, sentindo um calor no peito.

– Podemos dar um jeito nisso. Você tirará alguns dias como recomendou Ariel, e eu sou uma mulher viúva que mora sozinha. Teremos tempo e oportunidade – disse Agostina, com uma frieza calculada que incomodou Sebastián.

Assassina? Agostina seria capaz de matar?

Suspirou. Terminou o bourbon e, livrando-se do copo, voltou a tomar Agostina pelas mãos.

– Só Deus sabe o quanto espero para estar ao seu lado – ele disse.

Agostina estava pronta para dizer algo quando notou alguém entrar pela porta entreaberta. Reconheceu a figura miúda e torta que caminhava na direção de ambos. Soltou rapidamente as mãos de Sebastián e recostou-se na cadeira.

Sebastián também encarou o homem com surpresa, enquanto se controlava para transparecer tranquilidade.

Como se indiferente ao que acabara de presenciar, o homem de maxilar deformado e aspecto equino sorriu, exibindo os dentes amarelados:

– Olá, dr. Lindner. Olá, sra. Perdomo. É um prazer revê-los, apesar das circunstâncias – disse o inspetor César "Caballo" Quintana, com um cigarro preso entre os dedos.

– Não posso dizer o mesmo – respondeu Agostina, empertigando-se, sem disfarçar o asco que sentia pelo veterano policial. – Achei que nunca mais nos encontraríamos, inspetor.

– É uma pena, porque penso muito na senhora, sra. Perdomo – ele disse, tragando o cigarro. – Achei que tivéssemos deixado as mágoas de lado.

– Acha que vou me esquecer de que me tratou por meses como uma assassina? Que, por sua causa, eu fui... fui... *presa*?

– Detida provisoriamente. Prefiro esse ponto de vista. E, pelo que sei, já existe um culpado formal, expiando seus pecados na Penitenciária Nacional, dona – disse "Caballo" Quintana, ainda sustentando o sorriso e o tom ameno.

Caminhou na direção de Sebastián e apagou o cigarro no cinzeiro localizado na mesinha ao lado da poltrona do psicólogo.

– O que faz aqui, inspetor? – perguntou Sebastián, mirando os olhos de Quintana.

– Ah, sim – o experiente policial murmurou. – O que faço aqui? É verdade. Não expliquei. O fato, dr. Lindner – ele prosseguiu, escancarando um sorriso afável –, é que estou de férias, e estou aqui unicamente para prestar apoio moral aos senhores. Afinal, são muitas mortes acontecendo em pouco tempo na vida de vocês; tragédias demais, me compreendem?

Sebastián suspirou, exaurido. Olhou para Agostina e sinalizou para que saísse. Ela, porém, negou balançando a cabeça, num gesto enfático de que ficaria ali.

– Inspetor Quintana, estou realmente farto de suas insinuações! – Sebastián colocou-se de pé. Frente a frente, era possível notar que o psicólogo era, pelo menos, quinze centímetros mais alto do que Quintana. – Se quer me acusar, ou acusar minha paciente, a sra. Perdomo, de algo, reabra o caso de Dom Francisco e faça o que deve ser feito pelas vias legais. Minha secretária, uma mulher decente, que trabalhava comigo havia anos e me dava uma ajuda inestimável no dia a dia do consultório, acaba de ser brutalmente assassinada por um ladrãozinho de merda que, nestas horas, está solto por aí. É atrás *dele* que o senhor deveria estar, inspetor. Não de *nós*! Agora, se não tem nada nas mãos, a não ser insinuações vazias, peço que me... que *nos* deixe em paz!

Sebastián passou os dedos pelos lábios secos. Sua garganta ardia e suas mãos tremiam.

— Como disse, doutor, não é minha intenção acusá-los de nada – respondeu Quintana, em um tom dissimulado de arrependimento. – Acontece que, como dizem mesmo?... Um raio não cai duas vezes no mesmo local. Como ser humano, realmente me compadeço do que houve com sua secretária. Mas, como policial, este cérebro aqui não pode evitar de ligar os pontos e achar que há coincidências demais nessas mortes.

Ao dizer isso, encarou Agostina com frieza.

— Você está insinuando – num ímpeto, ela partiu para cima do inspetor, com o dedo em riste –, que eu tenho algo a ver com a morte dessa mulher, seu monte de lixo ordinário?

Sebastián colocou-se entre os dois, segurando Agostina pelos braços.

— O que está havendo aqui? – O inspetor Rodrigo Ramiro era um homem alto, de gestos bruscos, que, naquele momento, cruzava o consultório de Sebastián, caminhando a passos largos na direção de Quintana. Ao seu lado, Ariel, esbaforido, tentava acompanhar seu ritmo. Vestia um paletó cinza-claro surrado e mantinha a camisa aberta no colarinho. – Que merda está fazendo aqui, Quintana?

— Boa tarde para você também, Ramiro – disse Quintana, acendendo um cigarro calmamente.

— Perdão, dr. Lindner; perdão, sra. Perdomo. – O policial precipitou-se em pedir desculpas e, segurando "Caballo" Quintana pelo braço, arrastou-o para a recepção, onde os peritos prosseguiam com o trabalho.

— Que merda acha que está fazendo, Quintana? – Ramiro esbravejou, com os dentes semicerrados. – Este caso é meu!

— Não me interesso por casos de latrocínio, Ramiro. Fique tranquilo, não vou te passar a perna – respondeu o inspetor, com uma calma que deixou o colega ainda mais irritado.

— Achei que tinham mandado você ficar longe dos Perdomo, não foi? Está querendo arruinar sua carreira, homem?

— O que sei, Ramiro – "Caballo" Quintana ergueu o olhar e cravou-o no companheiro –, é que a sra. Agostina Perdomo já esteve perto ou minimamente envolvida na morte de duas pessoas; dessa pobre coitada hoje e do marido. Também sei que a cama da pobre viúva nem bem esfriou e ela já se instalou confortavelmente ao lado de nosso respeitável doutor Sebastián Lindner. Una os pontos, Ramiro! Se a morte persegue esses dois, é porque há culpa!

– Você está totalmente louco, Quintana! – Ramiro balançou a cabeça de um lado para o outro. – Volte para a Central e eu tento não colocar no meu relatório o que acabou de acontecer, tudo bem?

– Loucos estão vocês – de repente, num gesto de raiva, Quintana pressionou o dedo em riste contra o peito largo de Ramiro –, que não enxergam nada a um palmo do maldito nariz! Há um homem inocente apodrecendo na cadeia, Ramiro, e não vou sossegar enquanto não vir a justiça feita.

Ramiro ia dizer algo, mas deteve-se. "Caballo" Quintana já havia girado sobre os calcanhares e, abrindo caminho entre os policiais que analisavam a cena, andava em direção às escadas que davam acesso à rua.

– O que ele queria? O que esse merda faz aqui? – perguntou o inspetor Horácio Fuentes, cuja compleição física mirrada era extremamente oposta à de Ramiro, ao se aproximar do colega.

– Já ouviu falar em suicídio profissional, Fuentes? Pois é – Ramiro bufou. – Nosso amigo Quintana está a um passo do precipício.

Sete e quinze; os ponteiros do relógio cuco preso à parede seguiam seu curso, indiferentes aos acontecimentos. Como profissional da mente, ele já devia estar farto de saber que o peso e a importância que as pessoas dão às coisas possuem um filtro estritamente individual e passional, nem sempre (ou quase nunca) compatíveis com o que o mundo real externo pode entregar em termos de devolutiva de afeto.

Enterrado numa poltrona em meio à escuridão do quarto amplo, Sebastián serviu-se de mais bourbon. Seria inútil resistir ao álcool, de modo que optara por deixar a garrafa, quase vazia àquela altura, ao seu lado, sobre a mesa de cabeceira. Riu de seus pensamentos e das justificativas que havia arrumado para o passar das horas; não conseguia deixar de pensar como um maldito psicanalista, mesmo naquela situação horrenda.

Tivera que acompanhar o inspetor Ramiro até a Central de Polícia para depoimento. Os policiais haviam sido extremamente gentis e prestativos, e cuidaram para agilizar o processo, que, ainda assim, tomara-lhe quase duas horas. Fora necessário repetir o que havia feito ao longo do dia e como encontrara Ines.

Fechou os olhos e lembrou-se do sangue. Também recordou as palavras do inspetor Ramiro, dizendo que provavelmente ela tinha golpeado o assassino, pois haviam encontrado no local uma faca serrilhada, com sangue, a qual não condizia com o instrumento que fizera o corte preciso e profundo na jugular da pobre mulher.

Ela lutou pela vida, ele dissera.

O que queria dizer com aquilo? Um alento?

Antes de sair do prédio da polícia, cruzou com um homem de olhar desesperado, que fazia repetidas perguntas sobre a esposa ao policial que o acompanhava.

O marido de quem Ines sempre se queixava, ele pensou, encarando o pobre coitado.

Sentiu os dedos das mãos e dos pés amortecidos; sua cabeça pesava e sua visão estava embaçada. A bebida fazia sua parte, alienando-o do mundo e da dor. Perdera a conta de quantas doses tinha bebido.

A lembrança de sua última conversa com Agostina e Ariel tornava-se distante e fraca. Pedira a Agostina que conversasse com Aurora Leipzig, explicasse o ocorrido e que o desculpasse por não poder mais ajudar seu velho pai. Retirara da gaveta de sua mesa o envelope, ainda fechado, recheado com libras esterlinas, e o entregara a Agostina, pedindo que o devolvesse a Aurora, com sinceros pedidos de desculpas.

Já a Ariel, solicitara que cuidasse dos trâmites envolvendo o corpo de Ines Bustamante, sua liberação, velório e enterro. Ele arcaria com todos os custos, bastava que o amigo o mantivesse informado. Claro, tudo isso, somente depois de a polícia ter encerrado a parte legal, liberando o laudo da necropsia e o corpo para a despedida dos parentes.

Pesadelo.

Esfregou os olhos, tentando acordar. Seria um pesadelo?

Mas o que fará nesse meio-tempo, Sebá? Não pode ficar sozinho! – dissera Ariel, preocupado.

Seu amigo era um tolo! Claro que poderia ficar sozinho; ele precisava ficar só para fazer o que tinha que ser feito: sucumbir ao vício que o consumia havia muitos anos, e do qual nunca conseguira se livrar.

Agradeceu aos céus por ter Magda para cuidar de sua velha mãe. Àquelas horas, ambas já estavam dormindo. Ele contara brevemente a Magda o que havia acontecido, mas fora o bastante para deixá-la horrorizada. A cuidadora não conhecia Ines, mas sabia do zelo que Sebastián tinha pela secretária.

Entornou a garrafa de bourbon, observando o líquido dourado cair dentro do copo. Esperou até que não restasse uma gota sequer e, então, deixou a garrafa de lado.

Levou o copo até os lábios, mas mal conseguiu abri-los. Sentiu o gosto da bebida tocar-lhe a língua, porém, como se agissem por conta própria, seus dedos se abriram, deixando o copo chocar-se primeiro contra seu colo, molhando sua calça e, em seguida, contra o chão, rolando sobre o linóleo para perto da cama.

Sebastián entregou-se aos sonhos torpes, cujas imagens mesclavam o inspetor César Quintana e seu sorriso amarelo asqueroso, sua voz pastosa, repetindo de modo enervante a palavra *assassina*. Desviou o olhar e pousou-o em Agostina, que estava ao seu lado, com as mãos cheias de sangue. Aos seus pés, o corpo sem vida de Ines.

Um tremor causado pelo pânico tomou conta dele. Não conseguia reagir, estava paralisado. O cheiro de sangue e sebo era insuportável.

O que você fez, meu amor?, ele perguntou a Agostina.

Eu tinha que matá-los, Sebastián. Matar Francisco e, depois, esta mulher enxerida e falastrona.

Por que matou seu marido?

Por quê? Eu contei a você, Sebastián, não se lembra? Esqueceu das surras? Mãos, reios, botinadas. Tudo servia para que Francisco me agredisse. Eu não aguentava mais, querido. Por isso cravei aquela faca em seu peito.

Mas, e Ines?

Agostina sorriu.

Ela ia nos entregar, Sebastián.

Nos entregar? Mas por quê? A quem? Eu não fiz nada! O que ela teria contra mim?

Agostina sorriu novamente.

Você é meu cúmplice, dr. Lindner. Graças a você, eu prossigo minha vida como uma pobre viúva amparada pelo psicólogo renomado, amigo e amante, de cujas palavras ninguém ousará duvidar. Se você diz que sou inocente, então, é porque sou, Sebastián.

Em um sobressalto, Sebastián ergueu-se da poltrona. A musculatura relaxada pelo álcool, no entanto, fez com que suas pernas cedessem, levando-o ao chão. Ele arrastou-se pelo piso até conseguir tatear a cama e, apoiando-se com o braço, jogou-se sobre o lençol.

Tocou a face e sentiu o rosto úmido. Estava chorando?

Cerrou os dentes e cobriu o rosto com as mãos.

E se o inspetor César Quintana estivesse certo? O que seria dele?

– Um cúmplice de assassinato – murmurou, olhando para as próprias palmas das mãos.

Aurora Leipzig virou de leve o pescoço e olhou para o envelope cheio de libras sobre sua mesa de cabeceira. Estava sentada numa poltrona, observando *Papa* dormir na cama ao lado da sua. A luz inócua do abajur iluminava parcamente o ambiente, deixando Aurora mergulhada na penumbra.

Estava com uma vontade incontrolável de descer até o *lounge* e fumar um cigarro. Porém, tinha que se controlar. Não podia deixar *Papa* sozinho sob o pretexto de sair para fumar; não seria certo e não era para aquilo que havia sido educada e treinada.

Lembrou-se da imagem de Agostina Perdomo lhe entregando o envelope e desculpando-se pateticamente pelo dr. Lindner, seu amante.

Aconteceu algo terrível, ela havia dito. *Tentaram assaltar o consultório do dr. Lindner e mataram a secretária dele. A pobre mulher estava sozinha na hora e teve a garganta cortada. Coisa horrenda!*

Aurora semicerrou os olhos, observando os grãos de poeira levitarem em direção ao feixe de luz do abajur. Havia algo errado. Aliás, algumas coisas estavam *erradas* naquilo tudo.

Primeiro, o olhar suplicante de Agostina Perdomo, intercedendo pelo dr. Lindner. Desculpando-se imensamente por ele! Patético! *Widerlich*, nojento! Conhecia Agostina e sabia que ela nunca se importara com nada, nem ninguém, senão com consigo mesma. Ou estaria ela apaixonada de fato por aquele psicólogo? Sim, era uma hipótese, ainda que não combinasse com Agostina.

Vaca, pensou, suspirando.

A segunda coisa que a incomodava era o fato de ser obrigada a dar o tratamento de *Papa* por encerrado, depois de tudo o que fizera. Havia convencido a todos de que o dr. Lindner curaria *Papa* a tempo, de que ele ficaria bom; arrumara uma alta soma em dinheiro para o tratamento e para a viagem; hospedara-se num dos melhores hotéis de Buenos Aires para assegurar boa estada ao homem mais importante de sua vida. Como poderia voltar a San Ramón com o rabo entre as pernas e relatar seu fracasso? Não, simplesmente, *não* poderia. Teria que conversar com o dr. Lindner, fazê-lo entender a situação. Ameaçá-lo, se fosse necessário. Estava decidida a procurá-lo logo que amanhecesse. Sim, faria isso. Tinha o endereço – aliás, tinha conseguido de antemão todas as informações sobre aquele homem – e Jörgen poderia ser bem persuasivo, se preciso fosse. Tinha todas as cartas na manga e não havia por que hesitar em jogá-las.

Havia, ainda, uma terceira coisa que a preocupava. Agostina comentara que o inspetor encarregado do assassinato de Dom Francisco havia aparecido no consultório do dr. Lindner, fazendo insinuações. O que o policial tinha dito mesmo? *Dois assassinatos, coincidências demais.*

Aurora rira do jeito afetado de Agostina.

Não quero aquele homem asqueroso no meu pé novamente, Aurora!, dissera a ilustre sra. Perdomo, quase que em tom de súplica, como uma putinha de segunda categoria.

Papa remexeu-se na cama. Girou o corpo e, agitado, ergueu os braços, como se quisesse tocar em algo. Aurora pensou em sentar-se ao lado dele para acalmá-lo, mas logo desistiu da ideia, vendo que ele havia se acomodado de novo e voltara a dormir tranquilamente.

Sobre o que estava pensando mesmo? Ah, sim, sobre o assassinato da secretária do dr. Lindner e sobre o que dissera aquele inspetor inconveniente. O policial não a incomodava, decerto, já que a polícia argentina era de uma incompetência sumária. Porém, eram as palavras ditas pelo inspetor que tiravam seu sossego. Tinha que admitir que era estranha, quase improvável, uma tentativa de assalto a um consultório onde clinicava um psicólogo. Isso, em uma rua majoritariamente comercial.

Suspirou.

Analisando o caso com frieza, se o ladrãozinho estivesse mesmo atrás de dinheiro, teria opções mais fartas nas redondezas. Mas, e se o consultório não tivesse sido escolhido ao acaso? E se o ocorrido tivesse ligação com o fato de eles, sobretudo *Papa*, estarem frequentando o local? Se estivesse certa, ainda que a possibilidade fosse remota, alguém sabia que estavam em Buenos Aires. Mais do que isso: sabia *quem* eles eram.

Teria que conversar com Jörgen sobre isso; talvez, pedir que investigasse por conta própria. Era preciso descartar daquilo tudo a possibilidade de *coincidência*.

De repente, foi arrancada de seus pensamentos por um grito de desespero. Seu cérebro demorou para assimilar o que seus olhos estavam vendo. Quem tinha gritado? *Papa?*

Sentado na cama, o velho alemão arfava, com os olhos arregalados. Com os braços estendidos, tentava tocar em algo invisível. Foi então que, na mesma hora em que corria para ajudá-lo, Aurora o ouviu dizer, em alto e bom som:

– *Tochter!*[1]

– *Papa!* – Ela correu para junto dele e puxou-o para perto de si, abraçando-o com força, como se ninasse uma criança. – Estou aqui. Sua *tochter* está aqui.

Contudo, em um gesto inesperado, ele empurrou-a para longe, arrastando-se na cama como se quisesse manter distância de Aurora.

– *Papa?* Sou eu! Sua *tochter!* Aurora!

Um fio de suor escorria pela têmpora esquerda do velho alemão.

– *Meine tochter ist tot!* Minha filha está morta! – ele disse, pronunciando pausadamente cada palavra.

Tomada pelo espanto e horror, Aurora levantou-se e, escancarando a porta do quarto, lançou-se pelo corredor escuro para chamar por Jörgen.

---

[1] Filha.

PARTE 2

Silêncio

12

Magda passou delicadamente o guardanapo pelos lábios pálidos de Dona Ada e, em seguida, voltou a enterrar a colher na papinha de batata com cenoura. Desde que seu estado de saúde piorara, o médico da família recomendara que Dona Ada só se alimentasse com comidas pastosas e líquido. Nada sólido nem muito pesado.

Magda havia notado que a pobrezinha perdera peso e estava minguando a olhos vistos. Não demoraria muito para que partisse, pressentia.

Ergueu a colher e ofereceu um pouco mais de comida a Dona Ada, incentivando-a com palavras pronunciadas em tom maternal.

– Dona Ada, que tal mais esta? Não está boa? – perguntou, aproximando a colher dos lábios finos, que não se moveram. – É o suficiente, então? A senhora já está satisfeita?

A cuidadora deixou o prato sobre a mesa da cozinha e serviu Dona Ada de um pouco de água.

– Pronto. Que tal, agora, tirar uma *sesta*? Ajuda na digestão.

Com cuidado, puxou a cadeira de rodas, afastando-a da mesa e, cruzando a cozinha, conduziu Dona Ada até a sala. Acomodou-a em um canto, onde uma corrente de ar refrescava um pouco o ambiente quente de verão, e fechou as cortinas, escondendo os raios do sol que, àquela altura do dia, infestavam a sala, tornando-a ainda mais abafada.

– A senhora é um amor, Dona Ada. A paciente dos sonhos, sabia? – disse Magda, com carinho, ocupando a poltrona ao lado da cadeira de rodas e abrindo um livro.

Antes de pousar os olhos sobre as páginas, olhou instintivamente para a escadaria, que dava acesso ao piso superior e, portanto, aos quartos. Não via Dom Sebastián havia mais de vinte e quatro horas, mas notara-o descendo para pegar mais uma garrafa daquela bebida intragável de que gostava tanto e desaparecer degraus acima.

Pela manhã, Dom Ariel e uma senhora bem-vestida, que se apresentou como sra. Perdomo, foram até lá para vê-lo, mas ele se negou a recebê-los.

Magda tinha ouvido sobre o vício de seu patrão na bebida, mas nunca o vira em estado vergonhoso. Quando foi contratada para cuidar de Dona Ada, choviam comentários sobre o estilo de vida de Dom Sebastián. O tom da maldade variava; alguns diziam que ele era excêntrico; outros, que tinha um passado ruim devido à bebida e que não passava de um riquinho alcoólatra; outros, ainda, que vivia à custa do patrimônio deixado pelo pai austríaco.

No entanto, algo nela pressentia que isso iria mudar; que a pose, que dava autoafirmação ao psicólogo bem-sucedido, querido e recomendado entre as altas esferas da sociedade portenha, estava prestes a ruir.

Obviamente os últimos acontecimentos haviam sido horríveis; uma tentativa de roubo, seguida do assassinato da secretária em seu próprio consultório. Magda tremeu ao imaginar. Porém, sendo ele um médico de mentes, não deveria sucumbir tão facilmente e mergulhar na bebida. Pelo menos, era o que ela *achava*.

Ele deveria pensar mais na mãe doente, antes de se entregar assim ao vício, condenou, em pensamento.

Suspirou e passou a mão pela página 45 do romance açucarado que estava prestes a voltar a ler.

Observou mais uma vez Dona Ada, alheia a tudo, absorta em seu mundo, e, depois, recostou-se na poltrona para retomar a leitura.

Mal havia chegado à metade da página quando escutou o som estridente da campainha. Após o quinto ou sexto toques consecutivos, quase ininterruptos, a empregada cruzou a sala, sumindo pelo corredor de entrada para atender a porta.

Magda suspendeu o olhar, deixando de lado o livro para observar a cena. Fosse o que fosse, devia ser urgente, pois os seguidos toques da campainha indicavam que a pessoa estava apressada.

Esbaforida, a empregada, uma jovem muito magra e com feições indígenas chamada Serena, retornou à sala, dirigindo um olhar aflitivo a Magda.

– Tem uma senhorita querendo falar com Dom Sebastián. Disse que é urgente. – E, tentando controlar a respiração, seguiu: – Eu disse a ela que ele estava acamado, mas parece que não entendeu. Me chamou de *cabecita negra*[1] inútil e disse que, independentemente de ele estar doente ou não, queria falar com Dom Sebastián. Não sei o que fazer.

Notando a aflição da jovem, Magda fechou o livro e, levantando-se, deixou-o sobre a poltrona.

– Ela está sozinha?

– Acho que sim. Tem um táxi estacionado na frente da casa, Dona Magda, mas só vi ela.

– Entendi – Magda refletiu. – Ela disse o nome?

– Falou que se chama Aurora... tem um sobrenome estranho. Estrangeiro. Também tem um pouco de sotaque, acho que não é daqui. Insistiu, repetindo que Dom Sebastián tinha que a receber, que era caso de vida ou morte, urgente!

– Tudo bem, Serena. Faça o seguinte – Magda instruiu, pausadamente –, peça para que a senhorita entre e acomode-a no bangalô. Sirva uma água ou suco, o que ela desejar. Falarei com Dom Sebastián. Para ela ter insistido tanto, deve ser importante.

---

[1] Termo pejorativo literalmente traduzido como "cabecinha preta". Refere-se a descendentes de indígenas ou pessoas de pele mais escura oriundas de classes mais baixas, principalmente migrantes, que se deslocaram de regiões mais pobres da Argentina e do campo para Buenos Aires nas décadas de 1930 e 1940.

Serena mordiscou o lábio, hesitando.

– O que foi, Serena? Vá logo!

– É que...

– O que foi? – Magda ergueu o cenho.

– Desculpe, Dona Magda. Sei que quer ajudar, mas eu... eu estou com *medo* daquela dona lá fora. Ela é estranha. O jeito com que falou comigo...

– Não precisa ter medo. Esqueça o que ela lhe disse e faça como mandei. Provavelmente, ela só está nervosa ou com algum problema sério. Não se esqueça de que essa é a profissão de Dom Sebastián: tratar pessoas com problemas sérios de cabeça, lembra?

Serena fez que sim.

– Ótimo. Agora vá e faça como mandei. Vou chamar Dom Sebastián – disse Magda, encarando os degraus da escada e sem saber ao certo como fazer o que havia dito.

Ela não sabia exatamente por que estava fazendo aquilo. Seria melhor apenas instruir Serena a dizer que Dom Sebastián estava impossibilitado de receber alguém e pronto! Não era problema dela, afinal. Sua função, pela qual era paga, era cuidar de Dona Ada.

Todavia, não conseguia evitar sentir pena do patrão, apesar de tudo o que escutara sobre ele. Talvez fosse por consideração a Dona Ada, ou não. Também era mãe e imaginava que a pobre mulher, cuja consciência já se havia ido fazia muito tempo, certamente desejaria que seu filho fosse ajudado, ainda que Dom Sebastián tivesse se convertido num homem feito, adulto e consciente de seus atos.

Suspirou e bateu de leve na porta do quarto de Sebastián. Insistiu e bateu de novo. Segurou a maçaneta e girou. Sem qualquer resistência, a porta se abriu.

O quarto estava escuro e o interior cheirava a vômito, bebida e suor.

Estirado na cama, o corpo do patrão jazia de bruços, ainda vestido com camisa e calça. Ao seu lado, no chão, uma garrafa de bebida pela metade. Mais ao longe, perto da poltrona, havia um litro tombado e vazio.

Sem hesitar, e sabendo que poderia ser duramente repreendida, caminhou até a janela e, girando o ferrolho, escancarou-a, fazendo com que o sol invadisse todo o cômodo.

– O que está havendo, Magda? – perguntou Sebastián, erguendo a cabeça e abrindo apenas um dos olhos. – Aconteceu algo com minha mãe?

– Não, Dom Sebastián, Dona Ada está bem – ela disse, gaguejando um pouco. – É que, bem, eu sei que não tinha o direito de entrar no seu quarto e acordá-lo, senhor, mas tem uma mulher aí na frente chamando pelo senhor. Uma paciente. E ela está bastante aflita.

– Peça que ela procure Ariel. Vou passar o endereço dele. Diga que dou minhas mais altas recomendações no que se refere ao dr. Giustozzi – disse Sebastián, com voz pastosa, esforçando-se para suspender o tronco. – Agora, por Deus! Feche essa janela! Minha cabeça está latejando!

– Senhor, é que... ela foi rude com a menina Serena e é bastante insistente. Apresentou-se como Aurora.

Sebastián franziu o cenho. Como Aurora Leipzig descobrira onde morava?

Riu de sua própria ingenuidade. É claro que aquela gente sabia onde era sua casa; sabiam tudo sobre ele. E usariam essas informações contra ele, certamente.

– Mande-a embora, Magda. Ou peça para Serena fazer isso, já que nao é sua obrigação – instruiu, sentando-se na cama. Como pôde perceber, não estou em condições de atender ninguém.

– Dom Sebastián... – Magda iniciou a frase, pensando em quais argumentos usaria, mas foi interrompida por sons abafados vindos do lado de fora, do corredor.

Fez menção de colocar o corpo para fora e olhar o que se passava, mas foi empurrada para o lado por uma jovem loira, de pele muito clara e olhar gélido, que parou junto à porta do quarto de Sebastián, fitando-o com dureza.

– Senhorita?... – Sebastián esfregou o rosto, confuso.

– Desculpe, senhorita, mas a senhora não pode... – era Serena que falava, tentando alcançar Aurora e estacionando atrás da jovem alemã assim que viu a cena.

– Dr. Lindner – Aurora falou, colocando um pé para dentro do quarto; em seguida, outro. – Preciso falar com o senhor. É urgente, claro.

– Eu... – Sebastián ia argumentar algo, mas deteve-se. Apenas encarou Aurora Leipzig, focando-se naqueles olhos azuis profundos e diabólicos. Por alguns segundos, muito foi dito, apenas por aquele olhar. Por trás da aparente frieza, havia dor e desespero no azul-mar dos olhos de Aurora.

– O senhor pode mandar estas empregadas saírem, por favor? – pediu Aurora, ignorando Serena e encarando Magda com desprezo.

Sebastián assentiu e, meneando a cabeça, indicou que Magda saísse do quarto, deixando-os a sós.

– Isto é mesmo deplorável, dr. Lindner – disse Aurora, percorrendo o cômodo com os olhos.

– Sei que é. Como eu ia dizer, senhorita Leipzig, não estou em condições de ajudar ninguém. Por isso, se me permite, posso indicar...

– Não! Definitivamente, não! *Tem* que ser o senhor, dr. Lindner! – Os olhos da jovem tornaram-se marejados. – Posso? – perguntou, tirando da bolsa uma cigarrilha dourada e, dela, um cigarro longo.

– À vontade – Sebastián assentiu, massageando as têmporas com as pontas dos dedos.

– Obrigada – Aurora prendeu o cigarro entre os lábios vermelhos carmim e acendeu.

– O que houve, senhorita?

– Meu pai – ela disse, soltando a fumaça. – Ele está em surto, dr. Lindner. Não tenho muito tempo, então, vou ser breve; e o senhor precisa vir comigo. Jörgen está com ele, mas não sei por quanto tempo conseguirá detê-lo.

– O que aconteceu? – Sebastián levantou-se e, trôpego, foi até a janela respirar um pouco de ar puro.

– Ele tem tido pesadelos, dr. Lindner. Resmunga coisas sem sentido, fica agitado durante a noite. Depois, relaxa. Não achei que fosse algo importante, mas, ontem à noite, antes de dormirmos, ele teve uma *crise*.

– Defina crise, por favor. – Sebastián ainda massageava as têmporas. O ar puro refrescava seus pulmões, mas o sol fazia sua cabeça doer.

– Ele começou a chamar *filha*. Claro, que, inicialmente, eu achei que se referia a mim, então, sentei-me junto dele e tentei acalmá-lo. Fiquei surpresa e, ao mesmo tempo, feliz. Havia muito que não ouvia sua voz! Porém, ele me empurrou, com olhar de ódio. Puro ódio, dr. Lindner. E disse que eu não era sua filha.

– Ele pode estar se lembrando de algo, ou simplesmente delirando, misturando realidade e fantasia. Isso é comum nos surtos psicóticos – disse Sebastián, esfregando o rosto e voltando a se sentar na cama.

– Eu não sei.

– Ele tem ou teve outra filha, senhorita? Talvez alguém que tenha morrido na guerra...

– Todos da geração do meu pai perderam pessoas queridas na guerra. – Aurora agitou a cabeça, negativamente. – Mas jamais soube de filhas. *Papa* e sua esposa me criaram como única e legítima filha. Por isso fiquei chocada. Nunca o vi assim! *Papa* pode ser bem duro e incisivo nos seus discursos e quando fala para os amigos que nos visitam em San Ramón, mas nunca o tinha visto com ódio de mim!

– E onde ele está agora?

– Ele não me deixou chegar perto dele. Nem Jörgen. Estava agitado e nervoso, olhava para todos os cantos como se estivesse acordado no meio de outro mundo, em outro lugar; como se tudo fosse extremamente estranho. Chamei Jörgen, que tentou contê-lo, mas ele pegou sua arma. Jörgen tem uma Browning Hi-Power semiautomática e sempre anda armado; estava com a arma no coldre, na cintura, e *Papa* a pegou de surpresa.

– Seu pai... o sr. Leipzig está armado? – perguntou Sebastián, incrédulo.

– Ele apontou para mim e para Jörgen, gritando para que o deixássemos a sós. Foi uma correria infernal! *Papa* se trancou no quarto e o escândalo chamou a atenção de um funcionário do hotel. Provavelmente, alguém do andar reclamou. Tivemos que subornar o desgraçado para que não chamasse a polícia ou a gerência. Ao que tudo indica, ele ficou satisfeito com as libras que extorquiu.

— E seu pai ainda está no quarto?

— Consegui convencê-lo a me deixar entrar — disse Aurora, mostrando-se bastante exaurida. — Já havia amanhecido. Ele estava sentado na beirada da cama, olhando para o nada, segurando a arma de Jörgen. Ele...

Aurora Leipzig aproveitou a pausa para tragar e se recompor. Ela estava à beira de um colapso nervoso, Sebastián analisou, mas ainda assim fazia um esforço sobre-humano para manter o controle sobre si.

— Enfim, ele perguntou que dia era hoje, e eu respondi que era 13 de novembro, uma quinta-feira. *Papa* apenas mexeu a cabeça para cima e para baixo, como se estivesse concordando comigo, e então, me disse, de modo ríspido, para que eu o deixasse sozinho e que só voltasse na companhia do senhor, dr. Lindner.

— Ele quer me ver? — Sebastián abriu a gaveta da mesa de cabeceira e, suspendendo uma caderneta, retirou uma caixa pequena de Montecristo.

— Exatamente — Aurora assumiu uma postura ereta e, recostando-se na poltrona de modo altivo, disse: — Por essa razão, tive que vir até sua casa, doutor, ainda que isso não estivesse no protocolo de nosso acordo que, é bom que saiba, ainda está valendo.

Ela tirou da bolsa o envelope com libras esterlinas e o estendeu a Sebastián.

— O homem trabalha, o homem recebe. Precisamos do senhor, dr. Lindner, sem sombra de dúvidas. Precisamos mais do que nunca. Não posso voltar à Patagônia com *Papa* nesse estado. Eu e todos os nossos amigos precisamos de *Papa* curado e sadio novamente.

— Senhorita, eu não posso aceitar seu dinheiro. — Sebastián agitou as mãos, evitando pegar o envelope.

— Pense assim, doutor — Aurora sorriu, assumindo o controle da situação. — O senhor não está em condições de negociar. Sei onde mora, Jörgen sabe onde mora, e nossos amigos no sul também. Por mais que tente escapar, não conseguirá, compreende? O senhor foi o escolhido para cuidar de *Papa*, e é isso o que fará. Mas a escolha, claro, é do senhor. Pode fazer seu trabalho e ser bem-sucedido, ganhar um bom dinheiro em moeda estrangeira e nunca mais nos ver, ou ter sua vida, e a das pessoas a quem ama, arruinada de modo irreversível e doloroso.

Sebastián não sabia o que dizer.

– Vi sua pobre mãe na cadeira de rodas ao passar pela sala para subir as escadas. Deve ser doloroso ver definhar alguém que amamos, não é? Também sinto medo por *Papa*, e o senhor deveria temer pela sua mãe também. Por ela, pelo seu amigo dr. Giustozzi e pela sra. Perdomo. Agostina deve amá-lo de verdade, doutor, se é que isso lhe interessa.

– Agostina? – ele disse, como se as palavras fossem cuspidas após um forte golpe no estômago. – Está ameaçando Agostina?

– Estou avisando o senhor, dr. Lindner. Faça seu trabalho, cuide de *Papa*, e nada acontecerá. Eu prometo. – A fragilidade de Aurora havia sumido. Diante de Sebastián, estava sentado um monstro encarnado numa atraente mulher de beleza exótica e olhos claros como o céu.

– Por favor, me deixe tomar um banho e trocar de roupa – disse Sebastián, já em pé.

– Excelente! – Aurora sorriu, apagando a bituca de cigarro no cinzeiro abarrotado sobre a mesa de cabeceira. – De fato, o senhor não pode ir ver *Papa* nesse estado. Está lastimável e fedendo a bode, dr. Lindner. Mas prometo não comentar sobre isso com ninguém. Tem minha palavra.

Aurora Leipzig caminhou até a porta do quarto e, segurando a maçaneta, virou-se para Sebastián, que ainda lutava contra a ressaca e a surpresa.

– Peguei um táxi e pedirei que o motorista nos aguarde até que o senhor tome um banho e se troque. Agora, acho que posso aceitar o suco que sua empregada me ofereceu quando cheguei. Faz muito calor.

13

Enquanto observava a familiar paisagem urbana no caminho até o Plaza Hotel, na *Calle* Florida, Sebastián lembrou-se de um artigo recente que lera sobre o faraó Hórus-Aha, da primeira dinastia de faraós do Egito Antigo.

Segundo apontavam os estudos, Aha, assim como outros faraós de sua dinastia, tinha o costume de matar e enterrar consigo os arquitetos e engenheiros encarregados das obras de seus mausoléus para que a localização de onde estavam guardados seus tesouros não fosse descoberta.

A alegria e honraria de ser escolhido o responsável pela tumba onde descansaria o corpo do faraó era acompanhada pela morte inevitável – um sacrifício digno da importância do trabalho executado.

Com o canto dos olhos, Sebastián notou que Aurora Leipzig, sentada ao seu lado no banco de trás do táxi, mantinha uma postura calma e altiva; até certo modo, sustentava o ar de quem se saíra vitoriosa em seu intento.

Não podia negar que, enquanto aquele carro deslizava pelo asfalto em direção à *Calle* Florida, ele se sentia como um prisioneiro percorrendo o corredor da morte rumo ao paredão de fuzilamento. O pressentimento de que, fosse qual fosse o resultado do tratamento do sr. Leipzig, a má sorte não o deixaria, perseguia-o de modo persistente.

Qual seria seu destino? Ter seu passado com o alcoolismo revelado à comunidade de psicólogos e psicoterapeutas de Buenos Aires? Ver o nome do dr. Pichon Rivière jogado na lama com o seu por não ter aberto mão de seu pupilo preferido e tê-lo, de modo discreto e fraternal, internado em Rosário para tratamento? Ou, ainda, cair no total descrédito e ver-se impedido de clinicar por ter seu romance com Agostina Perdomo, uma paciente, revelado?

Pensou em Jung e Sabina Spielrein, médico e paciente, que mantiveram um romance extraconjugal por vários anos. Sabina não teria sido a única mulher da vida de Jung, mesmo este sendo casado. Suspirou, encolhendo os ombros. Talvez uma solução fosse ir embora de Buenos Aires e da Argentina quando tudo aquilo acabasse. Quem sabe, recomeçar longe de Agostina em um país cuja sociedade fosse menos hipócrita.

– Chegamos – anunciou Aurora, assim que o carro parou em frente ao Plaza.

Ela tirou algumas notas da carteira e pagou o motorista, que agradeceu a gentileza de a senhorita Leipzig ter aberto mão do troco.

Sebastián e Aurora desceram do táxi e passaram pela grande porta envidraçada que dava acesso ao *hall* do glamoroso hotel. Como sempre, a agitação de hóspedes endinheirados indo e vindo pelo amplo ambiente era grande. Alguns, mais acomodados, entretinham-se com jornais, sentados nas poltronas do *lounge*. Outros degustavam vinhos e bebidas destiladas no bar e no restaurante, sempre com cigarros ou charutos entre os dedos.

Sebastián lembrou-se da noite da última sexta, quando estava sentado no bar com Ariel. Fora naquela noite, após a recepção da comunidade argentina de psicólogos e psiquiatras ao dr. Rivière, que conhecera Aurora Leipzig.

– Me acompanhe, dr. Lindner – disse Aurora, com formalismo dissimulado.

Tomaram o elevador e o jovem ascensorista os conduziu ao quinto andar.

Os ventiladores de teto faziam seu trabalho, rodopiando hélices a todo vapor na tentativa de refrescar o ambiente.

Sebastián reconheceu o rapaz loiro e bem-apessoado em pé defronte à porta do quarto 58. Apesar de seu aspecto angelical, da roupa esportiva leve, mas asseada, dos cabelos meticulosamente penteados, tinha um semblante cansado.

Notou Jörgen e Aurora trocarem olhares. A jovem meneou a cabeça e ele afastou-se da porta, dando passagem.

– Como ele está? – perguntou Aurora, em alemão. Sebastián não era fluente em conversação no idioma de seus pais, mas entendia razoavelmente bem.

– Ainda não deixa ninguém entrar, *Fräulein* – respondeu Jörgen. – Por outro lado, está tudo em silêncio dentro do quarto, sinal de que ele não fez nenhuma besteira. E não fomos incomodados por nenhum funcionário.

– Cuidado com o que fala, Jörgen! – Aurora alertou, semicerrando os dentes. – *Papa* está vivendo um momento difícil. O que não significa que ele faça *besteiras*. Você quem fez trapalhada ao deixar um senhor combalido pegar sua arma, seu idiota! – De cenho franzido e com desprezo, Aurora completou: – *Schwachkopf!*[1]

O jovem rapaz se desculpou de modo quase reverencial. Sebastián notou-o corar, visivelmente desconcertado. Havia, sem dúvida alguma, um certo tipo de rígida hierarquia separando aqueles dois, bem como o sr. Leipzig.

– Desculpe-me, *Fräulein*. Não quis dizer isso.

Ignorando-o, Aurora virou-se para Sebastián.

– Dr. Lindner, está preparado?

Sebastián passou a língua pelos lábios, roçando o bigode. Havia tomado duas xícaras de café bem forte e um chá de ervas que, segundo Magda, cortaria os efeitos da ressaca. Ainda assim, sentia as palmas das mãos transpirarem.

---

[1] "Imbecil", em alemão.

— Sim, senhorita — respondeu, aprumando-se.

Aurora meneou a cabeça e, aproximando-se da porta, bateu com delicadeza.

— *Papa*? Está me ouvindo? O dr. Lindner está aqui — disse, usando um tom extremamente afetuoso. — Por favor, abra a porta, *Papa*.

Após um breve silêncio, Aurora inclinou-se para encostar o ouvido na porta. Ouviu-se um barulho de trinco e, dando alguns passos para trás, ela observou a porta se abrir lentamente. Pela pequena fresta, Sebastián não conseguiu notar a presença do sr. Leipzig; apenas uma luminosidade parca vinha de dentro do cômodo, escapando para o corredor.

— Entre, dr. Lindner. *Papa* o aguarda — disse Aurora, empurrando a porta.

Sebastián assentiu e caminhou vagarosamente para dentro do quarto. Observou o ambiente com cuidado, percorrendo todo o cômodo com os olhos. As camas estavam desfeitas e uma das cadeiras, que fazia um jogo de quatro com uma pequena mesa retangular, estava tombada.

De costas para ele, o sr. Albert Leipzig estava sentado na beira da cama. Seu tronco estava curvado para a frente, como se estivesse em oração. Diante do sr. Leipzig, uma poltrona de couro vazia, como se esperasse para ser ocupada.

— Sr. Leipzig? — chamou Sebastián, aproximando-se. Tentava enxergar se o velho alemão estava empunhando a arma, mas não tinha campo de visão para tal.

Encontrava-se a menos de um metro dele. De modo estranho, aquele homem emanava serenidade, ou uma total ausência de sentimentos intensos. Era como se, simplesmente, não estivesse ali.

— Sr. Leipzig — disse Sebastián —, Aurora, sua filha, disse que o senhor pediu para me ver.

Caminhou mais dois passos.

— Posso me sentar?

Foi a primeira vez que o sr. Leipzig demonstrou alguma reação. Ele virou levemente a cabeça na direção de Sebastián, cravando nele os olhos mortiços e abatidos, sob os quais duas bolsas caíam como se a pele, cansada, quisesse se desprender dos ossos.

Somente então Sebastián notou a arma nas mãos do velho alemão. Ele a segurava com displicência, mantendo-a apontada para baixo, em direção ao piso acarpetado.

– Sr. Leipzig?

Ele assentiu e, por fim, disse, com carregado sotaque:

– Sente-se, *Herr Doktor*. Estava esperando o senhor.

Ele arrumou a boina, de modo que a aba escondesse quase que totalmente seu rosto. Apesar do calor, cobria o tronco com um sobretudo puído. Não podia revelar a ferida em seu ombro, tampouco se render à dor do ferimento, que ameaçava infeccionar.

Exceto pelos policiais, ninguém mais havia entrado no consultório do doutor depois do ocorrido. Sem dúvida, fora um erro enorme seu; um erro que seria plenamente recompensado quando cumprisse sua missão e eliminasse seu alvo – o maior de todos.

Enfiou as mãos nos grandes bolsos do sobretudo e caminhou, procurando a sombra dos toldos de cafés, restaurantes e lojas que se sucediam pela calçada. Tudo lhe era um pouco familiar, lembrava a Europa. Talvez por isso muitos dos porcos nazistas tivessem escolhido a cidade como refúgio; havia certo ar europeu pairando sobre aquela porção de terra sul-americana. Não a Europa que se convertera em escombros e pó após a guerra, mas aquela de sua primeira infância, quando ia a Varsóvia com a família uma vez ao mês para visitar os avós paternos.

Quando finalmente a guerra eclodiu e os judeus da Polônia foram confinados em guetos e deportados, perdera o contato com os avós pelo lado do pai. Por sua vez, o destino fizera com que os pais de sua mãe compartilhassem da mesma tragédia de Sachsenhausen. *Mama, babcia, tatá, dziadek*. E a pequena Sasha.

Parou diante de um café e empurrou a pesada porta de madeira. Uma sineta emitiu um barulho estridente enquanto ele caminhava em direção a uma mesa isolada no fundo do estabelecimento. Levy fumava e mantinha os olhos abaixados, presos ao jornal.

Puxou uma cadeira e sentou-se diante de Levy, que, sem erguer os olhos, ofereceu-lhe um cigarro.

– Não, obrigado.

Seu interlocutor dobrou o jornal, deixando-o sobre a mesinha circular de madeira.

– Você soube o que houve no consultório do dr. Lindner? – perguntou Levy.

– Há muitos policiais entrando e saindo – ele respondeu. – Soube que houve uma tentativa de assalto.

Levy jogou-lhe sobre o colo o jornal dobrado.

– Página das notícias policiais. Toda a merda está aí – disse. – Puta merda, *Jude*!

Ele não tocou no jornal. Ergueu os olhos na direção de Levy e perguntou, com calma:

– Quem fez isso tem algo a ver com o nosso alvo?

Levy tragou e deixou o cigarro sobre o cinzeiro de metal.

– Parece que não. Mas certamente afugentou os porcos, que voltaram para seu chiqueiro.

– Foi azar – disse, de modo lacônico. – Mas nossa missão continua em pé?

Levy assentiu. Ele ficou aliviado, notando que nem o companheiro, nem os demais, suspeitavam de seu envolvimento. Esse era o lado bom de agir sozinho e por sua conta e risco nas missões de alta periculosidade. Quando se ganhava a confiança *deles*, tinha-se determinada autonomia.

– Suas ordens são as mesmas. – Levy recolocou o cigarro entre os lábios. – E o alvo, também. Apenas estão revendo a estratégia, diante do que houve. A vigilância também mudará. Mas tem outra coisa. Os rumores de que o *alvo* se encontra em Buenos Aires estão se espalhando como rastro de pólvora. Como deve saber, há outros grupos como o nosso no mundo todo; gente que clama por vingança e justiça, nem que seja pelas próprias mãos. Gente que cansou de esperar por um *novo Nuremberg*. Que tem mais dinheiro, libras esterlinas e dólares, um financiamento maior do que o nosso.

— E o que isso significa? — Ele sentiu o suor umedecer seu couro cabeludo.

— Significa que, em breve, teremos uma verdadeira caçada por aqui, *Jude* — disse Levy, de modo calmo, mas lançando-lhe um olhar preocupado. — Espero que quem dá as ordens saiba realmente o que está fazendo, meu amigo. Somos apenas peões.

— Acha que temos que pressionar o doutor de algum modo? Ganhar tempo? Antecipar a ação? Talvez ele?...

— Por Deus, *Jude*! Chega de cagadas, OK? — Levy suspirou. — Até que se prove o contrário, o doutor nada tem a ver com os *nazis*. Talvez simpatize, mas não tem relação com o grupo da Patagônia, nem de Buenos Aires. Foco é o segredo! Temos uma ave grande na mira; a maior de todas. Tudo o que querem de você é cautela. Por isso confiaram essa missão a você, *Jude*. Você. Tornou-se o melhor, e é o melhor que temos até o momento. E terá que agir sozinho, de modo discreto. Nada de pirotecnia. Um tiro, pouco sangue, trabalho bem-feito.

— Então, como será?

Levy recostou-se na cadeira.

— Os porcos estão no chiqueiro. Não saem do Plaza. É para lá que mudará sua vigilância.

Jude meneou a cabeça, concordando.

— Reservamos um quarto numa pensão próxima. É uma área cara e bem movimentada, você deve ser discreto. Está registrado como Juan Garcia Prates.

— Documentos?

Levy sorriu.

— Não serão necessários. Apenas nome e pagamento adiantado. Por duas semanas.

— Então, agiremos em duas semanas?

Levy levantou-se no exato momento em que um jovem garçom se aproximava.

— No máximo — murmurou Levy, afastando-se e caminhando em direção à porta.

O jovem garçom perguntou se ele gostaria de café. Disse que sim; mas, na verdade, o que queria era ficar sozinho. Tirou o jornal do colo e deixou-o sobre a mesa.

Finalmente, em breve, entraria em ação. Pensou na família, sobretudo em Sasha.

Sebastián Lindner acomodou-se na poltrona e olhou para o sr. Albert Leipzig. O velho alemão tinha o semblante abatido, mas encarava-o com severidade.

Que olhos são esses?, perguntou-se Sebastián, sentindo um incômodo nada comum. Nunca tivera medo de nenhum paciente, mesmo ao atender casos de surto. Mas aquele homem definitivamente tinha algo de diferente; um olhar negro e profundo, desprovido de qualquer tipo de brilho ou de emoção.

Tentou focar nos rumos da terapia traçados de antemão para o sr. Leipzig. Hierarquia e obediência eram importantes; perfil intransigente, austero e narcísico, talvez fruto de um passado nazi-fascista. Conectar-se usando essas brechas era fundamental, o que, aparentemente, naquele momento tornara-se possível graças à reconexão do paciente com o mundo exterior.

Sebastián limpou a garganta e, com cautela, disse:

— Sr. Leipzig, antes de começarmos, gostaria de pedir ao senhor que, por favor, deixe essa arma de lado.

Albert Leipzig franziu o cenho e, em seguida, olhou para a Browning Hi-Power em sua mão. Tanto a mão como a arma repousavam sobre o colo do velho alemão, e Sebastián deduziu que ele não pretendia utilizá-la.

Contudo, tinha que estabelecer alguns limites, ainda que se sentisse pisar em terreno pantanoso.

– Entendo se o senhor ficar mais seguro com a arma, sr. Leipzig, mas preferiria que a mantivesse de lado enquanto estivermos em sessão. Podemos ter esse acordo? – disse, mantendo o tom ameno.

Balançando a cabeça com discrição, Albert Leipzig assentiu. Colocou a arma sobre a cama, mas ainda próxima o bastante para que, num gesto, conseguisse alcançá-la com facilidade.

– Muito bem, sr. Leipzig. – Sebastián sorriu. – Vejo que temos um acordo.

– Sim, temos um acordo – ele murmurou, em tom quase inaudível.

Sebastián retirou um pequeno bloco de notas do interior do paletó e pegou sua Montblanc.

– *Nein!* – disse o sr. Leipzig, bruscamente. – Sem notas. Sem canetas. Tudo o que for dito aqui, fica aqui, *Herr Doktor*.

Sebastián guardou o bloco e abandonou a caneta. Era uma troca justa; a arma pelas anotações.

– Claro – assentiu. E, recostando-se na poltrona, começou: – Antes de tudo, gostaria de expressar minha alegria com sua melhora, sr. Leipzig. De fato, foi uma surpresa agradável. Em segundo lugar, como terapeuta escolhido por sua filha, a senhorita Aurora, para tratá-lo, permita-me fazer uma pergunta. Por que pediu para me ver?

Albert Leipzig encolheu os ombros.

– O senhor mesmo disse, *Herr Doktor*. Você é meu médico. Considerarei essa pergunta meramente retórica.

Superioridade e arrogância, analisou Sebastián, impressionado com o homem que estava diante de si. Apesar do visível abatimento, e de seu corpo deixar explícitas as marcas de anos de dureza, Albert Leipzig adquirira uma postura austera de um verdadeiro líder militar.

– Tudo bem – disse Sebastián, cruzando as pernas diante do olhar atento de seu paciente.

Albert Leipzig remexeu-se, incomodado.

Cruzar as pernas o incomoda?

Por fim, o sr. Leipzig quebrou o silêncio:

— Muito bem. Também tenho uma observação a compartilhar com o senhor – disse. – Admiro muito sua perseverança em não desistir do meu caso, *Herr Doktor*. A atenção que dedica a mim e àqueles que estão comigo mostra que o senhor tem a compreensão da importância do que está acontecendo, bem como entende a relevância de seu papel aqui, neste quarto. Isso, ainda que lhe falte ciência do peso real do contexto em que está se envolvendo.

Sebastián não podia explicar que estava praticamente sendo obrigado a estar ali, naquele quarto, diante daquele velho nazista. Entretanto, havia uma ponta de realidade no que dissera o sr. Leipzig; ele não podia negar que, a despeito do medo, também era movido por uma boa dose de curiosidade científica, a comichão típica de mentes inquietas e analíticas quando estão diante de um desafio.

— Desejo ajudá-lo, sr. Leipzig – disse. – E espero cumprir com meu papel.

— Sei que cumprirá. Por isso chamei o senhor. Devo parabenizar Aurora pela escolha – afirmou Albert Leipzig, voltando a direcionar o olhar para as pernas cruzadas de Sebastián. – Por favor, descruze as pernas. Isso me irrita.

Sebastián obedeceu, resignado.

— Então – suspirou, retomando a conversa –, por onde deseja começar, sr. Leipzig?

— Acho engraçadas pessoas como o senhor. Conheci alguns profissionais da mente em Berlim. Sem dúvida, *Herr* Jung é um dos mais notáveis. Contudo, não deixa de me entreter o fato de vocês serem pagos para que nos deixem falar livremente, limitando-se a serem bons ouvintes. E, claro, que toda essa engenhosidade *funcione*.

— Não acredita em terapia, sr. Leipzig?

O alemão pareceu surpreso com a pergunta.

— Se acredito? *Na sicher*! É claro! Como disse, acho admirável o quanto o homem pode descobrir sobre ele mesmo. A ciência move a humanidade, *Herr Doktor*. Pelo menos, a parcela que consegue entendê-la e absorvê-la para um bem maior.

– Muito bem – Sebastián sorriu. – Então, temos algo em comum, porque também acredito.

Albert Leipzig inclinou-se para a frente e passou os dedos pelos lábios finos. Sebastián notou uma vez mais a cicatriz que marcava o lábio superior, formando um risco em 45 graus até o nariz.

Em seguida, com o dedo em riste, falou, usando um tom professoral:

– Não, *Herr Doktor*. O senhor está enganado. Não temos algo em comum. Vou lhe explicar por quê; trata-se de um princípio básico. O senhor está aqui para me ouvir, enquanto eu desejo falar. Estamos em lados opostos, ainda que caminhemos na margem do mesmo rio. Estou *usando* o senhor, ainda que eu tenha plena consciência de que possa ser um atrativo objeto de estudo para sua ciência. Mas, sem pacientes como eu, pessoas como o senhor teriam apenas teorias e palavras. Enquanto nós, os pacientes, continuaríamos a proliferar como ratos no esgoto. Compreender essa dinâmica, *Herr Doktor*, é essencial para que mantenhamos um percurso saudável em nossa relação; ou tratamento, como o senhor prefere usar.

Sebastián assentiu.

– Eu entendi, sr. Leipzig. Realmente, tudo se limita à conversação. E, sendo assim, por onde o senhor gostaria de começar?

O olhar de Albert Leipzig tornou-se evasivo.

– Pelo começo, é claro – respondeu. – Pelo *Dioscuri-Projekt*.

14

Cheguei ao *Führerbunker* próximo à Chancelaria em uma manhã de abril de 1945 e fui recepcionado por *Herr* Martin Bormann em pessoa. Foi um dia antes de o Exército Vermelho marchar sobre Berlim. Não somente isso. Era um dia próximo à data de aniversário do *Führer*[1], mas, naquele ano, não havia motivos para comemorar. Além de *Herr* Bormann, *Herr* Goebbels, Ribbentropp, Speer, Doenitz, Jodl, Keitel, Krabs, e, claro, *Herr* Himmler,[2] estavam lá. Uma sombra, como o prenúncio de morte, caía sobre todos. Os telhados de Berlim estavam em chamas; isto é, aquilo que havia sobrado da cidade. Quase tudo era escombros. No mesmo dia, como se os soviéticos tivessem planejado o feito nos mínimos detalhes, a energia elétrica foi definitivamente cortada, prejudicando todos os serviços de abastecimento da cidade, incluindo o *bunker*. De certo modo, com a cidade sitiada às escuras, foi mais fácil para o comboio que me levava em segredo ao *Führerbunker* completar sua missão com sucesso. Sem saber, Stalin e seus *camaradas* colaboraram para o desenrolar dos rumos da história e para o sucesso do *Dioscuri-Projekt*. Estou certo de que o senhor

---

[1] Adolf Hitler fazia aniversário em 20 de abril.
[2] Joseph Goebbels, Joachim von Ribbentropp, Karl Doenitz, Albert Speer, Albert Jodl, Wilhelm Keitel, Hans Krebs, Heinrich Himmler.

não ouviu falar sobre isso; tampouco grande parte dos imbecis que debruçam seus olhos sobre o mapa-múndi e tecem conceitos e teorias sobre o que ocorreu na Europa e na Alemanha. Mas eu estava lá e fui parte importante desse projeto, *Herr Doktor*. E, naquele dia 20 de abril, ele deixou de ser apenas um projeto vital e estratégico para o Reich e para a sobrevivência do povo alemão, para de fato transformar-se em realidade. Fui removido de um abrigo de segurança máxima em Spandau de madrugada e levado em segredo a Berlim. Lembro-me de ter passado por três outros esconderijos previamente preparados, antes de chegar ao meu destino final, o *bunker*, onde a alta liderança do Terceiro Reich se encontrava, incluindo o *Führer*. Foi meu primeiro encontro com o líder máximo da Alemanha.

Albert Leipzig falava tropeçando na entonação e com dificuldade devido ao sotaque. Mas seu raciocínio era lúcido e limpo.

Sebastián meneou a cabeça, incentivando-o a prosseguir; lastimava não poder tomar nota.

– Fui levado ao encontro do *Führer* e dos demais no instante em que cheguei. O senhor pode imaginar a honra, *Herr Doktor*? Eu tinha esperado a vida toda por isso. Ou, melhor, minha vida como oficial e homem leal aos propósitos do Reich.

Sebastián fez que sim, indicando que estava atento ao que era dito.

– Em seguida, fui conduzido a um pequeno alojamento no próprio *Führerbunker* e lá fiquei durante dez dias. Um *Schütze Mann*[3] me trazia comida e água. Sentia-me honrado de ter o privilégio de realizar duas refeições ao dia, *Herr Doktor*, quando a maioria dos meus compatriotas tinha que se alimentar de restos poucas vezes na semana. Ainda assim, mesmo com esse privilégio, era sacrificante ficar confinado em um cubículo. Quando penso nisso, reflito que consegui forças porque estava totalmente imbuído de um propósito maior. Eu sabia qual era meu papel naquilo tudo, e a importância do que aconteceria em poucas horas, no dia 30 de abril de 1945.

---

[3] Soldado da SS, baixa patente.

Mais uma vez, Sebastián limitou-se a assentir com um movimento discreto da cabeça.

– Sabe o que aconteceu no dia 30 de abril de 1945, *Herr Doktor*?

Todos da geração de Sebastián, assim como os mais novos e também os de mais idade, sabiam o que a data representava. Enquanto os soviéticos marchavam sobre Berlim, Adolf Hitler tirava a própria vida, juntamente com sua amante, Eva Braun.

– *Der Tod des* Führer. A morte do *Führer* – completou, antes que Sebastián pudesse responder. O olhar do sr. Leipzig tornara-se mortiço e distante, como se estivesse assistindo a um filme.

– Compreendo – disse Sebastián, de modo evasivo.

Albert Leipzig soltou um suspiro. Parecia exaurido. Então, olhou para Sebastián e indagou:

– E então, *Herr Doktor*? Não quer me fazer uma pergunta? Acho que pode ser a sua vez, não?

Aquilo soou a Sebastián mais como uma pausa do que uma especial consideração pelo seu papel de analista naquela dinâmica. Era como se o sr. Leipzig estivesse deliberadamente autorizando-o a falar, exercitando seu comando sobre a relação médico-paciente.

– Pois bem – Sebastián começou a dizer –, sua filha, a senhorita Aurora, me disse que o senhor ocupava um alto cargo dentro do governo de Hitler. O senhor era próximo de pessoas do círculo de Adolf Hitler, sr. Leipzig? – perguntou Sebastián, intrigado.

– Podemos dizer que era mais do que isso, *Herr Doktor*. Eu estive com o Führer em seus últimos momentos. Desde o começo do *Dioscuri-Projekt*, fui preparado para aquele dia. Melhor dizendo, fui eu quem tirou sua vida.

Aquelas palavras atingiram Sebastián em cheio. Mentalmente, cuidou de memorizar algumas palavras-chave para aquela conversa. *Narcisismo. Psicose. Megalomania.* Observou o sr. Leipzig; ele parecia satisfeito e orgulhoso do que acabara de pronunciar.

– O senhor está dizendo, sr. Leipzig... que matou Adolf Hitler? – Sebastián perguntou, carregando de propósito no tom de estranheza.

Imaginou que, ao dar margem para algum tipo de dúvida sobre a veracidade do que era afirmado pelo paciente, poderia de algum modo causar uma resposta de raiva ou justificativa, o que colaboraria para desnudar sintomas que o ajudassem a direcionar uma hipótese sobre o quadro clínico daquele velho nazista.

Contudo, o homem diante dele permaneceu impassível, sem esboçar qualquer reação.

– Veja, sr. Leipzig – prosseguiu Sebastián –, se o que está me dizendo é real, a história oficial... quer dizer, tudo o que o mundo sabe sobre o fim da Segunda Guerra está errado? Isto é, Adolf Hitler não cometeu suicídio em seu *bunker*; ele foi morto pelo senhor?

– Questionar a história, sobretudo a oficial, é papel dos homens inteligentes que deixam suas marcas neste mundo, *Herr Doktor*. – O sr. Leipzig encolheu os ombros, como se falasse sobre algo elementar. – Nossa história é feita de uma série de pontos de vista que interessam a alguém, em detrimento de outros.

Sebastián assentiu, lembrando-se do que lhe havia dito Aurora na primeira conversa que tiveram.

Pergunte a um polonês ou ucraniano, dr. Lindner, se eles não voltariam atrás e bateriam palmas aos alemães, se pudessem escolher entre Hitler e Stalin.

– Por exemplo, o senhor, assim como a maioria das pessoas, desconhece o *Dioscuri-Projekt* porque ele foi elaborado e colocado em prática nas entranhas do Reich. No entanto, sua importância histórica é inigualável.

– De fato, não conheço o *Dioscuri-Projekt*, sr. Leipzig. Perdoe-me pela minha ignorância. E adoraria que o senhor pudesse me contar do que se trata. Do mesmo modo, estou surpreso com a afirmação do senhor, de que matou Hitler em seu *bunker* – disse Sebastián, prosseguindo com a linha de raciocínio.

Então, Albert Leipzig riu. Era um riso quase infantil, de quem acabara de pregar uma peça em alguém e, naquele momento, saboreava a vitória.

– Não seja tão duro consigo, *Herr Doktor*. Acho que não me expressei bem – disse, endireitando o tronco. – Falarei sobre o *Dioscuri-Projekt* no momento adequado. E, quando falo que matei o *Führer*, não digo que puxei o gatilho da arma ou coisa parecida. Eu me refiro ao fato de que eu só estou vivo, aqui, neste quarto com o senhor, porque o *Führer* morreu naquele *bunker*. Naquele dia, 30 de abril, o *Führer* morreu para que eu nascesse, *Herr Doktor*.

– Perdoe-me, mas não estou compreendendo, sr. Leipzig – disse Sebastián.

Porém, Albert Leipzig não respondeu. Colocou a mão no bolso da calça, de onde tirou um relógio. Conferiu a hora numa atitude trivial e, depois, voltou a guardar o aparelho.

– Já se passou uma hora desde que chegou a este quarto, *Herr Doktor*. Acho que podemos encerrar a sessão por aqui.

Sebastián, surpreso com a atitude, notou que não havia percebido a hora correr. Pensou em retrucar, dizendo que não cabia ao paciente determinar o tempo de análise, ainda que, de modo convencional, seus colegas adotassem o período de sessenta minutos como padrão para uma sessão. Quase verbalizou esse fato, porém, deteve-se. Se confrontasse o sr. Leipzig diretamente, poderia pôr tudo a perder; e o velho nazista ainda tinha a arma ao seu alcance.

– Podemos marcar amanhã, aqui no hotel? Duas da tarde está bom para o senhor? – perguntou Albert Leipzig. – Daí, prosseguiremos.

– Acho que está de bom tamanho, sr. Leipzig – disse Sebastián, arrumando as pontas do paletó.

– Perfeito. – O velho alemão sorriu. – Espero ter ajudado o senhor, de algum modo, *Herr Doktor*, assim como o senhor também com certeza me ajudará. Entenda que estou cansado, mas amanhã tentarei ser mais efetivo.

Sebastián esperou que Albert Leipzig se levantasse e, então, fez o mesmo. Estendeu a mão para o paciente, que retribuiu o gesto. Ele notou que o sr. Leipzig tinha mãos pequenas e delicadas, quase femininas.

– De fato, ainda há muita coisa que gostaria que o senhor me contasse – disse Sebastián.

– Contarei o que precisa saber, *Herr Doktor*. Não se preocupe. Então, entenderá tudo; por que estou aqui, por que me mantive em silêncio durante todo esse tempo e por que preciso do senhor para me ajudar.

Sebastián assentiu. Desejava ardentemente sair o quanto antes daquele quarto.

– E, *Herr Doktor* – disse Albert Leipzig, antes que Sebastián conseguisse tocar a maçaneta. Ainda estava sentado na cama, com as costas encurvadas e ar cansado. – Foi terrível o que houve com sua secretária. Lembro-me vagamente dela; parecia uma mulher eficiente. Ouvi Aurora comentar sobre o que aconteceu.

– Obrigado, sr. Leipzig – agradeceu Sebastián, segurando com firmeza a maçaneta.

– A morte às vezes traz um propósito mais nobre do que conseguimos ver. Pense nisso – disse ele, virando a cabeça e fixando o olhar na poltrona diante de si. – Posso pedir uma coisa ao senhor?

– Claro – Sebastián assentiu.

– Não conte nada de nossas conversas a Aurora. Ela é dedicada, mas jovem. E há certos assuntos que devem ficar alheios à inocência da juventude. Além disso, ela não sabe de tudo sobre mim. Posso contar com sua discrição?

– Com toda a certeza, sr. Leipzig – respondeu Sebastián, de modo afirmativo. – Não direi nada.

– Excelente – suspirou. Sebastián notou os ombros estreitos subirem e descerem, conforme o ar saía. – Agora, pode ir, *Herr Doktor*.

Sebastián puxou a porta e chegou ao corredor. Não havia sinal de Aurora, mas Jörgen o esperava, a postos como um cão de guarda.

– A senhorita Leipzig o aguarda no *lounge*, dr. Lindner – disse ele. – Me acompanhe.

Encontraram Aurora Leipzig terminando um cigarro, sentada em uma confortável poltrona. Ela se levantou ao vê-los e caminhou em direção a Sebastián com grande determinação.

– E então, dr. Lindner? Como está *Papa*?

– Ele está bem, senhorita. E pediu para me ver de novo amanhã, no mesmo horário.

– Pelos céus, o que ele disse?! Ele está melhor? – Ainda que o tom de voz de Aurora não se alterasse, seus olhos transmitiam aflição.

– Não posso contar sobre o que falamos, senhorita. Seu pai me pediu que ficasse entre nós. Além disso, trata-se de um direito do paciente. O que posso dizer, contudo, é que ele está se recuperando e quis falar sobre seu passado.

– Passado? – Aurora franziu o cenho. – Sobre o quê, exatamente?

– A Alemanha, a guerra. Tudo deve ter deixado um grande trauma no sr. Leipzig – disse Sebastián. – Mas não se preocupe, senhorita. Tratarei seu pai como me pediu. Tem minha palavra.

Aurora suspirou, resignada.

– Jörgen, providencie um táxi para o dr. Lindner e pague a corrida – disse. – De todo modo, obrigada, dr. Lindner. Espero que o senhor esteja certo e que *Papa* fique bem.

Sebastián limitou-se a sorrir e, meneando a cabeça, despediu-se de Aurora, seguindo Jörgen até a saída do hotel.

Ao vê-lo retirar-se pela porta de vidro, Aurora foi acometida por um incômodo enorme. Era como se algo muito ruim estivesse para acontecer.

A mansão de Dom Francisco Perdomo Alcalá ficava cravada no Bairro Recoleta. Tratava-se de um antigo sobrado de traços neoclássicos com um enorme e bem cuidado jardim nas partes laterais e frontal, onde também havia um amplo terraço e um bangalô, construído ao lado de uma piscina de dimensões olímpicas. O caminho que se seguia do portão de entrada era salpicado por árvores frondosas e terminava no pátio do chafariz – um conjunto de três cisnes de asas abertas, de cujas bocas caíam fios de água.

Um total de vinte degraus de mármore de Carrara dava acesso à porta de entrada da residência. Agostina Perdomo estava no andar de cima, sentada numa confortável poltrona de couro. Sustentava uma taça de vinho na mão esquerda enquanto encarava o enorme quadro de Dona Julia Alcalá, matriarca da família e mãe de seu finado marido, que parecia observá-la com aqueles olhos miúdos cravados em um rosto rechonchudo. Desde que pisara ali pela primeira vez, havia odiado aquela pintura, mas nunca ousara dizer nada a Dom Francisco.

O escritório era o cômodo preferido do marido, onde, habitualmente, ele recebia políticos e outros empresários. O presidente Perón dera a honra de, por cinco vezes, estar entre aquelas paredes, compartilhando com Dom Francisco taças de vinho, copos de uísque e discussões sobre os rumos da Argentina e do mundo.

Bebericou o vinho no mesmo instante em que ouviu batidas na pesada porta de madeira. Uma das empregadas abriu a porta e anunciou, de modo tímido, que Dom Brindisi, sócio da firma Brindisi & Solano, havia chegado.

Agostina pediu que o deixasse entrar. Enquanto aguardava, conferiu as horas; desde a morte de Ines, não recebia notícias de Sebastián, o que a deixava aflita. Tentara vê-lo, mas fora informada de que estava mal de saúde, acamado. Pensou em insistir, mas não ficaria bem para a senhora Perdomo visitar seu psicólogo em sua própria casa e bater o pé para vê-lo.

– Senhora? – Angelo Brindisi estava parado à porta. Segurava uma valise e usava um terno cinza-claro de corte perfeito e elegante. – Posso entrar?

– Entre. Quer um vinho? – ofereceu Agostina.

– Obrigado. Ainda terei que voltar ao escritório.

Brindisi se acomodou na poltrona à frente de Agostina e ajeitou o nó da gravata.

– Está calor lá fora – disse.

– O senhor conseguiu averiguar o que pedi? – perguntou Agostina, ignorando o comentário do advogado sobre o tempo.

– Consegui, sim, senhora. – O homem recostou-se na poltrona, visivelmente incomodado. – Foi mesmo sobre isso que vim falar. O caso do assassinato de Dom Francisco continua formalmente encerrado pela Polícia Metropolitana, senhora. Parece que as mudanças políticas e o afastamento do presidente Perón em nada interferiram nisso.

Agostina assentiu.

– Contudo, minhas fontes são categóricas em afirmar que César Quintana continua a investigar o caso extraoficialmente. Inclusive, fiquei sabendo, de fontes críveis, que ele visitou Ibañez na Penitenciária Nacional.

Agostina franziu o cenho. Sentiu o vinho azedar em sua boca.

– Achei que isso estava fora de cogitação, Brindisi.

– Sim, *está* – disse Brindisi. – Mas, de algum modo, o inspetor conseguiu acesso a Ibañez. Se houve qualquer tipo de colaboração de pessoal do governo, haverá punição, esteja certa, senhora.

– Aquele homem asqueroso não pode ter tanta influência assim, Brindisi – disse Agostina. – Uma hora, os recursos dele terão que acabar. E precisamos garantir que isso aconteça logo. Em outras palavras, quero o inspetor Quintana de uma vez por todas longe da minha família e do caso de Francisco.

– Estou providenciando isso – disse Brindisi. Em seguida, limpou a garganta. – Tem mais uma coisa, senhora. Como me pediu, estou acompanhando de perto os passos de Quintana. Ele saiu de férias oficialmente ontem pela manhã, pelo que fui informado. Hoje cedo, pegou um trem para Viedma.

– Viedma? Rio Negro? – Agostina perguntou, aturdida.

– Sim, senhora.

– O que aquele inspetor de merda quer xeretar no sul, Brindisi?

– Não sei, senhora. Mas estamos alguns passos à frente dele. Se ele pisar em Bariloche, senhora, ficaremos sabendo.

Agostina segurava a taça pela haste, girando-a e fazendo com que a superfície do Cabernet se agitasse em seu interior.

– Temos que fazer mais do que isso, Brindisi – ela disse, encarando o advogado, que limpava a testa suada com um lenço. – Temos que cuidar para que aquele lixo seja punido de modo exemplar e nunca mais envergue um distintivo de novo. Você me entendeu?

– Sim, senhora – Brindisi assentiu. – Se Quintana fizer merda, saberemos e será o fim para ele.

– Antes ele do que nós, Brindisi. Do que nós...

Acomodado em um assento no fundo do vagão da classe econômica, César "Caballo" Quintana observava a paisagem correr do lado de fora da janela. Estava curtindo seu primeiro dia de férias e optara pelas terras do sul.

Roçou o dedo no bilhete dobrado no bolso da calça. Em seguida, pegou-o e, desdobrando o papel, leu as palavras: "Buenos Aires–Viedma".

Voltou a guardar a passagem e, cruzando os braços sobre o peito, tornou a observar a paisagem, que já começava a mudar, conforme o trem avançava para o sul.

15

Jörgen permaneceu ao lado de Sebastián todo o tempo de espera até o táxi estacionar em frente à imponente fachada do Plaza Hotel. O jovem não lhe dirigiu uma palavra sequer, apenas se manteve vigilante, olhando para os lados e para a calçada oposta. Sebastián observava com discrição o rapaz enquanto ocupava-se em acender um Montecristo.

Sorveu a primeira tragada com gosto e liberou a fumaça pelo nariz. Também desejava um trago, mas optou por se controlar. Precisava estar plenamente sóbrio para pôr as ideias em ordem.

Sentou-se no banco de trás e deu o endereço de sua casa ao taxista. Jörgen perguntou o preço da corrida e pagou com notas de pesos. Foi a primeira vez que falou durante todo o tempo em que estiveram juntos.

Sebastián despediu-se de Jörgen com um leve aceno, mas não conseguiu notar se o jovem retribuíra o gesto. O rapaz parecia tenso. Quando o carro virou a esquina, ele entrou no hotel e sumiu.

Após alguns bons minutos de percurso, durante os quais o taxista, um torcedor fanático do Boca Juniors, criticava a qualidade dos árbitros argentinos, Sebastián saltou em frente à sua casa e, abrindo o portão de ferro, cruzou o jardim antes de, por fim, sentir-se a salvo dentro da residência. Foi Serena quem veio ao seu encontro, informando que Ariel estivera lá novamente à sua procura, e que lhe deixara um recado.

— Ele escreveu para o senhor — disse Serena, entregando-lhe um bilhete.

— Obrigado, Serena.

Após dar uma rápida olhada em sua mãe e perguntar a Magda sobre como ela passara a tarde, subiu as escadas e fechou-se em seu quarto. Tirou o paletó, deixando-o sobre a cama, abriu o bilhete de Ariel e leu. O amigo lhe informava que a polícia havia liberado o corpo de Ines naquela tarde; também comunicava o local do velório e o horário do enterro, que aconteceria no Cemitério de La Chacarita às oito da manhã.

Sebá, é importante que vá, por favor, Ariel escrevera, ao fim do recado.

Ele amassou o papel e jogou-o no lixo, ao lado da mesa de cabeceira. Somente então notou que Serena havia limpado o cômodo e o cheiro de álcool tornava-se perceptível.

Preciso me recompor, pensou. E só havia um local em que se sentia verdadeiramente seguro.

Era hora de enfrentar seus medos. Apanhou o paletó e vestiu-o com pressa. Desceu as escadas e pegou o guarda-chuva pendurado em um suporte no corredor de saída. Fazia calor, mas nuvens escuras já se acumulavam no horizonte.

— Vai sair, senhor? — perguntou Serena, parada às suas costas.

— Estarei no consultório, se precisarem falar comigo — informou, abrindo a porta.

— Quer que eu leve algum recado a Dom Ariel?

Sebastián refletiu. Seria bom conversar com o amigo, ouvir sua opinião. O que acabara de escutar do sr. Leipzig era algo grande demais e pesado o bastante, e fazia com que sentisse necessidade de compartilhar com alguém de confiança. Contudo, optou por deixar Ariel fora daquilo. Sabia que lidava com gente perigosa; nazistas — muito provavelmente, assassinos — refugiados em solo argentino. Mais do que isso; gente bastante próxima a Adolf Hitler, nazistas de alto escalão que deviam estar com a cabeça a prêmio internacionalmente.

Ele, dr. Sebastián Lindner, era precioso a Aurora e aos demais, mas Ariel não lhes tinha valor algum, de modo que seria fácil descartá-lo se alguma coisa fugisse do controle.

– Não, Serena. Depois falo com Ariel – disse, fechando a porta atrás de si.

Ele sentou-se em sua cama e puxou a mesa de cabeceira feita em madeira na sua direção. O móvel antigo emitiu um ruído estridente ao ser arrastado pelo assoalho.

Passou os olhos por seu novo quarto. Sem dúvida, era melhor do que o anterior, ainda que o prédio da hospedaria fosse visivelmente mais antigo. Outra vantagem era que não havia cães; o casal de idosos que administrava o lugar possuía dois gatos vira-latas inofensivos e silenciosos.

Sacou sua arma automática do coldre e colocou sobre aquele móvel improvisado como mesa. Tirou o pente e desmontou a arma, meticulosamente limpando cada componente. Depois voltou a montar peça por peça, recolocou o pente carregado e engatilhou.

Estendeu o braço e mirou em um imaginário qualquer na parede. Sentiu o braço latejar devido ao ferimento e esforçou-se para não emitir nenhum som.

Amaldiçoou aquela mulher desgraçada que lhe enterrara a faca no ombro direito. Decerto perderia eficiência, caso fosse preciso entrar em ação rapidamente. Porém, nem Levy nem qualquer outra pessoa podiam saber daquele pequeno contratempo.

O alvo era *dele*. E não abriria mão disso.

Novamente, ergueu o braço e estendeu-o por completo, segurando a arma engatilhada e mirando a parede. Dessa vez, imaginava o rosto de seu alvo; também pensou no jovem loiro que vira naquela tarde enquanto vigiava o Plaza Hotel, na mulher albina e no doutor empertigado que estava com eles.

Duas semanas, Levy dissera. Tudo parecia levar uma eternidade.

Abaixou a arma, deixando-a sobre a mesa de cabeceira. Tirou o analgésico do bolso e engoliu um comprimido.

Devagar, Sebastián subiu as escadas até a recepção do consultório. Parou diante da mesa de Ines e olhou para a agenda e os papéis espalhados sobre o tampo. Depois, virou-se para o lado oposto do recinto, onde ficava o sofá usado pelos pacientes em espera. Havia discretos pingos escuros no braço do móvel. Sangue.

A reação seguinte foi olhar para seus pés, em direção ao linóleo. Assim que foi autorizado pela polícia, Ariel cuidara para que o local fosse limpo; ainda cheirava a produto de limpeza e sabão. Contudo, em sua retina, ainda estava congelada a imagem da poça de sangue que havia se formado sob o corpo sem vida de Ines, tingindo o piso de vermelho-escuro.

Fechou os olhos. Suas mãos tremiam.

Preciso beber algo.

Caminhou em direção à porta de sua sala e tirou a chave do bolso. Notou as lascas ao lado da fechadura, sinal provável de que o assassino tentara forçar a entrada. O que ele procurava? Dinheiro? Por que aquele local exato e não a livraria do piso inferior, onde a possibilidade de encontrar dinheiro vivo era maior?

Talvez nunca soubesse. A polícia apressara-se em encerrar o caso como latrocínio. Aparentemente, a pobre coitada de uma secretária, que teve a garganta cortada numa tentativa de assalto em que nada de relevante foi furtado, não estava entre as prioridades da sempre sobrecarregada agenda da Polícia Metropolitana.

Abriu a porta e verificou que tudo estava exatamente igual ao início da tarde anterior; o ambiente cheirava tabaco e estava arrumado nos mínimos detalhes, como se esperasse para receber um paciente, que chegaria a qualquer hora.

Escutou a voz de Ines, anunciando o nome marcado para aquele horário. Sorriu. Conferiu o relógio, verificando que se aproximava das seis da tarde. Do lado de fora, o céu estava ruidoso, revelando que a chuva prevista se aproximava.

Caminhou até sua mesa e, parado diante da estante, pegou um copo e segurou a garrafa de bourbon.

Não, não posso. Tenho que me manter lúcido.

Seu coração batia acelerado, como se estivesse prestes a passar pela garganta e pular pela boca.

Sentou-se na cadeira, atrás de sua mesa pesada. Recostou-se e suspirou.

Vamos, Sebastián, organize as ideias.

Puxou a gaveta e pegou um bloco de anotações. Tirou uma caneta do porta-lápis e preparou-se para tomar notas.

De olhos fechados, tentou lembrar o que havia dito Albert Leipzig. Chegara a Berlim e ao *Führerbunker* – o *bunker* em que o líder supremo da Alemanha se refugiara em seus últimos dias – em 20 de abril de 1945, dez dias antes do suicídio de Hitler. Antes disso, estivera escondido em um local chamado Spandau, provavelmente, uma cidade.

Afastou a cadeira e, agachando-se, procurou a enciclopédia em sua estante. Retirou o pesado livro, parte de uma coleção ampla. A lombada trazia o título *Países*. Colocou sobre a mesa e abriu. Procurou Alemanha no índice e estacionou no mapa do país europeu. Passou o dedo pela silhueta da Alemanha Oriental e localizou Berlim. Pouco adiante, encontrou o nome Spandau, uma cidade relativamente próxima à antiga capital do Reich[1].

O sr. Leipzig mencionara fazer parte de um obscuro e ultrassecreto plano chamado de *Dioscuri-Projekt,* mas negara se a oferecer mais detalhes sobre o que seria tal intento. Também afirmara, de modo metafórico, ter matado Hitler. Quais teriam sido mesmo as palavras exatas?

Naquele dia, 30 de abril, o Führer morreu para que eu nascesse.

---

[1] Em 1958, época em que se passa a história do livro, Berlim era a capital da Alemanha Oriental, enquanto Bonn fora escolhida como sede do governo do lado Ocidental.

Sebastián tomou nota. Em seguida, escreveu algumas palavras. *Delírio, megalomania, psicose*. Fatores que poderiam estar associados a um grave transtorno de identidade, externado pela constante necessidade de autoafirmação e exercício sádico do poder.

Não restavam dúvidas de que Albert Leipzig era um homem de mente perturbada que passara por severos traumas. Também estava claro que era autoritário, habituado a dar ordens e ser obedecido sem questionamentos.

Quem era ele, afinal?

O mundo conhecera, com assombro, o legado de pessoas como Bormann, Goebbels, Doenitz e Himmler. Mas nunca ouvira falar em Albert Leipzig, o homem que se autointitulava alguém próximo ao alto escalão nazista. Aurora, sua filha, o definira assim também.

Escreveu *Quem é Albert Leipzig?* e passou um traço firme sob as palavras.

Havia, ainda, outra pergunta que, Sebastián tinha certeza, estava ligada às demais. *Por que ele havia mergulhado em si? Por que se isolara do mundo?*

Aurora havia relatado que o pai começara a demonstrar sintomas de uma possível catatonia após muitos de seus compatriotas partirem da Argentina temendo perseguição. Albert Leipzig tivera que deixar seu posto e história para trás e se isolar na Patagônia, onde passara a viver cercado de outros nazistas acolhidos por Perón. Seria o medo de ter que, novamente, abandonar sua vida e se mudar para outro país – Paraguai, talvez – o catalisador para seu isolamento?

Datas e pessoas familiares são, em geral, elementos catalisadores que auxiliam no reavivamento de traumas. Sebastián lembrou-se de um paciente em luto, que por cinco anos não conseguira frequentar festas familiares por incapacidade de olhar para sua tia, gêmea de sua mãe, falecida de modo repentino. O rapaz, então com 12 anos de idade, associava a imagem da tia à da mãe, e revivia a intensidade do sofrimento da perda.

Segundo sabia, Albert Leipzig deixara Berlim após o fim da guerra, ou seja, entre abril e maio. Era novembro, de modo que, até o momento, não era possível usar o tempo como elemento de ligação para o trauma psíquico. Também não havia sofrido perdas recentes de pessoas queridas e próximas.

Abandonou a caneta sobre a mesa e esfregou os olhos, sentindo-se mais leve, ainda que não tivesse respostas. Havia uma linha clara de abordagem a seguir e perguntas que precisavam de respostas. Só restava saber se Albert Leipzig estaria, efetivamente, disposto a falar.

Conferiu a hora. A chuva batia contra o asfalto e já estava escuro. Lembrou-se do velório de Ines e do enterro. Teria que lidar com aquilo. Mas, antes, havia uma pessoa com quem gostaria de conversar.

A chuva açoitava violentamente o toldo sob o qual ele se abrigava. A ferida voltara a doer e dava a impressão de que o local inchara bastante. Apesar do calor, enrolou-se no sobretudo e arrumou a boina na cabeça. Levantou os olhos o suficiente para visualizar a sacada do consultório do dr. Sebastián Lindner e a enorme janela. Pelas frestas da cortina, fiapos de luz indicavam que o doutor ainda estava lá dentro.

Trabalhando até tarde?

Recebendo alguém?

Conferiu o horário; a madrugada batia à porta.

Será que o doutor iria dormir no consultório naquela noite?

Não importava. Estava agitado demais para pegar no sono. Homens de sua profissão geralmente são frios e calculistas. Ele também o era; contudo, não podia ficar indiferente diante da tempestade que se aproximava. O alvo seria *dele*; *ele* mataria aquele filho da puta nazista desgraçado.

De repente, a dor diminuiu. Aprendera a canalizar a raiva para amenizar a dor física. *Anos num campo de concentração podem lhe ensinar algumas coisas úteis*, pensava às vezes.

O que Levy dissera? Que havia outros grupos de olho na operação e que os rumores de que o alvo tinha chegado a Buenos Aires começavam a se tornar mais consistentes.

Pro inferno! Seria ele a puxar o gatilho. E, se quisesse chegar mais rápido ao alvo, tinha plena certeza de que o bom dr. Lindner seria a ponte correta. Por isso dividia-se entre vigiar os porcos em seu chiqueiro no Plaza e a campana no consultório do doutor.

– *Zabiję diabła! Nikt inny!* – repetiu, entre dentes. – *Eu* matarei o demônio. Ninguém mais!

16

Sebastián Lindner lavou rapidamente o rosto e encarou-se no espelho do pequeno lavabo de seu consultório. Adormecera em sua poltrona, mergulhando outra vez em pesadelos, cujos enredos eram conduzidos por demônios que conhecia bem. Num deles, Agostina entrava no consultório, encarando-o atrás de sua mesa de trabalho. Ela dizia o nome dele e seu coração enchia-se de calor. Porém, sem hesitar, a mulher lhe estendia uma arma e atirava.

Com o peito ardendo, como se em chamas, ele tentava perguntar *por quê*.

Porque amo você, Sebá – Agostina respondia, sorrindo docilmente. Então, aproximando a arma da têmpora, atirava.

Jogou mais um pouco de água no rosto e, em seguida escovou os dentes. Olhou-se no espelho outra vez, julgando-se bem apresentável.

Apanhou o paletó e vestiu. Arrumou o nó da gravata e, antes de passar pela porta, estacionou junto ao batente e pensou. Sim, se iria caminhar sobre uma corda bamba, pelo menos deveria saber o que lhe esperava no fundo do poço caso caísse. E um amigo do passado poderia lhe dar algumas respostas.

Chegou à Calle Puan, no bairro de Caballito, alguns minutos depois. Pagou ao taxista e saltou diante do prédio de arquitetura clássica do século XIX, cercado por muro e grades sóbrias cujas lanças apontavam para o céu carregado e cinzento. Misturou-se aos estudantes que, em meio a conversas animadas, passavam pelo portão rumo ao interior da Faculdade de Filosofia e Letras da Universidade de Buenos Aires.

O interior estampava a mesma sobriedade da fachada, um verdadeiro convite ao mundo acadêmico austero. Junto a um guichê, perguntou a uma jovem moça, possivelmente estagiária, pelo professor Noël Varga, do curso de História. De posse da informação, agradeceu e seguiu.

Encontrou o professor Varga esbaforido, sustentando uma pilha de livros sob o braço direito enquanto, com a mão esquerda, tentava enfiar a chave na fechadura da porta de sua sala.

– Indo para a aula, professor? – perguntou Sebastián, precipitando-se a ajudar Varga com os livros.

Ao reconhecê-lo, o professor arregalou os olhos claros por trás dos óculos de aros pretos e sorriu:

– Sebá?! Não creio! Há quanto tempo? Dez anos? Mais?

– Próximo disso – disse Sebastián, acomodando os exemplares junto a seu corpo, sob o braço esquerdo. – Deixe-me ajudá-lo com esses livros.

Noël Varga arrumou os óculos e observou o amigo. Ao contrário dele, que aparentava envergar a cada ano sob o peso da idade, o dr. Sebastián Lindner parecia em ótima forma.

– Ainda leciona História Europeia do Século XX? – perguntou Sebastián, seguindo Varga pelo corredor.

– Hoje e sempre. Está no sangue – respondeu. – E você? Me diga, qual é o segredo para não envelhecer, Sebá? Você está ótimo!

– São seus olhos, meu amigo. Estive às portas do inferno, posso garantir.

Varga agitou as mãos, como que fazendo pouco-caso do comentário.

– Estou ficando velho, mas não idiota. Algo me diz que o fato de você aparecer aqui, no início de um dia letivo, em pé, em frente à minha sala, não é uma coincidência. Ou será que se perdeu e veio parar aqui? Tudo isso é uma pena, porque em cinco minutos estarei diante de uma sala repleta de jovens idiotas, que desejam aprender o que não precisam, mas não querem saber aquilo que de fato importa. Isso porque estamos na iminência de ser engolidos por militares novamente. Às vezes, tenho pena do pobre dr. Frondizi; ter que se digladiar com as fardas todos os dias não é fácil. Enfim...

Varga encolheu os ombros, indicando desprezo.

– É verdade – Sebastián assentiu –, eu preciso mesmo conversar um pouco com você. Mas parece que cheguei em mau momento.

– Daqui a uma hora e meia, no refeitório. Pode ser? – Mais uma vez, Varga encarou-o por trás dos óculos pesados. – O café é uma merda, mas é o que posso servir.

Pararam diante de uma das várias salas que se enfileiravam pelo corredor. Noël Varga apanhou seus livros e, com o cotovelo, abriu a porta.

– Uma hora e meia. Se puder esperar, conversamos – disse, desaparecendo no interior do recinto.

Sebastián concordou acenando com a cabeça. O amigo em nada havia mudado; ainda transpirava energia, ironia e, acima de tudo, inteligência.

Noël Varga tivera uma vida difícil; nono filho de uma família de imigrantes húngaros, passara a infância sem dinheiro e, cedo, aprendera que a única arma que tinha para sobreviver era sua mente afiada. Conforme o tempo passava, e seu físico se tornava franzino, sua mente parecia evoluir em sentido oposto; o jovem Noël devorava livros e formou-se de modo brilhante na turma escolar de Sebastián.

A paixão pela História viera dos episódios que seu pai lhe contava sobre a Primeira Grande Guerra, quando mais da metade de sua família fora dizimada em Budapeste. Mais do que relembrar as histórias do velho Varga, Noël queria mergulhar naquele mundo e descobrir o que havia além do que os olhos sofridos de seu pai puderam registrar.

Era nisso que pensava diante de uma xícara de café frio, sentado junto a uma das mesas do amplo refeitório, quando Noël Varga aproximou-se, aturdido.

— Então, você esperou mesmo? – perguntou, acomodando-se na cadeira diante do amigo.

— Esperei. E, realmente, o café é uma merda – disse Sebastián, olhando para a xícara.

— Eu avisei. – Varga ajeitou os óculos sobre o nariz. – E então, no que posso ajudar meu amigo, o famoso dr. Sebastián Lindner?

— Preciso de seus conhecimentos sobre História – disse Sebastián, recostando-se na cadeira enquanto Varga pedia um café. – Seus conhecimentos mais *específicos*, quero dizer.

— História, sempre a História... – o professor pareceu divagar. – Ser professor de História neste país era uma verdadeira merda com Perón, meu caro. Quando nosso querido *Juanito* nos deixou, muitos comemoraram na esperança de que teríamos dias melhores. Mas continuamos a afundar na merda, com ou sem ele. Ou seja, o problema é este país, Sebá.

— Entendo seu ponto de vista, mas deixemos a Argentina de lado. Me refiro à História Europeia, que é sua especialidade. Mais especificamente, a Segunda Guerra.

A atendente trouxe o café do professor Noël Varga em uma xícara fumegante e acomodou-o sobre a mesa.

— Muito está sendo ainda teorizado sobre o conflito. São apenas treze anos, Sebá. Isto, para a História, não é nem tempo suficiente para que tenhamos um feto. E, acredite em mim: muito esterco ainda será removido da pobre Alemanha pelos americanos e soviéticos. O que vimos no Tribunal de Nuremberg sobre os campos de extermínio foi só o começo!

Varga sorveu o café e logo fez careta.

— Lixo de café!

— Você sabe que estudei sobre a psique dos nazistas, não sabe, Noël?

— Li algo sobre isso. Artigos. Você ficou famoso; querido e odiado. – Entornou todo o conteúdo da xícara. – É sobre isso que quer saber?

Nazistas? Temos um punhado deles caminhando felizes, como pessoas normais e pais de família, aqui na Argentina.

Sebastián engoliu em seco. Sabia perfeitamente a que o amigo se referia. Tinha que ser cauteloso.

– Pois é – prosseguiu. – Estou atendendo um paciente que tem uma história, no mínimo, intrigante. Caso típico de trauma de guerra. Ex-soldado alemão.

Noël Varga arregalou os olhos.

– Como pôde deduzir, Noël, pouco ou quase nada posso revelar sobre o paciente e os fatos que envolvem este caso. Ética profissional. Mas, para acessar sua mente, preciso compreender algumas coisas que, para mim, estão sendo bastante difíceis diante do pouco conhecimento que tenho da História.

– Você pesquisou sobre o Nazismo. Deve saber História também – objetou Varga.

– Não é a mesma coisa. O que sei sobre a Alemanha e o Nazismo limita-se ao que o senso comum também conhece. O que preciso são informações mais específicas.

Noël Varga apoiou os cotovelos na mesa e encarou Sebastián.

– Esse caso está mesmo mexendo com você, não é, Sebá?

– Por que diz isso? – perguntou Sebastián, desconfortável em ser analisado.

– Analisar pessoas é sua profissão, não minha – disse Varga, rindo. – Mas suas mãos tremem e está suando. Olhe: o colarinho da sua camisa está molhado.

Sebastián não havia notado. Abstinência; ansiedade. De fato, precisava de seu bourbon.

Merda.

Aquele caso mexia com ele; mexia com sua mente e corpo, estava consumindo-o por inteiro.

– Pode deixar isso para lá, sim? – pediu Sebastián, do modo mais educado que conseguiu.

– Como quiser. – Varga sacou um maço de cigarros do bolso da camisa e acendeu. Ofereceu um a Sebastián, que aceitou de bom grado. – Então, o que exatamente deseja saber? Tenho mais dez minutos antes da próxima aula. Tempo para um cigarrinho e para responder à dúvida de um bom amigo.

Sebastián meneou a cabeça e disse:

– Já ouviu falar sobre o *Dioscuri-Projekt?*

Varga franziu o cenho.

– O que é isso? Alemão? Se for, seu alemão está péssimo, meu amigo!

– Lamento pela pronúncia – insistiu Sebastián. – Meu alemão anda enferrujado. De qualquer modo, não encontrei nada nas enciclopédias sobre Projeto Dioscuri, muito menos em referência ao Nazismo ou à Alemanha.

– Bom, tampouco eu sei de algo. – Varga encolheu os ombros. – Mas, talvez, você esteja procurando no lugar errado, Sebá. Por isso não achou.

– Não entendi...

O professor Noël Varga lançou a bituca de cigarro no chão e esmagou-a com o pé. Depois, riu da expressão do amigo.

– Seria mais eficaz você procurar nos capítulos sobre História Clássica, mais especificamente, Grécia Antiga. – Consultou o relógio e, em pé, falou: – Não sei mesmo a que se refere esse projeto que mencionou, Sebá, mas sei um pouco sobre o Mito de Dioscuri. Mitologia Grega. Se há alguma relação com os nazis, de fato faz sentido, porque eles adoravam cultura clássica.

– Desconheço esse mito – afirmou Sebastián, embaraçado.

– Ele se refere a Castor e Pólux – disse Varga. – Irmãos gêmeos, filhos de Leda com Tíndaro e com Zeus, respectivamente, irmãos de Helena de Troia e Clitemnestra, e meio-irmãos de Timandra, Febe, Héracles e Filónoe. Ufa! São nomes e tantos! Enfim, *dioscuri* é o termo para gêmeos, meu caro. Porém, não gêmeos quaisquer; apesar de terem a mesma mãe, tinham pais diferentes. Pólux, por ser filho de Zeus, era imortal, enquanto Castor não o era. Quando Castor, o humano fodido, morreu, Pólux rogou a seu pai, o poderoso Zeus, que deixasse o irmão partilhar da mesma imortalidade, e assim teriam sido transformados na Constelação de Gêmeos.

– Gêmeos... – murmurou Sebastián.

– Isso mesmo! Não condeno você por não saber disso; poucos sabem, a não ser que sejam historiadores, amantes da Astrologia ou desocupados. – Varga estendeu a mão ao amigo, que pareceu surpreso. – Desculpe, Sebá, preciso ir. Meus alunos me aguardam para mais uma dose cavalar de conhecimento sobre o Império Austro-Húngaro. Espero ter ajudado.

De modo ruidoso, Noël Varga afastou-se da mesa e deixou o refeitório. Sozinho, Sebastián terminou o cigarro e, pedindo um cinzeiro à jovem garçonete, apagou a bituca. Sabia exatamente aonde ir.

Minutos depois, estava acomodado em uma mesa ampla, alojada na ala de leitura da biblioteca. Em cima dela, um livro aberto sobre mitologia greco-romana e uma pilha de pastas contendo recortes de jornais e pesquisas a respeito da Segunda Grande Guerra. Dedicou-se, no restante da manhã, a esmiuçar o conteúdo do material, no qual pôde ler mais sobre Pólux e Castor, sobre a ascensão do Nazismo e de Adolf Hitler.

Sentia-se exausto pela noite maldormida, ao longo da qual permanecera aninhado em sua poltrona. Porém, pelo menos os tremores haviam cessado.

De repente, deteve-se na página do *Daily Herald*[1] do ano de 1945, que estampava uma foto reproduzida da Agência Reuters. Nela, Hitler aparecia sobre um palanque ornamentado com peças nazistas. A imagem focava o líder alemão, que parecia estar no meio de um de seus discursos enérgicos a seus correligionários.

Sebastián semicerrou os olhos e analisou com atenção a foto de Hitler. Havia algo mais ali. Algo tenebroso, que fez com que seu coração acelerasse.

Não pode ser.

---

[1] Periódico inglês que circulou de 1912 a 1964.

Procurou por outras fotos parecidas. Algumas, de edições mais antigas, mostravam Hitler mais jovem; outras, de 1945, meses antes de o *Führer* entocar-se em seu *bunker* em Berlim, nitidamente traziam um homem combalido, com a pele envelhecida devido ao peso da idade.

E se?...

Sim! Havia algo familiar ali. Algo que, por displicência, ele havia deixado passar por, simplesmente, considerar a ideia totalmente absurda. Se dissesse em voz alta o que havia pensado naquele momento, com certeza o crucificariam como doido. Nem o dr. Rivière poderia ajudá-lo, mesmo mexendo todos os pauzinhos.

Pólux e Castor. Os gêmeos de pais diferentes, mas de uma mesma *mãe*. Mitos que deram origem ao *Dioscuri-Projekt*, onde, segundo Albert Leipzig, toda a história começava.

Como se desejoso de se convencer do que estava diante de seus olhos, e fervilhava em sua mente, disse, num murmúrio:

– É *ele*... ao menos, se *parece* com *ele*...

Vasculhou a pilha de jornais e, quando encontrou o que procurava, deteve-se na leitura, mais especificamente, na manchete:

Hitler dies in action

A data da publicação era 2 de maio de 1945.

Na linha fina, a notícia prosseguia:

Doenitz takes over: Says 'the flight goes on'.

– Ele está *morto*... não pode ser...

Após deixar o prédio da Faculdade de Filosofia e Letras, Sebastián pegou um táxi até sua casa, onde, de posse de um copo com uma dose generosa de bourbon, trancou-se no banheiro e tomou um longo banho.

Negou-se a comer, mesmo diante da insistência de Magda. Despediu-se com carinho da mãe e caminhou até o Plaza. Precisava organizar seus pensamentos, estar preparado para a sessão com Albert Leipzig naquela tarde.

No percurso, acendeu um Montecristo e, ao chegar ao hotel, acomodou-se no *lounge*, onde permaneceu sentado imerso em pensamentos até o horário estipulado para a consulta. Faltando dez minutos para as duas, Jörgen, o jovem alemão que estava sempre com Aurora, apareceu no *lounge*, vasculhando o ambiente com os olhos. Ao avistar Sebastián, meneou a cabeça e caminhou em sua direção.

– *Herr* Leipzig e *Fräulein* Aurora esperam o senhor no quarto, doutor.

– Obrigado, meu jovem – disse Sebastián, seguindo Jörgen até o elevador e, de lá, até o quinto andar.

Ele estava sob minha mira, pensou.

– *Młoda niemiecka nazistowska świnia*, jovem porco alemão nazista.

Amaldiçoava-se por não ter tido coragem de atirar no jovem que desaparecera no elevador com o dr. Lindner. Pôde assistir a tudo através da porta de entrada envidraçada do suntuoso hotel.

O que lhe faltara? Uma ordem? Uma palavra de Levy?

Suas mãos tremiam de ódio. Estava perdendo o controle. E um assassino sem controle não serve para o ofício.

Mordeu os lábios. Um pensamento havia se tornado recorrente: e se alguém se antecipasse e desse cabo dos nazistas! E se o seu *alvo* fosse morto por outra pessoa, que não ele?

Nunca! Nunca permitiria isso.

Fechou os olhos e pensou na família. Pensou em Sachsenhausen, na dor, no cheiro de morte; de carne que apodrece enquanto ainda se está vivo e se implora para que a morte chegue logo e alivie o sofrimento. Pensou na pequena Sasha.

Sem chamar a atenção, girou sobre os calcanhares e afastou-se do Plaza tão logo dois policiais uniformizados se aproximaram. Aparentemente, não o haviam notado.

Eles não notam nada. Nunca! O mundo não notou o que estava acontecendo na Alemanha até que os nazis caíram.

Sim, ele iria matá-los. Acabar com os três. E, se o bom dr. Lindner ficasse em seu caminho, teria que matá-lo também.

17

Sebastián acomodou-se na poltrona acolchoada e tentou relaxar. Diante dele, o sr. Albert Leipzig ocupava a outra poltrona e também parecia mais disposto.

– *Lass uns in ruhe!*[1]– disse, de modo sereno, mas firme, a Aurora e Jörgen, ambos em pé, parados junto ao batente da porta.

–*Papa?...* – Aurora esboçou algum tipo de argumentação, mas o sr. Leipzig a fez calar apenas com o olhar.

Não havia raiva ou mesmo alteração emocional naqueles olhos. Eles apenas espelhavam de modo frio, sem vida, a imagem da jovem Aurora, que, em segundos, tornara-se submissa e servil, despedindo-se de Sebastián e deixando o quarto acompanhada de Jörgen.

– Pronto, *Herr Doktor*. Estamos a sós – disse, de modo gentil. – Podemos começar. Temos uma hora e o tempo passa rápido. Para mim, para o senhor e para todos os demais mortais, não é mesmo?

Sebastián moveu a cabeça, de modo afirmativo.

– O senhor me parece mais bem-disposto, sr. Leipzig.

– De fato, dormi bem esta noite. *Ohne Albträume.* Sem pesadelos. Como vocês, psicólogos, dizem, falar deve ter mesmo ajudado, *Herr Doktor*.

---

[1] "Deixe-nos sozinhos."

Sebastián assentiu.

– E sobre o que o senhor deseja falar hoje, sr. Leipzig?

O psicólogo fitou Albert Leipzig diretamente nos olhos, de cor incerta, mas profundos, de modo que qualquer homem desavisado poderia se perder naquela imensidão tenebrosa. Era certo que o velho alemão lhe dava arrepios, mas também era notório que chegara a um ponto em que não poderia mais recuar. Mais do que curar Albert Leipzig do que quer que fosse, ele estava movido pela curiosidade de descobrir quem eram aquelas pessoas e, sobretudo, a identidade daquele homem sentado à sua frente.

– Que tal a respeito da minha vida, *Herr Doktor*? Não deseja conhecer mais sobre seu paciente?

Seu tom de voz era baixo e rouco. Albert Leipzig se comportava como um velho sábio exaurido diante de um discípulo mais jovem, ávido por saber mais sobre os mistérios do mundo e a respeito do conhecimento que acumulara ao longo dos anos.

Naquele instante, Sebastián questionou-se se, de algum modo, aquele homem sabia o que se passava em sua cabeça e se tinha consciência do magnetismo que exercia sobre ele. Mais ainda: parecia não apenas ter ciência disso, mas saborear esse fato.

– Acho que seria um bom começo – assentiu Sebastián.

Albert Leipzig respirou fundo, como se rapidamente organizasse um punhado de memórias havia muito não acessadas.

– Espero que compreenda que falar sobre meu passado, sobre minha infância e coisas do gênero, equivale a lembrar de acontecimentos que há muito esqueci, *Herr Doktor*. Ou, melhor dizendo, fui obrigado a esquecer.

– O senhor pode falar apenas aquilo que desejar, sr. Leipzig. Apenas o que tiver vontade.

– Acho que preciso falar sobre tudo, mas não será fácil. Nem para mim e, aliás, nem para o senhor. Há pessoas que matariam pelo que será dito neste quarto, *Herr Doktor*, e, acredite em mim, elas de fato *matam*. Não estou usando qualquer *metapher*, metáfora.

— Se o senhor confiar em mim, sr. Leipzig — Sebastián recostou-se na poltrona, que parecia abraçar seu corpo —, afirmo que estou pronto para tudo o que o senhor desejar falar. E lhe asseguro, pela ética de minha profissão, que nada do que for dito sairá deste quarto. Levarei comigo para o túmulo.

Albert Leipzig meneou várias vezes a cabeça, como se distante. Depois, murmurou:

— Estou certo de que levará, *Herr Doktor*; assim como eu, a jovem Aurora e o tolo, mas eficaz, *junge* Jörgen. O senhor é parte disto agora, querendo ou não. Compreende?

Sebastián acenou positivamente.

— Talvez tenha o real desejo de me ajudar, *Herr Doktor* Lindner, ou apenas esteja sendo vítima da curiosidade que amaldiçoa todos os homens inteligentes. Havia muitos como o senhor na Alemanha da minha época; pessoas que não tiveram o fim merecido. De todo modo, viver é estar sempre à beira de um precipício.

O velho alemão deu de ombros e continuou:

— Eu sempre quis fazer algo grande pelo meu país. Pela Alemanha. E a chance surgiu diante de mim no início do inverno de 1933. Mas temos tempo até chegarmos lá. Porque toda história tem um começo, e o meu é na pequena cidade de Passau, perto da fronteira com a Áustria. Eu nasci em 9 de maio de 1890, portanto, quase um ano e um mês após o *Führer*. Claro que, quando garoto, ninguém havia ouvido falar dele ainda. Minhas maiores preocupações eram correr e ajudar minha mãe e meus outros cinco irmãos mais novos, todos homens, todos mortos antes mesmo de 1914. Tudo ali era miséria, *Herr Doktor,* e a guerra não nos favoreceu em nada. No inverno, éramos obrigados a comer grama antes que congelasse, porque era tudo o que nos restava. Nossa mãe praticamente nos criou sozinha, já que meu pai abandonou os filhos em 1910 para nunca mais voltar. Não soubemos mais dele, mas, sendo honesto... acho que devo ser honesto com o homem a quem escolhi contar minhas memórias, correto?

Sebastián assentiu, meneando a cabeça.

– Sendo honesto, eu desejo que ele tenha morrido e sofrido. Como meus irmãos morreram, agonizando, doentes e com fome. Como *mama* morreu em 1913, logo após Joseph, meu último irmão vivo, falecer de pneumonia. Restou apenas eu, *Herr Doktor*. Um sobrevivente, de fato. Houve uma época em que me perguntei várias vezes por que não morri também. Era o mais velho, seria perfeitamente normal que tivesse morrido antes de meus irmãos. Contudo, houve um dia em que entendi por que permaneci em pé, forte.

Albert Leipzig fez uma pausa.

– Por que o senhor acha que sobreviveu a tudo, sr. Leipzig? – perguntou Sebastián.

– Porque eu tinha uma missão especial a cumprir. Uma missão especial com o Reich alemão, com o projeto do *Führer* para o nosso país.

Até aquele momento, a voz de Albert Leipzig havia se mantido suave, arrastada, quase pastosa, permeada por um carregado sotaque. Falava baixo e de modo pausado, como se exaurido por acessar lembranças dolorosas. Porém, ao citar o *Führer*, Sebastián notou o corpo combalido daquele homem inflar-se de energia. Seus olhos readquiriram um brilho intenso, vivo. Era como se Albert Leipzig tivesse mergulhado em um estado de êxtase.

– E qual projeto era esse? – perguntou Sebastián.

O velho alemão respirou fundo e voltou a assumir uma postura contida.

– Tenha calma, *Herr Doktor*. Chegarei lá. Antes, o senhor precisa saber que, após *mama* morrer, deixei Passau e mudei-me para Munique. Trabalhei em uma espelunca limpando banheiros enquanto judeus ricos divertiam-se com putas estrangeiras. Já teve essa experiência, *Herr Doktor*? Limpar dejetos humanos? Aquilo que temos de mais podre e colocamos para fora?

O psicólogo fez que não.

– Eu imaginei. Mas eu precisava daquilo para me manter. O dono do pequeno bordel me ofereceu parte do pagamento em marcos e, como gratificação pelos bons serviços, uma ou duas noites com uma puta de segunda categoria. É claro que nunca me deixei seduzir por mulheres daquele tipo e tampouco me deitei com elas, como faziam aqueles porcos judeus e intelectuais comunistas embebidos em cerveja. Munique e a Baviera de modo geral estavam cheias daqueles cretinos! Então, eu recebia praticamente dois terços do que merecia, já que não queria as putas como forma de inteirar o pagamento. Foi assim por cinco meses, quando a guerra estourou; eu deixei tudo e parti para Berlim, num vagão apertado, cheio de jovens como eu. Mais do que qualquer coisa, eu queria lutar. Eu tinha 24 anos na época e ótima forma; era natural que estivesse ansioso para dar minha contribuição. Em 1915, fui enviado para a Frente Ocidental com meus colegas de farda. Lutamos na França e, então, aprendi uma nova e grande lição, *Herr Doktor*: eu ainda não estava acostumado o suficiente com a morte. Obviamente, eu havia assistido a toda minha família morrer; sucumbirem como moscas, enquanto eu me perguntava quando seria minha vez. Foi no *front* francês de Champagne que descobri a resposta. O moral de nossa tropa estava elevado, porque havíamos vencido os franceses de modo soberbo. Nem mesmo o frio de novembro, que começava a dominar o *front*, minou nosso ânimo. Foi magnífico! Um verdadeiro orgulho, afirmo. Resistimos aos ataques como homens feitos de puro aço, *Herr Doktor*. Vencíamos em todas as frentes francesas, pela terra e pelo ar. Verdun[2] ainda é um de nossos maiores orgulhos, sem dúvida. Os franceses caíram do céu como pássaros abatidos diante de nossos aviões. Enquanto meus colegas retornavam para casa para visitar suas famílias nas folgas, eu não tinha para onde voltar. Por isso apliquei-me a ser útil no único lugar em que eu podia contribuir com algo: no campo de batalha. Em setembro de 1917, fui enviado para a nossa frente em Flandres Ocidental, onde nossos companheiros estavam passando por dificuldades. As baixas se acumulavam desde julho e, com a proximidade do inverno, o quadro ficaria ainda mais crítico. Os malditos norte-americanos haviam entrado na guerra e o número de

---

[2] Cidade francesa onde, em 1916, aconteceu uma das mais acirradas e famosas batalhas aéreas da Grande Guerra.

baixas do nosso lado aumentava em Ypres. Foi ali que conheci Norman, *Herr Doktor*. Norman Willrich. Ele era dois anos mais novo do que eu, e duas vezes mais forte. Também havia combatido na Frente Ocidental, em Somme, e passava horas dizendo como chutaria os franceses para o outro lado do Canal da Mancha, para que morressem abraçados com os enfadonhos ingleses. E, como eu, ele não tinha para onde voltar. Eu ria muito com ele! Esse é o lado curioso da guerra; aprendemos a valorizar pequenas coisas, que selam grandes amizades. Grandes, mas breves, porque nunca se sabe quando vamos perder um companheiro. Foi o que aconteceu com Norman.

Apesar do contexto emotivo, Sebastián notou que a expressão de seu paciente em nada se alterara. O olhar permanecia mortiço e o timbre de voz, constante, como se lesse um longo texto de modo bastante desinteressado.

– Em novembro, a situação em Ypres tornou-se insustentável. Muitos estavam mortos. Os que não morriam pelas armas, caíam pelo frio ou gangrena – prosseguiu. – Nossa linha foi bombardeada durante horas e os corpos continuavam a crescer nos charcos próximos à trincheira em que eu e Norman estávamos. Chovia, e o frio penetrava em nossas peles, atingindo nossa alma. Àquela altura, Norman havia mudado; algo morrera dentro dele. Tinha emagrecido, como todos nós, mas o que definhara mesmo havia sido sua alma. Ele havia perdido o espírito de luta, aquilo que faz com que o homem permaneça em pé, mesmo quando todos à sua volta caem. Como aconteceu com minha família em Passau, e minha nova família na França, no campo de batalha. Então, um clarão se formou ao nosso redor, seguido por um estrondo terrível. Demorei alguns minutos para perceber que uma bomba havia explodido a poucos metros de nós. Corpos foram lançados ao ar e estávamos cobertos por terra e lama. Eu estava totalmente surdo, não conseguia ouvir nada. Tentei me mexer e me arrastar para fora do monte de terra, mas meu corpo não se movia. Foi quando percebi que o que estava sobre mim não era apenas terra e lama, mas Norman. Decerto, ele havia se jogado na minha direção e salvado a minha vida. Com esforço, consegui me sentar e, para minha surpresa, tinha sofrido leves escoriações e pequenos ferimentos causados pelos estilhaços. Contudo, demorei um bom tempo para perceber que Norman estava gravemente ferido. Sua capa, casaco e uniforme haviam sido totalmente queimados e suas costas estavam em carne viva. Ele se ferira para me salvar. Naquele momento, não hesitei em tirar meu casaco e envolver seu corpo seminu. Arrastei-o para longe dos escombros e acomodei meu amigo sobre um saco de areia, usado nas trincheiras. Com certeza, o senhor conhece.

Sebastián fez que sim.

– Depois daquilo, eu perdi a noção do tempo. A chuva fria aumentou e Norman agonizava. Aos poucos, minha audição foi retornando, mas meu corpo todo doía. Estava morrendo de frio. Iríamos congelar ali e, ao que tudo indicava, havíamos sido deixados à própria sorte. Os demais soldados vivos comentavam a mesma coisa; se não morrêssemos com um tiro ou bomba, morreríamos de frio. Eu estava congelando, meus dentes batiam. Eu havia enrolado Norman em meu casaco para protegê-lo, assim como ele fizera comigo, mas aquilo estava custando a minha vida... a vida que ele salvara. Norman não parava de gemer de dor e a cor de seus lábios havia sumido. *Ele vai morrer*, pensei. Pensei nisso uma, duas, três... acho que cem vezes, *Herr Doktor*. Norman iria morrer. Sacrificara-se para me salvar, de modo que, novamente, o destino me mantinha na linha de frente do campo de batalha da vida. Reunindo as forças que restavam em meus músculos, arrastei um saco até próximo de Norman e o encarei pela última vez. Pelos seus olhos, notei que ele sabia o que eu estava prestes a fazer. E tenho a plena certeza de que assentiu. Coloquei o saco sobre seu rosto e o pressionei. No início, ele não mostrou resistência, mas, quando a morte começou a tomá-lo, seu corpo se contorceu em espasmos. Não foi agradável, *Herr Doktor*, mas necessário. Recuperei meu casaco e pude aguentar algumas horas mais, antes de ser resgatado e levado para longe dali.

Sebastián ouvira a tudo, impassível. Fizera um esforço enorme para conter os músculos faciais e não demonstrar qualquer horror diante da narrativa fria de Albert Leipzig. Era natural que pessoas de sua profissão ouvissem relatos tensos e que mexiam com os nervos dos mais desavisados, mas aquilo era diferente. A forma como tudo fora dito fugia a qualquer coisa que ele já conhecera, e não se comparava à história de qualquer paciente que atendera.

Albert Leipzig era um monstro recolhido num corpo débil. Mas não cabia a Sebastián julgá-lo; não *podia* julgá-lo. Até que tudo aquilo terminasse, estava indelevelmente atrelado àquela gente misteriosa. Não, mais do que isso; além do medo, algo mais o prendia naquela situação, naquela poltrona de onde escutava o relato daquele velho alemão. Havia também sua curiosidade, o instinto de que estava diante de algo grande, de um caso totalmente peculiar, que colocaria à prova seus nervos e sua reputação como psicólogo, terapeuta e psiquiatra. Tinha que admitir que começara a *gostar* daquilo.

– Não vai fazer algum comentário, *Herr Doktor*? Nenhum julgamento moral? – perguntou Albert Leipzig, no mesmo tom em que concluíra sua narrativa.

– Não estou aqui para julgá-lo, sr. Leipzig. Não é minha função.

Albert Leipzig assentiu.

– Homens julgam, e homens escrevem a História. O que aprendemos sobre nossa própria realidade é um punhado de julgamentos que contam apenas um lado de uma realidade muito mais ampla. No entanto, o tempo é o verdadeiro senhor da razão, *Herr Doktor*. Se eu não fizesse o que fiz, se não matasse Norman para acabar com o sofrimento dele e com o meu, ambos teríamos morrido. Ele teria se sacrificado de modo inútil, e eu teria feito pouco de seu ato heroico. Por isso optei por viver. Quem em minha situação não faria o mesmo? Estávamos em um momento tenso, entre a vida e a morte. E a vida me escolheu. Mera seleção natural.

Sebastián pressionou os dedos contra o braço da poltrona. O tremor irrompia de modo quase incontrolável, mas ele não podia sucumbir naquele momento.

Movendo-se lentamente, Albert Leipzig retirou o relógio do bolso da calça e, esboçando um sorriso, dirigiu-se a Sebastián:

— Ainda temos tempo – disse. – Há algo que o senhor gostaria de me perguntar, *Herr Doktor*?

Sebastián recompôs-se e limpou a garganta.

— Na verdade, sim – falou. – Devo confessar ao senhor que realizei uma breve pesquisa, por conta, sobre algo que o senhor citou em nossa sessão passada: o *Dioscuri-Projekt*.

Albert Leipzig franziu o cenho por um breve segundo e, em seguida, relaxou:

— A curiosidade é uma das principais virtudes de um homem de futuro, *Herr Doktor*. Sobretudo quando ele é um detetive de mentes.

— Pode ser. Mas não encontrei nada a respeito do assunto, sr. Leipzig. Apenas referências à mitologia greco-romana e ao mito de Pólux e Castor, os gêmeos de pais diferentes.

O velho alemão se limitou a assentir movendo a cabeça.

— Há algo mais que o senhor gostaria de falar comigo sobre esse assunto, sr. Leipzig?

O rosto de Hitler na foto. Os traços, a energia no olhar.

De súbito, Sebastián foi tomado pelo impulso de confrontar o homem diante de si, mas se conteve. Colocaria tudo a perder.

— Tudo a seu tempo, *Herr Doktor* – Albert Leipzig respondeu, calmamente. – Como disse, eu lhe contarei tudo o que precisa saber, o que, por si só, é muito mais do que os homens que sobreviveram à queda de Berlim sabem. Sinta-se um privilegiado.

— Como quiser, sr. Leipzig – respondeu Sebastián, de modo cortês.

— Excelente. Terminamos por hoje. Amanhã nos vemos no mesmo horário?

— Claro – assentiu o psicólogo, levantando-se e estendendo a mão a Albert Leipzig. Contudo, o velho alemão não retribuiu o gesto.

— *Sei gesund, Herr Doktor*. Passar bem.

Sebastián cruzou o quarto em direção à porta, atrás da qual um apreensivo Jörgen o aguardava.

— *Fräulein* Aurora quer falar com o senhor. Ela o espera no *lounge*, dr. Lindner – disse o rapaz, de modo educado, mas frio.

– Irei vê-la – assentiu Sebastián. Eu só preciso ir ao banheiro.

Assim que se viu diante da pia de mármore, mergulhou a cabeça sob a água que escorria da torneira e esfregou freneticamente o rosto. Suas mãos tremiam de modo que teve que agarrar-se à pia e controlar a respiração para se recompor.

Preciso beber algo.

Preciso sair daqui e beber algo.

Então, lembrou-se do velório e do enterro de Ines. Havia se esquecido por completo.

Vou falar com aquela jovem e depois ir ao enterro da pobrezinha. Em seguida, beber. Beber o quanto for necessário.

Respirou fundo. Um pensamento, que ainda parecia totalmente insano e improvável, dominava sua mente. Lembrou-se outra vez da foto do *Daily Herald* tirada cerca de um mês antes de Berlim arder em chamas.

Albert Leipzig é Hitler?

18

— Como assim o senhor não pode me revelar, dr. Lindner? – Aurora remexeu-se na cadeira enquanto segurava um cigarro longo na mão direita.

– Infelizmente não, senhorita. O que é falado na sessão fica apenas entre mim e seu pai – respondeu Sebastián, diante de um copo de bourbon.

Aurora Leipzig o recebera de modo amável e, sem que ele tivesse tempo de protestar, solicitara uma dose do melhor bourbon para ele e uma taça de vinho para si. Sem dúvida, toda a amabilidade tinha como objetivo persuadi-lo a falar sobre o sr. Leipzig, deduziu Sebastián, assim que a escutou perguntar com insistência o que o pai havia lhe contado nas sessões.

– Serei franca, dr. Lindner – disse Aurora, em outra investida. – O senhor está recebendo muito mais do que qualquer outro psicólogo deste país sonharia em ganhar para tratar *Papa*. Mas, depois do desagradável episódio do quarto e da arma de Jörgen, ele voltou a se fechar em si. Não fala e só come quando insisto muito. A primeira palavra que ouvi de sua boca foi a ordem para que me retirasse do quarto e o deixasse a sós com o senhor. Portanto, se tem algo acontecendo, eu preciso saber, dr. Lindner. Tenho o *direito* de ter total conhecimento do que ocorre com *Papa*. Afinal, quem me garante que ele esteja de fato se abrindo com o senhor? Que não está nos enganando, dr. Lindner?

– Afirmo que não estou enganando a senhorita – Sebastián disse, bebendo seu bourbon e sentindo o corpo relaxar. – O sr. Leipzig decidiu, por livre e espontânea vontade, contar-me episódios de sua vida.

– Quais episódios? – Aurora exasperou-se.

– Terá que perguntar a ele – falou Sebastián. – Contudo, o que posso esclarecer é que, aparentemente, o estado catatônico do sr. Leipzig teve como pano de fundo um *quantum* insuportável de episódios que, de algum modo, precisavam ser postos para fora. Sem dúvida, ele passou por muitas coisas na vida.

– Coisas? – Aurora franziu o cenho.

– Pense numa indigestão, senhorita – disse Sebastián, tomando um gole maior. – Ao conversar comigo, o sr. Leipzig se sente aliviado e, ao mesmo tempo, revive o prazer de falar sobre coisas que lhes são preciosas.

Aurora permaneceu pensativa. Apagou o cigarro e perguntou:

– Ele falou de mim?

– Ainda não, senhorita.

– Então, por que ele se nega a falar *comigo*? Sou filha dele!

– A única coisa que peço – Sebastián levantou-se assim que colocou o copo vazio sobre a mesa – é que tenha um pouco de paciência com o seu pai, senhorita. Não o pressione. Infelizmente, tenho um compromisso agora. Um enterro. Caso contrário, seria um prazer conversar mais tempo com a senhorita.

Sebastián despediu-se de Aurora e afastou-se alguns passos da mesa antes de parar ao ouvir a voz da moça:

– Dr. Lindner, *Papa* voltará a ser o que era? O senhor vai mesmo curá-lo?

– Acho, senhorita – respondeu Sebastián, pressionando uma mão contra a outra para conter o tremor que começava a retornar –, que de alguma forma seu pai está procurando *se* curar a seu próprio modo. Acredito que tudo ficará bem.

Sem olhar para trás, cruzou o *hall* e deixou o Plaza o mais rápido que conseguiu. Assim que avistou um bar, entrou e pediu uma dose de bourbon. Bebeu em dois goles e repetiu o pedido.

No outro lado da rua, um homem com boina o observava. Mantinha os olhos fixos em Sebastián, tal qual um animal que espreita a presa.

Não restavam dúvidas. Estava mesmo perdendo o controle. Quando chegou ao funeral de Ines Bustamante, as pessoas já se dissipavam sob um céu plúmbeo, que anunciava novas pancadas de chuva. Cruzou com rostos de pessoas simples e tentou sorrir de modo simpático, enquanto esforçava-se para controlar o torpor que deixava suas pernas bambas.

Reconheceu o marido de Ines. O pobre coitado ainda estava ao lado da vala coberta por terra. Pensou em consolá-lo, mas o que diria? Tudo o que poderia ter feito àquela pobre mulher era estar em seu velório e enterro, prestar a última homenagem e dar adeus. Mas nem ao menos isso ele havia conseguido.

Seus pensamentos voavam longe, perdidos entre o olhar frio de Albert Leipzig e a beleza pálida de Aurora. Foi a mão firme de Ariel que, ao segurar seu braço, o trouxe de volta à realidade.

– Santo Deus, Sebá! Onde você estava?

Sebastián retornou a si, como se despertasse de um sonho.

– Você perdeu o velório e o enterro da pobre Ines, Sebá – disse Ariel, puxando o amigo para debaixo de uma marquise de concreto. – Sei que não deve estar sendo fácil para você, mas era o mínimo que podia fazer. Além disso – Ariel aproximou-se do rosto de Sebastián e contorceu os músculos da face –, você está cheirando a álcool!

– Eu sei, me desculpe, Ariel – respondeu Sebastián, num muxoxo. – Obrigado por ter cuidado de tudo para mim. Depois, me passe o valor e...

– Não foi Ariel quem arcou com os custos do enterro, dr. Lindner. Fui eu – disse bruscamente Agostina Perdomo, aproximando-se de ambos enquanto lidava com a trava do guarda-chuva.

Aturdido por vê-la, Sebastián meneou a cabeça, em sinal de agradecimento.

– Eu imaginei que estava com dificuldades e, diante de toda a ajuda que me deu todo este tempo, era o mínimo que eu podia fazer, dr. Lindner – prosseguiu Agostina. – O pobre coitado do marido estava desolado! Eu posso imaginar o que o homem está sentindo; eu mesma passei por este momento terrível e, de algum modo, estar aqui hoje me faz rememorar todo aquele pesadelo. Acho que precisarei de sessões extras, doutor.

Sebastián assentiu e Ariel, sentindo-se deslocado, pigarreou antes de se despedir.

– Sebá, sabe onde me encontrar e que pode sempre contar comigo – disse. – Senhora Perdomo, com licença.

Ariel afastou-se, deixando para trás um silêncio incômodo.

– Ele não gosta de mim, Sebastián – disse Agostina, mais aliviada com a partida de Ariel.

– Ariel é um bom amigo, mas às vezes se exaspera demais. De qualquer modo, obrigado pela ajuda, Agostina.

– Acho que podemos dar um jeito de igualar as coisas, doutor. – Agostina lançou-lhe um olhar provocador. – Faz tempo que não nos vemos, Sebá. Sinto sua falta. Quero sair daqui e ir para o seu consultório. Um lugar onde possamos ficar a sós para que você me possua como costumava fazer.

Sebastián pensou em protestar, mas calou-se. Ninguém podia ir contra a vontade de Agostina Perdomo, muito menos ele. Estava nas mãos daquela mulher, e ter ciência disso o deixava sem chão.

Será que não a amo mais? Ou, de fato, nunca a amei?

– E então? Vou dispensar o motorista e dizer que o dr. Sebastián Lindner me pagará um café para que possamos conversar sobre quão difícil foi para uma viúva, que perdeu o marido de modo violento e triste, estar sozinha em um velório, arcar com os custos e trâmites de um enterro enquanto o pobre doutor estava extremamente ocupado cuidando de um caso urgente.

Sebastián assentiu.

– Perfeito! Você chama um táxi enquanto eu falo com o motorista.

Agostina afastou-se, abrindo o guarda-chuva para proteger-se dos pingos que voltavam a cair.

Sozinho, Sebastián esfregou os olhos. Sentia que estava, mais uma vez, próximo do fundo do poço; porém, não havia mais o dr. Rivière para ajudá-lo. Além disso, apesar do alto custo, encontrava-se indelevelmente ligado ao caso do sr. Leipzig.

Quando por fim a chuva voltou a se precipitar, fazendo com que os poucos que ainda se despediam de Ines procurassem depressa algum abrigo, Sebastián dirigiu-se para o interior do prédio onde ficavam as salas destinadas aos velórios. Era como se sua própria alma chorasse.

O inspetor César "Caballo" Quintana girou a torneira de ferro, desligando o chuveiro de água quente. Em seguida, deslizou seu corpo pela louça branca e antiga da banheira, acomodando-se sob a água. Havia conseguido um quarto pequeno em um hotel antigo no centro de Viedma.

Sentia-se dolorido. Não dormira a viagem toda e, agora, suas pernas e a coluna o incomodavam muito. Enxugou as mãos em uma pequena toalha e serviu-se de um cigarro, cujo maço havia deixado dentro do bolso da calça, jogada sobre uma banqueta. Acendeu e tragou, enchendo os pulmões de fumaça. Em seguida, explodiu em uma tosse seca que o deixou ofegante por alguns minutos.

Quando finalmente o acesso de tosse passou, sentiu-se mais relaxado. Terminou o cigarro e mergulhou em pensamentos. Nunca havia estado tão perto de retomar o fio daquela investigação com a perspectiva de descobrir a verdade abordando outro ângulo: a família do infeliz Rufino Ibañez, o qual apodrecia na Penitenciária Nacional.

Observou o escuro da noite através da pequena janela do banheiro, cujas paredes, úmidas pelo vapor, pareciam chorar.

Acendeu outro cigarro e, desta vez, tragou de modo mais comedido.

Se não fosse a maldita politicagem e a intervenção direta de Perón pedindo sua cabeça, certamente ele teria avançado mais em direção à verdade. Mas, naquele caso, a verdade importava menos do que arrumar um bode expiatório para o assassinato de Dom Francisco Perdomo.

A *verdade*. Sim, de uma coisa tinha certeza desde que deixara a Penitenciária Nacional após a breve conversa com Rufino Ibañez. O homem praticamente nada falara. *Praticamente nada*, senão algo muito importante, sobre cujo significado "Caballo" Quintana ainda martelava.

Naquele dia, havia se sentado diante de Rufino Ibañez e falado sozinho por quase quinze minutos – o tempo que lhe fora dado para interpelar o preso de modo extraoficial. Enquanto discursava, Rufino Ibañez mantivera o olhar fixo no tampo da mesa; sob qualquer hipótese, ousara encará-lo. Então, para sua surpresa, o prisioneiro dissera uma única frase – única, mas valorosa. Depois de um silêncio de anos, Rufino Ibañez havia falado com ele.

A única coisa que me importa é minha família, inspetor. Nada mais.

A família Ibañez, aquela que teoricamente caíra no esquecimento, ganhando uma nova chance no sul do país, em particular, em San Carlos de Bariloche, e cujo paradeiro havia sido descoberto em 12 de abril de 1955 por um jornalista do Diário de Río Negro, um tal de Federico Albertozzi.

Tenho que encontrar o sr. Albertozzi, o que farei sem tardar amanhã. Depois, preciso localizar a viúva Ibañez. Isso mudará tudo.

"Caballo" Quintana terminou de saborear o cigarro. Sentia-se melhor, seu corpo não doía mais. Logo que amanhecesse, deixaria o hotel; tinha muito trabalho a fazer.

Os gemidos agudos de Agostina Perdomo misturavam-se com o som ruidoso da chuva açoitando as vidraças do consultório de Sebastián.

Quando finalmente deu-se por satisfeita, cessou os movimentos e saiu de cima de Sebastián, deitando-se ao seu lado sobre o tapete persa vermelho que cobria o piso de linóleo.

Ela virou o rosto para o lado, encarando Sebastián, que estava ofegante.

– Três vezes? Acho que não era apenas eu quem estava precisando de um momento assim – disse, bebericando o bourbon que dormia no copo ao lado de Sebastián.

O psicólogo se levantou, vestiu as calças e, trôpego e com o copo na mão, sentou-se em sua poltrona.

– Quer dizer então que o dr. Lindner perdeu o enterro de sua secretária porque estava atendendo o pai de Aurora? – perguntou Agostina, ainda sentada no chão, apoiando o queixo sobre a mão de Sebastián.

– Foi bem isso – disse ele, bebendo o bourbon. – Finalmente, acho que consegui algo do sr. Leipzig. Um avanço importante, quero dizer.

– Isso significa que Aurora está feliz?

– Não muito – respondeu, acendendo seu Montecristo. – Ela parece preocupada com a atitude do pai de se recusar a falar com ela e com o outro garoto alemão que a acompanha.

Em pé, Agostina começou a vestir-se. Sebastián observou seu corpo nu sendo gradualmente coberto por peças de roupa negras.

Se eu não fizesse o que fiz, se não matasse Norman para acabar com o sofrimento dele e com o meu, ambos teríamos morrido. Ele teria se sacrificado de modo inútil, e eu teria feito pouco de seu ato heroico. Por isso optei por viver. Quem em minha situação não faria o mesmo? Estávamos em um momento tenso, entre a vida e a morte. E a vida me escolheu. Mera seleção natural.

Uma antiga pergunta voltou a ocupar seus pensamentos.

Agostina Perdomo seria capaz de matar?

Sete facadas, cinco fatais. Dom Francisco Perdomo não tivera chances. Sem dúvida, um crime passional hediondo. Ele próprio havia prestado seus serviços como psicólogo à Justiça, auxiliando no laudo psicológico de Agostina Perdomo, a mulher com quem acabara de fazer sexo pela terceira vez no chão de seu consultório.

Um crime praticado por alguém de posse de um objeto cortante pequeno, mas letal. Tudo apontava para o caseiro da família em Bariloche, um matuto que havia sido despedido por Dom Francisco. Vários testemunharam a briga e a troca de ameaças.

Por que ela teria qualquer peso na consciência se Dom Francisco era um homem rico e violento, que a agredia fisicamente, e a culpa já havia recaído sobre os ombros de um pobre coitado?

– No que está pensando? – perguntou Agostina, sentando-se no colo dele.

– Em muitas coisas, para ser honesto – suspirou Sebastián. – Você acha que qualquer pessoa é capaz de matar, Agostina?

Agostina Perdomo encarou Sebastián com o cenho franzido.

– Por que me pergunta isso?

– Algo que me passou pela cabeça – disse, bebendo mais do bourbon.

– Se vai aliviar seu espírito, querido, acredito que, sim, qualquer um pode matar. Quando estamos acuados, somos capazes de tudo para sobreviver. *Instinto*, acredito eu.

Agostina serviu-se de um pouco de bourbon e sentou-se na poltrona à frente de Sebastián.

– O que estamos fazendo agora, dr. Lindner? Estamos em uma sessão entre terapeuta e paciente? – perguntou, em tom jocoso.

– Longe disso, tendo em conta o que fizemos aqui na última hora e meia. – Sebastián terminou a bebida e deixou o copo vazio sobre a mesinha ao seu lado. – Agostina, preciso falar algo importante com você. Acho que... – ele limpou a garganta, enquanto escolhia as palavras – acho que não podemos mais nos ver enquanto o tratamento do sr. Leipzig estiver em curso.

Após alguns segundos atônita, Agostina explodiu em uma gargalhada histérica.

– O que quer dizer, Sebastián? Me fala isso logo após tirar seu pênis de dentro de mim, como se o que temos e o que fizemos não significasse nada?!

– Não é isso – ele balançou a cabeça com veemência. – Apenas acho... *perigoso*.

– Perigoso?

– Acredito que Ines não tenha sido vítima de um simples assaltante. Quem entrou aqui não queria dinheiro; queria arrombar minha sala e mexer em algo que estava guardado aqui dentro.

– E a polícia disse isso?

– A polícia não está interessada em resolver um caso que parece latrocínio, cuja vítima foi uma pobre secretária sem importância – disse Sebastián. – Contudo, tenho quase certeza de que há algum tipo de perigo nos sondando, Agostina. Além disso, o que me disse sobre Quintana e a investigação... Aquele homenzinho infernal sabe de nós, querida, e não nos deixará em paz. Se cair na opinião pública que a viúva Perdomo tem um caso com seu psicólogo, tanto você como eu estaremos arruinados. Sabe disso tão bem quanto eu. Você esteve entre os principais suspeitos da morte de Dom Francisco, chegou até a ser detida; e eu, como sabe, não vivi momentos muito nobres há alguns anos. Se não fosse pelo dr. Rivière...

Agostina ouvia tudo, ainda incrédula.

– Você é um merda, Sebastián. Um grande merda! – Ela se levantou, encarando Sebastián. – Um covarde de merda que está preocupado com sua reputação de psicólogo, enquanto pouco se importa comigo!

– Não é isso – ele tentou protestar, mas Agostina lançou o copo com o resto de bourbon em sua direção.

– Tenho tanto a perder quanto você, dr. Lindner! No entanto, estou me entregando a você. Porque amo você! Me preocupo! Pelo menos, eu...

Ela desviou o olhar e mordeu os lábios.

– Agostina, não é isso. Há mais coisa... O caso do sr. Leipzig... Não posso dizer muito, mas aquela gente é perigosa. Deveria ficar longe deles também.

– Pro inferno! Eu conheço Aurora Leipzig, aquela putinha egoísta! Eu... – Agostina gritou, cruzando a sala e, ao sair, bateu a porta.

Ainda sentado em sua poltrona, Sebastián ouviu os passos na antessala, depois descendo as escadas e, por fim, escutou Agostina abrindo e fechando a porta que dava acesso à rua.

Como ela iria embora? Certamente, pegaria um táxi. Pensou em correr atrás dela, mas, ao chegar junto à porta, parou. De que adiantaria? Era melhor que tudo aquilo acabasse.

Ele a amava? Achava que sim. Mas não podia colocá-la em risco.

Você é um merda, Sebastián. Um grande merda! Um covarde de merda que está preocupado com sua reputação de psicólogo, enquanto pouco se importa comigo!

Agostina tinha razão. Acima de tudo, ele estava preocupado consigo. Mais do que isso: tinha medo de Agostina. E de Aurora.

Qualquer um pode matar. Quando estamos acuados, somos capazes de tudo para sobreviver. Instinto, acredito eu, ela lhe dissera.

Fechou os olhos. Os últimos anos passaram diante dele, vivos e reais. A primeira vez que vira Agostina Perdomo, as consultas, a primeira vez que a beijara, quando a possuíra.

Lembrou-se dos olhos astutos daquele homem de rosto deformado e asqueroso.

De repente, um pensamento tenebroso tomou conta dele. Não, não era um pensamento; era uma espécie de certeza, a visão de um ponto que lhe permanecera cego todo aquele tempo.

Ela sempre havia estado um passo à frente. Seduzindo-o, manipulando-o com sexo.

O que lhe parecia impossível havia alguns meses, agora, o assombrava.

Agostina Perdomo havia matado o marido.

O táxi estacionou diante do Plaza. O interior do luxuoso hotel ainda estava iluminado, como se os hóspedes abastados dali nunca dormissem.

Agostina Perdomo limpou discretamente as lágrimas e pagou a corrida, pedindo que o taxista guardasse o troco. Em seguida, desceu e caminhou para o interior do prédio, indo em direção à recepção. Pediu para chamar a senhorita Aurora Leipzig, afirmando que precisava tratar de algo urgente.

Aurora com certeza não estaria disposta a vê-la. Mas isso não importava. Aquela garota de pele cor de neve lhe *devia* isso. Fosse o que fosse que estivesse acontecendo entre o velho alemão e Sebastián Lindner, ela teria que lhe contar.

Agostina bufou. Estava irada.

Havia chegado a hora de colocarem os pingos nos "is". Ela, a senhora Perdomo, e aquela alemãzinha em quem confiara. Ambas, de certa forma, tinham muito a perder; tanto com Sebastián Lindner, quanto com o enxerido inspetor César Quintana, o homem com cara de cavalo que, naquele instante, deveria estar em Viedma remexendo em vespeiro.

– Perdão, senhora Perdomo. A senhorita Aurora disse que... – anunciou o atendente, um mancebo que parecia desconfortável. Ele olhava para Agostina de modo aflito, enquanto tapava o bocal do telefone. – Bem, ela disse que está tarde e que não pode vê-la, senhora.

Agostina suspirou.

– Então, diga à senhorita Leipzig que, se ela não me receber agora, direi o que sei ao primeiro policial que encontrar. Fui clara?

O garoto, em cujo crachá estava escrito o sobrenome Sanchez, engoliu em seco e murmurou algo para a pessoa do outro lado da linha.

Após quinze minutos, Aurora Leipzig sentou-se diante de Agostina no bar do hotel. Pediu um vinho branco e acendeu um cigarro longo. Estava visivelmente irritada.

19

César "Caballo" Quintana chegou à redação do *El Vocero Del Sur* em um táxi velho. Era novembro, e a temperatura estava agradável na cidade do sul. O jovem *Hoguera* tinha razão, afinal; a publicação não passava de um jornaleco local sediado em um prédio carcomido pelo tempo, sobre uma doceria.

O lugar não ficava longe do hotel onde se hospedara, mas, como sua coluna e pernas ainda doíam, preferira facilitar as coisas e ir de táxi.

Apoiado no corrimão, subiu a escadaria estreita rumo ao piso superior, onde predominava o ritmo frenético das batidas das máquinas de escrever. Chegou a uma espécie de antessala – na verdade, um cubículo delimitado por um biombo de madeira – e topou com uma recepcionista simpática, que se apresentou como Norma.

– Em que posso ajudá-lo, sr. Quintana? – perguntou, após "Caballo" Quintana também ter se apresentado.

– Preciso falar com um de seus jornalistas. Albertozzi. Ele está?

Norma franziu o cenho.

– Sinto muito, senhor. Fred trabalha até tarde nos fechamentos. É nosso editor. Saiu daqui de madrugada e hoje só entrará após as duas da tarde.

Quintana acendeu um cigarro e tragou.

– É pena. Sabe – disse, sentando-se no sofá de couro preto desbotado posicionado próximo à mesa de Norma –, minha coluna está me matando! Foi uma viagem e tanto de Buenos Aires até Viedma!

– O senhor veio até aqui unicamente para falar com Fred? – ela perguntou, surpresa.

– Acredite que vim, sim, senhorita – ele assentiu. – Na verdade, estou fazendo uma pesquisa sobre um assunto antigo e acho que seu amigo, Fred, que hoje é editor aqui, poderia me ajudar.

Norma fez um muxoxo. Parecia chateada.

– Um minuto, verei se o *Pollo* pode ajudar o senhor.

– *Pollo*?!

Ela sorriu.

– É o Muriel, nosso editor de Política. Ele e Fred são grandes amigos. Chamamos ele de *Pollo*[1].

O inspetor assentiu. Dois minutos depois, um homem muito magro com cotovelos salientes e pomo de adão protuberante – talvez viesse daí o apelido – estendeu-lhe a mão, cumprimentando-o de modo amistoso.

– Infelizmente, Fred não está. É nosso editor e trabalha até tarde – disse *Pollo*, erguendo o tom de voz para competir com o barulho das máquinas de escrever.

– Já fui informado – respondeu "Caballo" Quintana –, mas gostaria de saber onde encontrá-lo. Vim de Buenos Aires até aqui só para falar com ele.

Pollo estranhou a informação. De súbito, encarou o inspetor de modo diferente.

– Ele deve estar dormindo a esta hora – falou.

– Eu imagino que sim – disse Quintana. – Porém, se puder me dizer onde Albertozzi mora, eu agradeceria. Preciso mesmo falar com ele hoje cedo, porque à tarde irei a Bariloche. Não tenho muito tempo, é um assunto importante.

---

[1] Literalmente, "frango" em espanhol.

Pollo e Norma trocaram olhares. Por fim, o magrelo deu de ombros.

– Fred mora em um apartamento a duas quadras daqui. Siga em frente, conte duas quadras e vire à direita. Será fácil achar; é um prédio verde de três andares. Mas, como disse, ele deve estar dormindo a estas horas. E, quando cai no sono, nada consegue acordá-lo, eu asseguro ao senhor.

"Caballo" Quintana agradeceu e despediu-se de Norma.

– De qualquer modo, vou tentar. Agradeço a informação.

Despediu-se de ambos novamente e desceu a escada. Já na calçada, acendeu outro cigarro e caminhou segundo a orientação de *Pollo*.

Sentia-se animado; até mesmo as dores haviam diminuído.

De fato foi fácil localizar o prédio de um tom de verde horroroso em que Albertozzi morava. O primeiro andar era escuro e cheirava a cigarro e produto de limpeza. Sob o olhar curioso de um homem baixo que segurava um esfregão, apresentou-se, mostrando seu distintivo.

– Polícia? – o homem estranhou. – Eu não quero problemas, moço!

– Não se preocupe. Eu só quero *conversar* com Albertozzi – explicou Quintana, em tom amistoso. – Acredito que ele saiba de algo que me ajudaria numa investigação antiga. Apenas isso.

Mais relaxado, o homem do esfregão apresentou-se como Carlos, o porteiro e faz-tudo do prédio. Também se desculpou pelo jeito arredio.

– Sabe como é, inspetor. Em geral, quando chega a polícia, é porque tem coisa ruim no meio. O sr. Albertozzi é um homem pacato, só trabalha demais. Por isso, fiquei assustado quando o senhor se anunciou como policial e disse que queria falar com ele.

"Caballo" Quintana inclinou a cabeça, dizendo que compreendia. Carlos disse que o apartamento de Albertozzi ficava no segundo andar, mas que seria necessário usar a escada.

– O elevador é antigo e o senhor sabe como são essas coisas. Já aconteceram quatro reuniões de moradores, mas ainda não decidiram se vão consertar ou não. Parece que é muito caro – justificou-se.

— Não tem problema, vou pelas escadas — disse Quintana, olhando para o primeiro lance de degraus à sua frente.

<hr>

Após o sétimo toque de campainha, Federico Albertozzi abriu a porta do apartamento. Quintana, espichando os olhos para o espaço às costas daquele homem grande, cujo corpo roliço e a barriga volumosa estavam envoltos em um roupão bege e encardido, pôde notar um ambiente minúsculo e mal iluminado. Também havia vários exemplares de *El Vocero Del Sur* espalhados sobre o chão e na mesinha de centro de uma saleta minúscula.

— Inspetor César Quintana, Polícia Metropolitana de Buenos Aires? — Albertozzi franziu o cenho, visivelmente sonado, após conferir as informações apresentadas por "Caballo" Quintana. — O que a polícia portenha quer comigo, merda?

— A polícia não quer nada, sr. Albertozzi. Mas *eu*, sim. Eu preciso de sua ajuda — disse Quintana, guardando a insígnia. — Sei que o horário é inadequado, mas eu poderia entrar?

Albertozzi assentiu. Fechou o roupão, escondendo a imensa barriga.

Ao entrar no pequeno apartamento, Quintana concluiu que este estava ainda mais bagunçado do que constatara à primeira vista.

— Não tenho café. Costumo tomar mate pela manhã — explicou Albertozzi.

— Eu aceito, obrigado — disse Quintana, tirando um cigarro do maço. — Posso fumar?

— À vontade. Mas não bata as cinzas no carpete. Não tenho tempo de limpar. Use o copo — falou, apontando para um copo de vidro em cujo fundo notava-se o resto de algum malte.

"Caballo" Quintana acomodou-se num sofá pequeno enquanto Federico Albertozzi ocupava-se com o preparo do mate na cozinha conjugada à sala. Entregou uma cuia e uma bomba a Quintana e, em seguida, colocou uma garrafa térmica com água quente sobre o balcão.

– É uma erva bem amarga, mas eu gosto. Me dá energia – disse Albertozzi, enchendo sua cuia. Sentou-se na cadeira, fazendo-a ranger. Levou a bomba à boca e sorveu uma grande quantidade do mate. Quintana fez o mesmo; havia muito tempo não tomava mate, apenas café.

– Está bom – disse o inspetor.

Albertozzi assentiu.

– Então, em que posso ajudar, inspetor?

– Na verdade, estou bastante interessado em uma matéria que o senhor fez em abril de 1955, há três anos. Mais precisamente, sobre a família Ibañez.

– Ibañez? – Albertozzi parecia mergulhado nos próprios pensamentos. Quintana observou o homem pensativo diante de si, imaginando o quanto daquilo seria pura encenação. Por fim, o jornalista recostou-se na poltrona e disse: – Sei do que se trata. Os familiares do assassino daquele *figurão* da família Perdomo. Os jornais e rádios só falavam sobre isso na época. Colocou nossa região no noticiário, infelizmente, de um modo negativo. Alguns dias atrás, um policial de Buenos Aires ligou para o jornal querendo saber a mesma coisa. Era o senhor?

– Não, não era eu. Mas foi a pedido meu – disse Quintana. – O senhor se lembra do que conseguiu levantar naquela época?

– Aquilo que disse a seu colega, inspetor. Esconderam a família Ibañez após o ocorrido e arrumaram um emprego para eles em uma estância daqui. Não foi fácil conseguir essa informação; tive que subornar um sujeito que trabalha na Casa de Fomento ao Emprego Rural para conseguir tirar algo sobre o caso. Paguei com meu próprio dinheiro. O *Diario de Río Negro* nunca me reembolsou.

– E tampouco a matéria foi publicada?

– Não, não foi. Recebi um sonoro cala-boca, inspetor. Por que acha que vim parar neste jornal de segunda categoria? Ninguém lê *El Vocero*, se quer saber! Me sinto como um editor comandando galinhas.

– O senhor nunca contou a ninguém o que descobriu, sr. Albertozzi?

O homem deu de ombros.

– Para quê? O pouco que descobri já custou meu emprego. E, veja o senhor, eu me imaginava ganhando um prêmio jornalístico – disse, com visível ironia. – Fiz a investigação por conta; queria escrever uma daquelas matérias bombásticas, o senhor sabe? Mas, afinal, o que ganhei foi um monte de bosta. E cá estou.

– Eu estou interessado em saber o que descobriu, sr. Albertozzi – disse Quintana, acendendo outro cigarro. Após a primeira tragada, explodiu em uma tosse seca que lhe tirou o fôlego.

– O senhor precisa parar com essa merda, inspetor. Cigarro mata – disse o jornalista. – Quer água?

– Estou bem, obrigado – falou "Caballo" Quintana. – Voltemos para a família Ibañez. Preciso saber em detalhes o que o senhor descobriu enquanto fazia a investigação, sr. Albertozzi. É muito importante.

Federico Albertozzi fitou o inspetor com desconfiança. Por fim, cedeu:

– Acho que posso lhe falar, inspetor. Não podem me foder mais do que já fizeram; só se me matarem. E, ainda assim, não será grande coisa – suspirou antes de prosseguir. – Como disse, subornei um filho da puta na Casa de Fomento ao Emprego Rural. Descobri que os Ibañez, esposa e filhos, haviam sumido do mapa após o tal Rufino ter sido preso. Naquela época, o homem já estava atrás das grades havia quase três anos. Eu queria falar com a mulher, saber detalhes do ocorrido, levar a público quem era Rufino Ibañez na intimidade. Chame de sensacionalismo, inspetor, mas matérias desse tipo atraem leitores, patrocinadores e prêmios. E, claro, *pesos*. Eu não entendi de imediato onde estava me metendo. Lembro que a viúva de Dom Francisco foi a suspeita número um no começo, mas logo surgiu esse Rufino, e o caso foi rapidamente encerrado. Para mim não importava o culpado; eu queria mostrar quem eram as pessoas por trás daquele crime horrendo.

Quintana acenou com a cabeça, incentivando o jornalista a prosseguir.

– Enfim, fui atrás da família Ibañez. Estranhei a dificuldade em localizá-los; eram gente simples, não tinham recursos. Então, por que havia tanta burocracia para impedir que fossem expostos? Comecei a suspeitar que havia muita merda debaixo do tapete. Mas parecia que somente eu queria enxergar isso. Então, fui adiante por conta. Soube, por meio de uma fonte, que os Ibañez não tinham deixado Bariloche e que, se eu realmente quisesse descobrir o paradeiro da esposa de Rufino, teria que começar pela Casa de Fomento ao Emprego Rural. Afinal, aquela gente precisava sobreviver de algum modo. Foi assim que liguei os pontos. Suborno aqui e ali, e, enfim, eu tinha uma linha a seguir.

– E o que descobriu?

– Que os Ibañez nunca deixaram a região. Continuam aqui no sul, em Villa La Angostura. Havia registros na Casa de Fomento de que haviam sido instalados em uma estância mais ao nordeste e que a esposa e filhos trabalhavam lá como caseiros. Claro que não usam o verdadeiro sobrenome; seria impossível fugir da curiosidade alheia.

"Caballo" Quintana terminou o cigarro e jogou a bituca dentro do copo.

– Onde fica essa estância? Gostaria de ir até lá.

– É uma propriedade a nordeste do Lago Nahuel Huapi, habitada por colonos alemães. As más línguas dizem que se trata de nazistas que se refugiaram aqui, e não me surpreenderia se fosse verdade. Em todo caso, é uma propriedade enorme e estrategicamente isolada. Os moradores locais chamam o local de Estância San Ramón, contudo, eu diria que mais parece a porra de uma *fortaleza*. Mas ninguém chega lá, inspetor. Isso lhe afirmo. Ninguém entra naquele lugar.

– Pois eu *tenho* que ir até lá, sr. Albertozzi – disse Quintana, com convicção. – Conhece alguém que poderia me levar?

Federico Albertozzi balançou a cabeça negando.

– Infelizmente, não, inspetor. Ninguém tem acesso à Estância San Ramón. Se fosse possível, eu teria colocado os pés lá. Juro por Deus.

"Caballo" Quintana refletiu.

— Por que alemães, sr. Albertozzi? Qual a ligação entre os Ibañez e um punhado de imigrantes?

— Entre os Ibañez e os alemães não deve haver qualquer ligação. No entanto, Dom Francisco tinha vários negócios ligados à madeira aqui no sul e, pelo que me informei, tratava com os alemães. Eram bons parceiros. Na verdade, foi essa parceria que me despertou o instinto para fuçar a história. Acho que ocorre o mesmo com o policial, não é? *Instinto*?

Quintana assentiu.

— Me diga mais — pediu Quintana, incentivando o jornalista a falar.

— Bem — Albertozzi suspirou, puxando as pontas do roupão para cobrir a barriga peluda e saliente que insistia em escapulir por uma fresta —, não imagino quanto o senhor sabe dos negócios da família Perdomo. Na verdade, aquela gente tem negócio na Argentina inteira; desde agropecuária em Formosa, ao norte, até madeira para exportação aqui no sul. Particularmente, Dom Francisco era muito amigo de Perón e de Dona Evita. E, quando digo amigo, é *amigo* mesmo. Comentam pela província que o cabeça da família Perdomo tinha livre acesso ao alto escalão da Casa Rosada e muitos negócios com políticos graúdos e membros do Exército. Isso não deixa de ser uma novidade; é difícil ganhar a merda de um peso neste país sendo honesto, mas é diferente quando se é milionário. E não se faz uma fortuna exportando riquezas naturais de nossas terras sem que se apertem as mãos e se enchem os bolsos das pessoas certas. É bem possível que o próprio presidente estivesse por trás das empresas dos Perdomo na época, usando testas de ferro devidamente bem pagos para ficarem calados.

— Me diga algo que eu não saiba sobre as merdas de nossa elite, sr. Albertozzi — disse Quintana. Nada disso era novidade para ele. Décadas de polícia lhe haviam mostrado que a Justiça pode ser cega, mas, para alguns, ela também era muda e surda.

— Pois bem, alguns desses amigos em comum entre Perón e Dom Francisco eram os nazistas da Estância San Ramón, inspetor — prosseguiu o jornalista. — Todos, Perdomo e os chucrutes, fizeram muito dinheiro com a extração de madeira por estas bandas e com a exportação para a Europa. Parece que o lucro com a exportação de carne é ainda maior, visto que os americanos estão injetando dólares para reerguer o Velho Continente e há muito o que ser reconstruído e muitas bocas para alimentar.

– Aqueles que lucram com a tragédia alheia – observou Quintana.

– Abutres. Sempre haverá – Albertozzi deu de ombros. – Enfim, o assassinato brutal de Dom Francisco gerou muita comoção e envolvimento direto de gente poderosa, inclusive do presidente e amigos. Além de querido no círculo, Perdomo também era uma peça importante de um esquema comercial que rendia muito dinheiro. Não precisa ser esperto para deduzir que tudo precisava ser resolvido logo e que uma cabeça precisava ser servida em uma bandeja a Salomé.

– O pobre coitado do Ibañez.

– Idiota útil, no lugar certo na hora errada – assentiu Albertozzi. – Dom Francisco era conhecido pelos casos extraconjugais e pelas extravagâncias quando se tratava de torrar dinheiro com farras e mulheres. Portanto, seria fácil ligarem sua morte a um crime passional, motivado por um marido ciumento ou uma mulher ressentida. Uma briga com um caseiro humilde que resultou em sete facadas foi a saída mais digna, presumo.

– É o que penso também, meu caro – disse Quintana. – E sobre a esposa, sra. Agostina Perdomo? O que tem a dizer?

– Burguesa com os mesmos hábitos igualmente extravagantes, acho. – O grande jornalista voltou a encolher os ombros, mostrando indiferença. – Pouco se sabe sobre a origem dela, mas é certo que tinha tantos amantes quanto Dom Francisco. Era um casamento de fachada. Mais do que isso, parece que não viviam nada bem, o que não é de se estranhar entre esses podres de ricos. Muito verniz, enquanto os vermes fazem o serviço sujo, comendo a carne podre. É isso.

– Não acredita que ela possa ser culpada?

– Poder, *pode*. Na verdade, Agostina foi a primeira suspeita, como o senhor sabe. Mas nada foi provado. No fim, muita gente sentiu pena da ricaça, dizendo que estava sofrendo perseguição da polícia, que sumariamente desrespeitava seu luto. Quer saber o que penso?

– Adoraria.

Albertozzi sorriu de um jeito sarcástico. Parecia animado em falar com alguém que, de fato, desejava ouvir o que tinha a dizer.

– Acho que Agostina Perdomo se sentiu aliviada com a morte de Dom Francisco. Quer dizer, alguém acabou lhe fazendo um imenso favor matando o marido. O que eu não entendo é a preocupação dos alemães em esconder a família Ibañez e jogar o pobre caseiro aos leões. Ou seja, por mais que Dom Francisco fosse importante para os negócios, é um medo desproporcional. Mas não encontrei qualquer vínculo concreto no caso. Mais estranho do que isso: *Por que amigos protegeriam a família de quem assassinou um deles?*

Quintana meneou a cabeça, concordando.

– Tenho minhas fontes em Buenos Aires, inspetor. Pelo menos, *costumava ter* na época em que eu gozava de alguma dignidade – Albertozzi disse aquilo com pesar. – Rufino Ibañez é um túmulo. Nega-se a falar com qualquer um que o interpele e, até onde fiquei sabendo, é mantido em segurança máxima dentro da penitenciária. Soube disso por meio de um colega que tem um conhecido que é agente penitenciário lá. Não sei se a coisa mudou, mas creio que não.

Não, não mudou, pensou Quintana.

– Afinal, inspetor, por que esse interesse agora? O caso está encerrado e, de qualquer maneira, aquela gente merece paz. A mulher e os filhos de Rufino merecem paz!

"Caballo" Quintana acendeu outro cigarro. O último do maço.

– O senhor foi muitíssimo gentil e útil ao me contar o que sabe, sr. Albertozzi. Então, acho que devo ser honesto com o senhor também. É assim que jornalistas e policiais trabalham, não? Temos nossas fontes com as quais criamos um tipo de vínculo de confiança. Pois bem – o inspetor tragou e soltou a fumaça, que preencheu o ambiente –, acontece que fui o primeiro encarregado do caso de Dom Francisco na Polícia Metropolitana e, assim como aconteceu com o senhor, também fui colocado de lado por gente poderosa. Mas de uma coisa eu sei, sr. Albertozzi – Quintana semicerrou os olhos e encarou o homem diante de si –, Rufino Ibañez apodrece na cadeia para encobrir a culpa de alguém poderoso, *muito* poderoso. Poderoso o suficiente para que o próprio presidente Perón se envolvesse no caso e cuidasse para que um culpado fosse encontrado e entregue aos leões, como o senhor bem disse.

– E então? Qual o sentido dessa merda toda? – perguntou Albertozzi, com ar cansado.

– Rufino Ibañez não está tentando acobertar ninguém. Está tentando garantir que a família fique segura. – "Caballo" Quintana jogou o cigarro no copo e observou a brasa apagar em contato com o líquido. – Agora, mais do que nunca, estou convicto de que temos um homem inocente atrás das grades, sr. Albertozzi. Porém, por mais irônico que possa parecer, descobrir isso também me faz ter outras dúvidas. É mais ou menos como quando usamos um cobertor curto.

Quintana levantou-se sob o olhar de Albertozzi, que observava aquele policial de queixo deformado e comportamento excêntrico. Parecia perdido em seus próprios pensamentos, divagando sobre algo que pertencia apenas a seu mundo.

– Puxamos o cobertor para cima e descobrimos os pés. E vice-versa – prosseguiu Quintana, sorrindo para Albertozzi. – Na verdade, o senhor me ajudou muito. Mas, também, me plantou outras dúvidas, sr. Albertozzi. Agradeço muito ao senhor por isso – disse, estendendo amistosamente a mão ao jornalista.

Porém, no lugar de repetir o gesto, Albertozzi não estendeu a mão. Permaneceu com o olhar fixo na superfície esverdeada da erva em sua cuia.

– Acho que há um jeito de ajudá-lo, inspetor – disse. – Mas é arriscado. Como falei ao senhor, aquela gente é perigosa.

"Caballo" Quintana recolheu a mão e sorriu.

– Estou ouvindo.

Federico Albertozzi sorveu o mate e depois continuou:

– O barqueiro. Ele não é alemão, apesar de a maioria das pessoas que cruzam o lago até a cidade serem. Elas se encarregam das compras, mas o sujeito sempre fica no cais. Não sai dali por nada. Ao contrário dos demais, é argentino. Nativo do sul, deve ter sangue *mapuche*[2].

O inspetor assentiu.

– Falei com ele uma vez. Demonstrou ter interesse em dar com a língua nos dentes por uma boa quantia de pesos. O nome dele é Ezequiel Barrero, e é o único que faz esse transporte. Acredito que seja por questão de segurança, como disse; quanto menos pessoas realizando uma tarefa, mais fácil controlar. Levantei poucas coisas sobre o homem: problemas com jogatina, foi condenado por uma briga de bar. Parece que atacou um colega com uma garrafa quebrada e quase lhe arrancou o lado esquerdo do rosto. Ficou sumido um bom tempo até que misteriosamente sua ficha ficou limpa e ele arranjou um emprego em San Ramón.

O jornalista suspirou e sorveu um grande gole da erva-mate.

– Me custou uns bons pesos conseguir a ficha do barqueiro. Na época, tinha certeza de que seria meu passe para um furo de reportagem sobre a morte de Dom Francisco. Mas logo em seguida fui retirado da história e a coisa acabou aí, de modo frustrante e engolida pelo esquecimento. Agora, olhe para mim!

"Caballo" Quintana observou o homem gordo e pouco asseado à sua frente. Sem dúvida, a personificação de um profissional frustrado, que se sentia subaproveitado num jornaleco de segunda em Viedma.

– E como posso contatar esse Ezequiel Barrero? – perguntou, deixando de lado a ponta de compaixão que começara a brotar em seu íntimo.

– Terá que ser esperto, inspetor. O barco vem à cidade quase todos os dias trazendo e levando aqueles alemães. Parece que eles têm muitos negócios pelo país todo. Chega sempre às sete no Puerto Manzano em Villa La Angostura, e zarpa às quatro da tarde religiosamente. Pontualidade germânica. Sempre há um carro para levar e trazer aquela gente, de modo

---

[2] Povo que, originalmente, ocupava a região sul da Argentina, onde está localizada a cidade de San Carlos de Bariloche.

que há sempre alguém à espreita. Mas é o momento de falar com Ezequiel. O único. Isso, se você conseguir despistar os *chucrutes*.

"Caballo" Quintana suspirou. Levantou-se outra vez e estendeu de novo a mão. Não havia tocado no mate.

– Acho que o senhor me deu uma luz, sr. Albertozzi. E essa luz aponta para Bariloche.

Quintana pediu um papel e uma caneta. Com esforço, Albertozzi arrastou-se até a estante e voltou com um bloco e uma esferográfica.

– Este é meu contato na Polícia Metropolitana. Se souber de algo ou se lembrar de alguma coisa que queira me contar, pode me ligar. – Entregou a folha ao jornalista, que fixou o olhar no número anotado em azul.

Felizmente, neste país, todos têm um preço a ser pago. A questão é apenas definir a cifra, pensou, enquanto, minutos depois, caminhava em direção ao hotel para arrumar as malas. Só havia uma coisa a fazer: arriscar-se e procurar um velho conhecido.

Um pesadelo. Eles haviam se tornado constantes desde que chegaram a Buenos Aires à procura do dr. Lindner e da cura para a catatonia de *Papa*. Contudo, a questão não era a frequência, mas sim a *intensidade*. Era inegável que os assombros noturnos estavam se tornando piores.

Sentada, com a face pálida molhada de suor, Aurora observou o pai, que ressonava na cama ao lado.

Fechou os olhos e deixou as lágrimas escorrerem. Como permitira que as coisas chegassem àquele ponto? Estava perdendo o controle sobre tudo: sobre *Papa*, que se mantinha totalmente hermético ao diálogo com ela e com Jörgen, optando por se abrir apenas com o dr. Lindner; sobre o insosso doutor, que de uma hora para outra passara a esnobá-la, negando-se, inclusive, a contar-lhe sobre o que falavam nas sessões; e, mais recentemente, sobre Agostina, aquela prostituta que nunca fora nada na vida, senão o peso conferido por seu sobrenome de casada: Perdomo.

Será que havia subestimado Agostina? Desde que conhecera o casal Perdomo, notara que havia um abismo profundo e intransponível entre Dom Francisco e aquela mulherzinha vulgar. Na época, estava recém-saída da adolescência e talvez não compreendesse na totalidade a teia de interesses que envolvia a união entre um homem e uma mulher – sobretudo, quando se tratava de um homem poderoso e rico, e uma mulher que mal tinha o que comer ou vestir, mas que estava disposta a tudo para subir os degraus que, fosse como fosse, eram indignos de serem tocados pelos seus pés imundos.

Conforme o tempo passava, sua admiração por Dom Francisco crescia. Sua fluência ao falar, seus gestos precisos, a maneira elegante como se vestia, até mesmo quando usava trajes despretensiosos. Na mesma proporção, aumentava seu asco por Agostina.

Seus sentimentos só arrefeceram quando, por fim, notou que tal repulsa também era compartilhada com Dom Francisco. Exatamente; ele não amava a esposa, ainda que não se importasse com a extravagância de seus gastos.

Isso ficou ainda mais nítido quando, após uma noite de bebedeira, em uma das muitas recepções de que os Perdomo participavam em San Ramón, Agostina lhe confidenciou que traía o marido, e que Dom Francisco também tinha suas amantes.

São concessões que fazemos em nome da estabilidade dentro de casa, dissera-lhe aquela mulherzinha, exalando um insuportável hálito azedo, mistura de álcool e cigarrilhas.

Agora, aquela meretriz, que já abrira as pernas para dezenas de homens, ousava colocá-la contra a parede; vir ao seu hotel, exigir sua presença e demandar que tomasse providências em relação às ações daquele inspetor de polícia com rosto defeituoso.

Somente uma mulher de mente doentia para achar que a polícia poderia representar algum problema para ela ou para qualquer pessoa de seu círculo social – pessoas unidas por laços que transpunham muito mais do que a simples amizade ou cordialidade. Eram todos alemães ou filhos de sua estirpe, encarregados de levar além e nunca deixar morrer a chama pela qual milhares de compatriotas haviam perdido a vida para manter acesa.

Então, por que se importava com Agostina? O segredo de ambas estava guardado, inacessível a qualquer policial medíocre.

Enxugou o suor do rosto com as costas das mãos. Era doloroso admitir, mas tinha que encarar a verdade caso quisesse solucionar o problema. Não era o inspetor com queixo deformado que lhe punha medo; era Agostina. Até onde aquela mulher de cérebro limitado, mas caráter carcomido, poderia chegar?

Não podia confiar seu temor a *Papa*. Ele nunca entenderia. Só lhe restava uma pessoa em quem podia confiar; alguém que lhe dedicava fidelidade absoluta, quase como uma devoção: Jörgen. Sim, ele entenderia, como já havia entendido inúmeras vezes.

Observou novamente o pai, que ainda dormia, indiferente a tudo. Ainda que não fosse sangue do seu sangue, era filha *dele*. E não deixaria as coisas lhe escaparem do controle, sob nenhuma hipótese.

20

Sebastián Lindner acomodou-se diante de seu paciente e esboçou um sorriso forçado. Sentia-se cansado e tenso. A discussão com Agostina não havia melhorado as coisas – a ira nos olhos da mulher que julgava amar o preenchera com uma dolorosa dúvida, a qual, quanto mais refletia, mais se convertia em certeza.

Agostina Perdomo, a enlutada viúva, a mulher que era surrada pelo marido poderoso, teria sido, sim, capaz de matá-lo com sete golpes de um objeto perfurocortante, letal.

Contudo, não era do interesse de ninguém no alto círculo do poder de Buenos Aires que a sra. Perdomo fosse condenada. Seu laudo, como psiquiatra e psicólogo, apenas confirmara o que já estava traçado por mãos que não eram as suas.

Por fim, tudo não passara de um joguete, do qual ele havia sido uma peça-chave.

– O senhor está bem, *Herr Doktor*?

O questionamento de Albert Leipzig fez com que voltasse a si.

– Estou sim. – Ele tornou a estampar um sorriso débil. Cruzou as pernas e recostou-se na poltrona. – Podemos começar quando o senhor desejar, sr. Leipzig. Se me lembro, paramos...

– Eu me recordo perfeitamente onde paramos, doutor – interrompeu o velho alemão, agitando a mão com desdém. Seu timbre de voz era duro, porém, não chegou a se exaltar. Era como se tivesse a plena ciência de que tinha o total controle da situação. – Eu falava sobre minha experiência no *front* francês e dos meses tenebrosos que passamos diante do avanço das tropas inglesas e norte-americanas. Se o senhor conhece um pouco de história, *Herr Doktor*, sabe que foram anos terríveis para a Alemanha. Ah, também falava sobre meu amigo daqueles tempos, Norman Willrich.

Sebastián confirmou, meneando a cabeça.

– O senhor acha que, depois de tudo o que lhe contei, ainda posso chamar Norman de amigo, *Herr Doktor*?

Sebastián refletiu por alguns segundos. Depois, falou:

– Como já disse antes, não estou aqui para julgá-lo. Se, para o senhor, Norman Willrich era seu amigo, então, de fato, significa que havia um laço entre vocês. Devo dizer que o importante é o que o senhor sente e pensa, sr. Leipzig, e não o que eu acho. Pelo menos, não ainda. Sendo assim, não vejo problemas em chamá-lo como tal.

Albert Leipzig coçou a cicatriz sob o nariz e assentiu, reflexivo.

– Sim, Norman era um bom amigo. Foram as necessidades que me fizeram agir como agi. Ele estava condenado; eu, ainda tinha uma chance de sobreviver. Quando Norman me salvou, ele fez a escolha dele, o que me levou a ter que fazer a minha. Pensar dessa maneira me parece absolutamente lógico.

– E o que houve após aquele dia, sr. Leipzig?

– Eu e os demais sobreviventes do meu grupo fomos capturados pelos ingleses e levados a um campo de prisioneiros em Lyon. Eu não passava de um soldado raso naquela época, *Herr Doktor*, e, honestamente, acho que os ingleses e franceses não estavam interessados em gente como eu àquela altura da guerra, de modo que fui relativamente bem tratado, levando-se em consideração que estávamos em um campo de prisioneiros. Aquele lugar tornou-se minha morada até o fim da guerra. Em janeiro de 1919, retornei a Berlim. Fazia um frio dos diabos; a cidade estava debaixo de neve e abatida pela fome. Por um milagre, ao contrário de muitos conterrâneos, a guerra pouco deixara sua marca em meu corpo, senão por uma ou outra cicatriz. Mas, em minha alma, *Herr Doktor*, havia se acendido uma chama que nunca mais se apagaria.

Albert Leipzig bateu a mão contra o peito de modo enérgico.

– Eu havia jurado a mim mesmo que, se houvesse outra oportunidade de pegar em armas para me vingar daqueles que haviam humilhado meu povo, eu o faria de bom grado, dando a minha vida.

– E o senhor conseguiu esse intento? – perguntou Sebastián, de modo quase retórico. De algum modo, sabia que seu paciente estava indiferente às suas perguntas, e que já havia traçado para si, de antemão, um roteiro próprio para a narrativa.

– Naquele momento, o senhor deve entender, eu estava mais preocupado em sobreviver. Poucos alemães tinham visto alguém morrer de fome, *Herr Doktor*. O senhor já viu?

Sebastián negou.

– Pois eu, sim. Inclusive, meus próprios irmãos. É algo terrível de se ver, doutor. Não pela morte em si, mas pelo fim da dignidade. E era justamente isto o que faltava à Alemanha naqueles anos: dignidade. Todavia, antes de recuperar a honra, é necessário *überleben*. Sobreviver. E foi o que fiz: sobrevivi. E posso dizer que tive sorte. Assim como naquele dia na trincheira em Ypres, quando a morte *preferiu* a Norman, e não a mim, eu também tive o destino ao meu lado. Um barbeiro na periferia da cidade havia acabado de perder seu sobrinho, vítima da tuberculose. Quando se tem fome, frio e miséria, tem-se também o palco montado para a morte, não é mesmo? Enfim, naquela época, eu dormia nos fundos de um velho prédio decrépito às margens de Berlim; a família, dona do local, uns porcos judeus, me deixava pernoitar ali e, em troca, eu mantinha os andares limpos. Eu fazia o que era possível; afinal, um lugar que pertencia a judeus nunca está totalmente limpo. É o tipo de sujeira que impregna os poros, nos faz sentir sempre imundos. Enquanto eu esfregava aquele chão, me lembrava do bordel em que trabalhara em Munique. Uma pocilga que cheirava a coito judeu e prostitutas. Aqueles desgraçados usavam as mulheres alemãs para satisfazerem suas necessidades e depois as descartavam com um punhado de marcos. Quis o destino que o teto em que eu me encontrava também fosse de posse de judeus, e ali estava eu, *Herr Doktor*, fazendo minha parte. Foi quando soube da morte do jovem, sobrinho do barbeiro, e que também era seu ajudante. Então, reuni coragem e me ofereci para ajudar o homem. Obviamente, menti sobre meu conhecimento acerca do uso da navalha, mas logo percebi que nem era necessário ter habilidade para fazer o cabelo e a barba de alguém. A maioria das pessoas que entrava e saía daquela barbearia era formada por pobres coitados miseráveis, que nunca pagariam pelo corte ou pela barba bem-feita. Sendo assim, a parca atenção que lhes dedicávamos, acolhendo-os nas cadeiras e jogando alguns minutos de conversa fora, era mais importante do que arrancar-lhes os pelos da cara. O senhor compreende?

– Compreendo, sim.

– Tudo era muito difícil naquela época. Mas o barbeiro gostou de mim. Ele se chamava Rolf. Rolf Werner. Um bom alemão. Pouco a pouco, fui me tornando mais hábil com a navalha, o que fez com que caísse ainda mais nas graças de meu patrão. Como prova de carinho, duas vezes na semana ele me convidava para jantar sopa de batata em sua casa, que ficava no andar de cima da barbearia. Claro que chamar aquilo de sopa é glorificar um tempo de agruras, *Herr Doktor*; na verdade, tudo não passava de água e poucas batatinhas, que sorvíamos sobre uma pequena mesa de madeira enquanto ratos perambulavam pelos cantos da sala como pequenas e ágeis sombras. Mas, ainda hoje, sou grato a *Herr* Werner, porque, por intermédio dele, conheci Helda, minha primeira esposa.

– Ela era parente do seu patrão, o barbeiro?

– Sobrinha. Um dos poucos parentes que a guerra não lhe havia tirado – disse o sr. Leipzig. – Helda ajudava o tio, limpando a barbearia e fazendo o que podia pelo velho apartamento. Não tardou para que ficássemos amigos; depois, mais íntimos. Helda me contou sobre sua família, sobre os irmãos que morreram no *front* ocidental e sobre suas irmãs que perderam a batalha para a doença. Acabou se tornando uma solitária, como eu. No fim de 1919, nos casamos. Deixei os fundos do prédio dos porcos judeus e me mudei para o apartamento de *Herr* Werner com Helda. Do fundo do peito, eu achei que as coisas iriam melhorar, mas não foi o que aconteceu.

Aos poucos, a voz de Albert Leipzig foi perdendo a força, até se tornar apenas um murmúrio quase inaudível.

– O que houve, sr. Leipzig? – perguntou Sebastián, incentivando o velho alemão a falar.

– O que sempre acontece com os fracos, *Herr Doktor*. A *morte*. Meus irmãos morreram porque eram fracos; Norman, também. No fim de 1920, Rolf adoeceu e morreu antes mesmo do Natal. Demorei um pouco para perceber que Helda estava doente como o tio, que seus pulmões estavam ruins. Trabalhávamos muito – eu atendendo os clientes, e ela, dividindo seu tempo entre o minúsculo apartamento e o trabalho como empregada doméstica na casa de um empresário rico chamado Albert Gelb. Aquilo parecia um tipo de maldição, *Herr Doktor*... Gelb e toda a sua laia eram judeus de corpo e alma. Gente rica, que subiu na vida fazendo negócios com o Estado alemão e com Viena. Entre seus principais negócios, estavam joias. Não me parecia justo que alguém ganhasse a vida com joias naquela época, enquanto o país ruía assolado pela fome. Parece justo ao senhor, *Herr Doktor*?

– É fato que alguns conseguem enxergar prosperidade na desgraça de outros seres humanos. – Sebastián encolheu os ombros. – Estamos cheios de exemplos assim, sr. Leipzig. Aqui mesmo, na Argentina, podemos notar isso.

– Mas não estamos falando de guerra, *Doktor* – disse o sr. Leipzig, retomando o tom enérgico. – O senhor compreenderá minha indignação quando eu concluir meu relato. Aquele inverno também foi rigoroso, mas, como expliquei, eu não havia percebido que Helda estava doente. Isso só ficou evidente quando ela começou a expelir sangue; borrifadas de sangue a cada explosão de tosse, *Herr Doktor*. E, cada vez que isso acontecia, minha mulher tornava-se mais pálida. Sua pele adquirira a tonalidade de um papel. Contudo, aqueles malditos... os Gelb... Albert e sua esposa... a proibiram de faltar. Helda sempre repetia, quando eu implorava que ficasse em casa: *Não posso faltar; Herrin Elizabeth precisa de meus serviços e não gosta quando os empregados faltam*.

Os punhos de Albert Leipzig se fecharam em forma de concha. Era a primeira vez que Sebastián notava uma reação verdadeiramente sanguínea no velho nazista. Porém, tal atitude durou apenas alguns segundos – o tempo de Albert Leipzig respirar fundo e voltar a falar:

– Ela sempre me repetia isso; que *Herrin* Elizabeth não gostava que os empregados faltassem. Até que, naquela manhã, Helda não se levantou da cama. Seu corpo estava frio e, sua pele, branca como mármore. Confesso que não pensei muito quando a tomei nos braços e enrolei na manta mais quente que tínhamos. Desci com ela as escadas e corri pelas ruas, arrastando-a como se fosse um tipo de animal. Um conhecido, que transportava leite em uma charrete, viu meu desespero e nos levou até a casa dos Gelb. Ele disse que não podia ficar me esperando, e eu compreendi. Expliquei a situação à criada que nos recebeu; mostrei a ela o semblante incolor de Helda, implorei por ajuda. Os Gelb tinham dinheiro, seria possível ajudar Helda. Ficamos do lado de fora, no frio, esperando por quase uma hora, sem qualquer resposta, *Herr Doktor*. Quando finalmente a criada retornou, dizendo que *Herr* Albert e *Herrin* Elizabeth não estavam, que tinham ido para um lugar qualquer, cujo nome fiz questão de apagar da memória, Helda já estava morta. Passaram-se mais algumas horas até que uns empregados dos Gelb me levaram de volta para casa com o corpo de minha mulher. Até a guerra, não tive mais notícias de Albert ou Elizabeth Gelb. Não voltei a vê-los pessoalmente, mas soube que morreram em Auschwitz. – O paciente encolheu os ombros, indicando indiferença. – Não me censure por sentir prazer pelo fato, *Herr Doktor*.

Albert Leipzig semicerrou os olhos e observou Sebastián com atenção. Analista e analisando se entreolhavam, como se estivessem prestes a avançar um no outro, partindo para um confronto físico. No entanto, o confronto silencioso que pairava entre aqueles dois homens limitava-se apenas à mente. O velho alemão parecia aliviado ao relembrar sua história e, ao mesmo tempo, gozar de uma diversão sádica ao observar o efeito de suas palavras sobre Sebastián. Por outro lado, o psicólogo era atraído para o buraco negro da curiosidade e do espírito científico a cada camada que o sr. Leipzig retirava com sua fala, cada trecho de sua vida que era desnudado. Ao mesmo tempo, mais perguntas sobre quem era, de fato, aquele velho nazista, afloravam na mente do dr. Lindner, a ponto de deixá-lo zonzo.

Não restavam dúvidas de que Albert Leipzig, sendo Hitler ou não, era um homem extremamente perigoso, narcisista e frio. Manipulava as próprias emoções da mesma maneira que exercia um fascínio sobre seus interlocutores, tal qual uma víbora diante de um rato, prestes a ser devorado e totalmente desconhecedor de seu destino, caminhando para a boca de seu algoz, fascinado por seu olhar diabólico.

Sebastián sabia dos riscos que corria ao fazer aquele jogo, mas não lhe restavam muitas alternativas senão pisar em terreno movediço de modo calculado e assumir o papel do rato atraído para a boca da serpente.

– Em que está pensando, *Herr Doktor*? – perguntou Albert Leipzig, consultando o relógio.

– Estou digerindo o que me contou, sr. Leipzig – mentiu.

– Concordo que seja muita informação. Para mim, também é um tanto desgastante lembrar de tudo. Mas quero deixar claro que o senhor é o único homem vivo a saber dessas coisas, *Herr Doktor*. Como se sente diante de tal responsabilidade?

– Para ser honesto, senhor, a cada sessão aumenta meu desejo de ouvir e de saber mais. Dessa forma, poderei ajudá-lo de modo mais eficaz, o que, afinal, é meu trabalho.

Acima de tudo, quero saber como você é. Se estou diante do mentor de um dos maiores conflitos bélicos da história da humanidade, da mente que ceifou milhões de vidas e cujo fruto ainda hoje não cessa de eclodir na mídia mundial na forma de um bizarro teatro de horrores, exemplo doloroso do que são capazes os seres humanos.

Albert Leipzig pareceu sorrir; pelo menos, o movimento dos lábios indicava isso. Porém, Sebastián não conseguiu interpretar ao certo aquele gesto; teria sido um movimento involuntário, um sorriso de satisfação ou um mero indicativo de desdém?

Consultou o relógio; ainda tinham tempo.

– Continue, por favor, sr. Leipzig.

O velho alemão assentiu, movendo a cabeça.

– Depois da morte de Helda, não me sobrou mais nada. Tentei manter aberta a barbearia de Rolf e atender sua clientela, mas àquela altura eu havia me entregado a um dos piores vícios que um homem pode ter: a bebida. Dessa forma, não demorou para que as dívidas se acumulassem na mesma proporção das minhas ressacas matinais. No verão de 1921, passei a barbearia adiante e arrumei um emprego de meio período em uma taberna imunda. Eu limpava o lugar à tarde e, em troca, podia fazer uma refeição e dormir nos fundos, junto com os esfregões e baldes. Para mim estava de bom tamanho, desde que eu tivesse um litro de vodca ou uma garrafa de cerveja como companhia. Diferente do *front*, *Herr Doktor*, aquela foi minha pior batalha interior. Sabia que havia chegado ao fundo do poço e que, daquele estágio, ou a morte sorriria para mim como fizera com Norman, ou eu deveria renascer. Felizmente, outra vez o destino fez com que a vida sobrepujasse a morte. A taberna era um local decrépito, mas foi ali que minha vida começou a mudar por completo. Tudo teve início com um rapaz da mesma idade que a minha, chamado Harold Spiers. Era um típico jovem alemão, loiro, forte, alto, preparado para enfrentar a vida. Tinha iniciado havia pouco como *barkeeper* e parecia bastante esperto. Eu notara que ele me olhava de modo estranho, quase como se quisesse ler a minha alma, o senhor entende? Foi ele que, certo dia, enquanto eu passava o esfregão em uma mancha de vômito no linóleo, me fez o convite que selaria o meu destino.

Albert Leipzig se calou. A dinâmica entre paciente e terapeuta havia recomeçado.

Obviamente, faz parte da narrativa dramática e de seu narcisismo usar o silêncio para testar minha atenção e, ao mesmo tempo, obrigar-me a questionar: "E qual era o convite?".

– E qual foi o convite, sr. Leipzig? – perguntou Sebastián, abraçando o ensejo para aquele jogo de palavras e mentes.

– Ele me perguntou se eu teria interesse em acompanhá-lo naquela noite até a Holzhaus[1] – falou Albert Leipzig. – Naquela época, a Holzhaus era uma cervejaria de elite, frequentada por gente que limparia as botas em mim se tivesse a chance. Por isso estranhei que Harold, um simples *barkeeper*, circulasse por um lugar como aquele. Então, ele me explicou que se tratava de uma reunião de um partido político novo, o NSDAP[2]. Disse que era um dia especial, um dia em que as portas estariam abertas aos verdadeiros alemães, gente como ele e eu, invisíveis para a escória judia, mas pilares de um novo país que precisava ser construído. Ao ouvir aquilo, não pude deixar de pensar em Helda e tive que me segurar para não chorar, *Herr Doktor*. Aquelas eram as palavras que eu sonhara ouvir, ainda que não soubesse. A *Jüdische Schlacke, escória judia,* aqueles que nadavam em dinheiro enquanto minha mulher agonizava. Quando dei por mim, eu já havia aceitado. Então, assim que Harold encerrou seu expediente às onze e meia da noite como de costume, fomos para a Holzhaus. Ao me deparar com a estrutura imponente em madeira, as vidraças douradas que pareciam feitas de ouro, pensei em voltar. Mas Harold não permitiu. "Vem, você verá que na nova Alemanha haverá espaço para todos em um lugar como a Holzhaus", ele me disse. Então, eu o segui. O interior era tão luxuoso quanto a fachada externa. Havia muito tempo eu não via uma aglomeração tão grande de pessoas, a maioria, jovens como nós. Todos bebiam cerveja em grandes canecas de vidro, e, quando dei por mim, já estava segurando uma delas cheia até a boca, com a espuma escorrendo pelos meus dedos. Foi um homem gordo

---

[1] Literalmente, "Casa de Madeira".
[2] Partido Nacional-Socialista dos Trabalhadores Alemães, ou *Nationalsozialistische Deutsche Arbeiterpartei*. Também conhecido como Partido Nazista ou Partido Nazi.

e careca que me deu a caneca, indicando para que eu a bebesse; não havia a necessidade de pagar, era um presente do NSDAP a um verdadeiro alemão. "Vem pro fundo", Harold puxou-me pela manga da camisa. "Quero que conheça Hitler, a cabeça por trás de tudo isto." Cruzamos o salão imenso repleto de mesas redondas em direção ao aglomerado de gente que se espremia junto ao palco, onde, tipicamente, havia shows de dançarinas que exibiam as pernas ao som do cancã. Foi lá que eu o vi pela primeira vez; confesso que quase caí de costas, *Herr Doktor*. Ali estava ele, um homem de altura mediana, mas com voz forte, falando para um punhado de jovens de olhos vidrados, como se estivessem todos conectados ao vigor que saía de suas palavras... palavras de ordem que desnudavam tudo o que havia arrastado a Alemanha para a miséria, enquanto poucos malditos judeus enchiam os bolsos à custa da fome de milhares. Não havia ideologia naquelas frases, *Herr Doktor*, mas sim *ação*. Reconheci imediatamente que se tratava de um homem interessado em pôr as coisas em prática, e não em conversas vazias regadas a vinho branco, charutos e cervejas de políticos fracos e sem culhões como o imprestável *Reichskanzler* Fehrenbach[3].

A voz de Albert Leipzig ganhou uma entonação diferente. Antes pausada e grave, naquele instante se tornava aguda e vibrante. Os punhos cerrados batiam contra as coxas, evidenciando um misto de raiva e excitação.

– Foi ali que o senhor conheceu Adolf Hitler? – perguntou Sebastián, de modo pausado.

– Mais do que isso, *Herr Doktor*. Posso afirmar, sem falsa modéstia, que foi ali que o *Führer me descobriu*. E, como o senhor pode imaginar, minha vida nunca mais foi a mesma.

Sebastián assentiu, incentivando Albert Leipzig a prosseguir.

– Não foi somente a energia que brotava daquele homem que me fascinou, *Herr Doktor*. Assim que pousei os olhos em Hitler, entendi por

---

[3] Referência a Constantine Fehrenbach, ex-chanceler da República de Weimar que renunciou ao cargo em maio de 1921.

que Harold me olhava com estranheza desde a primeira vez que nos encontramos naquela taberna.

– Não compreendi, sr. Leipzig – intrigado, Sebastián recostou-se na cadeira.

– O destino, *Herr Doktor*... o *destino*. Não somente as palavras de Hitler exercem um efeito mágico sobre mim e sobre todos naquele lugar, como também me vi diante de algo assombroso... ao olhar para Hitler, parecia olhar para mim mesmo. A semelhança era inacreditável. Éramos quase da mesma altura e tínhamos o mesmo olhar. Com exceção do corte de cabelo e do bigode, era como me olhar no espelho. Com certeza, foi aquilo que Harold estranhara, assim como outros que estavam ali conosco, na cervejaria. Quando o discurso terminou, Harold me apresentou a um grupo de rapazes que nitidamente faziam parte das *Freikorps*[4], cujas fileiras engrossavam na mesma proporção que a Alemanha ia à bancarrota e nosso orgulho escorria pela sarjeta. Eles também se espantaram com a semelhança. Arrastaram-me para uma saleta nos fundos e ali, depois de um tempo de espera, me vi diante de Adolf Hitler. Ele perguntou meu nome e me estendeu a mão; sua voz e gestos mantinham a mesma energia, de modo que era impossível não segurar sua mão de modo quase reverencial.

Então, o velho alemão calou-se. Sebastián notou os olhos marejados quando Albert Leipzig levou um dos dedos aos lábios, como se quisesse conter algo que estava prestes a transbordar.

– Sr. Leipzig? O senhor está bem?

– *Ja, ja, Herr Doktor* – o velho acenou, aos poucos voltando a si. – Eu não me esqueço das palavras do *Führer* naquele dia, enquanto segurava minha mão com vigor: "A Alemanha entrará em uma nova era. Você está pronto para servir seu país de corpo e alma quando esse momento chegar?". Quando notei, eu estava balançando a cabeça afirmativamente. Havia mais do que fascínio; era magia, *Herr Doktor*. Por fim, naquele

---

[4] Grupo paramilitar inicialmente formado por ex-combatentes e jovens insatisfeitos com a crise econômica e política da Alemanha pós-Primeira Guerra.

dia, eu compreendi por que a vida me escolhera, em vez da morte. Por que Norman, Helda, Rolf, e tantos outros haviam morrido, e eu havia ficado. Existia um propósito; uma causa maior, estampada no meu rosto e no rosto daquele homem. Eu estava apertando a mão do futuro da Alemanha.

Os braços de Albert Leipzig caíram sobre as pernas. Parecia exaurido, e Sebastián entendeu que era o momento de encerrar a sessão. O velho alemão aceitou a interrupção sem contestar e limitou-se a desejar um bom final de dia.

– *Gute Nacht, Herr Doktor.*

Sebastián Lindner chegou exasperado ao *hall* do hotel. Cruzou a área depressa e, assim que alcançou a rua, deixou-se invadir pelo ar fresco e úmido. Observou o céu; havia estrelas e provavelmente não choveria.

Pôs de lado a ideia de pegar um táxi e preferiu fazer o caminho até sua casa andando, ainda que não fosse muito perto. Quando se viu a uma distância razoável do Plaza Hotel, desviou-se do caminho e entrou em um bistrô. Pediu uma dose de bourbon e acomodou-se em uma mesa discreta, ao fundo. Bebeu rapidamente e, em seguida, pediu outras duas doses. Aos poucos, os tremores foram diminuindo; sentia-se melhor.

Acendeu um Montecristo e recostou-se na cadeira, mais relaxado.

Um sósia? Um sósia de Hitler?

A história de Albert Leipzig o estava afetando de modo drástico. Qualquer psicólogo que se prezasse saberia que aquilo era um risco enorme, tanto para a efetividade do tratamento como para o próprio equilíbrio do terapeuta, que assistiria à sua objetividade cair por terra. Contudo, naquele instante, ele não se importava com o envelope recheado de libras esterlinas ou mesmo com as ameaças de Aurora e do jovem Jörgen. Seu único desejo era mergulhar no passado de Albert Leipzig e acessar sua mente.

Conforme o álcool assumia o controle de seu sistema nervoso, sua mente também parecia pensar com mais calma. Era um jogo perigoso, sabia; mas já era um risco desde o momento em que aceitara a oferta da jovem albina, a dama de gelo que lhe causava tanto medo quanto fascínio.

– Outra dose, senhor? – ofereceu o garçom. O jovem de pele morena havia se aproximado da mesa sem que Sebastián notasse.

– Sim, por favor.

Logo, Buenos Aires seria engolida pela noite. E, horas depois, ao deixar o bistrô caminhando a passos mais leves, entorpecido pelo álcool, Sebastián não percebeu os olhos que, submersos nas sombras, o observavam.

21

Ele notou quando o doutor que se tornara médico daqueles demônios dobrou a esquina, sendo engolido pela escuridão. O homem estava visivelmente alcoolizado; estava sob pressão e pessoas sob pressão explodem. Simples assim. Sabia muito bem como acontecia e o que estava por ocorrer.

Entretanto, não era o andar trôpego do psicólogo que o preocupava. Da escuridão que escondia seu corpo, percebeu um carro preto que seguia o homem de modo discreto.

Discreto para amadores. Mas eu sou profissional.

Memorizou o modelo e a placa. Um *Justicialista 1955* preto, muito popular naquele país, porém, que saíra de linha três anos antes, assim como o presidente Perón. Não conseguiu enxergar os passageiros, apenas constatou que eram dois homens.

As pessoas de quem Levy falara. Os caçadores que estão em Buenos Aires disputando minha presa.

Enfiou a mão no bolso e tocou a arma. Fria, pronta para ser usada. A dor em seu braço diminuíra, indicando que a infecção havia cedido.

Aurora Leipzig não pregara os olhos. Não porque não sentisse sono, mas sim devido aos gemidos que vinham da cama ao lado. Sentada, permaneceu observando o corpo agitado de seu *Papa*, que se remexia como se tomado por uma corrente elétrica.

Aquilo não podia continuar, pensou. Lentamente, levantou-se e, aproximando-se, sentou-se ao lado do velho. Notou que sua testa estava molhada, assim como a roupa de cama. O pesadelo em que mergulhara lhe drenava as forças, mas o que ela podia fazer?

Fora *Papa* que ordenara para que ela e Jörgen ficassem fora daquela história, deixando que o doutor conduzisse o tratamento a seu bel-prazer.

De repente, seu corpo estremeceu, tomado por um pensamento sombrio. Caminhou até a janela e afastou a cortina, abrindo uma fresta. Lá fora, a cidade cintilava em luzes que contrastavam com o céu escuro da madrugada.

E se tudo piorar? E se a melhora de Papa *levar tudo à ruína?*

Não, não podia pensar naquilo. Até aquele momento, sempre tinha sido fiel àquele homem e não fraquejaria. Cometera um erro grave uma vez, algo que não se repetiria.

Afastou-se da cortina. O quarto voltou a ficar escuro, mas os gemidos não haviam cessado. *Papa* murmurava palavras em alemão, que ela não conseguia compreender.

Se Papa cair, será o fim.

Não, não poderia deixar o destino nas mãos daquele doutor, tampouco da vadia Agostina Perdomo. Daria um jeito em tudo, falaria com Jörgen. Ele morreria por ela e certamente a ajudaria sem pestanejar quando chegasse o momento. Só tinha que aguardar e agir com inteligência.

No horário habitual, Sebastián Lindner chegou ao Plaza, onde Jörgen o aguardava no *lounge*. Não notou sinais de Aurora, o que lhe causou estranheza. Desde o início, aquela mulher vinha sendo uma figura onipresente entre ele e seu paciente. Por isso a aparente solidão de Jörgen, conduzindo-o até o quarto do sr. Leipzig, era bastante incomum.

Encontrou Albert Leipzig sentado na beira da cama, de frente para a poltrona vazia que se tornara seu lugar; seu trono terapêutico.

– Boa tarde, sr. Leipzig – cumprimentou, sentando-se diante de seu paciente.

O velho alemão parecia ter ganhado alguns anos; estava abatido e os sulcos sob seus olhos mostravam-se mais profundos.

– Está tudo bem com o senhor?

– Dormi mal, *Herr Doktor. Alpträume.*

– Perdão?

– Pesadelos – repetiu Albert Leipzig.

Demônios também têm pesadelos.

– E com o que sonhou, sr. Leipzig? Quer me contar?

O velho alemão negou, movendo a cabeça. Sebastián assentiu.

– Como o senhor quiser. Então?...

– Eu havia parado no *Führer, Doktor* – disse o paciente, de modo quase mecânico. Parecia de fato exaurido. – Na noite em que me encontrei com o *Führer* e me filiei oficialmente ao Partido naquela cervejaria em Berlim. Lembro-me com clareza das palavras de Harold e de outros infelizes das *Freikorps* afirmando que o futuro da Alemanha estaria em Munique, e não na decadente Berlim, tomada por judeus, comunistas e jovens que vendiam até mesmo a virgindade e a dignidade em troca de um pedaço de pão preto. Na manhã seguinte, dois rapazes que estavam na cervejaria foram encontrar comigo e me disseram que Adolf Hitler, em pessoa, queria me ver em Munique para a luta.

Sebastián Lindner meneou a cabeça como forma de incentivar seu paciente a prosseguir.

– De malas prontas, parti para Munique naquela mesma tarde. Os discursos de Hitler, somados ao entusiasmo inflamado de meus companheiros, serviram para reabrir velhas feridas aqui, *Herr Doktor.* – Albert Leipzig bateu a mão contra o peito repetidas vezes. – Contudo, elas não mais doíam ou sangravam. Nem mesmo por Helda. Pelo contrário; eu tinha que mantê-las abertas como combustível para a grande luta que estava por vir. Rapidamente me destaquei entre as tropas de choque do Partido responsável por disseminar as ideias originais de Hitler e *Herr Drexler*[1] e fazer com que os obstáculos que serviam como resistência ao nascimento de uma nova Alemanha fossem extirpados. Gente com ideias torpes, como os malditos comunistas financiados pelos bolcheviques, ou os derrotistas que se apegavam ao discurso da democracia como alicerce para o nascimento de uma nova Alemanha.

– O senhor não acredita que a paz pode trazer coisas boas, sr. Leipzig? – Sebastián perguntou, de modo instigante.

– Talvez na prosperidade. Mas logo se percebe que a prosperidade construída sobre a paz se consome rápido, e é necessário haver uma nova busca por meios que mantenham essa prosperidade. Respondendo à sua pergunta de forma objetiva, *Herr Doktor*, não acredito em paz ou democracia quando estas coexistem com a fraqueza e a miséria. Nesse caso, é preciso força; força para divulgar o novo e lutar por ele, ou *matar* pelo que se acredita.

Sebastián sentiu um forte incômodo, como se suas entranhas se retorcessem.

– Parece abominável falar sobre isso nesta época, *Herr Doktor*, mas aqui mesmo, em seu país, mata-se para que a aparente serenidade, que nutre os cidadãos de bem, prevaleça. Por isso não posso mentir e dizer que sinto remorso por ter atirado em comunistas porcos ao longo dos dois anos em que militei nas tropas do Partido.

Albert Leipzig olhava para o vazio, mantendo os olhos arregalados; era como se a mente daquele velho alemão não estivesse mais ali, mas sim nos recôncavos da década de 1920, em Munique.

– A ação era simples – prosseguiu. – Recebíamos a informação de que os porcos bolcheviques estavam reunidos e nos preparávamos para agir. Quando menos esperavam, estávamos com nossas armas apontadas

---

[1] Anton Drexter, considerado um dos mentores do Partido Nazista e inspiração para o próprio Hitler.

em direção às suas cabeças, rindo do olhar de pavor que clamava por piedade. Foram centenas de operações desse tipo, *Herr Doktor*. Mas logo percebi que se tratava de uma contribuição muito pequena perto do que estava de fato preparado para acontecer. O sangue comunista derramado e a desnutrição do governo eram apenas a pavimentação para a trajetória de Hitler e do Partido até o poder. Como o senhor deve saber, caso conheça história, *Herr Doktor*, Munique deveria ter sido o estopim da mudança para uma nova Alemanha, se o maldito Kahr[2] não tivesse se acovardado na última hora; se não fosse pela traição, teríamos tomado o governo da Baviera e logo marchado pelo *Brandenburger Tor*. Passei o *réveillon* de 1923 na prisão de Munique com muitos de meus colegas; digo, aqueles que tiveram sorte e não foram executados por traição. No entanto, nossa preocupação com Hitler e outros líderes diminuiu à medida que a notícia de que haviam sido presos, e não mortos, começou a circular.

O velho alemão coçou a têmpora esquerda com a ponta dos dedos. Sebastián o observava, absorto. Não restavam dúvidas de que havia algo diferente; algo totalmente distinto das outras vezes em que tinha estado com Albert Leipzig. A fala e os gestos estavam mais soltos, naturais. Era como se o nazista estivesse sendo tomado por uma sensação prazerosa que havia muito não experimentava ao falar com liberdade sobre seu passado.

– Como pode imaginar, nós nos sentíamos totalmente inúteis, presos e preocupados com o futuro do Partido. Porém, é como disse Goethe: "A ousadia tem genialidade, poder e magia em si". Hitler era ousado, mais ousado do que qualquer homem que eu havia conhecido. No primeiro dia de abril ele foi julgado e sentenciado à prisão na Fortaleza de Landsberg. Tolos!

---

[2] Gustav Ritter von Kahr, governador da Baviera e inicialmente apoiador do golpe planejado por Hitler em 1923. Traiu o movimento às vésperas de ocorrer, colaborando para o fracasso do chamado "Putsch de Munique". Foi preso e mandado a Dachau quando Adolf Hitler ascendeu ao poder em 1933, e acabou sendo assassinado em 1934 no movimento conhecido como *Nacht der Langen Messer* (Noite das Facas Longas) quando opositores internos do Partido e inimigos políticos foram sumariamente executados por ordem de Hitler.

De punho cerrado, Albert Leipzig desferiu um soco em seu joelho direito.

– Os ratos da política não puderam se opor à corrente do destino, *Herr Doktor*. Em dezembro, mais precisamente no dia 20, o futuro *Führer* da Alemanha foi solto; não somente seu discurso havia ficado mais forte, como também ele havia nos brindado com um presente: seu livro, que daria o norte claro de quais inimigos deveríamos combater dali em diante... e *como* fazê-lo.

Sebastián assentiu.

– A História está se encarregando de registrar a contento os passos de Hitler, sr. Leipzig. Mas, e o senhor? O que aconteceu com o senhor naqueles anos, antes de seu Partido tomar o poder?

O velho alemão franziu o cenho. Por três vezes moveu os lábios, porém, nenhum som audível saiu de sua boca. De repente, a eloquência havia desaparecido, dando lugar a uma espécie de confusão mental.

Ele fala com facilidade sobre Hitler, mas tem dificuldade de falar sobre si. Está juntando cacos de memória para reconstruir algo de difícil acesso, ponderou Sebastián, registrando o fato mentalmente e amaldiçoando não poder tomar notas.

– Não tomamos o poder. Fomos colocados lá pelos verdadeiros alemães, *Doktor* – por fim, Albert Leipzig falou. – Mas, respondendo à sua pergunta: em 1926 eu fui transferido para a Prisão de Spandau, em Berlim, com outros do meu grupo. Soube que vários tiveram menos sorte em Landsberg. Enfim, ao olhar dos homens da lei da época, talvez eu valesse menos.

O velho encolheu os ombros.

– Considero esse período um limbo, *Herr Doktor*. Um limbo vivido em uma cela com cerca de nove metros quadrados que eu tive que dividir com quatro homens nos oito anos em que permaneci atrás das grades por lutar por uma Alemanha melhor. Claro que não me senti sozinho; tive livros para me fazer companhia. Por exemplo, não foi difícil conseguir clandestinamente um exemplar de *Mein Kampf*, que o *Führer* havia escrito em Landsberg, tampouco outros livros da mesma natureza ideológica.

— O senhor teve acesso à literatura nazista dentro da prisão?

— Colocando as coisas dessa forma o senhor faz com que isso pareça ofensivo, *Herr Doktor*. — Albert Leipzig sorriu. — Mas, sim, é fato que consegui. Não precisa usar muito a inteligência para deduzir que mesmo os guardas começavam a nutrir certa simpatia por nossa causa. Eles tinham uma função a cumprir, mas seus corações estavam livres para crer numa nova Alemanha, livre dos sanguessugas judeus e dos comunistas preguiçosos. Acredito que muitos deles se cansaram de ver suas mães e irmãs se prostituírem por comida, seus filhos chorarem por um pedaço de pão e um copo de leite, enquanto os ratos faziam a festa no *Reichstag*. Então, *Doktor*, sim, eu pude ler obras como *Mein Kampf*, entre outras, como jornais e panfletos que mantinham a chama da revolução acesa em mim e nos meus companheiros. Lembro-me de ter chorado com a notícia de que o *Führer* havia dobrado o velho Hindenburg no inverno de 1933 e, finalmente, chegado a *Reichskanzler*[3]. Nosso país começaria a mudar e, com ele, meu destino também, *Herr Doktor*. Eu me agarrei às grades...

O velho ergueu os punhos fechados, simulando o gesto que, mais de 25 anos antes, havia feito na Prisão de Spandau. Oito anos preso em Berlim, mais três anos confinado em Munique. De algum modo, os onze anos que passara trancafiado tinham servido para sedimentar o ódio antissemita e as crenças políticas de Albert Leipzig, aquele homem em cuja história Sebastián tentava acreditar.

— ... e, naquele momento, eu tive total clareza daquilo que o destino havia traçado para mim. O propósito de Helda ter sido tirada de mim tão cedo, e o porquê das agruras a que eu havia sido submetido até então — prosseguiu o sr. Leipzig. Seus olhos estavam marejados e todo o seu corpo parecia tomado por uma emoção genuína.

Então, o velho alemão gesticulou, dando a sessão por encerrada.

---

[3] Cargo de chanceler.

– Permita-me encerrar por aqui hoje, *Herr Doktor*. Acho que me cansei. Essas memórias... aqueles tempos... são coisas que até hoje mexem com o coração deste velho alemão, que ainda sonha com o retorno da glória que nunca deveria ter sido tomada de nós.

Sebastián recostou-se na poltrona e assentiu. Como das outras vezes, Albert Leipzig determinava quando começava e quando terminava cada sessão.

Deixou o hotel e percorreu alguns quarteirões até entrar por uma porta estreita sobre a qual uma placa verde indicava Hermanos Cosi Café y Restaurante. O ambiente pequeno, mas acolhedor, estava mergulhado à meia-luz. Escolheu uma mesa de canto no fundo do estabelecimento e pediu um bourbon ao jovem garçom. Em seguida, acendeu um Montecristo e tirou do bolso do paletó um pequeno caderno de anotações e um lápis já gasto.

Começou a preencher rapidamente as linhas pautadas da caderneta, lutando contra os tremores das mãos causados pela abstinência do álcool. Temia esquecer algo importante quando seus sentidos fossem enfim anestesiados pela bebida; nomes, lugares. Toda aquela história era incrível. Sabia que estava prestes a desvendar qual era a relação entre Albert Leipzig e Hitler; algo que, não tinha dúvidas, ia muito além da inacreditável semelhança física.

Retirou-se do *Cosi* duas horas e meia depois. O efeito das três doses de bourbon já se fazia notar, e Sebastián sentia dificuldade em caminhar em linha reta.

Buenos Aires estava mergulhada na noite, mas as pessoas pareciam indiferentes a isso. Pelo contrário, o fato de a chuva dos últimos dias ter dado uma trégua parecia estimular os portenhos a saírem às ruas e enfrentarem o calor e o abafamento tomando um pouco de ar fresco.

Desviou abruptamente de um casal de meia-idade que caminhava de modo despreocupado no sentido contrário da calçada, porém, teve menos sorte com um grupo de três moças que vinham em sua direção, entretidas em um papo fugaz.

Após o encontrão involuntário, Sebastián mal teve tempo de se desculpar. As moças seguiram adiante, mas notou que olhavam para trás e falavam algo sobre ele e seu andar trôpego.

Dobrou a esquina e parou próximo a um ponto de táxi. Não havia nenhum carro disponível, de modo que se encostou no pilar da marquise que, em dias de sol, fazia sombra à entrada ampla de uma loja de ternos.

Não demorou para que um carro encostasse no meio-fio; de modo autônomo, com os sentidos torpes, Sebastián precipitou-se em direção ao veículo, mas deteve-se quando a porta do passageiro se abriu e, por ela, um homem vestindo um terno claro, ideal para o verão, desceu e caminhou em sua direção. As abas caídas do chapéu claro projetavam uma sombra que lhe escondia as feições, conferindo um aspecto sinistro ao sujeito.

– Dr. Lindner? – ele perguntou, de modo amistoso. Tinha um sotaque regional diferente, Sebastián notou.

– Sou eu. O senhor me conhece?

Sebastián sentiu as pernas fraquejarem; sim, estava com medo. Havia algo errado.

– Gostaríamos de conversar com o senhor. Por favor, entre no carro.

Sebastián observou melhor o veículo; um Justicialista. Atrás do volante, um homem de chapéu trajando uma camisa sem mangas olhava para a frente, ao que parece, sem se importar com o que estava acontecendo.

– Eu, com sinceridade, não conheço o senhor e não entendo... – Sebastián foi obrigado a deter sua argumentação quando se viu sob a mira de uma arma de fogo empunhada pelo seu interlocutor de terno claro.

Calado, assentiu e entrou no carro. Ocupou o banco de trás, tendo ao seu lado o homem que o interpelara. A arma continuava apontada na sua direção, mas o semblante do sujeito não era ameaçador. Pelo contrário, o homem parecia perfeitamente calmo, como se estivesse habituado a coagir pessoas.

O motorista lhe entregou um pano preto que, logo, Sebastián percebeu ser um capuz.

– Dr. Lindner, para segurança do senhor, peço que coloque isto e não tire até que eu mande. Se fizer o que pedimos, tudo seguirá bem. Asseguro que o senhor não corre risco, caso siga à risca o que estou pedindo. Do contrário...

O homem sacudiu a arma no ar e entregou o capuz a Sebastián. Trêmulo, ele colocou o pano sobre a cabeça e sentiu que o carro se movimentava.

– Agora, faremos uma pequena viagem – anunciou o homem, calando-se em seguida.

Afundado no banco traseiro, Sebastián mergulhou na escuridão e no medo.

PARTE 3

Sombras

22

Os únicos sons que Sebastián podia ouvir eram o de sua respiração e do motor do Justicialista, que estava em movimento. O odor acre do capuz lhe causava náuseas; faltava-lhe o ar, mas tinha receio de protestar – afinal, estava sob a mira de uma arma.

Pousadas sobre os joelhos, suas mãos tremiam, e ele não sabia ao certo se era devido ao álcool ou ao medo. O silêncio dos dois homens dentro do veículo estava fazendo com que entrasse em pânico. Desejava ouvir algo – nem que fosse uma ameaça.

Vou morrer, concluiu mentalmente. *Levarei um tiro e vou morrer sem saber o que está de fato havendo.*

De início, pensou em Agostina Perdomo. Seria sua amante capaz de ordenar sua morte? Não estava convencido, mas nutria fortes suspeitas de que ela havia matado o marido e usado o seu veredicto para escapulir das garras do inspetor Quintana. Seduzi-lo para que atingisse essa finalidade não seria difícil para ela. Ou estaria errado? Agostina realmente o amava e queria assustá-lo para que ele não a deixasse?

De qualquer maneira, aquela mulher era perigosa. Havia tomado a decisão correta ao afastar-se dela, mas não imaginava que isso lhe pudesse custar a vida.

Fechou os olhos e tentou controlar a respiração. Só então se deu conta de que já estava imerso na escuridão e que fechar os olhos era completamente inútil.

Não, Agostina não podia ter algo a ver com aquele horror. Outra ideia se formava em sua cabeça.

Os nazistas estão por trás disto.

Desde o dia em que recebera a visita de Aurora Leipzig em seu consultório, sua vida tornara-se um inferno. Nunca deveria ter aceitado tratar aquele velho nazista, ainda que sua curiosidade e seu espírito científico o impulsionassem adiante; afinal, estava certo de que, nos recôncavos daquela mente e escondido atrás do silêncio catatônico em que encontrava o paciente, havia uma grande descoberta – a identidade de alguém importante, do alto escalão do Partido Nazista. Se não o próprio Hitler, alguém de seu círculo de confiança.

Sim, tinha certeza de que estar naquele carro em movimento, com a vida em risco, tinha como motivo seu envolvimento com Aurora Leipzig.

Os estalos dos pneus sobre o chão de cascalho indicavam que seguiam por uma estrada não pavimentada, talvez a entrada de alguma estância. Notou que o motorista diminuíra a velocidade até que, por fim, o carro parou.

Esperou ouvir algum comentário, mas o silêncio permaneceu. Portas se abriram e ele percebeu que os dois homens haviam descido do veículo. Então, a porta do seu lado foi aberta, deixando entrar o cheiro de terra úmida e mato.

– Desça, dr. Lindner – o homem que o abordara disse em tom gentil, mas que não dava margem a qualquer contestação.

Sebastián lançou as pernas para fora do carro e sentiu quando a sola do sapato pressionou o cascalho no chão. Ao colocar-se em pé, ficou zonzo e teve que se apoiar na porta para não cair de joelhos.

– Tenha calma, doutor – disse o homem, segurando-o pelo braço. – Não temos a intenção de machucar o senhor. Somente *conversar*.

Sebastián assentiu. Pensou em dizer algo, mas se manteve calado. Não podia ver a arma, porém, sabia que estava sob sua mira.

O homem conduziu-o pelo braço ao longo de um trajeto tortuoso. Depois de cerca de 200 metros, pararam.

– Há três degraus, dr. Lindner. Cuidado para não cair.

Sebastián escutou o ruído da tranca e, em seguida, uma porta sendo aberta. O homem conduziu-o degraus acima; no segundo patamar, perdeu o equilíbrio e foi ao chão. Seu corpo despencou contra o solo. O impacto de sua cabeça nas pequenas pedrinhas causou uma dor lancinante.

– O que aconteceu, merda? – perguntou o motorista que, até aquele momento, havia se mantido calado.

– Ele tropeçou – disse o homem da arma, erguendo-o pelos braços. – Tudo bem, doutor?

Ele fez que sim, ainda que sentisse o sangue quente escorrer do lado direito da testa.

Vencidos os degraus, notou que estava dentro de um cômodo. Provavelmente, uma casa na zona rural. O cheiro de poeira juntou-se ao aroma do mato enquanto ele era conduzido ambiente adentro. Percebeu passar por outra porta, acessando um segundo cômodo. Ali, o odor era diferente; cheirava a suor e a algo envelhecido, como se tivesse sido mantido trancado por um longo tempo.

– Vou sentá-lo numa cadeira e prender suas mãos atrás do encosto – anunciou o homem, sem alterar o tom de voz.

Sebastián foi colocado sobre uma cadeira dura. Seus braços foram puxados para trás e ele sentiu o toque da pele contra a armação de madeira do encosto enquanto seus punhos eram envolvidos com algo que parecia ser, deduziu, um pedaço de corda.

Emitiu um gemido discreto quando o homem, ao concluir o nó, puxou as extremidades da corda, fazendo com que farpas entrassem na pele fina dos punhos.

– Desculpe por isso, doutor – ele disse.

Sebastián apenas suspirou. A náusea aumentara; estava a ponto de vomitar.

– Já volto – disse o homem. Em seguida, ouviu-se o barulho da porta sendo fechada e o tilintar do trinco de ferro.

Sozinho, Sebastián sentiu o coração disparar. Apesar dos modos gentis do homem que o havia conduzido sob mira, estava dominado por puro pavor.

⸺⸻⸺

Ele sentiu todo o seu corpo ser dominado pela fúria. Mais do que fúria, pesava uma enorme sensação de impotência.

Como pôde assistir a toda a cena e não fazer nada? Estava a poucos metros do local em que o psicólogo fora colocado dentro do Justicialista preto; também nada fizera quando o veículo sumiu noite adentro.

Por que não reagira? Por que não protegera aquele homem, seu único elo com o seu alvo, o qual recebera a missão de executar?

Entrou em seu quarto e deixou a arma sobre a mesa de cabeceira. Até aquele momento, aceitara as ordens de Levy. Havia cometido um erro terrível ao invadir o consultório do doutor e matar aquela mulher; todavia, fizera aquilo unicamente em prol de sua missão.

Fora esse desvio de conduta, sempre acatara as ordens de Levy, mas aquilo estava fugindo ao seu controle. Havia outros grupos como o dele, pessoas cujo único objetivo era dar cabo de filhos da puta nazistas. E, agora, eles estavam em Buenos Aires atrás do *seu alvo*.

Não! Aquele alvo era dele. Nada, nem ninguém, lhe tiraria o prazer de ser o algoz daquele *boche*[1]. Devia isso à sua família e ao seu povo.

Sentado na cama, curvou-se e pensou em *mama* e em Sasha. A pequena e doce Sasha, que nunca deixara Sachsenhausen. Não pôde se despedir de sua irmã em vida, nem na morte. O que fora feito de seu corpinho? Teria sido incinerado ou jogado aos cães? A carne judia não tinha valor algum naquele inferno – fosse ela viva ou morta.

Cerrou os punhos. Seu corpo tremia.

---

[1] *Boche* é um termo originalmente francês e faz referência pejorativa ao povo alemão. Seu uso teve início no século XIX e, a partir das duas grandes guerras, passou a ser usado comumente pelos aliados europeus para se referir aos soldados alemães.

– *Diabeł umrze z moich rąk!* – disse, entre dentes.

Sim.

O *diabo* morreria pelas suas mãos.

◆

– *Carajo!*

Sebastián escutou a voz do motorista exclamar. No instante seguinte, seu capuz foi puxado para cima, fazendo com que uma golfada de ar puro invadisse seus pulmões, que ardiam como se estivessem em chamas.

O homem que o abordara no ponto de táxi estava em pé ao seu lado, encarando-o com surpresa. Na mão esquerda, segurava o capuz negro e, na direita, mantinha a arma em mira.

– O senhor está bem, doutor? – perguntou enquanto deixava o capuz sobre uma pequena mesa quadrada de madeira posicionada à frente de Sebastián. Sobre o móvel, também havia um cinzeiro de metal e um copo de vidro vazio. – Escutamos o senhor tossir e engasgar. Chegamos a pensar que havia engolido a própria língua.

Ofegante, Sebastián olhou para o vômito que lhe cobria o peito e as pernas. Um forte cheiro de bourbon havia tomado conta do ambiente.

– Mas, por sorte, vejo que o senhor está bem. – O homem puxou uma cadeira do outro lado da mesa e sentou-se. – Há esse ferimento na testa, mas também acho que não foi nada grave, estou certo?

Sebastián assentiu, balançando a cabeça. Somente naquele momento pôde ver claramente o segundo homem, o motorista, um sujeito moreno de pele curtida pelo sol e bigode preto farto. Tinha semblante carrancudo e mantinha-se em pé, no canto mais escuro do recinto – um quartinho minúsculo e claustrofóbico.

– Como expliquei, se o senhor colaborar conosco, não há motivos para temer. Logo estará em casa. Claro, precisará de um bom banho também – prosseguiu o homem, enquanto tirava um maço de cigarros do bolso da camisa e colocava um entre os lábios.

– Não sei o que vocês querem comigo ou por que estou aqui – Sebastián finalmente encontrou forças para falar.

– Sim, o senhor sabe, sim – o homem deu uma longa tragada e, em seguida, soltou a fumaça no ar. – Seu paciente alemão Albert Leipzig. É sobre ele que queremos falar.

A primeira reação de Sebastián foi dizer algo e protestar. Contudo, mais que depressa, compreendeu que qualquer argumento seria inútil naquela situação.

– Sabe de quem estou falando, não sabe, dr. Lindner? – o homem perguntou de modo incisivo.

Sebastián concordou, acenando com a cabeça.

– Certo. Agora, estamos nos entendendo. Acontece, doutor, que o sr. Albert Leipzig é um nazista filho da puta. Da pior espécie. Digo que, talvez, ele esteja no topo entre os membros da espécie de filhos da puta nazistas. Um sujeito bastante importante que interessa a muita gente, e que, por isso, fugiu para a Argentina com alguns de seus comparsas *krauts*[2].

– Eu... – mais uma vez, Sebastián deteve-se. Precisava escolher as palavras, não podia pisar em falso. De algum modo, compreendia exatamente quais eram os interesses dos dois homens em Albert Leipzig, só não sabia se estava disposto a cooperar para que seu paciente fosse colocado em algum tipo de risco.

– Ia dizer algo, doutor?

– O sr. Leipzig é meu paciente... ele chegou até mim com um quadro de estupor catatônico e sua filha pediu que eu o ajudasse. É tudo o que posso dizer sobre ele.

– E o senhor sabe exatamente por que procuraram o senhor? – O homem deu mais uma longa tragada no cigarro e, a seguir, abandonou-o ainda aceso no cinzeiro.

– A filha do sr. Leipzig me disse que eles me procuraram devido a certos estudos que realizei há alguns anos... sobre o padrão psicológico dos nazistas na Segunda Guerra e seu comportamento enquanto grupo.

---

[2] Referência à palavra alemã para "chucrute".

Ela achou que minha linha de pesquisa, e meu parco conhecimento do idioma alemão, ajudariam de algum modo no tratamento do pai. Foi o que ela me disse.

— E então?

— Então o quê?

O homem ergueu as sobrancelhas espessas. Deu um longo suspiro e, apoiando os dois cotovelos na mesa, como se relaxasse, encarou Sebastián:

— Como está o tratamento de Albert Leipzig, dr. Lindner?

Sebastián refletiu e, encolhendo os ombros, respondeu:

— Pacientes mais idosos em geral têm dificuldade de aceitar tratamento por meio da terapia. No caso do sr. Leipzig, a fonte do problema deve estar associada a um trauma de guerra, e, assim sendo, é provável que eu não tenha tempo...

— Certo, está bem. — O homem gesticulou, apagando o cigarro no cinzeiro. — Notei que o senhor fuma charutos cubanos, dr. Lindner. Se quiser, pode ficar à vontade para acender um. O senhor gostaria?

— Infelizmente, o Montecristo que eu estava fumando no ponto de táxi era meu último.

— De fato, uma pena — o homem meneou a cabeça. — O fumo cubano é o melhor, sem dúvida.

Com aparente tranquilidade, ele entrelaçou os dedos e disse devagar:

— Dr. Lindner, irei direto ao ponto. Eu e meu amigo aqui, Sancho, observamos o senhor há algum tempo e sabemos o suficiente sobre Albert Leipzig para termos a consciência de que se trata de um homem perigoso, assim como seus comparsas: a mulher que o senhor conhece como sendo sua filha e o outro jovem alemão, que possivelmente o senhor tenha conhecido como Jörgen. Portanto, tenho plena convicção de que está *mentindo*, dr. Lindner; o que não entendo é por que um homem como o senhor desejaria proteger um nazista filho da puta como Albert Leipzig.

— O sr. Leipzig é meu paciente. E, nessas condições, estou sob uma rigorosa ética profissional que me impede...

— Estranho o senhor falar sobre ética, doutor — o homem voltou a interromper, erguendo o tom de voz. — Não sou psicólogo ou psiquiatra, mas não é necessário ser muito perspicaz para saber que não é ético trepar com os pacientes, dr. Lindner. E o senhor vem trepando com a viúva Perdomo, estou certo?

Sebastián sentiu suas entranhas se moverem.

— Não me importa nem um pouco sua vida íntima, dr. Lindner, tampouco o que faz com a sra. Perdomo. Mas esse meu interesse pode *mudar*, caso o senhor não coopere. Ou, de repente, Sancho pode se interessar em saber mais sobre sua mãe idosa, Dona Ada, ou sobre seu amigo dr. Ariel Giustozzi.

A visão de Sebastián ficou turva e o ar lhe faltava nos pulmões.

— O senhor está bem, doutor?

— O que diabos quer de mim? — perguntou Sebastián, ofegante e consciente de que havia caído em uma complexa teia da qual havia pouquíssima chance de fugir.

— Saber sobre Albert Leipzig.

— Eu já disse. Fui contratado para tratar o sr. Leipzig de um caso de estupor catatônico de origem traumática. É o que tenho feito desde então. Ele prefere ser atendido no hotel em que está hospedado com a filha e, tendo em vista a idade e o quadro do paciente, bem como a necessidade de o tratamento ser breve, não vi motivos para não o atender nessas condições.

— E sua secretária? Ines Bustamante. O que houve com ela?

— Ines? Como sabe?... — Sebastián se deteve e suspirou. — Meu consultório foi assaltado. Ines reagiu ao assaltante e teve uma morte horrenda. Por isso suspendi todas as minhas consultas e estou me dedicando exclusivamente ao sr. Leipzig. É o suficiente?

O homem recostou-se na cadeira e encarou Sebastián.

— O senhor nunca ponderou sobre a possibilidade de Albert Leipzig e a morte de sua secretária serem fatos conectados, doutor?

— Como?...

O homem acendeu um cigarro e entregou outro para Sancho, que permanecia oculto nas sombras.

– O senhor é um homem culto e, assim sendo, boa parte do que vou lhe dizer talvez não seja novidade. No entanto, estou certo de que o senhor acabou se envolvendo mais do que deveria em algo perigoso, dr. Lindner... algo de que não poderá escapar com facilidade, a não ser que aceite nossa ajuda.

– Ajuda de vocês?

– Não é novidade alguma que o ex-presidente Perón acolheu na Argentina vários nazistas que conseguiram escapar da Alemanha no fim da guerra – prosseguiu o homem, enquanto tragava. – Mais do que recomeçar a vida na América do Sul, doutor, esses desgraçados tinham outro objetivo ao virem para cá.

Sebastián se calou.

– O senhor já ouviu falar na Operação Odessa, doutor?

– Não, nunca.

– *Organisation der Ehemaligen SS-Angehörige*. Odessa. Basicamente, uma organização criada pela SS de Hitler para implementar um plano de fuga engenhoso das principais mentes nazistas para a América do Sul, sobretudo, para a Argentina. Plano este que incluía o *Führer* em pessoa, antes que caísse nas mãos dos soviéticos em Berlim.

– Não sei nada sobre isso – retrucou Sebastián. – Sou psicólogo, não historiador.

– Parte importante da Operação Odessa era o *Dioscuri-Projekt*. O senhor também não ouviu falar sobre isso, doutor?

Sebastián engoliu em seco.

– Não – respondeu.

– Quase ninguém fora dos corredores dos serviços de inteligência da Europa e Estados Unidos conhece esse projeto. Mas o *Dioscuri-Projekt* era o pilar central da Operação Odessa e do sonho de Hitler de criar um ninho de nazistas bem aqui, no país do senhor, para, então, recomeçar seu plano megalômano de purificação racial. Em outras palavras, dr. Lindner, enquanto Berlim ardia em chamas, os nazistas punham seus ovos na América do Sul para, no futuro, gerarem mais uma geração de filhos da puta sociopatas.

– Isso é um absurdo...

– Um absurdo muito bem planejado, eu lhe asseguro, doutor. E é por isso que eu e Sancho, meu amigo, estamos aqui. Para detê-los.

Sebastián assentiu. Observou Sancho, que prosseguia fumando enquanto se entretinha olhando a ponta de sua botina.

– Acontece que existem homens muito ricos que estão preocupados com o futuro do mundo; um futuro do qual nazistas não fazem parte e, para isso, precisam ser eliminados. Homens que financiam de bom grado organizações muito grandes que têm agentes em todo o mundo desde o fim da guerra, e cuja missão é terminar o que Nuremberg começou. Fazemos parte de uma dessas organizações, dr. Lindner, e nossa missão é *caçar nazistas*. Compreende agora?

Sebastián fez que sim.

– Entre as centenas de ratos nazistas que escaparam da Alemanha e da forca em Nuremberg, o principal deles está aqui, doutor. E se chama Albert Leipzig.

Sebastián mordeu os lábios. Seus pulsos doíam e sua cabeça girava.

– Eu não posso acreditar – disse.

– Albert Leipzig é o fruto mais expoente do *Dioscuri-Projekt*, dr. Lindner, que tinha o objetivo de eternizar o sonho de Hitler para gerações futuras e assegurar que o projeto nazista não morresse com a Alemanha, e pudesse frutificar em outro lugar. Cabe a nós agir antes que isso aconteça, doutor, e eliminar o perigo que Albert Leipzig e seus homens representam.

– Está me pedindo para ajudar a matar uma pessoa?... Um paciente?... Isso é absurdo! Eu...

– O senhor não me entendeu. – O homem esmagou o cigarro, rindo com desdém. – Albert Leipzig oficialmente não existe. Ele não pode ser julgado por uma corte internacional porque isso equivaleria a remexer um passado que ninguém quer reviver.

– Então?...

– Ainda não posso dizer muito, doutor. Oficialmente, a guerra terminou em 30 de abril de 1945, quando o corpo de Hitler foi descoberto pelo Exército Vermelho em seu *bunker* em Berlim. Essa é a história oficial; mas, aqui, dr. Lindner, não estamos falando de História. Albert Leipzig, o nome pelo qual conhece seu paciente, é um fantasma que precisa ser eliminado para sempre.

– Eliminado? – Sebastián murmurou. Olhou para a arma sobre a mesa, próxima o suficiente para que seu interlocutor conseguisse pegá-la e usá-la em segundos. Havia um incômodo dentro de si, uma dúvida sobre as intenções daquele homem.

– Dr. Lindner, pode ser difícil para o senhor aceitar, mas Albert Leipzig é a pessoa viva mais próxima a Hitler. E, quando digo pessoa viva, estou me referindo a um grau de *proximidade* e a uma *ligação* cujas proporções o senhor não pode imaginar, tampouco eu posso revelar. Se o fizesse, teria que matá-lo, dr. Lindner.

Quem é Albert Leipzig, afinal? Por que ele é tão perigoso? Os traços de seu rosto, um Aldolf Hitler envelhecido.

– Ainda não entendi por que estou aqui. E qual é o interesse de vocês em mim – disse Sebastián. – Eu apenas cuido da saúde mental do sr. Leipzig, não sei de nada sobre essa Operação Odessa ou sobre o *Dioscuri-Projekt*.

– Eu vou lhe explicar como o senhor pode nos ajudar, dr. Lindner – disse o homem, pegando a arma e pondo o dedo no gatilho.

César "Caballo" Quintana colocou o telefone no gancho e ergueu sua mala pelas alças, dirigindo-se à plataforma. Tinha acabado de ter uma conversa agradável com um velho amigo, que o esperaria do outro lado da Província de Río Negro, em Bariloche. Antes, ligou para a Central de Polícia e falou com Herrera, dando-lhe instruções de como contatá-lo, se necessário.

– Achei que estava de férias, inspetor – disse o jovem policial, ao atender ao telefone.

– E estou. Mas gosto de me manter informado sobre o que acontece na capital.

– E o telefone que passou é de onde?

– De um amigo em Bariloche – respondeu, evitando dar muitos detalhes. – E seja discreto, *Hoguera*. Ninguém pode saber que estou no sul, entendeu?

– Pode deixar, inspetor – assentiu o policial.

Um bom rapaz. Será um excelente investigador quando tiver largado as fraldas, pensou, enquanto colocava o telefone no gancho. De certo modo, inocência e idealismo eram um mal necessário em sua profissão – principalmente porque, ao perdê-los, a dor era tamanha que nunca mais se voltava a ser o mesmo. Ele próprio havia passado por isso muitos anos antes.

Entregou seu bilhete ao funcionário da ferrovia e entrou no trem, ocupando seu assento na segunda classe. Acomodou a mala e relaxou, acendendo um cigarro.

Pediu uma taça de vinho à funcionária que transitava pelo corredor, mas foi informado de que o serviço somente começaria após uma hora da partida. Agradeceu e, recostando-se, fechou os olhos. Seriam mais de 17 horas e meia de Viedma até Bariloche, tempo mais do que suficiente para que refletisse sobre seu plano. Era sua única chance.

Um rapaz de compleição física forte e traços germânicos passou pelo seu assento, dirigindo-se para o fundo do trem. Chamou-lhe a atenção a delicadeza do rosto do jovem e sua pele alva, que lhe conferiam feições quase femininas.

Apagou o cigarro no cinzeiro junto ao braço de seu assento e fechou o casaco. No sistema de som, alguém avisava que o trem de Viedma a Bariloche estava para partir.

– Não se preocupe, dr. Lindner. Não tenho a intenção de atirar no senhor – disse o homem, tornando a travar a arma e colocá-la sobre a mesa. – Mas, quando se lida com esse tipo de gente, temos sempre que estar em alerta. Acredite: há muitos como eu e Sancho caçando nazistas pelo mundo, doutor, e, ainda assim, eles conseguem escapar. Os filhos da puta são organizados. Seria bom o senhor ter uma arma como esta para sua segurança.

– Não sei usar armas – respondeu Sebastián, aliviado.

– Mas deveria. Ainda mais em se tratando de Albert Leipzig.

Sebastián suspirou, resignado.

– Ainda não me disse o que quer de mim, nem por que estou aqui.

– É simples, doutor. O senhor se tornou a pessoa mais próxima de Albert Leipzig nestes últimos dias, e o único capaz de nos ajudar a pôr as mãos nele.

– Já disse, não posso fazer isso – argumentou Sebastián, com veemência. – Ele é um paciente, está mentalmente instável. Eu não posso apenas...

– É uma escolha que cabe ao senhor, sem dúvida. Não tenho condições de obrigá-lo. Mas, como expliquei antes, certas decisões trazem consequências desagradáveis. E acredite, dr. Lindner: eu faço qualquer coisa para botar as mãos em Albert Leipzig, inclusive sacrificar inocentes como a sra. Perdomo ou mesmo a pobre e velha Ada.

Num espasmo, Sebastián tentou erguer-se da cadeira e avançar sobre seu interlocutor. Ao mesmo tempo, Sancho saiu das sombras, engatilhando a arma que, até aquele momento, estava escondida às suas costas.

– Canalha! Se fizer algo à minha mãe...

– Não é minha intenção, doutor, juro! Mas, se algo ocorrer, o senhor saberá que foi sua culpa, e não minha.

Sebastián soltou o corpo sobre a cadeira, resignado.

– Acho que agora entendeu. – O homem tirou outro cigarro do maço e acendeu. – O senhor nos ajudará a deter Albert Leipzig para que esse porco nazista receba o que merece e milhares de almas assassinadas pelo Terceiro Reich tenham justiça.

– E como farei isso? – Sebastián perguntou, levantando o olhar na direção do homem do outro lado da pequena mesa. – Se eu entrar armado no hotel, eles perceberão. Não hesitarão nem um segundo em me matar.

– Claro que o senhor não pode entrar armado no hotel! Seria suicídio – o homem assentiu. – Não pediríamos algo tão imprudente. Já temos tudo planejado, dr. Lindner, mas faltava a peça principal: o senhor. Agora que temos um acordo de cooperação, poderemos colocar nosso plano em andamento.

– Qual plano? – perguntou Sebastián, entre dentes. Seu corpo estava consumido pelo ódio. Sua mãe, Ariel, Agostina, todos corriam perigo devido ao seu envolvimento com Aurora.

– Precisamos de três dias. O Serviço de Inteligência dos *boches* já suspeita que estamos agindo em Buenos Aires, e, qualquer ato em falso, o rato voltará para a toca. Se Albert Leipzig fugir para a fortaleza que eles mantêm no sul, doutor, ninguém mais será capaz de pegá-lo. Tudo terá que transcorrer de modo cauteloso e extraoficial.

O homem apagou o cigarro.

– O senhor manterá sua rotina como médico de Albert Leipzig nos próximos três dias. Então, cuidaremos para que os nazis saiam da toca, isto é, daquele maldito hotel.

Sebastián balançou a cabeça negativamente.

– Não! Não posso! Se aquela gente suspeitar que tenho algo a ver com isso, também irão atrás das pessoas que amo.

– Cuidaremos para que o envolvimento do senhor não seja revelado, em absoluto! – o homem disse, com convicção. – Temos um trato e vamos cumpri-lo, doutor. Apenas aja com naturalidade nos próximos três dias.

Sebastián suspirou e assentiu. O homem escancarou um largo sorriso e levantou-se, empurrando a cadeira para longe.

– Temos um acordo então, dr. Lindner. – Ele olhou para Sancho, sinalizando para que se aproximasse. – Se algo der errado nesse meio--tempo, o senhor pode entrar em contato comigo. Mas seja discreto.

– E como farei isso? Nem sei...

– Conhece a cafeteria Salomon na Calle Tucuman?

Sebastián negou.

– Pois guarde esse local. Fica próximo ao Plaza Hotel. Se precisar entrar em contato comigo, doutor, vá à cafeteria e fale com um garçom chamado Pepe. Ele é bem jovem, magro e moreno. Manca de uma perna, então, será fácil reconhecê-lo. Mas fale *unicamente* com ele.

Sebastián concordou.

– E o que digo?

– Basta dizer o codinome e ele arranjará para que nos encontremos, doutor. – O homem colocou a arma na cintura e caminhou em direção à porta.

– E qual é o codinome?

– Levy – respondeu o homem, sorrindo.

23

A noite de Sebastián foi repleta de pesadelos. Num deles, ele corria por uma estrada deserta que terminava em um grande desfiladeiro. Olhava constantemente para trás e, apesar de não conseguir enxergar nada, sabia que havia um perigo enorme vindo em sua direção.

Tenho que pular.

Mirou o fundo do precipício. Encontraria a morte certa se saltasse. Porém, a ideia de ficar parado ali, esperando o perigo alcançá-lo, causava-lhe um pavor muito maior do que morrer.

Estava pronto para saltar quando escutou a voz de Agostina.

Sebá.

Ela caminhava devagar em sua direção. Estava completamente nua; seu corpo estava coberto de suor e sua excitação ficava evidente em seus grandes mamilos enrijecidos.

Estou aqui, Sebá. Aqui por você.

A imagem de Agostina fez com que seu pavor aumentasse. Girou sobre os calcanhares e, olhando para baixo, saltou.

Acordou coberto de suor e ofegante no amplo sofá da sala de estudos de Ariel. Tocou com a ponta dos dedos o curativo na testa, feito pelo amigo na noite anterior. Tinha sido terrível mentir para Ariel, dizendo que havia bebido demais e caído. Mas não era a primeira vez que mentia para ele (na verdade, não passava de um canalha mentiroso havia muito tempo) e, tampouco, não queria voltar para casa e arriscar ainda mais a segurança de sua mãe, ou apelar para Agostina e levantar outras tantas suspeitas sobre o relacionamento de ambos.

Levy e Sancho – honestamente, duvidava que esses fossem de fato os nomes verdadeiros de seus captores – haviam cumprido o prometido e, tão logo o tiraram do cativeiro, trouxeram-no em segurança até o mesmo ponto de táxi onde fora sequestrado. Foi mantido encapuzado durante todo o trajeto, mas o medo de que algo ruim lhe acontecesse havia sumido; naquele momento, seu maior pavor era que as pessoas ao seu redor fossem atingidas.

Pensou em Ines e no sangue espalhado pela recepção de seu consultório. Indiretamente, havia sido ele o responsável por sua morte.

Assim, quando se viu livre, caminhou por alguns quarteirões até encontrar um bar, onde tomou uma dose. Em seguida, pegou um táxi até a casa de Ariel.

O amigo lhe providenciou roupas limpas para dormir e, evidentemente, não lhe poupou um longo sermão sobre o estado deplorável em que se encontrava – ferido e coberto de vômito.

Três dias.

Fechou os olhos e tentou se acalmar.

– Bom dia, dr. Lindner. – A empregada de Ariel abriu a porta do escritório, após duas batidas discretas. – Posso entrar?

Sebastián consentiu e sentou-se no sofá.

– O dr. Giustozzi pediu que eu deixasse seu café pronto, mas posso trazer para o senhor aqui no escritório, se preferir. Também disse que o senhor pode tomar um banho e que é para se sentir em casa.

– Sempre me sinto em casa aqui. Obrigado! – agradeceu Sebastián, esforçando-se para levantar. Sua cabeça doía e ele não sabia se era devido ao ferimento ou à ressaca.

A moça enfiou a mão no bolso do avental e, em seguida, estendeu dois comprimidos na direção de Sebastián, que lutava para se equilibrar sobre as pernas.

– O doutor também pediu que lhe entregasse isso. Disse que são analgésicos e que o senhor iria precisar.

– Obrigado – Sebastián agradeceu. Engoliu os comprimidos e optou por pedir que lhe trouxesse o café da manhã no escritório.

Depois, tomou um banho e vestiu as roupas que Ariel havia lhe deixado. Observando-se no espelho, notou que as mangas da camisa lhe ficavam um pouco curtas e, a calça, justa na cintura.

Retornou ao escritório e acomodou-se no sofá. Precisava, mais do que tudo, refletir. Sabia que estava entre a cruz e a espada, e que, qualquer que fosse sua decisão – trair Aurora e Jörgen, ou negar ajuda a Levy e seu grupo –, isso lhe custaria muito caro.

Nenhum lugar na Argentina seria seguro o bastante, mas poderia enviar sua mãe para uma viagem a Montevidéu e se encarregaria para que Magda a acompanhasse. Ou, ainda, contrataria uma enfermeira ou cuidadora extra; tinha dinheiro para isso, não seria problema. A questão era se sua mãe debilitada aguentaria a viagem.

De qualquer modo, preciso tirá-la da Argentina.

Era um risco. Um risco que teria que correr.

Massageou as têmporas enquanto sentia o corpo afundar no sofá. Sua boca estava seca e suas mãos começavam a se mover num leve tremor.

Abstinência.

Tinha que se controlar. Conferiu a hora e mentalmente calculou o tempo que restava para a consulta com Albert Leipzig: três horas e meia.

Esticou-se no sofá e fechou os olhos. A dor de cabeça e no corpo havia cessado e, aos poucos, sentiu-se envolto em um leve torpor, fruto da medicação.

A Cafeteria Salomon era um lugar discreto, quase espartano. Uma porta estreita, sobre a qual havia uma placa que anunciava *Aquí se sirve café brasileño legítimo*, dava acesso a um ambiente claustrofóbico que cheirava a pinho, café e tabaco. Um papel de parede verde-camurça e o balcão austero de madeira conferiam ao ambiente um aspecto ainda mais sisudo.

Levy apagou o cigarro no cinzeiro de vidro e dobrou o jornal, deixando-o sobre a mesa. Observou *Jude* entrar e caminhar em sua direção e sentar-se na cadeira à sua frente.

– Precisamos agir – disse o colega, ignorando por completo a presença de Pepe, que se aproximara da mesa para tirar o pedido. – Há mais caçadores em Buenos Aires e acredito que eles estão atrás do doutor.

Levy suspirou, adotando uma postura mais relaxada.

– O que está dizendo?

– Eu vi – respondeu, de modo tenso. – Eu vi quando colocaram o doutor em um carro preto ontem à noite. Um Justicialista. Memorizei a placa. Eu o estava seguindo como de costume; ele se embebedou em um bar e depois foi para um ponto de táxi, onde o abordaram.

Levy passou a língua pelos lábios.

– Você viu as pessoas que levaram o dr. Lindner?

– Não – *Jude* mexeu a cabeça negativamente. – O homem usava chapéu e estava escuro. Só guardei a placa do carro, como disse. Mas tenho certeza de que se trata de mais um grupo de caçadores.

Levy acendeu outro cigarro e tragou.

– Levy, temos que agir! Me dê permissão para caçar o alvo! Você sabe, ele é *meu*.

Levy semicerrou os olhos e observou *Jude* através da fumaça.

– Não sou eu quem decide essas coisas, *Jude*, e você sabe bem disso. Contudo, terem colocado as mãos no doutor me preocupa também.

Jude estava tenso, mais do que o habitual. Mantinha os olhos fixos nas mãos, cujos dedos entrelaçados se mexiam em espasmos.

– É possível que queiram usar o dr. Lindner para chegar aos nazistas. Por isso duvido que façam mal a ele – disse Levy, batendo as cinzas.

– O doutor não me preocupa! – disse *Jude*, entre dentes. – Sabemos onde estão; posso dar conta e eliminar o alvo.

– Não conseguirá sair vivo daquele hotel, *Jude* – disse Levy, observando o companheiro.

– Não me importo! Eu morri há muitos anos naquele maldito campo de concentração. O único sentido para mim é matar nazistas. E *ele* é o prêmio maior. Eu imploro, Levy. Me deixe agir.

Levy assentiu. Acenou para que Pepe trouxesse dois cafés e, em seguida, apoiou-se na mesa, dirigindo-se a *Jude* com tranquilidade:

– Me dê até amanhã. Preciso descobrir quem são os caçadores e o que conseguiram tirar do doutor. Prometo que, independentemente do que descobrir, autorizarei sua ação.

Jude o encarou, sem dizer nada.

– Está bem assim?

Jude fez que sim.

– Você sabe que estará por sua conta e risco, não sabe?

Como resposta, *Jude* acenou com a cabeça de modo ainda mais veemente.

Pepe colocou duas xícaras de café sobre a mesa e se afastou.

– Muito bem. – Levy levou a xícara à boca e bebeu em um gole só. Sentiu o líquido quente descer pela garganta e lhe queimar o estômago. – Amanhã nos falamos.

Pousou a xícara sobre o pires e, pegando o jornal, levantou-se, passando por *Jude*.

– Cuide-se, *Jude*. Espero que tenha certeza do que está me pedindo. *Elohim ivarech otách*.[1]

Ele não olhou na direção de Levy quando este passou pela porta e seguiu rumo à rua. Estava absorto com a ideia de finalmente entrar em ação. Não se importava de morrer; pensou no momento em que reencontraria Sasha e poderia por fim abraçá-la – o abraço que fora impedido de lhe dar em Sachsenhausen.

---

[1] "Deus abençoe você", em hebraico.

24

César "Caballo" Quintana ergueu a taça de vinho e, olhando firmemente para o homem à sua frente, propôs um brinde. Em seguida, bebericou um pouco do Malbec.

– Delicioso – disse, colocando a taça sobre a mesa. Acendeu um cigarro e tragou com força. A seguir, explodiu em um acesso de tosse.

– Precisa cuidar desses pulmões. E também largar essa merda – observou o homem do outro lado da pequena mesa circular nos fundos de uma cantina localizada numa zona movimentada da turística Bariloche.

– Todo mundo me fala isso. Mas dizem que o ar das montanhas é propício para problemas respiratórios – falou "Caballo" Quintana, deixando o cigarro de lado e levando a taça de vinho à boca. – Isso, claro, sem contar o vinho.

– Gostou? – O homem escancarou um sorriso. – É de Río Negro. Muitos pensam que apenas o Sauvignon Blanc de lá é apreciável, mas eu adoro esse Malbec. É um tinto vigoroso, de uma uva que resiste a noites de frio intenso, ao contrário do que acontece em Luján e Maipú. Escute o que falo, Quintana: ainda que hoje a produção seja quase toda destinada ao consumo interno, esse vinho fará fama mundial.

– Não entendo patavina de vinho – disse o inspetor, limpando os lábios com o guardanapo de tecido. – Apenas sei apreciá-lo. Ao contrário, parece que você se tornou um enólogo de primeira, meu amigo.

O homem riu alto, recostando-se na cadeira, fazendo-a estalar com o corpanzil. Em seguida, cravou os olhos azul-claros em "Caballo" Quintana enquanto o policial se entretinha em ver o cardápio.

– O que sugere?

– Carne, claro. Aqui servem o melhor cordeiro do sul.

– Pode ser, então. – "Caballo" Quintana deixou o cardápio sobre a mesa.

Passava das duas da tarde quando o inspetor de polícia Javier Gamboa o apanhou na estação de Bariloche. Havia exatos sete anos que não se viam, e o amigo parecia ter ganhado peso e vigor – ao contrário dele, que sofria com os pulmões e sentia o corpo pesar-lhe mais a cada ano.

– Pode ser apenas um velho vício de policial, Quintana – disse Gamboa, girando o Malbec na taça –, mas algo me diz que você não está aqui apenas para passar seus últimos dias de férias e saborear vinho e cordeiro ao molho.

"Caballo" Quintana sorriu com o cigarro entre os lábios.

– Não?

– Não. Em absoluto. – Gamboa bebeu um grande gole de vinho e prosseguiu: – Venho matutando sobre isso desde que me ligou ontem de Viedma. Você não deixaria Buenos Aires para vir para o sul a troco de nada.

– Nem de umas merecidas férias?

– Você nunca tirou férias, Quintana – disse Gamboa, terminando o Malbec em sua taça. – O fato é que meus instintos não costumam me enganar. Coisa de quem gosta de jogo, sabe? Então, tenho certeza de que sua amigável visita tem o objetivo de me cobrar uma velha dívida. Estou errado?

"Caballo" Quintana soltou a fumaça no ar e tossiu. Cobriu a boca com a mão e depois limpou os lábios.

– Merda!

– Eu disse! Largue essa merda de cigarro!

O inspetor apagou o cigarro, que ainda estava pela metade, e disse:

– Preciso pôr as mãos num cara. Na verdade, o sujeito é um simples peão de um jogo que é muito, muito maior do que parece ser. Mas esta é minha única chance de tirar um inocente da cadeia, Gamboa.

– E por que você não faz isso por meios legais? – O enorme policial suspendeu o cenho. – A Polícia Metropolitana não costuma pedir ajuda para os pobres coitados aqui do sul.

– Porque não querem me deixar mexer nesse vespeiro. Coisa grande. Ou seja, estou aqui extraoficialmente com intenções nada ortodoxas.

– Do que se trata? – perguntou Gamboa, servindo mais vinho para Quintana e, em seguida, enchendo sua taça.

– Dom Francisco Perdomo.

Javier Gamboa colocou a garrafa sobre a mesa e soltou um assobio.

– Merda das grandes. Mas achei que o culpado já estivesse preso. O caseiro ou algo assim, se não me falha a memória. É um caso antigo.

– Para mim, não é tão antigo assim – disse "Caballo" Quintana. – Acontece que o cara que está apodrecendo na cadeia é inocente.

– Não foi o que a investigação disse, Quintana. Havia provas e...

– *Carajo*, Gamboa! Chega dessas merdas. Você sabe tão bem quanto eu que a polícia local e o Departamento em Buenos Aires colocaram panos quentes assim que acharam um bode expiatório. Ibañez é inocente e acho que sei quem matou Dom Francisco. Só preciso *provar*.

Gamboa encarou o colega.

– Você continua um teimoso filho da puta. Obcecado, não é?

– Pode-se dizer que sim. – "Caballo" Quintana encolheu os ombros – Mas não conseguirei fazer isso sem ajuda. Sem *sua* ajuda.

Javier Gamboa permaneceu alguns segundos olhando para o líquido vermelho escuro em sua taça. Sem erguer o olhar, disse:

– Não posso ajudar, Quintana. Já tenho encrencas o bastante em minha ficha. Você sabe disso melhor do que ninguém. Se não tivesse salvado minha pele há sete anos, eu estaria atrás das grades. Eu sou eternamente grato, mas não posso mexer nisso. É coisa de gente graúda e vou me queimar. Você não pode me pedir isso.

– Mas é exatamente o que estou pedindo, Gamboa. Que me ajude. – "Caballo" Quintana olhou bem para ele. – Se não for pela amizade, que seja pelo que me deve. Você escolhe. Mas você vai me ajudar.

– *Vou* te ajudar? – Gamboa franziu o cenho. – E se eu me negar?

– Ficará com a consciência pesada por ter deixado um inocente morrer na cadeia. – "Caballo" Quintana tomou um gole de vinho e seguiu: – Sei que você já tem peso demais sobre os ombros e que não vai querer mais essa culpa sobre si, correto?

– Espere um pouco! Eu não tenho nada a ver com o caseiro preso! Nem cuidei desse caso, Quintana.

– Não, não cuidou. Mas tem a chance de fazer a diferença agora e saldar sua dívida comigo.

O inspetor tragou o restante do cigarro e depois o esmagou no cinzeiro.

Javier Gamboa resmungou algo inaudível e, batendo na mesa, fez menção de agredir Quintana verbalmente. Todavia, algo fez com que se detivesse.

Nos anos em que estivera em serviço na Polícia Metropolitana, Gamboa envolvera-se em jogatina. No início era coisa leve, mas que foi ganhando proporções maiores quando sua dívida com agiotas cresceu. Ele e "Caballo" Quintana eram próximos na época, e o inspetor cuidou para que o homem que ameaçava Gamboa fosse preso em uma emboscada policial graças a informações que o amigo lhe passara.

Em seu relatório, Quintana mencionou apenas ter sido ajudado por um informante, algo corriqueiro no mundo da polícia. Claro, havia o risco de o agiota dar com a língua nos dentes para se safar, mas um golpe de sorte fez com que o sujeito fosse esfaqueado em sua segunda semana de detenção devido a uma briga na cela.

"Caballo" Quintana nunca teve plena certeza de que Gamboa fosse inocente de tal briga – tinha fortes suspeitas de que o colega subornara presos para que calassem o agiota. Entretanto, não levou o caso adiante e Javier Gamboa conseguiu uma transferência para o sul.

– Você está sendo um tremendo filho da puta – disse Gamboa.

– Já estou me acostumando com isso – respondeu o inspetor, com ironia. – E então?

O homenzarrão suspirou, rendido.

– O que quer que eu faça?

– Descobri que a esposa de Ibañez está trabalhando em um lugar chamado Estância San Ramón em Villa La Angostura. Conhece o lugar?

– Conheço Villa La Angostura. Mas há muitas estâncias por lá.

– Essa, particularmente, é interessante. Parece que pertence a alemães. Nazistas, para ser mais específico. Um punhado deles fugiu para a Argentina com a bênção de nosso ex-presidente. Mas isso não vem ao caso agora. A questão é que é quase impossível ter acesso à sra. Ibañez, e a única ligação da propriedade com o continente é um barqueiro chamado Ezequiel Barrero, que todos os dias traz alemães para Villa La Angostura e depois os leva de volta para San Ramón ao fim do dia.

– E como eu entro nisso?

– Acontece que descobri que o tal Barrero tem problemas sérios com jogatina. E você, meu amigo, sabe melhor do que ninguém como essas coisas funcionam. Uma vez viciado, sempre viciado. Não é o que dizem?

– Ainda não entendi...

– Oras, Gamboa! Não preciso ser um gênio para saber que você deve conhecer o submundo da jogatina aqui da região! A influência de ser um policial ajuda às vezes. E você não largou o carteado de uma hora para outra graças ao ar milagroso da Patagônia!

Javier Gamboa mordeu os lábios. Sentia o estômago revirar, e tanto o Malbec quanto o cordeiro deixaram de ser atrativos.

– O que preciso é o seguinte – disse "Caballo" Quintana que, àquela altura, já tinha toda a atenção do colega.

– Está atrasado vinte minutos, *Herr Doktor* – disse Albert Leipzig, conferindo o relógio de bolso. – E também está com uma aparência deplorável.

Sebastián Lindner fitou o paciente e, recostando-se na poltrona, cruzou as pernas. Aquelas palavras não eram meras observações, mas sim um tipo de censura. Era como se estivesse sendo repreendido por não se apresentar dignamente diante de alguém importante.

– Minha aparência o incomoda, sr. Leipzig? – perguntou, tocando de leve o curativo na cabeça.

– Já vi homens em pior estado, *Herr Doktor*, se é o que quer saber. A guerra nos mostra coisas bem duras de se acostumar. – O velho alemão guardou o relógio de bolso e prosseguiu: – Mas um homem de sua estirpe e conhecimento não combina com arranhões e machucados.

Sebastián assentiu. De repente, o tom de Albert Leipzig se tornara formal e amigável.

– Sofri uma pequena queda, sr. Leipzig – mentiu, sorrindo para disfarçar o nervosismo. – Um acidente doméstico que me custou um belo hematoma, como o senhor pode ver.

– Essas coisas são terríveis. – Albert Leipzig olhava fixamente para Sebastián, como se procurasse algo oculto. – Digo, às vezes, um homem toma todas as precauções necessárias para se proteger e garantir sua segurança, mas as piores coisas podem acontecer bem debaixo de seu teto. A vida de seus entes mais queridos. Não é mesmo, *Doktor*?

Sebastián concordou.

– O senhor já passou por alguma situação assim? Já foi traído por pessoas próximas, sr. Leipzig?

O velho alemão semicerrou os olhos, fazendo com que as rugas e marcas de expressão se acentuassem em seu rosto.

– Quem não foi, *Herr Doktor?* – disse, com pesar. – A guerra obriga as pessoas a tomarem decisões em prol de um projeto maior; muito maior. Lembra do meu amigo, Norman? Eu o matei, mas acredito que ele teria feito o mesmo se a bomba tivesse me atingido, e não o contrário. É uma questão de sobrevivência. Sacrifícios.

– E depois da guerra, sr. Leipzig? O senhor também já se viu em situações em que se sentiu traído por alguém próximo? Amigos, parentes?...

Albert Leipzig passou a língua nos lábios finos. Diante da demora por uma resposta, Sebastián insistiu:

– Quando Aurora trouxe o senhor a Buenos Aires para se tratar comigo, o senhor estava em um estado de estupor catatônico. O quadro pode variar muito de acordo com o paciente, mas, em geral, trata-se de um estado regressivo a um comportamento infantilizado, intrauterino, que usa proteção. Por isso confesso que a primeira coisa que me ocorreu foi que, de algum modo, o senhor estava sendo ou se sentia ameaçado em algum sentido.

Como em um jogo em que uma única chance pode decidir uma partida, Sebastián arriscara; de algum modo, seu ferimento tinha aberto uma brecha inesperada na defesa de Albert Leipzig e ele pretendia usá-la, confrontando-o diretamente sobre seu estado mental e as possíveis causas.

Até o momento ele apenas me disse o que lhe convinha, conduzindo de modo exemplar as sessões. Agora, é minha vez de tentar assumir as rédeas e extrair algo pessoal, verdadeiro.

Encarou Albert Leipzig, que mantinha o olhar perdido em algum canto do quarto. Por fim, virando-se devagar para Sebastián, o velho alemão falou pausadamente, mas com austeridade:

– Achei que tínhamos um acordo, *Herr Doktor* – disse. De repente, seu olhar adquiriu um brilho estranho; uma espécie de vivacidade inflamada, como se um sentimento muito forte e dormente o dominasse por completo e estivesse prestes a transbordar pelos olhos entrecobertos pelas pálpebras caídas. – Eu me propus a contar minha vida, relatar detalhes, que nenhum homem vivo neste mundo conhece e que muitos bravos soldados levaram para o túmulo com suas mortes. E, nesse acordo, o senhor não escreve o roteiro, *Herr Doktor*.

Ódio. O olhar dele é de ódio. Não um ódio direcionado a mim, mas um tipo de combustível que se inflama, que faz esse homem emanar uma energia assombrosa.

Sebastián meneou a cabeça e disse em tom polido:

– Me desculpe, sr. Leipzig. Apenas achei que essa informação poderia ser útil para o tratamento.

– O senhor não acha, *Herr Doktor*. O senhor me ouve.

O tom da voz de Albert Leipzig era duro; mais do que isso, era raivoso, como se Sebastián tivesse cometido um erro grave.

Toquei na ferida. Sei que toquei.

Sebastián fez menção de dizer algo, mas foi interrompido pelo velho alemão, que sinalizou para que se calasse, erguendo a mão espalmada.

– Terminamos por aqui, *Herr Doktor* – disse, levantando-se da poltrona com alguma dificuldade.

Não, isso não pode acontecer agora.

– Sr. Leipzig, como disse, gostaria que o senhor me desculpasse. O tempo da sessão pertence totalmente ao senhor, eu sei disso; mas mal começamos e gostaria que o senhor prosseguisse com seu relato sobre...

Num gesto rápido para aquele homem de movimentos lentos, Albert Leipzig pegou a arma que, até o momento, estava presa atrás de seu cinto, e apontou na direção de Sebastián.

A arma de Jörgen. Albert Leipzig ainda está com ela. O que teme, afinal?

– *Raus aus meinem Gesicht, wertloser wurm!*[1] – disse, entre dentes. Um fio de saliva lhe escorria pelo canto da boca, enquanto a arma apontada para Sebastián tremia.

Sebastián ergueu os braços indicando que estava totalmente indefeso diante da mira de Albert Leipzig. Seu coração estava disparado e as mãos tremiam. Conforme a tensão crescia, também aumentava o incômodo que fazia com que sentisse sua língua inchar, clamando pelo sabor do bourbon.

– *Geh raus!* – bradou o velho alemão, em tom ainda mais enérgico.

Mas que merda!

Sebastián levantou-se devagar e começou a caminhar em direção à porta. Ainda mantinha os braços erguidos e procurava não tirar os olhos da arma que tremia nas mãos de Albert Leipzig.

Eu arruinei tudo. Joguei tudo fora.

---

[1] Em tradução literal, "Suma de minha frente, verme imprestável".

— Tudo bem, sr. Leipzig. Eu já compreendi — hesitante, segurou a maçaneta da porta e a abriu. — Eu estou indo embora, como o senhor deseja. Pode abaixar a arma e se acalmar.

Contudo, a arma prosseguia apontada em sua direção. Sebastián não sabia se aquilo tudo não passava de uma demonstração clara de autoridade ou se aquele velho nazista seria mesmo capaz de puxar o gatilho.

Pé ante pé, foi se retirando do quarto em direção ao corredor. Quando finalmente estava totalmente fora do recinto, viu a porta fechar e, por último, ouviu o barulho do trinco.

Tenho que avisar Aurora, pensou. Se Albert Leipzig estivesse em surto, poderia cometer suicídio. Tinha nas mãos uma arma carregada e estava fora de si o bastante para fazer uma besteira.

Caminhou mais alguns passos, sem tirar os olhos da porta do quarto. Depois, girou sobre os calcanhares e se dirigiu para o elevador. Suas pernas tremiam e o suor escorria pela testa. Sentiu a ferida arder conforme o suor empapava o curativo.

Nisso, escutou um ruído. Algo quase inaudível, mas seus sentidos estavam aguçados.

Um trinco. Em seguida, o ranger da porta se abrindo.

Virou-se e encontrou a figura de Albert Leipzig em pé, parado, olhando em sua direção. A arma ainda estava em suas mãos, porém, agora seus braços pendiam ao lado do corpo combalido.

Se alguém o vir armado, teremos problemas, pensou.

— Sr. Leipzig? — perguntou, virando o corpo todo na direção de seu paciente. — Aconteceu algo?

O velho alemão nada respondeu. Moveu a cabeça positivamente e, parecendo calmo, como se nada do que havia acontecido minutos antes fosse de fato real, voltou para o interior do quarto, deixando a porta aberta.

Tenho que voltar.

Limpou o suor da testa com um lenço e tocou o curativo. Sua ferida doía. Devagar, aproximou-se da porta e, então, entrou. Albert Leipzig estava sentado na poltrona, com as costas viradas para ele. Parecia pesaroso, abatido. Não havia sinal da arma; o mais provável era que a tivesse guardado outra vez na cintura.

– Sr. Leipzig, posso entrar?

Sem se virar, Albert Leipzig disse:

– Gostaria que desconsiderasse o ocorrido, *Herr Doktor*. Sente-se – falou, apontando para a poltrona vazia diante de si.

Não havia desculpas. Havia, sim, um pedido para que desconsiderasse o fato de tê-lo ameaçado com uma arma carregada.

Sebastián sentou-se na poltrona vazia, esforçando-se para aparentar calma. Assim que notou o terapeuta acomodado, Albert Leipzig ergueu o olhar e, sem fazer qualquer menção ao ocorrido, disse:

– Há uma história que precisa ser contada, *Herr Doktor*. Não somente a história de um homem, mas do meu povo. Do povo alemão. E o senhor é o escolhido para ouvi-la – disse, em tom tranquilo. Após alguns segundos em que parecera reflexivo, continuou: – Eu estava contando ao senhor sobre meus últimos dias em Spandau, quando o *Führer* foi nomeado *Reichskanzler* em 1933. No fim daquele mesmo ano, fui libertado, junto com outros do Partido. Entretanto, as agruras ainda não tinham cessado, *Herr Doktor*. Morei nas ruas de Berlim por três meses, até que, em março de 1934, minha sorte mudou. Naquele mesmo mês, o ministro da guerra *Herr* Von Blomberg havia começado a dar corpo às engrenagens da mudança da Alemanha, expulsando os porcos judeus de nossas forças armadas. Dentro em breve, os malditos também começariam a ser expurgados de outros segmentos da sociedade, até que tudo ganhasse os contornos que o senhor conhece e que o mundo temeu: o projeto de uma grande e forte Alemanha sob a liderança do *Führer*. Eu escutei a notícia sobre as ações de *Herr* Von Blomberg em um rádio velho ao lado de outros três homens com quem eu dividia um quarto em um prédio abandonado na periferia de Berlim. Vivíamos de favores e sobras, *Herr Doktor*. Até que, naquele dia, alguém bateu à nossa porta.

25

— "Estivemos procurando você por toda parte!", foi o que disse um homem de terno e chapéu preto ao olhar para dentro do nosso cômodo que cheirava a urina e podridão. "Vejo que tem passado por maus bocados." Então, ele se apresentou como *Herr* Friedrich Kuntz e apertou minha mão. Informou que havia um carro nos esperando em frente ao prédio e que eu deveria seguir com ele imediatamente. Apanhei um cobertor e meu casaco, mas ele me disse que eu deveria largar tudo lá. "Há coisas melhores esperando por você, meu amigo." Segui com ele até o Mercedes-Benz preto estacionado e sentei no banco de trás. Eu me sentia sujo e indigno de estar naquele carro, *Herr Doktor*, mas *Herr* Kuntz parecia não se importar com meu estado deplorável. Notei que o veículo se dirigia novamente a Spandau, próximo a Berlim, e por alguns minutos pensei que estava sendo detido de novo. Contudo, passamos pela pequena cidade em direção ao campo. Entramos em uma propriedade bem cuidada e seguimos por uma estrada de cascalho até um casarão de tijolos aparentes. Lá, me mandaram descer e não fazer perguntas. *Herr* Kuntz me conduziu ao interior da casa que parecia vazia. "Tome um banho e ponha roupas limpas", ele disse. Obedeci. Entrei na banheira e, depois de muitos anos, redescobri a sensação de mergulhar o corpo em água quente. Sobre a privada havia uma muda de roupas limpas; troquei-me e saí. Outro homem, bastante jovem, me esperava no corredor. Ele me levou até uma sala grande e disse que eu me sentasse e aguardasse *Herr* Kuntz. Notei que ele estava armado, mas não senti medo. Na verdade, eu me sentia estranhamente acolhido naquele lugar.

Albert Leipzig fez uma pausa. Sebastián inclinou a cabeça, incentivando que continuasse.

– Ele sorriu para mim de modo amigável. Era como se tivéssemos uma estranha cumplicidade, embora fosse evidente que *Herr* Kuntz era um homem de educação polida, e eu, um pária daqueles tempos. O homem parecia ler meus pensamentos e, mesmo antes que eu lhe perguntasse qualquer coisa, começou me explicando que aquele casarão pertencia a uma família de judeus que se estabelecera na Prússia havia quatro gerações para se dedicar ao negócio de tecidos. Desde então, tinham progredido usando as artimanhas de sempre, ou seja, sugando o povo alemão, sua mão de obra, e aliando-se a qualquer tipo de gente poderosa, fossem outros judeus ou políticos traidores da Alemanha. Então, seu sorriso se tornou mais amplo, quase infantil. Ele me disse, olhando bem nos olhos: "Claro que eles não estão mais na Alemanha. Fugiram para a Inglaterra com medo do novo país que estamos começando a construir. E eu lhe afirmo que muitos outros seguirão o mesmo caminho muito em breve". Aquilo encheu meu peito de calor, *Herr Doktor*.

Em oposição ao rompante de minutos antes, Albert Leipzig falava com tranquilidade, como se aquela fosse uma sessão como as demais. Gesticulava com gestos lentos, sua fala era pausada e organizada.

– Então, *Herr* Kuntz fez a pergunta que mudaria minha vida. "Você deseja colaborar para a construção de uma nova e grande Alemanha?" Sim, foi isso que ele me perguntou. Eu não sabia ao certo como eu poderia contribuir, mas não hesitei em responder que sim. Eu estava pronto para seguir o *Führer* e meus colegas no fluxo do destino que, sabia, seria grande para todos nós e para a Alemanha. Sem humilhações impostas por Versalhes, sem capachos do porco trabalhista do MacDonald[1].

---

[1] James Ramsay MacDonald, um dos fundadores do Partido Trabalhista inglês e primeiro-ministro de 1929 a 1935.

Diante de minha afirmativa, tudo o que ele me respondeu, foi: "Ótimo". Então, disse que me serviriam comida, pois eu tinha cara de um homem faminto. "E sua missão lhe exigirá muito esforço e energia, *mein Kumpel*." Eu não me lembrava da última vez que havia comido de modo decente...

O olhar de Albert Leipzig tornou-se distante, focado em um ponto qualquer do quarto.

— Sr. Leipzig? — chamou Sebastián.

— Sim, *Herr Doktor* — ele respondeu, recostando-se na poltrona. — Às vezes, remontar velhas lembranças é custoso.

— Eu posso imaginar, sr. Leipzig — afirmou Sebastián. — E o que aconteceu no casarão em Spandau?

— Eu permaneci ali por três meses apenas comendo e dormindo. Recuperei peso e energia. Eu não tinha permissão para andar livremente pela casa; apenas me era permitido sair do quarto para ir ao banheiro e para os exames médicos, que eram constantes. Nesse meio-tempo, percebi que havia mais pessoas por lá; gente que trabalhava para o Partido, pessoas com os mesmos ideais que os meus. Todos os dias, um médico como o senhor, que entendia da mente, conversava comigo, pedia que eu relatasse minha história, sobretudo a respeito da guerra e de Helda. Havia também duas empregadas com algum conhecimento médico; duas belas mulheres com os traços da força da mulher alemã, *Herr Doktor*. Uma delas se chamava Heiki e era diretamente encarregada de cuidar de mim; me dava vitaminas. Certa vez, ela me confidenciou que havia sido enfermeira e que a mãe cuidara de feridos no *front*, na guerra. Isso a havia inspirado. Não demorou para que eu me afeiçoasse a Heiki e ela a mim. Pode parecer uma coisa horrenda, *Herr Doktor*, mas eu sentia que aquele jovem perdido das ruas de Berlim estava morrendo e dando lugar a uma nova pessoa. E, com o jovem marginal de Berlim, também morria a imagem de Helda. Então, *Herr* Kuntz voltou; fui conduzido até ele na mesma grande sala de nossa última conversa.

Uma nova pausa antes de prosseguir:

— Nunca me esqueci do que *Herr* Kuntz me disse naquele dia, depois de me analisar por alguns segundos e elogiar meu estado físico e minha recuperação. "*Mein Kumpel,* você foi um dos escolhidos para servir a Alemanha e aos projetos do nosso Partido. Projetos *grandes*, eu lhe afirmo. Você gosta de correr ou caminhar?" Estranhei a pergunta e respondi que costumava correr na rua quando criança. Então, ele sorriu. "Longas corridas exigem preparo e, mais do que isso, planejamento. Estamos na iminência de grandes acontecimentos que mudarão não somente a Alemanha, mas também toda a Europa. Mas, para que sejamos bem-sucedidos, devemos pensar e antever cada detalhe; assim como numa longa corrida, que exige conhecimento do percurso e preparo adequado para que não percamos o fôlego. O *Führer* tem grandes planos para nosso país e, sem dúvida, será nosso guia hoje e no futuro. No entanto, ele é apenas um homem. Um homem especial, é verdade, mas apenas um. O que acontece a uma serpente ou ao mais poderoso leão se lhe cortam a cabeça?" Obviamente, a pergunta me pegou de surpresa, *Herr Doktor*. Respondi: *Eles morrem. Herr* Kuntz voltou a sorrir e falou: "Exato, eles morrem. Mas isso não pode acontecer com o *Führer* por razões evidentes. Ficaríamos sem guia e, sem guia, perderíamos a esperança. O sonho da Alemanha morreria com ele. Você compreende?". Fiz que sim e ele continuou: "A esperança do futuro está em pessoas como você e alguns outros. Pessoas que, em momentos adequados, podem tomar o lugar do *Führer*, até mesmo morrer por ele. Em outras palavras, ser como o mito grego de Dióscuros; dois, porém, um. E, se um sucumbir, o outro levará o legado adiante".

O mito dos gêmeos Pólux e Castor que o amigo Varga havia lhe contado. A essência do *Dioscuri-Projekt*. Sebastián Lindner sentiu o frio no estômago crescer; estava perto da verdade sobre aquele velho nazista – perigosamente perto demais. Previa que, quanto mais soubesse, mais difícil seria escapar da armadilha em que caíra, e que teria como desfecho sua contribuição para que Levy e seus caçadores colocassem as mãos em Albert e Aurora Leipzig. O que isso fazia dele? Um cúmplice de assassinato?

– O *Dioscuri-Projekt,* sr. Leipzig? – perguntou, diante de um Albert Leipzig que sorria de modo discreto.

— Eu lhe disse, *Herr Doktor*, que quando fosse o momento certo eu lhe contaria.

— E o que, efetivamente, era esse projeto, sr. Leipzig?

O velho alemão suspirou. Parecia exausto em rememorar tudo aquilo. Mas, de qualquer modo, Sebastián sabia que tinha que esticar a corda um pouco mais; fazer com que falasse. Tinha pouco tempo e corria contra o relógio.

— Em linhas gerais, *Herr Doktor*, o *Dioscuri-Projekt* tinha como objetivo criar sósias perfeitos do *Führer* para serem usados em situações de extremo risco ou, como no caso de *Valkiria*[2], iscas para que o nosso líder supremo permanecesse seguro.

Sebastián franziu o cenho.

— Quando o maldito Von Stauffenberg saiu satisfeito do *Wolfsschanze*[3] naquele 20 de julho, achando que havia matado o *Führer* na explosão, na verdade apenas eliminara um dos dióscures, *Herr Doktor*. Um sósia perfeito, treinado para agir e falar como o *Führer*. Imagino a surpresa de Von Stauffenberg, Olbricht e de outros traidores desgraçados quando escutaram o *Führer* falar ao povo alemão na rádio horas depois de o *Wolfsschanze* explodir.

Deus do céu!

— *Herr* Kuntz estava certo quanto à necessidade de se fazer um planejamento a longo prazo para que nossa causa sobrevivesse, bem como o *Führer*, *Herr Doktor*. *Valkiria* foi apenas um dos vários atentados que o *Führer* sofreu; um dos poucos que chegaram ao conhecimento público.

— O senhor era um dos dióscures?... dos sósias? – perguntou Sebastián, mais dirigindo-se a si do que propriamente a Albert Leipzig.

— Fiz parte de um grupo muito pequeno e seleto de homens que possuíam semelhanças físicas com o *Führer*. Não somente altura aproximada,

---

[2] Conhecido como Operação Valkiria (*Unternehmen Walküre*), projeto de governabilidade da Alemanha após o assassinato de Hitler, que culminou no fracassado atentado à sua vida em 20 de julho de 1944.

[3] Um dos principais quartéis-generais de Hitler na Segunda Guerra. Significa literalmente "Toca do Lobo".

mas formato de crânio e tipo físico. Fomos selecionados em toda a Alemanha para essa finalidade. Preparados, treinados à exaustão para simular o modo de falar do *Führer*, reproduzir seus discursos. Basicamente, os dióscures eram usados em aparições públicas rápidas ou em ocasiões em que o nosso serviço de inteligência detectava algum tipo de ameaça. Mas tínhamos que estar prontos para falar e nos comportar como o *Führer*, caso necessário. Tudo foi pensado.

Sebastián observou o homem à sua frente. Isso explicava a similaridade com Adolf Hitler, porém, envelhecido e mentalmente debilitado. Albert Leipzig era um dióscure, um sósia do líder alemão. Mas o que fazia em Villa La Angostura? Por que viera à Argentina?

Levy havia lhe falado sobre a Operação Odessa, que visava dar sobrevida ao nazismo espalhando suas sementes em outros países, entre eles, a Argentina. Seria isso? Albert Leipzig seria essa semente?

Estava mais do que explicado por que Levy desejava pôr as mãos nele. Mas, agora que sabia a verdade, o que garantiria que ele também não se tornara um alvo?

– Todos fomos submetidos ao Método Gillies, uma série de cirurgias de enxerto de pele e modificação facial para nos tornarmos espelhos do *Führer*. Obviamente, nem todos eram bem-sucedidos e morriam no processo. Ao final, seis de nós foram mandados para um quartel-general em Potsdam, nossa nova casa. Não podíamos sair ou ser vistos em público; o local era sempre vigiado e nossa rotina se resumia a treinamentos exaustivos e raros momentos de relaxamento, quando podíamos nos relacionar com prostitutas escolhidas a dedo pelo próprio *Herr* Kuntz e que nunca deixavam as imediações do QG. Mas eu não gostava de prostitutas, *Herr Doktor*; além disso, sempre fui considerado o melhor entre os dióscures. Uma obra-prima, como dizia *Herr* Kuntz. Acho que por isso ele me concedeu uma pequena regalia: poder ter relações com Heiki em vez das prostitutas. Esse foi o único pedido que fiz em toda a minha missão como servidor da causa do *Führer*.

— Compreendi — disse Sebastián, fitando seu paciente. Diante do silêncio de Albert Leipzig, que parecia ter esgotado toda a sua força, perguntou: — Como o senhor se sente me contando isso tudo, sr. Leipzig?

O velho alemão encolheu os ombros e sorriu:

— Como disse, essa história precisa ser contada, *Herr Doktor*. E o senhor foi o escolhido para ouvi-la.

Esforçando-se para ficar em pé, encarou Sebastián por alguns segundos:

— Acho que podemos parar por aqui, *Herr Doktor*.

Aurora Leipzig não gostava da ideia de sair do Plaza, sobretudo, sem Jörgen e deixando *Papa* sozinho com aquele médico. Entretanto, Agostina insistira para que se encontrassem com urgência em um lugar chamado Café Tortoni. Ainda que soubesse que, por pouco tempo, seria obrigada a fazer o jogo daquela mulher afetada e cheia de vontades, sentia a raiva lhe corroer por dentro.

Convicta de que Agostina receberia o devido tratamento quando chegasse a hora, acompanhou o *maître*, um homem com o topo da cabeça branca totalmente calvo, até uma mesa nos fundos do amplo salão com decoração pesada e antiga.

Enquanto o *maître* educadamente a conduzia para os fundos do estabelecimento, explicava-lhe que o lugar havia sido inaugurado em 1858 e que, naquele ano, estaria completando 100 anos, ainda ostentando o posto da cafeteria mais importante da cidade.

— Dom Gardel costumava vir aqui com frequência. Foi uma grande perda para a música argentina. Mas ainda temos a felicidade de receber muita gente importante, *señorita*. Dom Borges também se encontra aqui com amigos para discutir suas ideias e trabalhos literários. O próprio Dom Francisco Perdomo, que Deus o tenha, costumava vir aqui com amigos da política.

Aurora Leipzig limitou-se a acenar com a cabeça a cada nova informação.

– Ali está a sra. Perdomo, *señorita* – disse o *maître*, indicando uma mesa aos fundos. Agostina, que se entretinha com o cardápio, ergueu os olhos e sorriu de modo amigável.

O *maître* puxou a cadeira para que Aurora se sentasse e, com formalidade, despediu-se, anunciando que chamaria o garçom para tirar o pedido.

– Experimente o *caffe latte* daqui – disse Agostina, fechando o cardápio. – É uma delícia.

Aurora Leipzig recusou com polidez. Todo aquele verniz a estava matando.

Eu queria que ela simplesmente sumisse.

– E como está seu pai?

– Eu também gostaria de saber. Ele não fala comigo. Mantém-se calado e distante. O dr. Lindner, seu amigo, simplesmente se recusa a me passar qualquer informação sobre *Papa*. Eles conversam a sós uma hora todos os dias, e Jörgen e eu temos que nos manter afastados. Não compreendo por que *Papa* confia assim em um desconhecido.

Agostina suspirou.

– Eu e Sebastián... Dr. Lindner... não temos mais nada, Aurora. Se é isso que está insinuando.

– Não me preocupo com o que faz, Agostina. É uma mulher adulta. Adulta e *viúva*.

O jovem garçom aproximou-se e Agostina pediu o *caffe latte*. Aurora não quis nada. O rapaz afastou-se, olhando discretamente para aquela jovem de brancura pálida e beleza exótica.

– E Jörgen? Não acompanhou você?

– Preferi que ficasse com *Papa*. Mesmo porque não pretendo demorar – disse Aurora, recostando-se na cadeira confortável. – Então? O que aconteceu?

– Tenho novas notícias do sul. Brindisi me atualizou hoje pela manhã e fiquei bastante preocupada.

Aurora franziu o cenho.

– O inspetor, mais uma vez?

– Aquele homenzinho asqueroso não me deixará em paz, Aurora! – exclamou Agostina, em tom afetado. – Você tem que me ajudar. Você prometeu...

– O culpado pela morte do seu marido está na cadeia e não há nada que ligue você ao crime. Já falamos sobre isso.

– Você não compreende... – Agostina tinha os olhos marejados. Calou-se enquanto o jovem garçom se aproximava com o *caffe latte* e falou somente depois que o rapaz já se encontrava distante. – Fui informada de que aquele verme se encontrou com um velho policial num restaurante em Bariloche. Ele não está mais em Viedma, Aurora!

Limpou os cantos dos olhos e prosseguiu:

– Pedi que Brindisi levantasse informações sobre o policial que, até onde sei, chama-se Javier Gamboa, mas ainda não recebi nada. Só sei que, de Bariloche, ambos foram juntos de carro para Villa La Angostura.

Aurora sentiu um leve incômodo pela primeira vez. O que aquele policial obcecado por Agostina estaria fazendo na terra *dela*? Não, não era possível. Se ele estivesse investigando algo sobre *Papa* e seus amigos de San Ramón com certeza eles estariam sabendo. Mas o quanto poderia descobrir caso conseguisse ligar alguns pontos?

– Como disse, não vejo qualquer perigo iminente nisso.

– Não? – Agostina semicerrou os olhos.

– Com todo o respeito, Agostina, no momento o que me interessa é a saúde de *Papa*. Que ele fique bem para que possamos retornar a San Ramón e prosseguir nossas vidas. Estou certa de que seu inspetor não chegará nem perto do que está procurando. Está tateando águas rasas, como dizem.

– Mas e se não estiver?

Aurora encarou Agostina.

Mulherzinha enfadonha. Prostituta que merecia estar mesmo atrás das grades, pensou.

– O que quer dizer? – perguntou, enquanto Agostina bebericava o *caffe latte*.

– Estamos ligadas, Aurora – disse, limpando os lábios vermelhos com o guardanapo. A beirada da xícara branca também havia ficado tingida de batom. – Ambas somos parte disso e, se aquele inspetor nojento chegar perto da verdade, não serei apenas eu a ir para a cadeia. Você também estará seriamente prejudicada, talvez, muito mais do que eu. Sabe disso, não sabe?

Aurora assentiu. Contudo, não sentia apreensão ou medo.

– A Argentina tem se tornado um lugar difícil depois de Perón – prosseguiu Agostina. – Muitos alemães estão sendo perseguidos e se mudando às pressas para Encarnación ou Assunção. Você e seu pai não estarão seguros para sempre, Aurora.

Uma ameaça? Essa vaca está me ameaçando de novo?

– Eu não posso fazer nada – disse Agostina. – Manuel assumiu o controle total dos negócios de Francisco e também cuida do dinheiro. *Meu* dinheiro. Mas você tem contatos para agir, Aurora. Eliminar o perigo antes que ele se torne grande demais. Para nós *duas*.

Aurora se calou. Apenas fitava a mulher nervosa, bebericando aquele maldito café com leite.

– E quanto a Ibañez? – perguntou, por fim. – Sabe se ele disse algo ao inspetor quando conversaram no presídio?

– Segundo sei, ele não disse nada. Mas pode dizer. Ele está chegando perto, Aurora. – Agostina terminou o café e deixou a xícara vazia sobre o pires. – *Você* nos meteu nisso; agora, tem que dar um jeito de nos tirar.

Sim, ela daria um jeito. Assentiu, balançando a cabeça. Agostina sorriu, como se, de repente, toda a exasperação tivesse sumido.

– Posso confiar em você, minha menina? – perguntou a sra. Perdomo.

– Ninguém falará nada – respondeu Aurora. – Eu prometo.

Sebastián acordou molhado de suor. Tinha avisado a Magda, a cuidadora da mãe, que viajaria por alguns dias a Rosário. Passou depressa por sua casa, fez as malas com poucas mudas de roupa e saiu.

Contou onde estaria unicamente ao amigo Ariel, mas não deu detalhes. Disse apenas que estava trabalhando no projeto de um livro. Sabia que revelando seu paradeiro colocaria o amigo em risco, mas era um preço a pagar; tinha que ser encontrado caso algo acontecesse à sua mãe. Também seria importante que alguém pudesse seguir seus rastros caso algo *lhe* acontecesse.

Tentou falar com Ariel com a máxima naturalidade possível, esquivando-se das perguntas do amigo.

– Um livro? Você não parece bem, Sebá. Acha que é uma boa ideia se isolar assim?

– Preciso escrever esse livro, Ariel. Ainda não consigo usar meu consultório depois do que houve com Ines, e não posso trabalhar sossegado em casa com Magda e mamãe.

– E que diabos de livro é esse? Tem alguma coisa a ver com aquele paciente de quem Agostina e aquela jovem alemã falaram naquela noite?

– Mais ou menos. Só peço que seja discreto, por favor.

Por fim, Ariel cedeu. Uma vez tendo convencido o amigo de que era preciso se isolar para escrever, hospedou-se em um hotel nas redondezas de San Telmo.

Não estava propriamente se escondendo; estava, sim, protegendo aqueles que amava. Ou, pelo menos, desejava ganhar tempo, afastando-se deles até que tudo aquilo passasse.

Ele só tinha que fazer o que Levy lhe dissera, o que, grosso modo, consistia em esperar que aqueles caçadores pusessem as mãos em Albert Leipzig e Aurora. Óbvio que isso não significava que o deixariam vivo; sabia demais. Mas quem acreditaria naquilo? Um projeto para criar sósias de Hitler, o gêmeo perfeito do *Führer*, para que tomasse seu lugar ou morresse por ele.

De qualquer modo, não se importava mais em curar Albert Leipzig de suas perturbações psíquicas; mais do que tudo, queria apenas saber a verdade, escutar o relato daquele velho nazista. Havia o risco evidente de tudo não passar de um delírio, mas algo dentro dele dizia que Albert Leipzig não havia mentido; pelo menos, estava contando uma versão da verdade, a *sua* verdade. E era por essa verdade que estava genuinamente obcecado.

Serviu-se de mais uma dose de bourbon – a terceira desde que entrara no quarto do hotel – e sentou-se em frente à escrivaninha. Pegou o bloco de papel com o timbre do hotel e sua caneta tinteiro, guardada no bolso do paletó.

Então, começou a fazer algo que já deveria ter feito havia muito tempo, desde que Aurora Leipzig pisara em seu consultório pela primeira vez. Deslizando a caneta sobre o papel, escreveu em um ritmo frenético.

26

Dez e quinze. Ezequiel Barrero suspendeu o olhar assim que ouviu as batidas das botas pesadas contra as tábuas do piso do pequeno restaurante que ficava a dois quilômetros de Puerto Manzano. Deixou o frango frito sobre o prato e chupou os dedos, enquanto observava dois homens entrarem no recinto e se acomodarem junto ao balcão.

Desde que começara a trabalhar como barqueiro para os alemães da Estância San Ramón, aquela era sua rotina: durante três dias na semana, trazia para Villa La Angostura alguns alemães que moravam na gigantesca propriedade. O pretexto era sempre fazer compras e cuidar de negócios, algo envolvendo criação de gado e comércio de madeira. Nunca se importara em saber mais, já que recebia em dia e havia sido severamente instruído a não fazer perguntas.

Entornou goela abaixo o resto do vinho que dormia em sua taça e refestelou-se na cadeira de madeira. Todas as vezes em que atracava no porto, havia dois carros aguardando; os alemães entravam em um dos veículos, o maior, enquanto o outro o conduzia até a zona urbana de La Angostura, onde, como de costume, comia no mesmo restaurante um misto de desjejum e almoço, e aguardava a carona de volta ao porto às três e quinze da tarde em ponto. Gostava muito da dona do lugar, uma mulher chamada Jaqueline e a quem pretendia, um dia, chamar para sair.

Ela estava bem acima do peso, mas ele gostava de mulheres assim, que tinham carne e espaço para ser percorrido por suas mãos.

Preparava o barco, sempre às quatro, e zarpavam em retorno a San Ramón. Os carros eram conduzidos por argentinos, porém, aparentemente também eram descendentes de *chucrutes*.

– Senhor? – a voz se dirigiu a ele ao mesmo tempo que uma mão pesada tocou seu ombro.

Ezequiel Barrero virou-se e encarou o homem em pé atrás de si. Era magro e alto, com sobrancelhas espessas. Era um dos sujeitos que haviam encostado no balcão. O outro, calvo e mais gordo, permanecia a distância, observando.

– Ezequiel Barrero, precisamos conversar com o senhor.

De repente, o barqueiro foi tomado por um sentimento ruim.

– Eu conheço o senhor? – perguntou, enquanto limpava a boca com o guardanapo.

– A mim, talvez não. Mas o senhor com certeza conhece meu chefe, El Gato.

Ezequiel Barrero sentiu as entranhas retorcerem. Havia muitos anos que não escutava aquele nome, mas o passado estava voltando para lhe cobrar uma dívida antiga – algo que deveria ter ficado para trás quando deixara La Plata rumo ao sul.

Colocou-se de pé, seguindo os homens até a porta. Antes de sair, pediu à *sua* Jaqueline, que estava atrás do balcão, que anotasse a refeição em sua conta. Ela assentiu e sorriu.

– Para onde vamos? – perguntou o barqueiro enquanto caminhava lado a lado com os dois homens pelas ruas.

– Vire à direita – o magro, de sobrancelhas espessas, disse.

Dobraram a esquina e entraram em um bar de interior escuro e malcheiroso. O ambiente estava vazio; nem sinal de El Gato.

– Senta – disse o homem mais gordo. Ezequiel Barrero obedeceu.

Nisso, a silhueta de um homem baixo e de andar estranho se aproximou. Não sabia se ele já estava no recinto ou se saíra de algum lugar.

O sujeito tinha algum tipo de defeito no rosto, que lhe conferia uma aparência grotesca. Acendeu um cigarro e tossiu.

– Olá, sr. Barrero. Posso me sentar? Temos assuntos a tratar – disse César "Caballo" Quintana, escancarando um sorriso amigável.

Ezequiel Barrero encarou o inspetor com espanto.

– Obrigado – disse Quintana, puxando uma cadeira e sentando-se de frente para o barqueiro, que seguia ensimesmado.

– Conheço El Gato – ele disse, por fim. – Você não é ele.

– Eu sei que não sou. Mas esses homens o conhecem e tenho um amigo muito próximo que também poderia rapidamente contatar El Gato e contar a ele que o sujeito que lhe deve um punhado de pesos está se escondendo no sul. – "Caballo" Quintana deu uma longa tragada. – Como é que se diz? Navegando em águas tranquilas, trabalhando como barqueiro em Villa La Angostura. Para ser honesto com você, Barrero, eu sempre quis conhecer o Nahuel Huapi.

O barqueiro desviou o olhar e fixou-o na ponta da bota gasta. Murmurou algo inaudível e, em seguida, encarou Quintana.

– Trabalho para gente poderosa. Se eu não aparecer às três e quinze para deixar o barco pronto, vocês terão problemas.

O inspetor lançou a bituca de cigarro num canto escuro do recinto e tossiu. Depois, disse:

– Não me importa para quem trabalha, Barrero. Acredite ou não, estou do lado certo desta coisa toda. Acontece... – ele olhou para os dois homens parados, em pé, junto à mesa, e prosseguiu: – Acontece que preciso de um favor seu; algo grande e importante. Então, não seria justo que você saísse sem levar nada desta história, não?

Ezequiel Barrero continuou a evitar o olhar de Quintana.

– Vamos lá, homem! Você é um jogador! Um vício que corrói, não é? Conheço muitos como você em Buenos Aires. Mas há uma vantagem bem grande em ser um jogador: você sabe barganhar. Eu estou lhe fazendo uma oferta; você me ajuda, e eu dou um jeito de tirar El Gato do seu caminho.

Depois de esboçar um sorriso irônico, o barqueiro finalmente encarou "Caballo" Quintana.

– E qual mágica você usaria para isso? Não sabe do que aquele filho da puta é capaz. Se souber onde estou, ele...

– Ora, por favor! Use a merda do seu cérebro! – O inspetor acendeu outro cigarro. – Agora entendo por que você se deu mal com El Gato.

Ezequiel Barrero tornou a abaixar a cabeça. "Caballo" Quintana imaginou que o homem o xingava mentalmente, mas era nítido que ele temia El Gato acima de tudo. Não fora difícil para Gamboa levantar a ficha do sujeito uma vez que conhecia muito bem aquele mundo: jogatina, alguns delitos leves e uma dívida enorme com um agiota portenho de apelido El Gato. De posse dessas informações, o resto limitava-se apenas a fazer uma encenação convincente.

Acenando com a cabeça, "Caballo" Quintana pediu para que os dois homens, que na verdade eram seguranças particulares amigos de Gamboa, saíssem e os deixassem a sós.

– Agora estamos sozinhos e podemos negociar – disse Quintana, apoiando-se sobre a mesa. – Eu preciso entrar em contato com uma pessoa que trabalha com você. Sendo mais específico, ela trabalha na Estância San Ramón às margens do Nahuel Huapi.

Viu o barqueiro franzir o cenho.

– Fiquei sabendo que o lugar é uma maldita fortaleza e, justamente por isso, é quase impossível contatá-la. Entretanto, você é o único elo entre San Ramón e Villa La Angostura, o que o torna uma pessoa fundamental para mim.

Mais uma vez, o homem nada disse; nenhuma reação, senão o cenho franzido e o olhar taciturno.

– Tudo o que estou lhe dizendo é altamente confidencial, mas o fato de eu poder ajudá-lo com El Gato é verdade. Ele vai te esquecer num passe de mágica e você não precisará mais sentir medo – continuou "Caballo" Quintana.

– Você não sabe quem é aquela gente – murmurou Ezequiel Barrero. – Se eles desconfiarem de algo parecido, estou morto.

– Eles não precisam desconfiar. Tampouco me interesso por quem são – insistiu o inspetor. – O que preciso é que leve um recado para mim. Contate uma pessoa e diga a ela exatamente o que estou lhe falando.

Por fim, o barqueiro encarou Quintana.

– E quem é essa pessoa?

– Carmelita Ibañez – disse Quintana. – Você a conhece?

Ezequiel Barrero voltou a desviar o olhar.

Sim, ele a conhecia.

– Não tenho contato com o pessoal de dentro da propriedade – disse, evitando encarar Quintana. – Aquele lugar é enorme. Como você disse, uma fortaleza. Ninguém entra nem sai sem que os *chucrutes* saibam.

Deu de ombros e, por fim, olhou o inspetor de modo displicente.

– Se essa Carmelita Ibañez trabalha lá, eu não tenho por que conhecê-la.

"Caballo" Quintana livrou-se da bituca de cigarro e suspirou. Recostou-se na cadeira desconfortável e cruzou os braços à altura do peito.

– Ela tem três filhos. Devem estar morando com ela na San Ramón. Além disso, é esposa de um homem chamado Rufino Ibañez, que ficou bem famoso em todo o país por ter sido acusado do assassinato de Dom Francisco Perdomo. Ele era zelador da casa dos Perdomo em Bariloche.

O barqueiro manteve-se calado.

– Também não ouviu falar do assassinato de Dom Francisco?

Ezequiel Barrero negou, balançando a cabeça.

– Há quanto tempo trabalha para os alemães da San Ramón? – perguntou Quintana, acendendo o terceiro cigarro.

– Cinco anos, ou seis – respondeu Barrero, franzindo o cenho. – Mas que merda é esta? Um interrogatório? Você é policial? Eu não fiz nada!

"Caballo" Quintana tragou e observou Ezequiel Barrero através da fumaça branca e densa. Não havia dúvidas de que ele estava mentindo; mais do que isso, estava com medo.

Restava saber de quem aquele homem tinha mais medo: de El Gato ou dos alemães?

– Acontece, meu caro – disse Quintana –, que conversei há poucos dias com um sujeito que se lembra perfeitamente de ter falado com você no ano em que Dom Francisco foi morto. Inclusive, na época, você disse a ele que Carmelita Ibañez estava trabalhando na San Ramón.

Barrero começou a tamborilar os dedos grossos na mesa; tinha ritmo. Quintana teve a impressão de que o barqueiro reproduzia alguma melodia conhecida com os dedos, mas não conseguiu identificar qual era.

– Vamos recapitular, Barrero – disse o inspetor. – Sei que está mentindo. Por outro lado, tenho um grande interesse em colocar na cadeia o real culpado pelo assassinato de Dom Francisco e só poderei fazer isso com sua ajuda. Claro, você tem a opção de se negar a colaborar, é um direito seu; contudo, eu lhe afirmo, é melhor procurar outro lugar para se esconder de El Gato. Talvez, o Chaco no Paraguai. Dizem que é bastante quente por lá, mas ninguém acharia você.

– Você é policial... eu sei. Não me entregaria para El Gato; não faria isso.

– Pode ser que eu não faça. Mas conheço gente que faria, e que sabe que você está aqui. Sem dúvida, um agiota como El Gato pagaria bem pela informação; pelo que levantei, você deve uma boa quantia a ele. Vamos, homem! Pense! Tudo de que preciso é que me ajude, levando um recado para Carmelita Ibañez.

O tamborilar cessou. Barrero encarou Quintana, exasperado.

– E qual seria esse recado?

– Para que ela me encontre amanhã aqui, neste mesmo local. Diga a ela que sei que o marido é inocente, e posso provar. Mas preciso falar com ela.

Ezequiel Barrero assentiu.

– Cumpra sua parte, e eu cumprirei a minha. El Gato nunca saberá que está aqui.

Quintana empurrou a cadeira e se levantou.

– Você pode continuar sua vida neste belo lugar. – Ele jogou a bituca de cigarro no chão e, em seguida, esmagou-a com o sapato.

Caminhou em direção aos fundos do estabelecimento, deixando Ezequiel Barrero sozinho. Havia jogado seu maior trunfo; agora, teria que esperar.

Mais dois dias.

Sebastián Lindner havia passado a noite em claro, escrevendo. Sabia que seu tempo estava acabando e, fitando o velho alemão sentado à sua frente naquele quarto de hotel, não conseguia pensar em outra coisa senão contar-lhe a verdade; ajudá-lo, de algum modo, a escapar dos caçadores, voltar para Villa La Angostura ou fugir do país.

Mas lá estava o sr. Albert Leipzig, totalmente alheio ao que lhe reservava o destino em 24 horas.

Ele é um desgraçado nazista. Merece pagar pelos seus crimes.

O que Aurora, a mulher de gelo, havia lhe dito mesmo? Que seu pai tinha sido um dos homens mais próximos de Hitler. Ano após ano, o mundo descobria mais sobre as atrocidades cometidas sob as ordens do *Führer*, Goebbels, Himmler e outros expoentes do nazismo. Agora, eles estavam na Argentina e espalhando-se por outras localidades da América do Sul, com o único e metódico objetivo de fazer renascerem os ideais de Hitler e expandi-los novamente ao mundo a partir do Hemisfério Sul. Fora isso o que Levy lhe contara.

Então, por que proteger alguém como Albert Leipzig e Aurora?
Eles não merecem piedade.

Fechou os olhos e suspirou.

— O senhor está bem, *Herr Doktor?* — Albert Leipzig o encarava com curiosidade. — Está com cara de quem não dormiu bem.

— Para falar a verdade, de fato, tive uma noite difícil — disse Sebastián, esfregando os olhos.

— *Albträume?* Pesadelos, *Herr Doktor?* Também sofro com isso às vezes.

Albert Leipzig parecia estranhamente mais relaxado e bem-disposto do que nos outros dias.

– O senhor tem pesadelos, sr. Leipzig? Com o que sonha?

– Com o que mais um homem pode sonhar, *Herr Doktor*? – O velho alemão deu de ombros. – Com o passado. É o que temos de mais concreto quando ficamos velhos. Quando jovens, temos sonhos; depois de velhos, somente as lembranças. Não é assim?

Sebastián assentiu, movendo a cabeça.

– De algum modo, conversar com *Herr Doktor* tem me feito pensar em coisas de que há muito eu não me recordava. E o senhor? Com o que sonhou?

Uma pergunta por outra pergunta. Uma troca justa, pensou Sebastián.

– Estou em um dilema profissional, sr. Leipzig. Algo que vem me atormentando.

Albert Leipzig franziu o cenho.

Ele percebeu algo errado?

– Um paciente me confessou um crime horrendo, mas estou preso à ética profissional e não posso delatá-lo à polícia. Ou, melhor, o termo correto não é não *posso*, mas sim não *devo*. Há uma diferença importante nesse caso.

Sebastián falava, sem tirar os olhos de seu paciente.

– Esse paciente, uma mulher, matou o marido – continuou. – Mas também era abusada por ele. Parece que o sujeito era uma pessoa violenta. Apesar de ser eticamente correto de acordo com minha profissão manter sigilo, foi um crime a sangue-frio.

Albert Leipzig ouvia com atenção. Por alguns segundos, permaneceu imóvel, até que, de repente, soltou uma gargalhada. Sebastián nunca imaginara que o velho taciturno fosse capaz de rir daquela forma.

– Esse é seu dilema, *Herr Doktor*?

Sebastián fez que sim.

– O que o senhor pensa sobre isso, sr. Leipzig? Que estou num dilema?

Albert Leipzig agitou as mãos, mostrando desdém.

— A ética serve apenas para os vencedores, *Herr Doktor*. Se tivéssemos vencido a guerra, nossa ética seria vista como correta e nossos homens como heróis. No entanto, enforcaram nossa gente em Nuremberg. Uma série de assassinatos cometida sob financiamento dos malditos judeus, com a bênção de Churchill e Truman. Matar é matar. Não existe certo ou errado quando se tira a vida de alguém. Dizem que exterminamos judeus, mas matamos por um ideal; porém, fomos mortos por vingança. Qual dos lados é o correto?

Sebastián Lindner refletiu.

Eu não posso entregar esse homem à morte. Não consigo. Mas por quê?

— É o que pensa sobre ética, sr. Leipzig?

— É o que penso sobre o homem, *Herr Doktor*. Todos temos pecados. Quando o senhor ouviu essa mulher e não a denunciou, tornou-se cúmplice. Mas fez o que era correto dentro do que considera ético. Cá entre nós, ao ouvir minha história, *Herr Doktor*, também nos tornamos cúmplices.

Sebastián passou os dedos pelo bigode e, em seguida, coçou a testa.

— Sou um profissional que se preocupa com o bem-estar do senhor, sr. Leipzig. Minhas ações profissionais são regulamentadas por um código de ética que me obriga a manter sigilo sobre tudo o que falamos neste quarto. A partir do momento que sou contratado, tenho que me dedicar à cura do meu paciente.

De novo, Albert Leipzig riu. Dessa vez, contudo, foi uma risada mais discreta, contida.

— É isso mesmo o que pensa, *Herr Doktor*? Porque também confessei alguns crimes para o senhor, e tenho outros a confessar. E, no entanto, o senhor não me condenou, tampouco sentiu sua consciência pesar. Isso se deve às libras esterlinas que Aurora lhe deu ou ao seu profissionalismo? Ou haveria algo mais, *Herr Doktor*?

Algo mais.

— A *chama*, *Herr Doktor*. A *chama* que acendeu no peito de cada alemão que abraçou as ideias do *Führer* e agiu como se estivessem fazendo a coisa certa. Por que acha, com honestidade, que é o senhor que está aqui, sentado diante de mim, e não outro psicólogo?

– Devido à minha pesquisa sobre nazistas – respondeu Sebastián.

E porque quero estar aqui. Sou fascinado por estar aqui.

– É mesmo? – Albert Leipzig semicerrou os olhos. – E se eu lhe dissesse que foi escolhido porque ninguém mais, além do senhor, poderia compreender as coisas que eu iria lhe contar. Ouvir o pior sobre crimes e, no entanto, entendê-los e guardá-los para si.

Sebastián assentiu.

– Cúmplices, *Herr Doktor*. Eu sabia que teria no senhor um cúmplice, porque, de algum modo, o senhor me compreende.

Eu não sou um porco nazista. Não sou. Protegi Agostina porque acreditei em sua inocência; e porque a amava. Ou acreditei que ela era inocente "apenas" porque a amava? A quem quero enganar? Há quanto tempo percebi que Agostina seria capaz de matar o marido? Isso me torna cúmplice de assassinato?

As mãos de Sebastián tremiam. Precisava recuperar o controle.

Agora é diferente. Meu interesse é meramente profissional, e minha curiosidade, científica. Mas me tornei tão dependente de Albert Leipzig quanto ele de mim; preciso ouvir sua história tanto quanto ele precisa falar.

– Em relação a seu dilema ético, *Herr Doktor*, sinto que deve fazer o que acha certo e, no fundo, o que de fato importa ao senhor. O que lhe importa mais? Sua paciente criminosa ou seguir as regras da justiça?

Discretamente, Sebastián colocou as mãos no colo, uma sobre a outra. Respirou devagar, na tentativa de controlar o tremor.

– Obrigado pelo conselho, sr. Leipzig – disse. – Mas não estamos aqui para falar de mim, não é mesmo? Sendo assim, o senhor gostaria de prosseguir com a história a respeito do *Dioscuri-Projekt*?

Albert Leipzig manteve os olhos fixos em Sebastián. Em seguida, como se a conversa anterior não tivesse acontecido, disse:

– Sim, claro. O *Dioscuri-Projekt* que o fascina tanto, *Herr Doktor* – falou. – Foram muitos processos dolorosos, mas meu corpo respondia bem. Eu era dois centímetros mais baixo do que o *Führer*, mas, excetuando isso, minha semelhança natural com ele me tornava extremamente valioso. O problema da altura poderia ser compensado com um salto maior na bota, ao contrário de outro colega, que teve sua perna fraturada para que perdesse quatro centímetros. E, claro, minha semelhança natural com o *Führer* também conferia a Heiki um *status* mais especial do que uma mera prostituta destinada a satisfazer as necessidades fisiológicas dos meus colegas de projeto. Em outubro de 1935, nasceu nossa filha, Sophia, o mesmo nome que Helda queria dar ao bebê se fosse menina. Ela nasceu em Potsdam; loira como a mãe, uma alemã perfeita.

– Como foi criar uma filha naquele ambiente, sr. Leipzig? Com as experiências e os exercícios; acredito que tenha sido difícil.

– Eu via Heiki e Sophia somente duas vezes por mês. Nos outros dias, elas eram mantidas em uma ala totalmente separada de nós, junto com as prostitutas. De alguma forma, aquelas mulheres sujas cuidavam bem das duas. E sempre havia soldados. Mas eu tinha plena consciência de qual era meu papel naquilo tudo, *Herr Doktor*, e Heiki também.

Albert Leipzig limpou os lábios finos.

– Às vezes, o *Führer* em pessoa vinha nos visitar. Era uma comoção! Tínhamos que ler seus discursos e simular seus gestos à perfeição. Todas as simulações possíveis eram feitas, mesmo as que pareciam longe de serem necessárias. Ainda eram tempos de tranquilidade e nossas missões, assim que fomos a campo, resumiam-se a fazer aparições públicas onde havia risco de atentado contra o *Führer*. Até que, em setembro de 1939, a guerra começou.

– *Herr Doktor*, o senhor sabe quantos atentados o *Führer* sofreu desde que a guerra começou?

Albert Leipzig cravou o olhar em Sebastián, que negou.

– Como a maioria de nós, conheço apenas o atentado do *Wolfsschanze*, sr. Leipzig. Foi amplamente divulgado no mundo todo – respondeu.

O velho alemão assentiu.

– Foram cinco. Seis, se contarmos o de 1921, durante uma briga em uma cervejaria em Munique. Mas estes são apenas os oficiais, *Herr*

Doktor. Houve outros, guardados a sete chaves pelo serviço de inteligência do Reich. Alguns dos sósias morreram nesses atentados, e, como o senhor pode imaginar, não era rara a surpresa dos conspiradores quando o *Führer* reaparecia são e salvo, após ter sido, em princípio, assassinado. Enquanto ele estivesse vivo, o sonho alemão também estaria; por isso nosso sacrifício era plenamente justificado e necessário.

– Eu compreendo – disse Sebastián. – E o que Heiki, a companheira do senhor, achava disso?

– Ela era parte daquilo tudo, *Herr Doktor*. Nos momentos mais difíceis, e houve vários, ela não deixou que eu desistisse. Ela...

Albert Leipzig passou as mãos trêmulas pelos olhos marejados.

– Ela foi uma verdadeira alemã até o fim.

– Até o fim? O que houve com ela, sr. Leipzig?

Ele encurvou-se, desviando o olhar. De repente, a postura austera de um nazista orgulhoso sumiu, dando lugar a um semblante triste e ensimesmado.

– Muitas vezes, sacrifícios que não podemos conceber em um primeiro momento são necessários, *Herr Doktor*. Mas podemos falar sobre isso amanhã. Por hoje, basta.

Com visível dificuldade, Albert Leipzig levantou-se, dando as costas para Sebastián.

Amanhã. Não temos muito tempo.

Sebastián Lindner seguiu em direção à porta. A angústia por deixar seu paciente para trás não o abandonava. Pelo contrário; sua vontade era contar-lhe tudo, pedir que tomasse cuidado, protegê-lo.

Por que estava do lado daquele velho nazista, responsável como outros tantos de sua laia, direta ou indiretamente, pela morte de milhares de pessoas?

Fechou a porta do quarto atrás de si.

Curiosidade científica. Ele é um paciente desafiador e eu tenho uma mente objetiva; ele precisa do meu trabalho como terapeuta, e eu preciso dele para nutrir minha ânsia por desafios da mente.

Sim, era isso. Tinha que manter o foco e pensar no que fazer.

Chegou ao *hall* do hotel e percorreu o ambiente à procura de Aurora. Diria algo a ela? Pediria que tomasse cuidado?

Não havia qualquer sinal da mulher de gelo; tampouco de Jörgen.

Então, passou a observar os rostos; hóspedes sentados entretidos com a leitura de jornais e revistas; outros, conversando animadamente enquanto fumavam. Ricos, importantes. Nenhum deles parecia notar sua presença.

Mas qualquer um deles pode ser um caçador de nazistas, pensou.

Chegou à rua e parou em frente ao hotel. Olhou para cima, para a fileira de janelas que se sobrepunham. Deteve-se na janela do quarto de Albert Leipzig e pensou ter visto, num relance, seu paciente observá-lo através do vidro.

César "Caballo" Quintana chegou exasperado à hospedaria, onde Javier Gamboa o aguardava em um sofá vermelho puído de gosto duvidoso.

Cumprimentou o senhor sentado atrás do balcão de madeira – ele e a esposa tocavam o negócio havia alguns anos.

– O senhor vai sair outra vez? – perguntou a Quintana.

– É muito provável.

O homem sorriu, gentilmente.

– Quando sair, peço que deixe a chave do seu quarto no balcão. Não encontramos a chave-mestra nesta manhã e ainda não providenciamos outra. O ideal seria trocar todas as fechaduras, mas seria um custo que não podemos arcar agora. Mas não se preocupe. Por aqui, não existem roubos. Ninguém se daria ao trabalho de vir a Villa La Angostura para roubar. No máximo, há briga de bêbados.

Contudo, segundo explicou, era preciso deixar a chave para que fosse feita a limpeza nos quartos – e para evitar que os hóspedes saíssem sem pagar.

"Caballo" Quintana não viu mal algum naquilo. Havia muito tempo não se sentia tão animado. Sabia – ou, melhor, podia sentir – que estava prestes a dar um passo decisivo no caso do assassinato de Dom Francisco. A história, que o consumia havia anos, enfim teria um desfecho justo e Rufino Ibañez deixaria a cadeia.

Tirou o maço do bolso, pegou um cigarro e estendeu a Gamboa, que, ao vê-lo, colocou-se imediatamente em pé.

– Pegue um – disse. – Acredito que, até amanhã, teremos ótimas notícias, meu caro.

Acendeu o cigarro e tragou.

– O barqueiro mordeu a isca direitinho. Agora, é só esperar. Pelo visto, ele teme El Gato muito mais do que imaginamos.

Javier Gamboa pegou um cigarro, colocou nos lábios, mas não acendeu.

– O que foi, homem? Parece aturdido? – observou "Caballo" Quintana, sentando-se na poltrona que tinha a mesma cor do sofá.

Gamboa tirou o cigarro da boca e suspirou.

– Um policial chamado Hector Herrera, de Buenos Aires, ligou há cerca de uma hora para a delegacia, pedindo para falar comigo.

– Sim, o *Hoguera*. Bom garoto. Eu é que passei o seu contato. O que houve, afinal?

De repente, o inspetor foi acometido por um pressentimento horrendo.

– Ele disse – Gamboa sentou-se, num gesto quase teatral – que Rufino Ibañez foi encontrado morto em sua cela hoje.

27

Suicídio o inferno!, pensou "Caballo" Quintana, quase em voz alta, enquanto a telefonista da Central de Polícia Metropolitana de Buenos Aires transferia a ligação. Quando ouviu a voz de Herrera do outro lado da linha, exigiu que o policial lhe repetisse a história que Gamboa lhe contara havia pouco.

Rufino Ibañez havia se suicidado em sua cela. Simplesmente cortara os pulsos e sangrara até a morte. Havia usado a haste de um garfo, afiada no concreto até se tornar uma eficiente navalha.

– Não foi suicídio, *carajo*! – esbravejou na linha. – Ele foi assassinado, *Hoguera*. Assassinado!

– Gente ligada ao alto escalão do governo está cuidando disso, inspetor – disse Herrera. – Por enquanto, nada que sugira a hipótese de assassinato foi ventilado.

Em seguida, fez-se silêncio.

– Eu sinto muito, inspetor – falou o rapaz, visivelmente incomodado.

– Não é culpa sua, *Hoguera*. Você não matou o homem, afinal – disse "Caballo" Quintana. – Mas isso foi queima de arquivo. Alguém que sabe que estou muito perto da verdade e quis calar o pobre infeliz.

– Posso perguntar uma coisa?

Quintana suspirou.

– O que é?

— O que está fazendo em Bariloche, inspetor? Tem algo a ver com o caso de Dom Francisco Perdomo, não tem?

César "Caballo" Quintana conhecia bem os meandros da força policial. Sabia que, em muitos casos, o que diferenciava marginais e mafiosos de um policial era o distintivo; isso, e um preço justo a ser pago por uma traição. Mas também tinha aprendido a reconhecer bons valores, e Hector *Hoguera* Herrera era um deles. Sim, sabia que podia confiar no rapaz. Todavia, também sabia que não podia confiar na maioria dos colegas de departamento, inclusive em sua chefia. Munir *Hoguera* de informações naquele momento poderia ser perigoso – e um homem já havia sido assassinado na cela por culpa sua.

— Estou de férias, *Hoguera*. Só isso – disse. – Não se preocupe. Agora preciso desligar; um amigo está me esperando com uma bela garrafa de Merlot e não quero perder minhas horas de férias falando com você.

Despediu-se e desligou.

Melhor assim, pensou.

Acendeu outro cigarro. Restava-lhe apenas um fio de esperança: que o barqueiro cumprisse sua parte e que Carmelita Ibañez, sensibilizada com a morte do marido, decidisse abrir o bico. Tinha plena consciência dos riscos, mas era seu único trunfo.

Soltou a fumaça e encostou-se no balcão de madeira da recepção.

Existem batalhas que valem a pena ser travadas. Aquela, sem dúvida, era uma delas.

Nem que seja a última, pensou, voltando a tragar.

Naquela manhã, ele acordou mais cedo do que o normal. Foi arrancado do sono por outro pesadelo, no qual havia muitos latidos de cães famintos e carne lacerada de prisioneiros espalhada sobre a neve branca, salpicada de vermelho-sangue.

Mesmo acordado, os gritos e latidos pareciam persegui-lo. Então, quando dormia, tudo se tornava ainda mais real.

Tomou um banho demorado no banheiro coletivo da espelunca que se tornara seu quartel-general e, em seguida, saiu. Caminhou em direção à Cafeteria Salomon que, àquela hora, estava cheia. Sentou-se numa mesa afastada e recusou o café. Apenas perguntou por Pepe, o jovem garçom, à moça graciosa que lhe atendeu.

Com o cabelo loiro e o rosto alegre coberto por sardas, poderia passar tranquilamente por uma filha ou jovem esposa vadia de um oficial *boche*.

– Pepe não veio. Está doente – ela falou.

Ele franziu o cenho. Estaria imaginando demônios? Nada impedia que o rapaz de fato estivesse acamado. Ou não? Então, esforçando-se para pronunciar as palavras corretamente, descreveu Levy e perguntou se a garota o tinha visto.

– Não vi ninguém com essas características, senhor. Mas posso perguntar se algum outro garçom o viu.

Ele agradeceu e disse que ela deixasse pra lá. Pediu um café e esperou. Passaram-se duas horas, mas Levy não apareceu.

Há algo errado.

Suas ordens eram para aguardar; porém, sabia que não poderia mais esperar; o tempo estava passando e havia outros caçadores na cidade.

Eu vou matá-lo.

O local foi se esvaziando paulatinamente, mas Levy não deu as caras. Enfim, pagou o café e saiu.

Parou em uma banca de jornais a um quarteirão do Plaza, onde gastou mais meia hora. Depois, sentou-se em uma praça e ocupou-se observando as pessoas. Fazia calor e o céu estava claro.

Duas mulheres com filhos conversavam. Deviam ter a idade de Sasha. Ou a idade que Sasha *teria* se tivesse sobrevivido a *Sachsenhausen*. Por muitos anos, questionou-se por que apenas ele saíra vivo daquele inferno.

Somente ao encontrar Levy e os caçadores é que havia se deparado com a resposta. Sobrevivera para vingar aqueles que foram mortos.

Chegou o horário do almoço, mas não sentia fome. Caminhou a esmo; vez ou outra, enfiava a mão no bolso do casaco para tocar a arma. As pessoas que o viam usando um casaco pesado para a estação do ano certamente se perguntavam se ele não estaria derretendo sob aquela roupa toda. Mas ele não se importava com o calor.

Perto das três, voltou para as proximidades do hotel. Viu quando o dr. Sebastián Lindner atravessou a rua e entrou no Plaza.

Eu podia rendê-lo, pensou. *Entrar com ele e, então, agir.*

O que faria? Primeiro, cuidaria do jovem guarda-costas que sempre andava com a mulher bonita, mas de olhar demoníaco. Depois, subiria até o quarto com o doutor e atiraria antes mesmo de aquele porco nazista saber o que havia acontecido.

Ou faria diferente? Deixaria que o velho o encarasse, olhasse fundo em seus olhos e, então, atiraria em sua cabeça.

O pensamento fez seu corpo ter um espasmo. Seria seu maior ato. Nunca mais seria esquecido. Seria lembrado eternamente como o homem que havia matado *Adolf Hitler*.

Um sósia. Um sósia de Hitler. Ele está ali, naquele quarto. E o mundo desconhece o quanto de história e segredos há naquele recinto, no hotel mais luxuoso de Buenos Aires, refletiu Sebastián Lindner, ainda olhando para o cume do suntuoso prédio do Plaza Hotel.

Se Albert Leipzig caísse nas mãos dos caçadores para ser julgado, muito possivelmente o mundo seria privado de saber a verdade. A Operação Odessa, o *Dioscuri-Projekt*; tudo terminaria. Mas *ele* sabia; e, de algum modo, será que isso o tornava um alvo também?

Foi justamente por isso que tomara a decisão de começar a escrever tudo o que havia conversado com o velho nazista na noite anterior. Se algo lhe acontecesse, o mundo poderia saber a verdade; ou, pelo menos, a verdade que chegara aos seus ouvidos.

Pegou um Montecristo do bolso e colocou-o na boca. Acendeu o charuto na segunda tentativa e soltou a fumaça para o ar.

Então, algo chamou sua atenção; algo que não se encaixava no cenário urbano, um corpo estranho.

Seus sentidos estavam em estado de alerta; seus músculos, tensionados. Podia ser mera impressão, que estivesse enxergando fantasmas; todavia, não pôde deixar de notar o homem em pé na calçada perpendicular à entrada do hotel.

Trajava roupas atípicas para o calor daquela época do ano; casaco e uma boina de tecido. Parecia estrangeiro, polaco.

Tentou perceber algo diferente em sua postura ou olhar. Nada. O homem parecia distraído, absorto pelo vai e vem dos transeuntes e dos carros.

Um caçador?, pensou.

Segurou o Montecristo entre os dedos e começou a atravessar a rua. Com os cantos dos olhos, observava o homem à sua direita; ele continuava ali, na calçada, alheio.

O que farei?

A lembrança de que tinha menos de vinte e quatro horas para tomar uma decisão fez seu estômago embrulhar e o desejo por um bourbon aumentar. Seus lábios estavam secos e, sua língua, dormente.

Ao chegar do outro lado da rua, olhou mais uma vez na direção do homem. Nada; ele havia sumido.

Fechou os olhos e respirou fundo.

Mecanicamente, seus pés o levaram ao bar mais próximo, onde poderia tomar uma dose de bourbon e relaxar.

Assim como das outras vezes, ele observou o dr. Sebastián Lindner deixar o Plaza e ir embora.

Por que Levy não fizera contato?, ele se perguntava.

Quando o dr. Lindner sumiu em meio aos transeuntes, ele desceu a rua e voltou a caminhar em direção à Cafeteria Salomon. Precisava conversar com Levy e tirar a cisma.

Misturou-se a um grupo de pessoas parado na esquina, esperando para atravessar. Seguiu em linha reta; seus dedos, enfiados nos bolsos do casaco, tocaram de novo a arma.

Algo estava errado. Cruzou o olhar com diversos rostos anônimos; não, não eram as pessoas.

Parou perto do meio-fio. Instintivamente, sua mão envolveu o cabo da arma sob o casaco.

Tudo aconteceu muito rápido. O Justicialista preto fez a curva, movendo-se acima da velocidade normal, e desviou-se de dois pedestres, seguindo em sua direção.

Não havia tempo de agir; seu corpo não acompanhava a velocidade das instruções de seu cérebro. Saltou para o lado, apoiando a mão no capô do carro preto que fazia uma manobra em "cê", raspando a calota na guia.

Sentiu dor no ombro e na perna esquerda, o baque sobre o capô, a cabeça chocando-se contra o vidro. Então, como se não tivesse mais controle sobre seus movimentos, caiu no chão. O cheiro do asfalto quente penetrou em suas narinas. Algo nele doía; estava ferido.

As vozes se sobrepunham; alguns gritos, também.

Sim, alguém havia gritado pedindo socorro.

Contudo, nada naquelas vozes importava. Seus ouvidos estavam atentos ao ranger da porta se abrindo, ao som sequencial dos passos no chão.

Respirou fundo. Sua perna esquerda doía. Nesse momento, os passos haviam cessado.

Abriu os olhos e visualizou as pontas dos pés, envoltos em um par de botas pretas. Então, outro som lhe chamou a atenção: o de uma arma sendo engatilhada.

Sobreviver. Preciso sobreviver.

Girou o corpo, aproveitando-se do elemento-surpresa. Disparou a arma escondida sob o casaco e sentiu o sangue quente respingar sobre sua testa e olhos.

O homem em pé ao seu lado tinha o rosto coberto por uma máscara de pano preta. Sob seu queixo, no local em que havia acertado o tiro, o sangue jorrava.

Os gritos das pessoas tornaram-se mais fortes, histéricos.

Apoiando-se no para-choque do carro, suspendeu o corpo. Um homem jovem, que se precipitava em sua direção para ajudá-lo, o observava com olhar de terror.

– *Trzymaj się ode mnie z daleka!* – gritou. – Fique longe de mim!

Os cães haviam voltado a latir e rosnar; as risadas dos *boches* nazistas se misturavam aos gritos daqueles cujas peles estavam sendo rasgadas pelos animais treinados especialmente para matar seres humanos da forma mais dolorosa possível.

Ele tinha que fugir antes que os animais o pegassem. Arrastando a perna esquerda, abriu espaço na multidão. Seu coração estava disparado; estava por um fio de perder o controle.

Sasha, pensou. Imerso no desespero, só conseguia pensar na irmãzinha.

Correu a esmo. Perdera o controle sobre o corpo; o único comando que seus músculos compreendiam naquele momento era levá-lo para longe dali.

Parou em um beco. Pressionou as costas na parede imunda e deixou o corpo ceder, arrastando-se até se sentar no chão.

– Sasha... – murmurou.

Aos poucos, sua respiração foi se normalizando. Contudo, a dor tornara-se insuportável. Provavelmente, havia fraturado um osso.

Não sabia onde estava. Porém, não havia passos ou sinal de outras pessoas por perto. Enquanto estivesse sozinho, oculto, estaria a salvo.

Apalpou a perna esquerda, notando o osso fora do lugar. Era um homem treinado, preparado para suportar dores que pessoas comuns não aguentariam. Seu físico poderia ser ferido, sua pele rasgada, mas ele suportaria.

Mordeu os lábios com força enquanto segurava a perna com a mão esquerda. Com a mão direita, fazendo um gesto brusco, girou o membro, aparentemente recolocando o osso no lugar.

A dor dominou seu corpo por vários minutos, até que, exaurido, deixou as costas escorregarem pela parede e cair ao chão. Seus lábios estavam cortados, um corte profundo. Sentiu o gosto de sangue na boca. Todavia, sua perna ficaria boa. Ainda que, como agente incumbido de eliminar *nazis* pelo mundo, fosse treinado inclusive para sanar ferimentos daquele tipo, aquela havia sido uma manobra arriscada, já que poderia ter rompido uma artéria. Felizmente, uma nova chance lhe fora dada.

Ofegante, limpou o sangue dos lábios.

Foco. Tinha que manter o foco. Fechou os olhos e limpou mais do sangue que havia em si. Mas *aquele* sangue não era seu; pertencia ao homem que tentara matá-lo.

De repente, um pensamento obscuro inundou sua mente.

Por que Levy não tinha aparecido? Desde o início da operação, ele fora seu contato em Buenos Aires. Deixara Madrid, onde havia passado a morar desde que ingressara para o grupo de caçadores, com duas instruções bem claras e estritas: a primeira era que, quando chegasse à América do Sul, a única pessoa com quem deveria falar era um homem chamado Levy, que entraria em contato com ele quando fosse oportuno; a segunda era sua missão: matar o homem mais procurado do mundo, aquele responsável por milhões de mortes e que havia se refugiado na Argentina.

Adolf Hitler.

O *Führer* havia escapado de Berlim por meio de um plano engenhoso, que movimentara engrenagens em vários países, chamado Operação Odessa, até por fim chegar à América do Sul. Ele e outros nazistas haviam sido acolhidos pelo governo de Juan Domingo Perón. Então, desaparecera do mundo, mas fontes atestavam que ele estava escondido em uma estância localizada ao sul da Argentina, na Patagônia, chamada San Ramón. Levava uma vida normal sob nova identidade: Albert Leipzig.

A informação, mantida sob sigilo absoluto, havia sido finalmente confirmada pelo Serviço de Inteligência Britânico e pela CIA, com recursos injetados por judeus ricos de todo o mundo, empenhados em financiar uma verdadeira caçada a nazistas que conseguiram escapar de Nuremberg.

Ele já havia matado outros nazistas filhos da puta na Europa. A Espanha mesmo havia servido de abrigo para alguns deles, que levavam uma vida normal em casas de veraneio no litoral mediterrâneo.

Mas Hitler, ou Albert Leipzig, estava na Argentina. Deixara seu covil em direção a Buenos Aires para se encontrar com um psicólogo e terapeuta chamado Sebastián Lindner, que tinha origem austríaca. Segundo suas fontes, o dr. Lindner não tinha relação com os nazistas, mas isso pouco importava; se fosse necessário, era uma vida que poderia ser sacrificada em prol de um projeto maior, muito maior: matar o *Führer*.

Tudo seguira como planejado até ele cometer o primeiro erro: tentar conseguir informações sobre seu alvo invadindo o consultório do dr. Sebastián Lindner. Seria esse o motivo de Levy ter perdido a confiança nele?

Ergueu-se do chão, apoiando a perna com dificuldade. Tinha que recobrar o autocontrole e, então, pensar.

A cena se repetiu em sua mente: o carro vindo em sua direção, o impacto, o cheiro do asfalto. As botas diante de seus olhos, o som do gatilho sendo acionado.

Então, tudo fez sentido. Ele conhecia o homem oculto sob a máscara, aquele que havia tentado matá-lo. Concentrou-se na lembrança do sangue jorrando pelo ferimento sob o queixo, logo tingindo a camisa de vermelho. Pendurada no pescoço e visível à altura do peito, estava a medalha de Nossa Senhora de Montserrat.

Lembrava-se perfeitamente daquela medalha; era a mesma usada pelo homem que vira uma única vez, na sua chegada a Buenos Aires. Fora ele quem o recebera no aeroporto, apresentando-se como Sancho, e o levara até Levy. O homem com sotaque da Catalunha, o mesmo que tentara matá-lo havia poucos minutos.

Não restavam dúvidas. Tinha sido traído; Levy o queria morto.

Mas por quê?

Não tinha tempo para mais questionamentos. Rapidamente, um plano de ação tomou forma em sua cabeça. Precisava pensar rápido; fora treinado para isso.

Tinha uma única certeza: mataria Albert Leipzig.

28

Aurora Leipzig perdeu a noção de quanto tempo tinha ficado parada diante da janela do quarto observando o sol se despedir da cidade. Todas as vezes que conversava com Agostina, era uma lasca a mais que lhe arrancavam do verniz de autocontrole que aprendera a ter.

Sobre os ombros, olhou mais uma vez para *Papa*, sentado na cadeira, encurvado, negando-se com veemência a trocar uma única palavra com ela ou com Jörgen.

Meine tochter ist tot!

Minha filha está morta.

As palavras ditas por *Papa*, ainda que tivessem pertencido a um contexto de delírio, não a haviam abandonado. Somente ela sabia o tamanho da dor de ouvir aquilo vindo da única pessoa que lhe restava neste mundo. Todos a quem amava tinham morrido, e não queria perder mais ninguém.

Sabia que estava sendo profundamente egoísta ao pensar assim de *Papa*. Afinal, seu papel naquilo tudo era muito maior do que um amor paternal. Ela podia ter sido criada como sua filha, mas não era sangue do seu sangue. E, mesmo que fosse, duvidava de que não seria sacrificada, se a causa que ele defendia assim necessitasse; uma causa muito, muito maior do que a inteligência mediana das pessoas do mundo podia conceber.

Somente os que estavam próximos ao círculo social de *Papa* e alguns poucos homens de visão sabiam da importância daquele homem para o futuro do mundo que planejavam construir. Dom Francisco Perdomo era um deles; inteligente, bem-sucedido e visionário. *Papa* gostava dele, apesar de não ser ariano. Mas isso não significava que toleraria um envolvimento *pessoal*. Também gozava de prestígio entre gente importante daquele país que, em breve, seria o berço do renascimento de tudo o que haviam tentado destruir na Alemanha.

A morte de Dom Francisco realmente tinha sido trágica, mas ela não gostava de pensar naquilo; de se lembrar daquele dia. Com o passar do tempo, os pensamentos foram se tornando vagos, até que diminuíram para breves relances, para, então, desaparecerem. Não por completo, é claro; havia momentos que era impossível não se lembrar dele, como quando havia a necessidade de atravessar o caminho de Agostina.

Fechou os olhos e cruzou os braços à altura do peito, como se algo nela desejasse acalentá-la, dizer que tudo ficaria bem.

Olhou mais uma vez para *Papa*. Lembrou-se de como ele costumava ser carinhoso e atencioso com ela; fazia com que se sentisse alguém, uma pessoa importante. Contudo, naquele momento, tudo o que havia restado era uma casca vazia. Um corpo inerte acomodado numa cadeira, imerso em um silêncio sepulcral.

Doía saber que *Papa* somente se abria com aquele psicólogo. De fato, o dr. Lindner merecia a fama que tinha, apesar de seu vício em álcool e os desvios de conduta ética que pesavam sobre ele. Havia conseguido que *Papa* falasse, mas não fizera o mais importante: não tinha devolvido a ela seu amado pai.

Ouviu batidas na porta. Duas sequenciais, depois uma mais discreta, quase inaudível. Era o código deles.

Abriu a porta e deixou que Jörgen entrasse. O rapaz passava o lenço sobre a testa suada e estava visivelmente aturdido.

– *Fräulein*, precisamos conversar – ele disse, num sussurro.

Aurora olhou mais uma vez para *Papa* e assentiu. Saiu e trancou a porta do quarto; não havia para onde ele ir, afinal.

— O que foi? — ela perguntou a Jörgen, impaciente.

— Ibañez está morto — ele disse.

Agostina venceu mais um round, Aurora pensou. Outro sacrifício por culpa daquela vaca nojenta.

— Você não está aturdido assim por causa de um *einheimisch*[1] morto. O que houve?

— Fiz contato com San Ramón, como me pediu; com nossos colegas do sul — ele disse.

— E então?

Jörgen respirou fundo.

— Eles confirmaram que *caçadores* estão na cidade. Eles já sabem sobre nós.

Aurora Leipzig sentiu um calafrio lhe percorrer o corpo.

— *Papa* é o alvo? Os caçadores sabem sobre ele?

— *Ja* — Jörgen assentiu. — Também recebi ordens; eles querem que voltemos imediatamente a Villa La Angostura. Buenos Aires é perigosa agora.

Aurora suspirou. Afastou-se alguns passos de Jörgen e olhou para o longo corredor. O sol se punha e a escuridão surgia como se os engolisse.

Desde o início tinha enfrentado resistência por parte de alguns amigos de *Papa* quando mencionara trazê-lo a Buenos Aires para se tratar com um psicólogo. Finalmente, havia conseguido convencê-los da importância de fazer *Papa* voltar ao normal assim que a situação ficou incontrolável, com muitos apoiadores deixando a Argentina rumo a outros países latino-americanos de clima tropical, ou mesmo voltando para a Europa a fim de se instalar em Portugal ou Espanha.

Depois do afastamento de Perón, uma corrente forte dentro dos seguidores de *Papa* defendia a saída imediata da Argentina e a mudança para o vizinho Paraguai. Havia um núcleo bem estabelecido em Encarnación, comunidade basicamente rural, onde poderiam transitar tranquilos como estancieiros. Alguns colegas já se encontravam em solo

---

[1] Nativo, mas com conotação pejorativa, fazendo referência ao indígena originalmente habitante da América do Sul.

paraguaio e tinham uma relação estreita com o homem forte de lá, Alberto Stroessner Matiauda, ele próprio filho de imigrante e nascido naquela localidade.

Mas a saúde de *Papa* se deteriorara em pouco tempo após Perón ter sido forçado a deixar o país e se exilar na Espanha três anos antes. Então, simplesmente, ele acabou por se isolar de tudo e de todos, entrando em um estado catatônico crítico. Por fim, havia convencido a todos de que seria prudente tratá-lo; como resposta, teve o prazo de quinze dias.

Träume die Menschen unterstützen, ele dizia sempre. *São sonhos que sustentam os homens.*

– Precisamos de mais alguns dias – disse, encarando Jörgen. Não podia deixar que notasse sua aflição.

– *Nein, Fräulein* – ele disse, negando com um movimento da cabeça. – Não se trata mais de uma vontade ou desejo. São ordens, *Fräulein*! Temos que voltar.

Aurora Leipzig levou a mão à testa. Tinha que pensar. Necessitava de mais tempo.

– Não podemos voltar sem *Papa* estar curado. Precisamos dele sadio para a nossa causa – ela disse, alterada. – Você não entende, Jörgen? Se *Papa* não voltar a ser o que era, todo o nosso sonho... o sonho daqueles que ficaram para trás e morreram em Berlim e Nuremberg terá sido em vão. Tudo vai morrer, você compreende?

– Mas se o matarem ou prenderem aqui em Buenos Aires, todas as esperanças também morrerão, não é? – falou Jörgen, em um tom sensato.

Aurora sabia que ele tinha razão. E era isso o que mais odiava. Sentir-se isolada, deixada de lado por aqueles velhos imbecis do Partido.

– Devemos deixar o hotel amanhã pela manhã, *Fräulein* – Jörgen prosseguiu como se, naquele momento, passasse a assumir o comando da situação. – Seremos escoltados até a estação e pegaremos um trem sem escalas para Bariloche.

– Escoltados? Por quem?

– Me disseram que agentes nossos viriam nos receber. Seguiremos em comboio até a estação central e lá pegaremos o trem.

Aurora sentiu os olhos marejarem.

Não posso chorar. Não na frente de Jörgen.

— Eu sinto muito, *Fräulein*.

— Me deixe sozinha — ela respondeu, afastando-se.

— *Fräulein*, minhas ordens são...

— Eu sei quais são suas ordens, Jörgen! — ela disse, em tom áspero. — Partiremos amanhã. Eu só quero poder pensar durante alguns minutos sem sentir que há um cão perdigueiro atrás de mim. Fui clara?

Contrariado, Jörgen assentiu.

— Vigie *Papa* — ela disse, caminhando até o elevador. — Não o deixe sozinho.

Enquanto esperava a porta se abrir, ligava os pontos do que teria que fazer no tempo que lhe restava.

Cruzou o *hall* e andou até o balcão da recepção, onde um jovem educado trajando o uniforme do Plaza escancarou um sorriso amigável.

— Pois não, senhorita?

— Preciso que me chame um táxi.

Mesmo não sendo inverno, fazia frio. A temperatura caíra bastante assim que o sol se escondeu. Enrolado em um casaco grosso, César "Caballo" Quintana bateu os calcanhares e escondeu as mãos no bolso forrado.

Gamboa o havia convidado para jantar, mas ele recusara. Precisava ficar a sós. Almoçou em um pequeno restaurante de uma família italiana a dois quarteirões da hospedaria em que passaria a noite. Se realmente Carmelita Ibañez não aceitasse vê-lo, todo o esforço teria sido em vão.

Não podia culpá-la, entretanto. A mulher era mantida isolada como uma prisioneira em uma estância do outro lado do lago, e a morte do marido havia sido um recado bem claro para que ficasse calada.

Rufino Ibañez morreu por minha culpa, pensou. *Mas estou tão perto como nunca de saber a verdade.*

Hesitante, acendeu um cigarro e tragou. Havia tomado quase uma garrafa inteira de vinho, mas não se sentia torpe, tampouco aquecido. Parou ao lado da porta da hospedaria e ficou observando as ruas desertas enquanto fumava.

Villa La Angostura mal passava de um vilarejo remoto, um dos vários povoados de europeus, sobretudo germânicos, na Patagônia. Observou as árvores floridas que margeavam o canteiro central da rua principal – uma das poucas, diga-se.

Imaginou as árvores nuas no inverno rigoroso da região, os galhos finos retorcidos, a geada cobrindo o pavimento sob um céu azul límpido, típico do inverno andino.

Sim, sem dúvida seria um bom lugar para passear.

De repente, teve um acesso de tosse. Cuspiu o catarro no chão e, livrando-se do cigarro, esmagou a bituca com o sapato.

Dependendo do resultado do dia seguinte, ligaria para Gamboa em Bariloche e informaria que estava de partida. Voltaria a Buenos Aires de mãos tão vazias quanto chegara ao sul; contudo, carregava a mesma certeza de que Rufino Ibañez era inocente e morrera para proteger o verdadeiro culpado.

Limpou os lábios e entrou. No interior, a hospedaria emitia um calor aconchegante. A recepção era pequena, decorada com móveis antigos de estofamento gasto, mas tinha seu charme.

A senhora que estava atrás do balcão entretendo-se com uma revista de variedades sorriu ao vê-lo. Entregou-lhe a chave, presa a um chaveiro de madeira que indicava o número do quarto.

– Quer que acenda a lareira? – ela perguntou.

"Caballo" Quintana observou a lareira antiga, construída com tijolos aparentes. Uma grade enferrujada estampava o logotipo de uma fundição chamada Steiner.

– Posso pôr um pouco de lenha se quiser. Sei que estamos no verão, mas aqui é sempre frio, sobretudo à noite. Temos calefação, mas os hóspedes adoram a lareira, em especial aqueles que vêm de lugares mais quentes do norte ou do Brasil. Parece algo exótico para eles, assim como nós aqui enxergamos os trópicos. Tudo depende do ponto de vista, não é mesmo?

O inspetor sorriu, dispensando a lareira. Subiu as escadas estreitas de madeira. Eram dois lances até seu quarto, localizado no terceiro e último andar.

Parou diante da porta e enfiou a chave. O corredor estava mal iluminado por uma única lâmpada presa ao teto por um fio, a qual, curiosamente, ficava bem acima de sua porta.

Assim que a abriu, vislumbrou a dança de sombras projetadas na parede oposta, onde uma janela dava vista para a rua principal.

Deu um passo adiante, mas parou. Havia algo errado.

A *sombra*, pensou.

No mesmo instante, levou a mão à arma em sua cintura e abriu o coldre.

Tudo parecia exatamente igual. Sua mala estava sobre a cama de solteiro, aberta e expondo roupas mal dobradas. O ambiente cheirava a limpeza e água sanitária.

Deu mais um passo. Tinha que pensar rápido.

Mas, antes que pudesse reagir, uma sombra saltou sobre ele, engolindo-o.

Aurora Leipzig saiu do carro assim que o táxi estacionou em frente à imponente mansão dos Perdomo. Foi atendida por uma das empregadas e insistiu em falar com Agostina

— Dona Agostina está em horário de jantar. A senhora gostaria de entrar e esperar? — perguntou a mulher, com educação dissimulada.

— Se você disser *quem* a está procurando, tenho certeza de que ela deixará o precioso jantar dela para depois — respondeu Aurora, de modo ríspido.

A mulher sumiu para dentro da casa, abandonando-a na soleira da porta entreaberta. Poucos minutos depois, Agostina apareceu. Vestia uma roupa leve, mas mantinha-se maquiada e sempre preparada para chamar a atenção de um homem. Aurora odiava aquilo.

– Aurora?

– Preciso falar com o dr. Lindner. Agora.

– O que houve? – Agostina parecia aturdida.

– Fui à casa dele, mas aquela *cabecita negra* me atendeu de má vontade. Falei com uma mulher chamada Magda, que me disse que o dr. Lindner não estava.

Agostina franziu o cenho.

– Também não sei de Sebastián, Aurora. Não o tenho visto.

– Pois me ajude a encontrá-lo. – Aurora não alterara o som da voz, mas havia algo no *timbre* que causou arrepios em Agostina. Nunca a vira daquele jeito, nem mesmo nos momentos mais angustiantes.

– Se há alguém para quem Sebá conta praticamente tudo, é Ariel. O dr. Ariel Giustozzi, o homem que estava com ele quando o apresentei a você.

Aurora se lembrava vagamente do homem de feições bonitas e afiladas, barba rala e olhar desconfiado.

– Preciso falar com o dr. Giustozzi, então.

Agostina refletiu. Algo muito grave tinha acontecido.

– Eu não sei...

– Não se trata de ter dúvida agora, Agostina. Trata-se de *Papa* – disse Aurora, cerrando os dentes. – Estamos unidas mais do que imagina, minha amiga. E, agora, sou eu que preciso de sua ajuda.

Agostina assentiu.

– Dispense o táxi – ela disse. – Pedirei a meu motorista que nos leve até Ariel.

"Caballo" Quintana sentiu a pele arder e ceder com o fio de náilon que penetrava em seu pescoço.

O peso do corpo de seu oponente estava todo sobre ele, e Quintana havia largado a arma na tentativa de desvencilhar-se daquilo que, lentamente, o degolava.

Dobrou os joelhos, mas não conseguia abaixar a cabeça. Era puxado para trás com força, enquanto seus dedos, posicionados entre o fio e a pele, faziam força contrária.

Juntando a força que lhe restava, esticou a perna direita em direção à porta, colocando-a quase para fora do quarto. Então, usando o calcanhar, golpeou a porta, fazendo com que ela se chocasse contra seu agressor, espremendo-o contra a parede. O efeito-surpresa fez com que a pressão do fio afrouxasse, mas não o bastante para que se soltasse.

Empurrou a porta mais uma vez, mas aproveitando o impulso para lançar o corpo à frente.

Despencou, apoiando as mãos no chão na tentativa de não se chocar contra o piso. Estava livre, todavia, a sombra se precipitava sobre ele. Novamente usando os pés, afastou o agressor e sacou a arma.

A vista turva dificultava a mira, mas atirou naquilo que se movia à sua frente. Foram três disparos. Quando ouviu o baque do corpo no chão, rolou para o lado e explodiu numa tosse incontrolável. Chegou a pensar que iria expelir os pulmões.

Havia passos apressados se aproximando. Se fosse outro assassino, não conseguiria se defender. Estava totalmente rendido, estirado no chão.

Por sorte, a figura que se materializou na porta foi a do dono da hospedaria. Seu olhar era de profundo terror.

– O que aconteceu aqui?

Quintana não conseguia falar. Tocou o pescoço e notou que sangrava um pouco.

– O senhor precisa de um médico!

– Estou bem – disse o inspetor, com um fio de voz.

Com dificuldade, arrastou-se até a cama e, apoiando as costas, sentou-se no chão.

– Acho que encontrei quem sumiu com a chave-mestra, senhor – disse "Caballo" Quintana, rindo. A arma com o cano fumegante ainda estava em sua mão direita.

– O senhor?... – O homem ainda parecia atônito. Observou o outro sujeito estirado no chão; um homem loiro e jovem, com blusa preta e o peito cravado de balas. Imediatamente o reconheceu; havia chegado pouco depois de o sr. Quintana sair pela manhã e tinha alugado um quarto no primeiro andar. Disse que vinha de Buenos Aires.

– Vou chamar um médico – disse.

– Não preciso de médico, senhor – falou "Caballo" Quintana, tossindo de novo. – Preciso apenas que chame a polícia.

Levy olhou para a escuridão à sua frente. Assim que pressionou o cigarro no cinzeiro, o único ponto de luz – a brasa – sumiu.

Apesar da falha de Sancho, tudo seguia como planejado. Fora um movimento perfeito, e os ratos nazistas em breve sairiam da toca. Então, seria o momento de agir.

Infelizmente, ainda teria que lidar com *Jude*. Pelo que sabia, ele estava bastante ferido, mas sua fama como assassino frio e eficiente o precedia. Se não morresse, *Jude* não desistiria. Precisava ser parado.

Seu maior erro tinha sido levar tudo aquilo para o lado pessoal. Claro que, quando se tratava de caçar nazistas, levá-los à Corte Internacional ou simplesmente eliminá-los, *tudo* era pessoal. Mas *Jude* estava fora de controle.

A morte da secretária do dr. Lindner fora a gota d'água. Tudo havia mudado com aquilo. Gente importante não queria mais Adolf Hitler morto; ele deveria ser preso e levado a Londres. Essas eram as ordens.

Suspirou e observou outra vez a escuridão em que estava imerso. Em breve, o maior ato do século conheceria seu *grand finale*.

29

Sebastián Lindner fitou o líquido dourado do malte na garrafa sobre a pequena mesa de madeira em seu quarto. Serviu-se de mais uma dose e bebeu com prazer. Os tremores haviam cessado, restando apenas o prazer do torpor que o bourbon lhe trazia.

Pegou o Montecristo, deixado ainda pela metade sobre o cinzeiro, e acendeu. A fumaça foi tomando conta do cômodo, e o aroma do tabaco preencheu o ambiente.

Olhou para a sequência de páginas escritas à sua frente, sobre a mesa. Bastava uma decisão; um sim ou não. Poderia caminhar naturalmente até o Plaza, como havia feito nos últimos dias, e aguardar para saber qual seria seu papel no plano de Levy; ou poderia reagir e seguir seus desejos, contar a Aurora Leipzig o que estava havendo, ajudá-los de algum modo.

Esticou-se na cadeira, relaxado. Com o alívio da tensão e o efeito do bourbon, simplesmente não conseguia pensar com clareza. Mas, afinal, não era esse o objetivo? Calar seu medo? Parar de pensar?

Bebeu mais uma dose. Naquele instante, seus sentidos já entravam em estado de dormência. Tudo parecia distante, como se ele não estivesse mais ali.

Escutou uma batida tímida na porta. Em seguida, outra. O som se tornou mais forte, quase uma pancada.

– Sebá?

Levantou-se, sobressaltado. Ele conhecia aquela voz.

Agostina?

Caminhou até a porta e girou a chave. Afastou-se assim que a imagem de Agostina surgiu à sua frente. Não, não era a figura de sua amante que o aturdia; era a mulher magra e de olhar gelado que estava em pé atrás dela que lhe causava medo.

– Dr. Lindner – Aurora Leipzig disse, colocando-se ao lado de Agostina. – Preciso que venha até o hotel agora.

Sebastián estava confuso. O que elas faziam ali?

– Ariel nos disse onde você estava, Sebá – falou Agostina, como se lesse seus pensamentos. – Aurora está muito aflita.

– Eu... – Sebastián fechou os olhos e respirou fundo. Precisava se reconectar. – Eu não esperava receber visitas.

Notou o olhar de Aurora, que vasculhava o interior espartano do quarto. Seus olhos claros pousaram no copo de bourbon sobre a mesa, e na garrafa pela metade.

– Confesso que acho lamentável encontrá-lo assim, dr. Lindner. Mas... – Ela mordiscou o lábio inferior e abaixou o olhar. Estava visivelmente constrangida. – Mas o senhor é a única pessoa a quem posso recorrer neste momento.

– O que houve? – perguntou Sebastián, apoiando-se na porta.

– *Papa* – disse Aurora, com firmeza. – Preciso que o senhor o cure. Não temos mais tempo, dr. Lindner.

Sebastián franziu o cenho.

– Curá-lo? Acredito que estamos nesse processo, senhorita Leipzig. Contudo, não é uma ciência exata. Não posso trabalhar com um prazo e...

– Preciso que o cure até amanhã – ela disse. Sebastián notou algo diferente em sua voz; era *desespero*. – Não temos mais tempo, dr. Lindner. Amanhã cedo devemos voltar à Patagônia.

Sebastián suspirou e, trôpego, caminhou até a cadeira. Recostou-se e coçou entre os olhos.

— Preciso que o senhor venha comigo até o hotel e converse com *Papa*. Faça sua terapia. Mais do que isso; faça-o voltar ao normal! O senhor tem que entender, dr. Lindner, que há muito em jogo caso *Papa* não se recupere logo.

Sebastián encarou Aurora.

Há muito mais em jogo do que a senhorita imagina. Inclusive, a própria vida de seu pai.

Apoiou a cabeça nas mãos e tentou controlar a respiração. Estava alcoolizado. Como poderia conseguir algum resultado significativo de um dia para o outro? No entanto, talvez fosse a oportunidade de finalmente acessar a história que morava apenas na cabeça e na memória de Albert Leipzig.

— Eu aceito, senhorita – disse ele, por fim. – Porém, preciso de um grande favor da senhorita para conseguir ajudar seu pai.

Aurora Leipzig hesitou, mas, enfim, meneou a cabeça concordando.

— Preciso que a senhorita me diga o que aconteceu para que seu pai se fechasse. Mais do que isso, senhorita; preciso que seja bem honesta sobre o que está havendo, porque, sem essas ferramentas, eu não posso mergulhar na mente do sr. Leipzig e resgatá-lo.

Aurora Leipzig começou a murmurar algo, mas parou.

Sebastián levantou-se e caminhou até a porta mais uma vez.

— Se quiser mesmo a minha ajuda, senhorita, precisa fazer a sua parte.

— Aurora, confie em Sebá – disse Agostina, de modo surpreendente. De fato, Sebastián não esperava por aquela intervenção. Seu tom era terno, confiante.

De repente, voltou a enxergar em Agostina Perdomo a mulher que amava, não uma assassina manipuladora.

— Eu esperarei na recepção – ela prosseguiu. – Vocês podem conversar pelo tempo que for necessário.

Por fim, Aurora Leipzig assentiu. Entrou no quarto e, caminhando devagar, sentou-se na beira da cama.

Sebastián e Agostina trocaram olhares. Naquele momento, voltavam a ser cúmplices.

Sem dizer nada, a sra. Perdomo seguiu pelo corredor no mesmo instante que Sebastián fechou a porta atrás de si. Trôpego, reuniu as folhas de papel sobre a mesinha, empilhou-as como pôde e guardou-as na gaveta.

Sob condição alguma Aurora Leipzig poderia ter conhecimento daquelas anotações.

– Peço apenas um minuto. Vou lavar meu rosto e, então, poderemos começar – ele disse.

Sebastián Lindner sentou-se na cadeira, afastando-a da pequena mesa e virando-a na direção da cama, onde Aurora mantinha-se empertigada, encarando-o com olhar gelado. No entanto, ele sabia, havia algo muito diferente naquela situação.

Ele já a vira aflita com o pai, mas não com tamanha intensidade. Naquela feição marmorizada e olhar gélido, havia uma rachadura evidente; era como se, por trás daquele muro, emoções mais primitivas estivessem prontas a jorrar. Restava saber se, àquela altura e nas condições em que se encontrava, ele seria capaz de resgatar o lado oculto de Aurora Leipzig a tempo.

Sebastián levou o charuto à boca; porém, antes de acendê-lo, deteve-se, espantado ao ver a *Fräulein* Leipzig tirar uma cigarrilha da bolsa e colocar um cigarro longo nos lábios carmins.

– Seria algo que *Papa* certamente desaprovaria, dr. Lindner – ela disse, notando a surpresa de Sebastián. – Mas fumar ajuda a aliviar a tensão. Espero que não se importe.

– Fique à vontade – respondeu, acendendo seu Montecristo.

Aurora Leipzig tragou e cruzou as pernas. Mantinha o olhar preso em algum canto do quarto, mas longe de Sebastián.

– Senhorita Leipzig, acho que podemos começar – ele disse. – Seria bom que a senhorita me esclarecesse o que está havendo para que eu possa ajudá-la e tratar o seu pai de modo mais efetivo.

Aurora suspirou de modo ruidoso. Havia muito ódio naquele gesto, Sebastián notou.

– *Papa* é uma pessoa importante para muita gente, doutor. Eu já lhe disse isso. Entretanto, ao mesmo tempo que há pessoas que morreriam por ele, como Jörgen, por exemplo, também há aqueles que lhe desejam mal. *Muito* mal.

Sebastián engoliu em seco.

– Mal a que ponto, senhorita?

– A ponto de matá-lo. – Aurora tragou novamente e soltou a fumaça no ar. Sebastián notou a marca de batom no filtro enquanto ela segurava o cigarro entre os dedos. – Essa... *corja*... está em Buenos Aires, doutor. De algum modo, descobriram *Papa*. Por isso não podemos hesitar. Amanhã voltaremos para a Patagônia, mas, antes, preciso que cure *Papa*. Não há mais tempo.

Sebastián analisou a jovem mulher. O verniz havia sido retirado; sentada à sua frente havia naquele momento uma menina assustada e acuada. Todavia, ele também sabia que momentos de extremo estresse eram propícios para fazer eclodir o que havia de mais monstruoso nas pessoas, e talvez fosse esse o caso de Aurora Leipzig.

– Infelizmente, senhorita, as coisas funcionam como lhe expliquei. O tempo é do senhor seu pai, não meu. Ele de fato tem me contado muitas coisas bastante significativas e parece interessado em fazer as pazes com o passado. Ou, pelo menos, contar para alguém coisas por que passou ou que viu. É isso que percebo. Contudo, estou impedido pela ética de lhe dizer o que ele me falou.

– Pro inferno com sua ética, dr. Lindner! – exaltou-se Aurora, lançando-lhe um olhar furioso.

O monstro está, enfim, acordando.

– Não me fale em ética, doutor. Por favor! – Naquele instante, ela sorria com ironia. – Com certeza não pensou nisso quando dormiu com a sra. Perdomo, a viúva enlutada acusada de assassinato. Portanto, não é momento para retórica psicanalítica, dr. Lindner.

Sebastián assentiu. Ainda que estivesse notoriamente em desvantagem moral, naquele momento aquela catarse era necessária, caso quisesse se aproximar da verdade.

Quem era aquela gente? Quem era Albert Leipzig?

Aquilo tornara-se sua obsessão, tinha que admitir. Sabia que estava diante de algo grande, muito grande. Maior talvez do que a cura de seu paciente, a qual deveria ser seu único objetivo.

Já quebrei as barreiras possíveis da ética, refletiu. De algum modo, Aurora Leipzig estava coberta de razão.

– Eu compreendo – falou. – Compreendo seu ponto de vista, senhorita. Por isso estamos tendo esta conversa. Para que eu possa chegar mais rápido ao cerne desse problema.

Estendeu o cinzeiro para que Aurora esmagasse o que restara do cigarro.

– Então, é assim que conduz seus tratamentos, dr. Lindner? *Isto é terapia judaica freudiana?*

– Prefiro dizer que isto é apenas uma conversa, senhorita. Um bate-papo para que cheguemos a um denominador comum que interessa a nós dois: ajudar o sr. Albert Leipzig. Não foi para isso que veio até aqui, se arriscando?

Aurora assentiu. Havia resignação em seu olhar. Por fim, fios de lágrimas começaram a escorrer em sua face.

A catarse que vem após o monstro cansar de rugir, pensou Sebastián.

– Passei todos esses dias ouvindo a história do sr. Leipzig, senhorita. Agora, gostaria de ouvir a sua – disse Sebastián usando um tom afável.

Aurora retirou um segundo cigarro da cigarrilha. Acendeu e começou a falar.

– Vamos demorar um tempo até descobrir a identidade do sujeito, inspetor – disse Javier Gamboa, caminhando até "Caballo" Quintana que, naquele momento, tragava de modo impaciente junto ao batente do quarto em que se hospedara. – Nada de documentos. O nome de Carl Fritz que consta no livro de hóspedes deve ser falso também.

Ele meneou a cabeça, concordando. Era óbvio que o corpo sem vida que era retirado da hospedaria pertencia a alguém contratado para a finalidade única de assassiná-lo.

– Contudo, o casal que gerencia este negócio disse que o homem que atacou você tinha um sotaque estrangeiro, talvez alemão. Mas, como sabe, isso também não ajuda merda alguma. A colônia de *chucrutes* é grande por aqui e aumentou bastante depois da guerra. – Gamboa deu de ombros, fechando seu caderninho de anotações.

"Caballo" Quintana tentou dizer algo, mas sentiu a garganta queimar. Levou a mão ao pescoço envolto em atadura e xingou mentalmente aquilo tudo.

– Quintana, você mexeu com gente perigosa. Por que não deixa tudo isso para lá? É um conselho de amigo. – Gamboa colocou a mão sobre seu ombro. – Neste momento, nada mudará se você descobrir quem matou Dom Francisco Perdomo; Ibañez está morto, Quintana. Não há mais tempo para justiça.

– Só preciso que mantenha isso em sigilo por enquanto, Gamboa – disse "Caballo" Quintana, em um tom quase inaudível. – O que houve aqui não pode chegar a Buenos Aires antes de amanhã, você entendeu? Não *pode*!

O policial fez um muxoxo.

– Sabe que não conseguirei segurar as coisas por muito tempo – falou. – Trata-se de uma tentativa de assassinato. Temos um corpo, Quintana. Teremos que notificar Buenos Aires e seu nome...

– Deixe meu nome fora disso. Me dê doze horas – insistiu o inspetor. – Só preciso falar com Carmelita Ibañez, Gamboa. Ela *sabe* a verdade.

– Você quem sabe. – Gamboa lhe deu batidinhas no braço antes de se afastar. – Tem certeza de que não quer que um médico veja esse pescoço?

"Caballo" Quintana negou.

– Não pode estar pior do que meus pulmões.

O policial grandalhão afastou-se, deixando Quintana sozinho.

Havia algo sobre o que Gamboa havia dito que tinha feito soar um pequeno sinal de dúvida. O homem que o atacara era alemão, a mesma gente que havia empregado a sra. Ibañez após a prisão do marido.

E se aquilo, na verdade, não fosse um emprego ou um favor? Dom Francisco tinha vastos negócios no setor de madeira com imigrantes alemães do sul; inclusive, tinha casa em Bariloche. Sua proximidade com a colônia alemã da Patagônia talvez fosse maior do que imaginara a princípio.

Agostina Perdomo teria poder para controlar os alemães de San Ramón a ponto de convencê-los de que ele, Quintana, era uma ameaça? Ameaça a quê, afinal?

Acendeu um cigarro. Sentiu a garganta queimar quando tragou pela primeira vez. Mas, de algum modo, aquela dor tinha um lado positivo; fazia-o sentir-se vivo. Sua cabeça funcionava melhor do que nunca.

Se não tivesse matado seu agressor, provavelmente tudo ficaria oculto. A participação dos alemães de San Ramón na morte de Dom Francisco nunca seria cogitada.

Como Albertozzi descrevera a estância? Um tipo de fortaleza nazista?

Coçou a testa. E se sempre estivera olhando para o lado errado da história?

Merda! Merda! Merda!

De repente, deu-se conta do maior erro que cometera. Tudo na morte de Dom Francisco apontava para um homicídio motivado por ira. Rufino Ibañez o teria matado após uma discussão e uma suposta ameaça de demissão.

Havia, inegavelmente, uma dose considerável de ódio naquelas facadas que tiraram a vida de Dom Francisco. Essa fora a conclusão do legista na época, e a sua também. Por isso sempre tivera a certeza de que Agostina Perdomo era a assassina.

Ódio de uma mulher.

Mas, e se não fosse ela?

Precisava pensar. Mais do que isso, precisava conversar com Carmelita Ibañez.

PARTE 4

Caçada

30

— Eu não sou filha legítima de *Papa*, dr. Lindner – disse Aurora. As lágrimas que lhe banhavam o rosto ainda estavam ali, como se ela não se importasse. – Na verdade, quase não tenho lembranças da minha infância. Nasci na Alemanha, mas muito cedo mudei-me para a Suíça com meus pais. Eles eram diplomatas simpatizantes das ideias que, em poucos anos, mudariam nosso país e devolveriam o governo ao povo alemão. Quando a guerra começou, em 1939, meus pais biológicos foram transferidos para a Suíça como parte do programa de internacionalização de nossas ideias.

— A senhorita se lembra dessa mudança? De deixar a Alemanha e se mudar com sua família para a Suíça?

Aurora negou, balançando a cabeça.

— Nao – disse. – Não me lembro de nada daquela época. Aliás, tenho pouquíssimas lembranças da minha infância, dr. Lindner. Somente pontas soltas, imagens desconexas de Rheinau, onde vivíamos. Grande parte do que sei, e do que estou lhe contando, me foi dito pelas pessoas à minha volta.

Sebastián meneou a cabeça. Sabia que ausências de memória podiam perfeitamente ser fruto de traumas, muitas vezes profundos o bastante para que fossem recolhidos nos recônvacos da mente e nunca mais acessados. Essas lacunas podiam envolver longos períodos, como parecia ser o caso de Aurora Leipzig. Mas, se fosse isso mesmo, quais teriam sido as dores daquela mulher de gelo?

– Era uma cidade belíssima. Lembro-me do Reno e do reflexo do verde e azul na água quando os dias estavam bonitos – ela prosseguiu.

– São boas recordações? Digo, as lembranças do Rio Reno?

– Me trazem paz. Lembro de minha mãe me levar para ver o espelho d'água e de me ver, pequenina, ao lado dela. Meu pai quase sempre estava ausente, trabalhando em questões da política. A Suíça deveria se tornar uma peça importante da expansão nazista na Europa. Rheinau, em particular, era vital para o nosso projeto batizado de Operação Odessa, bases fora da Alemanha que serviram tanto como pontos de propagação de nossa ideologia e abrigo para bons arianos, como também portos seguros em caso de uma necessidade emergencial de fuga para outros continentes, como a América.

Imediatamente, Sebastián lembrou-se das palavras de Levy.

– E o que aconteceu depois, senhorita? Depois que a guerra terminou?

– Meus pais foram presos. Lembro-me de nossa casa sendo invadida, dos passos. E de eu ser levada pela porta dos fundos em direção a um carro preto por uma de nossas empregadas. Havia um homem no volante; eu estava cansada e acabei dormindo no banco de trás. Acordei em outra casa, num lugar cujo nome não quiseram me contar. Havia uma mulher que cuidava de mim; o vestido dela sempre estava cheirando a lavanda.

A brasa do cigarro de Aurora Leipzig apagou-se, e Sebastián lhe estendeu o cinzeiro.

– Então – seus olhos claros tornaram-se marejados, mas as lágrimas eram resistentes em cair –, houve um dia em que *Papa* chegou para me buscar. Lembro-me de seus passos no corredor, batendo no piso de madeira; de como entrou em meu quarto e me observou com semblante austero. Eu não estava compreendendo tudo aquilo, mas, naquele momento, ele abriu um sorriso afetuoso. Eu havia me esquecido de como era me sentir amada, dr. Lindner.

Por fim, as lágrimas venceram, banhando o rosto da jovem.

— *Papa* me estendeu a mão e me chamou. Ele disse: "Venha, Aurora. Agora você é Aurora Leipzig. Tem meu sobrenome e pode me chamar de pai". Eu não sei por quê, mas eu me senti extremamente orgulhosa de meu novo sobrenome. Claro que eu não tinha idade para compreender a importância de *Papa* no Estado do *Führer*, muito menos que cabia àquele homem de sorriso amoroso levar para outras partes do mundo as ideias pelas quais nosso povo morrera. De certo modo, a semelhança entre *Papa* e o *Führer*, que eu havia visto em fotos era assombrosa, ainda que *Papa* sempre mantivesse a cabeça raspada e tivesse aquela cicatriz na boca, no lugar em que o *Führer* tinha o bigode. De fato, eles eram muito parecidos.

Sebastián ponderou em perguntar a Aurora sobre o *Dioscuri-Projekt*, mas correria o risco de expor as confidências de Albert Leipzig à filha. Além disso, a garota já parecia abalada o suficiente e não precisava de outra nova informação sobre seu pai.

— O que houve então? – perguntou Sebastián, incentivando Aurora a seguir.

— Ele me apresentou a uma mulher loira e bonita, *Frau* Brunner, e disse que ela cuidaria de mim até que chegasse o dia em que viajaríamos para o outro lado do mundo, para um novo país. Eu era uma criança e, obviamente, tinha a ingenuidade própria da idade; perguntei a *Papa* se eu também teria uma mãe, e ele me respondeu: "Haverá sempre uma mulher carinhosa para cuidar de você, *Popi*[1] Aurora. Não se preocupe". *Papa* sorriu mais uma vez e passou o polegar em minha bochecha.

Aurora levou outro cigarro longo aos lábios vermelhos. Não parecia se incomodar com o rosto molhado pelas lágrimas. Acendeu e tragou com elegância.

— *Papa* não tinha uma mulher, ainda que *Frau* Brunner se portasse como se quisesse ocupar esse posto. Quero dizer, de sua esposa. Ele estava sempre atarefado e cercado de pessoas. Foi assim desde que deixamos a Suíça em direção à Espanha em um submarino. Era escuro, eu estava

---

[1] Termo carinhoso que significa "bonequinha".

assustadíssima. Chorei o tempo todo, mas várias *Damen*[2] cuidaram de mim durante todo o trajeto. Davam-me chá e remédio, e eu dormia. Foram dias estranhos e confusos, dr. Lindner. Eu tinha 9 anos, mas afirmo que, de fato, minha vida começou quando cheguei à Argentina. Fui criada neste país, apesar de sempre manter vivas minhas raízes, doutor.

Sebastián Lindner assentiu.

– E todos vocês foram morar em Villa La Angostura?

Aurora Leipzig segurou o cigarro entre os dedos e Sebastián a observou soltar a fumaça branca e densa que, lentamente, foi envolvendo o rosto dela até quase sumir.

– Era meu porto seguro. Aquelas terras, aquela propriedade. O senhor não conhece San Ramón, mas é uma estância tão grande que facilmente podemos nos perder ali. Além disso, havia toda a questão da segurança. *Papa* é uma pessoa bastante importante para muitos, tanto aqui neste país, como na Alemanha. O único capaz de levar nosso sonho adiante, dr. Lindner.

Sonho de alguns, pesadelo e morte de milhares, pensou Sebastián.

– Então, não é difícil imaginar que vivíamos cercados por seguranças muito bem treinados.

– Como o jovem que acompanha a senhorita?

– Sim, Jörgen. Praticamente crescemos juntos, ainda que ele tenha vindo para a Argentina depois de mim. Quando chegamos a San Ramón, várias outras famílias de amigos de *Papa* vieram.

– E a senhorita cresceu nesse meio?

– Pode parecer estranho, mas fui e sou muitíssimo feliz, dr. Lindner. Não tenho do que reclamar, na verdade.

Sebastián balançou a cabeça, de modo afirmativo.

– A senhorita quase não menciona a sra. Brunner – observou Sebastián. – Mesmo quando conversamos pela primeira vez, e nas vezes seguintes.

---

[2] "Senhoras", em termo mais formal.

— O senhor pode ter razão — Aurora encolheu os ombros. — Na verdade, ela, assim como todos os demais em San Ramón, vivia para servir *Papa*. Para atendê-lo, cuidar dele e protegê-lo. Ainda que tivessem algum tipo de relacionamento, no fundo, esse era o papel dela.

— Em nosso primeiro encontro, a senhorita comentou que ela morreu, não foi? Há dois anos, se não me engano?

Aurora assentiu, sem demonstrar qualquer emoção.

— Sim, adoeceu. *Papa* não deixou que ela fosse tratada fora de San Ramón, e isso tampouco era necessário. A doença e a morte foram piedosas com ela e a levaram rápido.

Sebastián fitou Aurora, em silêncio. Como antes, não havia qualquer manifestação de afeto ou calor. Nada. Mencionar o nome de Evelyn Brunner era totalmente indiferente àquela jovem, senão pelo desvio do olhar — algo que incomodou Sebastián, ainda que ele não soubesse ao certo por quê.

— Mas seu pai... O sr. Leipzig... ele sentiu a morte dela?

— Acredito que sim, mas nunca deixou transparecer nada — disse Aurora. — *Papa* sempre foi uma pessoa muito controlada. Digo, até poucos meses, quando adoeceu e ficou naquele estado em que o senhor o encontrou.

Sebastián Lindner passou a mão pelo rosto. O torpor do bourbon cedera um pouco, mas ainda sentia dificuldade para se concentrar e guiar aquela conversa, o que estava lhe exigindo um esforço extra.

— Senhorita, então, o que pode ter causado o estupor catatônico no sr. Leipzig? Ainda que ele insista em não falar com a senhorita ou com Jörgen, quando conversamos ele me parece ter plena consciência daquilo que se passa ao seu redor, embora, em alguns momentos, ele se mostre um pouco agitado. Se compreendermos o estado catatônico como a fuga da mente devido a um trauma, o que pode ter causado tal impacto no seu pai a ponto de ele se desconectar da realidade e sentir necessidade de contar a alguém sua história?

Aurora Leipzig mordiscou os lábios vermelhos, desviando o olhar para um ponto qualquer do quarto.

– Eu de fato não sei, dr. Lindner. Estou sendo totalmente honesta com o senhor quando lhe afirmo que não sei. Talvez o peso de tudo pelo que *Papa* passou na Alemanha e na vinda para cá esteja lhe oprimindo devido à idade. Talvez sua mente tenha mesmo adoecido.

Sebastián assentiu.

– Por isso eu lhe peço, dr. Lindner: se quer saber o motivo da doença do meu pai, somente uma pessoa pode ajudá-lo: ele próprio. Não temos muito mais tempo. – Sua voz voltou a adquirir o tom exasperado de quando chegara. – Nossos inimigos estão em Buenos Aires, e *Papa* corre risco. Temos que levá-lo de volta a San Ramón, mas, antes, o senhor precisa curá-lo.

Era o xeque-mate que Sebastián aguardava. Não havia mais o que ser dito ou feito. Mais do que qualquer um, mais talvez do que a própria Aurora Leipzig, ele sabia que o velho nazista estava correndo grande perigo em Buenos Aires. Também tinha plena consciência de que a salvação de Albert Leipzig estava nas mãos dele próprio, em algum lugar naquela história.

– Cure meu pai, dr. Lindner. – Outra lágrima escorreu pelo rosto, branco como porcelana, de Aurora. – O senhor é o único que pode. Minhas ordens são para deixarmos Buenos Aires amanhã logo cedo, pela manhã, rumo à estação e, de lá, para o sul. As engrenagens já estão se movendo, doutor, e não estão mais em minhas mãos. Há gente mais poderosa do que eu encabeçando isso; gente que, assim que o sol nascer, colocará as engrenagens em movimento para tirar *Papa*, eu e Jörgen da cidade.

Sebastián suspirou. Não tinha como escapar daquela arapuca; sabia seu destino desde que aceitara tratar aquele paciente misterioso. Até aquele momento, sua curiosidade como analista o havia conduzido; porém, quando tudo parecia se aproximar de um desfecho, não sabia mais se, de fato, era o psicólogo Sebastián Lindner que estava sentado diante daqueles alemães, ou um homem de alma vazia, impelido apenas pela vaidade de ter posse de uma informação que o mundo pagaria uma soma incalculável para obter: a verdade sobre o que se passara nas entranhas do nazismo, a fuga de vários assassinos para a América do Sul e para a Argentina, o projeto obscuro de se fabricarem sósias para o *Führer*, chamado *Dioscuri-Projekt*, e, muito possivelmente, o real paradeiro do próprio Adolf Hitler, fosse ele Albert Leipzig ou não.

De posse de sua caderneta, Sebastián pegou o paletó, que estava pendurado no encosto de sua cadeira, e, colocando-se de pé, disse a Aurora:

– Vamos ver seu pai, senhorita. Prometo que farei o que estiver ao meu alcance.

Ele nunca foi santo. Justamente por isso, por transitar durante tanto tempo entre demônios, Ezequiel Barrero sabia identificar com perfeição a verdadeira maldade. Jogatina, cafetões e suas putas, gângsteres de todos os tipos. Havia a maldade nua, crua, que bandidos como El Gato traziam estampada na face marcada, no hálito podre, impregnada na forma como olhavam e se vestiam; coisa que exalava por todos os poros e podia ser sentida de longe, caso se tivesse familiaridade com aquele tipo de gente.

No entanto, também havia a maldade polida, coberta pelo mais belo verniz; aquela que trajava roupas finas e caras, e se manifestava em gestos lentos, quase orquestrados.

Aprendera a temer ambos os tipos. Todavia, nem mesmo a destreza de se livrar de situações perigosas e extremas que apareceram em sua vida pregressa – e que não foram poucas – serviu para lhe poupar daquele momento, quando a corda pressionava seu pescoço, esmagando sua traqueia.

Um alemão muito bem-vestido, um típico estancieiro daquelas bandas, o observava com indiferença, enquanto terminava seu cigarro. Às suas costas, outro sujeito, também alemão e mais jovem, fazia o serviço sujo. Puxava seu corpo para trás com força, ao mesmo tempo que esticava a corda fina de náilon, que já rasgava a pele.

Sentiu a consciência se esvair. Iria desmaiar. Sabia o que viria a seguir. Nunca havia matado ninguém, mas já vira alguns pés-rapados sendo surrados até quase morrerem.

O gosto ferroso do sangue encheu sua garganta. Não tinha mais forças para resistir. Então, foi paulatinamente engolido pelo breu.

Tudo ficou em silêncio; silêncio mortal.

Quando o corpo de Ezequiel Barrero tombou sem vida, o homem do cigarro, aquele que ficara o tempo todo observando, livrou-se da bituca, lançando-a na água.

– Vamos para a costa de Villa La Angostura – disse, com pesado sotaque. – Lá, nos livraremos do corpo.

Deslizando na água escura do Lago Nahuel Huapi, o barco deu meia-volta, afastando-se da Estância San Ramón, não mais do que uma imponente construção vista de longe àquela distância.

– Não é melhor prendermos o corpo com correntes para que fique no fundo? – o outro questionou.

– Faríamos isso se quiséssemos *esconder* o corpo. Mas não é esse o nosso objetivo – disse o homem do cigarro, observando o rastro deixado pelo barco na água. – Já reparou como este lago é lindo em um dia azul-claro de inverno, e tenebroso quando tudo está escuro, à noite? A natureza deste país é mesmo incrível! – comentou, fechando os olhos como se escutasse música.

31

O carro estacionou em frente ao imponente Plaza Hotel. Sebastián saltou do banco do passageiro ao mesmo tempo que o motorista abria a porta traseira e estendia a mão para Aurora Leipzig.

Enquanto observava o gestual cerimonioso do motorista, decerto habituado a lidar com ricos de modos pomposos, Sebastián aproximou-se do lado em que Agostina estava sentada.

– Fiquei feliz em vê-la de novo – ele disse. – Não imaginei que ficaria, mas é verdade. Eu *fiquei*.

Sebastián enfatizou a última palavra.

Agostina Perdomo esticou o braço pela fresta do vidro e tocou de leve a mão dele

– Sebá, quero que se cuide. Estou com um pressentimento terrível. Posso esperá-lo aqui até que converse com o sr. Leipzig.

Ele negou balançando a cabeça e esforçou-se para sorrir.

– Ficarei bem. Na minha profissão, este tipo de emergência é comum.

– Nada é comum quando se trata de Aurora e dos Leipzig. Eu conheço aquela família... Francisco era muito próximo a eles. Por favor – Agostina comentou, com um fio de voz, observando Aurora Leipzig contornar o veículo e aproximar-se. – Sinto-me culpada por ter colocado vocês em contato.

Ela me acharia de qualquer modo, pensou Sebastián, recordando-se de que seu destino como analista de Albert Leipzig não fora, de modo algum, acidental. Pelo contrário, tudo havia sido planejado em detalhes.

– Está pronto, dr. Lindner? – perguntou Aurora, aparentemente ignorando a presença de Agostina.

– Sim, estou.

Sebastián despediu-se de Agostina com um aceno e seguiu Aurora em direção ao interior do hotel.

Jörgen os aguardava no saguão. Assim que avistou Aurora, o jovem colocou-se em pé, saudando-a com uma leve reverência. Mesmo estando a quase um metro dela, ele pôde sentir o forte cheiro de cigarro na elegante roupa da srta. Leipzig.

– Sem dúvida, precisaremos de um pouco de café para esta noite. Cafeína será bem-vinda – disse a jovem. – Jörgen, peça ao serviço de quarto que envie café, creme e alguns *croissants* para o meu quarto. O senhor deseja algo mais, dr. Lindner?

Sebastián negou e agradeceu. Aurora nunca o tinha tratado com tal atenção, o que lhe causou estranhamento.

Ela está, de fato, desesperada.

Havia algo em ebulição sob aquela aparente frieza marmorizada.

– Como está *Papa*?

– Em seu quarto, *Fräulein*. Tomou chá, como de costume, e então se manteve do mesmo jeito; impassível, olhando para as luzes da cidade pela janela do quarto.

Aurora suspirou.

– *Papa* é um homem metódico e terei que convencê-lo a conversar com o dr. Lindner fora do horário combinado. – Ela conferiu o relógio. Aproximava-se das dez, o que indicava que, em poucos minutos, seu pai iria se deitar. Pontualmente, Albert Leipzig deitava-se às dez e acordava às cinco, hábito que mantivera imutável com uma rigidez militar.

– Posso falar com ele se desejar, senhorita – ofereceu-se Sebastián.

– Seria melhor fazermos isso juntos. – Aurora segurou o psicólogo pelo braço. – Venha comigo, doutor.

Jörgen manteve-se em pé, imóvel, enquanto Sebastián e Aurora dirigiam-se ao elevador. Havia algo que o estava incomodando; algo em Aurora. A jovem definitivamente não estava se comportando de modo normal, o que indicava que poderia haver problemas.

Lembrou-se da última vez em que Aurora perdera o controle. Engoliu em seco, recordando o que a srta. Leipzig era capaz de fazer quando se sentia acuada.

Felizmente, pensou, ele estava lá para protegê-los. Nada aconteceria aos Leipzig enquanto estivesse vivo.

A perna esquerda estava em parte inutilizada. Se fosse necessário se mover com rapidez, estaria perdido; sabia disso. Nas sombras, *Jude* assistiu ao dr. Sebastián Lindner descer do carro de luxo e entrar no hotel. Estava acompanhado pela jovem alemã de pele pálida como cera. No saguão, o outro jovem alemão, com aparência de soldado, os aguardava como cão treinado.

Manteve-se mais distante do que o usual, pois temia que Levy também estivesse à espreita. Todos os seus sentidos pareciam estar mais aguçados, o que, por um lado, era bom – fazia com que a dor desaparecesse, enquanto um tipo de corrente elétrica tomava conta do seu corpo, à espera do que estava por vir.

Há algo errado. Os monstros estão saindo da toca.

Fechou os olhos e mergulhou nas sombras mais uma vez, esgueirando-se entre os postes de iluminação pública. Não podia se dar ao luxo de sucumbir à dor; pelo contrário: a dor silenciosa daqueles assassinados em Sachsenhausen a sangue-frio, sem qualquer piedade, seria sua força para seguir adiante.

Mataria seu alvo. Depois, acertaria contas com Levy. Sabia qual seria seu destino, mas não sentia medo algum.

Sasha... moja droga siostrzyczko. Spotkamy się wkrótce. Logo nos encontraremos.

– *Papa?* – Aurora Leipzig abriu a porta do quarto devagar, entrando pé ante pé. Era visível que a relação entre eles extrapolava qualquer respeito baseado em amor, comum entre pai e filha. Tratava-se de uma veneração, um misto de formalidade e admiração que ia além do entendimento que se tem sobre paternidade, e esbarrava em algo quase mítico.

Albert Leipzig encontrava-se sentado em sua cama, com as costas voltadas para a porta. A arma que havia pegado de Jörgen ainda estava com ele, ao seu lado, sobre a cama com lençol meticulosamente estendido. Parecia observar algo além da janela que dava vista a uma Buenos Aires envolta no breu da noite. Uma visão abstrata da negritude noturna, salpicada por luzes que indicavam que a metrópole mais charmosa da América Latina estava viva e pulsava, mesmo quando o sol se punha.

– *Papa*, sou eu – insistiu Aurora, mas o velho alemão não esboçou qualquer reação.

Ela deu alguns passos a mais para o interior do quarto e então, prosseguiu:

– *Papa*, o dr. Lindner está aqui. Pedi que viesse vê-lo.

Novamente, total ausência de reação. Posicionado logo atrás de Aurora, Sebastián apenas observava as costas curvadas de seu paciente.

– *Papa*, precisamos conversar sobre algo sério. Muito sério e... *importante*. O senhor me entende?

Era evidente que Albert Leipzig compreendia tudo o que a filha estava dizendo, pensou Sebastián. Aquele homem gozava de perfeitas faculdades cognitivas e mentais – e, se optara por se isolar do mundo, fechando sua mente em uma espiral de silêncio, isso se devia a um processo meramente ligado à defesa contra a situação que o rodeava.

– Fomos informados pelo nosso pessoal de que os caçadores chegaram a Buenos Aires. *Jäger*. Eles estão aqui e também estão prontos para agir. O senhor corre risco, *Papa* – seguiu Aurora, ainda em tom afável. – Por isso é urgente que voltemos a Villa La Angostura. Jörgen e eu já cuidamos de tudo, e nosso pessoal nos ajudará a chegar em segurança até a estação e, de lá, partiremos para o sul. Não estamos mais seguros, não somos mais anônimos nesta cidade.

Sebastián aguardava alguma reação às palavras de urgência de Aurora, porém, os únicos movimentos do corpo de Albert Leipzig eram os de sua respiração lenta e pausada.

– *Papa*! – a voz de Aurora ecoou em falsete. – Precisamos do senhor! Eu preciso do senhor, e nossa gente também! Precisamos que volte ao normal... para dar sequência ao sonho de milhares. O senhor sempre reforçou a responsabilidade de sermos quem somos, da herança que recebemos de prosseguir com o sonho do *Führer* a partir da América do Sul. Se não quer falar comigo, então, pelo menos, fale com o dr. Lindner! Deixe que ele o cure e o traga de volta.

Mais dois passos para o interior do quarto. Aurora esticou os braços na direção do velho alemão; ainda que distante, parecia ter a intenção de abraçá-lo. Todavia, seu gesto foi interrompido por um movimento brusco; antes que a garota pudesse dar um passo adiante, Albert Leipzig apontava-lhe a arma. Expunha um olhar raivoso; não uma raiva histérica, mas algo contido, frio. Não restavam dúvidas de que seria capaz de disparar contra a própria filha e contra Sebastián.

Sob a mira, os lábios de Aurora se mexeram, mas a voz não saiu. Ela olhava fixamente para a arma de Jörgen, petrificada, incrédula ao que assistia.

– Sr. Leipzig. – Dando um passo à frente, Sebastián interpôs-se entre a mira e Aurora. Foi um gesto impensado, puro ímpeto.

Vira inúmeros pacientes fora de si, prontos para cometer os atos mais estúpidos, ao longo de sua carreira. Naquele momento, porém, nada indicava que Albert Leipzig estivesse fora de controle; ao contrário, fora justamente a frieza de seus gestos que fizera com que Sebastián fosse possuído pela certeza de que ele atiraria caso Aurora seguisse falando ou tentasse tocá-lo.

– Sr. Leipzig, Aurora me pediu ajuda, e acredito que posso ajudá-lo. Por isso estou aqui. Acho que o senhor também confia o suficiente em mim para permitir que tenhamos esta conversa. Pode ser a última, sr. Leipzig.

A arma continuava apontada para o peito de Sebastián. Albert Leipzig nem ao menos piscava.

– O senhor compreende? Não estou aqui por dinheiro ou qualquer outro motivo. Estou aqui porque me preocupo, assim como Aurora. Quero ajudá-lo e, para isso, preciso saber a origem de tudo isto.

Foi algo quase imperceptível; um gesto mínimo, um movimento de sobrancelha, um repuxar no canto da boca. Mas algo na expressão do velho alemão indicou a Sebastián que sua voz estava surtindo efeito e que aquele homem começava a ceder.

– Mas só posso ajudá-lo se o senhor falar comigo. Não foi assim até hoje? O senhor sempre falou, e eu escutei. É o que quero que faça, de acordo com as suas regras – propôs Sebastián. – Aurora nos deixará a sós neste quarto e, então, o senhor poderá falar comigo sobre o que quiser.

O analista olhou para Aurora e franziu o cenho. Lentamente, a jovem foi deixando o recinto, ainda com a expressão abalada.

– Lamento que estejamos fora do horário combinado. Sei o quanto o senhor é metódico com essas coisas, sr. Leipzig – prosseguiu Sebastián, empurrando a porta assim que Aurora se colocou fora do quarto. Devagar, o velho alemão foi abaixando a arma, até que a devolveu sobre a cama. – Mas Aurora tem razão. Todos vocês correm risco aqui em Buenos Aires; o *senhor* corre risco. Por isso é urgente que me indique o caminho de como posso ajudá-lo, compreender sua história e entender sua dor, sr. Leipzig.

Um longo suspiro fez o corpo de Albert Leipzig relaxar. Ele soltou o cabo da arma e, balançando a cabeça de modo afirmativo, murmurou algo inaudível.

– O senhor quer falar comigo? – perguntou Sebastián.

Albert Leipzig virou-se novamente de costas para seu analista. Parecia estar prestes a mergulhar em seu isolamento emocional, enquanto mantinha os olhos fixos na paisagem noturna de Buenos Aires, emoldurada na janela do Plaza Hotel.

— Sim — disse o velho alemão, por fim. — Eu quero falar com o senhor, *Herr Doktor*.

Sebastián assentiu. Havia vencido aquela batalha. Só então notou que sua testa estava coberta de suor, e que suas mãos tremiam. Sua garganta clamava por uma dose de bourbon, como se tudo o que consumira até aquele momento tivesse se esvaído.

— Eu preciso contar esta história, *Herr Doktor*. E o senhor foi o escolhido para ouvi-la até o final. Quem sabe, assim, entenda.

— Estou aqui para ouvi-lo, sr. Leipzig.

O velho alemão pareceu ignorar a fala de Sebastián e seguiu, como se imerso em seus próprios pensamentos.

— Devo isso a ele — e repetiu, com mais ênfase. — Devo isso a *ele* — murmurou, levantando-se da cama.

⁂

As batidas consecutivas fizeram com que despertasse sobressaltado. Segundos depois, quando estava em pé diante da porta entreaberta, não se lembrava de como havia levantado tão rápido da cama, pegado a arma sobre a mesa de cabeceira e girado a maçaneta. Somente sentia os pulmões arderem como se estivessem em chamas.

— Estava dormindo? — perguntou Javier Gamboa, através da fresta aberta por "Caballo" Quintana, ainda sonolento.

— Um pouco — respondeu o inspetor, escancarando a porta para dar passagem ao colega. — Estava sonhando com dançarinas havaianas quando você começou a esmurrar a porta. Que horas são, afinal?

— Quinze para as onze. — Gamboa consultou o relógio de pulso. — Não imaginei que você pegaria no sono depois de tudo o que houve. Quer dizer... você acabou de sofrer um *atentado*!

"Caballo" Quintana enrolou-se na manta e acendeu um cigarro. Haviam-no colocado em outro quarto após o ocorrido — um quarto um pouco maior, no piso térreo.

– E você? Por que voltou aqui, Gamboa? Sentiu saudade da minha companhia?

O policial suspirou, enfiando as mãos no bolso do casaco.

– Achei que gostaria de me acompanhar – ele disse.

– Vai me prender? – perguntou Quintana, antes de explodir em uma crise de tosse.

– Na verdade, acho que é de seu interesse. – Gamboa deu de ombros. – Eu também fui tirado da minha cama, Quintana, e não foi por um motivo agradável, pode acreditar.

"Caballo" Quintana limpou os lábios com a manga do pijama e encarou o colega. Conhecia aquela expressão – já havia topado com ela muitas vezes ao longo de sua carreira.

– Encontraram um corpo amarrado no píer em Puerto Manzano. Dou um doce a você se adivinhar de quem é.

– A ele *quem*, sr. Leipzig? A *quem* o senhor deve? E o que exatamente é essa dívida? – perguntou Sebastián, aproximando-se. – Posso me sentar na cama, ao lado do senhor?

Albert Leipzig não respondeu.

– Ou o senhor prefere que ocupemos os lugares de sempre? Digo, as poltronas, como em uma sessão rotineira?

O velho alemão assentiu. Levantou-se e caminhou vagarosamente até a poltrona. Acomodou o corpo combalido e, em seguida, apontou a poltrona vazia para o analista.

– *Setzen Sie sich, Herr Doktor.*

O tom usado pelo velho nazista oscilava entre uma mera sugestão e uma ordem. Sebastián recostou-se na poltrona e cruzou as pernas, tentando parecer relaxado.

– Pois bem – ele limpou a garganta antes de prosseguir –, o senhor comentava sobre uma dívida. Algo a quem o senhor *deve*.

Albert Leipzig ergueu o olhar e encarou-o.

– *Wenn ein Mensch zu einem großen Traum erwacht und die ganze Kraft seiner Seele auf ihn wirft, verschwört sich das ganze Universum zu seinen Gunsten* – disse ele, pronunciando com ênfase cada palavra. Depois, repetiu: – "Quando uma criatura humana desperta para um grande sonho e sobre ele lança toda a força de sua alma, todo o universo conspira a seu favor." Sabe de quem é esta frase, *Herr Doktor*?

– Goethe – afirmou Sebastián, balançando afirmativamente a cabeça. – E qual é o significado dela para o senhor?

– O senhor de fato conhece nossa cultura, *Herr Doktor*. Não podia esperar menos. – Albert Leipzig suspirou de modo nostálgico. – Os fatos que entram para a História são sempre contados com a conveniência do vencedor, o que, realmente, me enfurece. Nosso partido, nosso projeto para uma Alemanha forte e grande, foi alicerçado sobre o sonho de muitos, e sobre a *vida* de outros tantos, *Herr Doktor*. Eu, minha filha, o jovem Jörgen... estamos aqui hoje graças ao sacrifício de bons homens e bons soldados.

Homens estes que dizimaram milhares de vidas sem a mínima piedade, pensou Sebastián, como contraponto ao que falava o velho alemão.

– Guarde bem a frase do célebre Goethe, *Herr Doktor* – continuou Albert Leipzig. – Assistir àqueles que usurparam a pena da História julgarem nossos atos, como aconteceu na patifaria de Nuremberg[1], é o mesmo que assistir aos nossos sonhos morrerem. E, se *Herr* Goethe tem de fato razão, se lançamos sobre nossos sonhos a alma, sem eles, caro, morreremos mesmo antes de fechar os olhos.

Outra vez, o velho alemão suspirou um suspiro mais longo e cansado.

– É incrível o que se pode fazer quando se tem um ideal – disse. – Por um sonho maior, *Herr Doktor*, abre-se mão de esposa, filhos, terras ou mesmo do próprio nome.

---

[1] Aqui, a referência é aos Tribunais ou Julgamentos de Nuremberg, cidade alemã que, de novembro de 1945 a outubro de 1946, foi palco de uma série de júris responsáveis por condenar 24 líderes nazistas por crimes de guerra.

32

— Em 1943, o ânimo do povo alemão começava a vacilar. O fervor na crença de que sairíamos vencedores começava a ruir, como uma doença contagiosa que destrói você por dentro, antes de, por fim, apodrecer sua carne e matá-lo.

Albert Leipzig pronunciou cada uma daquelas palavras de modo pausado, quase torpe. Mantinha os punhos cerrados sobre os braços da poltrona acolchoada, demonstrando resistência em acessar aquelas lembranças dolorosas.

— Hoje, *Herr Doktor*, analiso que começamos a perder efetivamente a guerra a partir do momento que nosso povo, os próprios alemães, deixou de acreditar em nossos rapazes no *front*. Não perdemos para os comunistas soviéticos no *ostfront*[1], nem para os porcos judeus americanos; o sonho da Alemanha poderosa definhou apodrecendo por dentro, em suas entranhas.

Sebastián Lindner assentiu, inclinando a cabeça.

— Nesse mesmo ano, rumores de que Berlim poderia cair nas mãos do Exército Vermelho começaram a se alastrar como um rastro de

---

[1] *Front* leste ou *front* oriental. Referência à linha de batalha travada no Leste Europeu, na fronteira soviética. A derrota para as tropas de Stalin em pleno inverno rigoroso é tida por muitos historiadores como o maior golpe sofrido pela Alemanha Nazista e início da derrocada do Terceiro Reich.

pólvora – prosseguiu o velho alemão. – Em total sigilo, as obras de um *bunker* iniciaram-se debaixo da chancelaria. Uma construtora chamada Hochtief, que gozava de alto prestígio e confiança por parte dos líderes do Partido, foi contratada para cuidar das obras em ritmo acelerado. Era uma legítima fortaleza a dezesseis metros sob a chancelaria, com paredes de concreto de quase quatro metros de espessura, capaz de garantir a segurança do *Führer* e das principais mentes do Reich para que as sementes de nosso sonho nunca morressem, mesmo que Berlim caísse.

– Imagino que tenha sido doloroso para todos do *movimento* perceber que a guerra estava sendo perdida – comentou Sebastián, escolhendo as palavras com cautela.

Albert Leipzig pareceu pensativo.

– Uma dor inimaginável, *Herr Doktor*. Certamente, a morte nos seria bem menos dolorosa. Ver a alma alemã adoecer e a crença no *Führer* esmaecer foi terrível, de modo que se tornou quase insustentável manter a guerra em dois *fronts*: a oeste contra Churchill e os americanos, e a leste contra os comunistas soviéticos. Quando, no começo de 1945, nossos homens falharam em Ardenas, uma sombra negra abateu-se sobre o Reich. Naquele dia, de fato, o destino do povo alemão foi selado.

– Ardenas?

– Uma área montanhosa na região de Valônia, no centro da Europa, nos Países Baixos. Era uma estratégia vital: vencer no *front* oeste e ganhar espaço para uma negociação com franceses e belgas. Todos os homens têm seu preço, e em tempos de guerra, esse valor cai bastante, *Herr Doktor*. Torna-se quase irrisório, sobretudo, para homens de espírito fraco. Ganhando tempo no oeste, teríamos como canalizar recursos para combater Stalin e os soviéticos no *ostfront*. Mas, quando as informações da derrota em Ardenas chegaram a Berlim...

Sebastián notou os olhos do velho nazista marejarem. Seus punhos, ainda cerrados, tremiam.

– ... o estado de saúde do *Führer* começou a se deteriorar – complementou Albert Leipzig.

– Hitler estava doente? – perguntou Sebastián, com real curiosidade.

– Fisicamente, o *Führer* estava em perfeito estado de saúde! – respondeu o paciente, mostrando-se exaltado. Parecia ter se ofendido com a pergunta. – Ele nunca sofreu qualquer dano físico nos anos em que esteve à frente da Alemanha. Muitos *dioscuri* deram a vida para assegurar isso. Contudo...

Albert Leipzig bateu na têmpora direita com o dedo indicador.

– Porém, a mente do *Führer* começava a adoecer. No começo de fevereiro, após nossas baixas em Ardenas, a situação piorou. Os dois *dioscuri* remanescentes foram chamados em segredo ao *Reichstag*[2], no antigo Parlamento, para uma reunião a portas fechadas com *Herr* Bormann, *Herr* Dönitz e *Herr* Goebbels. Foi um dia triste e muito difícil, como o senhor pode imaginar, *Herr Doktor*. Estávamos, meu colega e eu, frente a frente com as pessoas mais importantes do governo. Mas não era tudo. Fomos conduzidos por um corredor escuro até uma pequena sala. Uma sala simples com mobília espartana, basicamente plebeia, se levarmos em consideração a pessoa que estava ocupando o cômodo.

Albert Leipzig umedeceu os lábios.

– Estávamos estupefatos, *Herr Doktor*. Dentro daquele minúsculo cômodo, sentado em um sofá de couro marrom, estava o *Führer* em pessoa.

O quarto ficou em silêncio. Albert Leipzig parecia assistir a um filme dramático que transcorria diante de seus olhos cansados.

– E o que foi discutido na reunião, sr. Leipzig?

Ele suspendeu o olhar e encarou o analista à sua frente.

– O fim da Alemanha, *Herr Doktor* – disse. – Se tínhamos que sucumbir, pelo menos queríamos vislumbrar a oportunidade de termos as rédeas de nosso destino.

---

[2] Palácio em que funcionava o Parlamento alemão antes de 1933, quando Hitler ascendeu ao poder. Durante o governo nazista, foi usado como uma espécie de quartel-general. Foi quase que totalmente destruído em abril de 1945, durante os bombardeios a Berlim.

Aurora Leipzig observava as luzes da noite, enquanto Buenos Aires preparava-se para dormir. O quarto ocupado por Jörgen tinha um aspecto espartano, tudo estava muito bem-arrumado; nenhuma peça de roupa estava à vista, tampouco havia odor ou ruído que indicasse que aquele cômodo estava, de fato, ocupado.

Ela encostou a testa no vidro da janela e fechou os olhos. Pensou em tudo o que transcorria no quarto ao lado, e se, de fato, seu pai poderia ser salvo. Mais do que isso; seu peito ardia com a ideia de que ele, o único homem a quem fora devotada de verdade, a odiava. Era algo que não podia tolerar. O simples lampejo de que aquele que a escolhera e criara, que salvara sua vida na Suíça depois da morte de seus pais, agora lhe virasse as costas e a rejeitasse, fazia com que todo o seu corpo ardesse em raiva.

Papa foi o único que sempre me amou. Como agora pode me odiar? E por quê?

Teria sido por essa razão que ele se fechara, se isolara em silêncio? Para ficar longe dela, sua filha?

Você não é minha filha. É uma órfã maldita, abandonada. Eu a salvei por piedade. Eu a usei e, agora, você não me serve mais.

Sentiu algo quente na face. As lágrimas caíam e ela não conseguia detê-las.

O que está havendo comigo?

– *Fräulein?* – a voz de Jörgen surgiu de algum lugar. Ele estivera no quarto o tempo todo, observando-a sucumbir? – A senhorita está bem?

Aurora enxugou o rosto depressa. Naquele momento, mais do que consumida pela raiva, sentia-se humilhada. Como permitira que Jörgen a visse naquele estado? Esquecera-se completamente de que estava em seu quarto, de que ele nunca saía do seu lado como um cãozinho fiel.

– Eu estou bem. Não precisa se preocupar – ela disse, pegando a bolsa a tiracolo sobre a cama. – Preciso fumar um cigarro. Vou descer até o saguão. Não saia do lado de *Papa* até o doutor terminar, não importa o tempo que dure.

Jörgen a fitou, hesitante.

– *Fräulein*, a senhorita não pode se expor. Devemos ficar nos quartos até amanhã, quando partiremos para a estação de trem com a escolta policial que nossos colegas de San Ramón providenciaram. Até lá, minhas ordens são...

– Pro inferno com suas ordens, Jörgen! – Aurora explodiu em raiva. Diante dos olhos do jovem rapaz, Aurora apontava uma pequena pistola. Imediatamente, ele reconheceu o modelo: uma Mauser HSc compacta e discreta.

– *Fräulein*?...

Aurora mantinha a arma apontada para Jörgen com as mãos trêmulas.

– Você é um cão amestrado. *M*eu cãozinho amestrado. Lembra? Você faz o que *eu* mando. Sempre foi assim, nos bons e maus momentos. E eu quero que me deixe passar para descer e fumar.

Jörgen observou a jovem *Fräulein* sair e fechar a porta atrás de si. Tombou os ombros, resignado. De certa forma, ela tinha plena razão. Desde criança, havia sido treinado para protegê-la; a ela e a seu pai. Não restavam dúvidas de que daria a vida por sua missão.

Sebastián Lindner semicerrou os olhos.

– Hitler? O *Führer*?

– Sim. Meu colega e eu estávamos diante do homem mais importante da Alemanha e do mundo naquele momento – confirmou Albert Leipzig. – Havíamos sido treinados anos a fio para ser uma mera sombra do *Führer*; tínhamos aberto mão de nossas identidades, gostos, nomes e sobrenomes. Éramos nada, *Herr Doktor*. Nossa existência consistia, meramente, em ocupar o lugar do *Führer* e garantir que ele se mantivesse seguro. Essa era a finalidade maior do *Dioscuri-Projekt*. Contudo, naquele dia, quando nos víamos diante dele, algo estranho me ocorreu.

O velho alemão permaneceu pensativo por alguns segundos, como se escolhesse as palavras certas.

— Sempre imaginei que, no dia em que eu tivesse a honra de estar diante do *Führer*, eu me veria como em um espelho. Nada mais do que o reflexo de um ser predestinado a governar o mundo, o *novo mundo*. Mas eu estava errado, *Herr Doktor*.

Albert Leipzig recostou-se na cadeira.

— Não há outro modo de dizer o que falarei agora, e lamento por isso. Naquela pequena sala do *Führerbunker* eu me vi diante de um homem derrotado. Sua altivez e brilho haviam se consumido totalmente e se tornado algo estampado apenas nos retratos espalhados pelo país afora. Aquele...

Sebastián notou a comoção brotar na voz de Albert Leipzig.

— Aquele não era o *Führer*. Era uma *schatten*, uma mera *sombra* do líder que a Alemanha precisava naquele momento difícil. Não, *Herr Doktor*, não éramos mais nós, os *dioscuri*, as sombras criadas em salas de cirurgia de Potsdam. Hitler havia se tornado uma sombra. Naquele dia, eu percebi algo que mudou tudo: a energia necessária para manter nosso sonho vivo teria que ser levada adiante por outra pessoa.

Albert Leipzig levou as mãos ao rosto. Com a ponta dos dedos, tocou a face, deslizando o toque pela pele.

— O *Führer* aproximou-se de mim e tocou meu rosto com as mãos trêmulas. Deste jeito — disse, voltando a deslizar os dedos pela face. — Primeiro, ele murmurou algo que não consegui entender. Em seguida, repetiu a frase em um tom bem audível. Só então eu compreendi. Ele estava me admirando; admirando a semelhança entre nós. "*Perfekt*", ele disse. Repetiu três ou quatro vezes: "*Ein perfekter job*".

Sebastián notou o olhar do velho alemão fixo em algum ponto distante.

Sem dúvida, em outra época e lugar, pensou.

— Então, *Herr* Bormann colocou a mão em meu ombro enquanto *Herr* Goebbels conduzia o *Führer* de volta para o sofá. Ele se sentou ao seu lado, mas não pude ouvir o que conversavam. Era para *Herr* Bormann que estava voltada toda a minha atenção. Fui retirado do cômodo e conduzido novamente pelo corredor até outra sala, uma espécie de escritório com uma mesa, luminária e uma pequena cômoda. *Herr* Bormann sentou-se atrás da mesa, enquanto eu permaneci parado, em pé. Ele me encarou por alguns segundos e, em seguida, voltou a se levantar. Retirou a arma da cintura e apontou na minha direção. *Vou morrer*, pensei. Com a queda iminente de Berlim, o Partido deveria estar querendo eliminar todos os rastros dos *dioscuri*.

Albert Leipzig deu de ombros.

– Era um destino previsível – disse. – E eu estava preparado para isso. Mas *Herr* Bormann não atirou. Nem mesmo havia destravado e engatilhado a pistola. Apenas manteve a arma apontada na minha direção por vários minutos, até que sua mão começou a tremer. Eu permaneci impassível, sem mexer um único músculo ou piscar, *Herr Doktor*. "Sente-se", ele me ordenou. "O que você presenciou aqui hoje, soldado, não sairá de dentro destas paredes. A partir de agora, aqui será a sua casa."

Sebastián Lindner assentiu, indicando que o velho prosseguisse.

– "Soldado, a situação de nossa Alemanha não é boa. Sei que muitos boatos correm à boca pequena entre as tropas e devido à propaganda de nossos inimigos, mas a realidade é que a queda de Berlim é uma questão de tempo. De *pouco tempo*", ele disse, com nítido pesar. É indescritível a sensação que me tomou naquele momento... Quase me esquecera da imagem débil do *Führer* e fiquei pensando na grande Alemanha sucumbindo aos pés de Churchill ou Stalin e seus malditos cães soviéticos. "Você tem um compromisso de honra com nosso país e com o *Führer*, assim como eu e os demais homens que estavam naquela sala. Tem plena ciência disso?" Claro que eu tinha, *Herr Doktor*! Eu estava pronto para morrer pela Alemanha ou pelo *Führer*!

Sebastián notou a chama do ódio eclodir diante de si naquele corpo velho. Os olhos apáticos haviam se convertido em duas pedrinhas brilhantes e vivas.

– "Muito bom saber disso, soldado. Porque, apesar de todos nós termos uma influência inegável no alto comando do Reich, hoje é você a pessoa mais importante da Alemanha", disse *Herr* Bormann. Eu não acreditei no que havia acabado de ouvir da boca do segundo em comando no Reich. Eu? Importante? Claro que tentei protestar diante de tamanho absurdo, mas *Herr* Bormann ordenou que me calasse. "Você não fala. Só escuta e cumpre ordens", disse, e eu assenti. "Quando Berlim cair e os homens do Exército Vermelho colocarem suas botas imundas em nosso solo, e estou certo de que eles *colocarão*, será você o homem a levar nosso sonho adiante. Adiante em uma nova terra, em um novo país, de onde renascerá a semente que dará os frutos dos quais nossos filhos se alimentarão. Esta será sua missão a partir deste momento. O *Führer* em pessoa acabou de escolhê-lo para isso naquela sala, quando tocou em você."

Albert Leipzig gesticulava com os punhos cerrados, como se estivesse diante de uma orquestra.

– Fiquei calado, tentando não dar evidências da comoção que tomava conta de mim – seguiu. – Então, *Herr* Bormann me explicou que o *Dioscuri-Projekt* estava sendo totalmente desativado, bem como a estrutura de Potsdam. Todas as evidências deveriam *sumir* e eu entraria em um processo intensivo de treinamento para não mais ser uma sombra do *Führer*, mas para ser o *próprio Führer*. Longe de Berlim, não seria difícil desempenhar esse papel, desde que eu me dedicasse e colocasse todo o meu coração nesse objetivo.

– Então, o senhor assumiu o papel de Adolf Hitler – disse Sebastián, incrédulo. – E veio para a Argentina cumprir as ordens que Bormann lhe dera... de manter vivo o sonho do Terceiro Reich?

– Na verdade, *Herr Doktor*, é um pouco mais complicado do que isso. Tudo o que lhe contei aconteceu em 2 de abril de 1945. Nunca me esqueci! Exatamente catorze dias depois, no dia 16, os porcos soviéticos começaram seu ataque em massa sobre Berlim.

33

— É ele – disse "Caballo" Quintana, lançando longe a bituca do cigarro. – Mas que merda do *carajo*!

Como se observasse o inspetor gesticular de modo ansioso, os olhos abertos e sem vida de Barrero tinham um brilho vítreo.

Javier Gamboa observava o colega com o canto dos olhos, enquanto o inspetor andava em círculos ao redor do corpo estendido na grama úmida.

– Uns garotos que vieram beber e aproveitar o tempo livre com algumas putas à beira do lago acharam o corpo. A marca ao redor do pescoço diz muito sobre a causa da morte – falou Gamboa. – O sujeito foi estrangulado e depois amarrado ao píer para que fosse facilmente localizado, como um *presente* para a polícia.

"Caballo" Quintana enfiou as mãos no bolso do sobretudo. A temperatura despencara com o cair da noite e fazia frio.

– Não foi um recado para a polícia, caro amigo. Foi um recado claro para *mim* – acendeu outro cigarro e tragou. – Se não fosse por mim, este sujeito estaria vivo e lépido. Os malditos alemães não querem que eu mexa no caso da morte de Dom Francisco, o que, pra mim, indica claramente *três* coisas.

Com o cigarro entre os dedos, Quintana apontou para Gamboa:

– A primeira é que estou no caminho certo. E a segunda é que estou perto. Muito *perto*. Eu mesmo quase bati as botas horas atrás. A terceira é que essa gente tem mais poder do que eu imaginava; sempre soube que havia uma grande colônia de alemães na Patagônia e que gozavam da simpatia de Perón, mas nunca imaginei que alguns deles tivessem tal *poder*, com acesso a informações privilegiadas e gente disposta a *isto* – e indicou o corpo do barqueiro.

Agachou-se ao lado do corpo. Aquele homem tinha morrido por sua culpa. E, pior de tudo, perdera a vida em vão. Ezequiel Barrero não era boa coisa, mas tentava levar uma vida honesta – pelo menos, o tanto que se pode considerar honesto trabalhar para *nazis* refugiados num ponto ermo do país.

Estreitou a vista cansada ao notar algo.

– O que foi, Quintana? – perguntou Gamboa, percebendo o imediato interesse do inspetor na mão esquerda do barqueiro.

Usando a ponta do pé, "Caballo" Quintana tombou a mão de Barrero, deixando-a com a palma virada para cima. Aquilo quase tinha lhe passado despercebido.

– Que merda é essa? – questionou Gamboa, irritado.

– Possivelmente, um recado – respondeu o inspetor, com os olhos pregados em algo escrito na palma da mão do sujeito.

– *Otto Cicatriz*? Que porra é essa, Quintana?

Exato. Por que Ezequiel Barrero escrevera *cicatriz* na palma da mão esquerda? "Caballo" Quintana tinha um palpite. O barqueiro lhe prometera informações da senhora Ibañez; e se, ao contrário do que supunham, ele de fato tivesse conseguido falar com ela? Não a ponto de fazer com que se encontrassem, mas o bastante para lhe dar uma pista.

Aquele homem temia El Gato mais do que o próprio diabo. Na certa, se esforçaria para conseguir algo, ainda que sua imprudência tivesse lhe custado a vida.

– Meu amigo Gamboa, na verdade, são *quatro* as coisas que tenho a lhe dizer, e não três.

– E que diabos é essa quarta coisa? – Gamboa encarou Quintana e ergueu o cenho.

– Ah, sim. – O inspetor colocou o cigarro entre os lábios. – A quarta coisa é que preciso rever algumas ideias. Talvez, colocar esta merda de cérebro pra funcionar, Gamboa, desmontar o quebra-cabeça e começar tudo de novo. Há uma possibilidade grande de eu estar olhando na direção errada esse tempo todo.

– Não entendi, Quintana. Acho que você já passou por muita coisa esta noite. Precisa descansar. Nós cuidaremos de tudo aqui e tentaremos fazer as coisas com o máximo de sigilo possível. É uma cidade pequena e as notícias *voam*, ainda mais quando se trata de assassinato. Contudo, acredito que temos um prazo.

"Caballo" Quintana meneou a cabeça. Seus pensamentos estavam em outro lugar. *Cicatriz*. Um ponto de ligação entre Dom Francisco e seu destino trágico.

– Caro Gamboa, preciso de um favor.

O policial grandalhão deu de ombros.

– O que seria?

– Preciso retornar a Buenos Aires o mais rápido possível.

– O que tem em mente, Quintana? – perguntou Gamboa, já temeroso da resposta.

– Acredito que voltar de avião será melhor, devido à minha urgência. Infelizmente, não poderei admirar a bela paisagem do interior da Argentina pela janela do trem – disse o inspetor, esmagando com o sapato o cigarro ainda pela metade. – Se não me engano, a Aerolíneas tem um voo com rota para Buenos Aires, saindo de Bariloche, e preciso estar nele amanhã.

Aurora Leipzig ergueu o olhar, sobressaltada.

– *Señora?* – repetiu educadamente o garçom, esforçando-se para sorrir. – Vim avisar que estamos quase no horário de fechar o bar do hotel, mas ainda há tempo para servirmos mais um martíni à senhora, caso deseje.

Aurora observou o jovem baixo e atarracado, de tez morena e sobrancelhas espessas. Era inegável que o rapaz tinha sangue indígena; estava óbvio nos seus traços, tão ululante quanto o fato de que o martíni daquele lugar era de segunda categoria, apesar de o preço ser um ultraje.

Observou a taça vazia sobre a mesa e optou por pedir um vinho tinto. Escolheu o Barolo; não havia como errar. Nos tintos, os italianos eram os melhores, a despeito do orgulho francês. Por outro lado, se fosse branco, certamente optaria por um alemão.

– Uma taça? – o garçom perguntou. Ela assentiu.

Quando o rapaz se afastou, ela pôde voltar a relaxar. Acendeu mais um cigarro longo e tragou. Deixou o cigarro em brasa pousado no cinzeiro; uma marca de batom vermelho tingia a ponta.

Olhou mais uma vez para o saguão; vazio, exceto por ela e por um casal de idosos, notoriamente europeus do norte, que riam enquanto davam fim a uma garrafa de vinho. Jörgen alertara sobre o perigo de os caçadores estarem próximo; eles já estavam em Buenos Aires e localizá-los naquele hotel era questão de tempo. Contudo, seriam tolos se ignorassem que também eles possuíam uma rede de informantes muito bem estruturada, não somente na cidade, mas em toda a Argentina, Brasil, Paraguai, Chile e Peru.

Era mesmo uma pena que o projeto de uma grande Alemanha, criada para futuras gerações de arianos como ela, Jörgen e outros, tivesse que encontrar novo berço naquele fim de mundo do Hemisfério Sul. Particularmente, aprendera a se afeiçoar aos argentinos, sobretudo, aos do sul, da Patagônia. Eram em sua maioria imigrantes como eles, que havia muito tinham limpado a região do sangue primitivo indígena. Buenos Aires em si também não era ruim; mas temia pelos outros países da região, mestiços e atrasados.

Quando o novo estandarte do Partido fosse por fim erguido no sul, aqueles povos fatalmente estariam destinados aos campos de trabalhos forçados. O trabalho enobrece, afinal; e, se havia algo que aqueles nativos e africanos escravos tinham que aprender era o valor do trabalho.

Pensou no garçom, que havia retornado, colocando a taça de vinho sobre a mesa. O infeliz teria como destino um campo de trabalhos? Ou teria mais sorte de se empregar na casa de uma boa família branca?

Schlacke. Escória.

Suspirou e bebericou o vinho. O som ambiente do bar fez ecoar os acordes de Bach. Sentiu um nó se formar em sua garganta.

Esquecera-se da última vez que estivera tão solitária. Pouco recordava da época do falecimento dos seus pais na Suíça; aquilo deixara de ser importante, porque ela era uma sobrevivente; a escolhida pelo homem que guiaria seu povo outra vez rumo ao futuro, de cujos trilhos nunca deveria ter saído.

Então, percebeu que também duvidava dessa crença. E se *Papa* tivesse se perdido? E se o homem que sempre fora seu alicerce sucumbisse à loucura, deixando-a órfã outra vez? Sim, seria terrível!

Tomou mais um gole de vinho – agora, maior.

Aceitara ser deixada sozinha no mundo por seus pais biológicos unicamente porque acreditou que tudo fazia parte de um destino maior. Mais glorioso. Ela estaria ao lado do homem que reergueria a voz dos alemães, lhes daria um novo começo, e os guiaria de novo ao triunfo contra os malditos ingleses, soviéticos e norte-americanos.

Todavia, se *Papa* a deixasse, nada restaria. Bem, ela tinha Jörgen, mas o rapaz mal passava de um criado. Havia os outros em San Ramón, no entanto a dissidência entre eles estava crescendo bastante. Era cada vez maior o número de companheiros favoráveis a deixar a Argentina, temerosos com o cerco que se fechava contra os alemães imigrantes após a queda de Perón. Frondizi e sua UCRI[1] eram meras marionetes; a maioria daqueles políticos inúteis se borrava de medo dos militares exaltados que pressionavam a Casa Rosada – incluindo o próprio Frondizi.

O canal do diálogo com Buenos Aires havia sido totalmente cortado, e isso também estava afetando os negócios dos alemães de San

---

[1] Unión Cívica Radical Intransigente, partido de cunho personalista ao redor da figura do próprio presidente argentino Arturo Frondizi, que fazia forte oposição ao peronismo e à sua simpatia pelo fascismo.

Ramón na Patagônia. Várias vozes, cada vez em maior número, começaram a se erguer contra *Papa* e defender a fuga para o lado de Alfredo Stroessner. Uma boa parte já havia se mudado para a fronteira a fim de organizar um novo núcleo no Paraguai – um país quente e mestiço, que ela decerto *odiava* com toda a sua alma!

Se Dom Francisco estivesse vivo, haveria uma chance; um canal de apoio em Buenos Aires, pensou.

O nó na garganta cresceu e seu peito parecia a ponto de explodir. Sentiu uma lágrima brotar nos seus olhos. Sentia falta de Francisco Perdomo. Da forma como ele exercia o poder, como fazia suas ideias prevalecerem. *Papa* também havia sido um homem assim. *Havia sido*.

Que horror!

Esvaziou a taça e tragou o cigarro, que se consumia em cinzas.

Restava-lhe ainda uma última cartada: aquele psicólogo.

Se o dr. Lindner fizesse jus à fama, então, seria capaz de trazer *Papa* de volta. Mas e se falhasse?

Olhou para a bolsa na cadeira ao seu lado. O zíper entreaberto o cabo branco em madrepérola da Mauser exposto. A pistola havia sido um presente de *Papa* no seu aniversário de 20 anos. Era uma arma originalmente alemã, ele explicara, fabricada em 1935, antes da guerra. Pequena e eficiente. O cabo havia sido trocado por uma versão personalizada com seu nome grafado: *Aurora*.

Meine kleine Prinzessin tem que se proteger, ele havia dito, dando-lhe um beijo na testa.

Ninguém amava *Papa* naquele mundo mais do que ela. Ela o amava mais do que o Partido, as crenças ou projetos. Mais do que a própria Alemanha do futuro, que eles almejavam reconstruir.

Ela sabia como era amar; sabia o quanto doía, o quanto a fragilizava. Limpou uma lágrima com o dedo, de modo discreto. Odiava estar naquelas condições – frágil, chorando como uma mulher fraca e solitária em um bar de hotel, na capital de um país do sul. Mas também sabia que, por amor, muitas vezes era necessário tomar medidas drásticas.

Não, ela não hesitaria, se esse fosse o caso.
Nunca mais.

— Berlim era um doente que agonizava e todos no *Führerbunker* sabiam disso, *Herr Doktor* — disse Alfred Leipzig. — O lugar era uma cidadela construída a cinco metros sob o *Reichskanzlei*[2] e, apesar da aparente sensação de segurança, sabíamos que seria questão mínima de tempo até que os soviéticos nos alcançassem. As notícias que chegavam eram desesperadoras; a cidade ardia em chamas, os símbolos do poderio alemão eram depredados pelos porcos russos um após o outro, num verdadeiro ultraje.

Sebastián Lindner estava exausto. Não conseguia determinar se a sensação de esgotamento vinha das horas sem dormir, do efeito da bebida que consumira em seu quarto de hotel, ou da tensão que dominava a derradeira sessão com Alfred Leipzig. Todavia, tudo o que lhe restava de energia estava concentrado em esmerilhar a mente daquele velho nazista, descobrir a fascinante verdade por trás daquela figura que, por anos, passara-se por Adolf Hitler diante de seus subalternos e perambulara livremente pela Argentina.

— Eu não tive muito contato com *o Führer* ou com *Herr* Goebbels desde o surpreendente encontro que contei ao senhor. Minha tarefa era passar por exercícios intermináveis para introjetar em meu âmago tudo o que fosse possível da imagem do *Führer*. Eu usava suas roupas, ensaiava seu modo de andar, seu discurso. Não que já não soubesse imitá-lo com perfeição, todos os *dioscuri* sabiam. Era nossa missão. Mas aquela missão ia muito além do que qualquer um de nós, homens de Potsdam, tinha imaginado. *Herr* Bormann em pessoa me instruía e advertia. Quando eu estava só em meu quarto, apenas recebia a refeição por uma passagem na porta, tal qual um prisioneiro. Ninguém me via, e eu não podia ver ninguém.

---

[2] Chancelaria do Reich.

— Mas e suas filhas, sr. Leipzig? E Heiki?

Alfred Leipzig balançou a cabeça negativamente.

Expor um homem a tais extremos mentais, por si, já justificava o adoecimento da psique, pensou Sebastián. Todos os *dioscuri* haviam sido expostos não somente a abusos físicos, como também, e acima de tudo, mentais. De fato, eles abriram mão de seu ego, do *eu*, para se tornarem outra pessoa; para assumirem com precisão a imagem do *Führer*, a ponto de morrerem por ele, ou darem a ele uma longevidade que não existia. Hitler estava morto, e o homem diante dele era uma mera sombra – uma sombra fragmentada e doente.

— Agora, *Herr Doktor*, enfim chegamos à parte pela qual, imagino, o senhor mais ansiava – disse, com o dedo em riste. – O pior dia de toda a minha vida, lhe afirmo.

— E qual dia foi esse, sr. Leipzig?

O velho alemão suspirou. Sebastián notou o discreto movimento de seu peito.

— Naquele... *dia*... *Herr* Bormann entrou em meu quarto antes mesmo de o dia raiar. Pus-me de pé e em continência, mas ele não reagiu ao meu gesto de respeito como de costume. Claro, estava altivo e fardado com primor, como se estivesse pronto para mais um dia de assuntos políticos e militares no *Reichskanzlei*. Contudo, ele mal olhou em minha direção. Acendeu um cigarro e me ofereceu um. Na época, eu ainda fumava de vez em quando, vício que, felizmente, tive que abandonar, *Herr Doktor*. O *Führer* odiava tabaco.

Silêncio. Alfred Leipzig tinha as feições tensas, como se, de fato, estivesse revivendo o dia a que se referira.

— Sr. Leipzig? – chamou Sebastián, tentando resgatar a atenção do velho. – De que o senhor se lembra exatamente?

Alfred Leipzig cravou o olhar em Sebastián.

— De *tudo*, *Herr Doktor*. Me lembro de tudo. Era dia 30 de abril e as notícias que *Herr* Bormann me contou resumiam com perfeição o que todo alemão patriota mais temia.

34

30 de abril de 1945, Berlim

O vice-*Führer* Martin Bormann puxou a única cadeira que com a cama e uma mesinha puída formavam a mobília do cubículo localizado em um dos corredores do *Führerbunker*. Propositalmente o local fora concebido como um verdadeiro labirinto, com paredes de concreto espessas e corredores estreitos, pouco iluminados por lâmpadas presas ao teto por um fio.

O fornecimento de energia tornara-se intermitente, de modo que o *bunker* com frequência mergulhava na profunda escuridão conforme as bombas explodiam sobre Berlim, na superfície.

A noite anterior havia sido particularmente tensa. Várias vezes ele acordara encharcado de suor, seguindo o ritmo das explosões e bombardeios, e imaginando que o *bunker* estava sendo invadido. Não possuía nem ao menos uma arma para se defender ou proteger o *Führer*, caso os desgraçados soviéticos entrassem.

Em silêncio, o vice-*Führer* terminou o cigarro; ele fez o mesmo, mantendo os olhos fixos no chão. Não tinha coragem de encarar o alto oficial à sua frente. A presença do homem corpulento naquele quartinho tirava-lhe todo o ar, como se não houvesse oxigênio suficiente para duas pessoas. Todavia, sabia que aquele sentimento incômodo tinha outra origem, que não o apertado quarto a que estavam confinados.

Ao final, ambos se livraram das bitucas, lançando-as no piso frio.

Herr Bormann quebrou o silêncio:

— Ontem recebemos um prognóstico bastante desalentador por parte de *Doktor* Morell. Sabe quem é?

Ele negou.

— É o médico pessoal do *Führer*; o único em todo o mundo em quem, de fato, ele confia — disse *Herr* Bormann, com os braços apoiados nos joelhos e os dedos entrelaçados. — A situação não é boa, como imaginávamos. Talvez seja até pior; seja *desesperadora*. Nossa Alemanha precisa de um líder que segure o estandarte de nossos sonhos e leve-o adiante. Infelizmente, esse líder não pode mais ser o *Führer*.

Ele ouvia a tudo, calado. Estava aterrorizado; não apenas pelo futuro da Alemanha e pela destruição de Berlim, mas também por não ter notícias de Potsdam. Se a queda da Alemanha era certa, então...

Heiki, Sophia, Lauren...

— De todo modo, *Doktor* Morell[1] me entregou seu relatório definitivo na noite de ontem, como estava dizendo — seguiu Martin Bormann. — O *Führer* está sofrendo de um estado de esquizofrenia aguda e irreversível. Há dias não se alimenta direito. A última vez que realizou uma refeição decente foi em seu aniversário, no dia 20, portanto, dez dias atrás. Há cinco dias parou de falar; ele não se comunica com ninguém, nem ao menos com *Frau* Braum. Apenas olha para o vazio, para o *nada*, e está incapacitado até de limpar a própria...

Herr Bormann deteve-se, mordendo o lábio inferior. Precisava escolher as palavras; afinal, era ao *Führer* que se referia.

---

[1] Doutor Theodor Gilbert Morell era médico pessoal de Adolf Hitler. Acumulou grande fortuna na Alemanha devido ao prestígio que gozava junto ao líder alemão, apesar de ser considerado charlatão por muitos no alto círculo nazista. Sua biografia controversa aponta, ainda, que ele teria sido responsável pela rápida piora física e mental de Hitler, sobretudo nos últimos meses antes da queda de Berlim.

— De fazer suas próprias *necessidades*. Enfim, deplorável! Catatonia, ele disse. É como se a alma do *Führer*, sua mente e razão já estivessem em outro lugar. Aquele... *corpo*... não passa de uma carcaça vazia agora.

Acendeu outro cigarro, porém, daquela feita, não lhe ofereceu.

— Após ler o relatório, uma reunião de emergência foi realizada com a cúpula do governo. A única saída é colocarmos as engrenagens em movimento o mais rápido possível. Neste instante, os homens de Stalin marcham sobre Berlim.

A fumaça encobria em parte o rosto austero de Bormann.

— Ficou decidido que agiremos hoje à tarde – disse. – Você tomará o lugar do *Führer* e deixará o país com *Frau* Braum e alguns homens. Mantenha-se calado e fale o mínimo possível. Muita gente sabe que a saúde do *Führer* não é boa, apesar de desconhecerem totalmente quão grave é a situação. Sendo assim, não será difícil passar-se por um homem doente, combalido e imerso em si.

E quanto ao senhor, Herr Goebbels, Herr *Dönitz,* Herr *Frick e os demais?*

Pensou em questionar Martin Bormann, mas nem um único som saiu de sua garganta. O que seria do país sem seus líderes?

E o que seria de Sophie e Lauren?

— Eu lhe darei as instruções finais em pessoa. — O vice-*Führer* livrou-se do cigarro e levantou-se. — Siga as ordens de modo estrito. A partir de hoje, para os que deixarão a Alemanha com a missão de semear o futuro, você é Adolf Hitler.

Ele também se colocou em pé e bateu continência.

— E quanto ao *Führer*, senhor? — perguntou, num impulso incontrolado. Sentiu os olhos marejarem e esperou ser severamente advertido. Contudo, a única ação de Bormann foi lançar-lhe um olhar de desalento. Poucas vezes vira tanta tristeza sintetizada em um único vislumbre.

— Esteja preparado para seu novo destino quando eu retornar. Sua vida sempre pertenceu à Alemanha; mas, a partir de hoje, é a vida da Alemanha que lhe pertence – disse Martin Bormann, saindo do quarto.

35

— E o senhor sabe o que houve com Adolf Hitler, sr. Leipzig? – perguntou Sebastián, após um silêncio incômodo que se impôs depois do término da narrativa do velho alemão. – O que o senhor acaba de me contar é, de fato, fascinante. Uma faceta da história que, praticamente, o mundo todo desconhece, exceto as pessoas que estiveram no *bunker* com o senhor. E muitas já estão mortas! Ou seja, as horas que antecederam o destino de um dos homens mais analisados dos últimos dez anos.

Albert Leipzig sorriu com desdém. Depois falou, de modo arrastado e com a voz carregada de sotaque.

– *Analisar* é algo que pertence ao mundo de pessoas como o senhor, *Herr Doktor* – respondeu. – O povo alemão... eu... *todos* vivemos do modo mais intenso possível o sonho de uma grande Alemanha que estava em construção. Não se trata, portanto, de algo que possa simplesmente ser estudado por homens que não creem no que acreditamos. É preciso sentir *aqui*.

O velho alemão bateu com o punho fechado à altura do peito.

– Compreendo – Sebastián assentiu. – Fico muito agradecido de o senhor confiar em mim a ponto de compartilhar essas memórias, sr. Leipzig. Como falei, e como o senhor mesmo me explicou em nossas primeiras conversas, são fatos de conhecimento de muito poucos. E, agora, estou entre essas pessoas. De fato, uma honra. E afirmo que compreendo muito bem as angústias que o senhor viveu, não somente naquele *bunker*, sabendo da missão que o aguardava, como nos anos anteriores, abrindo mão de sua identidade e vida em prol do bem-estar de Hitler.

— É um legado que compartilho com os demais de Potsdam, que perderam a vida pelo *Führer*, como verdadeiros alemães que eram – disse Albert Leipzig, fazendo uma leve reverência.

Naquele instante, o homem sentado à frente de Sebastián readquiriu a altivez de outrora, como se uma nova injeção de ânimo lhe tivesse sido aplicada. A debilidade da idade ou dos males mentais parecia ter sucumbido ao orgulho de narrar sua própria trajetória.

— E quanto ao *Führer*, sr. Leipzig? O senhor poderia me contar o que na realidade houve com Adolf Hitler naquele dia?

O velho alemão deu um profundo suspiro.

— A História já se encarregou de selar o destino do *Führer*, *Herr Doktor* – respondeu. – Quando os soviéticos chegaram ao *Führerbunker*, só encontraram morte e destruição. E dois *cadáveres* queimados

Nunca o silêncio teve um aspecto tão ruidoso. Cada pausa na narrativa de Albert Leipzig era, para Sebastián, uma verdadeira tortura.

— Entendo – Sebastián disse, por fim. – Então o senhor, acompanhado de Eva Braum e de outros alemães, deixou Berlim rumo à Argentina. À Patagônia. Aurora me contou que, quando encontrou o senhor pela primeira vez, estava na companhia de uma mulher loira, Evelyn Brunner. Quem era ela, sr. Leipzig?

Albert Leipzig confirmou, movendo a cabeça. Seu semblante tornou-se pesado, taciturno.

— O *Führer* nunca deixou o *Führerbunker*, mas sua companheira, *Frau* Braum, conseguiu fugir. Ficou decidido que ela estaria entre os que deixariam Berlim naquele dia.

Eva Braum. Evelyn Brunner.

— *Frau* Braum cortou o cabelo, mudou. Ficou quase irreconhecível. Também deixou a Alemanha com um novo nome: Evelyn Brunner. Nos círculos íntimos, nos apresentávamos como casal, obviamente. Ela era muito respeitada.

Naquela feita, foi Sebastián que assentiu, indicando que o paciente prosseguisse.

– Para o nosso mundo, *Herr Doktor*... para o mundo que importava aos nossos sonhos e aos sonhos dos alemães, a partir daquele dia eu deveria ser o *Führer*. Era uma verdade em que todos tínhamos que acreditar para que pudéssemos seguir adiante – respondeu Albert Leipzig. – Lembra do que falei sobre Goethe e sua frase?

– Perfeitamente. "Quando uma criatura humana desperta para um grande sonho e sobre ele lança toda a força de sua alma, todo o universo conspira a seu favor." Perdão, apesar de falar um pouco de alemão, não consigo repeti-la com fluidez, sr. Leipzig.

– Esqueça o alemão, *Herr Doktor*. É a mensagem o que importa – disse Albert Leipzig, gesticulando como se quisesse cortar o ar com as mãos. – Se o senhor, como homem inteligente que com certeza é, focar na frase, entenderá como tudo foi possível.

Sebastián compreendia.

– E o que houve com Eva Braum, sr. Leipzig? De que ela morreu?

Diante daquela história, algo nele parecia antecipar a resposta.

O velho alemão mordiscou os lábios. Sua linguagem corporal indicava aumento de tensão. Ainda que de modo discreto, Sebastián notou os dedos finos pressionarem o tecido do braço da poltrona.

– Ela simplesmente *morreu* – respondeu. – *Frau* Braum, ou *Frau* Brunner, adoeceu e morreu. Foi rápido. E simples. Eu...

Ele se nega a responder.

Aurora havia lhe dito que o pai não sofrera em demasia a morte da mulher que sempre estivera ao seu lado. Mas o homem diante dele indicava justamente o contrário.

Os lábios do velho nazista se mexeram, mas sem emitir som algum.

– Isso é tudo, *Herr Doktor* – disse. – *Frau* Brunner morreu sem rever sua amada Alemanha.

Sebastián notou o incômodo visível de Albert Leipzig, o que lhe dava uma brecha importante. Aurora Leipzig, Eva Braum ou Evelyn Brunner. Todos gatilhos para um sentimento sombrio, incrustado no peito daquele velho nazista.

– Sr. Leipzig, a história do senhor é mesmo fascinante. E algumas coisas realmente me chamam a atenção. Por exemplo, o estado de saúde em que encontrei o senhor quando de nosso primeiro encontro lembra muito os últimos dias do próprio Adolf Hitler em Berlim. Digo, quando se referiu ao catatonismo, ou estupor catatônico, como também chamamos o efeito de se isolar da realidade e mergulhar dentro de si. Era assim que o senhor se sentia quando de nossa primeira conversa, sr. Leipzig? De algum modo, frustrado e impotente?

Sebastián cerrou os punhos. Suas mãos haviam recomeçado a tremer. *Abstinência*. Ele conhecia muito bem os efeitos da mente sobre o corpo diante da pressão, da ausência. Ao longo dos anos, vinha convivendo com uma doença que não conseguia controlar. Sua vontade, sua necessidade, tudo fazia sucumbir a razão, por mais que tentasse o contrário.

A bebida, Agostina, o desejo de seguir adiante no tratamento com um velho nazista que muitos ansiavam ver julgado e condenado, mesmo sabendo dos riscos que ele, sua família e amigos corriam. Enfim, tudo lhe pareciam sintomas que se remendavam para dar forma a uma mesma doença; possivelmente, a mesma doença que acometia o paciente à sua frente.

– A impotência é algo que pertence aos homens que escolhem desistir e falhar, *Herr Doktor* – disse Albert Leipzig. – Eu não disponho dessa opção. As ideias que devo levar adiante alimentam gerações, por isso, para mim, a impotência é inadmissível.

– Eu entendo o tamanho da responsabilidade que o senhor carrega, colocando em risco a sua própria vida – falou Sebastián. – Por isso estamos aqui nesta noite, não é? Há pessoas aí fora que querem matá-lo, sr. Leipzig. Mas isso não parece assustá-lo, de algum modo. No entanto, sua filha Aurora está bastante preocupada com a situação e deseja assegurar que o senhor esteja bem, antes de retornarem à Patagônia. Entende, sr. Leipzig? Deixá-lo bem é minha missão.

– É seu *sonho* também? – O velho alemão cravou o olhar em Sebastián.
– Sim, *Herr Doktor*. Não hesite, por favor! Acredito que já temos um elo por tudo o que lhe contei. Então, me responda se meu bem-estar é, para o senhor, mais do que uma missão. Se também é seu sonho.

Sebastián remexeu-se na poltrona, incomodado.

Sósia de Hitler ou não, aquele homem tinha a mente de um verdadeiro demônio. Parecia lê-lo com uma astúcia que, até então, não havia notado. Subestimara-o tanto assim, a ponto de cair nessa armadilha?

– De algum modo, ainda que na terapia o tempo de resposta e cura pertença ao paciente, sr. Leipzig – começou a responder –, é inegável que o terapeuta também deseja essa cura. Se olharmos por esse ângulo, acredito que posso responder que sim... sim, é meu *sonho* vê-lo bem.

A reação de Albert Leipzig foi inesperada, como tantas outras coisas naquela noite. Com as mãos pousadas nos braços da poltrona, o velho nazista riu; não foi uma risada de desdém ou superioridade, mas o riso solto, como o de alguém que se depara com uma das inusitadas cenas cômicas de Chaplin e se dá ao luxo do deleite.

– O senhor é mesmo impagável, *Herr Doktor* – disse o velho alemão, quando o riso cessou. – Admiro pessoas com inteligência aguda, e o senhor é uma delas! Realmente, sua escolha não poderia ter sido mais acertada.

Ele percebeu meu embuste, deduziu Sebastián.

De algum modo, e em algum momento, Albert Leipzig tornara-se dono daquela conversa; as rédeas haviam passado para suas mãos de uma hora para outra. Não havia sinal do velho combalido, mas sim de uma mente clara e estrategista.

– O senhor me parece bastante cansado. Mas, se me permite – ele falou, quase em tom professoral –, gostaria de prosseguir falando em sonhos, já que o senhor quer tanto saber.

– Perfeitamente – respondeu Sebastián, incomodado.

– Assisti a muitos sacrifícios, *Herr Doktor*. Muitos. E, quando digo isso, não falo com qualquer pesar, do tipo que se arrepende de assistir à morte dos companheiros. Tudo foi em prol de uma causa. E todos fizemos sacrifícios, maiores ou menores, para que a Alemanha de nossos sonhos seguisse existindo, ainda que menor e em uma terra longínqua do sul. Sendo assim, quando falo em sacrifícios, refiro-me a honrá-los pelo *valor* que têm e pelos *sonhos* que carregaram. Está me acompanhando, *Herr Doktor*?

Sebastián balançou a cabeça de modo afirmativo.

– A História nos julgará como monstros, mas lhe pergunto, *Herr Doktor*: monstros sonham? Seja como for, sabemos que a História é contada pelo lado vencedor. A questão é que os soviéticos não nos derrotaram quando pisotearam Berlim, tampouco Churchill e Roosevelt chegaram perto disso naquela patifaria em Nuremberg. Sabe por quê? Porque continuamos lutando para manter nossos sonhos vivos aqui mesmo, em seu país, *Herr Doktor*. Nota a grandeza disso?

Mais uma vez, Sebastián respondeu positivamente.

– *Der erste Schlag, der eine Niederlage besiegelt, geschieht im Herzen eines jeden Mannes, der sich besiegt fühlt.* – Em seguida, o velho alemão repetiu: – O primeiro golpe que sela uma derrota acontece no íntimo de cada homem que se sente derrotado. Perdão por dizê-la em alemão, *Herr Doktor*, mas, no meu idioma, a ideia me parece mais forte.

– Não se preocupe, sr. Leipzig.

– Eu contei ao senhor o sentimento de derrota e apatia que havia no *Führerbunker* quando os soviéticos conseguiram entrar em Berlim. Naquele momento, os homens que deveriam ser o futuro da Alemanha aceitaram suas derrotas. E, com isso, o país quase morreu. Pensei com honestidade que nunca mais veria a fisionomia de derrotados de novo, *Herr Doktor*. Semblantes como o de *Herr* Bormann ou *Herr* Goebbels, dois expoentes do Reich, totalmente vencidos. Isso chega a ser uma desonra ao *Führer*. Se seus líderes jogam a toalha, o que resta àqueles que os seguem? Por sorte, alguns se erguem e vão adiante. Cruzam o Atlântico em busca de um novo sonho. Mas, em determinado momento, também parecem contaminados pelo derrotismo.

– O senhor se refere aos alemães que estão na Argentina?

– Muitos fogem como bichos assustados para as fronteiras do Paraguai e do Brasil, países *mestiços*. Dizem que tudo não passa de uma estratégia para que nossos sonhos sigam adiante, uma vez que aqui em seu país nos tornamos *personas non gratas* após a saída do presidente Perón.

– Eu entendo – Sebastián assentiu, ligando os pontos.

– Eles falam em sonhos, sem saber o que de fato significam – prosseguiu Albert Leipzig, com semblante taciturno. – Ninguém mais do que eu fez sacrifícios pela Alemanha, *Herr Doktor*. O senhor me perguntou há alguns minutos sobre Sophia e Lauren... E sobre Heiki. Se eu sabia o destino delas.

– De fato, perguntei, sr. Leipzig. E o senhor sabe?

O velho nazista soltou um gemido discreto.

– Estão todas mortas, *Herr Doktor*. Cuidei de rastrear o paradeiro delas, mesmo após deixar Berlim. Quando estávamos na Suíça, antes de chegarmos ao nosso destino final na Patagônia, eu recebi a informação oficial de nossa inteligência de que Heiki havia morrido antes mesmo da invasão soviética. Pneumonia, foi o diagnóstico. Lauren e Sophia – Albert Leipzig cerrou o punho direito, como se fosse esmurrar o braço da poltrona, mas não se mexeu – foram mortas por soldados soviéticos. Executadas, como muitos. Sem sentença ou culpa. Portanto, ninguém tem o direito de me falar sobre sacrifícios. Sobretudo, quando escolhem fugir novamente como ratos assustados. Eu não aceito tal covardia, *Herr Doktor*.

Suíça. Aurora, pensou Sebastián.

– Foi por isso que o senhor adotou Aurora, sr. Leipzig? Como compensação pelas suas filhas?

Albert Leipzig não respondeu de imediato. Ficou alguns segundos imerso em pensamentos. A altivez sumiu outra vez, dando lugar a uma postura mais frágil.

Outro ponto nevrálgico dessa velha mente distorcida, pensou.

De novo, a menção a Aurora gerara uma reação extremamente passional, algo que nem o rigoroso treinamento psicológico de Albert Leipzig conseguia represar.

– Aurora não é minha filha – disse, quase num murmúrio.

A resposta causou estranheza em Sebastián. Até o momento, Aurora Leipzig sempre se referira ao pai com extremo carinho e zelo.

– Nunca foi, apesar de eu ter achado um dia que pudesse ser. *Frau Braum* concordou com a ideia, achando que uma linda garotinha ariana faria bem a todos. Crianças podem ser encantadoras, não é? Além disso, seus pais, os pais de Aurora, haviam sido valorosos membros do Partido, e educaram a menina conforme a cartilha germânica, como bons alemães. Mas ela também estava enganada e, confesso, eu também me enganei.

– Sr. Leipzig... Perdão por insistir, mas a senhorita Aurora parece amá-lo muito e se preocupar com seu bem-estar. Ela estava bastante aturdida quando me encontrou esta noite, pedindo que eu viesse vê-lo.

Albert Leipzig sorriu com desdém.

– De todas as minhas decepções, *Herr Doktor*, Aurora talvez tenha sido a maior e pior delas. Por isso lhe digo, eu não tenho filha. Tenho apenas – a voz de Albert Leipzig adquiriu um tom emotivo inédito, enquanto batia o punho contra o peito – o vazio que cresce aqui. O temor de que tudo tenha sido em vão. De que a morte de tantos tenha servido apenas para salvar a vida de covardes que pertencem ao meu próprio povo.

Albert Leipzig cerrou os dentes.

– Aurora não ama ninguém – disse. – Pode parecer estranho alguém como eu, ou como qualquer um de nosso grupo, falar de amor, *Herr Doktor*. Sim, amor. Afinal, o veredicto do mundo contra todos nós já foi dado em Nuremberg. Mas amamos nossas esposas, *Herr Doktor*. Conheci bons homens, fiéis ao Partido, que dariam a vida pelas suas mulheres e pelos seus filhos. Certamente isso é algo que a História como o senhor e o mundo conhecem nunca lhes dirá.

Sebastián concordou. Era curioso que homens capazes de cometer os atos mais vis e cruéis se transfigurassem em bons pais e maridos carinhosos ao voltarem para suas casas. Havia lido muito sobre isso e sobre o perfil psicológico dos nazistas. Óbvio, não fora à toa que Aurora Leipzig o escolhera.

— Tudo o que vejo quando olho para Aurora é *Dämon*. Um demônio de olhos frios.

Atônito, Sebastián teve que organizar rapidamente os pensamentos. De repente, como uma sombra, uma dúvida atroz lhe ocorreu.

Com notória dificuldade, Albert Leipzig levantou-se da poltrona.

— Espero, *Herr Doktor*, que esteja feliz com a história. Isto é tudo o que tenho a lhe contar.

— Sr. Leipzig, por favor. — Sebastián levantou-se também, com um ímpeto que chamou a atenção do velho alemão.

— O senhor desempenhou muito bem seu trabalho, *Herr Doktor*. Meus cumprimentos. Foi contratado para me ouvir e, agora, sabe tudo. Sobre o *Dioscuri-Projekt*, sobre os últimos dias do *Führerbunker*, sobre nossa nova vida aqui na Argentina. Assim como *Doktor* Morell fez há treze anos, resta apenas que faça seu diagnóstico. Todavia, é certo que eu não estarei mais aqui, e tenho a mesma certeza de que não nos encontraremos de novo.

Albert Leipzig estendeu a mão para Sebastián.

— Meus sinceros agradecimentos, *Herr Doktor* Lindner. Confesso que no início fui contra vê-lo, mas admito que nossas conversas foram muito divertidas. Foi bom relembrar o passado e saber que alguém neste mundo sabe a verdade, ainda que não possa revelá-la.

Hesitação; Sebastián não sabia se deveria apertar a mão do velho nazista ou não. Havia mesmo terminado? O que diria Aurora?

— Sr. Leipzig — disse, apertando a mão do velho. Sua pele era fina e sua mão, delicada como a de uma jovem. — O senhor ainda corre risco. Tenha em mente que há pessoas em Buenos Aires que desejam...

— Não se preocupe, *Herr Doktor*. Eu ficarei bem — disse Albert Leipzig, balançando levemente a mão de Sebastián. — Enquanto houver sonhos que sejam levados adiante, eu ficarei bem.

Albert Leipzig soltou a mão de Sebastián.

– Agora, saia – disse, afastando-se em direção à cama.

Sebastián não podia ver o rosto do velho nazista, apenas as costas encurvadas. Sabia que não havia qualquer apelo que o fizesse mudar de ideia.

Por que, apesar de tudo, eu ainda desejo protegê-lo?

– Adeus, sr. Leipzig – foi tudo o que conseguiu dizer enquanto caminhava até a porta do quarto.

Tanto o que pensar e abstrair...

Sebastián ignorou o elevador e optou pelas escadas; precisava digerir tudo o que ouvira naquele quarto. A possibilidade real de que nunca mais encontraria Albert Leipzig o consumia, à mesma proporção que os tremores aumentavam.

Sozinho, não precisava mais fingir circunspecção. Sentia-se abatido, cansado. Mas sua mente trabalhava rápido, de modo que optou por manter-se sóbrio a entregar-se ao torpor que o bourbon lhe traria.

Albert Leipzig – se esse era mesmo o nome do paciente nazista – nunca existira. Nunca passara de uma sombra, de um sósia, programado para ocupar o lugar de Hitler e, até mesmo, morrer em seu lugar. Quis o destino que também tomasse parte em um dos maiores engodos da história – uma fuga do *Führer*, muitíssimo bem arquitetada, de Berlim para Buenos Aires, conduzindo consigo a chama da esperança de um renascer breve de sua ideologia.

Imaginou quão importante fora isso para os alemães que, assistindo à sua capital arder em chamas, poderiam sonhar que nada daquilo tinha sido em vão. Quantos sabiam do logro? Quantos conheciam a verdade?

A própria definição de verdade era uma linha tênue entre o real e o que se quer crer, deduziu, chegando a um novo andar, onde a iluminação parca era garantida apenas por candelabros presos às paredes.

Todavia, era impossível aniquilar o ego. Mesmo as pessoas submetidas aos mais horrendos traumas psíquicos e físicos protegiam seu ego das dores externas – afinal, como um estudioso da mente e seguidor de Freud, acreditava que era nele, no *ego*, que residia o eu da mente, a essência do que somos, o resultado de tudo o que vivemos.

Sim, havia os egos fragmentados, os transtornos agudos de personalidade. Por vezes, no entanto, o ego embutia-se como forma de se proteger, de modo que o indivíduo se isolava do mundo externo. Ele acreditava que aquele era o sintoma de Albert Leipzig: um homem impossibilitado de ser ele mesmo, mas que, tampouco, conseguia ser plenamente aquele que fora projetado para ser: um ditador carismático e sanguinário.

Lembrou-se do que o velho alemão havia contado sobre o estado decrépito de Hitler nos últimos dias antes da tomada de Berlim. O choque de realidade esmagara o ego do *Führer*, incapaz de aceitar o fracasso – o *seu* fracasso.

Escondido sob a identidade de Albert Leipzig, o sonho de Hitler ganhara sobrevida, mas tudo voltara a ruir quando Perón foi retirado do poder e os alemães perderam apoio político.

Muitos fogem como bichos assustados para as fronteiras do Paraguai e do Brasil, dissera o sr. Leipzig.

Então, novamente, o ego fecha-se em si, temeroso de um novo fracasso. Uma tentativa de relutar em aceitar uma realidade que não pode ser mudada. O nazismo, tal qual sonhado por Hitler, Goebbels e Himmler, estava morto. Hitler estava morto – morrera combalido, fraco.

Mas quão dolorido era para alguém como Albert Leipzig aceitar o fim de tudo aquilo pelo que vivera? Algo que lhe doía mais do que saber da morte das filhas?

As peças do diagnóstico se encaixavam de modo satisfatório. Contudo, havia uma peça que parecia não pertencer a lugar algum.

Aurora Leipzig.

Albert Leipzig negara-se, de modo contundente, a falar sobre a filha adotiva. Os motivos de ter acolhido a garota eram bastante óbvios: compensação pela perda das filhas, projeção egoica. Porém, o amor que Aurora afirmava ter pelo pai não era, em absoluto, correspondido. Pelo menos, não mais.

Era inegável a importância simbólica de Aurora para o paciente. Mas quanto essa ruptura emocional o teria afetado?

Sebastián chegou ao último lance de escadas antes de acessar o piso térreo.

O *lounge* do luxuoso hotel ainda estava iluminado, enquanto grande parte de Buenos Aires dormia do lado de fora.

O piano-bar já encerrara, assim como o serviço dos garçons. Havia apenas uma pessoa que ele prontamente reconheceu naquele ambiente amplo.

Aurora. A mulher de gelo.

Cruzou o *lounge* e se aproximou da mesa em que a jovem se encontrava. Observá-la ali, sozinha, de imediato criou em Sebastián um sentimento nostálgico. Não era pena, mas sim empatia. Ele também era, ao seu modo, um solitário. Suas escolhas erradas e seus vícios tinham feito com que se metesse numa espécie de casca, dentro da qual cultivava um tormento emocional que de modo instintivo o afastava do tráfego aparentemente fácil da vida.

Enquanto o mundo parecia seguir seu fluxo, e a corrente dos acontecimentos deslizava diante de seus olhos, seu íntimo se encrudecia e parecia, cada vez mais, se desligar de tudo à sua volta.

Ele próprio, Sebastián Lindner, era vítima de suas mazelas emocionais. Uma linha tênue o separava de seus pacientes, daqueles que se sentavam todos os dias à sua frente para narrar suas dores.

– Dr. Lindner – a voz de Aurora tinha um timbre suave, quase indiferente. – Sente-se, doutor. Está com uma aparência terrível.

Sebastián agradeceu; puxou uma cadeira e se sentou.

– Infelizmente, o serviço já encerrou. Mas podemos tentar conseguir algo para o senhor beber, se desejar. bourbon, correto?

– Eu agradeço – disse Sebastián. – Mas prefiro me abster do álcool por ora, senhorita.

– Entendo. – Aurora acendeu um cigarro e encarou o psicólogo do outro lado da mesa. – Não se importa que eu fume, não é?

– Em absoluto.

Ele observou Aurora colocar o cigarro entre os lábios vermelhos e acendê-lo. Seus gestos eram polidos, elegantes. Contrastavam com o olhar frio que, naquele instante, estava voltado ao cinzeiro no qual o cigarro longo descansava.

– Então, doutor – disse Aurora. – Infelizmente, não temos mais tempo para rodeios, correto? Espero seu diagnóstico sobre *Papa*. Ele ficará curado? Voltará ao normal?

Sebastián suspirou. Ansiava por uma dose. Apoiou as mãos na mesa, tentando controlar o tremor.

– Senhorita, em primeiro lugar, devo informá-la de que o senhor seu pai não tem qualquer problema físico aparente, de modo que, pelo que constatei no tempo em que estive com ele nas sessões, todo e qualquer problema existente é de ordem emocional.

Aurora tragou e soltou a fumaça, mas permaneceu calada.

– Em segundo lugar – Sebastián limpou a garganta e passou os dedos pelo bigode –, gostaria que a senhorita me respondesse a mais uma pergunta.

– Achei que o senhor já tinha me perguntado o suficiente naquele quarto de hotel, doutor – disse Aurora, arqueando o cenho.

– Sim, decerto. Contudo, há algo que, para mim... para o *tratamento* e diagnóstico do sr. Leipzig, tornou-se de vital importância. Ele se recusa a responder, de modo franco e direto, o que, de certa forma, mostra uma genuína resistência a algo que, emocionalmente, o machuca muito.

– Não vejo no que...

– Senhorita – Sebastián adotou um tom mais incisivo. Fui pago pela senhorita para descobrir o problema que levou o seu pai ao que, de início, suspeitávamos ser um estado catatônico, e acho que descobri. Estou tentando fazer meu trabalho, pelo qual me pagou em libras esterlinas e, se me recordo, me cobrou resultados. Estou tentando entregar esses resultados à senhorita, mas, para isso, necessito encaixar uma última peça. Uma peça *importante*.

Aurora bufou. Com o cotovelo apoiado na mesa, suspendeu o cigarro, prendendo-o entre os dedos. Intencionou tragá-lo, mas se deteve. Depois, fez um gesto no ar, resignada:

– Diga o que o senhor quer saber, dr. Lindner.

– Pois bem – Sebastián recostou-se na cadeira. – Talvez o que eu vá lhe perguntar não seja muito agradável, senhorita, mas, como disse, preciso dessa última peça.

– E qual seria?

– Você – respondeu Sebastián, observando a expressão surpresa de Aurora. De repente, a fachada gélida do semblante daquela jovem novamente começou a ruir. – A senhorita é essa *peça*. Deixe-me explicar, dentro dos limites do que me permite o elo de sigilo entre o sr. Leipzig, como paciente, e mim, como seu terapeuta.

Sebastián apalpou o paletó, vasculhando o bolso interno. Havia esquecido seu Montecristo. Na impossibilidade de tomar álcool, o tabaco decerto ajudaria naquela situação.

Então, recordou brevemente o que Aurora lhe havia contado sobre como fora encontrada e adotada na Suíça por Albert Leipzig, que, na época, tinha fugido de Berlim e parado em um entreposto da resistência nazista em Rheinau. Falou sobre o apego quase imediato do alemão pela garota, e como ela correspondera à chance que ele lhe dera.

Era inegável que Aurora idolatrava seu pai adotivo, à mesma proporção que renegava a mulher que o acompanhava, Evelyn Brunner, que morrera em solo argentino. Um amor possessivo que não admitia concorrentes, mas Sebastián optou por não usar esse termo. Tinha certeza de que a escolha errada das palavras faria com que Aurora se retraísse – e, se isso ocorresse, seu quebra-cabeça permaneceria incompleto.

Aurora meneava a cabeça a cada frase do analista, como se concordasse com o fato de que a história que ele repetia condizia com o que havia relatado.

Também omitiu de propósito o fato de saber a identidade de Albert Leipzig, assim como tudo o que ouvira sobre o *Dioscuri-Projekt*, os sósias de Hitler, e seu derradeiro fim no *bunker* em Berlim. Era perigoso relatar àquela jovem o que soubera por meio de seu paciente – e estava certo de que ela não hesitaria em mandar calá-lo caso o enxergasse como uma ameaça.

– Como é a sua relação com o seu pai, senhorita?

Aurora franziu o cenho. Não esperava por aquela pergunta.

– Eu o amo. Ele é *tudo*. Tudo o que tenho.

– Entendo – Sebastián assentiu. – Então, reformularei a pergunta de modo um pouco mais duro e espero que a senhorita me perdoe.

Aurora tragou, sem tirar os olhos do psicólogo.

– É inegável, pelo menos para mim, que você ama e admira o seu pai – disse Sebastián. – Mas ele teria algum motivo para *odiar* a senhorita?

36

Quanto um sentimento pode ser transmitido pelo olhar? Transbordar pelos olhos e se tornar tão palpável quanto qualquer outro objeto ao alcance das mãos? Sebastián Lindner refletiu sobre isso ao encarar Aurora.

As pupilas da jovem se mexeram de modo involuntário e frenético e, ainda que nenhum som tenha saído de sua boca, e que os músculos de sua face permanecessem impassíveis, seu olhar dizia tudo.

Aurora Leipzig fora dominada por inteiro pelo impacto da pergunta de Sebastián e, naquele instante, estava totalmente desarmada.

– Peço desculpa pela pergunta – reforçou Sebastián. – Mas é algo que é de extrema relevância para o tratamento do sr. Leipzig e, acredito, para sua *cura*.

Aurora balançou a cabeça negativamente, como se quisesse afastar de sua mente a pergunta que acabara de ouvir. Talvez as palavras do analista não fossem bem um questionamento, mas uma afirmação. A realidade que ela mais temia.

Papa me odeia...

– Senhorita...

Num ímpeto, Aurora esmagou o cigarro no cinzeiro de vidro e disse:

– *Papa* não está bem. Não está bem da cabeça, dr. Lindner! Como médico da mente, o senhor, mais do que qualquer outro, deveria saber que uma pessoa assim é capaz de devaneios. Como pode me perguntar algo assim? – Ela respirou fundo, procurando as palavras corretas. – Tenho que alimentá-lo, escolher suas roupas e vesti-lo. Ajudá-lo no banho. *Papa* é quase um inválido, doutor. Eu...

Aurora suspirou e, em seguida, disse num tom mais contido:

– Eu poderia dizer que ele se tornou um fardo, doutor. Mas não. Eu nunca diria isso. Sabe por quê?

Sebastián fez uma leve menção com a cabeça.

– Porque eu o amo, doutor. E... – Sebastián observou os olhos de Aurora marejarem. – E por mais que ele me odeie, como o senhor disse, eu ainda o amarei e cuidarei dele. O senhor entende?

Novamente, Sebastián meneou a cabeça de modo afirmativo.

– Senhorita, o homem que conversou comigo naquele quarto hoje, e nas outras sessões, me pareceu bastante lúcido. Aliás, com uma memória impecável – disse Sebastián. – Todavia, como disse, é incontestável que o sr. Leipzig sofre dos nervos e carrega muitos traumas. Traumas que não posso relatar, mas que deixariam marcas profundas em qualquer ser humano. E, pela minha experiência, algo que diz respeito à senhorita tem papel importante nisso tudo. Se eu descobrir por quê, talvez tenha a chave para...

– O senhor não pode me contar sobre o que conversaram, mas pode me fazer acusações com base em palavras ditas por alguém que não está de posse de suas faculdades mentais? É isso? – perguntou Aurora, com desdém.

Sebastián suspirou. Sabia que não seria fácil obter qualquer resposta quando decidiu confrontar Aurora.

– Não é isso – disse. – Eu apenas fiz essa pergunta porque ela é extremamente relevante, senhorita. Não me interesso por pormenores da privacidade da senhorita, mas...

– Talvez não devesse mesmo, doutor – disse Aurora, levantando-se. – Mesmo porque, em se tratando de privacidade, não há muito o que dizer sobre um psicólogo que tem um caso com uma paciente, não é? *Agostina*.

Sebastián calou-se.

– Ah, uma paciente acusada de matar o marido, devo acrescentar. – Aurora pegou a bolsa a tiracolo sobre a cadeira, segurando-a na mão. – O que desejo saber, mais do que discutir sua vida privada, dr. Lindner, é se *Papa* ficará bom. Para isso paguei ao senhor e para isso o chamei aqui nesta noite. Não temos mais tempo!

– Eu precisaria de mais tempo para lhe responder isso com certeza, senhorita. Como já expliquei, tratar a mente não nos permite prognósticos, e qualquer coisa que eu afirme será leviana.

Aurora permanecia com o olhar fixo em Sebastián, esperando que prosseguisse.

– Entretanto, há algo que posso afirmar com plena convicção, senhorita. – Devagar, Sebastián também se levantou. – Seu pai não deseja deixar a Patagônia, ao contrário de muitos imigrantes, que estão fugindo do país. Esta é uma questão que deve ser observada com cuidado. O sr. Leipzig está visivelmente contrariado em deixar a Argentina e fugir mais uma vez.

Aurora pareceu surpresa.

– Ele disse isso?

Sebastián assentiu, movendo a cabeça.

– *Papa* está agindo como uma criança mimada! Estamos sendo *caçados* aqui! Corremos perigo neste país!

– Tenho certeza de que o perigo que a senhorita descreve é real – disse Sebastián, lembrando-se de seu sequestro e da conversa com os homens que afirmavam que Albert Leipzig era Adolf Hitler. – Mas temo que seja algo que precise ser observado do ponto de vista do sr. Leipzig. Ele não deseja mais fugir e deixar para trás seus sonhos de reconstrução. Por mais que sair da Alemanha tenha sido doloroso, fugir novamente agora arruinará a mente do seu pai.

Aurora desviou o olhar e mordeu os lábios vermelhos.

– E o que o senhor me aconselha é que fiquemos em San Ramón, mesmo diante do risco de sermos descobertos?

Todas as vidas ceifadas; todos os horrores dos campos de extermínio que estavam sendo paulatinamente revelados ao mundo conforme as trincheiras do Terceiro Reich eram vencidas; toda a ideologia doentia de purificação e extermínio de judeus, velhos, inválidos, homossexuais e opositores. Sim, aquela gente merecia a morte. Ou não?

– Infelizmente, não posso opinar sobre isso, senhorita – Sebastián optou por uma resposta mais neutra. – A senhorita queria um diagnóstico, e estou lhe dando um. Um que se encaixa na realidade de um processo terapêutico. Seu pai optou por embotar-se e mergulhar em si mesmo, porque não quer confrontar a possibilidade de fugir da Argentina, deixando tudo para trás. E, como disse, também há sentimentos bastante conflitantes em relação à senhorita. Sentimentos para os quais a senhorita precisa olhar.

Naquele momento, era Aurora que estava calada.

– Eu sinto muito se não pude fazer mais, senhorita – disse Sebastián, limpando o suor da testa com as costas da mão trêmula. Se eu tivesse mais tempo, decerto faria mais avanços.

Começou a caminhar em direção ao pequeno lance de escadas que dava acesso à saída do Plaza Hotel.

– Não se esqueça, senhorita Leipzig. A senhorita também possui parte da resposta para a enfermidade mental de seu pai, ainda que não saiba qual seja; ou não queira me dizer.

Sebastián virou-se em direção à porta e começou a caminhar. De fato, nao havia mais nada que pudesse fazer. Algumas perguntas seguiriam sem respostas, mas ele já deveria estar ciente, desde o princípio, de que, no processo de análise e cura da mente, não existe uma resposta direta para cada fio solto.

Também sentia um grande peso sobre seus ombros; o peso de saber o que poucas pessoas no mundo conheciam: a verdade sobre o que ocorrera no dia 30 de abril, nos subterrâneos de Berlim. Adolf Hitler morrera em seu *bunker*, mas ganhara sobrevida por meio de seu sósia, que havia escapado com Eva Braum (naquele momento, sra. Evelyn Brunner) rumo à América do Sul, onde foram prontamente acolhidos pelo governo de Perón. Um engenhoso plano batizado de Operação Odessa.

Ainda que a Argentina tivesse declarado guerra às nações do Eixo, o que incluía colocar-se formalmente contra a Alemanha Nazista ao final do conflito, o tapete vermelho sempre esteve estendido a refugiados nazistas na Casa Rosada.

– Doutor.

Sebastián virou-se ao escutar a voz de Aurora.

– Vou pensar sobre o que o senhor disse – ela falou. – De qualquer modo, *Vielen Dank*. Muito obrigada.

– Desejo boa sorte a vocês, senhorita Leipzig.

Ele sorriu timidamente e acenou para a jovem, enquanto era saudado pelo porteiro do hotel, que o auxiliava com a porta giratória.

Ganhou as ruas e caminhou até o ponto de táxi nas imediações do hotel. Passava de uma da manhã e apenas um carro estava disponível. O taxista, um senhor de idade que dormia com um jornal aberto no colo, teve um sobressalto quando Sebastián bateu no vidro.

Acomodado no banco traseiro, fechou os olhos. O tremor nas mãos começara a cessar e o cansaço deixava seu corpo pesado. Havia muito a ser feito nas semanas seguintes: recolocar os prontuários de seus pacientes em ordem, contatá-los, reorganizar seu consultório. Enfim, voltar à rotina. Seria difícil sem Ines – sim, ele se culpava pela morte dela. Sua vida saíra totalmente dos trilhos nas últimas semanas e, por um descuido, ele tinha colocado sua mãe e até mesmo Ariel em risco.

Talvez tenha cochilado no trajeto – que não era muito distante – entre o Plaza e o pequeno hotel em que estava hospedado.

Pagou em dinheiro, e abriu a porta de madeira de duas folhas que dava acesso ao interior do hotel. Tudo era silêncio. O recepcionista que dormia atrás do balcão levantou-se em um salto, visivelmente assustado.

– Boa noite, senhor.

– Boa noite – respondeu Sebastián. – Não se preocupe, volte a dormir. Está tarde.

O homem passou a mão pelos cabelos ralos e, vasculhando a papelada amontoada sobre a mesinha – sobre a qual também ficava um telefone – estendeu para Sebastián um pedaço de papel dobrado.

– O senhor é o dr. Sebastián Lindner, não é? Uma senhora mandou entregar isto ao senhor.

Sebastián pegou o papel e agradeceu. Enquanto subia as escadas, abriu o bilhete e leu. Era uma mensagem de Agostina, pedindo que entrasse em contato e desse notícias assim que fosse possível.

Uma mulher capaz de se preocupar daquela maneira com ele seria capaz de matar o marido a punhaladas?, refletiu, guardando o pedaço de papel no bolso da calça e parando diante de sua porta. Pouco importava. Apesar da insistência daquele inspetor impertinente, Agostina havia sido absolvida. Se fosse mesmo culpada, prestaria contas à sua própria consciência um dia.

Entrou no quarto e fechou a porta. O lugar cheirava a tabaco cubano levemente misturado a bebida. Enfim, seu mundo.

Tirou o paletó e o lançou sobre a cama. Serviu-se de uma dose pequena de bourbon, entornando tudo num único gole. Voltou a colocar uma pequena quantidade no copo, e estava prestes a levá-lo à boca quando notou, pelo espelho, uma sombra junto à porta do banheiro.

Era a noite dos sustos e pesadelos, pensou, agoniado, ao se virar e topar com a imagem de Levy.

– Boa noite, doutor. Ou devo já dizer bom dia?

37

— O que está fazendo aqui? Como entrou? – perguntou Sebastián, encostando-se na parede e segurando com força a cortina.

Levy sorriu e tirou do bolso dois Montecristos. Cortou as pontas e estendeu um para Sebastián.

— Montecristo, correto? É o seu preferido, não é, doutor? O senhor tem bom gosto; os cubanos são os melhores.

Hesitante, Sebastián pegou o charuto, mas não o levou à boca. Observou Levy tirar um isqueiro prateado do bolso, acender seu Montecristo e tragar.

— O que está fazendo no meu quarto? – voltou a perguntar, tenso.

— Posso me sentar? – Levy acomodou-se na beirada da cama, sem esperar pela resposta. Ergueu o olhar e fitou o terapeuta. Escancarou um largo sorriso e disse: – Fique calmo, dr. Lindner. Sei que nosso primeiro encontro pode ter sido um pouco traumático. Me desculpe pela forma como tratamos o senhor, mas, em nosso ramo, às vezes nos acostumamos a ser um pouco... *drásticos*.

Sebastián puxou a cadeira que estava perto da mesinha e sentou-se.

— Que bom que reconhece o erro do que chama de *método*.

— Me desculpe. – Levy tragou o Montecristo e calou-se por alguns segundos. Em seguida, falou: – Me desculpe por aquela noite e por ter invadido seu quarto, doutor. Mas, sejamos honestos, se eu apenas batesse à porta e perguntasse se poderíamos dividir um bom charuto, é claro que o senhor não concordaria.

– Que bom que você tem essa percepção – assentiu Sebastián. – O que faz aqui?

Levy suspirou e disse:

– Como está seu paciente, dr. Lindner? O misterioso homem da Patagônia.

– Não posso comentar sobre meus pacientes, lamento – respondeu Sebastián, servindo-se de um bourbon. Entornou a dose e sentiu um alívio quase imediato. Repetiu a dose, mas optou por um gole menor.

– Ora, doutor! – Levy franziu o cenho. – Achei que já tínhamos superado essa fase. O senhor devia se orgulhar, na verdade. É o único homem do mundo que tratou Adolf Hitler.

– Você está enganado – Sebastián bebericou o bourbon. – Hitler está morto, eu lhe asseguro. Se o seu objetivo é caçar aquele homem, acho que está procurando fantasmas se pensa que ele é o mandatário alemão.

– Então, o que acha que aconteceu, doutor? Quero ouvir a sua versão.

Sebastián terminou a dose e deixou o copo sobre a mesa.

– Hitler morreu em Berlim em seu *bunker*. É isso.

– É isso o que a História afirma, de fato. Suicídio ao lado de Eva Braum, corpo encontrado pelos soldados soviéticos já incinerado etc. É como estar diante do grande prêmio e logo vê-lo ser jogado na lata de lixo, já que o corpo do *Führer* seria o troféu sonhado por qualquer potência mundial na ocasião. – Levy prendeu o charuto entre os dedos. – Foi isso que o seu paciente lhe falou também, dr. Lindner?

Sebastián assentiu.

– É tudo o que tenho a lhe dizer.

– E o senhor acredita?

– Minha tarefa não é acreditar, e sim ajudar meus pacientes – respondeu Sebastián. – Não sou um policial. Ou um caçador de nazistas.

– Pois bem – Levy suspirou. – E se eu lhe dissesse que sei exatamente a história que o seu paciente, o homem chamado Albert Leipzig, lhe contou, doutor? E mais: e se eu tivesse uma segunda versão para essa história? O senhor acreditaria em mim?

Sebastián permaneceu em silêncio. Levy falava com convicção, não parecia estar mentindo. Era óbvio que aquele homem era um profissional, um assassino que ganhava para caçar e matar nazistas que haviam conseguido escapar da Alemanha. Todavia, ele, Sebastián, também fora treinado para reconhecer a mentira por meio de pequenos sinais – na verdade, gestos irrisórios, que passariam despercebidos para a grande maioria. Uma piscada a mais, um movimento do maxilar, a agitação das mãos ou a dilatação da pupila.

Era certo que seu estado físico – o cansaço e o álcool – poderia prejudicar tal análise, mas era fato que havia naquele homem uma solidez que transmitia credibilidade. Nada nele parecia estar fora do absoluto controle.

– Eu ainda diria que, vocês, ou seja lá quem está por trás da organização para a qual você trabalha, estão perseguindo a pessoa errada, caso se refira ao sr. Albert Leipzig – falou Sebastián, por fim.

– Então, permita-me ao menos lhe contar a minha versão dos fatos – disse Levy, encarando Sebastián com franqueza.

Silêncio.

– Acredito que seu silêncio seja um *sim*; correto, doutor? Pois bem.

Levy levantou-se e caminhou até a janela do quarto. Pelo vidro, podia-se observar Buenos Aires mergulhada na madrugada.

– Vou começar falando sobre o que o senhor deve ter escutado de seu paciente *nazi*. Com certeza, ele contou sobre um projeto audacioso chamado de Operação Odessa nos subterrâneos do Terceiro Reich; também, decerto, mencionou o obscuro Projeto Dioscuri, cujo objetivo era criar sósias de Hitler. Ele próprio afirmou ao senhor, é óbvio, tratar-se de um desses sósias.

Sebastián sentiu o coração acelerar. Ainda que sob efeito do álcool, suas mãos haviam voltado a tremer.

Controle-se.

— Acho que, novamente, seu silêncio indica que estou correto, doutor – disse Levy, sem tirar os olhos da janela. – Acontece, meu caro dr. Lindner, que o senhor foi enganado pelo homem que diz ser Albert Leipzig.

— Como sabe disso tudo? – perguntou Sebastián, ainda incrédulo.

— Como já lhe expliquei, trabalho para gente muito importante. Gente com dinheiro, capaz de ir muito mais longe do que a CIA ou o MI6 poderiam chegar sem incorrer em violação de diretrizes. E, claro, ninguém investe em uma causa tão arriscada sem contar, antes, com um serviço de inteligência bem estruturado.

— Causa? Caçar e matar nazistas. Essa é a causa de vocês?

— *Justiça* é a nossa causa, doutor – respondeu Levy, encarando Sebastián pela primeira vez. – Os braços de Nuremberg não conseguiram chegar a todos os filhos da puta nazistas. Muitos fugiram, com novos nomes e passaportes, e vivem tranquilamente, inclusive construindo novas famílias. Vários deles vieram para este país, e entre eles, Adolf Hitler.

— Você está enganado! – protestou Sebastián.

— Como sabe que estou, doutor? Tem tanta convicção assim de que Albert Leipzig lhe disse a verdade?

Sebastián refletiu. A personalidade manipuladora, escondida atrás de uma evidente aura de prestígio, sem dúvida não excluía a possibilidade de que o velho alemão tivesse mentido. De quantas sessões ele próprio necessitava para conhecer um paciente a fundo, a ponto de notar de antemão que o discurso da análise não passava de uma negação ou tentativa de enganar o analista?

Naturalmente, não tivera tempo o bastante com Albert Leipzig para deter tal conhecimento e segurança. Contudo, a história que ouvira durante os dias em que estivera com ele era real demais; havia dor demais. Não era possível que tivesse se enganado a esse ponto.

— Durante dias, ouvi a história de um homem perturbado, cujo ego foi totalmente destruído e sublimado por meio do discurso de uma *grande causa* – disse Sebastián. – Posso não ter seus contatos, mas sou um profissional. Um psicólogo e terapeuta. Talvez não tenha tido tempo para conhecer a fundo o sr. Leipzig, mas consigo reconhecer a *dor*. E, eu lhe afirmo, há muita dor dentro daquele homem, mesmo sendo ele um criminoso de guerra.

– Ah, sem dúvida. – Levy ergueu o cenho. – Eu não duvido de que a história que Albert Leipzig lhe contou seja real. Porém, ela pertence a outra pessoa, doutor.

– A outra pessoa?

– Sim. – Levy soltou a fumaça e caminhou em direção a Sebastián. Apagou o charuto pela metade no cinzeiro. – Possivelmente, ao pai das adoráveis Lauren e Sophia, que morreram em Potsdam. O pai verdadeiro, o real sósia de Adolf Hitler, que morreu em seu lugar no *bunker* em Berlim no dia 30 de abril de 1945 para que o maldito conseguisse fugir ao lado de sua amante Eva Braum.

– Você... – Sebastián procurava as palavras, que não vinham.

Como ele sabe disso? Como pode ter tanta certeza?

– Não estou mentindo, doutor – prosseguiu Levy. – Tanto não estou que, confesso, pouco sabemos sobre a real identidade do homem que tomou o lugar de Hitler no *bunker* e morreu com um tiro letal na têmpora, bem como da mulher que estava ao seu lado. Ah, sim! Eu me esqueci! O exército soviético confirmou a identidade de Hitler, não é? Mas Stalin confirmaria qualquer coisa após seus camaradas terem feito a cagada de queimar os cadáveres antes que os Estados Unidos ou a Inglaterra pusessem as mãos nos corpos. Nada inteligente. Em seguida, a ideia de que Hitler tinha morrido em Berlim tornou-se a melhor versão a ser contada ao mundo, a versão *oficial*, inclusive pelos Aliados. Afinal, a sobrevida do *Führer* indicava uma grande dose de fracasso, não acha? Enfim, a paz! – Levy abriu os braços de um modo teatral.

– Tudo isso é impossível!

Levy riu com desdém.

– Hitler mudou muito; cortou o cabelo, tirou o bigode. Naturalmente, envelheceu também. Mas ele está vivo. Meus superiores sabem disso. Ele está vivo e vive em paz na Patagônia ao lado de vários porcos nazistas que foram acolhidos na Argentina por Domingos Perón.

Resignado, Sebastián esfregou os olhos. Aquilo era uma loucura desmedida.

– Dr. Lindner, se não acredita em mim, tudo bem. Mas o senhor sabe que está envolvido nisto tudo até o pescoço, não sabe?

Sebastián ergueu os olhos em direção ao homem.

– Envolvido?

– Ao começar a tratar o seu paciente da Patagônia, doutor, o senhor aceitou a condição de ser o único homem neste planeta a ter conversado com Adolf Hitler pessoalmente após a queda de Berlim. Isso, claro, excetuando os outros *boches* que fugiram com ele para cá; o que o torna valioso, dr. Lindner, e, ao mesmo tempo, um alvo.

Sebastián sentiu suas entranhas retorcerem.

– Ora, doutor! Acha mesmo que está a salvo neste quarto de hotel, depois de saber tudo o que sabe? Foi fácil, para mim, encontrá-lo, e aqueles nazistas desgraçados sabem tudo do senhor também. Acha mesmo que viverá muito tempo carregando tantos segredos?

Sebastián lembrou-se das anotações que havia feito sobre o caso de Albert Leipzig.

– Mas posso fazer um trato com o senhor. Acredito que achará a proposta interessante, de todo modo. – Levy sentou-se de novo, mas, naquela feita, na beira da cama bem à sua frente, Sebastián pôde observar melhor suas feições. Era um rapaz jovem, na casa dos 30 anos, bem-apessoado. Moreno com cabelos um pouco compridos, de pele clara, notoriamente espanhol ou italiano. Deduziu que fosse na verdade espanhol devido ao sotaque. Tinha a barba rala por fazer, mas isso não lhe conferia um aspecto desleixado. Pelo contrário, de algum modo, nele, parecia algo bem comum.

– Que trato é esse?

Levy suspirou.

– É óbvio que esses *nazis* estão longe de serem estúpidos. Caso contrário, não teriam conseguido se esconder por tanto tempo. Eles têm gente infiltrada no governo, na polícia e na alta sociedade deste país, e de outros também. Já sabem que estamos na cidade e estão levantando voo. Há vários grupos como o meu, dr. Lindner, mas poucos tão eficientes. Porém, muitos nazistas já saíram do país, e outros não durarão muito tempo aqui. Se Albert Leipzig deixar Buenos Aires, nunca mais colocaremos as mãos nele. Ele precisa morrer aqui, antes de escapar para sua fortaleza na Patagônia e, em seguida, sumir rumo a qualquer país da América do Sul. E o único que pode chegar perto dele para fazer o serviço é o senhor.

38

— O que me diz, dr. Lindner? – a voz de Levy parecia resgatar Sebastián de um pesadelo.

Observando sua hesitação, Levy prosseguiu:

– O senhor só continua vivo porque ainda não perdeu sua utilidade, doutor. Como já expliquei, poucas pessoas, além do senhor e de mim, têm conhecimento do que está se passando neste exato momento em Buenos Aires. – Levy caminhou na direção de Sebastián e pousou a mão sobre seu ombro. Sobressaltado, ele o encarou.

Pânico.

– Eu... não sou um assassino – Sebastián disse, quase num murmúrio. – O que está me pedindo é quase impossível. Eu... eu não sou capaz. Não sou a *pessoa*.

Levy suspirou e assentiu, meneando a cabeça.

– Infelizmente, tivemos alguns contratempos com a pessoa que estava encarregada de matar Hitler, doutor – disse. – Graças a alguns episódios que fugiram ao nosso controle, não há como nos aproximarmos dos nazistas sem que várias vidas fiquem no fogo cruzado. Não queremos um derramamento de sangue; queremos apenas a cabeça de Hitler. Por isso precisamos de alguém que possa se aproximar o suficiente para realizar o serviço; alguém que, de certo modo, já tenha estado no círculo íntimo do *Führer*. O senhor se tornou nossa única opção neste jogo, dr. Lindner.

Com as mãos trêmulas, Sebastián serviu-se de bourbon. Levy aguardou que ele terminasse a dose e, então, retirou algo do bolso interno da jaqueta de couro. O objeto, envolto em um pano puído, foi colocado sobre a mesa, à frente dos olhos de Sebastián.

Hesitante, Sebastián removeu lentamente o pano que encobria o objeto.

Uma pistola.

– O senhor sabe atirar, doutor? – perguntou Levy.

Sebastián negou, balançando a cabeça.

– Com isto – disse, apontando para a pistola –, é praticamente impossível errar um alvo, sobretudo de perto. É uma Browning Hi-Power inglesa semiautomática, carregada com treze projéteis. Muito usada pelas forças armadas de vários países e, claro, devidamente *esquentada* para não poder ser rastreada.

– Eu não posso fazer isso – disse Sebastián, empurrando a arma sobre o tampo da mesa. – Não sou um assassino. Sou um psicólogo. Eu cuido de pessoas doentes, não as mato.

Sebastián levantou-se e caminhou para longe de Levy. Apoiou-se na parede enquanto, com as pontas dos dedos, esfregava a testa com força.

– O que está me pedindo é um absurdo. Aquele homem não é Adolf Hitler e, ainda que seja, eu não posso... eu não *consigo*!

Levy deu um longo suspiro.

– Eu compreendo, mas, ainda assim, caro doutor, o senhor não está em condições de recusar – disse, em tom tranquilo. – Neste exato instante, a sua morte, assim como a da sra. Agostina Perdomo, já estão encomendadas a profissionais nazistas.

Sebastián arregalou os olhos.

Agostina.

Naquele instante, lembrou-se da ameaça velada de Aurora Leipzig quando fora contratado para cuidar do pai doente; do temor e da aflição que sentira.

– Claro que o senhor tem a opção de não acreditar em mim e pagar para ver. Todavia, sabemos da importância da sra. Perdomo para o senhor, doutor, assim como do envolvimento do falecido marido dela com os nazistas. Eliminar vocês dois seria muito fácil e rápido. E, creia, eles não hesitarão.

Mais uma vez, Sebastián esfregou o rosto. Sentia-se zonzo, prestes a perder os sentidos.

– Com a morte de Hitler, o senhor não estará apenas fazendo um grande favor à memória de milhares de vítimas, dr. Lindner, também terá a chance de proteger a si e a quem ama. A outra opção, obviamente, é pagar para ver.

Levy pegou a arma e tornou a envolvê-la com o pano. Caminhou até a porta do quarto e girou a maçaneta. Com cautela, abriu a porta devagar, como se o perigo iminente se escondesse no corredor escuro do hotel.

– Tomei a liberdade de reservar um quarto neste mesmo andar, doutor, de modo que possamos estar *próximos*. Daqui a algumas horas, espero sua resposta. Podemos combinar às dez da manhã?

Sebastián nada respondeu.

– Meu quarto é o 210. Até lá, aproveite para dormir um pouco. O senhor está péssimo.

Observou Levy estacionar junto à porta entreaberta e encará-lo.

– Entenda, dr. Lindner – disse Levy. – Uma resposta negativa não é mais uma opção para o senhor. O senhor *já está* envolvido nisso tudo, queira ou não.

Levy passou pela porta e fechou-a atrás de si. Em seguida, tudo ficou em silêncio.

Sebastián deixou o corpo escorregar até se sentar no chão. Cobriu o rosto com as mãos e foi acometido pela vontade de explodir em choro.

Enfiou a mão no bolso e pegou o bilhete de Agostina. Desdobrou o papel e releu. Suas atitudes haviam colocado na linha de tiro todos a quem amava. Era possível que aquele homem tivesse razão; Aurora e os nazistas não o deixariam vivo. Ainda que a garota albina de olhar frio não soubesse em detalhes o que Albert Leipzig lhe contara, era bastante óbvio que, àquela altura, ele havia se tornado alguém que sabia *demais*.

A questão, naquele momento, era até onde estaria disposto a ir para proteger as pessoas que lhe eram importantes.

Chegar ao ponto de matar.

Somente no exato instante em que o trem de pouso foi acionado e as rodas do avião tocaram o concreto da pista do Aeroparque Jorge Newbery, a terrível história do Douglas C-54 finalmente deixou de povoar sua mente e ele pôde relaxar.

Era a segunda vez que entrava em um avião – a primeira desde a tragédia ocorrida onze anos antes, quando a aeronave modelo Douglas C-54, que fazia o trajeto entre Bariloche e Buenos Aires – a mesma rota que ele acabava de fazer –, caíra e explodira nas imediações de Bolívar, ceifando 61 vidas.

O episódio terrível, o pior da história da aviação argentina, nunca deixou de ser, para ele, a prova definitiva de que o homem jamais deveria desejar conquistar os céus, que efetivamente pertenciam aos pássaros, estes, sim, dotados de asas.

Portanto, quando o avião do voo Aerolíneas 670 começou a taxiar pela pista, "Caballo" Quintana foi tomado por um alívio profundo. Acendeu um cigarro e cumprimentou a bela aeromoça que passava pela sua cadeira, sorrindo para os passageiros e desejando um bom-dia.

Às oito e quarenta, meia hora depois de ter pousado – tempo em que fumou cinco cigarros para se livrar da tensão – "Caballo" Quintana deixou o Aeroparque Jorge Newbery e entrou, com sua mala, em um carro preto que o aguardava.

– Fez boa viagem, inspetor? – perguntou Hector Herrera, com ar jovial e estendendo-lhe a mão.

– Prefiro não comentar – bufou Quintana, fechando a porta. – Odeio essas coisas que voam. De todo modo, obrigado por ter vindo me buscar, *Hoguera*. Conseguiu a informação que pedi?

O jovem policial engatou a primeira marcha, mas não arrancou com o carro. – O homem que está procurando vive em uma estância em Quilmes. Consegui o endereço, mas ainda não entendi o que o senhor pretende.

– Pretendo solucionar um assassinato, *Hoguera*. É o que fazemos na Polícia Metropolitana – disse "Caballo" Quintana, arqueando o cenho e acendendo outro cigarro.

– Quer dizer que as férias no sul eram fachada? O senhor estava investigando o caso de Dom Francisco? – perguntou Herrera, fitando Quintana com curiosidade. – Sabe que o senhor terá sérias complicações se o comissário descobrir que anda remexendo nisso, inspetor.

– Eu estava de férias e aproveitei para dar uma fuçada. Foi isso. É incrível o que a paisagem do sul deste país pode fazer com a mente de um policial – respondeu o inspetor, de modo taxativo. – Agora, arranque logo com a merda deste carro, *Hoguera*!

39

O endereço levou o inspetor César "Caballo" Quintana e o detetive Herrera até um ponto extremo de Quilmes, além do Arroyo Las Piedras, uma área pouco povoada da localidade que pertencia ao conglomerado urbano de Buenos Aires, repleta de indústrias têxteis e de bens de consumo, erguidas nas décadas anteriores, durante a expansão econômica do país.

Contudo, os arredores da Estância Piedra Negra eram bastante distintos de qualquer referência de industrialização. O lugarejo bucólico parecia intocado pelo crescimento urbano argentino; era formado por pequenas propriedades, entre elas, os hectares registrados em nome de Otto Skorzeny, nascido em Viena, veterano da Segunda Guerra e radicado na Argentina no fim dos anos 1940.

– Acho que é aqui, inspetor – observou Herrera, enquanto o carro deslizava pelo piso de cascalho de uma trilha cercada em ambos os lados por um pasto verde onde quatro vacas pastavam tranquilamente.

– É incrível como esses filhos da puta conseguem ter uma vida muito melhor do que a nossa, *Hoguera* – bufou Quintana, lançando a bituca de cigarro pela janela. – Pare ali.

Herrera estacionou o carro diante da casa avarandada vermelho-tijolo. Arabescos brancos, da mesma cor das armações das janelas de madeira, davam à construção minimalista um aspecto rústico. Adjacente, outra construção retangular, mas estreita e comprida, parecia servir de estábulo.

Podia-se ver que não era uma propriedade grande, mas um lugar afastado no qual seria possível a um homem de meia-idade gozar seus dias em paz.

Enquanto descia do carro, "Caballo" Quintana notou um homem mirrado, usando roupas simples, observá-lo do topo de um pequeno lance de escadas que dava acesso à varanda.

– Bom dia, meu caro – disse Quintana. – Queremos falar com o seu patrão. Dom Skorzeny está?

Confuso, o homem afastou-se alguns passos para dar passagem a um homem de compleição forte, que surgira de dentro da casa.

– Otto Skorzeny? – perguntou Quintana ao grandalhão, vestido como um caudilho *dos pampas* – bombacha, botas altas e uma camisa branca apertada, expondo um peitoral forte coberto por pelos claros. Ao redor do pescoço, Otto Skorzeny usava um lenço vermelho. Na mão direita, segurava uma cuia de chimarrão. Entretanto, o que mais atraía a atenção do inspetor não era o fato de o austríaco estar trajando roupas típicas do folclore do Rio da Prata – mas sim a grotesca cicatriz em forma de "C" no lado esquerdo da face, que se iniciava na altura da orelha e descia, em arco, até perto da boca. A marca era responsável pela alcunha *Scarface*, pela qual era conhecido no submundo.

Skorzeny nunca fizera questão de esconder a marca grotesca, tampouco o apelido. Pelo contrário, parecia orgulhar-se de ser reconhecido com facilidade devido à alta estatura e à cicatriz.

– Quem são vocês? – perguntou Skorzeny, passando os dedos sobre o fino bigode, cujos pelos já haviam branqueado. – Acho que me lembro vagamente do senhor – disse, encarando Quintana.

– Inspetor César Quintana, Polícia Metropolitana de Buenos Aires – anunciou "Caballo" Quintana. – Este é o detetive Herrera. Eu e o senhor já nos encontramos alguns anos atrás, o que me custou um olho roxo. Mas já deixei para lá.

– Desculpe-me, não me lembro. – Otto Skorzeny sorriu, de modo irônico. – Mas o que a merda da polícia quer comigo agora?

– Na verdade – disse Quintana, guardando a insígnia –, não estamos aqui em nome da força policial, sr. Skorzeny. Trata-se de um assunto pessoal, ligado a uma investigação.

Otto Skorzeny tornou a alisar o bigode fino. Seu empregado o encarava com curiosidade, como se pronto para cumprir uma ordem.

– Traga os homens para a varanda, Rafa – disse Skorzeny, sorvendo o chimarrão. – Não tenho nada a esconder das autoridades deste país, apesar de muitos pensarem o contrário.

Enquanto Skorzeny desaparecia porta adentro, Quintana e Herrera eram educadamente conduzidos para a varanda pelo homem chamado Rafa, em direção a um canto que, ao que tudo indicava, era o local onde o proprietário gozava de algumas horas de descanso – um conjunto de cinco cadeiras rústicas de madeira junto a uma mesa circular com entalhes de símbolos indígenas. Presa à parede, uma rede multicolorida era um verdadeiro convite à *sesta*.

Antes que Quintana pudesse dizer algo, Otto Skorzeny reapareceu com seu chimarrão na mão e um largo sorriso no rosto. Soltou o corpo sobre a rede, fazendo os ganchos de ferro gemerem.

– Perdão se fui um pouco rude, policiais. Mas este país se tornou um inferno para gente como eu – disse, cruzando as pernas de modo displicente. – Me refiro ao fato de ser germânico e ter servido no exército alemão. De todo modo – ele encolheu os ombros largos –, estou de malas prontas para deixar a Argentina. Investi em terras na Irlanda e, pelo menos lá, serei bem recebido e tratado com cortesia, e não como escória.

Quintana conhecia havia muito tempo a fama que precedia Otto Skorzeny, o homem que, na década de 1940, fora considerado uma das pessoas mais perigosas do Terceiro Reich. Especialista no jogo sujo, a lista de acusações contra Skorzeny era extensa, indo desde sabotagem e espionagem, participação na *Schutzstaffel*[1] até ações militares

---

[1] Schutzstaffel, também conhecida pela sigla SS. Era a tropa de choque do Partido Nacional-Socialista e força paramilitar na Alemanha hitlerista.

coordenadas pelo próprio Hitler, entre elas, a libertação do ditador italiano Benito Mussolini.

Chegara à Argentina vindo da Espanha, país que adotou após ser julgado e condenado em Nuremberg. Contudo, ao contrário de vários nazistas julgados, escapou da pena de morte, passando alguns anos em um campo de desnazificação.

Era tido em alta estima por Domingos Perón e vários homens da alta cúpula do governo peronista, fato que o fizera acumular dinheiro e propriedades no país. Suas ações nunca estiveram fora do raio de investigação da polícia argentina, que, no entanto, pouco ou nada havia encontrado para condená-lo.

– Então, o que os bons homens da Polícia Metropolitana querem comigo? – perguntou, com dissimulada simpatia.

– Na verdade, o senhor pode ficar descansado, sr. Skorzeny. Não estamos aqui para acusá-lo de nada – disse Quintana, acendendo um cigarro. – No entanto, o seu nome foi citado em uma investigação de assassinato e gostaria de tirar uma *cisma*.

– Cisma? – Skorzeny franziu o cenho. – Minhas mãos estão limpas, inspetor. Se procura alguém envolvido em assassinato, veio ao lugar errado. Sou um homem do campo, um estancieiro que lida com gado e porcos.

– Não estou acusando o senhor de nada – disse Quintana. – Mas acho que pode me ajudar, de algum modo. Como disse, seu nome *apareceu* na investigação.

Skorzeny tirou um maço de cigarros do bolso da camisa, colocou um entre os lábios e acendeu.

– Sou todo ouvidos – disse, tragando e soltando a fumaça. – Será um prazer ajudar a polícia argentina.

"Caballo" Quintana assentiu.

– Certamente o senhor sabe do assassinato de Dom Francisco Perdomo. Sete facadas, esposa detida como principal suspeita e, depois, liberada. – Quintana bateu várias vezes a mão ao redor do peito, como se simulasse as estocadas recebidas por Francisco Perdomo. – Assim como o senhor, Dom Francisco era muito próximo do presidente Perón e da primeira-dama, Evita.

Skorzeny não esboçou qualquer surpresa, apenas assentiu.

– Dom Francisco também tinha vários negócios no sul, mais especificamente com a colônia de imigrantes alemães da Patagônia. Mas tenho certeza de que o senhor também sabe disso.

– Ainda não entendo...

Quintana mostrou-lhe a mão espalmada, indicando que aguardasse.

– Deixe-me terminar a história, sr. Skorzeny. Acontece que fui o policial encarregado da primeira fase das investigações acerca da morte de Dom Francisco. Quando enfim encontraram o culpado, o empregado da casa da família Perdomo em Bariloche, foi dada a ordem para encerrar o caso. A polícia tinha o assassino, e a memória de Dom Francisco estava vingada.

– Sempre achei a polícia portenha eficiente, inspetor. Dou meus parabéns – disse Skorzeny, com uma leve mesura.

– Acontece, sr. Skorzeny, que nunca me convenci de que o pobre coitado que botaram atrás das grades era o responsável pelo assassinato de Dom Francisco – falou Quintana, dando o último trago no cigarro. – E isso tem me consumido ano após ano, como pode imaginar. Na verdade, sou um policial bastante *persistente*.

Otto Skorzeny fitou o inspetor com curiosidade.

– Interessante – disse. – Diga-me sua versão, inspetor.

– Bem – "Caballo" Quintana inclinou o corpo para a frente, apoiando os cotovelos nos joelhos –, estou me baseando em dois fatores importantes. O primeiro deles é a minha intuição. Dom Francisco era um homem poderoso, cercado de pessoas influentes e bastante assediado, como o senhor deve muito bem saber. Seu casamento com Dona Agostina Perdomo não ia bem, e apesar de a vida conjugal deles não ser da minha conta, relatos colhidos na época atestam que a relação entre eles era tensa. Em segundo lugar, há o que considero mais intrigante: a autópsia de Dom Francisco indica que os ferimentos que o levaram à morte foram feitos com um objeto perfurocortante, isto é, uma faca, como o senhor deve saber também. No entanto, a profundidade das feridas é o que torna tudo mais interessante. Segundo o laudo, os ferimentos eram de pouca profundidade, o que indica que o assassino, apesar da raiva evidente, não era do tipo forte. Sendo mais claro, sr. Skorzeny, há uma grande possibilidade de que o assassino fosse uma mulher, e não um homem viril como Rufino Ibañez, o caseiro, sobre quem recaiu a condenação.

Otto Skorzeny meneou a cabeça.

– Dedução interessante.

– Muito obrigado. – "Caballo" Quintana acendeu outro cigarro e foi acometido por um acesso de tosse logo na primeira tragada.

– Seus pulmões precisam de cuidados médicos, inspetor – disse Skorzeny, recostando-se na rede.

Quintana ignorou o comentário e prosseguiu:

– Por muito tempo, acreditei que Dona Agostina Perdomo havia assassinado o marido. Então, conduzi uma investigação por minha conta e risco, o que, confesso, me deu bastante dor de cabeça. Para meu chefe, o caso está encerrado e esquecido. Contudo, as coisas não são assim.

– E por que acha que o caseiro não é o assassino, inspetor? Devido ao laudo da perícia? – perguntou Otto Skorzeny.

– *Também* pelo laudo da perícia, sr. Skorzeny. Mas há outros motivos que me deixam intrigado e me impossibilitam de esquecer o caso.

– E quais são? – Skorzeny franziu o cenho e levou o cigarro à boca.

– Alguém depressa cuidou de proteger a família de Rufino Ibañez. A esposa e os filhos do caseiro simplesmente sumiram do mapa. Além disso, Ibañez era uma bomba-relógio prestes a causar estragos na reputação de gente perigosa e não podia ficar vivo, ainda que estivesse preso.

– Não entendi...

– Rufino Ibañez foi assassinado na Penitenciária Nacional, sr. Skorzeny. Supostamente, ele já havia tentado suicídio, mas foi salvo. Todavia, não teve tanta sorte desta vez.

Otto Skorzeny silenciou.

– Devo algo àquele homem, sr. Skorzeny. A polícia argentina deve. Tenho plena certeza de que um inocente morreu na prisão, enquanto o verdadeiro culpado está solto.

– Entendo, inspetor. E onde exatamente me encaixo nesta história? Como você, não tenho a compleição de uma dama, tampouco teria motivos para matar Dom Francisco Perdomo.

– Estou certo de que o senhor não o matou. Mas sabe quem foi – disse "Caballo" Quintana. – Como expliquei logo no início, seu nome apareceu nas investigações, sr. Skorzeny. E pedi ao meu colega, detetive Herrera, que fizesse algumas verificações. Não foi difícil descobrir, com a Aerolíneas Argentinas, que o senhor voou para Bariloche um dia após Dom Francisco ter sido morto. Também me lembrei de uma foto, que consta no arquivo do caso, em que o senhor aparece ao lado de Dom Francisco e do presidente Perón.

– Isso é natural, inspetor. Eu chefiava a segurança de Dona Evita – respondeu Otto Skorzeny, com indiferença.

– Sim, pensei nisso. Mas quando o nome *Cicatriz* me foi passado por um informante, eu liguei os pontos. O senhor nunca escondeu de ninguém seu antigo apelido, sr. Skorzeny. *Scarface*.

– Um homem deve ter orgulho de suas cicatrizes, inspetor – disse Otto Skorzeny, tocando o lado esquerdo da face.

– Sua viagem a Bariloche um dia após a morte de Dom Francisco prova que há uma ligação entre o senhor e o assassinato, ainda que, como disse, o senhor não o tenha matado. Mas descobri que os Perdomo tinham muitos negócios com os alemães do sul do país, mais precisamente, refugiados nazistas que foram acolhidos por Perón e se instalaram na Patagônia. Assim como seu apelido, sr. Skorzeny, o senhor também nunca escondeu seu passado como membro da SS.

– Eu seguia ordens e fui inocentado por isso, inspetor – falou Skorzeny, mostrando-se incomodado pela primeira vez. – Fui julgado e paguei pelo meu passado. Recomecei minha vida, vim para este país e me tornei um homem de negócios. Honestamente, estou farto de ser tratado como um assassino. Por isso, estou de mudança para a Irlanda.

Ainda que acostumado a lidar com diversos tipos de criminosos, "Caballo" Quintana não pôde evitar a náusea diante de tamanha dissimulação. Otto Skorzeny fora, e ainda era, um homem perigoso. Um criminoso inteligente que havia escapado do Tribunal de Nuremberg e perambulava pelo mundo, orgulhoso de ter sido absolvido de seus crimes.

– Nazistas, um voo às pressas para Bariloche, negócios em comum – disse Quintana. – E, claro, o nome *Cicatriz* passado pelo meu informante. Não é difícil ligar os pontos, sr. Skorzeny. Porém, confesso que tenho plena certeza de que o senhor nada tem a ver com a morte de Dom Francisco. Talvez tenha sido um golpe de azar, como estar no lugar errado, na hora errada. Assim como eu não deveria estar aqui, fazendo-lhe estas perguntas.

Otto Skorzeny bebericou o chimarrão e deixou a cuia sobre a mesa circular de madeira talhada. Os ganchos da rede voltaram a gemer quando ele mexeu seu enorme corpo, descruzando as pernas e sentando-se com o tronco inclinado.

Postura defensiva, pensou Quintana.

– Mas, é inegável que a Caixa de Pandora começou a ser aberta, sr. Skorzeny. E, se a investigação for reaberta, é certo que o senhor terá coisas a explicar. Tanto o senhor como seus amigos alemães da Patagônia.

– Não tenho nada a...

– Ah, vamos lá, sr. Skorzeny! – Quintana riu, com o cigarro preso entre os lábios. – Há várias investigações em curso, agora que Perón não está mais no poder. Nem o presidente Frondizi, nem os militares darão guarida a você e aos seus amigos agora. Mas, com o perdão da expressão, sr. Skorzeny, estou *cagando* para seus problemas com o governo. Em breve, o senhor estará vivendo uma nova vida na Irlanda e eu começarei a sonhar com uma merecida aposentadoria. Deixemos o futuro para jovens como meu colega *Hoguera* aqui – Quintana disse apoiando a mão no joelho de Herrera – e vamos nos ajudar para que, tanto eu como o senhor, tenhamos um final feliz.

Otto Skorzeny tornou a passar os dedos pelo bigode e retorceu a boca.

– É claro que o senhor pode me chutar de sua propriedade e não dizer nada. Mas eu não descansarei enquanto não encontrar quem matou Dom Francisco Perdomo e Rufino Ibañez.

– Não sei nada sobre Ibañez – disse Skorzeny, quase num murmúrio.

– Mas sabe sobre Dom Francisco – Quintana lançou longe o cigarro.

Otto Skorzeny negou, balançando a cabeça.

– Não tenho nada a ver com o assassinato de Perdomo. Eu fui chamado para *ajudar*. Apenas para ajudar.

– Ajudar a fazer o quê, sr. Skorzeny? Ou a *quem*?

– Me pediram para ajudar a sumir com a mulher de Ibañez e os filhos. Não queriam mais sangue, nada do tipo. Eu só precisava cuidar para que eles ficassem fora do raio da polícia e da imprensa. E, depois, a família seria levada a um lugar seguro onde não pudesse dar com a língua nos dentes.

Quintana assentiu, indicando para Otto Skorzeny prosseguir.

– Fiz muitas coisas durante a guerra, inspetor. Participei de muitas operações sigilosas e nunca falhei. Eles sabiam que podiam contar comigo. Afinal, perto de um campo de batalha, cuidar da família de um caseiro era brincadeira de criança.

– Então, o senhor registrou a família Ibañez na Casa de Fomento ao Emprego Rural e, em seguida, eles foram empregados na Estância San Ramón às margens do Lago Nahuel Huapi e que, diga-se de passagem, é de propriedade de ex-nazistas – disse "Caballo" Quintana. – Seus colegas nazistas de fato têm um gosto excelente; a paisagem é maravilhosa.

– Como sabe sobre San Ramón? – perguntou Otto Skorzeny, claramente espantado.

– Pode-se dizer que *esbarrei* na história da San Ramón por um mero acaso, sr. Skorzeny. Meu objetivo não é caçar nazistas, mas sim pegar o assassino de Francisco Perdomo. Mas a imprensa mundial adoraria saber que um punhado de nazistas vive uma vida confortável numa fortaleza na Patagônia. Basta uma ligação, sr. Skorzeny, e a história toda virá à tona.

Otto Skorzeny, o *Scarface*, suspirou resignado.

– Sr. Skorzeny, por favor. O que preciso é apenas de um nome – disse Quintana, de modo incisivo. – Nunca estive tão próximo de solucionar esse caso. Então, me diga: quem o senhor foi ajudar em Bariloche?

Otto Skorzeny fixou o olhar num ponto qualquer.

– Meu nome não vai aparecer nisto tudo, correto? Eu estou limpo, inspetor. Só desejo deixar este país para trás e recomeçar a vida em County Kildare. Um lugar magnífico.

– Sem dúvida colocarei a Irlanda no roteiro de minhas próximas férias – disse "Caballo" Quintana. – E, quanto ao seu nome aparecer, sr. Skorzeny, fique tranquilo. Na verdade, eu e meu amigo ruivo nem deveríamos estar aqui. Tudo será *extraoficial*.

Otto Skorzeny assentiu.

– Certo. Temos um acordo, inspetor. Logo terei uma vida nova e não tenho por que levar isso comigo. – Otto Skorzeny inclinou o corpo, ajeitando-se na rede. – Estou sendo bem franco quando digo que não sei ao certo o que houve com Dom Francisco. Uma coisa que aprendi foi nunca perguntar o porquê das coisas, inspetor. Eu apenas cumpro ordens. Foi assim que sobrevivi à queda da Alemanha, a Dachau e Nuremberg. Especificamente no caso de Bariloche, fui contatado para viajar para a Patagônia com urgência e obedeci. Peguei o voo direto para o sul e encontrei meu contato. Então, fiz o que me ordenaram: negociei com Rufino Ibañez uma boa quantia mensal em libras esterlinas para sua família, que ficaria em segurança. Em troca, ele deveria assumir a culpa pela morte de Dom Francisco. Seu nome já havia sido citado nas investigações, pois Rufino e Dom Francisco haviam tido uma discussão acalorada antes do crime.

Eu tinha razão! Rufino Ibañez era inocente, pensou Quintana, sentindo a raiva crescer em seu peito. Um homem inocente havia sido morto e silenciado para esconder a verdade sobre um crime que não cometera. Por outro lado, ele, Quintana, sempre estivera certo. Dom Francisco não fora assassinado pelo seu caseiro.

– E quem contatou o senhor, sr. Skorzeny? – perguntou Quintana, sentindo-se um pouco atordoado.

– Um rapaz jovem chamado Jörgen – disse Otto Skorzeny, encarando "Caballo" Quintana com firmeza. – Não conhecia o garoto, mas sei de quem recebe ordens. O rapaz é um tipo de capataz da família Leipzig. Eles são os proprietários da Estância San Ramón.

Num gesto involuntário, Quintana bateu com a mão espalmada na testa.

Naquele instante, as informações da investigação sobre o assassinato de Dom Francisco Perdomo reavivaram em sua mente. Conhecia aquele sobrenome *Leipzig*, e lembrava, com perfeição, *de onde* – ele aparecia várias vezes nos contratos das empresas Perdomo de extração e exportação de madeira na região da Patagônia.

– Por que essa família Leipzig teria algum interesse em esconder a verdade sobre o assassinato de Dom Francisco, sr. Skorzeny? – perguntou Quintana.

– Não sei nada quanto a isso, inspetor. É verdade que tinham negócios juntos, mas isso não é ilegal.

– Mas matar é – disse Quintana. – Se queriam esconder a verdade, é porque também escondem a culpa, sr. Skorzeny.

– Pode ser. – Otto Skorzeny encolheu os ombros largos. – Mas, se eu fosse o senhor, não mexeria com os Leipzig. São gente poderosa; muito poderosa, inspetor. Do tipo que pode esmagá-lo como uma mosca com um simples gesto.

– Isso não me surpreende – afirmou Quintana, olhando na direção de Herrera. – Ainda assim, quero correr o risco.

– É por sua conta – disse Otto Skorzeny. – De fato, as famílias Perdomo e Leipzig tornaram-se bastante próximas. Comentava-se inclusive que a jovem Leipzig, Aurora, era uma das amantes de Dom Francisco. Uma jovem muito bonita, mas um tanto estranha.

– Aurora? – Quintana franziu o cenho. – Aurora Leipzig?

– Eu a vi poucas vezes. De todo modo, um homem como Francisco Perdomo pode *comer* a mulher que desejar. E, no caso dele, não eram poucas – disse Otto Skorzeny.

– Essa garota Aurora... Ela mora em San Ramón?

– Eles são os donos da estância, inspetor. Mas afirmo ao senhor: nunca conseguirá colocar um só dedo nela, ou em qualquer outra pessoa próxima à família.

40

— Bom que acabou entendendo que não tem escolha, dr. Lindner. Sente-se – disse Levy, acomodado em uma cadeira, com as pernas esticadas e os pés apoiados na cama.

Sebastián Lindner cruzou o olhar com o homem que lhe abrira a porta do quarto 210. Não era o mesmo sujeito da noite em que fora raptado; o homem naquele quarto era alto e macérrimo. Sua calvície contrastava com as sobrancelhas espessas. Sua expressão carrancuda e olhos inexpressivos lhe deram calafrios.

– Sente-se, doutor! – repetiu Levy, indicando uma das três cadeiras vagas do quarto.

Em tamanho, o cômodo era igual ao que ele ocupava; contudo, a decoração era minimalista, com apenas duas camas de solteiro e quatro cadeiras. O ambiente cheirava a cigarro e charuto.

Sobre a cama havia três armas – uma delas, aquela que Levy lhe entregara envolvida no tecido puído. Perto delas estava um cinzeiro abarrotado de cigarros apagados.

Sebastián pouco, ou nada, havia dormido. Pelo contrário, dedicara-se a transcrever as anotações da sessão com Albert Leipzig do modo mais meticuloso possível.

Como médico de mentes, por várias vezes tinha auxiliado pacientes a confrontarem a morte iminente, de modo que pudessem gozar os dias de vida restantes de forma mais serena. Todavia, sabia que, a partir do momento em que entrara no raio de ação daqueles caçadores e dos nazistas, seus dias estavam contados. Era uma matemática tão simples quanto tétrica; sua vida pela de seus entes queridos e de Agostina.

Nunca havia imaginado até que ponto estaria disposto a se sacrificar por aqueles a quem amava. Talvez a ideia de ter a oportunidade de uma redenção consciente até lhe fosse confortável. Afinal, não eram poucos os seus pecados. Violara leis éticas de sua profissão e, ao longo dos anos, possivelmente acobertara o crime cometido por Agostina. Ele a amava? Sim, mas a seu modo.

Sobretudo, torturava-lhe a ideia de que sua mãe, Ariel e a própria Agostina pagassem com a vida pelos seus erros.

– Pelo visto, o senhor não pregou os olhos. Isso é ruim para a saúde, dr. Lindner – disse Levy, cruzando os braços e observando Sebastián se acomodar na cadeira.

– Eu estou bem – Sebastián afirmou. – O que, afinal, vocês querem de mim?

Levy moveu a cabeça, admirando a disposição do psicólogo.

– O plano é bastante simples, mas os riscos são altos, dr. Lindner. Conforme lhe disse, Hitler e seus asseclas estão deixando Buenos Aires nesta noite. Segundo nossas informações, o trem para Bariloche partirá às dez e trinta e cinco da noite, da Estação Retiro. A partir de agora, o senhor não deixará este quarto, a não ser sob vigia minha e de Norbert, meu amigo ali. São medidas fundamentais para garantir a sua segurança, doutor. E, claro, a *nossa*.

Sebastián concordou, meneando a cabeça.

– Aqueles *nazis* são espertos e estão preparados. Se sabemos que estão na cidade, é certo que eles também sabem que estamos agindo. É um jogo intrigante de inteligência e contrainteligência. Por isso aproximar-se de Albert Leipzig, ou Adolf Hitler, será quase impossível, e somente o senhor conseguirá fazê-lo, dr. Lindner. É inegável que o senhor goza de certa confiança daquela gente; tem noção de quanto tempo faz que estamos caçando o paradeiro de Hitler aqui na Argentina? O filho da puta deixou sua toca justamente para se encontrar com o senhor. Um erro crasso, afirmo. De todo modo – Levy inclinou-se para pegar a pistola enrolada no pano e, em seguida, entregou-a a Sebastián –, espero que o tratamento tenha valido a pena.

Com as mãos trêmulas, Sebastián pegou a arma. Retirou o pano e segurou o cabo da Browning Hi-Power pela primeira vez.

– Eu devo perguntar mais uma vez – disse Sebastián, com os olhos fixos na arma. – Você tem mesmo certeza de que Albert Leipzig é Hitler? Não teme estar errado e matar um inocente?

Levy inclinou-se para trás, enquanto explodia em uma gargalhada histérica.

– Ora, dr. Lindner! O senhor realmente se afeiçoou àquele porco nazista!

O caçador retirou um maço de cigarros do bolso da calça, colocou um na boca e acendeu. Ofereceu a Sebastián, que recusou.

– Albert Leipzig é Adolf Hitler, que tem gozado de uma vida tranquila na Patagônia, fora do alcance das autoridades. Mas, supondo que o senhor esteja certo e que o bom velhinho que foi seu paciente não seja o *Führer*, mas apenas um sósia... – Levy encolheu os ombros. – Estamos *cagando* para isso, doutor! De todo modo, ele não passa de um assassino nazista, alguém que há muito tempo não deveria estar mais respirando.

Levy soltou a fumaça, que preencheu todo o quarto.

Sebastián ainda fitava a pistola em sua mão. Várias coisas lhe ocorriam; poderia simplesmente tentar se livrar de Levy e do outro sujeito, com a certeza de que não sairia vivo daquele quarto. Mas, se o fizesse, quais seriam as garantias de que Agostina e os outros estariam em segurança?

Ergueu os olhos na direção de Levy e perguntou:

– Caso eu aceite, você me garante que Agostina Perdomo e minha família ficarão em segurança?

Levy assentiu.

– Tem minha palavra. E, mesmo que algo aconteça a mim ou a Norbert, nossa organização já está ciente de que elas devem ser deixadas em paz. E não somente isso; nem mesmo os nazistas encostarão um só dedo nelas. É o mínimo que podemos fazer pelo serviço que está nos prestando, doutor.

Sebastián suspirou e segurou o cabo da Browning com força.

– O que tenho que fazer?

A dor enfim tinha dado uma trégua; era possível que fosse seu corpo respondendo à agonia, secretando endorfina o bastante para funcionar como um analgésico natural.

Arrumou a boina sobre a cabeça e fechou o sobretudo. O garçom da pequena cafeteria em que se acomodara se aproximou para oferecer mais uma xícara de chá, mas ele recusou. Seu foco não se afastava do imponente Plaza Hotel, onde seu alvo estava escondido.

Havia dias tinha perdido o rastro de Levy. Tampouco podia se mover com a liberdade de antes. Estava ferido e, certamente, com a cabeça a prêmio. Só lhe restava uma opção: esperar.

A missão de matar Hitler lhe fora tirada de modo sorrateiro e vil. Sim, cometera erros, mas não merecia aquilo. Tinha experiência e, até o evento com a secretária do psicólogo, sua conduta havia sido impecável. *Merecia* mais uma chance.

Sentiu uma pontada de dor na perna ferida. Cerrou os punhos e mordeu o lábio com força, até que sangrasse. Mais endorfina; tinha que aguentar sua provação até que, finalmente, estivesse frente a frente com seu alvo.

Limpou o sangue com as costas da mão.

Sasha.

Suportara coisas inimagináveis graças à memória de sua família, sobretudo, de sua pequena irmã. Naquele momento, tudo se aproximava do fim. Só restava um trabalho a ser concluído.

Conhecia a organização e conhecia Levy. Eles não deixariam o alvo sair de Buenos Aires; e, então, seria o momento de agir. Bastava seguir os passos de seus ex-colegas e esperar.

A dor voltou a se tornar insuportável. Cravou os dentes nas costas da mão esquerda; mordeu até sentir um pedaço de pele se desprender e o gosto ferroso do sangue invadir sua boca.

Endorfina; esperar.

– *On jest mój* – sussurrou. – Ele é meu. Hitler é *meu*!...

❦

Agostina Perdomo entrou no Plaza Hotel ignorando por completo o homem de sobretudo e boina que a observava. Trajava roupa notoriamente inapropriada para a entrada do verão portenho, porém, alheia a isso, estava absorta em outras preocupações.

Precisava falar com Aurora Leipzig para entender o que estava havendo. Nuvens de pensamentos ruins haviam tomado conta de sua mente após a noite anterior, quando se propusera a ajudar a jovem e exasperada alemã a localizar Sebastián.

Há algo errado. Muito errado.

Desde que seu chofer a deixara em frente ao hotel, até o instante em que se apresentara na recepção, solicitando falar com Aurora, ela só tinha uma coisa em mente: proteger Sebastián.

Aurora tinha que lhe contar a verdade; devia-lhe isso. Mais ainda: fosse o que fosse o que estivesse ocorrendo, ela tinha que se certificar de que Sebastián não corria perigo.

O fato de ele fechar o consultório e deixar a mãe a sós com a cuidadora indicava que alguma coisa estava fora de controle. Havia questionado Ariel sobre isso, que lhe jurara nada saber, ainda que fosse o melhor amigo de Sebastián. Também tinha retornado naquela manhã ao hotel e fora informada pelo mesmo homem com quem falara na noite anterior que o sr. Lindner havia deixado o local pouco depois das dez da manhã acompanhado de outros dois homens.

Quem seriam? Homens de Aurora?

Interpelara com veemência o sujeito que a atendera, perguntando-lhe sobre o recado que havia deixado. Ele afirmara ter entregado o bilhete ao sr. Lindner, que retornara de madrugada. Depois, só o tinha visto naquela manhã, acompanhado de outros dois sujeitos. Parecia estar sendo honesto.

Os dois homens também estão hospedados aqui. No mesmo andar que o sr. Lindner, por sinal. Talvez sejam conhecidos e tenham saído para tomar um café na rua, o homem lhe dissera.

Fechou os olhos e cerrou os punhos, enquanto esperava o recepcionista contatar Aurora.

Se algo acontecer a Sebastián, eu sou a responsável, pensou.

Se as pessoas ao redor de Aurora Leipzig tinham algo a ver com aquilo, ela precisava saber.

– Madame – o jovem recepcionista a chamou, visivelmente constrangido. – A senhorita Leipzig informou que não pode vê-la neste momento.

– Como é? – Agostina franziu o cenho.

Sua expressão acabou aumentando o constrangimento do jovem recepcionista, que precisou limpar a garganta algumas vezes antes de conseguir se explicar:

– Bom, madame, foi o que a srta. Leipzig me informou. Ela disse estar muito ocupada, e que, de modo algum, conseguiria atendê-la neste momento. Eu sinto muito mesmo, madame, mas eu...

– Tudo bem – Agostina bufou.

Afastou-se do balcão da recepção e cruzou o saguão do hotel em direção à saída. Ainda que seus olhos estivessem voltados para a rua, sua mente estava bem distante dali.

Polícia. Vou procurar a polícia.

Mas o que diria? Contaria tudo o que sabia sobre os Leipzig? E o que faria depois? Como poderia viver com tudo aquilo?

Não, não confiava na polícia. Não depois de tudo o que passara, sendo tratada como criminosa. Humilhada.

Aquele inspetor asqueroso.

Mal notou quando o chofer estacionou o carro junto ao meio-fio.

– Para onde vamos, senhorita? – ele perguntou assim que Agostina recostou-se no banco.

– Para casa – ela disse, fechando os olhos. Estava totalmente dominada por uma sensação horrenda.

O lugar, um apartamento minúsculo sobre uma loja de tecidos chamada Shalom, que pertencia a uma família de judeus, cheirava a mofo e umidade. Sebastián deduziu que estava fechado havia bastante tempo. As chuvas dos últimos dias provavelmente eram as responsáveis pela proliferação do bolor que começava a cobrir o papel de parede *démodé*.

A iluminação parca era garantida apenas por dois abajures deixados sobre o piso de tábuas, e as únicas opções para se sentar eram caixotes de madeira.

– Me perdoe pela acomodação espartana, doutor. Com certeza o hotel do senhor é mais confortável, mas não precisamos de luxo para essa ocasião, não é mesmo? – disse Levy, tentando demonstrar um relaxamento dissimulado.

Era óbvio que todos os três naquele cubículo estavam com os nervos à flor da pele. Quanto tempo os dois caçadores teriam esperado por aquele momento? E quanto a ele, que se tornara o peão a ser sacrificado em um jogo no qual nunca pedira para se envolver?

Levy tirou a jaqueta de couro, deixou a mochila de lona no chão e sentou-se em um dos caixotes. Pegou um litro de uísque barato, três maços de cigarro fechados e dois copos de vidro. Seis maçãs grandes e vermelhas rolaram pelo chão empoeirado; uma delas parou junto à ponta do sapato de Sebastián.

– Sinto muito, dr. Lindner, mas não tenho bourbon. Se quiser tomar uma dose, fique à vontade. Coma algo também. Deve estar tenso. Só cuide para não exagerar no uísque, está bem? – disse, estendendo a garrafa e um copo a Sebastián, que recusou.

Levy encolheu os ombros e serviu-se de uma pequena dose. Em seguida, já em pé, caminhou para um canto do pequeno apartamento e parou junto à parede. De leve, bateu o salto da bota no chão; em seguida, com mais força, repetiu o gesto. Até aquele instante, o outro sujeito, cujo nome supostamente era Norbert, permanecera em pé, junto à porta, sempre em alerta. Sebastián sabia que, sob o terno barato que usava, estava uma arma.

Norbert não tirava os olhos dele, o que ajudava a aumentar a tensão. Por fim, cedeu e serviu-se de um pouco de uísque.

Levy bateu pela terceira vez a bota no chão.

Na quarta vez, usou tamanha força que as tábuas, já em péssimo estado, se partiram. Com facilidade, ele se livrou dos pedaços de madeira, abrindo um pequeno buraco. Enfiou os braços na fenda, tirando de lá uma maleta preta.

Sebastián notou Levy ficar alguns segundos parado, olhando para a maleta à sua frente, sorrindo. Em seguida, abriu-a e retirou dela duas partes do que parecia ser um rifle de caça.

– Vou contar uma coisa ao senhor, dr. Lindner – disse Levy, enquanto montava o rifle tal qual uma criança que se vê diante de um brinquedo bastante aguardado. – Esta belezinha veio diretamente dos Urais soviéticos. Uma obra-prima, posso afirmar!

Ele unia as peças com facilidade, como se estivesse habituado – e muito bem treinado – para tal serviço.

– Vassili Grigoryevich Zaitsev – disse. – Reza a lenda que ele era um pacato pastor russo muito hábil em caçar ursos e acabou se tornando o melhor atirador do Exército Vermelho na guerra. Dizem que, sozinho, mandou para o inferno 243 *boches*, inclusive altos oficiais nazistas. Ele usava um igualzinho a este. É um presentinho de nosso *benfeitor*, um homem que odeia nazistas muito mais do que eu e meu amigo Norbert ali.

Levy suspendeu o rifle à altura dos olhos de Sebastián.

Tirou da maleta uma caixa de papelão amarelada e espalhou pelo piso cinco balas. Uma a uma, elas foram introduzidas no rifle por Levy, que ainda sorria.

Após concluir a ação, caminhou com o rifle em mãos até a única janela do cômodo. Afastou um pouco o tecido encardido, deixando entrar pela fresta um pouco de luz. Tirou do bolso da calça um maço de cigarros amassado e acendeu um.

– Venha até aqui, doutor – disse.

Sebastián obedeceu, espiando pela janela. Estavam a exato um quarteirão da Estação Retiro. A imponente construção abobadada surgiu diante de seus olhos, como o prelúdio de um pesadelo.

– Uma vista privilegiada, não é? – disse Levy. – É exatamente daqui, usando a mira de longo alcance, que estarei vigiando o senhor e Hitler quando se encontrarem na estação.

– Se pode atirar daqui, por que você mesmo não executa aquele homem? – perguntou Sebastián, encarando o rosto de Levy, em parte encoberto pela fumaça de cigarro e pela poeira que se desprendia da cortina.

– Pergunta interessante, mas amadora, doutor. – Levy tirou o cigarro da boca e bateu a cinza no chão. – Aqueles filhos da puta terão agentes na estação. Policiais muito bem pagos para serem informantes e, também, assassinos, quando necessário. Eu realmente poderia matar Hitler daqui com um único tiro, mas o que fazer com os demais? Ao acertá-lo, eu apenas iniciaria uma caçada que fecharia os quarteirões ao redor da estação. Agora, se o maldito for pego de surpresa por alguém em quem ele confia, a coisa muda. Haverá confusão; e eu terei tempo de abater um por um, doutor.

Sebastián sentiu um calafrio tomar conta de seu corpo quando Levy pronunciou a palavra *abater*.

– Vejamos. O rapaz que é o capataz do *Führer* e que o segue como um cão fiel; e aquela vadia albina, a mesma que contratou o senhor. – Levy voltou a colocar o cigarro entre os lábios. – Enquanto o senhor mata Hitler, eu cuido dos asseclas. Estarão com uma bala na testa antes de saberem o que houve.

– Acha que você e seu colega sairão ilesos após tantas mortes? – Sebastián perguntou, observando o perfil de Levy, que fitava a estação a distância.

– Não me preocupo de sair ileso, doutor. Ninguém vai a uma grande caçada sem conhecer muito bem os riscos. No começo nosso plano era outro, mas, como lhe disse, o agente a quem confiamos a missão *falhou*. – Levy engatilhou o rifle. – Cinco balas; é tudo o que tenho.

Suspirou, fazendo uma pausa.

– Sabe, eu me sinto um pouco como o camarada Zaitsev, dr. Lindner; estou saindo para uma bela caçada nos inóspitos Urais, a muralha de pedra que divide a Europa da Ásia. Só que, em vez de ursos pardos, nosso alvo é um monstro muito maior e mais perigoso. Pense nas vidas que aquele filho da puta tirou antes de meter uma bala na cabeça dele. Isso com certeza vai ajudá-lo.

Levy fechou a cortina, fazendo o ambiente voltar a mergulhar na penumbra.

Na escuridão, uma certeza cresceu no peito de Sebastián.

Assim que eu cumprir meu papel, estarei morto também.

41

Aurora contou o sexto cigarro longo daquela manhã. Sob o olhar cuidadoso de Jörgen, ela terminou de fumar e esmagou a bituca em um dos cinzeiros dispostos ao longo do corredor do andar.

– Aquela vaca já foi? – perguntou, sem olhar para o jovem.

– Frisei ao funcionário do hotel que *Fräulein* Aurora não desejava ser incomodada – respondeu Jörgen. – E como está *Herr* Leipzig?

Aurora preferiria não responder àquela pergunta. Contudo, sabia que a preocupação de Jörgen era genuína – o rapaz daria a vida por ela e por *Papa*.

– Não falou nada depois que o dr. Lindner saiu – disse. – Tratou-me com o desdém de sempre, Jörgen. Perguntei se desejava algo, se estava tudo bem. Ele continuou olhando para o vazio como um velho inválido! Depois, se deitou, virou-se para o lado e fechou os olhos.

Deu um longo suspiro; um suspiro de um animal ferido e acuado

– *Papa* não quer mais falar comigo. Isso está bem claro para mim.

– Mas aquele doutor não o curou?

Aurora encarou Jörgen como se estivesse diante de um garotinho inocente.

– Ele *falou* com o dr. Lindner, Jörgen – respondeu, entre dentes. – Abriu-se com ele. Parece que confia naquele doutor mais do que em mim, sua filha!

– Ele falou... *tudo?* – O jovem franziu o cenho.

– Eu simplesmente não sei – bufou Aurora.

Retirou da cigarrilha outro cigarro longo e acendeu.

– A senhorita não devia fumar tanto assim – disse Jörgen.

– Os preparativos para a ida até a estação estão concluídos? – perguntou Aurora, ignorando o comentário do rapaz.

Jörgen limpou a garganta, visivelmente incomodado por ter sido ignorado.

– Sim, tudo pronto, senhorita. Sairemos do hotel às dez. Dois agentes à paisana nos seguirão até a estação de trem e manterão vigia até que embarquemos no expresso para Bariloche às dez e trinta e cinco da noite. Tudo com a máxima discrição. O carro que alugamos será retirado da estação pela empresa responsável. Seremos apenas três alemães voltando para sua casa na Patagônia. Em Bariloche, nosso pessoal estará à espera e iremos diretamente para Villa La Angostura.

Aurora assentiu.

– E quanto ao doutor, senhorita? – perguntou Jörgen. – Ele sabe demais.

– Eu sei, Jörgen. Eu sei. – Aurora gesticulou, de modo que o jovem se calasse. Conferiu o relógio de pulso: uma e dez. – Quando estivermos em segurança, o dr. Sebastián Lindner não será mais problema. Nem ele, nem a puta da Agostina Perdomo. *Schmutziger Hure!*[1]

De modo discreto, Aurora sorriu.

Ela controlou o doutor com sexo. Terá seu fim ao lado dele.

Sebastián estava sentado no caixote, encarando as próprias mãos trêmulas. Mãos que, em algumas horas, tirariam a vida do homem que havia sido seu paciente – talvez, a pessoa que lhe trouxera o caso mais incrível que já tratara.

---

[1] "Prostituta imunda", em alemão.

A vontade de beber até perder os sentidos tornou-se incontrolável. Todavia, pela primeira vez, ele tinha motivos inquestionáveis para resistir ao vício, ainda que o efeito da abstinência fosse devastador em seu organismo. Se sucumbisse, pessoas importantes para ele morreriam.

Observou Levy dormindo em um canto escuro da sala.

O sono da fuga que antecede um feito de grande perigo ou uma grande angústia, pensou, como possibilidade para a aparente indiferença do rapaz.

Em outro canto, o homem magro e alto chamado Norbert entretinha-se descascando uma maçã com um canivete. Parecia absorto na tarefa de remover as cascas, mas Sebastián tinha plena certeza de que estava pronto para matá-lo, caso tentasse qualquer coisa estúpida.

Não terminaria aquela noite vivo. Entretanto, não era isso que o angustiava. A ideia de matar outro ser humano era aterrorizante o bastante para fazê-lo esquecer de seu próprio destino.

Tão logo o chofer apontou o carro em frente ao grande portão da mansão, Agostina reconheceu a figura sentada no meio-fio, perto de um carro preto velho que, sem dúvida, já tinha visto dias melhores. Em pé, ao lado do veículo, outro homem, mais jovem e ruivo, exibia uma fisionomia entediada.

– O que esse policial nojento está fazendo sentado na calçada em frente à minha casa como um indigente? – perguntou a si mesma, cerrando os dentes com força.

Notando a perturbação, o chofer virou-se para o banco de trás e ofereceu ajuda.

– Quer que eu desça e chame os seguranças, senhora?

Agostina ainda pensava na resposta quando viu César "Caballo" Quintana caminhar na direção de seu carro. O jeito displicente de andar do inspetor e o cigarro amassado preso aos lábios lhe deram asco.

Tarde demais, pensou ela, no exato instante em que Quintana bateu com o nó dos dedos no vidro fechado.

– Entre com o carro – ordenou ao chofer.

Um jovem empregado puxou o portão, que deslizou até abrir espaço suficiente para o veículo passar. Outro empregado, mais alto e corpulento, aproximou-se da grade, encarando o inspetor.

– O senhor não pode ficar aqui – disse o homem, indiferente à identificação da Polícia Metropolitana que "Caballo" Quintana mantinha suspensa à altura de seus olhos.

– Sou policial. Preciso falar com sua patroa.

– A patroa não autorizou sua entrada. Portanto, não falará com ela.

Quintana observou o comportamento reativo do homem grandalhão, questionando-se onde pessoas como os Perdomo arrumavam gente daquele naipe – homens capazes de tudo, inclusive, de realizar o serviço sujo pelos seus patrões.

Gente como Scarface Otto Skorzeny *e este gorila de paletó*, pensou.

– Sou da polícia, contudo, não gostaria de falar com a sra. Perdomo como *policial*, mas sim como *amigo*. É importante e, também, é do interesse dela. Por favor, diga isso a ela, está bem?

– O senhor já disse isso na primeira vez, logo que chegou – o homem falou.

– Sim, eu sei. Me disseram que ela não estava e, então, eu e meu colega *Hoguera* ficamos sentados ali, na calçada, esperando. – Quintana livrou-se do cigarro, lançando-o para longe. – Agora que ela está de volta, poderia, por favor, dizer que preciso falar com ela?

– Já disse: ela não quer receber o senhor.

– Mas você não perguntou a ela, perguntou? – Quintana guardou a identificação no bolso de trás da calça, enquanto esperava por uma resposta.

Visivelmente irritado, o grandalhão respirou fundo.

– Um momento – disse, cruzando o jardim defronte à mansão e indo em direção à entrada.

"Caballo" Quintana se afastou da grade e caminhou para o carro.

– Ela vai nos receber, inspetor? – perguntou Herrera, erguendo o cenho.

– Espero que sim, *Hoguera*. Espero que sim – disse Quintana, acendendo outro cigarro.

Em poucos minutos, o homem corpulento estava de volta. Não fez qualquer menção de deixar Quintana entrar – pelo contrário, tinha o semblante mais confiante do que antes.

– A sra. Perdomo disse que não tem nada a dizer para o senhor. E se precisar mesmo falar com ela, que converse com seu advogado e convoque-a para depor formalmente.

Quintana pisou com força o cigarro e praguejou.

– Merda! Mulher teimosa!

– O que disse, senhor? – perguntou o grandalhão, aproximando-se da grade, como se estivesse pronto para estender os braços e pegar Quintana pelo colarinho da camisa.

O inspetor passou a mão pelos cabelos e, por fim, encarou o segurança dizendo:

– Bom, eu tentei resolver tudo de modo amigável... – suspirou. – Pois bem. Então, dê um recado à sua patroa. Eu sei quem matou Dom Francisco. Ou, pelo menos, sei que não foi ela. Mas preciso da ajuda dela para encerrar o caso de uma vez por todas.

A fala pegou o grandalhão de surpresa.

– Entendeu? Consegue repetir o que eu disse, meu caro? – insistiu Quintana. – Eu estou prestes a pôr as mãos em quem matou Dom Francisco. Mas preciso da ajuda de sua patroa para isso. Estarei esperando na central, caso ela mude de ideia.

Quintana abriu a porta do carro e, antes de entrar, repetiu, em um tom mais alto:

– Ela sabe como me localizar. Somos velhos *amigos*.

42

A vastidão do gelo fazia com que o horizonte se tornasse quase imperceptível. Em meio àquele cenário, como se estivesse posicionado simetricamente para posar para uma pintura, o corpo de Albert Leipzig estava estirado no chão, sua blusa escura contrastando com a neve branca. Seus olhos arregalados apontavam para o céu límpido; não havia mais vida neles, somente um aspecto leitoso típico da morte.

Sebastián sentia os pés afundarem na neve alta; não recordava de nevar com tamanha intensidade nas extremas terras do sul. Apesar de tudo, ele não sentia frio. Toda a sua atenção estava focada no corpo do sr. Leipzig, em chegar até ele e ajudá-lo de algum modo, apesar de a morte ter visivelmente se instalado no velho nazista.

Conforme a distância entre ele e Albert Leipzig diminuía, Sebastián era consumido pelo cansaço. Suas mãos tremiam; não apenas elas, mas todo o seu corpo. Era um tremor diferente da abstinência a que estava habituado; os espasmos tinham outro significado: medo.

Quando enfim conseguiu chegar até o corpo estendido no chão, ajoelhou-se, deixando-se tombar na neve. Com cuidado, passou os braços por Albert Leipzig, suspendendo o velho alemão alguns centímetros.

Imediatamente, a sensação pegajosa do sangue fresco se fez sentir em suas mãos. Sangue fresco, que cobria a parte de trás da cabeça do sr. Leipzig.

Sebá.

Sebastián ergueu os olhos na direção da voz que o chamava. Encontrou Agostina em pé, ao lado do corpo sem vida de Albert Leipzig, assistindo à cena de modo indiferente. Ela segurava uma pequena faca, pela qual escorria um fio de sangue escuro. Os pingos tingiam de vermelho a neve pura.

Por quê? Por que fez isso, Agostina?

Nenhum som saíra de sua boca. Era um pensamento que gritava em sua mente, alto o bastante para que fosse ouvido por Agostina.

– Não fui eu. Não fui eu, Sebá – ela respondeu, apontando para a arma que Sebastián segurava na mão direita. Até aquele instante, ele não tinha notado a pistola em sua mão; o cano quente indicava que ela tinha sido disparada havia pouco tempo.

Não! Não fui eu!

Todo o seu corpo tremeu em desespero. Impossibilitado de se levantar, com os joelhos imersos na neve, tombou o corpo sobre o cadáver de Albert Leipzig. O cheiro da morte, que parecia ter se apropriado da roupa do seu paciente, penetrou em suas narinas.

Não sou um assassino. Sou um psicólogo; um médico da mente.

– Meus parabéns, *Doktor* Lindner – disse uma voz às suas costas.

Sebastián virou-se, aterrorizado. Atrás dele, Adolf Hitler, vestindo o uniforme de gala nazista, sorria. Seus pés, cobertos por botas de canos longos, pareciam estar levitando alguns milímetros do chão.

Você?

– Você matou Albert Leipzig para que eu pudesse viver, *Herr Doktor*. Devo lhe agradecer por isso.

O *Führer* balançou a cabeça algumas vezes e voltou a falar, em tom reconfortante:

– Não se sinta culpado, *Herr Doktor*. Este homem estava morto havia muitos anos. Ele escolheu morrer no momento em que abriu mão de sua vida para viver a minha.

Mas Sebastián não queria ouvir.

Está errado! Matar é errado! Não sou um assassino.

– Todos temos as mãos sujas de sangue, *Herr Doktor*. Acha mesmo que fui o único responsável pelas mortes de que me acusam? Ora, pense bem! O senhor é um homem esclarecido.

Monstro.

– Nenhuma vida teria sido tirada se não houvesse pessoas dispostas a sujar as mãos, *Herr Doktor*. Eu só existo porque pessoas como Albert Leipzig existem. Elas me criaram. E, por isso, nunca morrerei.

Não!

Segurando com firmeza o cabo da arma, Sebastián apontou o cano para sua cabeça.

Eu não quero; eu me nego!

– Sebá, o que vai fazer? – perguntou Agostina.

Ele não respondeu. Puxando o gatilho, todo aquele pesadelo acabaria.

E acabou.

Sebastián acordou, ofegante. Ainda estava no pequeno imóvel sobre a tapeçaria; não conseguira escapar de seu destino.

– Dormiu bem, doutor? – Levy perguntou.

Sebastián notou que o rapaz o observara o tempo todo, enquanto dormia. Sentado em um dos caixotes, fumava e sorria para ele, como se tudo aquilo fosse divertido.

– Quanto tempo dormi? – Sebastián perguntou, esforçando-se para se levantar do chão.

– Quase duas horas. – Levy conferiu o relógio de pulso. – São cinco e vinte.

Ele suspirou.

– A hora está chegando – disse Levy, colocando o cigarro entre os lábios. Depois, tudo voltou a ficar em silêncio.

O advogado Angelo Brindisi virou, num só gole, o vinho tinto de sua taça. Apesar de ainda estar em horário de expediente, julgou que a bebida o acalmaria. Em seguida, olhou para Agostina Perdomo, sentada na poltrona de couro do outro lado do escritório que pertencera a Dom Francisco.

– A senhora deseja mesmo fazer isso, sra. Agostina?

Agostina assentiu. Tinha tomado a decisão depois de refletir muito. Desde que o segurança lhe transmitira o recado deixado pelo inspetor Quintana, sua mente mergulhara em um turbilhão. Imediatamente, ordenara que uma criada fosse até o hotel em que Sebastián estava hospedado para verificar seu paradeiro; a moça retornara com a mesma notícia: ele não havia colocado os pés no quarto desde que deixara o hotel pela manhã, acompanhado por dois homens.

Não havia outra saída. Aurora planejava algo e o tempo estava acabando.

– Ouviu tudo o que lhe contei, dr. Brindisi? – ela perguntou.

– Bem, sim. – O advogado limpou a garganta. – E compreendo que se trata de uma situação bastante delicada, madame. Estamos falando de um caso de assassinato. Algo que já está devidamente encerrado pela polícia. O que a senhora me contou...

Angelo Brindisi fitou o vazio. Depois, continuou:

– O que a senhora me contou não trará Dom Francisco de volta.

– Não é com Francisco que me preocupo, Brindisi – respondeu Agostina. – De certo modo, meu marido teve o que mereceu. Ele nunca foi um bom homem, e você sabe muito bem a que me refiro, doutor.

Discretamente, Brindisi assentiu. Trabalhava para a família Perdomo havia muitos anos e se habituara ao estilo de vida que todos naquele casarão levavam. Muito dinheiro sempre era acompanhado de muita sujeira, ele sabia. Era assim em todo o mundo; parte incondicional da natureza humana. Pensar dessa maneira o reconfortava de algum modo, tornava seu sono mais tranquilo. Além disso, recebia um bom montante, o bastante para educar suas duas filhas em Londres e garantir uma vida confortável à esposa.

– E Dom Manuel? Sabe de sua decisão?

– Meu cunhado tem outros assuntos com que se preocupar – disse Agostina. – É inegável que a morte de Francisco o beneficiou; hoje, ele está sentado no topo do império dos Perdomo. Além do mais – Agostina suspirou antes de prosseguir –, ele não tem nenhum envolvimento nisso tudo.

Brindisi passou as mãos pelos cabelos grisalhos e finos.

– Vai mesmo contar à polícia o que me relatou, sra. Agostina? Preciso lembrá-la das consequências que isso pode acarretar? Quero dizer, é inevitável que a senhora seja prejudicada. E, quando digo isso, não me refiro apenas à possibilidade de ser afastada de uma vez por todas da família Perdomo. Eu me refiro a sanções legais, madame. Um processo e, no pior dos cenários, uma *pena*.

Agostina fechou os olhos. Sim, conhecia perfeitamente os riscos. Também reconhecia que o inspetor persistente e incômodo havia vencido.

– Sei dos riscos, Brindisi. Fui casada com Francisco, e, sem dúvida, isso foi uma grande estupidez. Mas, não *sou* estúpida. São duas coisas diferentes.

Agostina levantou-se, puxando as pontas do terninho de *tweed*.

– Sendo franca, não me preocupo com o que a família falará. De todo modo, ainda tenho o sobrenome Perdomo e sou a viúva do falecido primogênito. Tenho meus direitos e lutarei por eles, ainda que pensar nisso não seja minha prioridade no momento.

Resignado, Brindisi também se levantou. Arrumou o nó da gravata e encarou Agostina com firmeza. Um fio de suor lhe escorria na têmpora direita.

– Se é assim, sra. Agostina, informo que tudo o que posso fazer é acompanhá-la para assegurar que seja tratada dentro da lei. Contudo, não me responsabilizo pelo que poderá ocorrer após a senhora relatar tudo àquele inspetor.

Agostina meneou a cabeça. Estava pronta.

– Estamos de acordo, Brindisi. Vou pedir o carro.

"Caballo" Quintana praguejou o café frio e largou o copo na pia da copa da Central de Polícia Metropolitana.

Acendeu o último cigarro do maço e depois se livrou da embalagem, lançando-a no cesto de lixo.

Assim que pisara no prédio, fora chamado para a sala do comissário. Àquela altura, sua presença em Villa La Angostura já havia chegado aos ouvidos de seus superiores. Sobretudo, incomodara muito o fato de ele ter feito perguntas sobre Francisco Perdomo e seus negócios com imigrantes alemães do sul, bem como ter estado presente na cena de um crime.

– Um homem morto em Puerto Manzano é um problema da polícia local, não seu. O que diabos estava fazendo lá, Quintana? – esbravejou o comissário. – Além disso, esse ferimento no pescoço significa o quê? Em que merda você se meteu?

Quintana tocou a marca vermelha no pescoço; pouco mais de vinte e quatro horas antes, quase havia morrido enforcado. Mas isso não importava. Incomodava-lhe o fato de estar sendo advertido, mesmo tendo certeza de que estava no rumo certo em suas investigações. Desconfiava que o próprio Gamboa fora o alcaguete. Tragou com vontade o último cigarro que restava, enquanto observava a ponta arder em brasa.

– Inspetor? – Herrera apareceu na porta da copa de modo esbaforido.

– O que foi agora, *Hoguera*. O comissário quer mais um pedaço do meu fígado? – Quintana deu de ombros. – Pelo menos ele não escolheu os pulmões; estes já estão uma merda.

O jovem policial ignorou as brincadeiras e encarou o inspetor com seriedade.

– O que foi, *Hoguera*? Desembuche! – Quintana arqueou o cenho.

– A senhora Perdomo está aqui – disse Herrera.

– Deve ter vindo prestar queixa em relação ao que fizemos hoje. Honestamente, garoto, estou *cagando* para isso. Acho que chegou mesmo a hora de me aposentar. – Quintana abriu a torneira e apagou o cigarro. Em seguida, jogou a bituca molhada no cesto de lixo.

— Não, inspetor! Não é isso. Ela veio para falar com o senhor – prosseguiu Herrera, em um tom de voz quase confidencial. – Acho que conseguimos!

"Caballo" Quintana abriu a boca para dizer algo, mas deteve-se.

— Ela está acompanhada do advogado e disse que quer conversar com o senhor.

— *Puta madre*! – Quintana murmurou, enquanto segurava o colega ruivo pelos ombros. – Leve a sra. Perdomo para uma das salas de interrogatório. Seja discreto, *Hoguera*. Não queremos toda a Central bisbilhotando! Eu vou em seguida.

— Certo, inspetor – Herrera assentiu.

— E peça para algum novato me comprar dois maços de cigarros – disse Quintana, segurando o rosto do jovem policial. – Será uma conversa bem interessante e preciso estar estimulado. Você percebe, não é, *Hoguera*? Hoje é o grande dia! O dia em que finalmente encerraremos o caso de Francisco Perdomo!

Herrera meneou a cabeça enquanto tirava de si as mãos de Quintana.

— Compreendo, inspetor. Compreendo!

Dez minutos depois, o inspetor César "Caballo" Quintana estava sentado atrás da pequena mesa quadrada de uma das salas de interrogatório da Central. Do outro lado, à sua frente, Agostina Perdomo o encarava, visivelmente incomodada. Em pé, atrás de sua cliente, o advogado Angelo Brindisi exibia um semblante abatido e consternado.

— É um prazer recebê-la aqui, sra. Perdomo – disse Quintana, abrindo um maço novo e colocando um cigarro entre os lábios. – Fico feliz que tenha decidido cooperar.

Assim que deu a primeira tragada, o inspetor explodiu em um acesso de tosse.

— Precisa cuidar dessa tosse, inspetor – disse Agostina. – Seu pulmão deve estar bem ruim. E esse pescoço também não me parece bom – falou, apontando para a marca no pescoço de "Caballo" Quintana.

— Tenho ouvido muito isso nos últimos tempos. – Quintana limpou a boca com um lenço, o qual dobrou e tornou a guardar no bolso da camisa. – Mas não se preocupe, sra. Perdomo, terei tempo para me cuidar depois que encerrar o caso da morte do seu marido.

Agostina Perdomo suspirou, de modo que seus ombros se elevaram.

– Acha mesmo que o que tenho a dizer encerrará o caso, inspetor?

– Sim. Acho que sim – respondeu Quintana, recostando-se na cadeira.

– Então, o senhor deve ter tido uma iluminação realmente grande sobre o ocorrido, não é? Afinal, foram anos me acusando de ter matado Francisco.

– Eu posso ter estado errado, senhora. – Quintana prendeu o cigarro entre os dedos. – Mas é fato que a senhora escondeu o que sabe, o que, por si só, representa séria obstrução da Justiça. É possível, dependendo das *circunstâncias*, uma acusação de cumplicidade.

– Eu não tive nada a ver com a morte de Francisco – Agostina disse, de modo enfático. – E estou ciente das possíveis consequências, inspetor.

Agostina encarou o policial do outro lado da mesa. Seus olhos miúdos, como duas bolinhas negras incrustadas naquela face deformada, estavam grudados nela, como um predador pronto para dar o bote fatal.

– Todavia, eu desejo um acordo.

"Caballo" Quintana franziu o cenho.

– Que tipo de *acordo*, madame?

Agostina baixou o olhar. Nada naquela mulher lembrava a altivez a com que Quintana se acostumara nas vezes em que a interrogara. A mulher sentada à sua frente tinha um peso enorme sobre os ombros e, de fato, estava disposta a dizer a verdade.

Quando por fim começou a falar, o inspetor já sentia uma ponta de pena e, por que não, simpatia pela esposa de Francisco Perdomo.

– Sebastián Lindner, meu psicólogo. Ele está desaparecido e tenho certeza de que corre perigo.

– O dr. Lindner? – Quintana encarou Agostina, surpreso. – Qual é o envolvimento dele neste caso?

– Nenhum! Sebastián não tem qualquer envolvimento com o *caso*, inspetor – afirmou Agostina.

– Mas o acordo a que se refere tem a ver com ele, não tem?

– Sim. – Agostina fez uma pausa antes de continuar. – Direi tudo o que sei, mesmo sabendo das consequências. Contudo, quero que o senhor encontre Sebastián.

– Madame...

– Este é o acordo – interrompeu Agostina. – Se quer saber sobre a morte de Francisco, tem que prometer que vai procurá-lo. Tenho certeza de que ele corre risco de morte, e também sei quem está por trás disso. Na verdade – Quintana notou os olhos da mulher marejarem –, eu tenho parte de culpa nisto.

Quintana assentiu.

Brindisi fez menção de dizer algo, mas Agostina Perdomo o impediu.

– Não me interrompa, Brindisi! – falou, em tom austero. – Você já disse tudo o que tinha a dizer, e está aqui apenas para acompanhamento legal. Não quero a sua opinião.

Tal qual um cachorrinho adestrado, o advogado recuou e baixou a cabeça.

– Temos um acordo, inspetor? Sim ou não? – prosseguiu Agostina, agora olhando diretamente para Quintana.

– Está certo. *Temos* um acordo, madame. – Ele apagou o cigarro no cinzeiro. – E, então, o que tem a me contar?

43

Aurora Leipzig dobrou a última camisa de seu pai e colocou-a na mala. Viajar sem os criados a que estava habituada em San Ramón fora uma das melhores maneiras de não chamar a atenção, todavia, também exigia que ela realizasse trabalhos que, em outra ocasião, seriam incumbidos à criadagem.

Olhou mais uma vez para a camisa branca com finas listras marrons, meticulosamente dobrada e posicionada no topo das outras peças de roupa. Em seguida, fechou a mala de couro e puxou o zíper.

Se as circunstâncias fossem outras, não se sentiria contrariada ao arrumar a mala de *Papa*. Pelo contrário, mesmo que o serviço pesado fosse feito pelos criados, ela sempre tinha estado atrás de tudo, analisando cada passo com olhar minucioso.

No entanto, sentia-se exaurida. A figura que, naquele momento, estava sentada na cama ao lado, com os ombros caídos e olhando para o vazio, não era seu *Papa*. Era apenas uma *casca*; um receptáculo para uma alma fraca, que tomara o lugar do líder cujo vigor era necessário para manter viva a chama do sonho que nutria todos em San Ramón, bem como os demais alemães e seus filhos espalhados não só por aquele país, como em todo o mundo.

Observou uma vez mais a imagem esquálida de Albert Leipzig, sentado em sua cama. Ele ainda segurava a arma que havia roubado de Jörgen – não a tinha largado desde que conseguira tirá-la do jovem.

Por várias vezes, ela sentiu arrepios ao imaginar o que *Papa* poderia fazer com aquela Browning Hi-Power semiautomática. Era indiscutível que ele havia perdido totalmente a sanidade. A esperança que nutria de que o psicólogo argentino curasse seu pai se esvaíra. E, naquele momento, tinham de fugir às pressas dos caçadores, que haviam chegado a Buenos Aires.

Humilhante.

– *Papa* – chamou, sem obter resposta. Nem um movimento sequer. – Sua mala está pronta.

Pensou ter notado a mão de Albert Leipzig se mexer levemente, com o dedo indicador se aproximando do gatilho.

Não, foi só impressão, deduziu.

Contornou a cama e ajoelhou-se diante do pai. Hesitante, pousou a mão sobre o joelho dele. Seus dedos estavam a poucos milímetros da Browning Hi-Power que o velho segurava.

Ele seria capaz de fazer algo contra mim? Ou estaria louco o bastante para estourar os miolos?

Não. Se *Papa* quisesse atentar contra a vida dela, já o teria feito.

– *Papa*, terminei de arrumar sua mala.

Sua voz tinha um tom carinhoso; mas, àquela altura, o carinho real dera lugar à dissimulação. Em seu peito, onde antes havia amor por aquele homem que a resgatara do casarão em Rheinau, restava apenas um vazio. Um vazio doloroso e perigoso.

Ela já havia sentido esse vazio antes.

Fechou os olhos; não queria se lembrar.

– Logo vamos partir e voltar para casa – ela seguiu dizendo ao pai. – Aqui se tornou perigoso. Os caçadores nos encontraram. O senhor consegue compreender?

Novamente, nenhuma reação.

– Quando chegarmos a San Ramón, voltaremos a conversar sobre nossa partida para Encarnación, *Papa*. Falei com nossos amigos e eles julgam ser o mais prudente no momento. A Argentina não é mais um lugar seguro, ainda que tenhamos alguns amigos no governo. Por outro lado, Stroessner tem se mostrado bastante amigável à nossa causa. Inclusive, tem facilitado a compra de terras no interior para nossos compatriotas. Ele também tem sangue germânico.

Aurora observava o movimento das pupilas de seu pai, que tremulavam discretamente.

– Sei que o senhor não gosta de falar sobre isso – prosseguiu. – Mas o senhor tem que compreender que é o melhor agora. O mais *seguro*.

Batidas na porta. Aurora praguejou o momento em que Jörgen apareceu no quarto para informar que tudo estava pronto para partirem.

– São sete e meia, *Fräulein* – disse. – Em meia hora, os dois agentes encarregados de vigiar o hotel e de garantir a segurança de *Herr* Leipzig chegarão ao saguão para partirmos para a estação.

Aurora assentiu.

Prestativo e inoportuno, pensou.

– A senhorita precisa de alguma ajuda?

– A não ser que você descubra a mágica para fazer *Papa* voltar ao normal, Jörgen – Aurora disse, caminhando até a porta –, não há nada que alguém como você possa fazer para me ajudar.

– O sr. Lindner saiu por volta das dez da manhã com dois homens. Pelo sotaque, diria que são estrangeiros, mas falam muito bem o espanhol, sobretudo o mais jovem com cabelo preto e comprido – disse o recepcionista do hotel, visivelmente contrariado.

Por ser um negócio familiar, ele, a esposa e a filha se revezavam na recepção; como ele havia ficado de plantão a noite toda e parte da manhã, entregara o posto à filha e fora dormir. A mulher seria aquela que trabalharia no turno da noite, quando ele aproveitaria para escapulir para um carteado com os amigos; porém, aquele policial de cabelo vermelho como fogo estava insistindo em falar com ele.

– Eu já disse a mesma coisa para uma dona que veio procurar o sr. Lindner. Ele saiu com os dois sujeitos, que devem ser conhecidos dele. Afinal, estavam hospedados em quartos no mesmo corredor – continuou o homem sob o olhar de Javier Herrera.

– E o senhor não notou nada de estranho? – perguntou o detetive.

O homem deu de ombros

– Tirando o fato de que o sr. Lindner não retornou até agora, nada. De qualquer modo, as coisas dele ainda estão no quarto, então, ele terá que voltar. Mas os outros dois sujeitos estrangeiros encerraram a conta e levaram as malas. Carregavam pouca coisa, devo dizer.

Herrera tamborilou os dedos sobre o balcão da recepção.

– Preciso ver o quarto do sr. Lindner e dos dois outros sujeitos que estavam com ele.

– Posso mostrar o quarto dos hóspedes que já se foram, inspetor – disse o homem. – É o 210, segundo andar; dois lances de escada. Contudo, quanto ao quarto do sr. Lindner, eu não sei se devo. Ele ainda está sendo usado, e isso seria invasão da privacidade do hóspede. Somos um hotel pequeno e familiar, mas prezamos...

– Meu bom homem, como lhe disse, temos fortes motivos para acreditar que o sr. Lindner corre perigo – interrompeu Herrera, praguejando o fato de não ser tão persuasivo como o inspetor Quintana. – O senhor não é obrigado a me mostrar nada, afinal, não tenho qualquer autorização de busca em seu estabelecimento. No entanto, se algo acontecer àquele homem, conseguirá lidar com isso?

O sujeito fez um muxoxo.

– Então, se puder fazer a gentileza de me mostrar os dois quartos, prometo não tirar nada do lugar. Aqui está minha insígnia com meu registro na Polícia – continuou Herrera, colocando o distintivo sobre o balcão. – Se houver algo errado, o senhor pode me denunciar, sem dúvida. Minha única intenção é assegurar o bem-estar do sr. Lindner antes que algo realmente ruim aconteça.

O homem suspirou. Olhou para a esposa que, sentada ao seu lado, encolheu os ombros, esquivando-se de tomar qualquer decisão.

– Está bem – bufou. – Mas terei que acompanhar o senhor, detetive. Sabe como é? Para garantir que nada seja tirado do lugar. Temos este hotel há quinze anos, pago minhas contas com ele, e não quero que nada manche meu nome.

– Como quiser. – Herrera guardou a insígnia no bolso interno do paletó e seguiu o homem pelos dois lances de escada até o corredor mal iluminado. Grãos de poeira se soltavam do carpete bege que revestia o piso, indicando que o lugar não via uma boa faxina havia algum tempo.

Sentia-se bastante empolgado pelo fato de o inspetor Quintana ter confiado a ele a missão de verificar o quarto do dr. Sebastián Lindner enquanto cuidava dos trâmites legais resultantes do depoimento bombástico da sra. Agostina Perdomo. O comissário não havia gostado nem um pouco do fato de o inspetor ter conversado em segredo com a esposa de Dom Francisco; com certeza, ainda que estivesse com a razão, Quintana seria punido pela insubordinação. Entretanto, após ouvir a sra. Perdomo, não havia outra alternativa senão pedir que ela repetisse seu depoimento – porém, de modo formal – para registro nos autos do processo que se seguiria.

A ele, no entanto, interessava o fato de que seu superior sempre estivera certo; um inocente havia morrido na cadeia para que o real culpado ficasse impune. A questão era se conseguiriam colocar as mãos no verdadeiro assassino de Francisco Perdomo.

Curiosamente, pararam primeiro no quarto 210. O dono do hotel abriu a porta do cômodo vazio e tudo parecia em ordem.

– Deixaram tudo em perfeito estado – disse o homem. – O senhor não imagina o que alguns hóspedes são capazes de fazer. Verdadeiros filhos da puta dos infernos.

Herrera assentiu.

Em seguida, foram para o quarto de Sebastián. Diante da porta, o dono do hotel parecia hesitar em enfiar a chave no buraco da fechadura.

– Siga em frente – disse Herrera. – Eu me responsabilizo.

Ainda hesitante, o sujeito abriu a porta. Ao contrário do outro quarto, o lugar estava caótico. Havia um paletó amarrotado sobre a cama de lençóis engruvinhados e uma garrafa vazia de bourbon estava jogada no chão, próximo à parede. O cinzeiro abarrotado, também colocado sobre a cama, era a explicação perfeita de por que o quarto cheirava a tabaco curtido.

– Como disse, ele não poderá ir embora sem voltar e pegar suas coisas – disse o dono, observando as três peças de roupa penduradas em cabides suspensos no minúsculo guarda-roupas de madeira. – Deixou tudo aqui.

Herrera observou a pequena escrivaninha. Havia uma pilha de papéis amontoados – a única coisa que parecia em ordem ali. Na primeira página, escrita em uma caligrafia rebuscada, lia-se:

"Se algo me acontecer, estas anotações pertencem à sra. Agostina Perdomo."

O detetive ergueu a folha e passou os olhos pelas páginas seguintes. Pelo que notou, o conteúdo parecia serem anotações sobre um paciente chamado Albert Leipzig.

Leipzig.

De repente, tudo fez sentido para Herrera.

– Preciso levar isto comigo, senhor – disse, encarando o dono do hotel.

– E... eu não sei. O senhor disse que não mexeria em nada!

– Eu me responsabilizo caso haja alguma queixa – insistiu, colocando a pilha de papéis sob o braço.

O inspetor Quintana precisa ver isto, pensou Herrera, enquanto, às pressas, cruzava o corredor em direção à saída.

– Vaca maldita! *Verdammte Schlampe!* – gritou Aurora Leipzig enquanto assistia ao cinzeiro de vidro se espatifar contra a parede do quarto.

Ofegante, sentia uma corrente de ódio percorrer todo o seu corpo esguio.

– *Fräulein?* – Jörgen entrou no quarto após duas rápidas batidas na porta. – O que houve?

Todo o corpo de Aurora tremia. Os punhos, cerrados com força, pendiam ao lado de seu corpo.

– *Fräulein?* – confuso, Jörgen esticou os braços na direção da jovem, mas não a tocou. Também observou Albert Leipzig, que continuava sentado na cama, imóvel.

O velho alemão apenas virou a cabeça na direção da filha adotiva, porém, sem esboçar qualquer reação.

Aurora afastou-se de Jörgen e caminhou para fora do quarto. Encostou-se na parede do corredor, ainda ofegante.

– *Fräulein*, fale comigo. O que aconteceu? Eu ouvi o barulho e então...

Novamente, Jörgen estava em pé ao seu lado.

Aurora lhe estendeu o punho e abriu a mão. Havia um bilhete amassado, um curto telegrama escrito em alemão.

Agostina Perdomo erzählte der Polizei alles.[1]

– Eu não compreendo, *Fräulein* – disse Jörgen, erguendo os olhos azuis na direção de Aurora. – Por que aquela mulher se colocaria em risco? Justo agora, sabendo...

– Pouco me importa, Jörgen – disse Aurora, entre dentes. – Este telegrama veio da Central de Polícia. Eles *sabem* o que houve com Dom Francisco. Logo aqueles policiais nojentos estarão aqui.

Jörgen assentiu, entendendo a gravidade da situação.

– Temos que sair daqui, Jörgen. Deixar o hotel o quanto antes. Avise os homens que estão de tocaia, protegendo o hotel. Temos que partir.

<hr>

[1] "Agostina Perdomo contou tudo à polícia."

— Por Deus, Quintana! Isto causará um incidente diplomático! É o que quer, homem?

O comissário passava os dedos pelo couro cabeludo calvo enquanto encarava o inspetor César "Caballo" Quintana e o promotor público.

— Não estou falando em prender ninguém, chefe. Mas sim de reabrir o caso Perdomo e interrogar aqueles alemães.

O comissário bufou. Sem dúvida, viriam represálias; gente graúda pediria seu pescoço.

— Temos o depoimento de Agostina Perdomo em mãos, chefe! – insistiu Quintana para, logo depois, explodir em tosse, parecendo estar prestes a expelir os pulmões. – Aqueles alemães estão de partida. Deixarão Buenos Aires hoje à noite, daqui a poucas horas. Precisamos pelo menos de um mandado para segurá-los mais um dia aqui, para que eu possa conversar com eles.

— Quintana... – o comissário encarou o inspetor, erguendo as sobrancelhas grossas.

Depois de alguns segundos em silêncio, o comissário recostou-se na cadeira, fazendo-a estalar.

— Não interessam à polícia os negócios que os Perdomo têm com um bando de imigrantes, sejam eles nazistas ou não. Isso é coisa para a Polícia Federal ou a Interpol. Percebe que está a um passo muito pequeno – ele juntou o polegar e o dedo indicador e suspendeu ambos na direção dos olhos de "Caballo" Quintana – de ultrapassar uma linha perigosa, inspetor?

— Eu já fui colocado de escanteio por muito tempo neste departamento, chefe, justamente por causa dessa investigação. Já vi de perto a guilhotina inúmeras vezes, o senhor sabe disso. – Quintana acendeu um cigarro e tragou. – Agora, posso provar que eu estava certo. Rufino Ibañez não matou Francisco Perdomo, mas eu sei quem matou. Pouco me importam os negócios ou as negociatas de Dom Francisco com os alemães do sul; estou atrás de prender um assassino, chefe.

O comissário remexeu o corpanzil sobre a cadeira.

— Está certo, homem! Vá em frente. Mas quero acompanhar o interrogatório formal, fui bem claro? Nenhum pio antes de eu estar na sala ou antes que os alemães tenham o respaldo jurídico a que têm direito. Entendeu?

— Perfeitamente, chefe!

— Agora — o comissário apoiou-se na mesa e passou a mão na testa —, me dê a merda de um cigarro. Estou precisando!

Ele se levantou da mesa assim que notou o Kaiser Carabela estacionar em frente ao hotel. Atrás do carro usado pelos *boches*, outro veículo, preto, também parou junto ao meio-fio.

Do primeiro carro, desceu o jovem alemão com rosto de anjo. *Um anjo criado pelo próprio demônio.* Do carro preto, saíram dois homens usando camisas brancas e ternos escuros. Um deles estava bem-arrumado e mantinha uma postura atenta. O outro exibia uma postura mais displicente, com a gravata frouxa e prendendo um cigarro pela metade no canto da boca.

O jovem loiro entrou no hotel e, logo em seguida, saiu pela porta giratória trazendo consigo outras duas pessoas: uma jovem e um homem velho.

Instintivamente, ele tocou a arma presa à cintura. Havia algo errado. *Seu alvo estava partindo.*

Observou ao redor. Onde estariam os homens de Levy? O que os outros caçadores estavam esperando para agir?

Sem dúvida, Levy devia estar um passo adiante. Se os nazistas estavam deixando a cidade naquela noite, aquele seria o momento em que agiriam.

Voltou a focar a atenção no que acontecia em frente ao hotel. O homem de terno escuro bem-arrumado ocupou-se das malas, colocando-as na traseira do carro preto.

Notou a jovem segurar a mão do homem mais velho e semicerrou os olhos.

Seu alvo.

A presa pela qual esperara por tantos dias enfim havia deixado a toca. Estavam de partida, provavelmente voltando para a Patagônia. Para onde iriam? Estação de trem ou aeroporto?

Chamou o garçom, expondo seu sotaque carregado. Deixou alguns pesos sobre a mesa e não esperou pelo troco.

Seu coração estava disparado, tinha que se acalmar. Estava a poucos passos do homem que iria matar; o homem sobre cujas costas repousava a vida de milhares de pessoas assassinadas nos campos de batalha e campos de extermínio; gente rotulada de impura, sub-raça, dejeto.

Sasha.

Que mal sua irmãzinha havia feito para merecer ser exterminada?

Sentiu a vista ficar turva. Ia cair. Apoiou-se na mesa, enquanto a dor aguda lhe penetrava o corpo.

Não!

Enquanto aquele homem respirasse, ele não morreria.

– O senhor está bem? – o garçom retornou. Estava ao seu lado, pronto para segurá-lo pelo braço.

– Táxi – ele disse, encarando o jovem de tez morena. – Quero um táxi.

– O senhor quer que eu chame um táxi para o senhor, é isso?

Ele assentiu.

– Rápido.

– Um momento, senhor. Tem um ponto de táxi na esquina, vou chamar um carro para o senhor. Se quiser sentar para esperar... o senhor não parece bem.

Ele não queria. Apoiar-se na perna ferida lhe causava uma dor quase insuportável, porém, isso não importava. Era justamente da dor que precisava naquele momento.

A dor me faz sentir vivo. Alerta. Preciso estar alerta.

O velho nazista foi conduzido pela jovem albina para o banco de trás do Kaiser Carabela. Em seguida, ela entrou, acomodando-se ao seu lado.

Se não estivesse ferido, agiria naquele mesmo instante. Mas não conseguiria cruzar a tempo a distância que o separava de seu alvo.

O primeiro carro começou a se mover devagar, enquanto os homens de terno escuro assumiam o segundo veículo, o preto.

Dobraram a esquina, desaparecendo momentaneamente de seu campo de visão.

– Senhor, o táxi – chamou o garçom, caminhando de modo apressado pela calçada, enquanto o veículo deslizava pela pista, estacionando junto ao meio-fio.

Ele não agradeceu. Apenas entrou no carro e deu as coordenadas ao taxista. Tinha que pensar rápido; os alemães haviam chegado de trem a Buenos Aires, de modo a ser possível controlar melhor as variáveis e riscos do trajeto. Dentro de um avião, suspensos no ar e sem saída, seriam um alvo mais fácil.

A estação, deduziu.

Era para lá que deveria ir.

44

Sebastián Lindner observava os pequenos grãos de poeira que bailavam iluminados pela luz que penetrava pela janela do cômodo fedorento.

A única fonte de iluminação vinha das ruas e, ainda assim, oferecia brilho o bastante para que os minúsculos pontos dançassem tais quais bailarinos que se exibem sob o único *spot* de luz no palco.

Ao fechar os olhos, pôde inclusive ouvir a música preencher o vazio do momento. Pensou na *Heroic Polonaise em Lá bemol maior* de Chopin, a melhor escolha que conseguira imaginar para entregar um ritmo musical ao corpo de baile poeirento que se mexia diante de seus olhos cansados.

Loucura.

– Levanta. – A figura enorme de Norbert projetou sua sombra sobre ele. O magérrimo caçador o cutucou com a ponta da bota de um modo bastante rude e o encarou com desconfiança.

Sebastián esfregou os olhos e levantou-se com dificuldade.

No outro canto do cômodo, sentado sobre o caixote e imerso na escuridão, Levy fumava um cigarro. Somente a brasa vermelha era visível.

– São nove e dez, dr. Lindner. Hora de você e meu amigo aí irem até a estação – disse Levy, olhando para ambos.

Ao seu lado, encostado na parede mofada, o rifle estava montado e pronto para ser usado.

— A noite está linda, doutor — continuou Levy, depois de um longo suspiro. Em seguida, estendeu-lhe a Hi-Power. — Agora ela está carregada, dr. Lindner. Pronta para ser usada. Lembra o que expliquei sobre como fazer?

Sebastián fez que sim e segurou a arma.

Soltaria a trava enquanto estivesse caminhando em direção a Albert Leipzig; uma vez na frente dele, usaria a confiança e a familiaridade para se posicionar e mirar na testa.

Um tiro tinha que ser o bastante; não conseguiria disparar uma segunda vez.

Pensou em sua mãe, em Agostina e Ariel. Eles estariam a salvo; pelo menos, achava que sim.

Eu os coloquei nisso, pensou.

Depois do disparo, Sebastián sabia que certamente haveria outros tiros. Mas isso já não importava, porque ele também estaria morto.

— Ótimo! Arrume essa camisa e vista o paletó, doutor. Se virem o senhor perambulando assim na estação, pensarão se tratar de um mendigo e o enxotarão de lá, com certeza — ralhou Levy, pisando no cigarro. — Norbert acompanhará o senhor, mas manterá distância. Ou seja, estará nas *sombras*, doutor. Entrará em ação apenas se necessário.

O caçador ficou em pé e pegou o rifle. Parou diante da janela e disse:

— Eu farei o restante daqui. Cinco tiros para cinco alvos. Ninguém pode escapar.

Sebastián colocou a camisa para dentro da calça e vestiu o paletó. Em seguida, guardou a arma às costas, presa à cintura.

— Será um grande espetáculo, à altura daquilo que o *Führer* merece — disse Levy, ainda olhando pela janela.

— Espero que esteja certo — disse Sebastián, com Norbert em pé ao seu lado.

– Como eu já disse, doutor. – Levy deu de ombros, sem se virar. – De todo modo, será um porco nazista a menos no mundo. Esse é o nosso trabalho.

Sebastián sentiu uma mão sobre seu ombro; era Norbert.

– Vamos – disse o homem alto e magro.

As cortinas estavam prestes a se abrirem. Sebastián lembrou-se da dança da poeira contra a luz da rua e da *Heroic Polonaise*.

– Boa sorte – ouviu Levy dizer, antes de Norbert fechar a porta às suas costas.

O gerente do Plaza Hotel olhou mais uma vez a insígnia de César "Caballo" Quintana e trocou olhares com o recepcionista atrás do balcão.

– Eu não quero criar confusão – disse o inspetor. – Mas preciso falar com a sra. Aurora Leipzig que está hospedada neste hotel com o pai.

– Eu já lhe disse, senhor – o gerente balançou a cabeça, de modo veemente –, a senhorita Leipzig fechou a conta e deixou o hotel há quase meia hora, acompanhada do senhor seu pai e de outro rapaz.

– Deixe de palhaçada comigo, OK, amigo? – Quintana bufou. – Sei que vocês são obrigados a manter o sigilo em relação aos hóspedes ricaços que escolhem este hotel chique, mas está obstruindo o trabalho da polícia. Se for preciso, eu consigo um mandado para...

O policial fardado que acompanhava Quintana colocou a mão em seu ombro, de modo a tentar acalmá-lo. Sobre o balcão, o recepcionista exibia o papel assinado por Aurora Leipzig quitando sua estada no hotel.

– Que merda! – Quintana praguejou, lançando o papel para longe.

– Foi como expliquei, senhor. Eles deixaram o hotel há meia hora.

– Eu sei, eu sei... – Quintana colocou um cigarro entre os lábios. Havia recebido autorização para tão somente levar os alemães até a central para uma *conversa*. Nada além. Para intimá-los, precisaria de mais

– era certo que gente graúda seria avisada, dando início a uma burocracia interminável. Mesmo o depoimento de Agostina Perdomo não seria o bastante para prendê-los. Aquilo não era Hollywood e a Argentina não era os Estados Unidos.

– E eu não sou John Wayne – murmurou, pensando em voz alta e soltando a fumaça.

– O que disse, senhor? – perguntou o gerente.

– Nada! – Quintana virou-se para o policial fardado: – Se o que a sra. Perdomo disse está correto, eles devem ter ido para a Estação Retiro.

Sebastián e Norbert entraram na Estação Retiro após alguns minutos de caminhada em silêncio. Além dos funcionários da linha ferroviária e de meia dúzia de policiais fardados, Sebastián notou poucos viajantes circulando pelo amplo interior de piso frio avermelhado, paredes e tetos altos e brancos, ornados com arcos que lhe conferiam *glamour*.

A maioria dos guichês estava fechada; num dos poucos operantes, uma atendente conversava de modo despreocupado com um senhor de camisa de mangas curtas e boina, cuja barriga protuberante lhe conferia um aspecto caricatural; em outra, um funcionário magro de nariz aquilino entretinha-se com algum tipo de leitura, quem sabe gastando o tempo até que chegasse a hora de concluir seu turno e voltar para casa.

Sebastián notou o horário no relógio redondo com suporte de ferro, preso à parede lateral. Nove e trinta e oito.

– Escute – Norbert falou, olhando para a frente, em direção a algum ponto fixo. – Você ficará junto à entrada, debaixo da marquise. É onde os carros e táxis estacionam e os passageiros descem. O alvo provavelmente estará num Kaiser Carabela vermelho e branco alugado, mas pode ser que tenham trocado de carro. De todo modo, você saberia reconhecê-lo, não?

Sebastián fez que sim, balançando a cabeça.

– Eu serei sua *sombra*. Aja com naturalidade e faça como Levy lhe disse. Em breve, tudo estará terminado.

Eu estarei morto, para que aqueles a quem amo possam viver, pensou Sebastián.

– Se fizer cagada, mato você aqui mesmo. Ninguém saberá o que houve e, em poucos minutos, estarei longe o bastante para me safar. Em seguida, prometo que cuidarei do seu amigo dr. Ariel Giustozzi e da viúva Perdomo com toda a atenção e carinho.

Sebastián sabia que o homem magro e alto estava sendo irônico.

– Deixarei sua mãe adoentada por último. E, num piscar, estarei do outro lado do Atlântico – prosseguiu, ainda olhando para a frente, sem encarar Sebastián. – Como percebeu, não tenho o vocabulário doce de Levy, só que ele é o chefe, e, então, tenho que aguentar. Mas o falatório me irrita muito; prefiro uma conversa franca. E acho que estamos conversando de modo franco, não estamos?

Sebastián assentiu.

– Ótimo.

De repente, a arma presa às costas ganhou um peso insuportável.

– Vá para a marquise e observe os carros. Ainda que não me enxergue, eu estarei por aqui. Seu alvo é unicamente Hitler – disse Norbert, ampliando as passadas e afastando-se de Sebastián.

Uma voz feminina anunciou no alto-falante a chegada do trem para Jujuy.

Sebastián olhou ao seu redor; o interior da estação pareceu-lhe ainda mais vazio.

Meu túmulo.

Fechou os olhos com força e tentou controlar a respiração. Sua vida pela daqueles que amava, e que nada tinham a ver com aquilo.

Então, dirigiu-se para a entrada onde os passageiros costumavam descer sob a extensa marquise.

Parou em uma das portas e observou uma família sair de um táxi preto.

Seria uma noite de morte. Albert Leipzig receberia o que, teoricamente, merecia, mas os atos mais cruéis deveriam mesmo ser castigados com métodos também sangrentos?

Lembrou-se do semblante frio de Norbert e ficou imaginando o que, de fato, o diferia de um guarda em um campo de concentração ou de um oficial da Gestapo. A forma como falava sobre a morte e cuspia ameaças lhe dava arrepios, sem dúvida, da mesma forma que haviam assombrado as levas de prisioneiros que desciam dos vagões em Auschwitz, Dachau e Plaszow.

Um carro passou pela entrada da estação, deixando para trás um rastro de luz e fazendo despertar seu maior temor.

Encostou-se na parede de concreto e suspirou.

Não sou um assassino.

Ergueu o olhar em direção à janela do piso superior da loja de tecidos. Parecia não haver sinal de Levy, mas ele estava lá – encoberto pela escuridão e pela distância, provavelmente olhando para ele através da lente do rifle.

Um rifle de caça, usado para caçar nazistas, pensou, lembrando-se da história do tal atirador soviético Vassili Zaitsev.

De modo instintivo, virou-se para o outro lado da rua.

Sentiu o corpo congelar quando reconheceu o Kaiser Carabela se aproximando.

Com discrição dissimulada, procurou posicionar-se em um ponto de pouca luz. Pelo horário, Aurora e Albert Leipzig estavam adiantados. Algo errado estava acontecendo.

O Kaiser Carabela estacionou junto ao meio-fio, seguido de um carro preto.

Sebastián estava prestes a imergir em seu pior pesadelo.

Levy lançou longe o cigarro e observou o Kaiser Carabela se aproximar da Estação Retiro. Escolheu a melhor posição para apoiar o cotovelo. Sua garganta estava seca; notou o interior do primeiro e do segundo veículos, que estacionavam.

Eles têm escolta, como previsto.

Mas ele tinha cinco balas, de modo que isso não seria um problema.

Também haviam se adiantado bastante, talvez tentando algum elemento-surpresa. Segundo suas informações, os filhos da puta chegariam poucos minutos antes da partida do trem para o sul e embarcariam de imediato.

O que aconteceria depois dos disparos não estaria em suas mãos. O mais provável era que não saíssem dali com vida; nem ele, nem Norbert. Tampouco o dr. Lindner.

Sacrifícios necessários para o grande prêmio.

Olhou mais uma vez através da mira. Havia algo estranho, além do fato de os alvos terem chegado mais cedo.

Naquele momento, a atenção de Levy estava direcionada ao homem manco que descera de um táxi alguns metros atrás do Kaiser Carabela e que, com dificuldade, se arrastava pela rua em direção ao veículo.

– *Jude!* – disse, incrédulo, sentindo o coração gelar. Em seguida, engatilhou o rifle.

Ele tirou o sobretudo e deixou-o dobrado no banco de couro. Depois, arrumou a boina sobre a cabeça, puxando a aba para baixo, de modo a ocultar os olhos.

– Estacione – disse ao taxista, sem tirar os olhos dos dois carros parados adiante.

Estendeu um punhado de notas em direção ao sujeito, sem contá-las.

– Senhor, tem muito mais dinheiro aqui... – o homem começou a dizer, mas ele não ouviu. Já tinha saído do carro e, arrastando a perna ferida, dirigia-se ao seu alvo.

Caçada. Presa.

Com a mão direita no bolso da calça, pressionava o gatilho da arma. Era impossível que não fosse notado, de modo que tudo terminaria em segundos; para os assassinos da pequena Sasha, para seu alvo e para ele, também.

Havia algo errado.

Ainda hesitante, Sebastián começou a se mover devagar em direção às pessoas que desembarcavam em frente à estação. Calculou a distância; quatro ou cinco metros.

Ele não tinha sido notado por Albert Leipzig, que ainda estava dentro do carro, ou por Aurora, que acabara de colocar as pernas para fora do veículo. Apenas o jovem loiro, que sempre acompanhava a Mulher de Gelo, havia descido, mas não estava atento à sua aproximação.

Pelo contrário, toda a atenção do jovem estava direcionada ao sentido oposto, por sobre os ombros dos dois homens de ternos escuros que pareciam seguranças.

Sebastián semicerrou os olhos. Havia um táxi estacionado há poucos metros, mas não conseguia notar a aproximação de ninguém.

Então, tudo começou. Viu o jovem loiro sacar a arma e estender o braço na direção oposta, como se mirasse no táxi estacionado. Em seguida, mais tiros explodiram.

45

— Mas que merda! – praguejou Levy, tentando colocar o homem da perna ferida em sua mira.

Jude fora esperto. Não era para menos; era um profissional. Errara com a secretária do dr. Lindner, mas não falharia ao estar tão próximo de seu alvo. Também previra que outros caçadores agiriam antes de o alvo deixar Buenos Aires.

Depois de apenas alguns passos pela rua, após descer do táxi, ele se posicionou propositalmente entre o carro preto dos guarda-costas e o táxi, de modo a prejudicar a mira de Levy, que hesitava em atirar antes que o dr. Lindner fizesse sua parte e alvejasse Hitler.

Então, o tiroteio começou.

O jovem alemão disparou primeiro ao notar a proximidade de *Jude*, estilhaçando o vidro do táxi e atingindo seu ombro esquerdo com um segundo tiro.

Se não estivesse ferido, certamente *Jude* seria mais ágil, mas ele não pareceu se importar com o ombro machucado. Com uma única mira, acertou o jovem loiro no peito, fazendo com que seu corpo tombasse para trás.

Seu segundo tiro abateu um dos seguranças, ao mesmo tempo que ele lançava seu corpo ao chão, protegendo-se dos disparos.

Gritos foram ouvidos; pessoas corriam.

Willkommen in Sachsenhausen, Juden!
Era assim que o homem de postura imponente saudava todos aqueles que, naquele mês de novembro de 1938, chegavam a Sachsenhausen: judeus, intelectuais de todas as correntes ideológicas, homossexuais, ciganos e eslavos. Entre essas pessoas de olhares assustados estavam seu pai, sua mãe, seus avós e sua irmãzinha, Sasha.

Anos mais tarde, ele saberia que o homem que proferia as mórbidas saudações era Heinrich Himmler, um dos idealizadores de Sachsenhausen, cuja construção terminara dois anos antes, em 1936. Havia outros homens ao seu lado, todos sorrindo, aparentemente orgulhosos da nova leva de prisioneiros que chegara.

Logo, Himmler seria substituído por Rudolph Röss, outro carniceiro ligado à SS. Ele nunca esqueceu: foi sob comando de Röss que Sasha tinha sido morta.

Após atravessarem os portões de ferro, ele foi separado de sua família por um puxão. Reuniu-se a jovens fortes como ele; tentou resistir, mas em vão. Enquanto lutava, foi golpeado por algo duro o bastante para levá-lo ao solo. Em seguida, foi arrastado pelo chão gelado e lançado como um saco de batatas aos pés de outros prisioneiros, cujos olhares o observavam com assombro. Erguendo a cabeça, tentou enxergar Sasha em meio à multidão de pessoas que se amontoavam na entrada do portão, antes de serem separadas em filas.

Velhos de um lado; mulheres e crianças de outro; homens adultos em outra fila; jovens, como ele, enfileirados mais adiante.

Colocados em fila, os rapazes foram conduzidos a um amplo galpão, onde, sem qualquer preocupação com o frio agonizante, eram obrigados a se despir e vestir os uniformes entregues pelos soldados alemães. Depois, de cinco em cinco, voltavam a se enfileirar para terem os cabelos raspados.

Havia vozes; gritos; choros; lamentos; urros pedindo clemência.

Nunca mais veria sua família. Somente ele deixaria aquele lugar anos depois. Um a um, eles morreriam como moscas. Seu pai e seu avô, doentes. Sua avó, meses depois do seu avô, também adoecera.

Então, foi a vez de Sasha. A menina foi agredida por uma guarda da ala feminina e caiu desacordada. Era janeiro, a neve atingia a altura dos tornozelos. Sob os gritos da mãe, que alertava que a garota ainda respirava, os guardas soltaram os cães pastores furiosos, treinados para rasgar carne judia.

O corpo de Sasha foi dilacerado em segundos; sua mãe se feriu no ataque, tentando proteger a filha dos dentes dos cães. Agonizante, foi alvejada por um tiro na testa.

Ele ficou sabendo que os soldados riram enquanto os cães se refestelavam com a carne de Sasha e de *mamusia*.

Aquilo o mudara para sempre. Tornara-se alguém incapaz de sentir; gestara um ódio implacável, tão assassino quanto os nazistas que haviam tomado a vida de sua família. Contudo, usaria seu *novo eu* para eliminar aqueles que tinham sido os responsáveis por sua dor. Deixaria de lado seu nome, sua origem, suas raízes, e se tornaria apenas a essência que o levara para Sachsenhausen: o fato de ser judeu. *Jude*.

Sim; sua irmãzinha havia sido devorada viva por um cachorro, de modo que ele não poderia morrer ali antes de cumprir sua missão. A ideia de estar prestes a unir-se a elas o nutria, dava forças.

Esforçando-se para se apoiar na perna boa, ergueu-se do chão e mirou no segundo segurança, que se esforçava para fechar a porta do Kaiser Carabela, dentro do qual ainda estavam seu alvo e aquela mulher albina.

Hitler é meu.

O tiro certeiro abateu o homem na cabeça, porém, ele também foi atingido logo abaixo da clavícula.

O corpo do homem de terno escuro tombou sobre o teto do carro; parecia que, mesmo morto, ainda protegia a porta.

Um disparo estilhaçou o vidro do carro preto, atrás do qual *Jude* se protegia; um disparo feito de longe, provavelmente de um rifle, calculou.

Levy.

Tocou o peito embebido em sangue. Depressa, a energia deixava seu corpo, dando lugar ao torpor; o torpor da morte. Não lhe restava muito tempo.

Esquivando-se, arrastou-se pela lateral do carro preto até chegar próximo do segurança abatido com um tiro na cabeça.

Um segundo disparo de rifle atingiu o sujeito, praticamente arrancando o lado esquerdo do rosto.

Levy está mirando em mim.

De algum modo, o segurança morto lhe servia de proteção entre a mira do rifle e seu alvo.

Alguém se aproximava. Ele se apoiou na lateral do veículo para erguer o corpo.

No mesmo instante, ele reconheceu o homem de olhar assombrado que caminhava, trôpego e visivelmente confuso, na direção do Kaiser Carabela: o médico que cuidara de Hitler. O psicólogo. Ele tinha uma arma em mãos, apontada para o chão. O que fazia ali?

Um terceiro disparo estilhaçou o vidro do Kaiser Carabela. Houve um grito; um grito de mulher. O doutor lançou-se ao chão, em desespero.

Um homem alto e magro apareceu na porta da estação. Mirava em sua direção, pronto para atirar.

Sebastián mantinha o rosto pressionado contra o piso. Poucos segundos haviam se passado, mas parecia que aquele terror tinha durado uma eternidade.

Virou-se na direção de Norbert, que saíra das sombras para entrar em ação. Tudo havia dado errado e estava certo de que seria morto ali mesmo. De onde saíra o sujeito manco? Quem era ele?

Escutou um guarda ordenar que Norbert abaixasse a arma, mas o homem alto e magro foi mais rápido, acertando o pobre coitado no peito.

De repente, um buraco de bala se formou na altura do abdome de Norbert, cujo braço estendido apontava para o carro de Albert Leizpig.

Sebastián contou mais três disparos; um deles acertou Norbert no peito, fazendo-o cair. Os outros dois tiveram um destino incerto.

Quando os tiros cessaram, uma sucessão de passos explodiu. Gritos, ordens para que todos se abaixassem ou corressem.

Sebastián rastejou até o Kaiser Carabela; ao lado do carro, estava estirado o corpo de um dos homens de terno escuro. Havia muito sangue e vidro estilhaçado. O outro sujeito, o manco de boina que matara Jörgen, Norbert e os homens de terno, havia desaparecido.

Observou a lateral da cabeça do cadáver totalmente destroçada; ouvira as histórias mais sórdidas de inúmeros pacientes, mas era a primeira vez que via um ser humano dilacerado daquela forma.

Apoiou-se na maçaneta e, puxando-a, abriu a porta do Kaiser Carabela.

Ergueu o olhar, mirando o banco traseiro. Albert Leipzig estava deitado sobre o assento, imóvel; debruçada sobre ele, Aurora soluçava em espasmos.

Sebastián deixou a arma no chão e aproximou-se dos Leipzig. A escuridão engolia o interior do veículo, mas Sebastián notou o estofado do banco tingido de sangue.

Albert Leipzig estava morto.

Sentou-se ao lado de Aurora, que parecia em choque. Somente naquele momento, entendeu. O sangue não pertencia ao sr. Leipzig, mas sim a Aurora, que projetara o corpo sobre ele para protegê-lo.

A bala do rifle tinha aberto um buraco em seu ombro direito.

– Srta. Leipzig – murmurou, diante do olhar aterrorizado da jovem albina.

Todavia, Sebastián não teve tempo de fazer qualquer movimento. Sob ordens de que não se movesse, notou que o carro estava cercado por guardas. Ele próprio estava sob mira.

Por que sinto a necessidade de protegê-los? Estando Levy certo ou não, ambos são criminosos nazistas, sobretudo Albert Leipzig.

Por mais que Sebastián Lindner apelasse à razão, seu corpo não se movia. Estava consumado; de alguma forma, ele queria ajudar aqueles dois.

Os olhos claros de Aurora Leipzig estavam cravados nele como duas adagas. A jovem ergueu parcialmente o tronco, tentando enxergar o ferimento em seu ombro.

– Srta. Leipzig, não se mexa. A senhorita está ferida – disse Sebastián, tentando acalmá-la. Tirou o paletó e fez menção de colocá-lo sobre os ombros da garota, que, num movimento brusco, afastou-se.

– Deve estar em choque. Os guardas estão aqui e logo chegará a polícia. Fique calma, vocês estão seguros agora.

Aurora Leipzig nada respondeu. Ainda com o corpo se movendo em espasmos, deslizou o braço bom devagar até o piso do veículo, onde estava sua bolsa a tiracolo. Foi então que Sebastián viu emergir, em meio à escuridão do carro, uma pequena pistola de cabo branco de madrepérola presa à mão da jovem.

– Senhorita Leipzig, largue essa arma – ele disse, do modo mais calmo que conseguiu.

Do lado de fora do Kaiser Carabela, três guardas se aproximaram. Havia sobreposição de vozes, mas Sebastián não conseguia identificar o que diziam. Um dos guardas colocou parte do corpo dentro do carro e segurou seu braço, mas Sebastián gesticulou para que se detivesse.

– Sou psicólogo. Este senhor e a moça são meus pacientes. A garota está ferida no ombro e está em choque – disse Sebastián, notando que o guarda, um homem de meia-idade, também estava notoriamente nervoso com o que acabara de ocorrer.

Dentro do veículo, encoberta pela sombra, Aurora apontava a arma em direção a Sebastián.

– Srta. Leipzig? Está me ouvindo? – Sebastián suspendeu parcialmente os braços, indicando que estava à mercê da jovem. – Agora você e seu pai estão seguros.

Porém, Aurora parecia não ouvir. Com os lábios trêmulos e olhar vítreo, murmurava palavras desconexas.

– Ela precisa de um médico, rápido! – Sebastián disse ao guarda.

– Mas ela está armada, senhor. A polícia está chegando e...

Ao ouvir a palavra *polícia* ser pronunciada pelo guarda, o corpo de Aurora contorceu-se, como se possuído.

– Eu não vou ser presa... – murmurou.

Sebastián tentou tocá-la, mas ela voltou a apontar a Mauser em sua direção.

– *Papa* ficará bem, não ficará, dr. Lindner?

O psicólogo assentiu. Observou o velho alemão deitado no banco, imóvel. Parte de sua roupa estava coberta de sangue e havia muitos cacos de vidro.

– Eu não posso... eu não posso... não posso ser presa. Eu não posso. Não é digno, não é digno! – dizia Aurora, com a voz trêmula.

Sebastián reconhecia aquele olhar. Diversos pacientes já o haviam encarado daquela maneira; era o olhar do desespero, da dor psíquica mais profunda; como rasgar a carne com uma lâmina fria, estripando qualquer resistência egoica ou da razão, para mergulhar unicamente no confronto com os recôncavos mais obscuros da mente.

Em outras palavras, Aurora Leipzig, de algum modo, estava cara a cara com seus pecados mais sórdidos, fossem eles quais fossem.

– Por que a senhorita seria presa, srta. Leipzig? – perguntou Sebastián. – Vamos, me entregue a pistola e vamos conversar com calma.

As mãos trêmulas de Aurora, no entanto, continuavam a apontar a Mauser na direção dele.

– A senhorita teme ser presa por causa do seu pai, é isso? Por causa dos seus amigos alemães?

Sebastián evitou usar a palavra *nazistas*, temendo a reação da jovem.

Aurora esboçou um sorriso; um sorriso irônico. Os olhos continuavam vidrados em algum ponto vazio, e os lábios vermelhos se moviam de um modo quase autômato.

— O senhor acha que sabe... acha que sabe... *Papa* me odeia desde aquele dia... desde que soube... eu sei... ele também sabe... sabe por que me odeia...

Aurora deu uma rápida piscada.

— *Papa* me odeia, dr. Lindner. Ele me disse isso. Mas eu o amo; eu salvei a vida dele, não salvei? Ele ficará bem...

— Eu não estou entendendo, srta. Leipzig – disse Sebasitán, enquanto gesticulava outra vez para que o guarda se afastasse do veículo. – Por que seu pai, o sr. Leipzig, odeia a senhorita? Isso tem alguma relação com o fato de ele ter ficado doente?

— Ele me odeia... – de repente, o rosto pálido de Aurora ficou coberto de lágrimas. – Ele me odeia porque matei aquele homem. Eu matei Francisco... eu perco todos a quem amo, dr. Lindner.

Francisco Perdomo.

O choque do que acabara de ouvir fez com que Sebastián abaixasse a guarda. Aurora engatilhou a Mauser, inclinando o corpo em sua direção.

— Jörgen está morto também, não está? – perguntou.

— Senhorita – Sebastián engoliu em seco, tentando manter o autocontrole –, o que disse sobre Francisco Perdomo é verdade? A senhorita fez algo com ele, é isso?

— Eu o *matei*, doutor. Foi isso. Ele... ele estava apenas me usando, assim como usou as outras mulheres. Mas eu não sou uma mulher qualquer. Eu sou Aurora Leipzig... Aurora... eu o amava, mas ele tinha que pagar. Ele não podia simplesmente me deixar assim... Eu quis conversar, dizer que ele não podia apenas me usar e me tratar como lixo ou como as outras vadias com quem dormia. Ele sorriu e mandou que eu calasse a boca, me deu um tapa... depois outro. Como ousava? Eu, Aurora Leipzig! Tratada como uma puta... espancada... eu....

Então, Agostina é realmente inocente.

— Srta. Leipzig, está tudo bem. – Sebastián mantinha os olhos fixos no cano da Mauser. – Solte essa pistola e vamos conversar, certo? Somente eu e a senhorita. O que acha? Pode confiar em mim. Eu...

Sebastián não conseguiu concluir a frase. Num gesto rápido, Aurora direcionou a Mauser sob o queixo e apertou o gatilho.

46

Seu corpo não aguentava mais. Exaurido, ocultou-se em um beco e recostou-se em uma parede úmida de tijolos.

Respirar estava se tornando cada vez mais difícil, de modo que, sabia, o fim estava próximo.

Fechou os olhos, imaginando como seria reencontrar Sasha. Ela estaria diferente após tantos anos?

Quando olhou pela janela do carro, cujo vidro havia sido estraçalhado pelo tiro de rifle, notou o corpo do velho alemão tombado no banco de trás. Havia muito sangue. Ele e a jovem albina estavam mortos.

Sua missão tinha sido cumprida. Hitler não havia encontrado seu fim pelo cano de sua arma, mas estava morto. Antes de escapar, salvara a vida do psicólogo do *Führer*, matando o caçador magro e alto.

Por que fizera aquilo?

Talvez porque Levy e seus caçadores haviam lhe roubado sua presa; ou porque, de algum modo, sabia que aquele doutor também era um inocente, dragado para o vértice de uma história de crueldade, tal qual acontecera com ele e sua família.

Sorriu. Esquecera a última vez que seus lábios haviam se curvado para formar um sorriso; deixara de sentir qualquer coisa muitos anos antes, mas, naquele momento, seu peito estava preenchido por algo bom.

Quem sabe a chegada da morte fosse exatamente daquele modo; esquecemos as coisas ruins e só pensamos em boas ações, coisas que preenchem o peito com calor.

E se tivesse sido assim com Sasha também? Possivelmente sua irmãzinha nada sentira quando os cães cravaram os dentes em sua carne. Sim, tinha certeza de que a menina morrera em paz e sem dor. Assim como ele.

Não havia mais dor. Sua perna não doía; tampouco as feridas causadas pelas balas, muito menos seu espírito.

Ele estava em paz e podia se entregar à morte.

César "Caballo" Quintana apagou o cigarro no cinzeiro de vidro com o logotipo do Boca Juniors e encarou o dr. Sebastián Lindner do outro lado da mesa. O relógio da sala de interrogatórios indicava cinco e meia da manhã, e nenhum dos dois havia pregado os olhos. Após ter sido liberado do hospital, onde fora examinado à exaustão, Sebastián fora conduzido à Central para prestar depoimento.

"Caballo" Quintana escutara a história do doutor de modo extraoficial uma vez e, em seguida, tomara formalmente seu testemunho. De fato, era uma versão incrível de um episódio que terminara em um verdadeiro massacre.

Contudo, a despeito da satisfação de ter, por fim, concluído o caso do assassinato de Dom Francisco Perdomo, pesava-lhe a culpa de não ter chegado a tempo à Estação Retiro.

– O senhor não conseguiria evitar o que aconteceu, inspetor. Muito provavelmente, estaria entre os mortos numa hora dessas – insistiu o dr. Sebastián Lindner, ao escutar suas escusas.

"Caballo" Quintana suspirou e arrastou um envelope pardo sobre o tampo da mesa, em direção ao dr. Lindner.

– São suas anotações, dr. Lindner – disse o inspetor. – Confesso que é realmente uma história incrível. Tive que bater os olhos nela, é verdade. Afinal, é meu trabalho e fazia parte da investigação – Quintana encolheu os ombros. – Não enxergue isso como invasão de privacidade ou quebra do sigilo entre terapeuta e paciente, como o senhor gosta de dizer.

Sebastián pegou o envelope e tirou dele as folhas escritas à mão. Suas anotações sobre o caso de Albert Leipzig.

– O senhor acredita que aquele velho alemão seja mesmo Adolf Hitler? Que ele esteve todo o tempo aqui em nosso país, debaixo de nosso nariz e gozando dos tribunais internacionais? – perguntou Quintana.

– Eu acho que ele é um velho alemão doente, com um severo trauma de guerra – respondeu Sebastián. – Mas, como o senhor disse, é mesmo uma história incrível.

Quintana voltou a dar de ombros.

– De todo modo, agora o caso está além da minha alçada, doutor. Passou para outra esfera, para níveis superiores, se é que o senhor me entende.

– O que houve com o sr. Leipzig? – perguntou Sebastián, voltando a guardar no envelope as folhas manuscritas.

– Até onde sei, está sob a tutela da embaixada da Alemanha em Buenos Aires. O embaixador em pessoa está cuidando do assunto, inclusive, providenciando uma escolta e proteção para ele no hospital. Parece que seu paciente da Patagônia é alguém importante, apesar de não ser Hitler. Importante o suficiente para chamar a atenção de assassinos lunáticos e movimentar a embaixada alemã inteira.

Quintana simulou uma saudação nazista, erguendo o braço. Sebastián sorriu.

– De todo modo, Albert Leipzig está totalmente limpo. Tudo o que sabemos sobre ele é que é um grande proprietário de terras na Patagônia e um empresário que tem negócios em vários ramos. Os Leipzig e os Perdomo são bastante próximos, o que acabou resultando nessa tragédia toda.

– E o senhor? Acredita nisso? – perguntou Sebastián, encarando o inspetor.

– Em quê, exatamente, dr. Lindner?

– Que o sr. Leipzig seja um refugiado nazista? Que ele não seja Adolf Hitler?

– Ouvi muito sobre a presença nazista no sul do país quando estive em Bariloche e em Villa La Angostura, doutor – disse Quintana, acendendo outro cigarro. – Mas, como expliquei, isso foge à minha alçada. Meu objetivo era provar a inocência de Rufino Ibãnez, e eu consegui.

– Ou seja, o senhor queria provar que estava certo desde o começo – provocou Sebastián, fazendo Quintana rir.

– Talvez. Talvez, doutor. Realmente, é possível que eu seja um cabeça-dura incorrigível.

Sebastián suspirou. Estava exausto e precisava de uma bebida.

– E o que acontecerá com Agostina?

– Com a sra. Perdomo? – Quintana arqueou o cenho. – Bem, não posso comentar o caso em detalhes com o senhor, já que também está envolvido, de alguma forma. Mas acredito que, em todos esses anos, construímos algum tipo de... *amizade*. Estou certo?

Sebastián riu da ironia do inspetor; algo que tornava aquele homem ao mesmo tempo genial e repugnante.

– Pois bem – disse Quintana, soltando a fumaça. – Fizemos um acordo com a sra. Perdomo, de modo que ela responderá ao processo em liberdade. Mas, é óbvio, não ficará imune a consequências. Meu trabalho é prender pessoas, não as condenar, doutor. Para isso temos esses advogados de merda. A versão da história é a de que Aurora Leipzig a ameaçava, já que tanto Dom Francisco como ela própria tinham vários casos extraconjugais. Depois de ter assassinado Dom Francisco por ciúme, Aurora fez de tudo para que a sra. Perdomo parecesse culpada; afinal, a esposa de um marido abusivo sempre é a suspeita número um. Com a sra. Perdomo em mãos, ambas tramaram para se protegerem: Aurora, para encobrir seu crime e usar a influência política dos Perdomo para jogar a culpa sobre Rufino Ibañez; e Agostina para não ser exposta como uma vadia.

Quintana notou o incômodo em Sebastián.

— Perdão, dr. Lindner. Mas é assim que as pessoas se referem a mulheres com a postura da sra. Perdomo. *Vadia*. Sinto dizer que somos uma sociedade estritamente machista.

Sebastián assentiu.

— Rufino Ibañez foi o bode expiatório ideal. Foi convencido a assumir a culpa em troca da proteção de sua família, que de pronto foi empregada na propriedade dos Leipzig. Segundo a versão preliminar do advogado que a embaixada arrumou para o sr. Leipzig, o velho alemão de nada sabia.

Cansado, Sebastián esfregou os olhos com força.

Alguém bateu na porta e Quintana gritou para que entrasse.

— Seu táxi chegou, dr. Lindner — disse Herrera, enfiando a cabeça pela fresta da porta.

— Não saia de Buenos Aires por enquanto, doutor. É possível que tenhamos que tomar outros depoimentos do senhor — disse Quintana, estendendo o braço na direção de Sebastián.

Ele retribuiu o gesto e apertou a mão do inspetor.

— Obrigado — disse, antes de deixar a sala.

Recostado no banco traseiro do táxi, Sebastián Lindner sentiu que, enfim, podia relaxar por alguns minutos. Várias dúvidas ainda pairavam sobre ele: sua família e seus amigos estariam realmente seguros? Os alemães ou os caçadores viriam atrás de algum tipo de vingança?

Suspirou. O mais provável era que ambos os lados estivessem mais preocupados em esgueirar-se nas sombras por um tempo.

Em seguida, questionou-se quem seria o homem manco de boina que matara Jörgen e os seguranças, e que, ao final, salvara sua vida.

Outro caçador, deduziu. Quantos mais, como ele, havia pelo mundo, não somente em Buenos Aires?

— Chegamos — disse o taxista, estacionando em frente à mansão dos Perdomo.

Sebastián Lindner foi recebido por Agostina na sala de estar. Ela usava um robe de seda lilás e tinha marcas escuras sob os olhos. Notava-se que havia chorado.

Sem qualquer inibição, a sra. Perdomo abraçou-o, laçando os braços ao redor de seu pescoço.

– Meu Deus, Sebá...

Ele abraçou sua cintura, mas resistiu ao desejo de beijá-la.

– E Manuel? – perguntou ele.

– Meu cunhado me impôs um tipo de pacto de silêncio. Não fala comigo até que a Justiça decida o veredicto.

Sebastián cambaleou até a poltrona e sentou-se.

– Eu vim agradecer – disse ele, por fim. – Se não fosse você, as coisas teriam caminhado de outro jeito.

– Fiz o que deveria ter feito há muito tempo. – Agostina serviu-se de uma dose de bourbon e também encheu um copo para Sebastián. – Não precisa me agradecer. Afinal, acho que me apaixonei por você, dr. Lindner.

Sebastián assentiu, pegando o copo. Assim que a bebida lhe desceu pela garganta, sentiu o tremor nas mãos ceder e uma sensação reconfortante invadir seu corpo.

– O que é esse envelope? – perguntou Agostina, notando o calhamaço de anotações que repousava no colo de Sebastián.

– Não é nada – disse ele, terminando a dose de bourbon. – Somente algo que não precisa ser de conhecimento público. Coisas entre terapeuta e paciente.

Sebastián observou Agostina sentada à sua frente, segurando o copo de bourbon. Mal havia tocado a bebida.

– E então? O que houve de fato entre você e Aurora Leipzig? – perguntou Sebastián, caminhando até a prateleira e servindo-se de mais uma dose.

– Quem quer saber é meu terapeuta ou meu *amante*, Sebá? – Agostina arqueou o cenho, de modo provocativo.

Sebastián soltou um gemido discreto quando voltou a se sentar.

— Acho que um bom *amigo*, alguém que se preocupa com você. — Ele bebericou o bourbon e ficou aguardando a resposta.

— É uma pena... — Agostina desviou o olhar para um canto qualquer da sala de estar. — Você era um grande amante quando queria ser.

Agostina suspirou longamente.

— Conheci Aurora por meio de Francisco. Ele tinha negócios na área de exploração de madeira e gado com o pessoal da Estância San Ramón, em Villa La Angostura, um lugar isolado ao qual quase ninguém tem acesso. Pelo menos, não sem autorização. Eu mesma nunca pus os pés lá, mas Francisco tinha uma espécie de carta branca junto daqueles alemães. Quando estávamos em Bariloche, alguns deles vinham jantar conosco, entre eles, Aurora e outro jovem rapaz... um garoto estranho que nunca desgrudava dela.

Jörgen, deduziu Sebastián.

— Na época, Aurora era um pouco mais do que uma menina. Talvez nem tivesse completado 18 anos ainda. Mas você sabe como são as garotas nessa idade, Sebá. Algumas são piores do que mulheres-feitas Sua beleza exótica, de algum modo, chamou a atenção de Francisco. Claro, não era necessário muito para que ele se interessasse por uma mulher; bastava ter um lugar entre as pernas para que ele pudesse enfiar seu pênis endinheirado.

Agostina bebericou o bourbon.

— Apesar de nova, Aurora tinha uma desenvoltura natural para estar entre ricaços. Conversava com todos, sabia se impor. Falava fluentemente inglês, francês e, apesar de não ter nascido aqui, tinha um espanhol perfeito. Além disso, todos a respeitavam muito. Pelo que fiquei sabendo, era devido ao pai dela, uma espécie de caudilho prussiano que emigrara da Alemanha após a guerra; ele mandava em tudo na Estância San Ramón. Pessoalmente, eu nunca o vi e Aurora pouco falava dele. Hoje, pensando bem — Agostina tomou outro gole da bebida —, era compreensível que Francisco se encantasse por ela.

Após uma pausa, Agostina prosseguiu:

— Particularmente, eu já não me importava. Havia deixado, fazia muitos anos, de ligar para as traições de Francisco com as mulheres que viajavam com ele a negócios e com as putas com quem ele dividia a cama quando não estava em Buenos Aires. Contanto que ele me deixasse em paz e não me excluísse do casamento, estava bom. Eu mesma havia começado a me permitir algumas transgressões; com dinheiro, até os homens se tornam alvos fáceis. Porém, as agressões se tornaram mais frequentes. Um negócio que deu errado, uma derrota numa partida de tênis... Tudo era motivo para que ele descontasse sua frustração em mim e me deixasse marcas.

Sebastián recordava-se das sucessivas agressões de Francisco Perdomo; Agostina contara tudo em análise, de modo que, pelo menos nesse ponto, não havia mentido.

— Apesar de odiá-lo, eu nunca consegui agredi-lo — falou Agostina, com pesar. — Talvez, meu medo fosse maior. Por isso, quando naquela manhã eu recebi a notícia de que ele estava morto, fiquei feliz. Alguém tinha feito o serviço sujo por mim. — Ela ergueu os olhos na direção de Sebastián. — Consegue entender isso, Sebá?

Ele assentiu.

— Eu não sabia que havia sido Aurora. Eu suspeitava que eles tinham um caso pela forma como ela olhava para ele. Parecia estar diante de um *Deus*. Suas visitas à nossa casa em Bariloche se tornaram mais frequentes, e convenhamos, Francisco nunca fizera questão de me esconder com qual mulher estava dormindo. Infelizmente, para ele, Aurora não era uma mulher qualquer; aquela menina sempre me deu calafrios, na verdade. Quando ela me procurou e disse que havia matado Francisco... Contou que ele a agredira e afirmou que tinha sido em legítima defesa. Mas eu sei a verdade; Aurora nunca aceitaria ser deixada para trás, tampouco abaixaria a cabeça para os rompantes de fúria de Francisco — Agostina precisou de um gole maior de bebida antes de continuar. Ela também aproveitou para me chantagear. Disse que ela havia me libertado, que eu estava rica e livre graças à morte dele, e que eu devia isso a ela. Evidentemente, achei tudo aquilo uma loucura; meu marido acabara de ser encontrado morto em nossa casa. Mas ela e o rapaz que a acompanhava já tinham dado um jeito em tudo; Francisco sempre fora rude com os empregados e havia tido um desentendimento muito sério com Rufino, que trabalhava para a família em Bariloche havia muitos anos. Por fim, acabara por despedi-lo, e acredito que tenha contado isso a Aurora. Eles eram bem parecidos nesse ponto.

Agostina terminou o bourbon. Sua voz tornara-se pastosa, fruto do torpor causado pelo álcool.

– Rufino levaria a culpa – disse Agostina. – Não sei bem o que Aurora e o rapaz disseram a ele, mas devem ter ameaçado sua família. Em troca de seu silêncio, sua família nada sofreria e passaria a viver em San Ramón. Por outro lado, eu deveria depositar mensalmente uma quantia na conta bancária de Carmelita, a esposa de Rufino, para garantir o futuro dos filhos do infeliz. E assim foi feito. Quando dei por mim, Aurora e eu havíamos nos tornado cúmplices, de algum modo. Ela nunca me perdia totalmente de vista; quando estava em Bariloche, aparecia para me visitar. Eu também temia que ela fizesse algo, de modo que, afinal, nosso círculo acabou se estreitando. As ameaças mútuas eram constantes. – Agostina cobriu o rosto com as mãos. – Era horrível, Sebá. Sei que parece cruel, mas estou feliz que ela tenha morrido.

Sebastián observava Agostina em silêncio. Por fim, depois de tantos anos, estava ouvindo a verdade.

– Foi essa a história que você contou ao inspetor Quintana?

– Aquele homenzinho nojento... – praguejou Agostina. – Eu... tive que contar. Quando você desapareceu depois daquela noite em que fomos ao hotel, eu sabia que corria risco. Você pode não acreditar em mim, Sebá, mas você é a única pessoa com quem me preocupo de verdade.

Ele assentiu. Agostina não estava mentindo, de todo modo. Colocara-se em risco por ele.

– A única forma de proteger você era destruindo Aurora. Eu não me importava mais com Francisco, mas... amo você. Fui eu que falei de você para ela, quando, uma vez, em Bariloche, Aurora comentou sobre o estado de saúde mental de seu pai. Foi minha culpa você ter se envolvido com aquela gente...

Agostina realmente o amava ou apenas o teria usado? De fato, Sebastián não sabia no que acreditar. Era mais cômodo e reconfortante optar por crer no sentimento nobre da sra. Perdomo por ele, todavia, sabia muito bem que Agostina era uma mulher manipuladora. Apesar de Aurora Leipzig ter morrido como a real vilã, Agostina nunca hesitara em se aproveitar da companhia da jovem.

Ao matar Francisco Perdomo, Aurora acabara por criar um tipo de vínculo com Agostina; muito mais do que dividir o mesmo homem, elas cultivavam o mesmo ódio doentio por todos os que cruzavam seu caminho.

Ao final, Agostina vencera a queda de braço; quando se viu em uma encruzilhada, não hesitou em jogar Aurora Leipzig aos leões.

– Espero que acredite no que sinto por você, Sebá – Agostina disse, enquanto limpava as lágrimas do rosto. – Eu realmente gostaria disso.

Sebastián deu um longo suspiro.

Do lado de fora da mansão, o sol iluminava Buenos Aires, dando início a mais uma manhã abafada.

47

Sebastián Lindner passou dois dias recluso. Depois de voltar para casa, dedicou-se a descansar e a se certificar de que a mãe, Ada, estava bem.

Magda lhe informara que a mãe havia perguntado por ele algumas vezes, mas que seu contato com a realidade estava, paulatinamente, diminuindo.

– Mas eu fiquei preocupada com o sumiço do senhor, Dom Sebastián. Ainda mais após ler as notícias sobre aquela coisa horrorosa que aconteceu na estação. Tantas vidas tiradas por briga política! – disse Magda, enquanto dava o café da manhã para Dona Ada, pão umedecido em café com creme. – Eu mal podia imaginar que o senhor estava ali. O que fazia na estação tão tarde?!

– Eu estava acompanhando um paciente, que se despedia antes de retornar ao sul – respondeu Sebastián, terminando a xícara de café puro. – E, como você disse, Magda, foi mesmo uma pena tudo o que houve.

Naquele começo de tarde, logo após o almoço, Ariel apareceu para visitá-lo. Tinha conversado de modo breve com o amigo, mas, até aquele momento, não tivera tempo de dedicar-lhe atenção.

– Que loucura tudo isso, Sebá! – pontuou Ariel, bebericando uma taça de vinho. Ambos estavam sentados no escritório da casa. – Quero dizer, eu me lembro de ter conhecido aquela moça loira e albina, a tal

Aurora Leipzig. Você se lembra? Estávamos juntos no Plaza, após a apresentação do dr. Rivière. E, agora, ela estourou os miolos...

Por um breve segundo, Sebastián viu a cena em que Aurora Leipzig colocava a pistola Mauser sob o queixo e puxava o gatilho; o barulho, o corpo tombando, a sensação pegajosa do sangue que salpicara seu rosto e camisa.

Sebastián encarava o amigo. Era bom saber que tudo estava bem com Ariel e com sua mãe.

— E essa história com Agostina? Quer dizer... ela guardou esse segredo por tanto tempo.

— Pelo menos, fico aliviado, Ariel. Ela não mentiu para mim. Era, de fato, inocente.

— Inocente, mas não *vítima*. São duas coisas diferentes, meu amigo! — Ariel deixou a taça vazia sobre a mesinha de centro. — O que ela fez por você foi louvável, Sebá, mas não se esqueça: seu papel era tratá-la, e não a amar. Se não cuidar desse coração, nunca terá objetividade o bastante para enxergar quem realmente é Agostina Perdomo.

Sabia que Ariel tinha razão. Agostina, afinal, não havia mentido sobre as agruras do casamento com Dom Francisco, mas se beneficiara um bocado da posição de *socialite* que ser uma Perdomo lhe conferia. Além disso, acorbertara uma assassina — e Sebastián ainda tinha dúvidas sobre a real parcela de responsabilidade de Agostina naquela história toda.

Ela confessara saber do caso de Aurora com Dom Francisco e, ainda que não se importasse com a traição, era notório o fato de que a morte do marido também a beneficiara. Estava livre das agressões e das traições sem, no entanto, ter que abrir mão do sobrenome.

— Tenho que voltar para o consultório, Sebá. — Ariel acendeu um charuto Bolivar, enquanto Sebastián ocupava-se com seu Montecristo. — Mas alegro-me em ver que está bem, meu amigo.

— Eu agradeço a visita. — Sebastián apertou a mão de Ariel com força.

— Ei, o que é isso?! Parece que ganhou um pouco de força nessa mão após o trauma do tiroteio.

Ele sorriu. A verdade era que, havia muito tempo, não se sentia tão feliz, a despeito de seu estado físico estar bem comprometido. Emagrecera bastante, a ponto de nenhuma camisa lhe servir a contento, e seu consumo de álcool, sobretudo bourbon, estava totalmente fora de controle.

O torpor causado pela bebida, de algum modo, fazia com que as imagens da estação, do tiroteio e da morte de Aurora ganhassem contornos oníricos.

Havia, ainda, a apreensão dissimulada de que algo acontecesse para quebrar a paz momentânea em que se encontrava.

Após Ariel partir, recolheu-se em seu quarto e se deitou. Havia tanto a ser feito! Reabrir seu consultório, reorganizar os horários dos pacientes. Também precisava encontrar uma pessoa à altura de Ines para ajudá-lo.

Ao lembrar-se da secretária, o peso da culpa voltou a consumi-lo. Esfregando os olhos, soltou um baixo gemido. Suas mãos tremiam.

Aproximava-se das três da tarde quando escutou batidas suaves na porta de seu quarto. Era Serena, a empregada.

– O que foi, Serena? – A moça parecia aturdida.

– Dom Sebastián, há um homem aí. Disse que veio buscá-lo e que é urgente.

– Um homem? – Sebastián sentou-se na cama e franziu o cenho. – Do que se trata? Você perguntou?

– Ele disse somente que é urgente. Ah, e que veio da parte do embaixador da Alemanha! Deve ser importante, Dom Sebastián.

E é.

Mais que depressa, Sebastián arrumou a camisa, colocando-a para dentro da calça, e afivelou o cinto. Desceu as escadas em direção à sala, no meio da qual um homem de gestos educados usando um uniforme azul-escuro o esperava.

– Dr. Lindner – ele disse. – Meu nome é Rudolph. Perdão por aparecer assim, de repente, mas é um assunto urgente. Venho em nome do Embaixador da Alemanha na Argentina, o sr. Werner Junker.

– Minha empregada me disse – falou Sebastián. – Pode me adiantar do que se trata?

– Há uma pessoa que gostaria de vê-lo, de modo que o sr. Junker pediu para que viesse buscá-lo.

Sebastián assentiu.

– Essa pessoa é o sr. Albert Leipzig?

– Infelizmente, não sei do que se trata, doutor. Me desculpe – respondeu o tal Rudolph, de modo polido. – Mas providenciamos uma limousine para buscá-lo e, claro, trazê-lo de volta. Mais uma vez, lamento pelo incômodo.

A liberdade plena tinha um preço alto, pensou Sebastián. Talvez, nunca ficasse de fato livre daquela gente.

Todavia, estaria mentindo se escondesse o fato de estar excitado com a possibilidade de voltar a conversar com Albert Leipzig, seu velho paciente alemão da Patagônia.

– Um minuto. Vou me trocar – disse, subindo as escadas.

A embaixada da Alemanha Ocidental em Buenos Aires estava instalada na imponente sede do Banco Germánico, na Calle 25 de Mayo, 145, a poucos metros da Casa Rosada. O local, assim como o Palacio Balcarte, antiga residência do embaixador alemão na capital argentina, estava envolto em vários tipos de especulações.

Após a guerra, o Palacio Balcarte tornara-se ponto obrigatório de visitas de norte-americanos e ingleses, sobretudo, interessados na compilação de documentos diplomáticos alemães – em outras palavras, registros das ações nazistas na Argentina.

Especulava-se que isso era apenas a ponta do *iceberg* – apenas o que havia chegado a conhecimento dos jornalistas e sido publicado na imprensa local –, bem distante da real extensão da influência do Terceiro Reich no país.

Sebastián Lindner foi acomodado em uma sala ampla e confortável no sexto andar, piso em que funcionava a estrutura administrativa do governo alemão na capital portenha. O local era decorado com móveis sóbrios em madeira. As paredes estavam repletas de fotos monocromáticas de diferentes localidades da Alemanha.

Uma funcionária serviu-lhe café e água, e em seguida, deixou a sala de modo tão discreto quanto entrara. Minutos depois, um senhor alto de rosto afilado e olhos marcantes entrou. Estava vestido com um terno de cor sóbria, com os cabelos loiros meticulosamente penteados para trás. Nas têmporas, notavam-se fios grisalhos que, somados às marcas de expressão acentuadas, indicavam tratar-se de um homem de meia-idade.

Ao seu lado, um sujeito mais baixo, calvo, de bigode fino e com óculos de aros redondos precipitou-se em se apresentar.

– Perdão pela demora e pelo modo abrupto com que nosso funcionário apareceu em sua residência, dr. Lindner. Meu nome é Franz Knutz, e este é Sua Excelência, o embaixador Werner Junker.

Sebastián cumprimentou o sujeito mais baixo e, em seguida, apertou a mão de Junker. Notou que, apesar da mão grande e dos dedos longos, seu toque era extremamente delicado.

– Lindner – disse o embaixador, com sotaque carregado. – Alemão?

– Austríaco – respondeu Sebastián.

– Ah, nossos queridos irmãos siameses da terra da valsa – disse Junker. – Estou com a agenda bastante apertada, mas quis conhecê-lo pessoalmente, dr. Lindner. Como sabe, *Herr* Leipzig é um homem preeminente entre meus compatriotas que escolheram este belo país para recomeçar. Infelizmente, a vida para os alemães tem sido bastante dificultada depois que nosso amigo Perón foi escorraçado do poder. É triste notar como as coisas mudam de uma hora para outra, não é, doutor?

Sebastián assentiu. Os modos educados de Werner Junker escondiam um homem de olhar astuto. Seu nome fora citado nas páginas de Política Internacional nos jornais em meio a intrigas que afirmavam ser Junker uma espécie de mecenas diplomático de nazistas refugiados na Argentina, inclusive, protegendo-os da extradição para Bonn[1].

---

[1] Capital da Alemanha Ocidental. Após a reunificação, a sede do governo voltou a ser Berlim.

– Albert Leipzig é um homem de fato muito respeitado, dr. Lindner, e parece tê-lo em alta estima. É lamentável o que houve na estação, o que prova que meus compatriotas estão sendo vítimas de perseguição, pagando até mesmo com a própria vida – prosseguiu o embaixador. – Enfim, o nome do senhor foi citado de modo positivo em meio a toda... carnificina horrenda da Estação Retiro.

Sebastián reconhecia perfeitamente o que estava por trás de toda a polidez. A expressão de Werner Junker denunciava o que, na verdade, sentia e pensava sobre o que havia ocorrido.

Desprezo.

– A polícia deste país amigo tem feito sua parte, devo afirmar – continuou Junker. – Contudo, por se tratar de um cidadão alemão de alta estirpe, tivemos que intervir. Inclusive, colocamos nossos advogados à disposição do sr. Leipzig, se necessário. Desde então, *Herr* Leipzig está sob nossa tutela. Claro, com conhecimento e autorização da Polícia e do Governo.

– Muito gentil da parte de vocês – disse Sebastián.

– Enfim – o embaixador Werner Junker suspirou, como se tomado por um extremo cansaço –, tenho algumas reuniões antes de o dia terminar. Foi um prazer conhecê-lo, dr. Lindner. *Bis später, Herr Doktor! Haben Sie einen schönen Nachmittag.*

Novamente, Sebastián e Werner Junker deram as mãos.

Em seguida, o homem que se apresentara como Franz Knutz conduziu Sebastián por um longo corredor. Tomaram um elevador que os levou ao quinto andar.

O ambiente, decorado com requinte, assemelhava-se ao de um hotel.

– *Herr* Leipzig está bastante abalado com o que houve, como pode imaginar, dr. Lindner. Pouco falou e quase não comeu desde que chegou. Temos alguns quartos que usamos para hóspedes ilustres ou funcionários de embaixadas amigas. Obviamente, não temos o hábito de hospedar muita gente por aqui, mas, considerando o que houve, e sendo *Herr* Leipzig quem é, o embaixador exigiu que lhe déssemos todo o suporte antes que retornasse a Villa La Angostura, onde tem uma estância.

O corredor onde estavam dispostos os quartos era largo e arejado, contrastando com a fachada externa do edifício, de característica clássica e sisuda.

O funcionário parou diante do quarto número 3 e bateu na porta. Dois homens jovens trajando ternos pretos montavam guarda, um de cada lado da porta.

– *Herr* Leipzig, o dr. Lindner está aqui.

Lembranças de seu primeiro encontro com Albert Leipzig tomaram de assalto a mente de Sebastián.

Delicadamente, Franz Knutz bateu na porta mais uma vez. Um barulho de chave se tornou audível e, em seguida, a maçaneta se moveu.

– Estou entrando, *Herr* Leipzig – disse Knutz, empurrando a porta.

Sebastián notou que o quarto na verdade era uma suíte espaçosa, quase tão confortável quanto o cômodo que Albert Leipzig ocupava no Plaza.

Havia uma cama de casal no centro do cômodo, muito bem-arrumada com lençóis brancos. À esquerda, Albert Leipzig acomodava-se atrás de uma pequena mesa oval de madeira, em cujo centro havia desenhado, em relevo, o brasão de armas da Alemanha – um corvo negro sobre um fundo amarelo.

– Vou deixá-los a sós, doutor – disse Knutz. – Quando quiser nos chamar, basta solicitar a um dos cavalheiros aqui.

Sebastián agradeceu e aguardou até que a porta se fechasse. Em seguida, virou-se para Albert Leipzig.

Era evidente que, assim como dissera Knutz, o velho alemão estava abatido. Sua pele ganhara um tom macilento e havia marcas escuras profundas sob os olhos mortiços.

– O senhor queria me ver, sr. Leipzig? – disse Sebastián, caminhando em direção ao seu paciente, que permanecia inerte.

Puxou uma cadeira e sentou-se.

— Eu sinto muito pelo que houve com Aurora, sr. Leipzig. Muito mesmo – continuou. – Gostaria de ter podido ajudá-la. Eu...

Albert Leipzig suspirou. Levantou o olhar em direção a Sebastián e, então, disse:

— Aurora se perdeu em sua própria luxúria, *Herr Doktor*. Ela não era mais minha filha.

— Mas ela salvou sua vida naquele carro – falou Sebastián. – O senhor se lembra? Ela inclusive se feriu no ombro tentando protegê-lo.

— Ela fez o que qualquer bom soldado faria. Assim como Jörgen e tantos outros que vi morrer, *Herr Doktor*. – Albert Leipzig encolheu os ombros. – Heiki, Sophia, Lauren... apenas nomes enterrados no passado. Pessoas que deram a vida em prol de algo maior.

— Eu entendo – assentiu Sebastián. – É assim que o senhor se sente? Resignado? O senhor a odeia porque ela se envolveu com Dom Francisco Perdomo? É isso?

— Eu a criei para ser uma mulher especial. Uma... – ele pareceu escolher as palavras. – Uma mulher que fosse exemplo da posição que ocupava perante todos de nosso grupo. Mas ela se tornou algo ruim, *Herr Doktor*. Menos do que uma *prostituierte*; uma prostituta! Perdomo era um homem de negócios inteligente para números e estratégias, e extremamente estúpido quando se tratava de mulheres. Um homem que preferia a companhia de meretrizes a damas de verdade. E Aurora deveria ser uma dama, não uma meretriz. Quando... quando ele foi assassinado, eu sabia que havia sido Aurora.

— O senhor a ajudou de algum modo, sr. Leipzig?

— Claro que não! Eu não me rebaixaria a isso! – O olhar do velho tornou-se raivoso. – Aurora era ardilosa. Ela soube encontrar o caminho para limpar a sujeira que havia feito. Pelo menos, achou que havia...

Albert Leipzig deu um longo suspiro e recostou-se na cadeira.

— Por que me chamou aqui, sr. Leipzig? Para falar de Aurora? Ou o senhor deseja uma última sessão? Mais uma conversa entre terapeuta e paciente.

O velho alemão fechou os olhos e esboçou um sorriso tímido e cansado.

– Gosto do senhor, *Herr Doktor*. Mesmo depois de tudo, ainda gosto do senhor.

– A que o senhor se refere?

– Não é óbvio? Por que estava na estação, *Herr Doktor*? O que fazia ali?

Sebastián franziu o cenho. Estaria correndo algum risco? Quando aquele inferno chegaria ao fim?

– Não se preocupe. Se quisesse me livrar do senhor, o senhor não estaria aqui agora, *Herr Doktor*. Fique tranquilo – disse Albert Leipzig, em tom calmo. – Tudo o que me espera a partir de agora é o retorno às minhas terras e, em um futuro breve, a saída deste país.

– Mas o senhor não quer isso, não é?

– Não – o velho alemão suspirou. – Mas acredito que seja inevitável agora.

– Devo perguntar para onde o senhor irá, sr. Leipzig?

Albert Leipzig voltou a sorrir.

– Acho que o senhor tem outras perguntas mais pertinentes a me fazer, *Herr Doktor*. Como esta provavelmente é a última vez que conversamos, é o momento ideal para fazê-las. Não terá outra oportunidade.

Sebastián concordou, movendo a cabeça.

– Vamos, *Herr Doktor*! Mesmo sabendo quem sou, o senhor nunca me julgou. Na verdade, tentou proteger Aurora; e me proteger também. De certo modo, também prestou seus serviços de um *guter Soldat*, um bom soldado. Não estou correto?

Sebastián assentiu mais uma vez. Mesmo sabendo que se tratava de nazistas, seu primeiro ímpeto quando o tiroteio começou havia sido proteger seu paciente e a jovem. Fora por isso que se colocara na linha de tiro. Ou não? Por que caminhara até o Kaiser Carabela em meio aos disparos, segurando a arma? Teria coragem de atirar? Ou queria tão somente salvar o velho alemão e sua filha?

– Eu não julgo suas ações, *Herr Doktor*. Ao contrário do que muitos podem fazer ao olhar de modo objetivo para a História, eu compreendo o senhor. Assisti a muitos jovens em meu país se colocarem na linha de tiro por defenderem um sonho. Quantos teriam a mesma coragem?

De fato, eu me coloquei na linha de tiro por um velho criminoso nazista que pode ser Adolf Hitler. Isso faz de mim que tipo de ser humano? Que poder tem esse homem, afinal?

– Pois bem, sr. Leipzig – finalmente Sebastián decidiu falar. – Eu gostaria de saber o que, de fato, aconteceu no *bunker* no dia em que Adolf Hitler morreu... e o senhor tomou o seu lugar.

Albert Leipzig passou os dedos pelos lábios e, em seguida, tocou a cicatriz sob o nariz.

– Acho que já conversamos sobre isso – ele disse.

– Pelo que me lembro, o senhor me contou que Martin Bormann, na época um dos primeiros da lista de sucessão de Hitler, o incumbiu de substituir o líder da Alemanha, que estava psicologicamente enfermo. Mas não me contou com precisão o que ocorreu naquele dia, sr. Leipzig, quando o senhor abriu mão de quem era para se tornar, pelo menos para aqueles que desconheciam a verdade, uma nova versão do *Führer*, e escapar para a América do Sul. O senhor é a única pessoa que, de fato, esteve naquele momento com Hitler e sabe o que houve... como ele morreu.

Albert Leipzig deu um sorriso irônico.

– A morte do *Führer* o fascina, *Herr Doktor*? Porque, convenhamos, é algo que fascinaria muitas pessoas; assistir ao grande líder alemão morrer, rendido, refém de sua própria loucura e, ao final, dando um tiro na têmpora.

Sebastián deu de ombros.

– O senhor me pediu para perguntar o que eu desejava saber, sr. Leipzig. É isso o que estou fazendo neste momento.

O velho alemão voltou a rir. Porém, não havia desdém ou orgulho naquele movimento; sua fisionomia adquirira um aspecto distante, com um olhar nostálgico.

– É justo – disse, antes de começar a história.

48

30 de abril de 1945, Führerbunker, Berlim

Foi conduzido por um estreito corredor em direção a uma porta de ferro. O *Vice-Führer*, Martin Bormann, caminhava ao seu lado, cabisbaixo. Toda a altivez de um dos nomes mais importantes do Terceiro Reich havia se desfeito, e ele se questionava se isso se devia ao temor pelo destino da Alemanha ou pelo estado de saúde do *Führer*.

– Atrás desta porta – disse Bormann, segurando o cadeado, mas sem inserir a chave –, está o futuro da Alemanha. E o preço do que está prestes a fazer, meu bom homem, não poderá ser mensurado. Nem por esta geração, nem, possivelmente, pelos futuros alemães.

Ele assentiu.

Martin Bormann inseriu a chave e abriu o cadeado. Em seguida, puxou a tranca.

Quando a pesada porta se moveu, o barulho ecoou pelo corredor.

Martin Bormann entrou primeiro, e, depois, deu passagem a ele.

O interior do pequeno cômodo impressionava pela simplicidade; apenas um tapete sobre o qual estava um sofá puído. Completava a mobília uma estante de madeira, na qual não havia livro algum.

No chão, Blondi, a cadela da raça pastor alemão pela qual o *Führer* nutria verdadeira adoração, jazia imóvel. Bormann olhou para o animal com piedade; afinal, ela fora seu presente ao líder máximo da Alemanha.

O corpo do animal era velado por um homem de olhar vazio, que, sentado no sofá, parecia apenas uma sombra do líder de quem o país necessitava. Ao seu lado, tombado como uma marionete, estava o cadáver de uma mulher loira e bela.

Em pé, próximo ao sofá, ele reconheceu a figura jovial de Otto Günsche, que, havia praticamente um ano, após retornar dos campos de batalha da França, se tornara a sombra do *Führer*, acompanhando-o pelos corredores da chancelaria e, naquele momento, pelo subterrâneo de Berlim. *Herr* Günsche saudou Bormann, estendendo o braço; em seguida, repetiu o gesto em sua direção.

Irreconhecível, Hitler olhou para ele e, depois, para Bormann.

– Meu *Führer*, chegou a hora – disse Bormann. Depois, dirigindo-se a Otto Günsche, pediu para que deixasse o cômodo e trancasse a porta.

– Quando tudo terminar – Bormann falou a Günsche – já sabe o que deve ser feito. São ordens diretas do *Führer*.

O soldado assentiu, saudou seu superior mais uma vez, e, visivelmente abatido, deixou o cômodo.

Usando um tom paternal, Bormann dirgiu-se a Hitler mais uma vez:

– Meu *Führer*, é chegada a hora. Não podemos esperar mais.

Após Hitler assentir, meneando a cabeça com ligeira indiferença, Bormann se virou para ele:

– Está com a Walther 38 que lhe entreguei?

Sim, ele estava. A arma descansava no coldre do cinturão.

– Então, sabe o que fazer. Pela glória da Alemanha! – prosseguiu Bormann, dando as costas para ele e para o *Führer*.

– E o que o senhor fez, sr. Leipzig? – perguntou Sebastián.

Albert Leipzig se calou, mantendo os olhos fixos no psicólogo.

Por fim, disse:

– Naquele dia, um grande homem morreu na sala do *Führerbunker* para que outro pudesse dar seguimento à grandeza do sonho alemão. Foi isso.

Sebastián inclinou-se, descansando os braços sobre os joelhos.

– No dia 30 de abril de 1945, Albert Leipzig nasceu, *Herr Doktor*. Deixou aquele *bunker* ao lado de Eva Braum, a partir daquele momento Evelyn Brunner, e partiu para a América do Sul.

– É uma história incrível, de fato. – Sebastián recostou-se na cadeira e cruzou as pernas. – Mas o senhor me disse que eu poderia esclarecer minhas dúvidas, já que se trata de nosso último encontro, não é mesmo? Sendo assim, permita-me mais uma pergunta, sr. Leipzig.

O velho alemão meneou a cabeça, indicando que continuasse.

– Os caçadores que estavam atrás do senhor e de Aurora me contaram uma versão diferente da mesma história, a qual, se me permite, gostaria de compartilhar com o senhor. Segundo eles, quem saiu daquele *bunker* não foi um sósia do *Führer*, mas sim Hitler em pessoa. Ou seja, os restos mortais incinerados encontrados pelos soviéticos na queda de Berlim na verdade não pertenciam a Adolf Hitler; pertenciam a um *dioscuri*. A pessoa que me relatou isso me parecia bem convicta do que dizia.

– Versão interessante – murmurou Albert Leipzig.

– Caso isso seja verdade, sr. Leipzig, é possível que quem, de fato, tenha passado a viver a vida de um de seus sósias tenha sido Hitler, e não o contrário. Que a história que me contou seja a de outra pessoa.

Albert Leipzig encarou Sebastián. Parecia bastante sereno.

– Isso faria tanta diferença assim, a ponto de o senhor desejar mergulhar na verdade, *Herr Doktor*?

– Acredito que, se Hitler estiver de fato vivo, e vivendo na Argentina, seria algo que mereceria ser descoberto.

– Entendo – Albert Leipzig assentiu. – Estamos ainda sob o sigilo entre terapeuta e paciente, correto, *Herr Doktor*?

Foi a vez de Sebastián confirmar.

– Assim sendo, permita-me discordar do senhor. Na verdade, tanto faz se o *Führer* saiu vivo daquele *bunker* para se tornar um fazendeiro na

Patagônia ou se quem deixou a Alemanha acompanhado por Eva Braum foi um de seus sósias, um homem sem nome que deixara para trás duas filhas para servir a seu país.

— O senhor crê nisso?

— É claro! *Herr Doktor*, a única coisa que uma chama precisa para se tornar um incêndio não é de gasolina; muitos que pensam assim estão errados. O que é necessário, na verdade, é apenas um sonho. Um sonho que seja bem regado e que dê esperanças a uma nação moribunda. E, se estou certo, não importa se sou Hitler ou um *dioscuri*, *Herr Doktor*; tampouco tem importância se o homem que ingeriu cianureto e, depois, foi alvejado na cabeça com a Walther 38, era o *Führer* ou um bode expiatório.

Albert Leipzig respirou fundo.

— O que importa, *Herr Doktor*, é que o sonho prossegue vivo; aqui mesmo, em seu país, e em vários cantos da América do Sul. E, por que não dizer, do mundo.

Após uma pausa, o velho prosseguiu:

— É inegável, contudo, que os sacrifícios deixam suas marcas e consequências. Há uma história que precisava ser contada; não apenas a história do *Führer* e de como ele reergueu a Alemanha após a guerra, mas também de um homem anônimo que sacrificou suas filhas e sua companheira para manter vivo esse sonho. Se a nova chance que temos neste país falhar, *Herr Doktor*, todas essas vidas terão se perdido em vão.

— É por isso que o senhor se nega a fugir para o Paraguai, como Aurora desejava?

Albert Leipzig deu um longo suspiro.

— Como disse ao senhor, devo levar os sonhos adiante, não desistir deles. Pela memória de todos os que se sacrificaram, e também por Heiki, Sophia e Lauren.

Com dificuldade, Albert Leipzig suspendeu o corpo, levantando-se da cadeira.

— Devo dizer que apreciei muito a nossa última sessão, *Herr Doktor*. Sentirei sua falta, e sou totalmente honesto quando digo isso.

Albert Leipzig lhe estendeu a mão.

– Tire suas próprias conclusões, *Herr Doktor*. E, seja quais forem elas, saiba que a semente de uma grande Alemanha não morreu; nem com o *Führer*, nem com o *dioscuri* que lhe deu a vida.

Sebastián apertou a mão do velho alemão.

– *Sei gesund, Herr Doktor*. Cuide-se.

Sebastián mexeu os lábios, pronto para dizer algo. Deteve-se. Encarou Albert Leipzig diretamente nos olhos; não havia qualquer brecha para argumentação. Então, limitou-se a sorrir de modo tímido.

– O senhor também.

Sebastián Lindner foi escoltado por um segurança e por Franz Kuntz até a limousine. Fez todo o trajeto em silêncio até sua casa.

Dona Ada descansava na sala; tinha a expressão serena e despreocupada. Ao seu lado, Magda também dormia, com um livro aberto no colo. Sebastián ergueu a capa e espiou o título. *O morro dos ventos uivantes*.

Antes de subir para o quarto, serviu-se de uma dose de bourbon. Abriu a gaveta da escrivaninha e retirou o pacote de folhas com suas anotações. Em seguida, largou o calhamaço e ficou encarando a bebida dourada no copo.

Sentou-se na cama e tomou um grande gole. Observou as mãos, notando o tremor ceder.

Sim, precisava tomar uma decisão.

49

2 de dezembro de 1958, Valparaíso, Chile

O homem, conhecido como *Sir* Burnington, bebeu o último gole de conhaque e deixou o copo sobre a mesa. Diante dele, o Oceano Pacífico se mostrava totalmente nu em sua imensidão.

– Seja como for, *Mister* Levy, você deveria ter cuidado melhor da situação – disse, com carregado sotaque britânico. E, virando-se para Levy, em pé no outro canto da sala, continuou: – Compreenda que o *Mister* Horace e eu tivemos que sair de Londres e vir para este país somente para limpar sua sujeira. Espero que entenda a situação em que nos deixou.

Mister Horace era um homem magro, loiro e bastante calvo que, até o momento, nada dissera. Sua discreta presença limitava-se a manter-se em pé, com as mãos sobrepostas à altura da virilha, no canto da sala.

Levy tirou o cigarro da boca e encarou o homem à sua frente. *Sir* Burnington tinha, nitidamente, uma idade avançada; 70 a 75 anos, calculara. Todavia, mantinha uma altivez inabalável, típica dos lordes.

– Tem algo a dizer, *Mister* Levy?

– Eu sei que a operação foi um fracasso – disse Levy, titubeante. – Porém, se *Jude* não tivesse aparecido, Hitler estaria morto.

– Mas era o senhor o responsável por cuidar do assassino que conhecemos como *Jude*, não era?

– Nós... – Levy limpou a garganta antes de continuar – Nós tentamos, mas ele matou um dos nossos, senhor. Apesar de *Jude* ter cometido um erro com a secretária do dr. Lindner, quando, claramente, foi dominado pela emoção, o currículo dele é impecável. Sem dúvida, saber que o alvo era Adolf Hitler mexeu bastante com ele; soube que sua família foi exterminada em Sachsenhausen, e isso deve tê-lo abalado de algum modo. Foi um erro crasso que podia ter colocado em risco toda a operação, e minhas ordens eram para eliminar *riscos*. Segui o plano à risca, inclusive, envolvendo aquele psicólogo. Se *Jude* não tivesse aparecido...

– Porém – *Sir* Burington deu as costas para a vista do Pacífico, olhando diretamente para Levy –, *não* cumpriu suas ordens, *Mister* Levy. Não apenas falhou em eliminar *Jude*, como também acabou despertando um leão enfurecido. No fim, tivemos aquela... *carnificina* lamentável na Estação Retiro.

Levy apagou o cigarro no cinzeiro sobre a mesa.

– O senhor tem razão. O erro foi meu, *Sir* Burington. Mesmo escapando, *Jude* estava mortalmente ferido. Eu não imaginei que...

– Reconhecer um erro é algo nobre – disse *Sir* Burington, escancarando um sorriso. – Infelizmente, alguns erros custam mais caro do que outros. Por exemplo, agora, especula-se sobre a ação de caçadores de nazistas na América do Sul. E não apenas caçadores interessados em levar esses filhos da mãe à corte internacional, mas também em *exterminá-los*. Ou seja, *Mister* Levy, estão falando sobre *nós*.

Levy assentiu.

– Agora, Hitler está entocado outra vez, e, segundo nossas fontes, a probabilidade de ele deixar a Argentina rumo ao Paraguai ou à fronteira brasileira é enorme. Sabe o que acontecerá quando ele fugir?

Levy achou a resposta bastante óbvia, mas hesitou em dizê-la em voz alta.

– Nunca mais colocaremos as mãos nele – completou *Sir* Burington.

Altivo, *Sir* Burnington cruzou o piso de linóleo em direção à porta.

– *Mister* Horace, tranque a porta quando terminar – disse, fechando a porta atrás de si.

Levy não teve tempo de reagir. Em segundos, a pele de seu pescoço estava sendo cortada de ponta a ponta pela faca de Horace.

50

4 de fevereiro de 1959, Clínica De Las Mercedes,
Rosário, Argentina

O rádio sobre a mesinha informava os últimos desdobramentos da queda de Fulgencio Batista em Cuba. Eclodido na passagem de ano, o golpe, encabeçado por Fidel Castro com apoio da União Soviética colocava uma nuvem negra sobre a geopolítica latino-americana, dada a iminência de uma retaliação norte-americana ao sangue que escorria em seu quintal.

Sebastián Lindner desligou o rádio. Sentia-se tenso com notícias desse tipo; o mundo à beira de uma nova guerra abalava seus nervos, os quais, havia muito tempo, não andavam na melhor forma. Evitava, sobretudo, que o grau de tensão o levasse a recorrer ao bourbon, quebrando a sequência de dez dias sem consumir álcool.

Seu mentor, o dr. Pichon Rivière, outra vez lhe estendera as mãos – não, porém, sem antes obrigá-lo a lhe contar tudo por que passara. Sebastián não poupou detalhes, o que incluía seu relacionamento com Agostina Perdomo, seu consumo desmedido de álcool e seu envolvimento com caçadores de nazistas ativos em Buenos Aires. Omitira, no entanto, a identidade de seu paciente.

Um refugiado nazista, limitara-se a dizer.

Era bastante óbvio a qualquer mente inteligente que um simples refugiado nazista não explicaria o sangue derramado na Estação Retiro. Todavia, a imprensa limitara-se a destrinchar a rede de caçadores internacionais de ex-nazistas que se espalhara pelo mundo, dando um enfoque mais internacional à pauta, de modo que, em apenas alguns dias, o massacre da Estação Retiro, como o episódio ficou conhecido, tornou-se apenas uma pequeníssima face de um esquema muito maior – que envolvia empresários endinheirados e ex-militares que financiavam seus próprios assassinos, enviando-os à caçada de oficiais alemães que haviam conseguido escapar de Nuremberg.

Albert Leipzig era formalmente apresentado como um fazendeiro alemão refugiado na Patagônia, que perdera a filha no triste episódio. Apesar de a opinião pública não ter comprado totalmente a história da inocência do velho alemão, prevaleceu a versão oficial da embaixada da Alemanha Ocidental – muitas vezes, tendo como porta-voz o embaixador Werner Junker em pessoa, que bradava contra a perseguição de seus compatriotas em toda a Argentina.

Sob a tutela do dr. Rivière, Sebastián internara-se em Las Mercedes. Era tudo de que precisava: distância da imprensa portenha e de Buenos Aires, de um modo geral. Sobretudo, trancar-se era o único meio de se livrar do vício.

– Você me parece muito bem, Sebá. Aliás, a barba combinou com você – disse Ariel, sentado na cadeira ao lado da cama, observando o amigo. – Quando pretende voltar a clinicar?

Sebastián deu de ombros.

– Sinto falta da dinâmica terapêutica, meu amigo, mas não creio ser o tipo de psicólogo de que meus pacientes precisam no momento.

– De todo modo – disse Ariel –, aqui é o melhor lugar para se estar quando o mundo lá fora está à beira de uma nova guerra.

Ariel Giustozzi jogou o paletó sobre os ombros e empurrou a cadeira.

– Me avise quando for reabrir seu consultório – disse. – Acho que encontrei a secretária ideal para substituir Ines. E com a metade da idade.

Sebastián riu.

– E Agostina? Tem notícias dela? Desde que me internei aqui, eu nunca mais...

Ariel suspirou.

– Conversei brevemente com Agostina há duas semanas e tem sido difícil para ela, pelo que sei. Um passivo emocional bastante grande – disse Ariel, em tom de pesar. – Mas, é quase certo que escapará da cadeia, já que houve um acordo formal com a polícia e com a promotoria. Além disso, Dom Manuel já está mexendo os pauzinhos para que tudo transcorra em sigilo. Mesmo porque não será nada bom que a faceta de homem abusador e violento de seu irmão venha à tona.

– Acho que, no fundo, Agostina merece essa segunda chance – Sebastián disse, olhando o gramado da área externa pela janela.

– Pode ser – Ariel deu de ombros.

– Preciso de mais um favor – disse Sebastián, erguendo um livro grosso que estava sobre a escrivaninha, de baixo do qual retirou um envelope.

– O que é isso?

– Algumas anotações.

– Sobre o paciente alemão? – Ariel suspendeu o cenho.

Sebastián assentiu.

– Gostaria que queimasse todas estas folhas assim que chegar a Buenos Aires, Ariel. É um grande favor que peço.

Ariel olhou para o envelope recheado de folhas manuscritas.

– Algo confidencial?

Sebastián riu.

– Coisa entre médico e paciente. Acho que houve um momento em que senti a necessidade de registrar os relatos do sr. Leipzig, mas isso não tem mais sentido agora.

– Se é o que quer, pode confiar em mim, claro – respondeu Ariel. – Mas não vai se arrepender? Afinal, depois de tudo... do tiroteio da estação e das matérias de jornal... digo, podem ser documentos importantes no futuro.

Sebastián não precisou pensar para responder.

– Tenho certeza que sim. Já refleti bastante sobre isso, e é melhor colocar um ponto-final nessa história.

– Então, meu amigo, considere feito. – Ariel lhe estendeu a mão. – Preciso ir, tenho que estar em Buenos Aires ainda hoje.

– Obrigado pela visita. – Sebastián retribuiu o gesto, apertando sua mão.

Durante alguns minutos, permaneceu observando pela janela, vendo o amigo cruzar o caminho de cascalho que cortava o grande jardim frontal de Las Mercedes em direção ao portão de saída.

– Dr. Lindner – uma funcionária da clínica tinha aberto uma fresta na porta e olhava para Sebastián de um modo simpático –, posso entrar?

Ele fez que sim com a cabeça.

– Chegou isto pelo correio para o senhor – ela disse, estendendo-lhe um envelope de correspondência.

Sebastián agradeceu e conferiu o remetente.

Encarnación, Paraguai.

O postal, em tom sépia, mostrava um grupo de pessoas, em sua maioria homens vestidos com roupas típicas do interior paraguaio, em frente a uma construção de madeira. No canto esquerdo, havia uma carroça atada a um burro, indicando que se tratava de uma área rural; provavelmente, de uma fazenda.

Focou a atenção no homem de idade no centro da foto. Estava um pouco mudado, com a cabeça raspada e visivelmente mais envelhecido. Mas sua identidade era inegável.

Sr. Leipzig.

Então, o senhor acabou partindo, pensou Sebastián, colocando o postal dentro do envelope e picando-o em pedaços miúdos.

Suspirou, lançando os pedaços de papel na lixeira.

Acendeu um Montecristo e aproximou-se da janela, levantando o vidro.

Soltou a fumaça, deixando com que voasse, livre, pelo céu.

De súbito, foi acometido pelo desejo de tomar um drinque; suas mãos tremiam.

Ele próprio, sabia, tinha seus demônios para enfrentar.

— FIM —